BASTEI
LÜBBE

Über die Autorin:

Karleen Koen lebt in Houston, Texas. Eigentlich wollte sie ein Buch über Louis XIV. schreiben, doch Alice Verney ließ sich nicht mit einer Nebenrolle abspeisen.

Karleen Koen

DAS SPIEL DER HOFDAME

Historischer Roman

Aus dem amerikanischen Englisch von
Katharina Kramp

BASTEI
LÜBBE

BASTEI LÜBBE TASCHENBUCH
Band 15 771

1. Auflage: November 2007

Vollständige Taschenbuchausgabe

Bastei Lübbe Taschenbücher in der Verlagsgruppe Lübbe

Deutsche Erstausgabe

Titel der Originalausgabe: »Dark Angels«
Originalverlag: Crown Publishers, an imprint of the Crown Publishing Group,
a division of Random House, Inc., New York

Lektorat: Anja Arendt
Titelillustration: National Gallery Collection;
By kind permission of the Trustees of the National Gallery,
London/CORBIS
Umschlaggestaltung: Gisela Kullowatz
Satz: Urban SatzKonzept, Düsseldorf
Druck und Verarbeitung: Ebner & Spiegel, Ulm
Printed in Germany
ISBN 978-3-404-15771-6

Für X und noch einmal für Carmen

Danksagung

Für all die Engel auf meinem Weg: meine Agentin Jean Naggar; meine ›Schreibtriebwerke‹ Joyce Boatright und Sandi Stromberg; meine Freundin Ann Bradford; meine Lektorin Allison McCabe und Crown Publishing.

Als ich ein Kind war, redete ich wie ein Kind, sann wie ein Kind, urteilte wie ein Kind; als ich ein Mann wurde, tat ich ab, was kindisch war. Denn wir sehen jetzt nur wie durch einen dunklen Spiegel, dann aber von Angesicht zu Angesicht. Jetzt ist mein Erkennen Stückwerk, dann aber werde ich völlig erkennen, wie ich auch völlig erkannt worden bin. Nun aber bleibt Glaube, Hoffnung, Liebe, diese drei; aber die Liebe ist die größte unter ihnen.

1. Korinther 13, 11-13

Anmerkungen der Autorin

Die Geschichte von Königen und Königinnen ist selten eine glückliche. Aber im Jahr 1642 gab es eine glückliche königliche Familie. Es war die Familie von Charles I. von England, verheiratet mit einer Prinzessin von Frankreich, die er liebte und die seine Liebe erwiderte und mit der er sechs gesunde Kinder hatte. Die Königin war jedoch katholisch, ein bisschen zu katholisch für den Geschmack des Volkes. Früher einmal war dies der Glaube aller Königreiche der westlichen Welt gewesen, bis Heinrich VIII. mit der katholischen Kirche brach und die Kirche von England gründete. Charles I. und sein Parlament überwarfen sich über das Recht des Königs, absolut zu regieren, und über Fragen der Religion. Ein Bürgerkrieg entbrannte. Die Familie von Charles I. zerbrach. Sein letztes Kind, Henriette, wurde geboren, während ihr Vater zu Felde zog, und sie lernte ihn nie kennen. Charles I. wurde gefangen genommen und zum Tode durch Enthauptung verurteilt. Sein Sohn, der Prinz von Wales, sandte ein von ihm unterzeichnetes, leeres Dokument an das Parlament. Man hätte ihm die Bedingungen diktieren können, er hätte alles getan, um das Leben seines Vaters zu retten; aber es war vergeblich – Charles I. wurde 1649 enthauptet. Seine Frau trug den letzten Brief, den er ihr schickte, in ihrem Kleid an ihrer Brust bis zu dem Tag, an dem sie starb. Aus dem Prinzen von Wales wurde Charles II., ein Monarch ohne Königreich, während General Oliver Cromwell England zu einem düsteren Protektorat machte, in dem strenge Regeln herrschten. Charles reiste zehn Jahre lang umher, von Frankreich nach Spanien und in die holländische Republik auf der Suche nach Unterstützung, nach genug Soldaten, um in England einmarschieren zu können. (Er war vorher schon einmal einmarschiert, doch es war ihm nicht gelungen, das

Land zurückzuerobern.) 1659 starb endlich Oliver Cromwell, und niemand war stark genug, das Königreich zusammenzuhalten. Einige Generäle beschlossen, dass es das Beste wäre, aus England wieder eine Monarchie zu machen. Charles wurde gebeten zurückzukehren. Und das tat er 1660. Er herrschte bis zu seinem Tod und hielt ein Königreich zusammen, das noch immer im Streit über religiöse Freiheiten und die Autorität des Königs zu zerfallen drohte. Dieses Buch beginnt zehn Jahre nach der Krönung Charles II, der als der »fröhliche König« in die Geschichte eingegangen ist.

Teil 1

Kapitel 1

Mai 1670

An der Küste einer Meerenge, die zwei Königreiche voneinander trennte, lag vor weißen Klippen eine Schiffsflotte vor Anker. Es war die Flotte des englischen Königs, ausgesandt, um eine wertvolle Fracht zu eskortieren: eine Prinzessin von England und Frankreich – tatsächlich war sie die berühmteste Prinzessin der ganzen Christenheit. Eine Jacht mit ausladendem Bug durchschnitt das Wasser und hielt auf das schönste und größte der ankernden Schiffe zu; der König an Bord liebte schnelle Boote, schnelle Pferde, leichtlebige Frauen. Die Prinzessin war seine Schwester, und er und alle, die ihn begleiteten, konnten es gar nicht abwarten, sie wiederzusehen.

»Monmouth ist auf der Jacht!«, sagte eine junge Frau, die sich über die Reling des Schiffs der Prinzessin beugte. Sie war auf ein riesiges aufgerolltes Tau gestiegen, um besser sehen zu können, und ein Matrose, der ihren seidenen Unterrock und die Kette dicker Perlen um ihren Hals musterte, rief ihr eine Warnung zu, vorsichtig zu sein. Aber sie erklärte ihm mit vernichtender Stimme, er solle sich um seine eigenen Angelegenheiten kümmern. Sie konnte es nicht leiden, wenn dumme Leute – und auch alle, die es nicht waren – ihr sagten, was sie tun sollte. König Charles' Jacht, die pfeilschnell auf sie zuhielt, war ein aufregender Anblick. Sie konnte die Menge sehen, die an Land wartete. Die Königin, ihr Vater und ihre beste Freundin waren darunter. Sie war so froh, England endlich wiederzusehen, dass sie nicht sicher war, ob sie sich zurückhalten konnte, am Strand niederzuknien und den Sand zu küssen, wenn sie ihn betrat.

»Und wer ist noch da?«, fragte ihre Freundin, wie sie eine Ehrenjungfer der Prinzessin und genauso aufgeregt, dabei sein zu dürfen, wenn sich König Charles und seine Schwester nach so vielen Jahren – zehn waren es bestimmt – wiedersahen. Oben an den Masten schlugen Fahnen im Wind. Der Tag war strahlend und klar. Alle trugen ihre besten Kleider und waren ausgelassen, energiegeladen wie Pferde, nervös und erregt angesichts dieses Wiedersehens.

»Komm rauf, und sieh es dir selbst an!«, meinte Alice.

»Sei nicht albern, Alice. Und fall nicht runter ...« Ihre Freundin, Louise Renée, griff nach Alice' Kleid, denn jetzt lehnte sich die junge Frau gefährlich weit über die Brüstung und stand in ihren feinen Satinschuhen nur noch auf Zehenspitzen.

»Der Herzog von York ist bei seiner Majestät und Prinz Rupert – oh, sie sind nah genug, dass sie mich hören können – Rupert! Prinz Rupert! Monmouth!« Alice schrie die Namen laut und schwenkte einen dünnen Schal in wilder Hingabe hin und her. Sie wurde belohnt mit einem munteren Winken vom Cousin des Königs, einem Lächeln vom Sohn des Königs und einem erschrockenen Blick und dann einem Grinsen von König Charles selbst. Lauter Jubel erscholl aus Hunderten von Kehlen, die der Schiffsbesatzung und der vielen Leute am Strand. Auch diese winkten und klatschten und jubelten dem König zu. Möwen, die sich träge auf der Takelage niedergelassen hatten, erhoben sich wie ein geflügelter Gruß in den Himmel.

»Er hat sich kein bisschen verändert«, sagte Alice.

»Wer?«

»Der König. Ich frage mich, mit wem er flirten wird, bevor die Uhr Mitternacht schlägt ...«

»Mademoiselle Verney, kommt auf der Stelle da herunter! Mademoiselle de Keroualle! Ihr stellt Euch sofort zu den anderen Ehrenjungfern! Der König kommt an Bord ...«

Es war die Aufseherin der Ehrenjungfern, Madame Drache, wie Alice sie nannte.

Alice und Renée rannten über das Deck und suchten sich ihren Platz in dem ausgewählten Kreis junger Frauen, die um die Prinzessin standen. Alle trugen Satingewänder und feine Schuhe mit steifen Gazeschleifen, und ihr Haar war von Dienerinnen in eine wohlüberlegte gelockte Unordnung gebracht worden. Dicke Perlenbänder lagen um ihre zierlichen Hälse, und Perlentropfen hingen an ihren bezaubernden Ohren. Als junge, unverheiratete Frauen waren sie schon durch ihre Jugend wunderschön. Als Teil des Gefolges der ranghöchsten Prinzessin von Frankreich waren sie zudem der Inbegriff der Mode. Es gab keine Frau am Strand, die sich nicht ärgerlich auf die Lippen biss und beschloss, neue Kleider zu kaufen, wenn sie die der Ehrenjungfern sah. Die Mädchen konnten die bewundernden und neidischen Blicke kaum erwarten.

Prinzessin Henriette – ihr Titel am französischen Hof lautete »Madame« – hob leicht die Augenbrauen, als Alice und Renée sich zu den anderen jungen Frauen stellten, und bedachte sie mit einem Blick, der zugleich fragend und missbilligend war.

»Welch ein schlechtes Benehmen«, spottete ein schlanker junger Mann aus einer Gruppe verwegener und attraktiver Edelmänner. Aber dann stimmte das Orchester, das die Prinzessin auf ihrer Reise begleitete, eine fröhliche Melodie an, und um sie herum begannen die Matrosen in der Takelage und an Deck zu jubeln. Das sardonische Gesicht des Königs von England – Charles, der zweite dieses Namens – tauchte über dem Messinggeländer der Schiffsreling auf. Einen Augenblick später war er bereits an Deck gesprungen.

»Minette.« Er breitete mit vor Freude strahlendem Gesicht die Arme aus, und seine Schwester rannte auf ihn zu. Er nahm sie in die Arme und schwang sie herum, sodass ihr Rock sich wie eine Glocke blähte. Einer nach dem anderen folgten ihm die anderen Männer über die Seite des Schiffs, sie waren beinahe genauso opulent gekleidet wie die Damen, mit Spitzen, blauen Schleifen, Diamantnadeln, langem lockigem Haar – kein echtes, sondern Perücken, aber dennoch prächtig. Die Prinzessin war sofort von ihnen umringt. Ihr anderer Bruder, der Herzog von York, umarmte und küsste sie, und ihr Cousin Prinz Rupert schob York rüde beiseite und sagte: »Kleine Schönheit! Ich dachte schon, wir würden dich den Armen der

Franzmänner niemals entreißen können.« Leider sprach er Französisch und laut genug, dass jeder, der in der Nähe stand, ihn hören konnte.

Der Herzog von Monmouth, König Charles' Sohn, bestand auf einer Umarmung, und die Prinzessin wirbelte von einem männlichen Verwandten zum nächsten, küsste ihre Gesichter und wischte sich die Tränen ab, die ihr über die Wangen liefen.

»Sie ruiniert ihr Rouge.« Es war derselbe junge Mann, der schon vorher gesprochen hatte, und er redete mit dem gleichen gehässigen Tonfall.

»Wir sind jetzt in England, d'Effiat. Ihr passt besser auf, was Ihr sagt«, meinte Alice zu ihm.

»Oh, mir wird angst und bange«, spottete er, und seine Begleiter lachten boshaft, sogar Beuvron, mit dem sie befreundet war.

Alice kehrte ihnen den Rücken zu. Dieser Tag war zu schön, um ihn sich von Streitereien verderben zu lassen. Davon gab es in Frankreich genug. Das hier war ein Abenteuer, ein großes Abenteuer. Sie war endlich wieder zuhause und würde ihre beste Freundin auf der ganzen Welt wiedersehen und die Königin, die sie so liebte, und ihren Vater. Und es gab nichts, was d'Effiat, Beuvron oder irgendeiner der anderen sagen konnte, um ihr auch nur eine Sekunde davon zu verderben.

Ihr Blick traf den von Prinz Rupert. Er zwinkerte ihr zu und verbeugte sich dann.

Renée wies auf Monmouth, den Sohn des Königs. »Er sieht gut aus.« Sie war nicht die einzige Frau, der Monmouth auffiel.

»Ja, und er weiß es, also pass auf.«

Das Protokoll, in Frankreich peinlichst genau beachtet, wurde hier ignoriert. Alles ging drunter und drüber. Angelockt von Monmouth' Lächeln, von Ruperts strahlendem Übermut und König Charles' Lachen, von der überschäumenden, frivolen Stimmung, die mit ihnen an Bord geschwappt zu sein schien, löste sich die geordnete Formation der Ehrenjungfern trotz der bösen Blicke des Drachen auf.

Diejenigen, die die Prinzessin von Frankreich begleiteten, ein *Duc* hier, ein *Vicomte* da, ein Priester oder zwei und der Hauptmann ihrer Leibgarde versuchten, sich beim König vorzustellen. Doch sie kamen nicht an der Traube der Ehrenjungfern oder dem hoch gewachsenen Bruder und dem Cousin der Prinzessin vorbei und redeten vergeblich gegen den Lärm des Orchesters und das laute Rufen des anderen Cousins an, der etwas von oben aus der Takelage herunterzubefehlen schien.

Und genauso war es. Ein großer Weidenkorb wurde an einem Flaschenzug heruntergelassen. Die schrillen Schreie der Ehrenjungfern, die in alle Richtungen davonstoben, verschlimmerten das allgemeine Chaos noch weiter. Als der Korb an Deck stand, tätschelte Prinz Rupert ihn liebevoll, sank vor seiner Cousine, der Prinzessin, auf die Knie und forderte sie mit einer Geste auf, zum Einsteigen auf sein Knie zu treten.

»Ich soll doch nicht etwa in diesem Ding von Bord gebracht werden?«, rief Prinzessin Henriette erfreut und entsetzt zugleich. Sie sprach Französisch, weil sie ihr ganzes Leben lang in Frankreich gelebt hatte und sie des Englischen kaum mächtig war. »Ich habe euch doch noch niemanden vorgestellt ...«

König Charles hob sie auf seine Arme. »Du brauchst uns nicht alle vorzustellen. Wir werden alles Notwendige an Land erledigen. Aber jetzt erhebe ich Anspruch auf meine Schwester. Sie ist ein Schatz, und alle Schätze, die sich in englischen Gewässern befinden, gehören dem König.« Mit diesen Worten hob er sie in den Korb und ließ alle einen kurzen Blick auf ihre Strümpfe werfen – sie waren leuchtend grün –, und die Prinzessin lachte so sehr, dass sie nicht sprechen konnte.

»Das ist höchst ungewöhnlich ...«, hob der französische Botschafter an.

»Ersucht um eine Audienz, und beschwert Euch darüber«, erklärte König Charles. Sein verwegener Blick glitt über die Ehrenjungfern. »Eine schöne Frau ist nicht genug. Meine Schwester muss eine Begleitung haben.«

Alle jungen Damen hielten den Atem an und sanken kichernd in einen tiefen Hofknicks, während sein Blick nachdenklich und bewundernd von einer zur nächsten wanderte. Der Hauptmann der Leibgarde räusperte sich. Der Drache wippte aufgeregt auf den Zehenspitzen. Sie war sich nicht sicher, was sie tun sollte. Das wusste in diesem Moment keiner.

König Charles' Augen blieben schließlich an Renée de Keroualle hängen, der Schönsten unter ihnen.

»Warum bin ich nicht überrascht?«, meinte Rupert zu seinem Cousin York.

Nur Sekunden später stieg Renée auf Ruperts Knie und in den Korb hinein. Für einen Augenblick waren ihre Strümpfe zu sehen, sie waren genauso grün wie die der Prinzessin. Es war schockierend und aufregend.

König Charles' Blick ruhte nun auf Alice. Geschmeidig wie eine sich neigende Blume sank sie vor ihm nieder. Die gleitende, natürliche Anmut ihrer Bewegungen waren Teil ihrer Schönheit. Er ging zu ihr und betrachtete ihren gebeugten Kopf und ihre Lockenpracht.

»Mein liebe Verney.«

»Sir.«

»Ihre Majestät hat Euch schrecklich vermisst.«

»Und ich sie.« Ihr Herz schlug sehr schnell. Er war ihr Lehnsherr und König. Sie kannte ihn schon, seit sie ein Kind und er ein bettelarmer Herrscher ohne Königreich gewesen war. Dies war ein großartiger und bewegender Moment.

»Habt Ihr Euch in Frankreich gut benommen?«

»Nein, Sir. Aber ich bin stolz darauf sagen zu können, dass ich die wundervollsten Kleider der ganzen Welt erworben habe.«

»Damit Ihr bessere Chancen habt, Euch endlich einen Ehemann zu angeln?«

Sie war am Hof zuhause, und ihr Aufenthalt in Frankreich hatte ihrem Auftreten einen geschliffenen Glanz verlichen. Deshalb wich sie seinem Blick nicht aus. »Genau das habe ich damit vor, Sir.«

»Lord Colefax war ein Idiot. Ich glaube, Ihr habt uns wirklich gefehlt.« Er streckte die Hand aus, um ihr aufzuhelfen, ein Zeichen der Wertschätzung. Voller Stolz trat Alice an den Korb und warf einen absichtlich provozierenden Blick auf die Gruppe von höhnisch grinsenden, modisch gekleideten jungen Franzosen, die gegen ihren Willen beeindruckt waren. Sie stieg auf Ruperts Knie.

»Sind Eure Strümpfe auch grün?«, fragte Prinz Rupert.

Um ein Haar hätte sie ihn auf die Wange geküsst und damit dem Zusammenbruch der Etikette weiteren Vorschub geleistet. Sie konnte sehen, wie schockiert die Franzosen um sie herum waren. Als sie ihre Röcke zusammenraffte, um in den Korb zu steigen, war die Antwort offensichtlich. Matrosen begannen zu jubeln, aber ob das an dem kurzen Blick auf ihre Strümpfe oder an dem ruckartigen Aufstieg des Korbes lag, blieb unklar. Sofort brach geschäftiges Treiben aus, als der König, sein Bruder, sein Cousin und sein Sohn über die Reling stiegen und die Strickleiter zu der Jacht hinunterkletterten, genauso behände und schnell wie jeder andere Mann in der Takelage.

Die französischen Höflinge rannten an die Seite des Schiffs. Alles passierte so schnell! Niemand war vorgestellt worden, wie es sich gehörte! Nichts lief so wie geplant! Andere Boote, Jachten, Jollen und Ruderboote, schaukelten in einiger Entfernung wie Korken auf dem Wasser – offensichtlich würden diese Boote sie an Land bringen. Dabei hätte es an Bord einen Empfang geben sollen, ein langes Dinner. Es waren doch Reden vorbereitet gewesen!

Hoch über dem Wasser spürte Alice, wie ihr Herz sich wie eine Lerche in die Lüfte zu heben begann. Die Sonne stand hoch und hell am Himmel, es blies ein starker Wind. Die Menge am Ufer winkte mit Hüten und großen Taschentüchern, rief und jubelte. Das Meer sandte unentwegt schaumgekrönte Wellen an den Strand, als hätten Hunderte von Zofen ihre Hauben zur Feier des Tages ins Wasser geworfen. Oben auf den steilen Klippen wartete die riesige Festung von Dover Castle auf sie. Sie konnte Menschen an der Brüstung stehen sehen. Fahnen flatterten an den äußeren Mauertürmen. Der Korb kippte zu einer Seite. Prinzessin Henriette und Renée schrien auf. Alice nahm ihren Schal und hielt ihn weit hinaus in den Wind, sodass er wild flatterte. Der Schal war lang und hauchdünn, von Nonnen mit geschickten Händen aus kostbarer, spinnwebenzarter holländischer Seide gewebt. Auf dass es keinen Streit mehr gibt, keine Gemeinheiten und auf dass ich in England mein Glück finde, dachte sie, ließ den Schal los und schrie selbst auf, als der Korb senkrecht nach unten fiel und die Prinzessin hoch und schrill auflachte.

An Bord der Jacht hielt die Leibwache des Königs den Korb fest, und ein Soldat trat vor, um den Frauen hinauszuhelfen. Alice hatte das Gefühl zu fallen, als ihre Blicke sich trafen.

»Ich kenne Euch«, sagte sie auf Englisch. »Ihr seid Robin Saylor, nicht wahr?«

»Richard, Leutnant Richard Saylor, zu Euren Diensten.«

Er gab ein Zeichen, den Korb wieder nach oben zu ziehen, und führte Prinzessin Henriette zu einer mit zahllosen Kissen bedeckten Bank, während der Rest der königlichen Familie einer nach dem anderen von der Leiter an Bord kletterte. Eine weitere Leibwache lichtete schnell den Anker, der Herzog von York übernahm das Ruder, Monmouth setzte die Segel, und die Jacht entfernte sich von dem Schiff.

»Mission vortrefflich ausgeführt«, sagte König Charles. »Ich musste mir nicht eine einzige Rede anhören. Rupert, du schuldest mir zwanzig Guineen.« Er lächelte seine Schwester an. »Wie du siehst, sind wir hier nicht so förmlich wie König Louis.«

Prinzessin Henriette lehnte sich in die Kissen zurück und wandte das Gesicht zur Sonne. »Ich weiß nicht, wann ich das letzte Mal so viel gelacht habe.« Sie sprach immer noch Französisch, aber der halbe englische Hofstaat beherrschte die Sprache. Viele hatten während des englischen Bürgerkriegs im Ausland gelebt.

»Tragen alle deine Damen grüne Strümpfe?«

»Nur die hübschen.« Rosen und Lilien, Minze und Balsambaum bedeckten das Deck wie ein Teppich. Sie hob eine Rose auf. »Ist das alles für mich?«

»Alles ist für dich. Übrigens hat Buckingham versucht, sich noch einmal in Form zu bringen. Er wollte wieder die Figur haben, mit der du ihn zuletzt gesehen hast, aber tatsächlich erinnert er im Moment mehr an ein schwangeres Schaf, nicht wahr, Leutnant Saylor? Sagt es ihr.«

Der Soldat lächelte, schwieg jedoch.

»Leutnant Saylor besitzt die Gabe der Diplomatie.«

Die Jacht hatte sich sehr schnell der Küste genähert, aber aufgrund ihrer Größe musste sie ein paar Meter vom Strand entfernt vor Anker gehen. Es war zwar ein Hafen angelegt worden, doch darin hatte sich gefährlich viel Schlick und Kies von den Klippen gesammelt.

»Ich sehe meinen Vater. Ich bin ganz sicher«, sagte Alice zu Renée. Sie zeigte auf eine Gruppe, die mit der Königin unter einem Baldachin stand. Alice hatte das Gefühl, ihr Herz müsste ihr vor Freude zerspringen. »Und da ist Barbara.« Sie reckte die Arme nach oben und winkte. »Barbara!«

Schnell und geschickt reffte die Leibwache die Segel und warf den Anker aus, und die Jacht kam so gehorsam wie ein braves Pferd zum Stehen. Das Wasser war aufgewühlt und tief. Andere junge Offiziere aus der Leibwache des Königs, die an Land standen, liefen ins Wasser und schwammen zur Jacht. Ein Ruderboot wurde unbeholfen an die Seite des Schiffs manövriert.

»Deine Kutsche wartet«, sagte König Charles zu seiner Schwester. »Der Hafen ist voller Schlick. Wir können dich nur so trockenen Fußes an Land bringen.« Er schwang sich über die Reling in das Ruderboot, gefolgt von seinem Bruder, seinem Cousin und seinem Sohn. Die Männer, die es gerudert hatten, glitten wie Seehunde ins Wasser, um Platz für den König und seine Familie zu machen. Vom

Ruderboot aus streckte Monmouth lächelnd der Prinzessin seine Arme entgegen.

»Ich fange dich auf«, sagte er ihr.

Die Prinzessin kletterte auf die Reling der Jacht, und obwohl eine Leibwache ihren Arm hielt, damit sie das Gleichgewicht halten konnte, stolperte Monmouth zurück, und sie wären gefallen, wenn Prinz Rupert sie nicht abgefangen hätte. Dabei ging er selbst jedoch über Bord. Das Ruderboot schwankte wild hin und her, neigte sich gefährlich, und der Bruder des Königs, der Herzog von York, fiel nach vorne auf seine Hände und Knie und fluchte. König Charles sank auf ein Knie, aber die Leibwache im Wasser schaffte es, das Boot wieder ruhig zu halten, sodass Monmouth auf den Beinen blieb, die Prinzessin sicher und trocken in seinen Armen. Rupert spuckte Meerwasser, dann ließ er sich auf dem Rücken treiben wie ein Wal. Sein modischer Hut und die große Perücke schwammen an ihm vorbei.

König Charles begann zu lachen und schlug mit einer Hand auf die hölzerne Bank, vor der er kniete. Daraufhin musste auch sein Bruder lachen, und dann lachten alle außer der Prinzessin. Monmouth stellte sie auf die Füße, und sie wischte sich über die Augen.

Das Lächeln auf König Charles' Gesicht verschwand. »Warum weinst du, Liebes?«

»Er wäre so wütend über all das gewesen. Es ist so wunderbar, stattdessen zu lachen.« Die Prinzessin beugte sich über die Seite des Ruderbootes und hielt Prinz Rupert die Hand hin. »Komm, liebster Cousin. Das Mindeste, was ich tun kann, ist, dir wieder an Bord zu helfen.«

»Du kannst mich nicht wieder ins Boot ziehen. Ich bin so fett wie Buckingham.«

Sie lehnte sich noch weiter hinaus und versuchte, ihn zu überreden, und Monmouth griff schnell nach ihren Röcken, was König Charles wieder zum Lachen brachte.

Prinz Rupert schwamm auf sie zu. Sie küsste ihn auf den Mund, und während Monmouth' Hand immer noch ihre Röcke festhielt, weil das Ruderboot wieder hin- und herschwankte, ging sie zu König Charles und küsste ihn auf den Mund, und dann half sie ihrem Bruder, dem Herzog von York, auf die Füße und küsste ihn auch. Dann wandte sie sich dem Ufer zu, legte die Hände an den Mund – die Juwelen an ihren Armreifen glitzerten einen Augenblick lang in der Sonne – und warf den Menschen an Land Kusshände zu, woraufhin diese in begeisterten Applaus ausbrachen. Einige Höflinge, verwegene Männer aus dem Gefolge von König Charles, legten ihre großen modischen Hüte und Perücken ab und wateten ins Wasser, einer nach dem anderen, wie Lemminge, um sie zu begrüßen.

»Wir sind nicht so steif, aber wir haben unseren eigenen Stil«, meinte der König zufrieden, äußerst amüsiert und erfreut über die Art, wie seine Landung vonstatten ging.

Lachend und von einem leichtsinnigen Wagemut ergriffen streifte Alice ihre wunderschönen Schuhe ab, stellte sich mit gerafften Röcken auf die Reling der Jacht, setzte ihre grün bestrumpften Füße sicher einen vor den anderen und balancierte dort einen Augenblick lang wie eine gewöhnliche Zirkusakrobatin.

»Rührt mich ja nicht an«, herrschte sie Leutnant Saylor an, der nicht wusste, dass sie die beste Tänzerin am ganzen Hof war.

»Gut gemacht. Jetzt springt«, rief Rupert aus dem Wasser.

»Eure Hoheit, wärt Ihr so freundlich?«, bat sie.

Die Leibwache verhielt sich jetzt mustergültig und hielt das Ruderboot ruhig im Wasser, während Monmouth vortrat und ihr seine Hand reichte, sodass sie mit einer eleganten, schnellen Bewegung in das Ruderboot springen konnte. Nur Renée war jetzt noch übrig, und es war offensichtlich, dass sie sich ängstigte – und sich deswegen schämte, weil sie fürchtete, mit ihrer Angst den anderen den Spaß zu verderben.

Leutnant Saylor trat vor und sagte in perfektem Französisch: »Mademoiselle, nehmt meine Hand. Ich verspreche Euch, dass ich eher sterben würde, als Euch ins Wasser fallen zu lassen.«

»Drückt das Ruderboot gegen die Jacht, und haltet es dort fest.

Jemmy, du und Jamie, ihr geht an die Ruder.« König Charles stützte sich an der Seite der Jacht ab und streckte Renée seine Hand hin. »Setzt Euch auf die Reling, Mademoiselle, und vertraut dem Leutnant und mir.«

Einige der Höflinge waren inzwischen bis zu dem Ruderboot gewatet, wo sie sich der Prinzessin vorstellten. Es schien die natürlichste Sache der Welt für sie zu sein, ohne Perücke und mit ihren Satinjacken im Wasser zu stehen. Einen Augenblick später war Renée an Bord, und York und Monmouth begannen an Land zu rudern.

Dort liefen ihnen Offiziere der Leibwache entgegen, um dabei zu helfen, das Boot an Land zu ziehen. Das königliche Orchester begann voller Aufregung zu spielen. Die Musiker spielten natürlich Geige, denn das war jetzt Mode in Frankreich, und was immer Frankreich in der Kunst, der Mode, der Musik, im Krieg oder in der Politik tat, wurde nachgeahmt. König Charles, sein Bruder und sein Sohn traten auf den feuchten Sand, aber das konnten sie ihrer wertvollen Fracht keinesfalls zumuten. Prinzessin Henriette wurde vom König selbst getragen, bis sie auf trockenem Sand waren, und die wartende Königin eilte unter ihrem Baldachin hervor in die Sonne, um ihre Schwägerin zu umarmen, die immer noch in den Armen des Königs lag. York folgte mit Renée. Völlig durchnässt und aufgelöst kam Prinz Rupert aus dem Wasser. »Du nimmst Alice«, befahl er Monmouth. »Ich würde es tun, aber ich bin nass bis auf die Haut.«

Monmouth streckte Alice die Arme entgegen. Bevor er sie hochhob, blickte sie noch einmal zurück zu den Schiffen. Wie große Schwäne lagen sie da, die Segel nun keine ausgebreiteten Flügel mehr, sondern an den Körper gefaltet. Sie blickte auf die Menschen, die Leitern herunterkletterten, blickte auf die Ruderboote und Jollen, die mit dem französischen Hofstaat gefüllt waren. In ihren Ohren klang das Geräusch der Wellen und der Jubelrufe und der Geigen. Es war Mai, Englands glückliches Druidenfest von einem Monat, wenn der Weißdorn blühte und die Rosen sich weit öffneten und die Fische aus dem grünen Schilfrohr in den Flüssen sprangen und die Menschen um den Maibaum tanzten, um den Monat zu beginnen, und Eichenblätter an ihren Hut hefteten, wenn er endete. Es war der Monat, in dem sie geboren war. Sie fühlte sich trunken vor Freude, war sich der Zeit und des Ortes auf eine besonders einschneidende Weise bewusst. Ich werde diesen Moment niemals vergessen, dachte sie, niemals.

»Aus dem Weg!«

Sie drehte sich um. Es war ihr Vater. Er hatte die Menge der Höflinge unter dem Baldachin verlassen, um sie zu holen. Und bei ihm war Barbara, ihre beste Freundin. »Du hast dich auf der Jacht ganz schön zur Schau gestellt, Fräulein. Grüne Strümpfe, ja? Und was kommt als Nächstes? Rouge?«

»Aber ich musste doch etwas tun, um dich daran zu erinnern, dass ich wieder zuhause bin.«

»Mein liebes, liebes Mädchen«, sagte ihr Vater. Sie umarmten sich, sie noch im Ruderboot, er davor. Er drückte sie an sich. »Ich habe dich so vermisst, Schatz.«

Sie begann zu weinen. Und ihr Vater ebenso.

Es herrschte Chaos. Es hatte keinen Sinn, etwas dagegen zu unternehmen. Die Franzosen kamen an. Manche von ihnen wateten entschlossen durch die spritzenden Wellen an den Strand, andere meckerten wie Schafe, weil sie ihre Kleider oder Schuhe nicht nass machen wollten, und warteten darauf, von Soldaten auf den trockenen Sand getragen zu werden. Die Prinzessin wurde von einem großen Gefolge begleitet, Hofdamen, Edelmänner, Diener, Priester, Amtsträger. Menschen liefen am Strand umher, während die Leibgarde des Königs versuchte, für Ordnung zu sorgen und die Leute zu den Kutschen und Wagen zu dirigieren, die sie auf die Klippe zum Dover Castle bringen würden.

Die Prinzessin blieb unter dem Baldachin, umgeben von wichtigen Hofdamen, Monmouth' und Yorks Ehefrauen und der Herzogin von Cleveland, der Geliebten des Königs. Mitglieder des Kronrates waren ebenfalls in großer Zahl anwesend, genauso wie eine Schar von Kindern des Königs und des Herzogs von York sowie wichtiger Adliger. Die königlichen Spaniels waren da, knurrten und bellten und waren generell im Weg. Um den Baldachin standen Kutschen, Wagen, Pferde, Stallburschen und die königlichen Pagen, die sich gegenseitig schubsten und jagten und sich so benahmen wie die Jungen, die sie waren.

Ihr Vater lief vor ihnen her, während Alice Arm in Arm mit Barbara auf den Baldachin zuging.

»Ist er da?«, flüsterte sie, weil sie nicht wollte, dass ihr Vater sie hörte.

»Ja.«

»Sie auch?«

»Nein.« Barbara hielt inne. »Ich kann es dir genauso gut jetzt erzählen. Ihr Sohn ist letzen Monat gestorben.«

Bevor Alice antworten konnte, kamen zwei junge Frauen unter dem Baldachin hervor auf sie zugerannt, ihre Freundinnen, Ehrenjungfern von Königin Katharina von England. Sie umarmten und küssten sie und schnatterten aufgeregt wie die Elstern, während sie sie zum Baldachin begleiteten.

»Diese grünen Stümpfe! Alle reden davon. Ich muss welche haben!«

»Oh, Alice, ich kann gar nicht glauben, dass du wieder zuhause bist. Du musst uns alles erzählen, alles. Wir haben gehört, dass die wunderbare La Vallière in Ungnade gefallen ist. Ist das wahr?«

»Colefax ist da. Er läuft unruhig auf und ab – ich glaube, er liebt dich immer noch!«

»Was hast du uns mitgebracht? Hast du uns etwas mitgebracht?«

Ein sehr schlanker Mann, der nicht größer war als Alice, stellte sich ihnen plötzlich in den Weg. »Ich habe deine Vorführung auf der Reling der Jacht gesehen. Exzellente Balance, und der Sprung war perfekt. Du musst mir alles zeigen, was du bei Madame gelernt hast, und zwar sofort. Beachte diese hirnlosen Schnatterliesen gar nicht. Keine von ihnen übt genug, und sie sind alle so tollpatschig wie Kühe.«

Sie ließ sich von ihm umarmen. Es war Fletcher, der Tanzlehrer der Königin.

»Es wurde auch Zeit, dass du nach Hause kommst«, sagte er leise. Dann änderte sich sein Tonfall. »Bewegt euch, ihr Kühe, alle reden schon vom Aufbruch zum Schloss. Alice, wir sind in dieser Festung auf kleinstem Raum eingepfercht. Ich schlafe im Stall bei den Pferden – bei den Pferden, hörst du –, und ich bin dankbar dafür.«

»Es sind doch nur dreizehn Tage«, sagte eine von König Katharinas Ehrenjungfern, eine gertenschlanke Schönheit namens Gracen. »Hört doch auf, euch zu beklagen.«

Dreizehn Tage, dachte Alice. Viel zu wenig Zeit, und dennoch musste sie reichen. Sie trat unter den Baldachin. Prinzessin Henriette wurde von den massigen Körpern der Männer verdeckt, die um sie herum standen, Männer in langen Mänteln, die ihnen bis zu den Knien reichten, und mit dicken, lockigen Perücken, wie König Louis von Frankreich sie jetzt mit Vorliebe trug. Ihre Schuhe hatten hohe, rot lackierte Absätze, sodass sie sogar noch größer waren als ohnehin schon. Der König und sein Bruder, der Herzog von York, wirkten riesenhaft.

Dort stand Colefax, er trug den schwarzen Trauerflor für sein totes Kind am Ärmel. Alice drehte sich um, damit sie ihm nicht begegnen musste. Gracen nahm sie bei der Hand.

»Königin Katharina fragt nach dir.«

Die Königin von England war klein und dunkelhaarig und erinnerte an einen Vogel. Alice knickste tief vor ihr, aber Königin Katharina ergriff ihre Hand, zog sie hoch und küsste sie auf beide Wangen. Ihre eigenen Wangen waren vor Aufregung gerötet, und sie sah beinahe hübsch aus, wie es manchmal der Fall war.

»Die Prinzessin fährt weg. Beeil dich!« Es war ihr Vater.

»Majestät, mit Eurer Erlaubnis?«, bat Alice Königin Katharina.

»Natürlich. Ihr müsst auf der Stelle gehen.«

»Wir sehen uns später!«, rief Alice Barbara und Gracen und ihren anderen Freundinnen unter den Ehrenjungfern zu.

Die Edelmänner aus König Charles' Leibgarde wiesen den Leuten den Weg zu den Kutschen. Stallburschen brachten denen die Pferde, die zum Strand geritten waren, doch König Charles' kläffende Spaniels machten die Tiere nervös, und sie zogen an den Zügeln, keilten aus. Kinder weinten, Musiker liefen umher und suchten nach einer Möglichkeit, zurück zum Schloss zu kommen, französischsprechende Leute verlangten nach Kutschen, aber niemand hörte ihnen zu. Alice sah die Prinzessin mit dem König in eine Kutsche steigen, dann rief jemand ihren Namen. Es war einer der königlichen Pagen, ihr Liebling.

»Wo warst du denn nur? In welcher Kutsche soll ich mitfahren?«, fragte sie ihn.

Aber er lief davon, ohne ihr zu antworten, und sie sah, dass Königin Katharina und ihre Hofdamen ebenfalls abfuhren. Plötzlich legte ihr jemand die Hand auf den Arm.

»Hier entlang. Ihr sollt mit dieser Kutsche fahren.« Es war Leutnant Saylor. »Ich habe Euch doch gesagt, dass ich Euch nicht fallen lassen würde«, meinte er zu Renée, während er ihr lächelnd beim Einsteigen behilflich war. Es war ein überwältigendes Lächeln. Alice hielt den Atem an, dann ergriff sie Saylors Hand, und er half ihr ebenfalls hinein. In der Kutsche war kaum noch Platz, weil darin bereits zahlreiche andere Ehrenjungfern aus dem Gefolge der Herzogin von York saßen. Sie nickten Alice kühl zu, weil sie wussten, dass sie der französischen Prinzessin diente, dass sie der Königin gedient hatte und somit sozusagen über ihnen stand.

»Ungeschickter Trampel! Ihr seid auf mein Kleid getreten und habt es zerrissen.«

Die Stimme war unverkennbar. Alice steckte den Kopf aus dem Fenster der Kutsche. Es war die Herzogin von Cleveland, die Geliebte des Königs, und sie funkelte Prinz Rupert böse an, der immer noch nass und ohne Perücke da stand.

»Dämliche Kuh«, sagte er zu ihr.

»Blöder Ochse.«

Hinter ihnen stand Colefax mit gerunzelter Stirn und blickte sich um, als würde er nach jemandem suchen. Er entdeckte Alice, und sie zog den Kopf wieder zurück in die Kutsche, wobei sie in ihrer Hast den Kopf gegen die Kante des Kutschenfensters stieß.

Die Kutsche fuhr ruckartig an. Nichts ändert sich, grübelte Alice, und dachte an die Herzogin von Cleveland und Prinz Rupert und an andere Streitereien, die den Frieden dieses Hofes bedrohten. Aber im Gefolge von Madame, wie Prinzessin Henriette in Frankreich genannt werden musste, und Monsieur, ihrem Mann, war es nicht anders.

Und dann war da Colefax mit dem schwarzen Band um seinen Arm und der Trauer in seinen Augen. Nichts ändert sich, und doch ändert sich alles.

Kapitel 2

In einem riesigen, hallenden Saal in der großen Festung von Dover Castle war das Empfangsbankett für Prinzessin Henriette in vollem Gange, hatte sich seinen Weg durch Reden und fröhliche Trinksprüche gebahnt, unterbrochen von Suppe, Karpfen, Schwein, Zunge, Aal, Languste, Gans, Kalbfleisch, Lamm, Makrele, Taube, Artischocken, grünen Bohnen – das war etwas Neues, natürlich aus Frankreich – und Salaten. König Louis von Frankreich hatte französischen Wein und Brandy als Zeichen seiner Großzügigkeit geschickt, und eine sehr große Anzahl dieser Flaschen war in den letzten Stunden entkorkt worden. Diener trugen Tabletts herein, auf denen sich Gelees, Torten, Schokolade und Pralinen stapelten. Die Leute begannen ihre Stühle zurückzuschieben und an dem langen Bankettisch entlangzugehen. Die Ehrenjungfern aus den königlichen Gefolgen Englands – von Königin Katharina, von der Herzogin von York – saßen alle zusammen an einem Ende des Tisches.

Alice nahm einen kleinen Schluck aus ihrem Weinkelch und beobachtete, wie zwei fünfzehnjährige Ehrenjungfern, die zu viel Wein getrunken hatten, sich gegenseitig mit Brot beschmissen. Alle redeten durcheinander. Sie kannte kaum die Hälfte der jungen Frauen und Mädchen, die heute Abend hier saßen. Bevor sie fortgegangen war, hatte sie fast jeden gekannt, und mehr noch, alle hatten sie gekannt. Gäbe es so etwas wie eine oberste Ehrenjungfer, dann wäre sie es gewesen.

»Wir haben über deine Haarnadeln gesprochen, Alice.« Es war Kit, etwas jünger als sie, eine Ehrenjungfer der Königin, die Alice kannte. Alice' Haare waren dick und schwer zu bändigen und wurden stets von Haarnadeln zurückgehalten. Heute Abend waren es Rosen aus

Blattgold mit Perlen in der Mitte, die schon recht alt waren. Sie hatte sie bei einem Kartenspiel in Frankreich gewonnen, von einer von Prinzessin Henriettes Hofdamen, die ihr schwor, sie hätten ihrer Großmutter gehört und dass der große Henri IV. von Frankreich sie selbst aus ihrem Haar gezogen hätte, als die beiden sich liebten.

»Und diese Strümpfe«, fuhr Kit fort. »Ich möchte ein Paar in genau dieser Farbe.«

»Du kannst dir meine morgen borgen.«

»Wie reizend von dir, Alice.«

Es war Gracen, eine weitere Ehrenjungfer von Königin Katharina, die kühle Gracen, die spöttische Gracen, die in Alice' Abwesenheit erwachsen geworden war. Jetzt strahlte sie eine beeindruckende Überlegenheit aus. Alice konnte sich nicht erinnern, dass Gracen früher beeindruckend gewesen war.

Auch Alice konnte spöttisch sein. »Ich dachte, du wärst schon verheiratet und hättest ein Baby auf jeder Hüfte.«

»Oh, ich folge nur deinem Beispiel.«

Touché, dachte Alice.

»Wir sind gehässig zu Caro, Alice«, meinte Kit und geriet mit ihrem Ärmel in das Essen, als sie nach ihrem Kelch griff. »Wir haben es ihr für dich heimgezahlt.«

Die reizende Caro, die tollpatschige Caro, die loyale Caro, die Alice' Verlobten geheiratet hatte. Es war ein Skandal gewesen, über den alle am Hof damals tratschten und lachten. Hatte Alice wirklich geglaubt, es würde nicht wehtun, wieder von ihr zu hören? Es tat weh. Ich hasse die Herzen der Menschen, dachte sie. Sie sind unberechenbar und kapriziös.

»Ihr kleiner Junge ist gerade gestorben.«

Der kleine Junge, dessen Zeugung die Ehe zwingend notwendig gemacht hatte.

»Es ist schon wieder eins unterwegs. Colefax ist offensichtlich ein aufmerksamer Ehemann.« Gracen beobachte Alice, um zu sehen, was ihr Gesicht preisgeben würde.

»Sei still, Gracen«, sagte Kit. »Das ist nicht nett.«

»Trink doch noch ein Glas Wein, Kit«, erwiderte Gracen. »Das steht dir so gut.«

»Du bist gemein.«

»Und du bist hässlich.«

»Bin ich nicht.« Kit fing an zu weinen, jene Tränen, die einem leicht kamen, wenn man zu viel Wein getrunken hat. »Bin ich das, Alice? Sag es mir.«

»Natürlich bist du nicht hässlich. Geh schnell, und trockne dir die Tränen. Beeil dich, bevor Brownie dich sieht.« Alice lehnte sich in ihrem Stuhl zurück und blickte in Gracens Augen, die sie groß und unschuldig ansahen. »Das war grausam.«

»Das wäre es nur, wenn sie wirklich hässlich wäre.« Gracen zeigte auf Barbara und Renée, hinter deren Stühlen sich die Männer in Zweier- und Dreierreihen drängten und ihnen den Hof machten. Es war ein Sport am Hof, eine Ehrenjungfer zu verführen. Eine junge Frau musste sehr hübsch sein oder sehr geschickt, um diese Bemühungen schadlos zu überstehen. Barbara war die Schönste von allen – zerbrechlich und blond. Wenn sie errötete, dann war es, als würde Sahne mit frischen Erdbeeren gemischt. Obwohl Gracen es inzwischen mit ihr aufnehmen konnte. Renée hingegen war einfach umwerfend – ein blasses ovales Gesicht, umrahmt von dunklen Locken, und blaue Augen, die wie Juwelen leuchteten. »Und ihr Name ist. . . ?«, fragte Gracen und nickte hinüber zu Renée.

»Louise Renée de Keroualle.«

»Jetzt werden Schafe in Mode kommen.« Gracen ahmte ein Mähen nach, und die jungen Frauen um sie herum, die es hörten, lachten.

So, so, dachte Alice. Was für scharfe Augen und welch eine scharfe Zunge unsere Gracen inzwischen hat. Renées Augen standen weit auseinander, sodass man hätte sagen konnte, sie ähnele einem Schaf, wenn auch einem sehr schönen. Gab Gracen hier jetzt den Ton an? Das war nicht der Fall gewesen, als Alice ging. Damals war es Alice selbst gewesen – eigentlich Alice und Barbara, mit Caro als treue Dritte im Bunde. »Wer ist der Mann, der direkt hinter Barbaras Stuhl steht?«, fragte Alice.

»John Sidney. Erinnerst du dich an ihn?«

»Kaum.«

Mit gerunzelter Stirn betrachtete Alice den ernsten jungen Mann, der Barbara nicht von der Seite wich. Etwas Besitzergreifendes lag in seiner Haltung. Sie deutete auf den großen Mann von der Leibwache mit den eisblauen Augen, der an Bord der Jacht gewesen war und sich schon früh hinter Renées Stuhl gestellt hatte und der diesen Platz bisher noch nicht verlassen hatte. »Erzähl mir von ihm.«

»Richard, Baron Saylor«, meinte Gracen. »Unser hübscher Soldat, so hübsch wie Monmouth, wie ich finde. Er kam an den Hof, als du gerade fort warst. Seine Schwestern sind ebenfalls am Hof.«

Ja, so machte man das am Hof. Man eroberte sich eine Position, und dann holte man seine Familie nach und brachte sie hier und da unter, damit auch sie Ehrungen und Positionen ergattern konnten. Die alte Ordnung war durch den langen Bürgerkrieg und das nachfolgende Protektorat zerstört worden. In der neuen Ordnung, die König Charles vor zehn Jahren etabliert hatte, hatte noch nicht alles seinen festen Platz gefunden. Wenn Alice Familie gehabt hätte, die der Rede wert gewesen wäre, so hätte sie dasselbe getan. Wie die Dinge standen, waren ihre Freundinnen ihre Familie.

»Zeig sie mir, Gracen.« Alice' Augen folgten der Richtung, in die Gracens elegante Finger zeigten. Die Saylors waren eine hübsche Familie. Alle drei hatten etwas Stolzes, Strahlendes, Lohfarbenes an sich.

Kit setzte sich wieder zu ihnen. Ihre Tränen waren getrocknet, und sie hielt den Blick auf Gracen gerichtet. »Louisa Saylor flirtet schrecklich viel, und sie ist hinter deinem Vater her, Alice. Ihre Schwester hat Gracen Lord Cranbourne direkt vor der Nase weggeschnappt und ihn geheiratet. Das war ziemlich lustig – Autsch! Gracen! Nicht kneifen!«

»Na, wen zerreißt ihr gerade in Stücke?«

Barbara hatte ihre Bewunderer verlassen und setzte sich neben Alice auf deren Stuhl, indem sie Alice mit einer schnelle Bewegung der Hüfte zur Seite schob. Sie lehnte den Kopf an Alice' Schulter und lächelte glücklich. »Nicht mich, hoffe ich.«

»Wir haben über die Saylors gesprochen«, erklärte Alice.

»Richard ist ein Erzengel, der in unsere Mitte herabgestiegen ist. Er sieht aus wie ein Erzengel, findest du nicht, diese gerade Nase, diese Augen?« Barbara hatte zu viel getrunken. Normalerweise war sie zurückhaltend und ruhig, aber wenn sie Wein trank, wurde sie redselig und lustig. Alle liebten es, wenn Barbara trank.

»Kein Engel. Ein Wikinger. Er sieht aus, als habe ein Wikinger sich vor langer Zeit an einer Frau seiner Familie vergangen, und er ist der lebende Beweis dafür.« Gracen erschauderte anzüglich, dann wurde sie wieder einschmeichelnd charmant. »Alice, ich möchte deine Freunde kennenlernen. Sie wirken so geistreich und weltgewandt.«

Freunde?, dachte Alice. Sie hatte keine Freunde im Gefolge von Prinzessin Henriette, außer Renée und Beuvron. Gracen hatte den Blick auf den Marquis d'Effiat und die anderen hübschen, glanzvoll modischen jungen Männer gerichtet, die am anderen Ende des Saales Hof hielten. Sie hätten diese Reise eigentlich gar nicht antreten sollen; sie waren der Prinzessin von ihrem Mann aufgezwungen worden. Es hatte deswegen einen schrecklichen Streit gegeben.

»Der Marquis d'Effiat ist nicht mein Freund. Er ist über alle Maßen unhöflich zu Madame ...«

»Madame wer?«, unterbrach Kit sie.

»Madame niemand. ›Madame‹, so muss Prinzessin Henriette in Frankreich genannt werden, und ihr Mann wird ›Monsieur‹ genannt«, erklärte Alice ungeduldig und dachte, dass sie ewig brauchen würde, um die komplizierte Etikette am französischen Hof zu erklären. »Die Franzosen nehmen es mit Titeln sehr genau. Man wird auf dem Scheiterhaufen verbrannt, wenn man einen Fehler macht. D'Effiat gehört zum Gefolge von Monsieur und macht keinen Hehl aus seiner Verachtung für die Prinzessin. Er verleumdet sie, wann immer er kann. Und er ist wirklich gefährlich.«

»Dann muss ich ihn unbedingt kennenlernen.« Gracen brachte die anderen Zuhörerinnen erneut zum Lachen.

»Du bist dumm, so etwas zu sagen.«

Gracen lehnte sich zurück, die Wangen gerötet. Sie warf den Kopf mit einer verärgerten Geste zurück und sah dabei wunderschön und selbst ein bisschen gefährlich aus.

Alice schwieg. Sie machte alles noch schlimmer. Natürlich würden sie das nicht verstehen. Sie hatten nicht zwei Jahre lang den Krieg zwischen den beiden Gefolgen erlebt, zwischen dem der Prinzessin und dem des Prinzen, in den jeder vom Herrn bis zum Diener verwickelt war. Wo bittere Anschuldigungen morgens anfingen und nachts noch nicht endeten, wo die Rache, egal wie viel Schmerz sie verursachte, niemals aufhörte. König Charles konnte grausam sein, aber sein Hof war träge und entspannt, genauso wie er selbst, und er hasste Streit, tat alles, um ihn zu vermeiden, war sogar verärgert darüber, wenn man ihm die Energie abverlangte, etwas auszudiskutieren. Zu den Dingen, die sie sich für diesen Besuch vorgenommen hatte, gehörte auch, mit jemandem darüber zu reden, wie unglücklich die Prinzessin war. Aber sie würde das alles nicht ihren Freundinnen erzählen. Sie wechselte das Thema. »Wo ist denn seine Hoheit, der Herzog von Balmoral?«

Balmoral befand sich nicht unter den großen Männern, die an der Seite der königlichen Familie saßen, wo eigentlich sein Platz gewesen wäre. Er war ihr Retter. Ein Mann von Ehre. Der Einzige von ihnen, der in dem dummen kleinen Drama, in dem sie und Cole und Caro mitgewirkt hatten, seine Würde bewahrt hatte.

»Ich habe ihn nicht gesehen«, meinte Barbara.

»Warum fragst du nicht Lord Colefax?« Gracen zahlte es ihr zurück. Colefax – Cole – war Balmorals Neffe und Erbe.

»Eine hervorragende Idee.« Alice ließ ihre große Damast-Serviette in eine Schüssel fallen und erhob sich von ihrem Stuhl. »Vielen Dank, Gracen. Vielleicht tue ich genau das. Und übrigens, falls ein Wikinger sich tatsächlich irgendwann einmal an einer Saylor-Frau vergangen hat, dann glaube ich, hat eine Spinne dasselbe mit einer Sidney-Frau getan. Es tut mir leid, aber John Sidney hat Spinnenbeine.«

Alle außer Barbara brachen in Gelächter aus. So wie es Mode war, dass Frauen ihre Beine unter langen Röcken und Unterröcken verbargen, sodass schon ein kurzer Blick auf ihre Fesseln erotisch war, zeigten die Männer ihre Beine in engen Hosen, die bis zum Knie reichten, und in Strumpfhosen, die jeden Muskel der Unterschenkel sichtbar machten. Schöne, muskulöse Beine wurden ebenso bewundert wie die Schultern der Frauen. Der Feldzug hat begonnen, dachte Alice. Und ihren ersten Treffer gegen diesen John Sidney hatte sie gelandet.

Ihre Freundinnen sahen sie davonschweben, die Schultern blass und nackt und straff aus dem Mieder ihres Kleides erhoben, während die wunderschönen goldenen Röschen hier und da zwischen ihren Locken hervorschimmerten.

»Sie geht doch nicht wirklich zu Colefax und spricht mit ihm, oder?«, fragte Gracen bewundernd, mit weit aufgerissenen Augen.

»Vielleicht tut sie es«, erklärte Barbara.

Gracen starrte Alice nach, und ihre Augen wurden schmal. »Sie wird mich nicht daran hindern, zu flirten, mit wem ich will. Ich wäre die perfekte Comtesse.«

»Du sprichst kein Französisch«, sagte Kit.

»Ich habe andere Vorzüge. Was ist denn los mit dir, Liebes?« Gracen bemerkte, dass Barbara zusammengesunken auf dem Stuhl saß, den sie so fröhlich mit Alice geteilt hatte.

»Mister Sidney hat keine Spinnenbeine, oder?«

Kit brach in Gelächter aus.

»Solange ein anderer Körperteil gut entwickelt ist, spielt das keine Rolle, sage ich immer«, erwiderte Gracen, und diesmal musste sogar Barbara, die niemals so rüde war wie die anderen, lächeln.

»Alice.«

Ein königlicher Page umarmte sie. Seine Hände klammerten sich fest um die Taille ihres Kleides, und das Lächeln auf seinem Gesicht und in seiner Stimme war aufrichtig. Sie streichelte einen Moment seine Schulter. Die Pagen, Jungen zwischen acht und dreizehn, dienten am königlichen Hof als Boten und Adjutanten. Für Alice waren sie wie die jüngeren Brüder, die sie nicht hatte. »Wo ist Edward?«, wollte sie wissen. Er war ihr besonderer Liebling.

»Irgendwo bei der Königin.«

»Finde ihn bitte, und sag ihm, dass ich ihn brauche. Es ist sehr wichtig.«

Sie hörte lautes Gelächter und sah sich nach dem Grund dafür um. Da standen die Männer aus Monsieurs Gefolge, die sich bei dieser Reise aufgedrängt hatten, angeführt von d'Effiat, und unterhielten sich schnell auf Französisch. Sie gestikulierten wild, und was immer sie erzählten, amüsierte die um sie versammelte Gruppe ganz offensichtlich. Und warum auch nicht? Sie waren teuer gekleidet, von nobler Herkunft, stolz wie wilde Falken, und all das war im Moment in Paris sehr in Mode. Schließlich gehörten sie zum zweitwichtigsten Gefolge im französischen Königreich, zu dem von Monsieur, dem einzigen Bruder des Königs von Frankreich. Schon nach dieser kurzen Zeit hatten sie die Aufmerksamkeit des Hofes auf sich gelenkt. Beuvron sah sie und entfernte sich unauffällig von seinen Freunden.

»Amüsierst du dich gut?«, fragte sie, nachdem sie ihre Wangen aneinander gelegt hatten. Er war der Einzige von ihnen, den sie mochte, und selbst ihm traute sie nicht wirklich.

»Überraschenderweise.«

»Wieso ist das eine Überraschung?«

»Wir hatten damit gerechnet, dass Hühner durch die Zimmer laufen und alle Heu im Haar haben würden.«

»Wir Engländer können beizeiten sehr zivilisiert sein.«

»Alice, meine Süße . . .«

Sie kannte ihn gut. »Wie viel?«

»Eine Guinee?«

»So viel habe ich nicht, aber ich gebe dir, was ich kann.« Sie wandte sich ab und nestelte an ihrem Rock. Dann zog sie einen kleinen Beutel aus einer versteckten Tasche und schüttete Münzen in ihre Hand. Sie hatte immer ein paar Münzen dabei. Es war ein Überbleibsel aus ihrer unsicheren Vergangenheit, eine Vorsichtsmaßnahme, die ihr Vater ihr eingebläut hatte.

»Du bist ein Engel, Alice.«

Sie antwortete nicht und beobachtete, wie er zu der Gruppe zurückkehrte, genauso diskret wie er sie verlassen hatte. Die anderen sollten nicht bemerken, dass er mit ihr gesprochen hatte. Seit einigen Wochen spürte sie eine Veränderung an diesen Männern. Das konnte kein gutes Zeichen sein. Wo in dieser Menschenmenge war ihr Vater? Man spielte bereits zum Tanz auf, zu jenen komplizierten, imposanten Schritten, die der französische Hof eingeführt hatte, und alle beobachteten die königliche Familie, die den ersten Tanz allein tanzte. König Charles tanzte mit seiner Schwester. Der Herzog von York bildete ein Paar mit der Königin. Monmouth hielt die Herzogin von York im Arm; und Prinz Rupert verbeugte sich, jetzt in trockener Kleidung, vor Monmouth' Frau. In Paris wäre es absolut undenkbar gewesen, dass ein unehelicher Sohn wie Monmouth sich bei den offiziellen Mitgliedern der Königsfamilie aufhielt, aber hier war das etwas anderes. Er ist erwachsen geworden, dachte Alice, während ihr Blick über ihn glitt, ihren ersten Freund. Sie kannten sich schon aus jenen wilden, sorgenvollen Tagen, als sich König Charles im Exil befand und niemand am verarmten Hof des Königs wusste, woher die nächste Mahlzeit kommen sollte. Sie und Monmouth waren Kinder des Exils und Kinder der Rückkehr. Ihre Füße bewegten sich in Tanzposition, obwohl sie keinen Partner hatte. Es gab nichts, was sie mehr liebte als Tanzen.

Der junge Edward erschien vor ihr, und sie ging mit gemessenen, anmutig gleitenden Schritten um den Hofpagen herum und sagte: »Du bist zehn Zentimeter gewachsen, Edward. Wie kannst du es wagen, so etwas Ungehöriges zu tun?« Sie verbeugte sich in der Art, wie man es eigentlich am Ende des Tanzes tat, obwohl die Musik weiterspielte.

»Man hat mir gesagt, Ihr braucht mich.«

»So ist es. Der erste Punkt ist, dass du mir keinen Begrüßungskuss gegeben hast. Es bricht mir das Herz. Wer hat mich in deiner Wertschätzung abgelöst? Und wenn du mir jetzt sagst, es ist Gracen Howard, dann werde ich dir den Hals umdrehen. Und zweitens will ich wissen, wo der Herzog von Balmoral ist.«

»Ich habe ihn nicht gesehen.«

»Nun denn, mein süßer Knabe, es ist furchtbar wichtig, dass ich erfahre, wo er ist. Kannst du das für mich herausfinden? Es ist eine Münze für dich drin – wie immer.«

Seine Augen strahlten; in ihm vereinte sich das Herz eines Geschäftsmannes mit einer jungenhaften Schönheit, und deshalb vertrauten ihm die Leute. Er war schon oft von unschätzbarem Wert für sie gewesen.

»Hüte dich vor diesen da ...« Sie deutete mit dem Kopf auf d'Effiat und die Männer um ihn herum. »Sag das auch den anderen Pagen. Und hilf mir, sie auszuspionieren, aber sei vorsichtig, halt immer sicheren Abstand zu ihnen, ja? Dann habe ich noch mehr Münzen für dich.«

Aufgeregt über ihre Bitte nickte er. Sie sah ihm nach, wie er zwischen den Höflingen verschwand. Sie hätte ihn fragen sollen, wo ihr Vater war. Der erste Tanz endete. Sie lächelte ihren Freund Monmouth an, woraufhin er auf sie zukam. Auch auf seinen Lippen erschien ein Lächeln. Noch während sie in einen Knicks versank, begann sie zu reden, fiel zurück in den alten freundschaftlichen Ton zwischen ihnen, vertraute darauf, dass sich in den zwei Jahren, die sie fort gewesen war, nichts verändert hatte. »Jamie, ich möchte dich um einen Gefallen bitten. Es ist wichtig.«

»Ich freue mich auch, dich wiederzusehen, Alice.«

»Neck mich nicht. Du musst dir unbedingt etwas überlegen, wie man den Marquis d'Effiat und seine Freunde während ihres Besuchs so weit wie möglich von Madame fernhalten kann.«

»Und warum sollte ich das tun, mal abgesehen von der Tatsache, dass er eine eingebildete Kröte ist?«

»Er ist hier, um sie auszuspionieren.«

»Wie meinst du das, Alice?«

»Ich meine, dass Monsieur diesen Besuch unbedingt verhindern wollte und einige aus seinem Gefolge nur deshalb mitgeschickt hat, um sie zu überwachen. Sie werden jedes Lächeln als Koketterie oder Untreue melden. Vertrau mir in dieser Sache, ja, Jamie? Dafür werde ich in deiner Schuld stehen.«

Seine Reaktion traf sie völlig unvorbereitet. Er ergriff ihre Hand und zog sie an sich, sodass sein Gesicht ihrem viel zu nah war. Sein Lächeln war zu anzüglich. »Du kannst mit einem Kuss bezahlen.«

Sie war so schockiert – und verletzt –, dass ihr die Worte fehlten. Was sollte das? Wer war das? Sie hatten das Exil gemeinsam überstanden und den berauschenden Triumph der Rückkehr zusammen genossen. Dieser Mann war mehr ihr Bruder als irgendjemand sonst. Wie konnte er das, was sie ihm gerade gesagt hatte, einfach so abtun, und sie wie irgendeine Frau behandeln, mit der er flirtete? Sie betrachtete sein sorgloses Lächeln, sein stolzes, entspanntes Gesicht. Niemand schlägt ihm mehr irgendetwas ab, dachte sie. Es war Teil des Fluchs, zur königlichen Familie zu gehören, selbst wenn jemand unehelich geboren war. Er war zu sehr verwöhnt worden. Von seinem Vater geliebt, temperamentvoll und mit seinen dunklen Augen und dem dunklen Haar unglaublich attraktiv, war er der Liebling der englischen Restauration. Sie gab ihm einen flüchtigen keuschen Kuss auf die Lippen, doch ihr Gesichtsausdruck blieb ernst. Ihre Gedanken überschlugen sich. Für das, was sie plante, brauchte sie einen Verbündeten, keinen Mann, der nur auf einen Flirt aus war. Sie hatte geglaubt, ihm ihre Sorgen anvertrauen zu können. Doch plötzlich war sie sich nicht mehr sicher, und das verstörte sie. Nichts ändert sich, und doch ändert sich alles. »Da hast du deinen Kuss, Jamie.«

Ernüchtert trat er einen Schritt zurück und sah den verletzten Ausdruck in ihrem Gesicht.

»Wirst du es tun?«

»Vielleicht.«

Seine Antwort war einfach nicht gut genug. Sie ging zurück zu dem Platz, an dem die Ehrenjungfern saßen, und dachte fieberhaft nach. Dann musste sie sich eben an ihren Vater wenden. Ihrem Vater zu vertrauen war immer ein Risiko. Der spinnenbeinige John Sidney und Barbara steckten die Köpfe zusammen, und ihrem Gesichtsausdruck nach zu urteilen, sagte er offensichtlich etwas, das sie gerne hörte. Im nächsten Moment war Alice neben ihnen, setzte sich abrupt auf Barbaras Schoß und schlang die Arme um ihren Hals. Sie ignorierte John völlig. »Das ist so typisch für ihn«, sagte sie und machte ein trauriges Gesicht. »Er hat mich verlassen.«

»Das würde dein Vater niemals tun«, meinte Barbara, die sofort wusste, von wem sie sprach.

»Das tut er immer.«

»Ich bin sicher, er ist irgendwo in der Nähe.«

»Dann komm, und hilf mir, ihn zu finden, bitte, Ra.« Um sie zu überreden, benutzte Alice den Kosenamen, mit dem alle Ehrenjungfern der Königin Barbara anredeten.

Aber Barbara musste nicht überredet werden. Alice war ihre beste Freundin. »Natürlich helfe ich dir.«

Als sie weggingen, blickte Alice über die Schulter zurück zu John Sidney, der ihnen völlig perplex nachsah. Ein bisschen begriffsstutzig, dachte Alice. Ihr müsst schon früher aufstehen, um Euch mit mir zu messen, Sir.

»Was in aller Welt hast du getan, um Mistress Verney so gegen dich aufzubringen?«, fragte Richard Saylor, der in der Nähe saß.

»Ich habe keine Ahnung«, erwiderte John. »Ich kenne sie kaum.«

»Na, wenn mich nicht alles täuscht, dann hat man dich genau unter die Lupe genommen, für unzureichend befunden und hinterrücks überfallen, alter Junge.«

»Hinterrücks überfallen? Wie meinst du das?«

»Erinnere mich dran, niemals mit dir zusammen in eine Schlacht zu ziehen. Begleite mich, während ich noch einen Versuch unternehme, mit Mademoiselle de Keroualle zu flirten. Ich werde heute Abend mit ihr tanzen, so oft wie sie es mir gestattet. Vier Mal. Wetten, lieber Cousin, dass ich sie dazu überreden kann, vier Mal mit mir zu tanzen?«

»Verehrst du sie denn so sehr?«

»Ich liebe sie.«

Gracen verharrte einen Augenblick im Eingang des Alkovens, in dem sich d'Effiat und die anderen versammelt hatten. Sie konnte sehen, dass Engländer und Franzosen zusammen um einen runden Tisch saßen und um Geld Karten spielten, eine Sprache, die alle verstanden.

Gracen klappte ihren kunstvoll bemalten Handfächer auseinander, ging hinein, als würde sie alle dort Versammelten kennen, hielt inne und keuchte dann theatralisch. »Ich bitte um Verzeihung«, sagte sie und wedelte aufgeregt mit ihrem Fächer.

Die Männer hörten auf zu spielen, erhoben sich.

»Ich suche nur nach jemandem. Ich wollte nicht stören.«

»Und wer ist diese Schönheit?«, fragte d'Effiat auf Französisch.

»Es ist Mademoiselle Howard, eine der Ehrenjungfern von Königin Katharina«, erwiderte ein Engländer.

D'Effiat betrachtete ihre großen Augen, die hohen Wangenknochen. »Stellt mich Ihr vor.«

»Mistress Howard, darf ich Ihnen den Marquis d'Effiat vorstellen.« Dann ging der Mann um den Tisch herum und stellte ihr auch die anderen anwesenden Franzosen vor. Einer nach dem anderen nickte ihr zu. Auf ihren Gesichtern stand Bewunderung.

»Ich habe Euer Spiel unterbrochen«, sagte Gracen. »Bitte vergebt mir dafür.«

»Würdet Ihr Euch zu uns setzen?«, fragte d'Effiat.

Beuvron, der Englisch sprach – er übte täglich mit Alice – übersetzte.

»Leider nein. Ich wollte gerade auf der Brüstung spazieren gehen und den Mond bewundern. Ich habe nach einem Begleiter gesucht.« Sie blickte d'Effiat mit flatternden Augenlidern an, während Beuvron übersetzte, was sie sagte.

»Und Ihr sollt Begleitung haben«, sagte d'Effiat, dem nicht entging, dass sie mit ihm flirtete. Er war auf seine missgelaunte Weise attraktiv und erwartete Bewunderung. »Das Spiel kann warten – eine schöne Frau niemals.« Er ließ seine Karten und die Münzen, die vor ihm aufgestapelt waren, liegen und ging hinüber zu Gracen, bot ihr seinen Arm. Sie betrachtete sein Gesicht, hochmütig und gutaussehend, und lächelte, vollauf mit sich zufrieden.

»Beuvron, begleite uns, und spiele den Liebesboten zwischen mir und diesem hübschen verirrten Schäfchen.«

Kapitel 3

Alice und Barbara unterhielten sich in einem Eckturm neben der großen Halle. Sie standen an einem der geöffneten Fenster. Die Nacht verbarg, wie ausgedehnt die Schlossanlage war, deren Außenwände zur See hin lagen. Aber hier und dort schimmerten Lichter herüber, von einem anderen Turm, vom Wachhaus, und man konnte das Meer wie ein gedämpftes Donnern hören. Alice schloss die Augen und seufzte. Sie wollte Barbara so viel erzählen, sie so viel fragen. Zwei Jahre waren eine lange Zeit. In den Briefen, die sie sich geschrieben hatten, war nie genug Platz für alles gewesen. Ein weiteres Geräusch von draußen ließ sie aufhorchen.

»Was ist das?«

»König Charles hat silberne Glocken in die Brüstung hängen lassen, damit die Prinzessin zu deren Klang einschlafen kann.«

Die Glocken klangen hell, süß im sanften Wind, und etwas in ihrem Klang berührte das Herz. In ihrem Rücken, hinter einer Tür, ging das ausgelassene Feiern weiter, die Musik spielte, Leute tanzten, unterhielten sich, lachten, flirteten.

»Wie viele von Euch sind mit der Prinzessin gekommen?«, fragte Barbara.

»Zu viele.« Alice dachte an d'Effiat und seine Freunde. »Ungefähr zweihundert.«

»Meine Güte.«

»König Louis ist mit nichts jemals sparsam. Er wollte, dass ihr – wir – von seiner Pracht beeindruckt sind.«

»Das sind wir.«

»Seit wann bist du eigentlich so gut mit Mister Sidney befreundet?« Sie stellte die Frage beiläufig, als würde es sie nicht interessieren.

»Es ist …«, Barbara suchte nach dem richtigen Wort, »… gewachsen.«

»Und wie geht es Ihrer Majestät der Königin?«

»Der Frühling war schwer für sie, Alice. Sie hat wieder ein Baby verloren. Der König hat sich eine Schauspielerin ins Bett geholt. Sie hat gerade sein Kind geboren – einen Jungen. Es tut mir weh, davon zu sprechen. Lass uns gehen und nach deinem Vater suchen.«

Sie gingen zurück in die große Halle, bahnten sich ihren Weg durch die Menge, spähten in Ecken und Alkoven und fanden ihn schließlich auf den langen, breiten Stufen, die in die Halle hinaufführten, wo er mit einer bemerkenswert attraktiven blonden jungen Frau saß. Die Schwester des Wikingerengels, dachte Alice. Bemerkenswert in der Tat. Kits Warnung klang ihr wieder im Ohr. Wollte sie sich Alice' Vater angeln und sich sein Vermögen unter den Nagel reißen? Bei Männern, die so alt waren wie ihr Vater, so alt wie der König, um die vierzig, war es Mode, Frauen den Hof zu machen, die gerade erst zu Frauen geworden waren. Und ihr Vater ging immer mit der Mode. Mit schwingenden Röcken trat sie zu ihm. Barbara, die ihre Stimmung an der Haltung ihrer Schultern ablesen konnte, trat ein paar Schritte zurück.

Sir Thomas Verney erhob sich. »Schatz, ich möchte dir Mistress Louisa Saylor vorstellen.«

Alice schwieg und würdigte Louisa keines Blickes.

»Nun«, meinte Louisa in die Stille, »ich muss gehen. Die Musik ruft. Und vergesst nicht, dass Ihr versprochen habt, mit mir zu tanzen, Sir Thomas. Ich werde warten und mich vor Sehnsucht verzehren, bis Ihr es tut.«

Alice sah, wir ihr Vater vor Stolz anschwoll.

»Eine Lüge, Miss. Ich werde mich durch das Heer Eurer Verehrer kämpfen müssen.«

»Unsinn. Ihr müsst nur auf mich zukommen, und die anderen werden einfach so zurückweichen.« Louisa schnipste mit den Fingern, und ihre Ohrringe tanzten. Sie war zierlich und blond, kokett und geradeheraus. »Ich freue mich so, endlich Eure Bekanntschaft zu machen, Mistress Verney«, sagte sie zu Alice' hochmütigem Profil. »Euer Vater spricht mit solcher Liebe von Euch.« Ihr Kleid glitt geräuschvoll über die Steintreppe, während sie hinunterging, der Musik und der Menge entgegen.

Sir Thomas Verney zog drohend die dunklen Augenbrauen zusammen; Barbara entfuhr ein besorgter Laut. Sie konnte Streit nur schwer ertragen, und wenn Alice und ihr Vater zusammen waren, gab es oft Streit. Auch jetzt hing einer in der Luft. »Entschuldigt mich«, sagte sie, »ich weiß, Ihr habt viel zu besprechen.« Sie floh.

»Hast du irgendetwas über ein Arrangement gehört, einen ... nun, sagen wir mal, einen Vertrag? Du bist ein schlaues Mädchen, Alice. Es wäre natürlich geheim, darüber würde nicht offen gesprochen, aber dir kommen Sachen zu Ohren, du bemerkst Dinge«, meinte Sir Thomas.

»Wenn es ein Geheimnis wäre, dürfte ich nicht darüber sprechen ...«

»Spiel keine Spielchen mit mir, Alice.« Ihr Vater war unerbittlich. »Man hört Gerüchte. Zum Beispiel, dass Monsieur außer sich gewesen sein soll, nicht mitreisen zu dürfen.«

»Monsieur, Vater, ist außer sich, wenn sein Umhang nicht so sitzt, wie er sollte. Er kennt nur zwei Stimmungslagen, beleidigt oder wütend. Auf was bist du aus?«

Er tippte auf seine Nase. »Ich rieche einen in französisches Parfüm gehüllten Braten. Ich frage mich ernsthaft, ob unter dem Deckmantel dieses Familientreffens nicht irgendein Handel zwischen König Charles und König Louis vor sich geht. So ist es nicht, oder?«

Alice zuckte gleichgültig die Schultern. Die Brust ihres Vaters schwoll wieder an, aber diesmal nicht vor Freude. »Du warst unhöflich zu Mistress Saylor.«

»Entschuldige, dass ich deinen lächerlichen Flirt gestört habe, der natürlich sehr viel wichtiger ist als alles, was ich dir vielleicht zu erzählen habe ...«

Von oben ertönte ein leises Hüsteln, das sie innehalten ließ. Alice drehte sich um und sah Edward auf einer der oberen Stufen stehen. Sie eilte zu ihm.

»Balmoral ist krank«, flüsterte Edward.

»Was soll das heißen, krank?«, flüsterte Alice mit scharfer Stimme zurück.

»Ich weiß es nicht. Er ist in London geblieben, in Whitehall. Und Mistress Howard geht auf dem Dach mit dem Franzosen spazieren, den Ihr nicht mögt.«

»Edward, du übertriffst meine Erwartungen. Komm morgen früh zu mir, und ich gebe dir drei Münzen statt einer.« Sie wandte sich wieder ihrem Vater zu. Das Licht der Fackeln, die an den Steinwänden der großen offenen Treppe befestigt waren, flackerte über sein Gesicht. Das Spiel der Schatten schien seine Eitelkeit sichtbar zu machen, seinen Ehrgeiz, seinen wankelmütigen Wechsel von einem wichtigen Mann zum nächsten, um seine eigene Karriere voranzutreiben. Nichts ändert sich. Sie musste jetzt geschickt vorgehen. Sie ging zu ihm hinunter. »Wusstest du, dass Seine Hoheit Balmoral krank ist?«

»Ich glaube, es ist nichts Ernstes.«

»Weißt du das ganz sicher?«

»Nein.«

»Kannst du es herausfinden?«

»Wenn ich es nur wüsste. Etwas ist im Busch.« Sir Thomas blickte sich unzufrieden um. »Ich rieche es, das sage ich dir. Bist du sicher, dass du nichts gesehen hast, nichts gehört hast über eine Vereinbarung, einen Vertrag zwischen den Königen?«

»Ich weiß nichts, aber ich mache mir Sorgen.« Sie hielt inne, vorsichtig jetzt, unsicher, wie viel sie preisgeben durfte. Seit König Charles' Krönung vor zehn Jahren verharrte ihr Vater am Rande des Kreises wichtiger Männer, die ihn berieten, er war einer ihrer Untergebenen. Er wollte hinein in diesen einflussreichen Kreis. Und dieser heiße Wunsch machte ihn gefährlich. »Bist du immer noch mit Buckingham verbündet oder nicht?«

Ein Schatten huschte über sein Gesicht, der ihr viel sagte. »Ich bin sein Mann. Wer stellt meine Loyalität in Frage?«

»Niemand, Vater.« Ihr blieben nur dreizehn Tage in England, und sie wusste nicht, wem sie vertrauen konnte. Wie sollte sie die Atmosphäre in Prinzessin Henriettes unglücklichem Gefolge erklären, die Feindseligkeit, den Krieg, der zwischen der Prinzessin und ihrem Mann und dessen abwesendem Geliebten tobte? Sie hatte geglaubt, Monmouth würde ihr in dieser Sache helfen. Gezwungen zu sein, ihrem Vater zu vertrauen, machte sie vorsichtig, nervöser, als sie es sowieso schon war. »Würdest du dem Herzog von Buckingham von mir ausrichten, dass ich mir um Ihre Hoheit Sorgen mache? Vielleicht wird er mir gestatten, mit ihm darüber zu sprechen, bevor ich zurückfahre?«

»Erzähl mir, worüber du dir Sorgen machst.«

»Heute Abend bin ich zu müde, Vater, aber ich werde es tun, das verspreche ich. Morgen früh. Wir frühstücken zusammen. Das wäre doch wunderbar, nicht wahr? Und jetzt erzählst du mir, warum du diesem John Sidney erlaubt hast, Barbara den Hof zu machen.«

»Wovon sprichst du? Sie gehört zum Hofstaat, Alice, ich habe nicht die Verantwortung für sie.«

»Ich erwarte, dass du dich um sie kümmerst. Du hast versprochen, du würdest es tun.«

»Herrje, das tue ich doch! Ich unterstützte sie einmal im Vierteljahr mit einer recht stattlichen Summe. Und warum? Nicht weil ich es ihr schulde, sondern weil du darum gebeten hast. Was hast du gegen John Sidney? Er scheint ein guter Mann zu sein, stammt aus einer guten Familie.«

»Er ist ein Niemand. Sie kann einen besseren Mann bekommen. Ich habe vor, dafür zu sorgen, dass sie es tut.«

»Ach, das hast du vor, ja?«

»Ich habe einen Plan.«

»Du bist nicht mal sechs Stunden zuhause, und du hast einen Plan? Ich habe zu viel Wein getrunken, und ich kann mir heute keine Verschwörungen mehr anhören.«

»Keine Verschwörung, Vater. Das ist eine ernste Angelegenheit. Ich habe über alles sorgfältig nachgedacht, und ich ...«

Er unterbrach sie. »Mir ist sehr wohl bewusst, dass es längst höchste Zeit ist, dich zu verheiraten. Ich habe nicht untätig herumgesessen, während du in Frankreich warst, meine Liebe. Ich habe den jungen Lord Mulgrave für dich im Auge. Er ist ein bisschen ruhig, ich weiß, aber das wirst du mehr als ausgleichen. Seine Familie ist bereit ...«

»Vater, ich habe aber beschlossen, seine Hoheit den Herzog von Balmoral zu heiraten.«

Sir Thomas, dem niemals die Worte fehlten, schwieg und starrte seine einzige Tochter an.

»Wir haben uns Briefe geschrieben.«

»Briefe – meine Güte, Liebes! Wann hat das denn angefangen?«

»Er hat mir kurz nach meiner Abreise geschrieben, um sich zu erkundigen, ob ich mich gut eingelebt habe, ob ich Heimweh hätte und ob er sonst noch irgendetwas für mich tun könnte. Ich habe ihm geantwortet, und er hat zurückgeschrieben, und so sind wir in Briefkontakt geblieben ...«

»Er ist doch so alt wie Methusalem, Alice. Älter. Du wärst Witwe, bevor du dein Eheversprechen zu Ende gesprochen hast.«

»Das mag sein, wie es will. Ich habe mich entschieden.«

»Das kann ich nicht zulassen, Liebes. Er ist seit zwanzig Jahren Witwer, und du bist nicht die Erste, die sich in den Kopf gesetzt hat, seine Frau zu werden. Du bist zu jung, um zu wissen ...«

»Wir haben den Segen von Prinzessin Henriette.«

»Von Madame? Es ist dir gelungen, Madame für dich zu interessieren?« Herrje, dachte Sir Thomas, beinahe in Panik. Es gab Dinge, die Alice nicht wusste, Verschwörungen, die in ihrer Abwesenheit ausgeheckt worden waren, Intrigen, die scheiterten oder neu geschmiedet wurden. Balmoral und er waren nicht mehr die verhaltenen Verbündeten wie noch zu der Zeit, als Alice mit seinem Neffen und Erben verlobt war.

»Sie sagte, sie würde mit König Charles sprechen ...«

»Alice Margaret Constance Verney, ich bestehe darauf – nein, ich verlange, dass du dich nicht Hals über Kopf in diese Sache stürzt. Ich bin dein Vater und ich ...«

»Du solltest sehr erfreut darüber sein und alles in deiner Macht Stehende tun, um mir zu helfen.«

Er konnte sich gerade noch davon abhalten, das zu sagen, was er wirklich dachte, und lächelte sie stattdessen mit falscher Herzlichkeit an. Sein Charme war schwerfällig und eingeübt, aber trotzdem konnte man sich ihm schwer entziehen. »Wir wollen uns an unserem ersten Abend nicht streiten. Wir sprechen morgen weiter, bevor ich mein erstes Glas getrunken habe.«

Sie wusste, wann sie aufhören musste. Ihr Instinkt für das richtige Verhalten bei Hof war genauso gut wie seiner. »Dann lasse ich dich jetzt allein, damit du weiterflirten kannst.«

Er ergriff ihren Arm, als sie sich umdrehte, um die Treppe hinaufzusteigen. »Sag mir, Liebes, hat König Louis tatsächlich seine alte *und* seine neue Geliebte an seiner Seite?«

»Genauso ist es.«

»Ist die neue so schön, wie man sich erzählt?«

»Sie glänzt wie Gold, Vater.« Goldenes Haar, goldenes Lachen, goldener Charme, aber anders als ihre Vorgängerin kein Herz aus Gold.

»Wie Gold«, wiederholte Sir Thomas, erfreut über diese Information. Sein Arm ruhte weiter auf ihrem und seine Augen auf ihrem Gesicht. Für einen Moment spiegelten zwei dunkle Augenpaare unter dunklen Augenbrauen das Bild des anderen, und in beiden lag Zuneigung und Misstrauen. Sie liebten sich, hatten Entbehrung und Schmach und Exil zusammen überstanden und alles in den heutigen Tag gipfeln sehen. Aber sie trauten einander nicht, er, weil er nicht anders konnte, und Alice, weil sie mit sechs Jahren aufgehört hatte, sich Illusionen über ihn zu machen.

Auf dem Dach der Festung plapperte Gracen ungehemmt, sie war sich sicher, dass d'Effiat sie charmant fand, dass sie ihn interessierte – eine Ehrenjungfer zu sein war keine unbedeutende Sache –, und stellte ihm Frage um Frage über König Louis von Frankreich, über seine neue Geliebte, die im Moment an fast allen Höfen in aller Munde war.

»Ich habe gehört, sie war zuerst mit La Vallière befreundet? Ist das wahr?«, fragte sie, und in ihren Augen leuchtete die Neugier. Dieser Verrat unter Freunden war unter den Ehrenjungfern viel diskutiert worden. Die alte Geliebte hatte unwissentlich ihre eigene Nachfolgerin vorgestellt. Geschah es nicht immer so? Jeder von ihnen kannte die Geschichte von der schüchternen, sanftmütigen kleinen Ehrenjungfer namens Louise de la Vallière, die das zarte junge Herz des Königs von Frankreich gestohlen hatte, als er gerade dreiundzwanzig war. Es war ein Skandal in ganz Europa gewesen, und er hatte eine lange Zeit nur sie geliebt. Aber das war jetzt vorbei. Eine Glanzvollere, Höhergeborene hatte ihren Platz eingenommen, und das war ebenfalls ein Skandal in ganz Europa.

Beuvron übersetzte. D'Effiat ging um Gracen herum und betrachtete sie von oben bis unten. Der Wind hatte ihr Haar aus den Nadeln gelöst und zerrte an den Röcken ihres Kleides, sodass ihre Figur darunter zu erkennen war. Sie war eine Schönheit. »Stumpfsinnig«, sagte er zu Beuvron. »Ich langweile mich. Entschuldigt mich bei ihr.« Er ging weg, ohne sich die Mühe zu machen, sich zum Abschied zu verbeugen.

Überrascht starrte Gracen ihm nach. »Ich verstehe nicht ...«

»Ihm ist eingefallen, dass er noch etwas erledigen muss. Er entschuldigt sich und sagt, er wird morgen oder übermorgen mit Euch sprechen.«

»Ihr lügt.«

»Nein, ich versichere Euch, dass es wahr ist. Lasst mich euch wieder hineinbegleiten. Der Wind hat sehr aufgefrischt.«

Sie gingen schweigend zu einem Eckturm. Drinnen trat Gracen

an ein Fenster. Eine Fackel spendete genug Licht, sodass sie ihr Spiegelbild in der Scheibe erkennen konnte. Ihre Finger fuhren zu ihrem Haar und schoben es zurück unter die Nadeln. »Er fand mich langweilig. Ich bin nicht langweilig, hört Ihr, im Gegenteil.«

Beuvron seufzte. Was war da nur an d'Effiat, dass er die Frauen so anzog? Glaubten Sie tatsächlich, sie könnten sein Herz erwärmen? Er besaß keins, nicht für Frauen. »Er tut Euch einen Gefallen«, sagte er. »An Eurer Stelle würde ich ihn in Ruhe lassen.« Und dann, weil ihr Gesicht rebellisch wurde, streitbar, verließ auch er sie, ließ sie allein im Turm zurück und dachte, dass er dieser Frau mit Unhöflichkeit vielleicht den größeren Gefallen tat.

»Habt ihr euch gestritten?«, fragte Barbara, als Alice sich neben sie an den Tisch setzte, nach ihrem Weinkelch griff und ihn leerte.

»Nicht wirklich.« In Gedanken ging sie die Unterhaltung mit ihrem Vater immer wieder durch. Warum gefiel es ihm nicht, dass sie sich für Balmoral entschieden hatte? Er war damals hocherfreut gewesen, als sie Balmorals Erben heiraten wollte. Sie hatte Begeisterung erwartet, seine volle Unterstützung für ihr Vorhaben. Wenn sie sich beide gegen ihn verschworen, würde Balmoral keine Chance haben zu entkommen. Sein fehlender Enthusiasmus enttäuschte sie und machte sie gleichzeitig misstrauisch.

Eine vertraute Stimme ließ sie aufblicken. Sie blickte zum Ende der Banketttafel, zur Geliebten des Königs – die berüchtigte, die unverschämte, die unverfrorene Herzogin von Cleveland. Alice hasste sie, hasste ihre Dreistigkeit, ihre Launenhaftigkeit, ihre Eitelkeit, aber vor allem ihr Verhalten gegenüber der Königin. Alice nannte sie »die große Kuh«. Ihre einzige Ähnlichkeit mit einer Kuh waren allerdings ihre großen Augen. Sie war nicht friedfertig, war keine Wiederkäuerin, ließ sich nicht auf die Weide stellen. Die große Kuh hatte ihren Kopf zurückgeworfen und lachte laut und selbstbewusst, unüberhörbar, wie es ihrem Lebensstil entsprach. Ihr

Schmuck war schwer, genauso glitzernd wie der von Prinzessin Henriette und ganz sicher wie der von Königin Katharina. Sie lehnte an König Charles' Schulter, eine intime und offensichtliche Geste, die jedem, der sie sehen wollte, ihre Bedeutung verriet. König Charles streichelte abwesend über ihren alabasterfarbenen Arm, während er mit seiner Schwester sprach.

»Die große Kuh regiert immer noch, wie ich sehe«, kommentierte Alice.

»Vielleicht nicht mehr lange.«

Alice stürzte sich sofort auf Barbaras Worte. Das waren in der Tat Neuigkeiten. »Was? Erzähl mir alles.«

»König Charles hat ihr letztes Kind nicht als seines akzeptiert und ...«, Barbara beugte sich weiter vor und blickte sich um, um zu sehen, ob ihnen jemand zuhörte, »... es heißt, sie muss aus Whitehall ausziehen.«

»So, so.« Also gab es doch noch Gerechtigkeit auf der Welt.

»Caro hat dir einen Brief geschrieben«, sagte Barbara. »Ich habe ihn ...«

»Nein, Ra. Es tut mir leid, dass ihr Kind gestorben ist, aber ich kann ihr nicht verzeihen.«

»Du kannst nicht, oder du willst nicht?«

Sie würde sich nicht mit Barbara streiten, nicht an ihrem ersten Abend. Sie konnte sich jetzt nicht mit dem Gefühlschaos befassen, das sie für Caro empfand. Sie wollte lieber die Neuigkeit feiern, dass die Regentschaft der wichtigsten Geliebten des Königs vielleicht beendet war. »Hör doch«, sagte sie. Entfernt erklang die Stimme eines Sängers aus einem der angrenzenden Räume.

Can you make me a cambric shirt,
Parsley, sage, rosemary and thyme.
Without any seam or needlework?
And you shall be a true lover of mine.

»Hat die große Kuh immer noch die Angewohnheit, ihre Schuhe auszuziehen?«, fragte Alice.

»Warum?« Barbaras Stimme klang gleichzeitig entsetzt und aufgeregt. »Was hast du vor?«

»Rache. Ich weiß, dass sie gemein zur Königin gewesen ist, während ich weg war.«

»Du willst ihr die Schuhe stehlen? Alice, du hast zu viel getrunken!«

»Ich hatte gerade genug ... Um was sollen wir wetten, dass sie unter dem Tisch liegen? Ich will, dass sie einen ihrer guten alten Wutanfälle bekommt. Die Franzosen sollen sie von ihrer besten Seite kennenlernen.«

»Sie wird es herausfinden!« Sie waren aufgestanden und flüsterten jetzt aufgeregt miteinander.

»Warum sollte sie?«

»Wenn wir nach all dieser Zeit wieder mit den Streichen anfangen ...«

»Sie wird nicht darauf kommen, das schwöre ich dir! Geh rüber, und verwickle sie in ein Gespräch.«

»Sie mag mich nicht. Sie wird ... Alice!« Barbaras Flüstern war wie das Zischen einer Gans. »Das darfst du nicht tun!« Aber sie lächelte, und in ihren Augen lag ein Leuchten, das Alice anstachelte. Sie schlenderten Arm in Arm, unschuldig und charmant, hinüber zu dem Platz, wo die königliche Familie saß. Barbara fing an zu kichern. Das tat sie immer, bevor sie so etwas machten.

»Tu es«, zischte Alice.

Barbara bewegte sich anmutig und bescheiden auf die Frau zu, die seit zehn Jahren die Geliebte von König Charles war, und zog mit ihrer Schönheit die Blicke auf sich.

»Mein Ohrring«, sagte Alice in die Runde und griff sich an ihr Ohr.

Bei diesen Worten wandte sich Richard um, der dem König gerade Wein einschenkte. Alice ging in die Knie. Niemand beachtete sie. Alle waren in ihre Unterhaltungen vertieft oder beobachteten den Tanz. Sie verschwand blitzartig unter der Decke des Tisches, versuchte, nicht zu lachen, als sie nach den exquisiten Schuhen griff – weiches weißes Ziegenleder mit Stickereien –, und war sofort wieder auf den Beinen und entfernte sich. Sie versteckte die Schuhe in ihren Röcken und verließ den Raum, rannte die weite Steintreppe zum Eingang hinunter und hinaus in die Nacht zu einem Springbrunnen in der Nähe der Küche. Dort ließ sie die Schuhe hineinfallen. Wenn die große Kuh heute nach tanzte, dann auf Strümpfen. Alice würde später zurückkommen, die Schuhe mit Mist füllen und sie vor der Tür der Lady abstellen.

In der Festung wartete Barbara atemlos am Treppenabsatz und biss sich auf die Lippen.

»Im Brunnen«, sagte Alice. »Sie mussten dringend gewässert werden.«

Barbaras trillerndes Lachen erregte die Aufmerksamkeit von Fletcher, dem Tanzlehrer der Königin, der gerade vorbeiwirbelte. Er war in seinem Element, blieb überall stehen, unterhielt sich und flirtete, war wie eine Biene, die Tratsch von einem Gast zum nächsten trug.

»Was führt ihr beide denn im Schilde?«, fragte er. »Ihr seht aus, als hättet ihr Kerzen verschluckt, so sehr leuchten eure Augen. Sagt es mir sofort.«

»Nichts«, erwiderte Alice. »Lasst uns dem Gesang zuhören.«

Ohne ein weiteres Wort gingen Barbara und Fletcher und sie durch die Menge im Saal zu der Stelle, wo ein Soldat, ein Kavallerist, in der hinteren Ecke des Raumes stand und sang. Im Licht Dutzender Kerzen standen und saßen dicht um ihn herum Leute auf Stühlen, Kissen und Hockern und hörten zu. Weil sehr viele Ehrenjungfern darunter waren, standen auch viele Männer dort, angezogen von den Frauen. Es war diese verzauberte Abendstunde, in der die Wölfe und Schakale des Hofes herumstreunten, ihre Beute einkreisten. Ihre Manieren waren vom Alkohol abgestumpft, und keine Staatskunst und ganz sicher keine Ehefrau konnte sie jetzt von den magischen Jungfern fernhalten, von denen, die jeder bewunderte, den Ehrenjungfern. Und wir brauchen ihre Bewunderung, dachte Alice und war sich des Stolzes bewusst, den sie empfand, eine von ihnen zu sein. Wir sind entrüstet, wenn wir bewundert werden. Wir sind bereit, Schande zu riskieren für diese Blicke, diese Seufzer, die Liebesbriefe, die Versprechen, die wir alle für das erhalten, was wir sind. Es konnte einem zu Kopf steigen, die Jungfer des Augenblicks zu sein, und wenige konnten dem Ruhm widerstehen, den es mit sich brachte, der Mittelpunkt von Balladen, Liedern, Gedichten und Theaterstücken zu sein – gar nicht zu reden von der Leidenschaft eines Mannes. Manche überlebten es, flogen wie die Vögel weit hinauf. Andere stürzten ab, zerstört von Verführung und Schmach und einem Hof, der nicht nur aufregend, sondern auch extrem wankelmütig war.

Monmouth war da, genau wie seine Frau, beide umringt von Bewunderern, Schmeichlern und Ehrgeizigen. Die Leute behandelten ihn so respektvoll, als wäre er der Kronprinz. Ehrenjungfern warfen ihm Blicke zu und lächelten verschämt. Alice fragte sich, wie viel sich außer ihrer Freundschaft noch geändert hatte. Königin Katharina saß mit einigen aus ihrem Gefolge zusammen. Barbara ging zur Königin und setzte sich neben sie, ließ sich nieder wie eine liebliche Taube.

»Und wohin willst du?«, fragte Fletcher Alice, als sie Barbara nicht folgte.

»Dorthin.«

»Dann begleite ich dich.«

Alice und Fletcher gingen direkt auf Colefax zu.

Er lehnte mit der Schulter an einer Wand, richtete sich aber sofort auf, als er sie erblickte. Der Ausdruck auf seinem Gesicht wechselte, und in seinen Augen leuchtete Freude und noch mehr.

»Ich habe gehört, dass dein Onkel krank ist«, sagte Alice. Keine Begrüßung. Keine höfliche Unterhaltung. Es war aufwühlend, mit ihm zu sprechen, aufwühlender, als sie gedacht hatte; ihr Herz schlug ihr bis zum Hals.

»Es ist nichts Ernstes, nur ein wiederkehrendes Ärgernis.«

»Das freut mich zu hören. Würdest du ihm meine Grüße ausrichten und ihm sagen, dass ich nach ihm gefragt habe.«

»Das werde ich.«

»Der Tod deines Sohnes tut mir sehr leid.« Es hätte unser Sohn sein können, Cole, dachte sie, und das Herz tat ihr weh. Sie klammerte sich an Fletchers Arm, froh darüber, dass er da war, weil sie nicht wusste, was sie sonst getan hätte.

»Mein Onkel sagt, ich hätte dich ganz furchtbar behandelt. Es gibt keine Entschuldigung für das, was ich tat, aber ich bereue es sehr.«

Ja, Balmoral war der Vernünftige von den beiden, der Skandale milderte, ehrenhaftes Verhalten einforderte, der Alice weggeschickt hatte. Es sei das Beste, hatte er gesagt. »Wie geht es deiner Frau?«

Es war, als hätte sie ihn mit kaltem Wasser übergossen. Sein Gesichtsausdruck wirkte plötzlich wie versteinert. Arme Caro, dachte Alice. Sie wandte sich auf dem Absatz um und setzte sich zu Füßen von Königin Katharina. Die Ehrenjungfern flüsterten miteinander, sie hatten die kleine Szene mit Colefax beobachtet. Der alte Skandal war in ihren Hinterköpfen noch präsent, und er wurde, falls er nicht bekannt oder vergessen war, nun noch einmal erzählt, wiederbelebt.

Verlassen, als sie schon fast am Altar stand. Arme Alice Verney. Freue ich mich, dass dein Sohn gestorben ist?, dachte Alice, als sich ihre Augen mit denen von Cole über die Entfernung hinweg trafen, die sie voneinander trennte. Nein. Bin ich jetzt froh, nicht deine Frau zu sein?

»Sei vorsichtig«, flüsterte Fletcher. »Man kann es in seinen Augen sehen. Er will dich immer noch.«

Ja, er wollte, was er nicht haben konnte, aber als er es hätte haben können, hatte es ihn nicht interessiert. Sie verdrängte all das, was in ihr war, und lauschte den Worten des Liedes, und da sie ohnehin alle beobachteten, sorgte sie dafür, dass ihre unerhörten grünen Strümpfe ein ganz kleines bisschen zu sehen waren.

Can you dry it on yonder thorn,
Parsley, sage, rosemary, and thyme,
Which never bore blossom since Adam was born?
And you shall be a true lover of mine.

Königin Katharina presste die kleinen Hände in ihrem Schoß zusammen, das Gesicht ernst. Das Gefühl in der sanften Stimme des Soldaten und die Worte des Liedes waren bewegend. Die Königin wirkte so angespannt, als würde die kleinste Berührung sie zusammenbrechen lassen. Alice war seit ihrem zwölften Lebensjahr Ehrenjungfer der Königin gewesen, von dem Tag an, als Königin Katharina als Braut an der Küste gelandet war. Sie berührte die Spitze eines der hübschen Satinschuhe Ihrer Hoheit, der unter ihrem Kleid hervorlugte. Arme Königin. Gute Königin. Liebe Königin. Unfruchtbare Königin. Die unter Wölfen lebte, mit einem Mann, der selbst ein halber Wolf war.

Gracen stand wieder im Eingang des Alkovens. Ihr Fächer war geöffnet, und sie bewegte ihn vor ihrem Gesicht hin und her, während sie d'Effiat betrachtete, seine schmalen Hände, seine knappen Gesten. Als er schließlich den Blick hob und sie ansah, lächelte er nicht, sondern widmete sich wieder dem Spiel, als wäre sie nicht da. Sie blieb stehen. D'Effiat mochte sie vielleicht ignorieren, aber den anderen Männern bei ihm fiel das schwerer. Ihre Blicke wanderten immer wieder zu ihr und wandten sich dann wieder ab. Es war für sie alle unangenehm, dass sie dort stand, hochmütig, selbstgerecht, rachsüchtig. Der Spaß, den sie hatten, das lockere Scherzen auf Englisch und Französisch verstummte. D'Effiat legte eine Karte auf den Tisch. Beuvron tat das Gleiche und lachte ein bisschen, als er die Münzen zu sich heranzog.

»Bleibt stehen, oh rachsüchtige Göttin«, sagte er leise. »Ihr bringt mir Glück.«

Bei diesen Worten stand d'Effiat auf, ging zu Gracen hinüber und betrachtete sie noch einmal von oben bis unten. Er war nicht viel größer als sie, aber er hätte genauso gut ein Riese sein können. Er machte eine ruckartige Bewegung zu Beuvron hinüber, der unterdrückt fluchte, aber gehorchte und zu ihnen an den Eingang des Alkovens trat.

»Sollen wir uns hier streiten, vor allen? Oder an einem Ort, wo wir unter uns sind? Frag sie das«, befahl d'Effiat.

»Sie sagt hier, vor allen«, übersetzte Beuvron.

Der Ausdruck auf d'Effiats Gesicht veränderte sich. Beinahe hätte er gelächelt. Er verbeugte sich vor Gracen, als wenn er sagen wollte: Ladies first.

»Euer Königreich ist bekannt für seine Höflichkeit, aber Ihr werdet diesem Ruf nicht gerecht. Ich bin wütend auf Euch.« Sie spuckte die Worte aus, weiß vor Wut, offenbar durchaus gewillt, ihm eine Szene zu machen. »Wie könnt Ihr es wagen, mich so unhöflich zu behandeln? Ich bin vieles, Sir, aber ganz sicher nicht langweilig.« Sie wandte sich an Beuvron. »Übersetzt ihm jedes Wort. Ändert nichts ab. Und übersetzt mir seine Antwort ganz genau.«

»Sag ihr, dass Jungfrauen immer langweilig sind. Das ist nun mal so«, erwiderte d'Effiat, nachdem Beuvron tat, worum Gracen ihn gebeten hatte.

»Ihr seid es, der langweilig ist, langweilig und dumm und unhöflich.«

»Das ist eine kindische Unterhaltung. Sag ihr, dass ich mich bei ihr dafür entschuldige, ihr ehrlich meine Meinung gesagt zu haben. Sag ihr, dass ich sie einlade, mit uns Karten zu spielen.«

Beuvron blickte d'Effiat an. »Tu das nicht. Schick sie weg.«

»Sag es ihr.«

Beuvron tat es. D'Effiat streckte ihr die Hand entgegen und wartete darauf, dass sie ihre auf seine legte, was sie tat. Er begleitete sie zum Tisch, bot ihr seinen Stuhl an und wartete ungeduldig mit dem Fuß klopfend darauf, dass ein Lakai einen weiteren Stuhl für ihn brachte. Dann setzte er sich.

»Der Einsatz ist eine Guinee pro Spiel«, erklärte Beuvron Gracen.

»Ich habe keine Guinee, aber ich werde Euch berichten, was man sich am Hof hinter vorgehaltener Hand erzählt. Die pikantesten Geschichten, die ich kenne – bis ich gewinne. Dann werde ich um Münzen spielen.«

»Das ist lächerlich«, erklärte Beuvron, während er übersetzte. »Unter diesen Bedingungen spiele ich nicht mit.« Er lehnte sich mit verschränkten Armen zurück.

»Lasst mich Eure pikanten Geschichten hören«, meinte d'Effiat.

Gracen lächelte. »Die Mutter des Herzogs von Monmouth starb an der Trunksucht und der Syphilis. Sie war so schrecklich, dass König Charles seinen eigenen Sohn entführen ließ. Bevor er vom König zum Herzog ernannt wurde, lautete sein Name James Croft. Man kann ihn sehr wütend machen, wenn man seine Mutter erwähnt.« Sie richtete sich auf und posierte wie ein stolzer Pfau, während Beuvron übersetzte. Einer der Engländer am Tisch warf seine Karten auf den Tisch, stand auf und verließ den Alkoven. Gracen starrte ihm nach, und ihr Gesichtsausdruck veränderte sich. Offenbar war sie plötzlich nicht mehr ganz so stolz auf sich.

»War seine Mutter eine Hure?«, fragte d'Effiat.

»Nein. Sie war eine Ehrenjungfer, die Schande über sich gebracht hat.«

D'Effiat lächelte, schob die Münzen, die er vor sich aufgestapelt hatte, zu ihr hinüber. »Ein Darlehen. Ich werde Euch später meine Bedingungen nennen«, erklärte er. »Ich warne Euch schon jetzt, dass Ihr um einen hohen Einsatz spielt.«

Kapitel 4

Am nächsten Tag trafen sich einige hohe Persönlichkeiten des Hofes in der Kapelle der Festung. Die frühe Morgensonne flutete durch die bunten Glasfenster und ließ das Gold des Kruzifixes erstrahlen. Die Leibwache von König Charles stand vor den verschlossenen Türen der Kapelle, in jedem der Ecktürme und an der Treppe entlang. Der französische Botschafter entrollte Papiere, während ein Jesuit bereit stand, der fließend Englisch, Französisch und Spanisch sprach. König Charles war da, außerdem sein Bruder York und Prinzessin Henriette. Einige – nicht alle – der engsten Berater des Königs waren anwesend. Buckingham fehlte, Balmoral ebenfalls. Sie blieben mit Absicht ausgeschlossen.

Der Jesuit erläuterte schnell verschiedene Abschnitte des Vertrages, und König Charles hörte zu. In diesem Augenblick hatte sein Gesichtsausdruck nichts Sorgloses oder Entspanntes. Er und diese mit Bedacht ausgewählten Männer hatten seit Monaten an diesem Vertrag gearbeitet, genau wie seine Schwester in Frankreich. Er tauchte die Feder, die er in der Hand hielt, in ein Tintenfass und unterzeichnete. Der Jesuit tropfte Wachs darunter, und König Charles drückte das große Siegel Englands darauf.

»So, das wäre erledigt«, sagte er.

Prinzessin Henriette eilte herbei und umarmte ihren Bruder. Er zog sie auf seinen Schoß und küsste sie auf ihr Haar. Zwischen den Geschwistern lagen vierzehn Jahre und so viel mehr, aber vielleicht waren sie unter dem gleichen Stern geboren worden. Sie war klein und hellhäutig, mit haselnussbraunem Haar wie ihr Bruder York, während Charles groß und dunkel war wie ein Zigeuner. Aber ihre Seelen waren eng miteinander verbunden. So war es schon immer gewesen, seit sie ein Kind von vier Jahren gewesen war und er ein großer Kerl von achtzehn Jahren. Bei ihrem ersten Treffen überhaupt war er vor ihr niedergekniet, hatte ihre Hand ergriffen und gesagt: »Ich bin dein ältester Bruder. Mein Herz gehört dir.« Sie hatte ihm auch ihr Herz geschenkt, und die Liebe zwischen ihnen war immer geblieben. Dieser Vertrag – ein geheimer Vertrag, ein gefährlicher Vertrag – war das Resultat dieser Loyalität.

»Nun, Jemmy«, meinte König Charles zu seinem Bruder, »jetzt hast du deine Schiffe.« York war der Oberbefehlshaber der Marine.

»Und du deinen Krieg«, erwiderte York. Sie planten einen Krieg gegen die Holländische Republik, finanziell unterstützt von den Franzosen, die in dieser Angelegenheit ihre Verbündeten sein würden.

»Und ich das, was mein Herz begehrt«, meinte Prinzessin Henriette. Sie ergriff die Hand von König Charles und führte ihn zum Altar, wo sie zusammen mit York niederknieten.

Der französische Botschafter rollte den Vertrag zusammen, und der Jesuit nahm ihn an sich, verbarg ihn in seiner Robe und ging dann zu den Mitgliedern der Königsfamilie, um ihnen die Beichte abzunehmen und mit ihnen zu beten. Die anderen, der Botschafter, die Berater, schlüpften durch die Seitentüren hinaus, eilten durch Nebenflure, umgeben von der Leibwache, die sicherstellte, dass niemand sie sah oder in ihre Nähe kam. Am Hof wusste man nur, dass die königliche Familie an diesem Morgen zusammen in der Kapelle betete. Man konnte das nur als liebevolle und angemessene Geste interpretieren, nach der ganzen Zeit, die sie getrennt gewesen waren.

»Du wirst es nicht bereuen«, meinte Prinzessin Henriette zu König Charles, nachdem Beichte und Gebet vorüber waren.

Seine dunklen Augen funkelten. Er hatte die Beichte nicht abgelegt, trotz bestimmter in dem Vertrag festgehaltenen Zusagen. Seine Schwester und sein Bruder waren die Frommen. Er war als Junge von dem Großherzog, der sein Mentor, sein Lehrer und sein Herr gewesen war, gewarnt worden, nicht zu fromm zu sein. Man kann ein guter Mensch und ein schlechter König sein, hatte der Herzog gesagt. Und er hatte ihm auch noch einen Rat gegeben: Vor allem, mein Prinz, seid stets höflich zu den Frauen. König Charles hatte sich beide Ratschläge zu Herzen genommen. Sein Gesichtsausdruck war jetzt schelmisch, und es war dieser jungenhafte Charme, der Frauen so betörte. »Unser Geschäft ist abgeschlossen. Von diesem Morgen an werden wir nichts Ernsthaftes mehr tun, außer uns über Jemmy hier lustig zu machen. Ist das klar, Minette? Als dein königlicher Bruder ordne ich an, dass das Vergnügen beginnen und dein Teller mit nichts als Juwelen und Gelächter gefüllt sein soll.«

Sie küsste ihn.

An diesem Nachmittag gingen sie segeln; in dieser Nacht tanzten sie auf dem Dach der Festung, nachdem sie bis spät am Abend Drachen in den Himmel hatten steigen lassen. Festgehalten von der Leibwache flatterten die Schwänze der Drachen weiß im Wind, wie Engel dort oben zwischen den Sternen.

Eine Woche nach ihrer Ankunft schreckte Alice aus dem Tiefschlaf hoch. Jemand rüttelte an ihrem Arm. Es war ihre Dienerin, Poll. Die Kerze in ihrer Hand ließ unheimliche Schatten über ihr Gesicht huschen. Hinter ihr stand Edward, Alice' Liebling unter den Hofpagen.

»Ihr müsst mitkommen«, flüsterte er. »Es ist Mistress Howard. Ich glaube, sie ist in Schwierigkeiten.«

Er wandte ihnen den Rücken zu, während Poll Alice dabei half, ihr Kleid überzuziehen, Schuhe zu finden und eine Maske, die sie tragen konnte. Wenn eine Dame nicht erkannt werden wollte, dann trug sie eine schmale Stoffmaske über den Augen. Sie alle hielten den Atem an, als Renée, die mit Alice das Bett teilte, sich im Schlaf umdrehte. Aber sie erwachte nicht.

»Ich habe Poppy gerufen«, flüsterte Poll. Poppy war Alice' Stallknecht. »Er wartet draußen.«

Als sie im Korridor standen, sprudelten die Worte aus Edward hervor wie aus einem überlaufenden Gefäß, während Alice' Stallknecht mit gerunzelter Stirn zuhörte. »Sie sind in der Kapelle, Alice, und ich weiß nicht, was sie dort tun, aber Mistress Howard weint. Sie hat sich vor einer Stunde aus den Gemächern der Königin geschlichen. Es war Zufall, dass ich sie gesehen habe. Leo und Geoffrey und ich haben in einer Ecke gewürfelt, und wir sahen auf, und da schlich sie vorbei, mit einer Maske auf dem Gesicht. Sie gab uns eine Münze für unser Schweigen, aber ich bin ihr gefolgt. Sie ging in die Kapelle, wo der Marquis und die anderen sich aufhielten. Das gefiel mir nicht, Alice. Sie waren schon seit Stunden dort und tranken. Also bin ich die Treppe hinaufgelaufen und auf den Balkon geklettert, um herauszufinden, ob ich von dort aus etwas erkennen konnte. Einige von ihnen waren halbnackt, und sie haben das Kruzifix abgenommen und es auf dem Kopf auf einen Tisch gestellt. Der Altar ist mit einem schwarzen Tuch abgedeckt, und überall auf dem Boden stehen brennende Kerzen. Und Mistress Howard wollte gehen, aber der Marquis sagte Nein.«

Eine schwarze Messe?, dachte Alice. So etwas war bei gewissen Edelmännern und adligen Damen in Paris in Mode, jenen verwöhnten, allzu privilegierten, die sich auf der Suche nach neuem Nervenkitzel wie wilde Tiere benahmen. Wenn Gracen da hineingeraten war ... Sie wollte diesen Gedanken nicht zu Ende denken. Schnell rannte sie den Korridor entlang hinter Edward her. Poppy, der Stallknecht, folgte ihnen.

Can you wash it in yonder well,
Parsley, sage, rosemary, and thyme,
Where never spring water nor rain ever fell?
And you shall be a true lover of mine.

Stimmen, von einer Gitarre begleitet, klangen in die Halle hinaus, während sie an einer Tür vorbeiliefen. Alice blickte in den Raum. Es waren Leutnant Saylor, John Sidney und jener Soldat mit den breiten Schultern und der sanften Stimme, die dort sangen. Um sie herum standen mehrere Weinflaschen. Sie sahen wie Chorknaben aus, und die Harmonie ihrer Stimmen klang wundervoll. Etwas in ihren Gesichtern, etwas Reines und Starkes, immer noch Unschuldiges, Jungenhaftes, brachte Alice dazu, das Risiko einzugehen und in das Zimmer zu treten.

John hörte auf zu singen, als er sie erblickte. »Ist das nicht …«

»Eine Dame, die nicht erkannt zu werden wünscht«, erklärte Alice schnell und schnitt ihm das Wort ab. Richard stand ein wenig zu vorsichtig auf, legte die Gitarre ein wenig zu vorsichtig ab und kam auf sie zu.

»Jemand ist in Schwierigkeiten«, sagte Alice leise. »Ich brauche vielleicht Eure Hilfe und Eure Diskretion.«

Richard verbeugte sich tief.

»Zu Euren Diensten.«

Sie nickte zu John und dem Soldaten hinüber. »Sind die beiden verschwiegen?«

»Natürlich«, erwiderte Richard. Er wandte sich den anderen zu. »Wir müssen Mistress V …«, Alice kniff ihn in den Arm, »ich meine, dieser Dame helfen, und wir müssen diskret sein.« Er hickste.

»Was immer vonnöten ist«, sagte John und trat vor, um sich wie Richard etwas ungeschickt zu verbeugen. Alice lächelte unwillkürlich. Sie mochte ihn plötzlich, sah auf einmal das, was Barbara an ihm mochte.

»Zeigt uns den Weg«, sagte Richard.

Ein Junge, ein Stallknecht, zwei leicht betrunkene Soldaten und ein Hofbeamter, dachte Alice, die hinter Edward herlief, der sie zu dem Korridor führte, an dem die Kapelle lag. Das wird genügen müssen.

An der Tür zur Kapelle legte Alice vorsichtig ihre Hand auf die Klinke. Die Tür war verschlossen. Sie legte das Ohr an die Tür. Sie konnte etwas hören, das vielleicht ein Weinen war oder eine Unterhaltung, aber es war nicht klar auszumachen.

»Hier entlang«, flüsterte Edward und führte sie über eine steile, schmale Treppe, die auf einen Balkon führte. Richard folgte Alice. Auf dem in pechschwarze Dunkelheit gehüllten Balkon krochen sie vorsichtig vorwärts.

Unten in der Kapelle konnten sie Gracen sehen, maskiert, ohne Umhang, das Kleid zerrissen, die weinend versuchte, sich den beiden Männern zu entwinden, die ihre Arme festhielten. D'Effiat, ohne Hemd, mit nackter Brust, und Beuvron, vollständig angezogen, stritten miteinander. Brennende Kerzen standen überall auf dem Boden der Kapelle und ließen unheimliche, erschreckende, flackernde Schatten im Raum tanzen. Der Altartisch war nach vorne gezogen worden. Die Männer, die Gracen festhielten, versuchten, sie auf den Tisch zu legen, aber sie wehrte sich zu sehr, und Beuvron und d'Effiat gaben ihnen widersprüchliche Anweisungen – sie sollten sie gehen lassen, sollten sie festhalten und fesseln. Andere Männer standen in Priestergewändern da. Sie hatten Kapuzen auf, sodass ihre Gesichter im Schatten lagen.

»Beim Allmächtigen«, fluchte Richard leise, als er Gracen erkannte. Er bedeutete Alice und Edward, ihm die Treppe hinunter zu folgen. Er selbst rannte sie hinunter, drei Stufen auf einmal nehmend. Vorher mochte er leicht angetrunken gewesen sein, doch jetzt war er wieder völlig nüchtern.

»Gibt es noch andere Türen zu der Kapelle?«, fragte er Edward.

»Ja.« Edwards Augen waren weit aufgerissen.

»Nimm ...«, er hielt inne und blickte Alice' Stallknecht an.

»Poppy«, erklärte sie ihm.

»Nimm Poppy mit, und sorg dafür, dass jede Tür, die aus der Kapelle führt, verschlossen ist. Wenn ihr sie nicht abschließen könnt, verbarrikadiert sie. Dann holt ihr jeden Priester, den ihr finden könnt, und schickt ihn her. Holt den französischen Botschafter, holt den Oberhofmeister Seiner Majestät.«

»Ich möchte hier bleiben und Euch beim Kampf beistehen«, sagte Edward.

»Es darf keinen Kampf geben!«, unterbrach Alice. »Der Skandal würde sie ruinieren, und jemand könnte verletzt werden!«

»Lauf, Edward«, drängte Richard. »Es wird keinen Kampf geben. Ihr«, sagte er zu Alice, »bringt sie in Sicherheit, in die Privatgemächer, sobald die Tür aufgeht.«

»Könnt Ihr sie denn öffnen? Was habt Ihr vor?«

Er antwortete nicht. »John, wenn die Frau draußen ist, nimmst du den Schlüssel und schließt die Tür wieder ab. Soldat« – dies zu dem Mann, der nur wenige Augenblicke zuvor seine Stimme zu einem leisen Rondeau erhoben hatte – »Ihr helft ihm. Ihr beide sorgt dafür, dass die Tür geschlossen bleibt, und wenn Ihr das nicht könnt . . .«, Richard zog sein Schwert aus der Scheide und warf es mit dem Griff zuerst zu John, der es auffing und daraufstarrte, ». . . haltet sie mit allen Mitteln auf, die nötig sind.«

»Nein . . .«, begann Alice, aber Richard rannte schon wieder die Treppe hinauf auf den Balkon. Sein Verstand arbeitete schneller als seine Beine.

Er robbte wieder zur Kante hinüber und blickte hinunter in die Kapelle. Es war kein schöner Anblick, das auf dem Kopf stehende Kruzifix, die betrunkenen, streitenden Männer mit ihren unbewegten Gesichtern, von denen manche böse, andere einfach nur leer wirkten. Er erkannte einige von ihnen, die Spitzbuben des Hofes, Rochester, Sedley, Killigrew, die alles einmal ausprobieren mussten, vor allem, wenn sie betrunken waren. Gracens Flehen zu hören schmerzte ihn. Zum Glück war der Mann namens Beuvron da, der schnell und heftig gegen die anderen anredete, sonst hätten sie Gracen wahrscheinlich in einem ganz anderen Zustand vorgefunden. Würde es ihm gelingen, über die Brüstung auf d'Effiat hinunterzuspringen? Er schätzte die Entfernung, angespannt und bereit zu tun, was immer nötig war.

Dann trat er vor und sprach mit harter Stimme bewusst auf Französisch: »Lasst die Frau sofort los!« Der Befehl traf das Durcheinander unter ihm wie ein Donnerschlag; die Männer, die Gracen festhielten, ließen sie augenblicklich los und suchten mit hektischen Blicken nach dem, der da gesprochen hatte. »Öffnet die Tür! Sofort! Ich befehle es Euch im Namen von König Charles und König Louis!« Dann sagte er auf Englisch: »Lauft, Mademoiselle! Verlasst diesen Ort!«

Gracen brauchte keine zweite Aufforderung. Sie rannte aus Richards Sichtfeld, und d'Effiat und Beuvron schauten mit blassen, erschrockenen Gesichter zu ihm herauf.

»Wer ist das?«, fragte d'Effiat. Seine Stimme klang schleppend, so betrunken war er.

»Man hat uns erwischt«, erklärte Beuvron angewidert. »Gut gemacht, Marquis. Ihr habt Schande über die Edelmänner aus Monsieurs Gefolge gebracht. Der König wird außer sich sein.«

Er rannte zu einer Tür, um sich selbst zu retten, aber sie war verschlossen. Andere taten dasselbe, doch es erging ihnen nicht besser. Beuvron blickte hinauf in das entschlossene Gesicht des englischen Soldaten, der sich mit beiden Armen am Balkon abstützte und auf sie herabstarrte, als wären sie Tiere. Er ging hinüber zu dem Kruzifix, bekreuzigte sich, drehte es vorsichtig wieder um, hängte es wieder an den Nagel und setzte sich auf eine der Bänke.

Direkt hinter der Tür nahm Alice die fliehende, in Tränen aufgelöste Gracen in die Arme.

»Komm sofort mit«, sagte sie.

Sie rannten den Flur entlang, mehrere Treppen hinunter, hinaus in die Nacht, über den kiesbedeckten Hof der Festung auf das Constable's Gate zu, einer Ansammlung von massiven Türmen, die den Eingang zum Schloss bildeten. Hier residierte Königin Katharina mit ihrem Gefolge. Alice konnte Gracen hinter sich weinen hören, aber sie lief weiter, bis sie an einer erschrockenen Leibwache vorbei durch den Eingang und die Treppe hinaufgelangt waren. Dort im Treppenhaus blieb Alice stehen und nahm ihre Maske ab. Gracen ließ sich auf eine Stufe sinken und schlug weinend die Hände vors Gesicht.

»Ich hatte solche Angst«, sagte sie immer wieder. Als sie sich schließlich beruhigt hatte, nahm sie ihre Maske ab, die nass von Tränen war, und wischte sich damit das Gesicht trocken. Sie blickte zu Alice auf. »Danke, Alice. Das werde ich dir nie vergessen, niemals. Ich stehe für immer in deiner Schuld.«

»Hast du gedacht, ich lüge dich an? Wie konntest du nur so dumm sein?« Gracen zuckte zusammen, aber das war Alice egal. »Was wäre gewesen, wenn Edward dich nicht gesehen hätte? Ist dir klar, dass du dann jetzt vielleicht ...«

Gracen hielt sich die Ohren zu. »Sprich es nicht aus!«

»Du hast sie einmal meine Freunde genannt. Nur einer davon ist ein Freund, und selbst ihm kann man nicht wirklich vertrauen. Eine Ehrenjungfer zu sein bedeutet nicht, dass einem nichts geschehen kann, Gracen.«

»Ich hätte nicht hingehen sollen. Ich habe es nur aus Eitelkeit getan. Es tut mir leid, Alice.«

»Wir müssen zu Brownie gehen.«

Das war der Spitzname für die Aufseherin der Ehrenjungfern, die Frau, die für die Sicherheit und den Ruf der Ehrenjungfern der Königin verantwortlich war.

»Nein! Nein, Alice. Lass uns nachsehen, ob alle schlafen. Wenn alle noch schlafen, muss es niemand erfahren. Bitte, Alice. Was soll ich ihr denn sagen? Ich kann nicht denken. Du musst mir helfen.«

Gracen fing wieder an zu weinen, und Alice konnte sehen, dass sie kurz davor stand, völlig hysterisch zu werden. Sie wandte sich um und ging die Treppe hinauf. Einen Augenblick später folgte ihr Gracen.

Die Tür zu Brownies Kammer stand offen. Hatte man schon Alarm geschlagen? Hoffentlich nicht. Hoffentlich blieb ihr noch genug Zeit, sich eine angemessene Lüge zu überlegen und diese Sache zu Ende zu bringen. Alice steckte den Kopf in die Kammer.

Brownie saß mit dem Stallmeister der Königin zusammen, der eine wichtige Stellung bei Hofe innehatte. Sie steckten die Köpfe zusammen, und der Ausdruck auf ihren Gesichtern war ernst. Alice klopfte an die Tür und trat ein, wobei sie die Maske, ein offensichtliches Zeichen dafür, dass sie etwas im Schilde geführt hatte, zusammengeknüllt in der Hand hielt.

»Lord Knollys«, grüßte sie den Stallmeister der Königin. Sie trat vor, die Augen auf BrowBrowniegerichtet. »Oh, Browie, es ist etwas ganz Schreckliches passiert, und es ist alles meine Schuld. Gracen und ich haben Karten gespielt und heimlich Wein getrunken und sind eingeschlafen. Wir sind gerade erst aufgewacht und dann mit meinem Stallknecht über den Hof gegangen. Gracen weint wie ein kleines Kind, weil sie solche Angst hat.« Alice blickte hinter sich und zog Gracen nach vorn, die tatsächlich noch immer schluchzte. »Es ist alles meine Schuld, aber Poll war die ganze Zeit über bei uns, ich schwöre es. Poppy wartet unten auf mich, ich bin auch in Schwierigkeiten. Ich muss gehen, Browie. Bitte, sei nicht zu böse auf mich …« Und dann war sie aus der Tür heraus, schloss sie hinter sich und überließ alles weitere Gracen. Sie setzte ihre Maske wieder auf und rannte die Stufen hinunter zu der Leibwache.

»Würdet Ihr mich zurückbegleiten?«, fragte sie. Am Eingang der Festung gab sie ihm eine Münze. »Für Euer Schweigen«, sagte sie. »Meine Freundin und ich waren sehr dumm.« Er zwinkerte ihr zu. Alice stieg die große Eingangstreppe hinauf. Oben stand eine Menschenansammlung. Der Drache, die französische Aufseherin der Ehrenjungfern, war auch da. Sie hatte einen Schal um ihre Schultern geschlungen. Alice' Stallknecht Poppy erschien aus dem Nichts, und ihre Blicke trafen sich. Er nickte, als wollte er sagen: Alles in Ordnung.

»Wo seid Ihr gewesen?« Der Drache spuckte beinahe Feuer, wütend darüber, aufgeweckt worden zu sein, und noch wütender darüber, sie nicht in ihrem Bett vorgefunden zu haben. Sie mochte Alice ohnehin nicht.

»Bei meinem Vater«, erklärte Alice kühl. »Mein Stallknecht hat mich begleitet. Ich habe doch sicher das Recht, meinen Vater zu besuchen.« Sie sah John Sidney an einer Wand lehnen und ging zu ihm hinüber. »Erzählt mir alles.«

»Sieben Priester, der französische Botschafter, der Oberhofmeister des Königs und der Herzog von York sind alle hinter dieser Tür«, sagte er. »Ist sie ...«

»Es geht ihr gut.« Alice streckte die Hand aus und schüttelte seine. »Vielen Dank, Mister Sidney. Wo ist Leutnant Saylor?«

»Drinnen bei den anderen.«

»Und Edward?«

»Der auch.«

Der Drache stürzte sich auf sie. Sie folgte der Frau zu den Kammern, in denen die Ehrenjungfern von Prinzessin Henriette schliefen, und hörte sich einen Vortrag darüber an, dass sie den Drachen immer darüber informieren musste, wenn sie die Schlafkammer verließ, dass es eine Schande und eine Sünde sei, falls alle jungen Engländerinnen sich so benähmen, und dass junge Frauen, die so etwas in Frankreich täten, hinter Klostermauern landen würden, jawohl. Alice zog sich aus, ließ sich neben Renée ins Bett fallen, die sich nicht rührte, und schloss die Augen. Nur einen Augenblick später, so schien es Alice, wurde sie von ihrer Dienerin Poll wieder wachgerüttelt.

»Euer Vater sagt, Ihr sollt sofort kommen.«

Stöhnend setzte sich Alice auf. Überall um sie herum schliefen die jungen Frauen in der dunklen Kammer noch. »Ist schon Morgen?«

»Ich habe keine Ahnung, Miss. Ich weiß nur, dass er mich aus dem Bett geholt hat und sagte, ich solle Euch holen.« Poll stellte die Kerze auf den Boden. »Legt diesen Umhang um Eure Schultern. Hier sind Eure Schuhe.«

»Ich bin so müde.«

»Dann sind wir schon zu zweit, Miss.« Poll war nicht auf den Mund gefallen.

Eine einzige Laterne stand auf dem Boden des Steinkorridors, wo sich ein dunkler Schemen aus den Schatten löste. Es war Sir Thomas Verney.

»Hier ist sie, Sir«, sagte Poll.

Kupfer schimmerte für einen kurzen Augenblick im Schein der Laterne, als eine Münze durch die Luft wirbelte, die Poll auffing.

»Komm mit, Liebes.«

Alice stolperte hinter ihrem Vater her, der sie eine gewundene Wendeltreppe hinunterführte.

»Diese Kerle aus Frankreich haben sich als übler Haufen herausgestellt«, sagte er über die Schulter. »Heute Nacht gab es einen hässlichen Aufruhr in der Kapelle, in den ein Mädchen verwickelt war, wahrscheinlich ein Dienstmädchen. Grässliche Sache. Sie sind jetzt in ihren Kammern eingesperrt, aber morgen früh müssen sie sofort gehen, sie sind auf die Schiffe verbannt, der König selbst hat es angeordnet.« Er stand vor einer niedrigen Tür in einer Steinmauer und klopfte dagegen.

Ein Diener in Livree öffnete – als wäre es helllichter Tag und er müsste Seine Majestät persönlich bedienen –, und Alice trat in eine Kammer, die doppelt so groß war wie die, in die sie und die Hälfte der Ehrenjungfern sich hineinzwängen mussten. Zahlreiche brennende Kerzen standen auf einem Tisch. Im hinteren Teil des Gemachs, der durch einem Durchgang abgetrennt war, stand ein schweres dunkles Bettgestell, und Alice konnte dort jemanden liegen sehen, die weißen Arme unter der Decke hervorgestreckt. Seine Hoheit der Herzog von Buckingham, einer von König Charles' einflussreichsten Freunden und Beratern, saß in einem Sessel. Sir Thomas schob Alice nach vorn, sie blinzelte und stolperte beinahe, während sie sich verbeugte. Sie konnte ihren Blick einfach nicht von der offenen Robe lösen, die er trug, auf der tiefblaue und zitronengelbe Drachen feuerspuckend ineinander verschlungen waren, das Feuer aus schimmernden Goldfäden gestickt.

»Nun?« Buckingham trommelte ungeduldig mit den Fingern auf den Tisch.

Verständnislos und mit dem Gefühl, sich lächerlich zu machen, hob Alice den Blick und betrachtete sein wohlgenährtes Gesicht, in dessen Linien und Rundungen sich sein hoher Lebensstandard spiegelte. Er hatte Tränensäcke unter den Augen – Augen, die nicht lächelten. Der Diener trat vor und bot ihm Wein auf einem Silbertablett an. Er beugte sich hinunter auf ein Knie, als gehörte Buckingham zur königlichen Familie. Buckingham bedeutete ihm ungeduldig, er solle sich entfernen. Sein Gesichtsausdruck wurde hochmütig. »Bin ich etwa umsonst aufgeblieben?«

Ihr Vater, der hinter Alice stand, legte die Hand auf ihre Schulter. »Erzähl es ihm, Kleines.«

»Was, Papa?« Er konnte doch nichts über Gracen oder ihre eigene Rolle in all dem wissen?

»Was du mir heute Morgen über die Prinzessin erzählt hast.«

Alice biss sich gerade noch auf die Zunge, bevor sie »Jetzt?« sagen konnte. Die Morgendämmerung war beinahe angebrochen. Sie hatte nur ein oder zwei Stunden geschlafen. Die beiden Männer bei ihr hatten überhaupt nicht geschlafen. Sie fühlte sich unsicher, erschöpft, sprachlos. »Das Verhältnis zwischen den Ehepartnern ist sehr schlecht, Eure Hoheit.«

Buckingham schnaubte geringschätzig. »Ich enttäusche nur ungern die Illusionen von jemandem, der so jung ist wie Ihr, aber das ist bei vielen Ehen nach einer Weile so, meine Liebe.«

»Ist das so? Entlasst Ihr fast alle Dienerinnen Eurer Frau, ihre Hofdamen und Ehrenjungfern, ihren Majordomus, ihren Priester, die Kinderfrau? Und setzt Ihr an deren Stelle dann Kreaturen, die spionieren und tratschen und Ärger machen, die loyal zu Euch und der Kreatur an Eurer Seite stehen?«

Sie hatte seine Aufmerksamkeit. »Kreatur?«

»Der Chevalier de Lorraine.« Monsieurs Geliebter.

»Ich dachte, der wäre letztes Jahr verbannt worden. Nach ... wohin doch gleich, Tom?«

»Spanien.«

»Italien«, korrigierte Alice. »Körperlich verbannt vielleicht, aber nicht in Gedanken und nicht im Geiste. Seine Briefe kommen wöchentlich per Kurier. Monsieur lässt den Kopf hängen, bis er einen bekommt, dann wütet er tagelang wie ein Tyrann.«

Buckingham stützte die Ellbogen auf die Armlehnen seines Sessels und legte die Handflächen aneinander. Er betrachtete sie über die Spitzen seiner Finger hinweg. »Was noch?«

»Tobsuchtsanfalle, Wutanfälle. Er erlaubt ihr nicht, nach Versailles zu fahren, wenn der gesamte Hofstaat dort ist, wenn er selbst dort ist. Er hat versucht, diesen Besuch zu verhindern.«

»Das Vorrecht eines Ehemannes.«

»Er hat ihr erzählt, eine Wahrsagerin habe ihm vorhergesagt, er werde zwei Frauen haben. Als ginge es um ein Pferderennen hat er sich gefragt, wann sie wohl sterben würde. Ihre kleine Tochter erzählt jetzt jedem, der sie danach fragt, dass ihre Mutter sie nicht liebt. Wie kann ein so kleines Kind so etwas sagen, es sei denn, jemand redet ihr das ein, während sie abends ihre Suppe isst?«

»Die Kinderfrau?«

»Wer sonst? Und es gibt noch jemand Neuen in seinem Gefolge, der erst ein paar Wochen vor unserer Abreise kam. Mir wurde von jemandem, dem ich vertrauen kann, erzählt, dass er aus Italien kam, vom Chevalier.« Das war es, dachte Alice, in dem Augenblick hatte sich die Stimmung im Gefolge verändert, war beängstigend geworden. Mit der Ankunft dieses Mannes.

»Ist er hübsch.«

»Natürlich.«

»Ein hübscher Junge, um Monsieur zu trösten.«

»Oder um Madame zu quälen.«

»Quälen ist ein sehr hartes Wort, Mistress Verney.«

Alice schmiegte sich in ihren Umhang, hob das Kinn und hielt seinem Blick stand. Sie würde das Wort nicht zurücknehmen. Warum bot er ihr keinen Stuhl an? Sie zitterte vor Müdigkeit.

»Geht und wartet an der Tür, Mädchen.«

Ihr Vater und Buckingham sprachen so leise, dass Alice sie nicht verstehen konnte. Sie kam sich dumm vor, so lästig wie einer der kleinen Spaniel der Prinzessin, während Buckingham und ihr Vater große, mächtige Jagd-Mastiffs zu sein schienen. Ein Biss, und das Genick von allem, was sie zu töten wünschten, war gebrochen. Ihr Vater verließ Buckingham, nahm ihre Hände.

»Poppy wird dich zurückbringen.«

Er öffnete ihr die Tür. Poppy stand vor ihr im Korridor und ließ sich nicht anmerken, dass sie in dieser Nacht nicht zum ersten Mal zusammentrafen.

»Hier entlang, Miss. Ihr seid ja kurz vor dem Umfallen. Nehmt meinen Arm«, sagte Poppy zu ihr.

Ich habe mich wie eine Närrin angehört, dachte sie. Hatte sie hysterisch geklungen? War sie hysterisch? Ehemänner bestimmten über ihre Frauen. Nicht alle Ehemänner waren freundlich. Spielte ihr die Fantasie einen Streich? Kamen ihr die Dinge schlimmer vor, als sie für die Prinzessin tatsächlich waren?

»Da sind wir, Miss.«

Erschöpft und der Ohnmacht nahe öffnete Alice die Tür zur Schlafkammer. Die Dämmerung zog gerade am Horizont herauf, und das Licht begann die Dunkelheit vor den hohen Fenstern zu durchbrechen, die nachträglich in die Steinmauern eingelassen zu sein schienen. Sie ließ ihren Umhang fallen, schlüpfte aus den Schuhen und fiel neben Renée ins Bett.

Also das war der große und edle George Villars, Herzog von Buckingham, dessen Vater und der Vater des Königs beste Freunde gewesen waren, der zusammen mit den Prinzen erzogen worden war, dessen Bruder jung auf dem Schlachtfeld für die Sache des Königs fiel. In ihren Augen wirkte er alt mit seinen von vielen durchzechten Nächten rot unterlaufenen Augen, mit diesen lächerlichen blauen Samtschuhen mit der silbernen Borte und den unvermeidlichen roten Absätzen, mit seiner Geliebten – einer berüchtigten Gräfin –, die in seinem Bett schlief. Vor drei Jahren hatte er ihren Mann bei einem Duell getötet.

Die Gerüchte besagten, dass sie die Pferde festgehalten und gelacht hatte, als ihr Mann starb.

Er war einer der Schurken des Hofs, ein wildes Tier wie d'Effiat und seine Freunde. Selbst eine Prinzessin zu sein war kein Schutz vor diesen Männern, genauso wie es Königin Katharina nicht schützte, Königin zu sein. Heirate jemanden von Rang, und wähle weise. Das hatten sie und Caro und Ra sich geschworen. Einen Mann, der sie nicht schlagen würde. Einen Mann, dessen Position sie versorgte, selbst wenn er fremdging. Caro hatte das bereits getan, allerdings auf Alice' Kosten, und sie würde es auch tun, bei Gott. Sie würde so hoch aufsteigen, dass sie niemandem mehr ausgeliefert war, und sie würde Cole gleichzeitig auch noch das Herz damit brechen.

Innerhalb von Sekunden war sie tief und fest eingeschlafen.

Kapitel 5

Am nächsten Tag war die Neuigkeit von der schwarzen Messe und der Verbannung auf die Schiffe das einzige Gesprächsthema am Hof: Wer war die Frau? Wurde sie vergewaltigt? Was genau war eine schwarze Messe? Aber diejenigen, die beteiligt gewesen waren, schüttelten die Köpfe und gaben keine Informationen preis, die die Gerüchte angeheizt hätten. Richard wurde nachmittags in die Gemächer von Prinzessin Henriette gerufen. Er lächelte Renée an, die geschickt worden war, um ihm in der Halle Gesellschaft zu leisten, während er darauf wartete, eintreten zu dürfen. »Zu bald werdet Ihr mir wieder entrissen sein. Ich werde Euch schreiben. Sagt mir, dass ich Euch schreiben darf.«

Sie schenkte ihm ein Lächeln, aber keine Antwort.

»Ich werde Eurem Vater schreiben und ihm von meinen Absichten berichten. Ich werde nach Frankreich kommen und mich ihm vorstellen.« Es war ein weiterer Tag, an dem er entschlossen und hartnäckig um sie warb.

»Was werdet Ihr ihm sagen, wenn Ihr Euch ihm vorstellt?«

»Ich werde sagen, dass ich Euch von ganzem Herzen liebe und Euch zur Gemahlin nehmen möchte.«

Weil sich sonst niemand in der Halle befand, nutzte er die Gelegenheit und beugte sich langsam vor. Er gab ihr genug Zeit, ihm auszuweichen, was sie nicht tat, dann legte er seine Lippen auf ihre – ihr erster Kuss, auf den er seit ihrer ersten Begegnung hingearbeitet hatte. Er ließ seinen Mund sanft auf ihrem liegen, aber er war ganz benommen davon, wie ihre Lippen sich anfühlten, wie sie schmeckten, wie ihr Haar duftete, von seinem Verlangen nach ihr. »Ich würde mein Leben für Euch geben«, sagte er, hob den Kopf und blickte ihr direkt in die Augen. »Ihr werdet stolz auf mich sein.« Sein Gesicht, seine Stimme strahlten Stärke und Sicherheit aus.

»Ich besitze kein Vermögen.«

»Ich auch nicht. Wir werden unser Vermögen gemeinsam machen.«

Die Tür zu Prinzessin Henriettes Gemach öffnete sich. Zögernd ließ er Renées Hand los und ging hinein.

Es war eine große Kammer mit hohen Fenstern, durch die das Sonnenlicht hereinflutete und Inseln aus Licht bildete. Hofdamen saßen auf Stühlen im Sonnenlicht und unterhielten sich beim Sticken. Sie hielten in ihrer Arbeit inne, als sie Richard hereinkommen sahen. Prinzessin Henriette saß an einem der sonnigen Flecken, kleine Spaniel auf dem Schoß und zu ihren Füßen. In einer Ecke des Zimmers stand ein riesiges Bett. Golddurchwirkte Seide fiel von dem vergoldeten Himmel herab, wand sich um die Bettpfosten und endete schließlich in einer Fülle silberner Fransen. Winzige Perlen bildeten ein Muster sich kreuzender Linien, die die Seide zu einem dickeren Stoff für die Bettvorhänge zusammenwirkten. Teuerste Spitze, so fein, dass sie »Stiche in der Luft« genannt wurde, hing wie Girlanden vom Betthimmel. Die Bettdecke war ebenfalls aus goldener Seide gefertigt, schimmernd und wunderbar, als wäre alles an wertvollem Metall in Frankreich geschmolzen und neu gegossen worden, um sie zu erschaffen. Eine Krone war in der Mitte aufgestickt, und der feine Spitzenstoff umgab auch den Rand. Er war teuer, exquisit, so zart, als wären nachts Elfen herbeigeschwebt und hätten ihn aus Mondlicht gewoben. Das gesamte Bettzeug war mit der Prinzessin aus Frankreich gekommen, als könnten die Engländer nichts herstellen, das fein genug für sie wäre.

Richard blinzelte, als er das prunkvolle Bett sah. Allein der Preis des Bettzeugs würde seine noch unverheiratete Schwester mit einer stattlichen Mitgift ausstatten. Die Prinzessin lächelte Richard an. Ihre üppigen haselnussbraunen Locken waren über den Ohren mit perlenbesetzten Nadeln zurückgesteckt. Ihre Augen waren groß, sehr rund, sehr blau. Sie war fünfundzwanzig und hatte ihr ganzes

Leben in Frankreich verbracht, am französischen Hof, wohin man sie als Baby sandte, als der Krieg ihre Familie und das Königreich auseinanderriss. Sie hatte den Bruder des Königs von Frankreich geheiratet und war dadurch die ranghöchste Prinzessin in diesem Reich, nach der Königin. »Lasst uns allein«, sagte sie zu den Damen. »Bis auf Verney und Keroualle.«

Gemurmel war zu hören, das Geräusch von Röcken, die über den Steinflur raschelten, klappernde Absätze. Alle Blicke ruhten auf Richard, nicht alle davon waren freundlich. Richard beugte sich hinunter und hielt einem der Spaniel seine Hand hin. Der Hund, hübsch und scheu mit blauen Schleifen über den Ohren, roch daran, streckte zögernd seine rosafarbene Zunge heraus und leckte Richards Finger.

»Sie mag Euch«, sagte Prinzessin Henriette. »Ihr seid der Held der Stunde.«

»Bin ich das?« Er antwortete ihr auf Französisch, und sie lächelte. Sein Akzent war perfekt.

»Ihr wisst, dass Ihr es seid. Ich wollte mich selbst bei Euch für das bedanken, was Ihr getan habt.«

»Jeder Mann hätte dasselbe getan.«

»Im Gegenteil, Leutnant Saylor. Verney, wärt Ihr so freundlich.«

Alice trat vor und legte etwas in die Hand der Prinzessin. Die wiederum streckte Richard ihre offene Hand entgegen. Darauf lag ein Ring, ein geschmiedeter Goldring mit einem Smaragd, der von goldenen Drachen gehalten wurde. »Er gehörte meiner Mutter.«

»Ihr erweist mir eine unglaubliche Ehre. Ich muss Euch sagen, dass es auch andere gab, die letzte Nacht gute Taten vollbracht haben.«

»Ich habe Ihnen bereits gedankt. Mister John Sidney, Edward Capelet, Soldat Thorton.«

Richard blickte Alice an, die die Stirn runzelte, was er nicht im Geringsten beachtete. »Es gab noch jemanden.«

»Wen?«

»Wenn Mistress Verney nicht gewesen wäre, hätten wir nichts von allem gewusst. Sie war diejenige, die mich holte.«

»Das hat sie getan?«

»Ja. Wenn irgendjemand diesen Ring verdient hat, dann sie.«

Alice schwieg, und ihre Wangen wurden rot.

»Ich werde ihr eine andere Belohnung geben. Vielen Dank, Leutnant.«

Richard verbeugte sich und zog sich wie geheißen aus der Kammer zurück. Das Geschenk war übertrieben, aber er fühlte sich geehrt und war gerührt darüber, dass diese Prinzessin, die in vielen Königreichen weit über ihr eigenes hinaus berühmt war, seine Leistung anerkannte. Sie hatte etwas Charmantes, Verletzliches an sich.

Prinzessin Henriette streckte Alice die Hände entgegen, die sie ergriff und zu Füßen der Prinzessin niederkniete.

»Warum habt Ihr nichts gesagt?«

»Ich wollte nicht, dass meine Anwesenheit bekannt wird.«

»Ja, das war weise von Euch. Sie würden Euch die Schuld geben, würden es Euch heimzahlen, nicht wahr?«

»Der Drache hat bemerkt, dass ich nicht in meinem Bett war. Ich habe ihr gesagt, ich hätte meinen Vater besucht.«

»Und die Frau?«

»In Sicherheit. Sie wurde nicht verletzt, nur in ihrem Stolz.«

»Woher wusstet Ihr, was sie vorhatten?«

»Ich habe Edward dafür bezahlt, sie auszuspionieren.«

Prinzessin Henriette lachte. Nach einem Moment fiel Alice ein.

»Also kann ich mich dank Eures Spionierens für den Rest des Besuchs frei bewegen.«

»Könnten wir nicht noch ein bisschen länger bleiben, zumindest bis zu Eurem Geburtstag?« König Charles selbst hatte bereits nach einer Verlängerung des Besuchs um ein paar Tage verlangt, und das war zugesagt worden. Aber Alice wollte noch mehr.

»Monsieur ist schon außer sich über das, was wir bisher erhalten haben. Er nennt mich undankbar.«

Alice schwieg. Monsieur streckte seinen Arm bis über den Kanal und kommandierte sie alle herum, legte ihnen Beschränkungen auf, selbst jetzt, um die Gitter des goldenen Käfigs sichtbar zu machen.

»Was kann ich Euch geben, Verney, um Euch zu danken?«

»Setzt Euch für meine Verbindung mit Seiner Hoheit dem Herzog von Balmoral ein.«

»Ihr wisst, dass ich das gerne tun will, aber er ist krank. Er ist nicht einmal hier.«

»Sprecht mit meinem Vater. Sagt ihm, dass Ihr die Verbindung für standesgemäß haltet.«

»Ihr werdet eine wunderbare Herzogin sein. Ich werde mit Euerm Vater sprechen. Gibt es sonst nichts?« Als Alice den Kopf schüttelte, griff die Prinzessin in die Locken über ihren Ohren, entfernte langsam zwei riesige Perlentropfen und legte sie in Alice' Hände.

»Die sind zu kostbar, Majestät ...«

»Nehmt sie trotzdem. Ich bin so glücklich. Sechs Tage, ohne dass seine Männer mich ausspionieren können. Ihr seid ein Schatz, Verney. Ist Eure Freundin Mistress Bragge genauso wie Ihr?«

Es war bereits seit Monaten arrangiert, dass Barbara mit Alice nach Frankreich zurückkehren würde. »Besser.«

»Wie wunderbar für mich. Das ist alles, Verney.«

Alice gesellte sich zu Renée, die auf Kissen in der Ecke saß und verträumt an den Stickereien zupfte.

»Woran denkst du? Oder sollte ich sagen, an wen?«, fragte Alice sie. Leutnant Saylors Werben um Renée war von allen bemerkt worden, genauso wie Renée von allen bemerkt worden war. Sie war die Schönheit dieses Besuchs. Es wäre eine gute Verbindung, dachte Alice. In Frankreich besaß Renée nicht genug Vermögen, und auch ihr Name reichte nicht aus, um Aufmerksamkeit zu erregen, ganz egal, wie liebreizend sie war. In England konnten solche Hindernisse oft durch Liebreiz überwunden werden. »Wir werden in den nächsten Tagen so viel Spaß haben.« Picknicke, ein Tanz auf der Dorfwiese, eine Schatzsuche, ein Pferderennen und Segeln waren geplant.

»Ich bin froh, dass sie weg sind, froh, dass sie bestraft wurden«, meinte Renée.

Ja, dachte Alice, das sind wir alle. Aber werden wir am Ende dafur bezahlen?

Sehr viel später an diesem Abend, als der nächtliche Tanz auf der Wiese des Dorfes Dover vorbei war, die Kutschen den Hügel hinauf zurück zum Schloss rollten und gähnende Höflinge ihre Betten aufsuchten, gingen gewisse Männer in der späten Nacht spazieren, stiegen die Klippen hinunter zum Wasser, um zu schwimmen – oder standen in diesen letzten Stunden der Nacht oben an der Brüstung und blickten aufs Meer hinaus. Der König und der Herzog von Buckingham führten ein langes Gespräch.

Und dann, noch später, beobachtete König Charles die schwankende Laterne, die ihm verriet, wo sein Bruders, sein Cousin und sein Sohn, die im Meer geschwommen waren, wieder zum Schloss hinaufstiegen. Er sandte eine Leibwache, um sie zu holen, und kurze Zeit später fand eine kleine verschwörerische Familienzusammenkunft statt. Die Leibwache stand an der Brüstung, um jeden anderen fernzuhalten, obwohl der Schlaf das wahrscheinlich schon so tat.

»Schick mich mit ihr zurück«, bat Monmouth, nachdem sein Vater erzählt hatte, was ihm von Buckingham berichtet worden war. »Ich bringe Monsieur um, ich jage ihm das Schwert direkt durchs Herz.«

König Charles lächelte in der Dunkelheit. »Ich kann deine Gefühle gut verstehen, aber ich fürchte, das ist keine Lösung, Jamie.«

»Du bist zu jung, um dein Leben zu ruinieren. Ich werde es tun«, sagte der Cousin des Königs, Prinz Rupert. »Schick mich.«

»Niemand wird irgendjemanden umbringen.« Der Bruder des Königs, der Herzog von York, war beunruhigt, aber er war auch derjenige von ihnen, der am wenigsten Humor hatte.

»Jedenfalls ist die Idee, jemanden mit ihr zurückzuschicken, ganz ausgezeichnet.« König Charles stützte sich mit dem Ellbogen auf dem breiten Sims der Steinmauer. »Jemand, der mir täglich Bericht erstatten kann, damit ich klare Beweise in der Hand habe, die ich unserem Cousin Louis vorlegen kann, wenn ich eine Trennung verlange. Sie würde es nicht tun; dafür ist sie zu stolz.«

»Du vergisst ihren Glauben«, meinte York.

Alle schwiegen einen Augenblick. Für eine Prinzessin von Frankreich wäre es ein gewaltiges Unterfangen, sich von einem Prinzen von Frankreich zu trennen, ein schrecklicher Skandal, an dem auch der Papst und die römische Kirche beteiligt wären. Und seit kurzem gab es Gründe, König Louis von Frankreich nicht zu verärgern – Gründe, die nur König Charles und York kannten.

»Wen sollen wir schicken?«, fragte König Charles, und nur sein Bruder wusste, dass er damit eine Entscheidung traf, die vielleicht den Ausgang des Krieges beeinflussen konnte, den sie planten.

Sie schwiegen wieder und lauschten dem Rauschen des Meeres, hörten hin und wieder den Klang silberner Glocken.

Monmouth brach das Schweigen. »Wieso schickst du nicht Saylor? Dass er schlau und mutig ist, hat er in Tanger bewiesen und ganz sicher in der Sache mit der schwarzen Messe.«

Niemand sprach. Es hieß, Leutnant Saylor sei der Geliebte von Monmouth' Frau. Saylor war in dieser Sache diskret; die Herzogin von Monmouth war es nicht. An Charles' Hof galt gleiches Recht für alle, aber Monmouth war jung und sehr verwöhnt.

»Er spricht Französisch«, meinte Prinz Rupert. »Man könnte ihn als ihren Lehrer mit zurückschicken. Sie hat jedem erzählt, dass sie ihr Englisch verbessern möchte. Monsieur würde das akzeptieren. Er wird ihm vielleicht nicht gefallen, aber er würde es akzeptieren.«

»Monsieur hat es gewagt, alle ihre Vertrauten zu entlassen!«, erklärte York, der langsam auch in Wut geriet wegen dem, was der König erzählt hatte. »Zumindest hätten wir dann jemanden im Gefolge, einen Spion, den Monsieur nicht entlassen kann, ohne dich zu verärgern, was König Louis verärgern würde. Oder schick mich. Ich werde ihn durchbohren und sein Herz essen.«

Prinz Rupert und Monmouth lachten, und Prinz Rupert schlug York auf die Schulter, als wollte er ihm gratulieren. Sie redeten noch länger davon, wen sie vielleicht schicken könnten, und kamen immer wieder auf Richard Saylor zurück.

»Er ist ausgesprochen verschwiegen«, erklärte Prinz Rupert. Nicht nur, dass er bei Hofe nicht damit angab, der Liebhaber einer hochrangigen Herzogin zu sein, er weigerte sich auch, den Namen der Frau zu nennen, die an der schwarzen Messe beteiligt gewesen war. Er behauptete, sie habe eine Maske getragen und sei davongelaufen, bevor irgendjemand ihr Fragen stellen konnte. Der Page behauptete dasselbe. »Dass er die französischen Priester rufen ließ, war brillant. Wir hätten uns sonst vielleicht mit einem hässlichen Vorfall herumschlagen müssen.«

»Ganz richtig«, meinte König Charles.

»Monsieurs Edelmänner werden nicht erfreut sein. Es war Saylor, der sie verhaftet hat«, gab York zu bedenken.

»Vielleicht wird seine Anwesenheit sie daran erinnern, sich wie Edelmänner zu benehmen«, wandte König Charles ein.

»Vielleicht auch nicht«, antwortete York.

»Es scheint, als wäre es entschieden. Dann entschuldige mich, Vater.«

Die anderen drei schwiegen, während Monmouth davonging.

»Er ist noch jung«, meinte Prinz Rupert, als Monmouth weit genug entfernt war und sie nicht mehr hören konnte. »Seine Frau ist ein temperamentvolles Mädchen. Hat er gedacht, sie würde seine ganzen Affären hinnehmen, ohne selbst eine anzufangen?«

König Charles und York gaben keine Antwort. Königin Katharina war zu religiös und zu freundlich, um eine Affäre anzufangen, und da Freundlichkeit nicht zu den Stärken der Herzogin von York zählte, tröstete diese sich mit Essen. Prinz Rupert war nicht verheiratet. Er konnte so viele Affären haben, wie er wollte.

»Ich mag den Jungen. Ich würde ihn nach Frankreich schicken, bevor Monmouth' Herzogin seinen Ruf ruiniert und dafür sorgt, dass dein Sohn ihn hasst. Mit deiner Erlaubnis also . . .« Rupert verbeugte sich, und ging dann wie Monmouth die Brüstung entlang auf einen Treppenturm zu.

König Charles und sein Bruder lauschten dem Geräusch seiner Schritte und dann dem endlosen Rauschen des Meeres.

»Wir sollten sie einfach hierbehalten.« Es war York, der sprach.

»Du solltest doch am besten wissen, dass wir das nicht tun können und warum.«

»Meine kleine Anne wird mit ihr zurückfahren. Soll ich die Erlaubnis dazu jetzt verweigern?« Lady Anne war Yorks jüngste Tochter, fast genauso alt wie die Tochter von Prinzessin Henriette. Man hatte gedacht, es wäre gut, wenn die beiden kleinen Cousinen sich kennenlernten.

»Es würde als Beleidigung aufgefasst und Misstrauen erregen. Es ist nicht in unserem Interesse, das zu tun, noch nicht. Es besteht immer noch die Möglichkeit, dass Monsieur sich benimmt.«

Die Brüder starrten hinaus in die Nacht, während die Brandung unter ihnen gegen die Klippen donnerte. Sie kannten König Louis' Bruder, ihren Cousin, aus dem Exil. Sie waren beide am französischen Hof gewesen, hatten den französischen Prinzen sowohl von seiner besten als auch von seiner schlimmsten Seite erlebt. Zu seinen besten Zeiten konnte er wahrhaft charmant und zuvorkommend sein; in schlechten Zeiten überkam ihn eine tyrannische, rachsüchtige Wut, die Wochen andauern konnte.

»Nur wir drei sind noch übrig, Charles«, sagte York. Der Rest ihrer ehemals großen Familie saß entweder im Gefängnis, war von den Pocken dahingerafft oder geköpft worden oder an Bitterkeit gestorben.

»Eine heilige Dreifaltigkeit«, meinte König Charles, nur halb scherzhaft.

Es stimmte, dass nur noch drei von ihnen übrig waren, aber die

Einigkeit war ins Wanken geraten. Er und York standen sich nicht mehr nahe, nicht so wie früher. Dafür sorgte der Herzog von Buckingham.

Zwei Tage später lenkte Richard sein Pferd auf die Allee, die nach Tamworth führte. Verbrannte Eichen, die an den Krieg erinnerten, lagen verkohlt und verrottend zu beiden Seiten der Straße. Die Allee war neu bepflanzt worden mit einer geraden Reihe von Linden, aber diese Linden waren noch jung. In der Nähe der gefallenen Eichen waren neue Bäume gewachsen, die man ausgegraben und an andere Stellen gesetzt hatte. Zwanzig Jahre alt waren diese Nachkommen der alten Eichen jetzt. Und obwohl es noch weitere dreißig Jahre dauern würde, bevor sie auch nur annähernd die ausladende Anmut ihrer Vorväter erreichen würden, meinte Richards Mutter, es sei ein Zeichen, dass die meisten Dinge heilten, wenn man sie in Ruhe ließ.

Der Krieg war seit über zwanzig Jahren vorbei, aber das Haus, dessen Giebel er in der Ferne sehen konnte, trug immer noch Narben, die daran erinnerten. Es gab Flügel und Nebengebäude, die nicht wieder aufgebaut worden waren, nachdem sie niedergebrannt waren. Efeu und Flechten wucherten über die Steinfundamente, krochen verkohltes Holz hinauf. Bis vor zehn Jahren war seine Mutter Haushälterin in ihrem eigenen Haus gewesen und hatte einem Rundkopf gedient. So wurden alle genannt, die im Bürgerkrieg auf der Seite des Parlaments gestanden hatten, weil die Soldaten des Parlaments sich ihr Haar kurz geschnitten hatten – im krassen Gegensatz zu den Männern des Königs, denen die Locken lang über die Schultern fielen, sogenannte Liebeslocken. Einer der Rundköpfe hatte Tamworth während des Krieges zu seinem Beutegut erklärt. Er war es, der die Bäume und Obstgärten neu anpflanzen ließ, der neues Vieh kaufte, die Scheunen und Ställe wieder aufbaute. Das Haus selbst hatte er jedoch nie angerührt. Er kam aus

London, gehörte zu den Puritanern der Stadt, die Cromwells Herrschaft unterstützt hatten. Das Haus und die Ländereien waren seine Belohnung gewesen, aber er hatte es hier nie lange ausgehalten. Er vermisst den Schmutz und den Lärm von London, meinte Richards Mutter und lächelte auf eine bestimmte Art. Richard fragte sich dann immer, was für eine Rolle sie dabei gespielt hatte, dass es den Mann stets nach London zurücktrieb.

Gefolgt von seinem Stallburschen ließ Richard sein Pferd in den Hof hineintrotten. Vasen voller Blumen standen in den geöffneten Fenstern des Wohnraums im ersten Stock. Seine Mutter und Susannah waren offenbar gerade mit dem Hausputz fertig. Viermal im Jahr schrubbten seine Mutter und ihre Dienerin das Haus vom Dachboden bis zum Erdgeschoss – frischer Sand, Bienenwachs und Rosenöl waren Teil ihres Waffenarsenals gegen Motten, Flöhe und Staub. Das Haus erhob sich über drei Etagen, und auf allen drei Stockwerken gab es Erker. Ein Höfling hatte es zu Ehren von Elizabeth I. erbauen lassen, die ihm wohlgesonnen gewesen war.

Sie hatte ihm dieses Land gegeben – eine große Ehre – und einen Ohrring mit einer großen, birnenförmigen Perle, die Sir Francis Drake von seinen Reisen um die Welt mitgebracht hatte. Die Perle gab es schon lange nicht mehr, sie wurde verkauft, um König Charles I. in seinem Krieg gegen die Rundköpfe zu unterstützen, aber Tamworth gehörte wieder ihnen. Der Londoner war nur noch von Zeit zu Zeit Mieter. Er hat die Scheunen und Fischteiche wieder aufgefüllt und verhindert, dass das Haus in die Hände der Ratten und Eulen fällt, sagte seine Mutter, und dafür sind wir ihm dankbar. Der Wohnraum war dunkel vertäfelt, das Treppenhaus steil mit hohen Stufen; und im Garten gab es ein überwuchertes Labyrinth.

»Master Richard«, rief Susannah, die Dienerin seiner Mutter, überrascht, als er in die Küche trat. Sie stand an dem langen Tisch und rollte Teig aus. Vor ihr im Mehl lagen die runden Fladen, die sie schon fertig hatte. Die Küche war kühl und schattig, und die geöffneten Türen an jedem Ende ließen die Schönheit und die leichte

Brise des Sommers hinein. Ein mageres Kind saß an einem Ende des Tisches und knetete Tiere aus den Teigresten.

»Ich habe Euch letzte Nacht nicht in der Asche des Feuers gesehen.«

Susannah las aus kalter Asche und den Innereien von Tieren, sie deutete den Sonnenuntergang, las aus der Hand, las in den Gesichtern der Menschen. Sie deutete die Art, wie der Wind eine Kerze ausblies. Sie prophezeite, wie süß der Sommerhonig werden würde, anhand der Weise, wie die Bienen schwärmten, und warnte vor frühem Frost, wenn die Schwalben und Zaunkönige in einem bestimmten Baum nisteten. Für Richard waren ihre Prophezeiungen ganz selbstverständlich.

»Ja, was ist das denn, Annie?«, fragte er das Kind. »Kein Lächeln zur Begrüßung?«

Das Mädchen sah ihn grimmig an und streckte ihm die Zunge heraus. Mit schnellen Schritten ging Richard um den Tisch, griff nach ihr, bevor sie weglaufen konnte, und schwang sie in die Luft. Sie gab keinen Laut von sich, sondern sah ihn nur zornig an. Er küsste sie schmatzend auf beide Wangen, bevor er sie wieder auf ihren Stuhl setzte.

»Wenn du mich noch einmal so böse ansiehst, gibt es noch einen Kuss«, warnte er sie. Die Wangen unter der bleichen Haut gerötet, blickte Annie auf den Tisch, aber aus den Augenwinkeln verfolgte sie jede von Richards Bewegungen.

»Wo ist meine Mutter?« Richard schaute in die Tonschüsseln, um zu sehen, was Susannah in ihre Pasteten buk.

»Sie ist oben auf dem Hügel. Da drüben unter dem Tuch ist Käse, und ich habe noch Brot von gestern. Annie, hol die Quittenmarmelade für Master Richard. Wir hatten gestern gebratenes Huhn. Ich wollte eigentlich etwas davon in die Pasteten tun, aber jetzt gebe ich es lieber Euch.«

Richard war schon aus der Tür, etwas gebeugt, um sich am Querbalken nicht den Kopf zu stoßen. »Bring es mir, Annie, wärst du so lieb?«

»Siehst du, ich habe dir doch gesagt, du sollst dich nicht vor

Sehnsucht nach ihm verzehren«, erklärte Susannah ihrer Enkelin, als er draußen war. »Du dachtest, der Herrgott hört deine Gebete nicht, nicht wahr? Hol einen Becher Bier, und bring ihm den auch. So wie er aussieht, ist er auf direktem Weg hierher geritten.«

Der kleine Hügel lag nordwestlich des Hauses. Richard trat auf die Terrasse, die das Projekt seines Vaters in dessen letzten Lebensjahren gewesen war. Cromwells Soldaten hatten die Steine herausgerissen, aus purer Gemeinheit, wie Richards Mutter meinte. Sein Vater hatte es sich zur Aufgabe gemacht, von seinem Bett am Fenster aus für alle wieder den richtigen Platz zu finden und neue Steine beschaffen zu lassen, um die zu ersetzen, die zerbrochen waren, sodass alles wieder ein großes, schönes Ganzes ergab. Die Steinbalustrade war von einem Steinmetz in Maidstone angefertigt und Stück für Stück in Stroh auf einem Wagen hergebracht worden. Hinter der Terrasse lag eine Wiese – noch ein Projekt seines Vaters – die zunächst glatt und eben verlief, bevor sie zu einem kühlen grünen Hügel anstieg. Dort streckten uralte Eichen, die von den Rundköpfen verschont geblieben waren, ihre Äste aus, und im Sommer blühten Glockenblumen. Von der Hügelkuppe aus konnte man sehen, wie sich der Fluss durch die Felder wand, bevor er im Wald verschwand. Der Kirchturm des Dorfes Tamworth erhob sich über den Bäumen, und der Schornstein der Nachbarfarm war ebenfalls zu sehen.

Auf dem Hügel erblickte Richard seine Mutter. Sie schlief unter der Eiche im »Elfenkreis«, wie seine Schwester den Ort nannte. Er bewegte sich leise, um sie noch nicht zu wecken; doch sie öffnete die Augen, als er sich näherte, und lächelte. Richard war sich ihrer Liebe bewusst, ohne dass er sich Gedanken darüber machte. In Erinnerungen, die sie ohne Worte miteinander teilten, hatte sie ihn auf dem Schoß gehalten, ihn gestreichelt, gewiegt, seinen Namen geflüstert, ihm vorgesungen und war mit ihm durch die Felder gegangen. Sie hatte ihm Teig und Zuckerwerk mit den Fingern gefüttert, Brei und weiches Fleisch mit einem Löffel. Manchmal hatte er das Gefühl, dass sie seine Gedanken lesen konnte. Er ließ sich auf ein

Knie nieder, und sie umarmten sich. Sie zog ihn an ihre Seite hinunter, und sie blickten gemeinsam durch die Eichen in den Himmel. Sie hatten das gleiche Profil, die gleiche gerade Nase, die gleichen geschwungenen Augenbrauen.

»Der Weizen ist angepflanzt, und auch Gerste und Hafer. Sir Winston« – er war ihr Nachbar – »hat holländischen Samen aus London gekauft, den Junker Dunwitty und ich auf einigen unserer Felder ausprobieren. Die alte Mistress Marrow verkauft ihre Farm und die Mühle. Ich glaube, du solltest sie kaufen. Wir könnten uns etwas von Lizzies Mann leihen.« Elizabeth war eine seiner Schwestern, die verheiratete, die sich einen Earl geangelt und damit die Zukunftsaussichten der ganzen Familie verbessert hatte.

»Ich gehe für eine Zeitlang weg. Ich weiß nicht, wie lange ich fort sein werde. Ich habe eine Frau getroffen, die ich heiraten will. Ich werde ihren Vater um Erlaubnis bitten, ihr den Hof machen zu dürfen. Sie ist Französin, Mutter.«

Seine Mutter drehte sich zu ihm um und sah ihn an. Annie erschien. Sie trug einen Korb, der beinahe so viel wog wie sie selbst. Richard setzte sich auf, nahm sich das Erste, was er in dem Korb finden konnte, und aß es hungrig, während Annie und seine Mutter ein gestärktes Tuch ausbreiteten und das Essen ordentlich darauf anrichteten. Zwischen Bissen von Käse und Hühnchen beschrieb er seiner Mutter Renée, erzählte ihr, wie er vom ersten Moment an gewusst hatte, dass er sie liebte, dass er nach Frankreich fahren würde, um über Prinzessin Henriette zu wachen – was jedoch ein Geheimnis war –, und dass er dadurch Renée, die ihre Ehrenjungfer war, weiterhin den Hof machen konnte.

Er lächelte, und Annie, unruhig wie eine kleine Meise, hielt einen Moment inne, gefangen von der Schönheit seines Lächelns. Sie musste sich hinter einem Baum verstecken, um sich wieder zu fassen. Sie hielt sich im Hintergrund, verschwand zwischen den Eichen, sodass sie unbemerkt bleiben und so viel zuhören konnte, wie sie mochte.

»Louise Renée de Keroualle …« Seine Mutter wiederholte den Namen leise. »Was weißt du von ihrer Familie?«

»Sie wohnt in der Bretagne.«

»Also ist ihr Vater nicht am Hof?«

»Nein, ich glaube nicht. Die Prinzessin würde ihrer Heirat gewiss den Segen geben, und vielleicht würde sie dadurch begünstigt. Ich weiß, dass König Charles sie für sehr schön und anmutig hält, deshalb wird er sie vielleicht an den englischen Hof holen, wenn wir verheiratet sind.« Er trank das Bier, als wäre es Wasser, und wischte sich den Mund mit dem Handrücken ab. Er hatte nicht den geringsten Zweifel daran, dass alles nach seinem Willen geschehen würde. »Ich dachte, ich gehe noch hinüber zu den Ashfords und frage, ob Sir Winston mir sein Pferd leihen kann. Ich habe Pharao zu hart geritten. Er würde mich zurücktragen, aber ich möchte nicht, dass er anfängt zu lahmen.«

»Du musst heute noch zurück?«

»Ja, der französische Hof bricht bald auf.«

Jerusalem Saylor schwieg. Ihr Sohn war die vielen Meilen von Dover nur hergeritten, um ihr zu erzählen, dass er sich verliebt hatte und dass er nach Frankreich fahren würde, und er machte so wenig Aufhebens davon, als sei er nur über die Felder zur Ladybeth Farm hinübergelaufen. Sie klopfte auf ihren Schoß, und Richard, der genug gegessen hatte, um für den Moment satt zu sein, legte seinen Kopf hinein. Sie strich ihm mit den Fingern über die Stirn, dankbar, ihn diese wenigen Augenblicke für sich allein zu haben. Du musst ihn gehen lassen, damit er ein Mann werden kann, hatte Dicken ihr gesagt, bevor er gestorben war. Du darfst dich nicht an ihn klammern. Er muss seinen Weg machen.

»Annie«, sagte Jerusalem, »lauf und sag Susannah, dass Master Richard in ein paar Stunden aufbricht. Er braucht Verpflegung zum Mitnehmen. Du wirst auf Mandy zurück nach Dover reiten …« Sie legte die Finger auf Richards Mund. »Ich komme ein paar Tage ohne sie aus. Effriam hat dich begleitet?« Effriam war Richards Stallknecht.

»Dann kann er sie ja zurückbringen. Jetzt schließ die Augen, und ruh dich eine Weile aus.«

Sie hob den Blick einen Moment lang von seinem Gesicht, sah hinüber nach Tamworth und genoss für einen Augenblick das beglückende Gefühl, Richards Stirn unter ihrer Hand zu fühlen. Sie wachte über Tamworth für ihn, hatte es vom ersten Moment an geliebt, als sie es als Braut erblickte, obwohl sie da noch nicht wusste, dass der Lauf der Jahreszeiten und das Dach über ihrem Kopf zuzeiten das einzig Beständige in ihrem Leben sein würde. Alles hatte seine Zeit, das hatte dieser Ort sie gelehrt, in Freud und Leid, und durch das Leid trat die Kostbarkeit der Freude erst wirklich hervor. Es bereitete einen auf die Freude vor, denn es war Freude, die sie in diesem Moment empfand, auch wenn es nur das kleine Glück war, dass ihr Sohn fest schlafend in ihrem Schoß lag. Der Mann überlagerte inzwischen den Jungen und trug ihn jedes Mal, wenn sie ihn sah, ein Stück weiter von ihr fort. Und doch war es der Junge in ihm, der die vielen harten Meilen geritten war, um ihr seine Neuigkeiten zu berichten.

Richard öffnete die Tür zur Kirche von Tamworth, benetzte seinen Finger mit Weihwasser und kniete einen Augenblick in Richtung des Altars nieder. Er schob die Holzpaneele der Seitenkapelle beiseite und trat hinein. Sein Vater lag hier und sein Großvater und der Großvater seines Großvaters. Ihre Särge befanden sich unter seinen Füßen, unter den großen Steinplatten, auf denen er stand. Gedenktafeln lagen auf den Steinen oder waren an den Wänden befestigt. Das Sonnenlicht war gedämpft, kühl, verwandelte sich in etwas anderes, während sein Licht durch das bunte Glasfenster gefiltert und verändert wurde, ein Fenster, das sein Vater von einem italienischen Künstler hatte anfertigen lassen, um die Wiedereinsetzung von König Charles II. zu feiern. Sie hatten die Farm beliehen, und es war ein großer Tag gewesen, als das Fenster ankam. Drei Sonntage lang war es vorne in der Kirche ausgestellt worden, damit alle Einwohner von Tamworth, damit die gesamte Gegend es bewundern konnte. Der Pfarrer hatte es mit Weihwasser gesegnet. Der Dorfschmied hatte es an seinem Platz befestigt, und sein Vater hatte sich von seinem Bett aus angesehen, wie die Bretter verbrannt wurden, die das Fensterloch fast zwanzig Jahre lang bedeckt hatten. Die Puritaner misstrauten der Freude in Gottesdiensten, der Freude und auch der Schönheit. Alles musste genauso spartanisch sein wie ihre Seelen.

Richard schloss die Augen und betete, erflehte Gottes Segen für seine Mission, bat Gott darum, über seine Mutter und Tamworth zu wachen und über seine Schwestern. Er bat Gott um scharfe Augen und einen scharfen Verstand, sodass er in der Lage sein würde, der Prinzessin zu helfen, er bat darum, dass ihm die Herzogin von Monmouth vergeben möge und dass sein Mund die richtigen Worte finden würde, um das Vertrauen von Renée und ihrem Vater zu gewinnen. Dass er mit ihr nach Frankreich zurückkehren durfte, war eine Fügung, die er nicht erwartet hatte. Er war völlig vernarrt in sie, obwohl das ein zu schwaches Wort war – sie hatte ihn verhext, bezaubert, ihn einfach umgehauen. Er war verliebt, er war für sie entbrannt, und nichts anderes zählte mehr. Und in Frankreich würde er hoffentlich auch die beiden größten Generäle in König Louis' Armee kennenlernen, den Prinzen de Condé und Maréchal de Turenne. Sie führten die Soldaten einer Armee, die in ganz Europa Staunen und Neid hervorrief.

Später, nachdem Richard noch einmal gegessen und sein Hemd gewechselt hatte, nachdem seine Satteltaschen von seiner Mutter und Susannah mit Essen vollgepackt worden waren, nachdem er mit Annie durch Tamworth gegangen war und Felder, Schafe und Apfelbäume betrachtet hatte, kniete er nieder und empfing den Segen seiner Mutter. Dann schwang er sich auf das Pferd seiner Mutter. Effriam, der Stallknecht, stieg hinter ihm in den Sattel, und sie ritten davon.

Jerusalem und Susannah gingen sofort hinüber zum Küchenfeuer, und Susannah blickte lange in die Flammen. Sie sprenkelte etwas Weihwasser hinein, das Annie für sie besorgt hatte, als Master Richard in der Kapelle war, und lauschte auf das Zischen, als Wasser auf Feuer traf. Schließlich schüttelte sie den Kopf.

»Ich kann nichts über die Frau sehen, die er liebt. Annie, geh und hol Nana ihr Schultertuch.«

Annie, die auf einem Schemel saß, blinzelte, dann tat sie wie geheißen, aber erst nachdem sie lange genug in der Tür verharrt hatte, um die nächsten Worte ihrer Großmutter zu hören.

»Aber in Frankreich brechen schlimme Zeiten an, das kann ich sehen. Kommt her, und seht selbst.«

Gütiger Gott, dachte Jerusalem, nachdem sie das getan hatte. Sie ging hinaus und lief unruhig am Fluss entlang, zwischen den Malven und Sommerlilien hindurch, die dort blühten, und schickte Richard ihren Segen mit jedem Atemzug ihres Körpers. Jemand würde sterben in Frankreich, das hatte die Glut ihr verraten. Sie kniete zwischen den Malven nieder. Lass es nicht Richard sein, betete sie. Bitte.

Kapitel 6

In Dover folgte ein fröhlicher Tag auf den nächsten. Das Lachen, das Tanzen, das Flirten und das Vergnügen schienen kein Ende zu nehmen. Doch am Morgen vor ihrer Abreise wurden alle englischen Ehrenjungfern in die Kapelle gerufen. Barbara kam angerannt, um Alice zu holen, die noch beim Ankleiden war, und nahm sie auf die Seite, damit niemand sie belauschen konnte.

»Sie weiß es ...«

»Sie weiß nichts«, sagte Alice. »Was immer passiert, du darfst nichts zugeben.«

»Wie kannst du nur so ruhig bleiben?«

»Nun, zum einen hat man mich nicht rufen lassen, nicht wahr? Das bedeutet, dass sie keine Ahnung haben, wer was getan hat. Denk doch mal nach, Ra.«

Dennoch schlich sie mit Fletcher zu festgesetzten Stunde in die Kapelle und setzte sich mit ihm in die hinterste Ecke, wo der Schatten des Balkons sie verbarg. Ehrenjungfern von Königin Katharina und der Herzogin von York saßen auf den vorderen Bänken, und ihr Geschnatter hallte von den gewölbten Wänden wider. Fletcher stieß sie an und wies nach vorn. Von ihrem Platz aus konnten sie König Charles sehen, der sich hinter einer hölzernen Wand verbarg. Er saß da und drehte an dem Ring an seinem Finger.

»Man wird dich dafür hängen«, flüsterte Fletcher.

Der Oberhofmeister des Königs stand vor dem Altar. Es dauerte eine ganze Weile, bis es dem Mann endlich gelang, die Aufmerksamkeit aller jungen Frauen zu erringen.

»Jemand«, begann er, »hat der Herzogin von Cleveland Streiche gespielt, die nicht mehr zu amüsieren vermögen. Wir alle haben Verständnis für Übermut, vor allem bei einem so fröhlichen Anlass.« Der Oberhofmeister ließ den Blick über die versammelten Ehrenjungfern wandern. »Der Übermut der Jugend. Aber es ist Zeit, diesen Übermut in seine Schranken zu weisen. Die Herzogin hat das Gefühl, dass bestimmte Angriffe ...«

Bei diesem Wort ging ein Raunen durch die Reihen der Ehrenjungfern, und sie wandten sich einander zu, riefen, protestierten, fragten, was das bedeuten sollte. Doch der Oberhofmeister übertönte den Lärm, sorgte wieder für Schweigen: »dass Angriffe gegen ihre Person aus diesen Reihen kamen.« Das Raunen schwoll an. »Ich bin sicher, dass sie sich irrt«, fuhr er fort, »aber ich habe ihr versprochen, dass ich ihren Verdacht zu Gehör bringe. Ich habe der Herzogin versichert, dass sie für den Rest der vergnüglichen Zeit, die uns noch bleibt, ganz beruhigt sein kann. Ich würde es außerordentlich bedauern, wenn der letzte Abend von Prinzessin Henriettes Besuch von törichten Eskapaden ruiniert würde.«

Barbara erhob sich. Alice hielt den Atem an. Was hatte sie vor? Wollte sie gestehen?

»Was genau wird uns eigentlich vorgeworfen?«, fragte Barbara.

»Mist in Tanzschuhen, Frösche im Bett, Salz in der Zuckerdose ...« Der Oberhofmeister hielt inne.

»Falscher Mastix«, rief König Charles hinter der Wand. Alice konnte sehen, dass er amüsiert war.

»Falscher Mastix«, wiederholte der Oberhofmeister. Alice hatte die Mixtur neu gemischt, mit der man sich die Schönheitsflecken ins Gesicht klebte. Das war schon seit ein paar Jahren in Mode. Trotzdem waren Frauen immer noch ganz verrückt nach den kleinen dunklen Punkten aus Samt, die wie Halbmonde oder Sterne oder andere Dinge aussahen und die man sich an den Mund, auf die Wange oder in die Nähe der Augen kleben konnte. Nur verheiratete Frauen durften sie tragen. Männer trugen ebenfalls Schönheitsflecken. Einer der Berater des Königs trug einen in Form eines Blitzes über der Nase, um eine alte Duellnarbe zu verdecken. Königin Katharina schwor, dass die Hälfte ihrer Ehrenjungfern nur heiratete, damit sie sich Schönheitsflecken ankleben und Rouge tragen konnten. Die Schönheitsflecken der Herzogin von Cleveland waren am gestrigen Abend einer nach dem anderen in den ersten Gang des Essens gefallen. Alice fand, das es einer ihrer Höhepunkte gewesen war.

»Besteht gegen irgendeinen von uns ein konkreter Verdacht?«, fragte Barbara. Sie sah sehr königlich und sehr schön aus, mit erdbeerfarbenen Flecken auf den Wangen, als habe man sie persönlich angeklagt.

König Charles trat hinter der Wand hervor. Die jungen Frauen standen auf und sanken so gut es zwischen den Bänken ging in einen tiefen Hofknicks. Er ließ den Blick über sie schweifen. Der Anblick der vielen Mädchen mit den gebeugten Köpfen und den schwingenden Ohrringen, von denen die mutigeren ihn unter langen Wimpern hindurch ansahen, war bezaubernd. »Ihr habt Eure Pflicht erfüllt«, sagte er zu seinem Oberhofmeister, der erleichtert aufseufzte. König Charles blickte ein Mädchen nach dem anderen an. Alice konnte sehen, dass er sich bemühen musste, nicht zu lachen.

»Ihr würdet mir einen großen Dienst erweisen«, sagte er, »wenn die Streiche aufhörten. Mit anderen Worten, benehmt Euch. Ich befehle es Euch als König, und ich bitte Euch als Edelmann. Ihr würdet mir einen noch größeren Dienst erweisen, wenn es über diese Vorfälle kein Gerede gäbe. Und nun geht. Los, los!«

Die Mädchen gehorchten und verließen, ununterbrochen redend, in Gruppen die Kapelle. Alice und Fletcher holten Barbara ein und zogen sie von den anderen fort.

»Heute Abend müssen wir uns selbst übertreffen«, erklärte Alice aufgeregt.

»Alice Verney, bist du verrückt?«, unterbrach Fletcher. »Als Tanzlehrer verbiete ich das. Bragge, ich verbiete dir, weiterhin irgendetwas mit ihr zu tun zu haben, wenn sie auch nur einen Blick in die Richtung der großen Kuh wirft.«

»Du warst großartig. Ich hatte keine Ahnung, dass du so gut lügen kannst«, meinte Alice, und sie und Barbara lachten.

»Es ist unser letzter Tag, meine Lieben«, sagte Fletcher und hakte sie beide unter, sodass sie an seiner Seite gingen.

Barbaras Gesichtsausdruck veränderte sich. Alice sah es und wandte verärgert den Kopf ab. Gracen wäre außer sich gewesen vor Freude, wenn sie nach Frankreich hätte fahren dürfen. Caro hätte ihre Diamantohrringe für diese Ehre gegeben. Aber Barbara ließ den Kopf hängen. Der Grund dafür war zweifellos dieser John Sidney. Tja, zu schade. Die Sache war jetzt beschlossen.

Es war der Nachmittag des letzten Tages.

»Wir sind so eifersüchtig«, murmelte Gracen. Sie hatte ihre Eskapade schadlos überstanden. Die Aufseherin der Ehrenjungfern hatte zwar Verdacht geschöpft, aber sie war der Wahrheit nicht mal entfernt nahegekommen. Nur die Tatsache, dass sie zuckersüß zu Alice war, bewies, dass etwas vorgefallen sein musste.

Alice berührte die Schleife, die um ihren Hals gebunden war, erwiderte aber nichts. Das war auch nicht nötig. Während des Besuchs hatten die Prinzessin und ihre Damen jeden Tag etwas Ausgefallenes getragen – angefangen mit den grellgrünen Strümpfen –, etwas, das sie von den anderen abhob, und jeden Tag hatten die englischen Hofdamen aufgeregter darauf gewartet, was wohl als Nächstes kam. Heute, am letzten Tag ihres Besuchs, trugen die Damen aus dem Gefolge der Prinzessin schwarze Schleifen um den Hals. Es war bezaubernd und symbolträchtig – die Prinzessin trauerte, weil sie ihre Brüder und England verlassen musste, aber auf eine Art, die niemand aus ihrem Gefolge bemängeln oder gegen die es Proteste geben könnte.

»Verdammt!«

Es war Prinz Rupert. Die Damen spannten sofort ihre kunstvoll gearbeiteten, breiten Fächer auf und kicherten über sein Fluchen.

»Verzeiht«, rief er Ihnen zu.

Sie beobachteten die Männer beim Bowlsspielen. Die Herren hatten ihre langen Jacken ausgezogen. Die losen Ärmel ihrer Hemden waren hochgeschoben und mit Strumpfbändern befestigt, die Monmouth wie mittelalterliche Turniertrophäen von den mutigeren Damen eingesammelt hatte. Der Tag war lieblich, der Wind fuhr sanft durch Röcke und Perücken, die Sonne schien warm. Prinzessin Henriette, Königin Katharina und die anderen wichtigen Damen saßen auf Stühlen oder Schemeln und bewunderten die Männer. Alle anderen scharten sich um sie, saßen auf Teppichen oder lehnten sich gegen Kissen, die überall verteilt lagen, dicke Kissen mit Quasten an den Ecken. Die Musik des Orchesters klang von der Brüstung des Schlosses herab.

Die Männer spielten in einer speziell dafür angelegten Ecke im Garten des Schlosswächters, wo das Gras dicht war, grün wie ein Smaragd und auf eine genaue Länge geschnitten. Sie zielten mit schweren Bleikugeln auf eine weiße Tonkugel. Dabei musste man so nah wie möglich an die Zielkugel herankommen und gleichzeitig die anderen daran hindern. Der König brachte eine Kugel nah ans Ziel, und als Monmouth an der Reihe war, schoss er einen anderen Ball von dem des Königs weg. Prinzessin Henriette sprang auf und applaudierte. Alice sah zwei der Hofdamen der Prinzessin die Köpfe zusammenstecken und flüstern, ganz offensichtlich über die Prinzessin. Sammelten sie Beweise, die sie Monsieur präsentieren konnten? Was würde man ihr vorwerfen? Eure Frau hatte zu viel Spaß, hat gelächelt und gelacht und sich tatsächlich amüsiert? Man konnte leicht vergessen, was sie in Frankreich erwartete, während man hier saß, wo statt Förmlichkeit Frivolität herrschte, wo die Prinzessin nicht mehr auf der Hut war, weil König Charles und der Herzog von York so liebevoll, so aufmerksam waren, und der Hof ihrem Beispiel folgte. Jeder Tag war mit Vergnügungen angefüllt, die der Prinzessin gefielen. Sie sollte sich amüsieren, sich freuen. Kein Wunder, dass sie strahlte, dass ihr Gesicht weich wirkte und sie so jung aussah wie eine ihrer Ehrenjungfern. Aber morgen verließen sie dieses Paradies und fuhren zurück in den Käfig, den Monsieur und sein Liebhaber Stab für Stab errichtet hatten. Vertraue niemandem, dachte Alice. Das würde von morgen an wieder ihr Leitspruch sein.

Prinz Rupert jubelte, als er einen Punkt machte. Die Engländer spielten gegen die Franzosen. Alice ließ den Blick über die Menge schweifen und sah, wie sich die Herzogin von Monmouth von der Seite der Königin entfernte und auf eine alte Eiche zuging, eine der wenigen, die den Krieg überstanden hatten. Leutnant Saylor stand darunter. Wann ist er zurückgekehrt?, dachte Alice. Und wo war er gewesen? Die Herzogin begann mit ernster Miene auf ihn einzureden. Fletcher sagte, sie hätten eine Affäre miteinander. Alice blickte sich um. Waren die beiden noch jemandem aufgefallen? Sie sah Monmouth, der auf dem Grün stand. Er blickte auf, bemerkte die beiden, und sein Gesicht verschloss sich. So verwöhnt er auch inzwischen war, er war noch immer ihr Freund. Alice stand auf, bahnte sich ihren Weg durch die großen Kissen und die davor liegenden Körper und ging hinüber zu der ausladenden Eiche.

»Sieh dir das an.« Richards Schwester Louise stieß ihre andere Schwester an und nickte mit dem Kopf zu Alice hinüber.

Im Schatten der Eiche war es kühler. Die Glocken im Baum klingelten. Das Meer war deutlich zu riechen. Keiner von beiden bemerkte Alice. Sie stritten sich, oder zumindest tat die Herzogin das.

»... mich einfach so zu verlassen, wie Ihr das vorhabt ...«

»Entschuldigt mich«, sagte Alice. »Man beobachtet Euch.«

Die Herzogin von Monmouth wirbelte herum und funkelte Alice an, wütend wie eine Wildkatze. »Was glaubt Ihr, wer Ihr seid?«, rief sie, und bevor Alice antworten konnte, rauschte sie an ihr vorbei und ging davon. Aber sie lief direkt in die Arme von Richards Schwestern, die zusammen auf den Baum zukamen. Sie nahmen die junge Herzogin in ihre Mitte und begannen sofort zu plaudern und zu lachen und wandten den sitzenden Damen den Rücken zu, als wäre gar nichts passiert und das Leben einfach wunderbar. Richard dagegen war bestürzt und verlegen.

»Ihr seid so rot wie eine Rosenblüte. Oje, ich glaube, ich habe meinen Ohrring verloren. Würdet Ihr mir helfen, ihn zu suchen, Leutnant?«

Sie sagte das, um ihm Zeit zu geben, sich zu fassen – und weil es sie amüsierte, sich Luft zuzufächeln, während Richard auf dem Boden zu ihren Füßen herumkroch und suchte. Sie blickte zurück auf die Gruppe der Höflinge. Wie sie gedacht hatte. Alice Verney und Leutnant Richard Saylor unter der alten Eiche waren nicht halb so interessant, wie es die Herzogin von Mounmouth und der Leutnant gewesen waren. Auf einem Bein kniend sah Richard zu ihr auf.

»Es tut mir leid, aber ich kann ihn nicht finden.«

Für einen Moment herrschte atemloses Schweigen, während sie zu ihm hinabblickte und wieder dieses Gefühl zu fallen hatte, das ihr Herz schneller schlagen ließ – genau wie damals, als sie ihn auf dem Schiff das erste Mal sah. Ich habe noch niemals so blaue Augen gesehen wie seine, dachte sie. Richard legte den Kopf ein wenig zur Seite und fragte sich, warum sie ihn so anstarrte. »Ihr seht genauso aus wie einer der Hunde meines Vaters«, sagte sie. »Steht auf.«

Sie wandte sich ab. Cole kam auf die Eiche zu – bei ihm war sein Onkel, der Herzog von Balmoral. Alice' Hände flatterten auf ihre Brust. Sie machte einen Hofknicks, der tief genug für einen König gewesen wäre, und beobachtete, wie der alte Herzog auf sie zukam, den Arm auf Cole gestützt. Cole war zufrieden mit sich, das konnte Alice sehen. Offensichtlich hoffte er, sich mit dieser Geste wieder bei ihr einzuschmeicheln. Er ahnte ja nicht, dass er ihr die Schlinge brachte, mit der sie all seine Pläne aufknüpfen würde. Sie richtete den Blick auf den Herzog. Er ist in den zwei Jahren noch mehr gealtert, dachte sie. Er war schmächtig und dünn, und die Hand, die er ihr reichte, um ihr aufzuhelfen, war knochig, die Haut trocken und ledern; dennoch lag noch eine gewisse Stärke darin. Sein Gesicht schien aus Hunderten von Linien zu bestehen, die an seinem Mund und seiner Nase und seinen Augen zusammenliefen. Sie hatte vergessen, wie alt er war – seine Jugend war die Zeit der Kavaliere und

Maskenbälle gewesen, in seinem besten Mannesalter war der Krieg gekommen, und als alter Mann erlebte er nun die Restauration. Es machte ihr ein bisschen Angst, all das, was ihn so gezeichnet und gebeugt hatte.

»Wie lange ist es her, meine Liebe?«, fragte er sie.

»Zwei Jahre, Eure Hoheit.«

»Frankreich ist Euch gut bekommen.«

Alice errötete.

»Es tut mir gut, Euch zu sehen«, sagte er. »Ich wollte meine Pflicht erfüllen und der Prinzessin meine Aufwartung machen. Ihr Vater, der König, war ein großartiger Mann. Colefax hat mir erzählt, dass Ihr Euch dazu entschlossen habt, Eure Freundschaft zu erneuern …«

Alice suchte Coles Blick. Sie hatten sich zu nichts dergleichen entschlossen. *Ihr geht mir aus dem Weg, als hätte ich die Pest*, hatte er sich bei ihr beklagt. Ja, eine Pest, mit seinen liebeskranken Blicken, die sie vielleicht noch krank machen würde. *Ich übe im Stillen, was ich Euch sagen möchte, aber ich bekomme keine Gelegenheit, es vorzutragen. – Was sollen Euch solche Reden einbringen?*, hatte sie gefragt. *Mir Eure Achtung zurückgewinnen.* Und seitdem war sie vor ihm weggelaufen, vor der Verwirrung, die er in ihr auslöste.

»Und ich bin froh darüber, Mistress Verney, denn ich fand immer, dass es dumm von ihm war, Euch zu verlieren.«

Jetzt war es Colefax, der rot wurde.

»Würdet Ihr mir die Ehre erweisen, mich zur Prinzessin zu begleiten, sodass ich mich bei ihr dafür entschuldigen kann, so viele Tage ihres Besuchs versäumt zu haben?«

Stolz trat Alice vor, und er stützte sich auf sie, während sie zusammen zu dem Platz gingen, an dem Prinzessin Henriette saß. Alice musste sehr langsam gehen, und er atmete schwer, mühevoll, als würde das Gehen ihn all seine Kraft kosten. Kann ich das wirklich? Einen so alten Mann heiraten?, dachte sie. Angst stieg in ihr auf.

Sie ließ ihn bei der Prinzessin zurück und bewegte sich durch die Menge, bis sie Barbara und John Sidney fand. Sie ließ sich zwischen sie fallen und flüsterte Barbara ins Ohr: »Ich konnte nicht gehen ohne eine letzte Geste. Behalte die linke Wange der großen Kuh im Auge.«

Barbara legte die Hände vor den Mund, um ein Lachen zu unterdrücken.

»Was ist so amüsant?«, fragte John. Nach diesen zwei Wochen musste er sich sehr anstrengen, um noch nett zu Alice zu sein.

»Geheimnisse. Dummheiten.« Alice lehnte sich auf den Ellenbogen zurück und betrachtete ihn feindselig.

»Ja ... nun ... entschuldigt mich bitte, Mistress Bragge, Mistress Verney.«

Barbara stütze sich ebenfalls auf ihre Ellenbogen. »Du hast ihn vertrieben.«

»Ich glaube nicht, dass das möglich ist.«

»Warum magst du ihn nicht?«

»Ich kann die Vorstellung nicht ertragen, dass du jemanden mit solchen Beinen heiratest. Denk doch nur an eure Kinder.«

Fletcher, der auf der anderen Seite neben Barbara saß, lachte. »Ich werde mir das Haar abschneiden«, verkündete er.

»Nein«, sagten Barbara und Alice. Fletcher hatte etwas Elegantes und Makelloses an sich. Er war ein kleiner Mann mit großen Augen und herrlichen langen, lockigen Haaren, die so schön waren wie die einer Frau.

»Es ist in Mode, eine Perücke zu tragen. Es gibt keinen Franzosen hier, der sein eigenes Haar auf den Schultern hat. Ich muss mit der Mode gehen, Alice. Nicht ein Mann aus Monsieurs Gefolge trug keine Perücke. Ich frage mich, was sie da draußen treiben, auf dem Schiff.«

»Sie sahen so gut aus«, meinte Barbara, als würde ihre Attraktivität das Böse in ihnen auslöschen.

»Sie sehen aus wie Engel, aber ein Abend in ihrer Gesellschaft hat mir gereicht«, erklärte Fletcher.

Engel, dachte Alice. Der neue Mann in Monsieurs Gefolge, der aus Italien gekommen war, hieß Henri Ange oder auf Englisch Henry Angel. Königin Katharina winkte, und Barbara erhob sich, um zu ihr zu gehen, und ließ Alice und Fletcher zurück.

»Mir behagt der Gedanke nicht, dass du zu ihnen zurückgehst«, meinte Fletcher zu Alice.

»Barbara ist ja bei mir.«

»Nun, der Gedanke gefällt mir auch nicht. Sie ist viel ...« Er hielt inne.

Alice schlug ihm mit dem Fächer auf den Kopf. »Sanftmütig? Sensibler? Freundlicher?«

»Fast zu sanftmütig für diese Welt.«

»Es wird ihr gut tun, den französischen Hof zu erleben, die französische Lebensart kennenzulernen.«

»Planst du etwa eine Hochzeit für sie?«

»Sie kann jemand Besseren finden als John Sidney.«

»Die Frage ist, meine liebe Alice, ob sie das möchte. Was passiert jetzt?«

Die Männer hatten das Grün verlassen. Die Frauen erhoben sich ganz aufgeregt von ihren Teppichen, Kissen und Stühlen.

»Wir dürfen spielen«, rief Gracen Alice zu.

Die Frauen scharten sich um Prinzessin Henriette und Königin Katharina und bettelten um die Erlaubnis, als Erste spielen zu dürfen. Alice verließ Fletcher und stellte sich zu ihnen. Der letzte Nachmittag, dachte sie. Die Rosen im Garten streckten ihre blassgrünen Arme mit den üppigen Blüten der Sonne entgegen. Ihr berauschender Duft war so stark wie Parfüm. Zwischen der Musik der Geigen im Orchester klangen Silberglocken, hell, klar, dünn wie die Luft, die ihre Noten davontrug. Ausgewählte Damen nahmen ihre Plätze ein, die Kleider in den Farben von Melonen und Mondlicht, Aprikosen und altem Gold, Äpfeln und Bernstein, Prinzessin Henriette in Weiß wie ein Leitstern in ihrer Mitte. Das Tiefgrün des Grases, das Azurblau des Himmels ließ jede Farbe, jede Schattierung leuchtend und lebendig erscheinen. Es war, als würde die Spielwiese zu einer Bühne, und Nymphen und Geister und Elfen spielten vor einem verzauberten Publikum.

König Charles hatte seine Perücke abgesetzt und lehnte sich auf einem Teppich in die Kissen zurück. Er hob seinen Lieblingsspaniel auf, und seine Augen wanderten immer wieder zu der französischen Schönheit Renée de Keroualle hinüber. Währenddessen untersuchte er den Spaniel auf seinem Schoß. »Nun sieh dir das an. Mimi hat wieder eine entzündete Stelle auf ihrem Rücken. Ich frage mich, welcher der anderen kleinen Teufel sie beißt?«

»Im Süden braut sich Sturm zusammen.« Sein Cousin Prinz Rupert nickte zur Ecke des Grüns. König Charles sah, dass seine Geliebte nicht ausgewählt worden war, zusammen mit der Königin zu spielen. Sie marschierte auf ihn zu.

»Ich will spielen.« Die Herzogin von Cleveland, mollig und mit großen dunklen Augen, schmollte. Und wenn sie schmollte, hatte sie nichts Feines, Taktvolles mehr.

»Und das wirst du auch, sobald dieses Spiel zu Ende ist. Nun komm, und setz dich neben mich, dann flüstere ich dir ins Ohr, wie genau man dieses Spiel spielen muss«, sagte König Charles.

»Du willst nur an mir herumgrapschen.«

»Wofür bezahle ich dich sonst, Süße?«

Sie lachte und setzte sich neben ihn. Königin Katharina machte ihren Wurf, und die schwere Kugel landete direkt neben dem Teppich des Königs.

»Du sollst versuchen, die Tonkugel zu treffen, meine Liebe«, rief König Charles, »nicht mich.«

»Sie wollte die Herzogin treffen«, meinte Prinz Rupert.

»Esel«, beschimpfte ihn Cleveland.

»Es hätte nicht geschadet, wenn die Kugel getroffen hätte. Um ihr etwas anzuhaben, wäre eine Kanonenkugel nötig, aus direkter Nähe abgefeuert.«

»Charles, sag ihm, er soll aufhören.«

»Streitet euch nicht, Kinder. Das verdirbt dem König die Laune.

Wo sind die anderen Hunde, Rupert? Sie wollen alle die hübschen Ladys spielen sehen, nicht wahr, Mimi?« König Charles streichelte den Kopf des Spaniels, während die Hündin, die Augen auf ihn gerichtet, den Kopf zu einer Seite neigte, aufmerksam und ergeben. »Geh und hol meine Hunde, Rupert.«

»Warum gibst du ihm immer nach?«, fragte Cleveland, als Prinz Rupert davongegangen war.

»Weil er mein Cousin ist, weil er unglaublich tapfer für meinen Vater gekämpft hat, weil er über die Ozeane gesegelt ist und für mich geplündert hat, als ich im Exil war. Weil. Weil. Weil.«

Das ließ die Herzogin von Cleveland verstummen. Sie blickte sich um. Überall wurde an diesem Nachmittag gelacht und geneckt und geflirtet, genau wie während des gesamten Besuches. Bester Laune wie er war, unterstützte Charles solche Frivolität. Diener gingen jetzt zwischen den Zuschauern umher, boten Wein und gebratenes Huhn und frische Austern in ihren schimmernden Schalen an. Die Luft fühlte sich mild und weich an, so seidig wie ein feines Tuch. Der Geruch des Meeres mischte sich mit dem von Rosen. Es war ein entspannter, ruhiger, zielloser, herrlicher Tag, das perfekte Ende für einen perfekten Besuch. Die Silberglocken klangen leise über dem Lachen und dem begeisterten Jauchzen der Frauen. Vögel sangen, Bienen summten, Schmetterlinge hielten forsch und schnell auf Blumen zu, dann flatterten sie davon. Sie spürte die Sanftheit dieses Nachmittags tief in sich, fühlte die Distanz zwischen sich und diesem Mann, den sie für so lange Zeit bezaubert hatte.

»Wir haben uns einmal geliebt, nicht wahr?« Mit Dreistigkeit war sie aufgestiegen, mit Dreistigkeit hatte sie regiert und mit Dreistigkeit würde sie untergehen.

Glänzende Hundeaugen betrachteten sie. Zynische menschliche Augen taten das Gleiche. »Das haben wir, Liebling. Hol mir eine Hähnchenkeule, wärst du so lieb?«

Cleveland winkte einem der Diener. Während sie das tat, löste sich der Schönheitsfleck, ein schwarzer Halbmond, den sie sicher auf ihrer Wange befestigt glaubte, und fiel ihr auf den Busen.

»Hölle und Verdammnis«, fluchte sie.

König Charles biss sich auf die Lippe, um nicht zu lachen.

Der Abschied war kein Fest wie die Ankunft. Der Morgen war nebelig; den ganzen Tag über war es bedeckt, Wolken hingen tief und grau am Himmel, und es regnete. Es war kein heftiger Regen, sondern ein hartnäckiges Nieseln, das in die Kleidung zog und das die Leute, die am Strand gewartet hatten, wieder zurück in die Kutschen trieb. Die Franzosen vergossen keine Tränen, sie waren bereit zum Aufbruch und unterhielten sich, verglichen diesen Hof bereits mit ihrem eigenen.

Aber fast alle Mitglieder des englischen Hofes weinten, als Prinzessin Henriette von ihrem Bruder zu dem wartenden Ruderboot getragen wurde. Jetzt war sie auf der königlichen Jacht mit ihren Brüdern und einem Priester, und die Jacht ankerte zwischen dem Strand und dem Schiff, als zögerten der König und York immer noch, sie gehen zu lassen, während sich Ruderboote und Jollen voller Franzosen durch die bewegte See zu den wartenden Schiffen kämpften.

»Du bist in sechs Monaten wieder zurück, eher noch, wenn es nach mir geht«, sagte Sir Thomas zu Alice, die an seinem Arm hing und ihn trotz des Regens, der ihren Umhang zu durchnässen begann, nicht loslassen wollte. »Und zwar als Hofdame im Gefolge der Herzogin von Monmouth.«

»Im Gefolge der Königin.« Seit gestern Abend stritten sie darüber, in welchen Dienst sie nach ihrer Rückkehr eintreten würde, stritten über alles, beide voller Kummer darüber, dass sie wieder wegging. Sie war misstrauisch, weil ihr Vater so sehr darauf drängte, sie bei den Monmouths unterzubringen. Fletcher hatte ihr gesagt, dass sich eine Intrige um Monmouth zu spinnen begann, die ihn zum Thronerben erheben sollte, was York beleidigte, der Thronerbe war, solange der König keine Kinder mit der Königin hatte. Es war nicht nur beleidigend, es war gefährlich. Monmouth war unehelich geboren. Wegen einer solchen Sache konnte ein Krieg ausbrechen. Buckingham hatte dabei seine geschickten Finger im Spiel, sagte Fletcher. Wenn Buckingham dahinter steckte, bedeutete das, dass auch ihr Vater darin verstrickt war. »Ihre Hoheit mag mich nicht.«

»Und du kaufst einen Besitz, der so nah am Schloss von Versailles liegt wie möglich. Ich möchte wie eine Schnecke an einem der Seitengärten kleben.«

Eine der Aufgaben, die sie für ihn erledigen musste, war, Eigentum in Frankreich zu erwerben. Seine Händlerseele, genauso angeboren wie sein gewinnendes Lächeln, war erwacht, nachdem er die Franzosen von Paris schwärmen hörte, von einem Viertel namens Marais, davon, dass ihr König ein Jagdschloss namens Versailles umbauen ließ. Seine Gier, sein unersättliches Streben nach Besitz regte sich.

»Ich würde gerne verlobt zurückkehren, Vater. Denk daran, für mich bei Balmoral vorzusprechen.« Während der Nacht hatte ihre Angst sich wieder gelegt, und sie war mit neuer Entschlossenheit aufgewacht, ihn zum Mann zu nehmen.

»Aber bezahl nicht zu viel. Finde heraus, was andere bezahlen. Habe keine Angst zu handeln. Ich würde alles im Marais in Betracht ziehen, wenn der Preis stimmt ...« Er hielt inne und wandte sich um, weil er sehen wollte, was Alice' Gesicht plötzlich so strahlen ließ, und sah Lord Colefax mit seinem Onkel, dem Herzog von Balmoral, auf sie zukommen. Alice sank in einen sehr tiefen Hofknicks auf den Sand und die Muscheln des Strandes nieder, und Balmoral streckte die Hand aus, um ihr aufzuhelfen. Sein Gesicht lag fast völlig versteckt unter dem Filzhut, den er trug.

»Ihr hättet nicht herkommen sollen in diesem Regen, nicht nachdem ihr gerade erst das Krankenlager verlassen habt«, sagte sie ihm.

»Ich hätte Euch nicht abreisen lassen können, ohne Euch alles Gute zu wünschen, Mistress Verney.« Der Regen tropfte vom Rand seines Hutes.

Er könnte mich lieben, dachte Alice. Ich weiß es. »Werden meine Briefe immer noch willkommen sein?«

»Onkel, wir müssen aus diesem Regen heraus«, unterbrach Colefax.

»Ich werde mich weiterhin auf jeden Brief freuen. Auf Wiedersehen, meine Liebe. Viel Glück. Cole, bring mich zu diesem nutzlosen Kai. Ich hatte keine Ahnung, dass sich so viel Schlick in diesem Hafen angesammelt hat.« Balmoral verbeugte sich und ließ sich von seinem Neffen wegführen, während er die ganze Zeit über den Schlick im Hafen und den Zustand der englischen Verteidigungsanlagen sprach. Er war Oberbefehlshaber der Armee Seiner Majestät und auch Mitglied des Kronrates.

»Mistress Verney, wir müssen gehen.« Es war ein Soldat der Leibwache – es war Richard.

Alice fasste den Ärmel ihres Vaters.

»Du hast nicht die Schönheit deiner Mutter ...« Ihr Vater streckte die Hand aus und berührte ihr Haar, ihre Wangen, ihre Mundwinkel und sagte Worte, die Alice zu oft gehört hatte, um viel dabei zu empfinden. »Aber du hast mich während dieses ganzen Besuches an meine eigene Mutter erinnert, Alice. Sie hatte Stil und Charakter, den ich auch an dir entdecke.«

Gerührt ergriff Alice seine Hand und küsste sie. Sir Thomas hob sie hoch und setzte sie ins Ruderboot zwischen die Ehrenjungfern und Hofdamen. Er flüsterte ihr ins Ohr: »Halt Augen und Ohren offen nach irgendeinem Zeichen, dass ein Vertrag unterzeichnet wurde.«

»Vater«, erwiderte Alice verärgert.

»Es waren Jesuiten bei diesem Besuch dabei. Wo Jesuiten sind, gibt es Verschwörungen.«

»Prinzessin Henriette ist Katholikin. Natürlich sind Jesuiten bei ihr.«

Ein Schnauben war seine Antwort. Wie viele andere glaubte auch ihr Vater, dass der Orden der Jesuiten zu den größten Intrigen fähig war. Wellen schlugen an das Heck des Bootes, während Leibwachen und Matrosen die Schultern gegen das Holz drückten und es zurückschoben. »Gib mir einen Kuss, Alice … Noch einen. Mistress Bragge, habt ein Auge auf meine Tochter.«

Alice hielt seine Hand umklammert, bis eine Welle sie auseinanderriss. Ein Kuss für dich, Vater, und meinen Segen, dachte sie. Ihre Augen ruhten auf dem Strand, auf denen, die unter dem Baldachin im Nieselregen standen und warteten. Königin Katharina, Fletcher, Edward, Gracen, Kit und andere wie John Sidney, der hinaus in den Regen trat, bis an den Rand des Wassers ging und winkte. Barbara winkte zurück.

Das Ruderboot kämpfte sich gerade an der königlichen Jacht vorbei, die immer noch vor Anker lag, als Alice Barbaras Hand ergriff. »Sag mir, dass du es genauso aufregend findest wie ich, dass du mit mir kommst.«

»Ich bin aufgeregt und traurig darüber, dass ich die Menschen verlassen muss, die ich liebe.«

Ja, dachte Alice, ich auch.

»Wie ich sehe, habt Ihr Euren Ohrring wiedergefunden«, meinte Richard. Zufrieden wie ein satter junger Löwe saß er im Ruderboot bei Renée. Zu Alice' Überraschung kehrte er mit ihnen nach Frankreich zurück. Dass es ihm gelungen war, das zu arrangieren, rang ihr Respekt ab. Dann streifte sie plötzlich ein kalter Hauch, und sie erschauderte. Ein altes Sprichwort fiel ihr ein, dass jemand gerade über ihr Grab gegangen war. Ihre Augen suchten und fanden die des Herzogs von Balmoral am Strand, der neben seinem Neffen ging. Der Herr segne und schütze Euch, Sir, dachte sie. Und segne und schütze uns in Frankreich.

Sie blickte zurück zu ihrem Vater.

Seine Lippen formten ein Wort. »Jesuiten.«

Kapitel 7

Prinzessin Henriette sah aus, als wäre sie endlich eingeschlafen. Alice hörte auf, ihr laut vorzulesen, und stand auf. Dann ächzte das Schiff, und die Prinzessin öffnete die Augen, starrte auf einen unbestimmten Punkt hinter Alice. Sie waren bereits nahe Calais an der französischen Küste. Bald, wenn der Morgen anbrach, würden sie ankern und an Land gehen. »Wie alt seid Ihr, Verney?«

»Zwanzig.«

»Ich kann mich daran erinnern, wie es mit zwanzig war. Zieht die Vorhänge auf, damit ich die Sterne sehen kann, dann lasst mich allein. Ich werde bald schlafen.«

Das war eine Lüge. Sie hatte auf dieser Überfahrt noch kein Auge zugetan, aber Alice war müde. Sie ging zum einen Ende der Kabine und zog die langen Vorhänge zurück, die die Fenster entlang des breiten Schiffshecks verdeckten. Sie öffnete einen Fensterflügel, und die hereinkommende Brise blähte die Vorhänge, ließ sie wie Geister flattern – die Geister, die uns in Frankreich erwarten, dachte Alice – und auf dem Bett starrte die Prinzessin mit düsterer Miene in die Nacht hinaus, als dächte sie das Gleiche. Alice überließ sie ihren Gedanken und schlüpfte leise aus der Tür. Sie wollte an Deck und die frische Luft auf ihrem Gesicht spüren.

Richard lehnte an der Wand des engen Korridors vor Prinzessin Henriettes Kabine. Er nahm seine Rolle als Wächter sehr ernst. »Wie geht es ihr?«

Was glaubte er denn? Sie war schluchzend an Bord gegangen, und auch ihre beiden Brüder hatten geweint. König Charles war drei Mal zurückgegangen, um sie zu umarmen, bevor er sich dazu bringen konnte, das Schiff zu verlassen. Den Engländern, die das mitansahen, zerriss es das Herz. Alice zuckte die Schultern, stieg die Treppe hinauf an Deck, ging hinüber zur Reling und lehnte sich in den Wind und die Gischt. Die kühlen Tropfen erfrischten sie, gaben ihr Hoffnung. Vielleicht würde es morgen wenig Streit geben, vielleicht gab es eine Versöhnung, Freundlichkeit. Sie starrte hinauf zu den Sternen, denselben Sternen, die die Prinzessin jetzt wahrscheinlich von ihrem Bett aus beobachtete. Sie wünschte sich von ganzem Herzen, dass es so sein möge. Was mochte sich die Prinzessin wünschen? Der Gegensatz zwischen dem Ort, den sie verließen, und dem Ort, dem sie entgegenfuhren, war erschütternd.

Als sie am nächsten Morgen erwachten, lag das Schiff im Hafen von Calais vor Anker, auf der anderen Seite der schmalen Wasserstraße, die zwei Königreiche voneinander trennte. Alice beobachtete, wie die Hofdamen das Frühstück für die Prinzessin vorbereiteten und das Gewand und den Schmuck auswählten, den sie an diesem Tag tragen würde, an dem sie vom König von Frankreich und seinem Bruder, ihrem Ehemann, empfangen wurde. Dabei musste sie sich ihre Beschwerden über England anhören. »Wir mussten stundenlang an Bord warten«, jammerten die Damen um sie herum. Sie üben schon einmal, was sie dem wartenden Hofstaat vortragen wollen, dachte Alice.

»Wir haben uns bei der Ankunft nasse Füße geholt.«

»Der Hafen war voller Schlick und Kies.«

»Reparieren die Engländer ihre Häfen denn nicht? Kein Wunder, dass die Holländer sie im letzten Krieg vernichtend geschlagen haben.«

Diese Worte waren für Alice gedacht, aber sie ignorierte sie. Alice sah, wie der Hauptmann der Leibgarde der Prinzessin mit der ranghöchsten Hofdame sprach. Es war ein langes Gespräch, und dann verließen beide den Raum. Renée, die an Deck gewesen war und sich über die Reling gebeugt hatte, um zu sehen, wer vom französischen Hof bereits am Kai stand, fand Alice und zog sie in eine Ecke unter der Treppe.

»Der König ist nicht hier«, flüsterte sie.

König Louis nicht in Calais? »Unmöglich.«

»Psst. Sprich nicht so laut. Er ist nicht hier, und Monsieur auch nicht. Niemand vom Hof ist in Calais.«

Der Drache entdeckte sie. »Zieht Euch sofort an.« Ihre Kabine summte von dem Gerede der anderen Ehrenjungfern. Niemand wusste genau, was vor sich ging, aber alle wussten, dass etwas passiert war. Sobald sie angezogen war, ging Alice an Deck und trat an die Reling, um sich selbst zu überzeugen. Es stand eine Kutsche dort, ein teures lackiertes Gefährt mit sechs schwarzen Pferden davor.

»Die gehört Colbert«, meinte Richard, der hinter sie trat. »Er wartet darauf, von der Prinzessin empfangen zu werden.«

Colbert war König Louis' wichtigster Minister.

»Ist jemand aus der königlichen Familie gestorben?«, fragte Alice.

»Nein.«

»Was ist dann geschehen?«

»Das weiß ich noch nicht.«

Und Richard verließ sie, ging die Gangway des Schiffs hinunter und hinüber zu der Kutsche, wo er die Stallburschen in ein Gespräch verwickelte. Alice sah, dass d'Effiat und seine kleine Gruppe in der Nähe des Focksegels standen und miteinander sprachen. Sie sah auch, dass Henri Age, der geheimnisvolle Bote von Monsieurs Geliebtem, in ihrer Mitte stand. Aha, dachte sie bei sich, also ist zumindest einer aus Paris gekommen, um die Prinzessin zu begrüßen. Das gefiel ihr gar nicht.

»Wer ist das?«, fragte Henri Age, den Blick auf Richard gerichtet. Es war schwer, den aufrecht gehenden Engländer mit den eisblauen Augen zu übersehen.

»Ein Idiot, der sich in alles einmischt. Sie haben ihn mit Madame zurückgeschickt«, erwiderte d'Effiat.

»Idioten mischen sich selten ein.«

»Alice, komm sofort mit. Wir sollen in unsere Kabine gehen und dort warten.« Es war Renée, die man geschickt hatte, um sie zu holen.

Alice wartete ungeduldig mit Renée und Barbara und den anderen. Es schien länger als eine Stunde zu dauern; sie steckte unzählige Male den Kopf aus der Tür, um zu sehen, was vor sich ging, oder schnappte sich Leute, die vorbeikamen, um sie zu befragen. Deshalb wusste sie, dass Monsieur Colbert an Bord war und mit der Prinzessin sprach. Schließlich kam der Drache, um ihnen zu sagen, dass sie sich alle auf dem Hauptdeck versammeln sollten. Neugierig schnatternd stiegen sie die Treppe hinauf und stellten fest, dass alle anderen sich bereits an Deck befanden und dabei waren, die Gangway hinunter auf den Kai zu gehen.

»Was ist das für ein Geruch?«, meinte d'Effiat, als Alice an ihm vorbeikam. »Ich glaube, das ist der Gestank Englands.« Er verzog das Gesicht und wedelte mit seinem Fächer, aber im nächsten Moment stolperte er vorwärts, als wäre er von hinten gestoßen worden.

»Entschuldigt«, sagte Richard. »Ich habe Euch nicht gesehen.«

D'Effiats Nasenflügel bebten. »Ihr, Ihr ...«

»Bauerntrampel, Idiot, Flegel?«

Die gespannte Stimmung zwischen diesen beiden war gefährlich. So war es schon, seit Richard an Bord gekommen war und d'Effiat ihn entdeckt hatte.

»Er hat es nicht böse gemeint«, sagte Alice zu d'Effiat.

»Er kann für sich selbst sprechen«, erklärte Richard. »Amüsant, nicht wahr, dass ein Mann, der Jesus Christus mit einem mehr als verwerflichen Verhalten verhöhnt, es wagt, etwas über meinen Charakter oder den irgendeines anderen Mannes zu sagen.«

D'Effiat wurde bleich. »Ich werde Euch umbringen.«

Richard verbeugte sich. »Dann haben wir uns ja verstanden.« Sein Tonfall war freundlich.

Henri Ange stellte sich zwischen die beiden und sagte zu d'Effiat: »Das ist wahrlich nicht der richtige Zeitpunkt für so etwas.«

D'Effiat verbeugte sich steif vor Richard und ging davon. Alice war überrascht, dass d'Effiat jemandem gehorchte, noch dazu Henri Ange.

Henri verbeugte sich mit offenem, freundlichem Gesicht vor Richard. »Erlaubt mir, Euch für ihn um Verzeihung zu bitten. Er ist nicht er selbst.«

»Das sehe ich anders.«

Der andere Mann lächelte, antwortete nicht und wandte sich ab.

»Ich dachte, Ihr seid mit uns gekommen, um die Prinzessin in Englisch zu unterweisen, und nicht, um Duelle auszufechten.« Alice blickte in seine kalten Augen. In Farbe getauchte Eisblöcke, dachte sie. »D'Effiat wird Euch jetzt Schwierigkeiten machen.«

»Das wird mich dann nachts wenigstens wach halten.«

»Das sollte es. Er hat das Ohr des Prinzen, Leutnant Saylor. Monsieur könnte Euch aus dem Gefolge entlassen.«

»Ich bin hier auf Befehl von König Charles. Wie sollte Monsieur das außer Kraft setzen?«

»Wir sind nicht mehr in England, Leutnant. Ihr müsst Euch diskreter verhalten, Madame zuliebe.« Sie entdeckte Barbara und ging über die Planke der Gangway vom Schiff. Richard folgte ihr und blieb in Renées Nähe.

»Ich wünschte, ich wüsste, was vor sich geht«, meinte Alice, als sie auf dem Kai standen.

»Wir werden allein nach Paris fahren«, antwortete Richard. »Wir werden im Palast von Saint Germain en Laye empfangen, wo der König und sein Bruder sich aufhalten. Es heißt, Monsieur könne nicht reisen. Offensichtlich wurde Colbert vom König geschickt, um Madame die Nachricht zu überbringen.«

Alice war sprachlos. Es war eine entsetzliche Beleidigung, als hätte Monsieur seiner Frau öffentlich ins Gesicht geschlagen. Die Reise der Prinzessin nach Calais war wie ein großer Festzug gewesen, begleitet vom gesamten Hofstaat. König Louis hatte nicht nur die Prinzessin zu ihrem Ziel begleitet, sondern seinem Gefolge das Land gezeigt, das seine Armee im letzten Krieg erobert hatte. Ein anderer Krieg – ein kleiner zwischen Mann und Frau – tobt weiter, dachte Alice. Nicht ohne Grund war es der Prinzessin auf der Rückfahrt nicht gelungen, Schlaf zu finden.

Kutschen warteten, und dahinter, im Schatten großer Bäume, war ein Buffet aufgebaut, sodass sie vor der Reise etwas zu sich nehmen konnten. Colbert war effizient, das musste man ihm lassen.

»Ich bin jetzt schon müde«, meinte Barbara, die sich den Weg durch die Höflinge gebahnt hatte, um etwas vom Buffet zu ergattern. Alice sah, dass Richard für Renée einen vollen Teller mit Essen besorgt hatte. Er hatte ihr auch einen Stuhl besorgt und sich dann zu ihren Füßen niedergelassen. Jetzt lächelte er zu ihr hoch, während sie ihn mit den Fingern fütterte.

»Wir fahren.« Es war d'Effiat, der Alice und Barbara anherrschte, als wären sie ungehorsame Hunde. Bei ihm war Henri Ange, der Alice mit gehobenen Augenbrauen ironisch betrachtete.

»Jetzt?«, fragte Alice. Sie und Barbara hatten erst ein paar Bissen gegessen.

»Wir brechen sofort nach Saint Germain auf. Es ist Monsieurs Wunsch. Sucht Euch eine Kutsche, und setzt Euren knochigen englischen Hintern hinein.«

Alice ignorierte seine Beleidigung, stellte ihren Teller ab und ging hinüber zu Renée. »Renée«, sagte sie, »wir sollen sofort aufbrechen. Sieh zu, dass du in der Kutsche der Prinzessin sitzt, und halte für Barbara und mich einen Platz frei. Beeil dich, oder wir müssen mit dem Drachen fahren, und du weißt, was sie sagen wird.«

Richard stand auf und klopfte sich die Hose ab, während Renée davoneilte. »Was wird der Drache zu Mademoiselle de Keroualle sagen?«

»Sie wird ihr einen Vortrag darüber halten, dass sie Euch auf der Überfahrt zu viel ihrer Zeit geschenkt hat, gar nicht zu reden davon, dass Ihr ihre Finger küssen durftet, wie wir alle beobachten konnten.«

»Ich habe vor, sie zu meiner Frau zu machen.«

»Sehr gut. Je eher Ihr den Drachen davon unterrichtet, desto besser. Und an Eurer Stelle würde ich bei Madame vorsprechen.«

»Würdet Ihr das, ja? Wisst Ihr immer am besten, was andere tun sollten?«

»Ja.« Sie griff nach Barbaras Hand und rannte zur Kutsche der Prinzessin. In der Kutsche saß Prinzessin Henriette, schweigend und mit versteinertem Gesicht. Neben ihr, ernst und still, als spüre sie die Stimmung, war ihre kleine Nichte Lady Anne, Yorks Tochter.

»Bitte nicht reden«, sagte Prinzessin Henriette. »Ich habe Kopfschmerzen.« Sie blickte zu Lady Anne hinunter. »Denkst du, du könntest für mich leise sein? Nur für eine Weile?«

Es klopfte an der Kutschentür, und eine Hofdame lehnte sich aus dem Fenster und nahm eine kleine Glasflasche von Henri Ange entgegen. Alice und seine Blicke kreuzten sich, und jeder betrachtete den anderen für einen langen Moment.

»Gegen Eure Kopfschmerzen, Madame«, sagte die Hofdame, und Prinzessin Henriette entkorkte die Flasche, trank die Flüssigkeit mit einem Schluck und schloss die Augen.

Fünf Tage lang wurden sie auf der Reise zum königlichen Palast von Saint Germain in der Kutsche durchgeschüttelt. Am ersten Tag, als sie in einem Château Pause machten, kam Richard zu Alice, die sich an einen Fensterplatz zurückgezogen hatte, um zu lesen, und stellte ihr Fragen über Monsieur und sein Gefolge. Er sah, wie sie den Finger in ihr Buch legte, bevor sie es zuklappte und sich auf die Lippen biss. Sie dachte darüber nach, was sie ihm sagen sollte, das konnte er deutlich sehen, sie wog jedes Wort genau ab. Ihre Vorsicht amüsierte ihn, aber sie alarmierte ihn auch. In diesem Gefolge brodelte es unter der Oberfläche, das konnte selbst er als Fremder spüren.

»Zwischen ihnen gibt es keine Liebe mehr, obwohl sie versucht, ihre Pflicht zu erfüllen. Es ist ein sehr unglückliches Gefolge. Es gab einen Liebhaber, seinen ...«

»Den Chevalier de Lorraine?«

»Ja. Monsieur war völlig vernarrt in ihn, und der Chevalier hasste die Prinzessin, übernahm das Zepter im Gefolge, fing an, ihre Diener zu entlassen. Monsieur tat alles, worum er ihn bat, und sie hat gegen ihn gekämpft, ist zu König Louis gegangen, der sie sehr schätzt. Jedenfalls hat der Chevalier Monsieur dazu ermutigt, nicht mehr auf seinen Bruder zu hören, was ein Fehler war, denn er wurde daraufhin ins Exil geschickt. Monsieur gibt Madame die Schuld daran, und selbst jetzt steht er in engem Kontakt zu seinem Geliebten.«

»Erzählt mir von Monsieur.« Offiziell hatte er über Monsieur gehört, dass er von seinem Bruder, dem König, geliebt wurde, dieser ihm aber keine Verantwortung übertrug, keine ernsthaften Aufgaben. Er gehörte nicht zum Kronrat. Er war nicht einmal der Gouverneur einer Stadt oder einer Provinz. Er wurde vom Hof, seinem Bruder und seiner Mutter verwöhnt. Er konnte kleinlich und grausam, aber auch brillant und manchmal sogar liebenswürdig sein. Er war ein scharfsinniger Mann mit einem ausgezeichneten Geschmack, der immer noch darunter litt, dass man seinen Liebhaber ins Exil geschickt hatte, einen Unruhestifter erster Güte.

Alice zog die Nase kraus. »Er ist ein Mann, der tagelang über Nichtigkeiten weinen kann und dann keine Träne vergießt, wenn es wirklich um etwas Wichtiges geht. Er verehrt seinen Bruder und ist dennoch nicht immer loyal ihm gegenüber. Wankelmütig. Rachsüchtig. Ich habe auch ein paar Fragen an Euch, Leutnant. Warum seid Ihr hier? Es fällt mir schwer zu glauben, dass Ihr tatsächlich nur hier seid, um Englisch zu unterrichten.«

»Das fällt Euch schwer, ja?«

»Ja.«

»Wisst Ihr, was besser für Euch wäre?«

»Offenbar nicht.«

»Wenn Ihr Eure Nase nicht in Dinge stecken würdet, die Euch nicht interessieren sollten.«

Sie blickte ihn böse an, dann wandte sie sich wieder ihrer Lektüre zu.

Am zweiten Tag gelang es Richard endlich, bei Prinzessin Henriette vorzusprechen. Er wurde von einer Hofdame zu ihrem Schlafgemach in dem Château geführt, in dem sie rasteten. Die Prinzessin saß in einem Sessel in der Nachmittagssonne, die durch lange, offene Fenster hereinfiel, von denen aus man den Park des Châteaus überblicken konnte; Alice saß auf einem Schemel und las ihr vor. Es war die Pflicht der Ehrenjungfern, die Prinzessin zu begleiten, sie zu unterhalten, ihr zu helfen. Auf ein Zeichen der Prinzessin hin warf Alice Richard einen Blick zu und entfernte sich dann gehorsam.

Er wird um Renées Hand anhalten, dachte sie, und irgendwie missfiel ihr dieser Gedanke, aber sie ging hinüber zu Barbara und Renée, die in einer Ecke des Gemachs Karten spielten. Frauen kamen und gingen, überall herrschte geschäftiges Treiben. Das Gewand, das die Prinzessin heute Abend tragen würde, musste geplättet werden, der Schmuck wurde ausgewählt, den sie zum Abendessen umlegen würde, ihr Zichoriewasser, das sie gerne nachmittags trank, wurde zubereitet. All die notwendigen Dinge wurden erledigt, die ihr Leben angenehm machten.

»Ich glaube, er wird um deine Hand anhalten«, flüsterte Alice und ließ sie dabei nicht aus den Augen, um zu sehen, was sich auf ihrem Gesicht spiegeln würde. Glück. Alice ging hinüber zu einem der Fenster und schob den langen Vorhang zur Seite, der dort hing. Sie starrte auf den Rasen, die Bäume, die einen schattigen Weg bildeten, auf die Gärtner, die überall beschäftigt waren. Barbara trat hinter sie.

»Was ist los?«

»Es ist eine gute Verbindung. Sie hat keine Mitgift oder einen Namen, durch den sie hier Aufmerksamkeit erregen könnte, also ist es eine gute Verbindung. Du weißt, dass ich möchte, dass wir alle gute Ehemänner finden. Ich freue mich für sie.«

»Alice, es macht dir doch nichts ...«

»Was?« Ihre Frage klang scharf.

»Es macht dir noch nichts aus, oder? Weil du so außer dir zu sein scheinst.«

»Unsinn. Ich bin nicht außer mir. Lass mich allein.«

Richard ging vor der Prinzessin in die Knie.

»Nun, mein lieber Lehrmeister«, sagte sie, »sollen wir Englisch oder Französisch sprechen?«

»Französisch wäre leichter für das, um was ich Euch bitten möchte.«

»Und was wäre das?«

»Die Erlaubnis, Mademoiselle de Keroualle den Hof machen zu dürfen.«

»Das dachte ich mir. Ihr habt Eure Zuneigung sehr offen gezeigt.« Ihr Tonfall war missbilligend. Vor der Ehe war der Ruf einer Frau so wichtig wie ihre Mitgift. »Was könnt Ihr Mademoiselle de Keroualle bieten?«

»Mein Herz. Meine unerschütterliche Liebe. Das Versprechen, dass ich sie jeden Tag meines Lebens auf Händen tragen werde.«

»Sehr hübsch gesagt, aber zum Leben ist, wie Ihr wisst, mehr erforderlich.«

»Mein Gut ist nicht in dem Zustand, in dem es sein könnte. Das will ich nicht leugnen. Wir haben uns noch nicht vom Krieg erholt. Aber ich kann ihr ein schönes Zuhause bieten, mit Landwirtschaft, Obstgärten und Schafen, die uns nicht darben lassen werden und die uns ein gutes Einkommen sichern. Und ich habe vor, dies noch zu verbessern, Land hinzuzukaufen, das Gut wieder zu dem zu machen, was es war und mehr. Ich möchte sie eines Tages zu einer Gräfin machen, wenn sie mich nimmt.«

»Warum braucht Ihr überhaupt meine Erlaubnis? Ich bin nicht ihr Vater.«

»Ich will nicht, dass Ihr glaubt, ich würde sie bedrängen und meine Absichten ihr gegenüber wären nicht ehrenhaft. Ich empfinde tiefen Respekt für sie, und ich möchte in jeder Hinsicht für sie sorgen. Ich würde ihr zeigen, wie es mir gezeigt wurde, dass die Liebe alles erträgt, alles glaubt und alles hofft, alles erduldet, dass sie niemals vergeht.«

»Aus was zitiert Ihr mir?«

»Aus der Bibel, Madame.«

»Die Bibel. Dann seid Ihr ein gottesfürchtiger Mann?«

»Das hoffe ich.« Er beugte sich vor. »Und ich möchte Euch sagen, während ich die Gelegenheit habe, Euch allein zu sprechen, dass ich auf Befehl Seiner Majestät, Eures Bruders, hier bin, um euch zu beschützen, und ich nehme diesen Befehl sehr ernst. Ich bin Euer Leibwächter, Madame, Euer Verteidiger, Euer Beschützer, Euer Kämpfer. Euer Wunsch ist mir Befehl.«

Ihm war klar, dass sie wusste, dass seine Position als Lehrer nichts weiter als ein Vorwand war, aber er wollte schon seit dem Beginn ihrer Rückreise mit ihr darüber sprechen. In Dover hatte man sie die Elfenprinzessin genannt, weil sie so bezaubernd und charmant war. Jetzt war es, als würden ihre hauchzarten Flügel sich wieder zusammenfalten.

Nachdem Richard aus dem Schlafgemach geführt worden war, bedeutete Prinzessin Henriette Renée, zu ihr ans Fenster zu treten. Sie betrachtete das Gesicht der Ehrenjungfer im Licht, wo sie nichts verstecken konnte. Worte kamen der Prinzessin in den Sinn, Worte, die der englische Soldat mit seiner sanften Stimme gesungen hatte: *Da ist ein Garten in ihrem Gesicht, wo Rosen und Lilien blühen.* Es war gefährlich, so schön zu sein. Es gab bereits jene, die sie deswegen begehrten. »Ihr wisst, worüber er mit mir sprechen wollte?«

»Ja, Madame, das tue ich.«

»Und es gefällt Euch?«

Ihre Wangen überzog plötzlich eine lebhafte Röte. »Ich wäre gern verheiratet.«

»Wärt Ihr gern seine Frau?«

»Ja, wenn es Euch gefällt.«

Prinzessin Henriette wurde ernst. »Wenn es mir gefällt? Ich habe nichts damit zu tun. Ein Mann und eine Frau müssen sich gegenseitig gefallen. Ich möchte, dass Ihr an Euren Ruf denkt. Lasst Euch durch die Liebe zu ihm nicht zu etwas verführen, dass Eurer Familie Schande macht. Und er muss Euren Vater um Erlaubnis bitten, Euch den Hof machen zu dürfen.«

»Natürlich.«

Etwas nachsichtiger, weil sie an ihr eigenes Glück dachte, das jetzt schon weit zurückzuliegen schien, sagte die Prinzessin: »Ich denke, ich werde etwas finden, womit ich Eure Aussteuer aufbessern kann.« Sie streckte die Hand aus und strich über eine weiche Wange. »Er scheint ein guter Mann zu sein. Ihr habt Glück. Sagt Alice, sie soll zurückkommen und mir weiter vorlesen.«

Später flanierten sie alle im Park des Châteaus durch eine Allee mit Kastanienbäumen auf einen künstlich angelegten Kanal zu. Es war jetzt in Mode, solch ein langes rechteckiges Wasserbecken im Garten zu haben. Richard ging in der Mitte der Ehrenjungfern und Hofdamen, als wäre er einer von ihnen. Bester Laune neckte er alle. Er bestand darauf, mit seinen Englischstunden zu beginnen, und brachte sie zum Lachen, indem er Worte auf Englisch rief und sie dann auf Französisch erklärte: »Baum, Blatt, Sonnenlicht, Steine, böse Hunde, wunderschöne Frauen.«

Als sie an einer Bank vorbeikamen, setzte sich Prinzessin Henriette abrupt hin und bedeutete den anderen mit einem Winken, ihren Spaziergang fortzusetzen.

»Ich bleibe bei ihr«, sagte Alice und setzte sich auf die Bank. Sie beobachtete die Spaniels, die hektisch umherliefen, hin- und hergerissen zwischen der Loyalität zu ihrer Herrin und der Freude eines längeren Spaziergangs. Alice musste die Prinzessin etwas fragen; diese Sache zwischen Richard und Renée rückte ihr Anliegen wieder in den Vordergrund, und der Moment war da, aber der Prinzessin schien es nicht gut zu gehen. Ihr Gesicht war blass, trotz des Rouges, das sie aufgelegt hatte, und auf ihrer Oberlippe standen Schweißperlen. Unter ihren Augen lagen dunkle Ringe.

»Geht es Euch gut, Madame?«

»Ich fühle mich merkwürdig.«

»Madame, habt Ihr die Zeit gefunden, mit seiner Hoheit dem Herzog von Balmoral über mich zu sprechen?«

»Nein, habe ich nicht.«

Furchtbar enttäuscht wandte Alice das Gesicht ab, aber die Prinzessin war nicht dumm. Sie legte ihre Hand unter Alice' Kinn und zwang sie, ihr in die Augen zu sehen. »Ich habe Euch enttäuscht.«

»Nein.«

»Ihr lügt, aber Ihr liebt mich trotzdem, nicht wahr?«

»Natürlich.«

»Das hat mir Königin Katharina gesagt, dass Ihr standhaft und unerschütterlich dient, dass ich Glück habe, Euch zu meinem Gefolge zu zählen. Ich weiß, dass Ihr nicht über mich tratscht, obwohl man Euch eine stolze Summe Geld angeboten hat, um es zu tun. Ich werde dem Herzog einen Brief schreiben, in dem ich das Thema anspreche, sobald ich angekommen bin. Ich verspreche es.«

Sie konnten das Lachen hören, das vom Kanal zu ihnen herüberschallte. Prinzessin Henriette stand auf und lächelte. »Was sagt er da, das sie so zum Lachen bringt? Monsieur würde das nicht gefallen.« Ihr Lächeln vertiefte sich bei diesem Gedanken. »Nun, nun, schmollt nicht mehr mit mir. Das steht einer zukünftigen Herzogin nicht gut zu Gesicht. Wir dürfen den Spaß nicht verpassen. Ich muss auch mein Englisch verbessern. Das wird Monsieur aufregen. Ich glaube, er gefällt mir, dieser Leutnant Saylor. Was meint Ihr?«

»Es liegt etwas Gutes in seinen Augen.« Etwas Starkes und Verlässliches, dachte Alice, an dem eine Frau ihre Hände und ihr Herz wärmen konnte in einer kalten, kalten Welt.

Als sie in Paris ankamen, befahl die Prinzessin ihren Damen, ihre schönsten Kleider anzulegen, und zog sich in ihre Gemächer im Palais Royal zurück, ihren Palast in der Stadt, um dasselbe zu tun. Alle waren äußerst angespannt. Nur die schönsten, schnellsten Pferde durften angespannt werden, nur Kutschen mit den reichsten Verzierungen waren gut genug, nur das prachtvollste Geschirr. Alle sollten funkeln vor lauter Juwelen. Sie würden in großem Stil nach

Saint Germain fahren, wie es einer Prinzessin von England und Frankreich angemessen war. Alice war aufgeregt, weil Barbara endlich den größten und kultiviertesten Hof der Welt kennenlernen würde. Sie fuhren gemeinsam in Richtung Saint Germain en Laye, dem Lieblingschâteau von König Louis, dem Palast seiner Vorfahren, wo er selbst geboren wurde. Es schmiegte sich an einen hohen Hügel über der Seine. Als der Palast in Sicht kam, verbreitete sich die Nachricht in der Entourage, dass seine Majestät selbst auf dem Vorhof wartete, und der ganze Hofstaat mit ihm.

Die Kutsche mit Alice, Barbara und den anderen Ehrenjungfern hielt an. Der Drache stand an der Tür und spuckte Feuer. Sie sollten sich hinter Madame versammeln, und zwar schnell. Prinzessin Henriette war aus ihrer Kutsche gestiegen und würde zu Fuß zum König gehen. Es war die Art von Geste, die die Franzosen liebten. Alice und die anderen beeilten sich, ihren Platz hinter den Hofdamen einzunehmen. Es war ein perfekter Tag, die Sonne schien auf ein großartiges Spektakel herunter. Überall entlang der Straße standen Soldaten aufgereiht, zu Ehren der Prinzessin. Sie standen über mindestens eine Meile hinweg Spalier. Am Ende konnte man den König sehen, dahinter seinen Hofstaat, und noch weiter hinten sah man durch ein gewaltiges geöffnetes Tor die wunderschönen Türme des riesigen Palastes von Saint Germain en Laye.

»Meine Güte«, hauchte Barbara und saugte den Anblick in sich auf: die Gewänder, die Juwelen, die Federn und Spitzen, die silbernen und goldenen Geschirre der Pferde, deren Mähnen und Schweife mit Bändern geschmückt waren, die Truppen von Soldaten, sowohl von der Leibgarde als auch aus der Armee, die Spalier standen, den ganzen Hofstaat, der in einem Halbkreis hinter König Louis versammelt war. Prinzessin Henriette ging Hand in Hand mit Lady Anne auf König Louis zu. Er war der Altar, vor dem sie sich verbeugen musste, bevor sie an ihren Platz am Hof zurückkehren konnte.

»Dort ist er«, meinte Alice zu Barbara, obwohl jeder Narr gesehen hätte, welcher Mann der König war. »Ist er nicht attraktiv?«

»Ja.«

Sie schluckte, während sie das sagte. König Louis hatte die dunklen Augen seiner italienischen Vorfahren und den sinnlichen Mund seiner französischen Ahnen; er war muskulös und schlank vom Turnen und Tanzen, Reiten und Flanieren, vom Jagen und Fechten. Er war ein Mann mit unglaublich vielen Talenten, ein anmutiger Tänzer bei Hofbällen, ein versierter Musiker, ein Mäzen für Künstler und Handwerksmeister, ein strenger Herrscher und ein Feldherr. Zum Entsetzen und der Bestürzung der Welt hatte er im letzten Jahr die Spanischen Niederlande erobert. Er trug als Einziger einen Hut, dessen dicke weiße Federn wie ruhende Vögel um den Rand lagen. Er zog Prinzessin Henriette aus ihrem Hofknicks hoch und küsste ihre Wangen, bevor er den Hut abnahm – ein enormes Kompliment –, um sich vor Lady Anne zu verbeugen.

»Welcher ist Monsieur?«

Alice betrachtete die Gesichter und konnte nicht glauben, was sie sah – oder nicht sah. »Er ist nicht hier.« Wenn die Beleidigung in Calais schon enorm gewesen war, dann war diese noch größer. Es würde ein Feuerwerk darüber entbrennen, und nicht das, was König Louis wahrscheinlich bestellt hatte.

»Welche ist Madame de Montespan?«, fragte Barbara. Die neue Geliebte war das Hauptgesprächsthema während des Besuchs in Dover gewesen, und die Franzosen hatten mit ihr angegeben, als wäre sie eine Göttin.

»Diese dort, siehst du? Mit dem blauen Kleid.«

Barbara musterte das hübsche, lebhafte, lächelnde glatte Gesicht mit den großen Augen, den angemalten roten Lippen und dem dicksten blonden Haar, das es überhaupt geben konnte, Haar, das mit Saphiren und Perlen durchwirkt war, die auch in langen Ketten um ihren Hals hingen.

»Und La Vallière?«

»Dort. In dem elfenbeinfarbenen Kleid.«

Eine sehr schlanke Frau stand neben der strahlenden Montespan.

»Ich dachte, sie wäre hübscher.«

»Das ist sie.«

»Sie sieht traurig aus.«

»Ja. Er hat sie nicht gut behandelt.«

»Die Königin?«, fragte Barbara, als sie endlich den Blick lösen konnte, von der schlanken Frau, die nicht lächelte, und der lebhaften, die nichts anderes tat.

»Dort.«

Barbaras Blick fiel auf eine extrem kleine Frau, kaum größer als die Zwerge, die links und rechts neben ihr standen. Die Königin war füllig, hatte kurze Arme, eine große Nase, und trotz der vielen Diamanten, die darin schimmerten, wirkte ihr Haar kraus. Barbara schwieg überrascht, und Alice freute sich, sie freute sich so sehr, ihrer Freundin diese neue, glamouröse Welt zeigen zu können, wo der hübscheste König in der gesamten Christenheit, der junge Löwe Europas, das tat, was er wollte, und zwar mit einer gekonnten Höflichkeit und Anmut, die andere Männer beschämen musste. Er regierte seinen Hofstaat mit einer Galanterie, hinter der ein eiserner Wille steckte. Wenn er morgens die Stirn runzelte, konnte das alle für Stunden aus der Ruhe bringen. Dies war das Zentrum der Welt, und man musste es zumindest einmal gesehen haben.

König Louis führte seine Schwägerin zum Palast hinüber. Die Etikette wurde nicht mehr eingehalten, als die Höflinge sich um sie versammelten und sie beobachteten. Plötzlich war nicht mehr wichtig, wer wo stehen sollte.

»Was passiert jetzt?«, fragte Barbara.

»Oh, es wird irgendein endloses Bankett oder etwas Ähnliches geben. Bleib einfach bei mir. Renée, dort ist der Prinz de Condé. Mach Leutnant Saylor mit ihm bekannt.« Alice schüttelte den Kopf über Renées mangelnde Fantasie. Sie hatte gehört, wie Richard über den französischen General sprach, und dort stand der große Mann, nur wenige Meter entfernt. Er schätzte Prinzessin Henriette sehr. Deshalb würde er höflich zu ihren Ehrenjungfern sein, und Renées

Schönheit sorgte normalerweise ohnehin dafür, dass sie zuvorkommend behandelt wurde. Wenn sie die Frau dieses jungen Mannes wurde, der seinen Weg noch machen musste, dann würde sie ihren Teil dazu beitragen müssen.

Renée und Barbara hockten beisammen, die Hände über den Ohren, um den lautstarken Streit nicht hören zu müssen, der aus Madams Schlafgemach drang. Alice drückte ein Ohr an die Tür, um mitzuhören, so viel sie konnte. Es war Abend. Der Streit, der bereits seit der Rückkehr schwelte, der Streit, der niemals endete, war nun auf der anderen Seite dieser Tür in vollem Gange. Ihr Blick schweifte über die anderen Frauen im Vorzimmer. Sollten Sie doch über sie tratschen, so viel sie wollten.

»... kannst du es wagen, mich so zu behandeln!«, sagte die Prinzessin.

»Ich behandle dich so, wie es mir gefällt!«, erwiderte ihr Mann.

»Du solltest besser aufpassen, Philippe! Mein Besuch in England war wichtig, wie du sehr wohl weißt! Dein Bruder wird nicht erfreut über dein Verhalten sein!«

»Und ich bin nicht erfreut über deins!«

»Dafür wirst du bezahlen!«

»Du lässt mich mit jedem Atemzug, den ich tue, dafür bezahlen!«

Nach diesen Worten öffnete Monsieur die Tür. Alice trat zurück, aber es spielte keine Rolle, er bemerkte sie nicht. Zornentbrannt marschierte er mit weit ausholenden Schritten durch den Raum. Alle zogen sich zurück, denn er war offensichtlich bereit, jeden zu vernichten, der ihm jetzt in die Quere kam. Als er fort war, liefen Hofdamen in das Schlafgemach, das mit allem eingerichtet und geschmückt war, was schön war – den feinsten Stoffen, mit Gold und Silber bestickt, Möbeln mit hübschen geschwungenen Beinen, Wänden aus dem feinsten Walnussholz, poliert, bis es sanft glänzte. Aber all das spielte keine Rolle, weil es darin nur Unglück gab. Madame stand in der Mitte des riesigen prunkvollen Teppichs und weinte.

»Raus!«, schrie sie, während die Frauen auf sie zueilten. »Ihr dient mir nicht! Ihr dient ihm! Ich werde euch nicht die Befriedigung geben, mich weinen zu sehen! Geht mir aus den Augen!« Ihre Stimme, die stetig anschwoll, endete in einem Kreischen. Ihre Hunde, ohnehin aufgeregt, bellten, knurrten, begannen nach Röcken zu schnappen, und die Prinzessin lief wie eine Wahnsinnige auf das Bett zu, griff nach einem Kissen und schleuderte es direkt auf eine Hofdame. Sie fing an, alles zu werfen, was sie in die Hände bekam, Decken, Bücher, eine Bürste, ein Glasgefäß mit Rouge. Die Frauen zogen sich genauso schnell zurück, wie sie hineingelaufen waren.

»Verney, Keroualle, Bragge, bleibt!«

Alice schloss die Tür. Barbara war bereits bei der Prinzessin und streckte ihr in einer instinktiven Geste des Trostes die Arme entgegen, und Prinzessin Henriette kam zu ihr. Die beiden sanken zu Boden, während Barbara die Prinzessin fest im Arm hielt. Renée setzte sich zu ihnen. Sie strich der Prinzessin über den Arm, weil sie nicht wagte, sie so zu halten, wie Barbara das tat, und die Hunde legten ihre Pfoten auf den Haufen Röcke, winselten und versuchten, zur Prinzessin zu gelangen, um ihr das Gesicht zu lecken und ihrem Kummer Ausdruck zu verleihen.

Nach einer Weile, als das Weinen nachließ, legte die Prinzessin den Kopf in Barbaras Schoß, als wäre das die natürlichste Sache der Welt, und Barbara strich ihr über die Stirn. Renée saß eng neben Barbara, mehrere Hunde auf dem Schoß. Die drei hätten Schwestern sein können oder beste Freundinnen.

Alice kniete nieder. »Kann ich Euch etwas holen? Wein? Euer Zichoriewasser? Eine Linderung für Eure Kopfschmerzen?«

»Mein Kopf. Ja, etwas gegen die Schmerzen. In England hatte ich diese Kopfschmerzen nicht. Ist Euch das aufgefallen, Verney?«

Alice ging hinüber in den Salon. Die Frauen warteten, die Augen auf sie geheftet, die Gesichter stolz, neugierig, verächtlich, aber das war Alice egal. »Madame wünscht ihr Kopfschmerzmittel. Sofort.«

Eine von ihnen trat mit einem Brief in der Hand vor. »Dies ist von Seiner Majestät gekommen.«

»Von Seiner Majestät, und Ihr habt es nicht sofort gebracht. Welch schändliches Verhalten.«

»Ich wollte nicht stören.«

»Im Gegenteil, das ist alles, was Ihr zu tun wünscht. Meine Güte, Ihr solltet Euch alle für Euer Verhalten schämen.« Dies erinnerte sie zu sehr an die Zeit, in der Königin Katharina in Ungnade gefallen war, als Höflinge – darunter auch ihr Vater – sie gemieden hatten, als habe jemand das Pestzeichen an ihre Tür gemalt. Alice hasste moralische Feigheit. Der Königin zu dienen war der einzige Fixpunkt in ihrem Leben gewesen. Wenn sie jemandem Treue schwor, dann meinte sie es so.

Sie brachte Prinzessin Henriette den Brief, die ihn sofort aufriss, als sie das Siegel von König Louis erkannte. Ein Lächeln erschien auf ihrem Gesicht. »Ich soll morgen Nachmittag zu ihm kommen. Hah! Monsieur wird fuchsteufelswild werden, wenn er das hört. Wie ich lachen werde. Ich werde oh so süß lächeln, wenn ich an ihm vorbeigehe. Es tut mir so leid, werde ich sagen. Du bist bei dieser Unterhaltung nicht erwünscht, mein Lieber – ich habe zu viel gesagt. Ihr drei habt mich nicht sagen hören, dass ich morgen den König allein treffe, ist das klar?«

Sie nickten gehorsam mit dem Kopf. Prinzessin Henriette setzte sich aufrechter hin, als wäre die Nachricht des Königs ein heilendes Elixier gewesen. »Mademoiselle Bragge, ich bedaure, dass Ihr mich so am Boden sehen musstet.« Sie betupfte mit einem Taschentuch ihr Gesicht und fing an, ihre Locken zu betasten und in Ordnung zu bringen. »Ich vergesse mich nur selten, aber er ... nun, ich will nichts mehr dazu sagen. Ihr seid sehr freundlich. Ich habe es gespürt, als ihr mich im Arm hieltet. Verney hat mir gesagt, wie gütig Ihr seid. Wir müssen sie mitnehmen, hat sie mir gesagt, und ich sehe schon, wie recht sie hatte. Ihr drei seid meine Musketiere, König Louis hat seine und ich habe meine. Helft mir ins Bett, meine Lieben, sodass ich schlafen und meine Kopfschmerzen loswerden kann. Verney, bleibt, bis ich eingeschlafen bin, dann bewacht die Tür. Ich möchte niemanden sehen.«

»Ja.«

Es klopfte an der Tür, und Alice öffnete Henri Age, der ihr eine kleine dunkle Flasche reichte, in der sich die Kopfschmerzmixtur befand. Wieder betrachteten sie sich abschätzend. »Wie geht es der schönen und freundlichen Prinzessin?«, fragte er, und sein Englisch war so klar, so deutlich, so breit wie das irgendeines Händlers auf einer Straße in London. Diese Perfektion schockierte Alice.

»Was geht Euch das an?«

»Es ist die Besorgnis eines Mannes, der es gut mit der Prinzessin meint.«

»Ihr meint es gut?«

»Zweifelt Ihr daran?«

»Ja.«

Er lachte. Er hatte schmale, gerade Zähne. »Die Prinzessin hat einen scharfen Wachhund. Grrrr. Beißt mich nicht. Ich wäre ein Verbündeter, wenn Ihr einen wünscht.«

Sie antwortete nicht.

»Oder auch nicht.«

Die Art, wie er das sagte, die Art, wie das Licht aus seinen Augen verschwand, als wäre eine Kerze ausgelöscht worden, beunruhigte Alice. Alles an ihm beunruhigte sie. Sie machte ihm die Tür vor der Nase zu und setzte sich in das abgedunkelte Zimmer, während die Prinzessin schlief. Sie dachte nach. Warum rief König Louis die Prinzessin zu sich, um sich mit ihr allein zu treffen? Warum war es so wichtig, dass niemand davon erfuhr? Gab es, wie ihr Vater vermutete, einen Vertrag?

König Louis machte die Unhöflichkeit seines Bruders wett. Er flanierte mit der Prinzessin in den riesigen Terrassengärten, und der gesamte Hofstaat folgte ihnen in respektvollem Abstand. An diesem Abend sollte es ein Bankett zu ihren Ehren geben, danach ein Feuerwerk in den weitläufigen Gärten. Alice beobachtete, wie die Höflinge beinahe übereinanderstolperten, während sie versuchten, sich nach vorn zu drängen und mit der Prinzessin zu sprechen. Es war offensichtlich, wie sehr König Louis sie schätzte. Wenn es einen Wettstreit mit ihrem Mann um die Zuneigung des Königs gab, dann führte sie im Moment.

Aber Monsieur lachte zuletzt. Der Hof brach am nächsten Tag nach Versailles auf, in das alte Château, das der König umbauen ließ. Es würde weitere Feste geben, weitere Vergnügungen, die dort warteten, und Prinzessin Henriette, mit Rouge auf den Wangen, Juwelen um den Hals, perfekt gewandet, umschmeichelt, bewundert, begehrt, verließ das Feuerwerk zu ihren Ehren, das gerade erst am Himmel verblasst war, und ging in ihre Gemächer, wo sie ihr Gefolge beim Packen vorfand, aber nicht für Versailles. Der einzige Anlass zu Freude, den sie bisher genießen durfte, war vorüber.«

»Wir fahren nach Saint Cloud, Majestät«, sagte ihre Hofdame, die es nicht wagte, den Blick zu erheben und der Prinzessin ins Gesicht zu sehen. Saint Cloud war ein Sommerpalast vor den Toren von Paris. Der gesamte Hofstaat, die Welt, würde nach Versailles fahren, aber sie würden nicht dabei sein.

»Es ist eine Beleidigung, es soll sie demütigen. Ihr habt die Ehre gesehen, die ihr zuteil wurde. So wäre es weitergegangen. Wir hätten tagelang in Versailles gefeiert. Ich hörte, es sei ein Ball geplant und eine gespielte Schlacht am großen Kanal. Sie ist eine der Lichtgestalten dieses Hofes.« Alice versuchte Richard das alles zu erklären, als sie auf ihrer Reise anhielten, um den Hunden Gelegenheit zu geben, durch das Gras zu laufen. »Sie gibt den Ton an; der König hat sich immer nach ihr gerichtet, um seinem Hof mehr Stil und Verve zu geben. So war es immer, schon seit ihrer Heirat. Früher war

Monsieur stolz auf sie. Jetzt hasst er jede Aufmerksamkeit, die sie bekommt. Es ist so grausam, ihr nicht zu erlauben, ihren Platz an der Seite des Königs einzunehmen. Wir durften den ganzen Winter nicht am Hof verbringen, und sie hat es gehasst.« Alice erschauderte bei den Gedanken an eine Heirat und alles, was sie mit sich bringen konnte. »Einem Narren oder einem Verrückten oder einem grausamen Menschen so bedingungslos ausgeliefert zu sein ... ich würde aus dem Fenster springen.«

»Oder er würde das tun.«

Alice lachte und sah Beuvron allein neben einer der Kutschen stehen. Sie hatten kaum ein Wort gewechselt, seit er in Dover zu den Schiffen gesandt worden war. Diese Schmach war bis jetzt noch nicht in den Streit eingeflossen, aber Alice kannte die Prinzessin gut genug, um zu wissen, dass sie es im geeigneten Moment ansprechen würde, wenn sie etwas brauchte, um ihren Mann zu verärgern, und dann drohte ihnen allen Unheil. »Hallo, alter Freund«, sagte sie zu ihm. Zu ihrer Überraschung trat er zur Seite, als habe sie etwas Anstößiges an sich. »Beuvron?«

»Ich bin mir bewusst, dass ich dir Geld schulde. Du wirst es zurückerhalten.«

»Das ist mir gleich.«

»Halte dich von mir fern, Alice.« Verletzt und überrascht musste sie zusehen, wie er davonging, aber er ging nur wenige Schritte, kehrte dann um, ergriff ihre Hand und küsste sie. Hastig, als würden seine Worte verhallen und ihn freisprechen, wenn er sie nur schnell genug sagte, erklärte er: »Du bist mir immer eine gute Freundin gewesen. Jetzt gibt es eine Linie im Sand, Alice, und du stehst auf der einen Seite und ich auf der anderen.«

Sie sah, wie er sich wieder zu d'Effiat und den anderen gesellte, die sich um Monsieur scharten, redeten, lachten, scherzten, ihre ganze Aufmerksamkeit auf ihn richteten. Der Leitspruch seines Gefolges war: »Monsieur muss amüsiert werden«. Wie schlanke, kaum gezähmte Tiger wetteiferten sie alle um seine Aufmerksamkeit, vor allem jetzt, wo er schlechter Laune war. Unter ihnen stand Henri Ange, distanziert und abwartend. Er entdeckte sie, legte den Kopf leicht zur Seite und starrte sie an, aber Alice reckte das Kinn vor und kehrte zur Kutsche zurück.

Als sie in Saint Cloud ankamen, änderte sich die Stimmung, wie wenn Wolken der Sonne Platz machten. Monsieur und seine Herren zogen sich in einen Flügel zurück, Madame und ihre Damen in einen anderen, und es gab genug beruhigende, entzückende und erhebende Orte, an denen beide sich getrennt voneinander aufhalten konnten. Paris war von hier aus leicht zu erreichen. Monsieur liebte Paris, und Prinzessin Henriette liebte dieses Schloss. Das großartige Gebäude mit seinen vielen Flügeln lag auf dem höchsten Punkt an einer Flussbiegung der Seine, und seine Gärten fielen zum Wasser hin ab. Diese Umgebung zu perfektionieren bereitete Monsieur Vergnügen, und deshalb gab es viele Morgen Land, auf denen Bäume in einer geraden Reihe nebeneinandergepflanzt waren. Diese Alleen führten zu einem Aussichtspunkt beim Fluss oder zu einer schattigen Laube, in der man sich ausruhen, speisen oder sich unterhalten konnte, und es gab überall Parterreanlagen, das waren Blumenbeete, die von streng zurückgeschnittenen Büschen umrahmt wurden. In den Parterreanlagen wuchsen Gartennelken, Hyazinthen, Zitronenbäume, Myrthen und Jasmin, deren Duft so stark wie Parfüm war. Wasser war Teil dieser Schönheit, es zeigte sich nicht nur in der Schleife des Flusses, sondern auch in Brunnen, in kleinen Seen, in Fontänen, die einen fantastischen Sprühnebel in die Luft zauberten.

Alice und Barbara gingen durch den Garten. »Hast du schon einmal etwas Schöneres gesehen? Ich liebe es, hier zu sein«, meinte Alice.

Sie waren an der Kaskade, einer Treppe, über die Wasser schäumend und sprühend den Hügel hinunterlief, wo es in der plötzlichen Ruhe eines langen, flachen Wasserbeckens endete. Es war zu hören, lange bevor man es sah, das Geräusch des rauschenden Wassers, anziehend und einladend. In seiner Nähe gab es Kühlung, als wehe eine Brise vom Fluss herauf. Als Barbara den Blick wieder von der Schönheit der Kaskade lösen konnte, sah sie, dass einfache Marmorbänke um das Wasserbecken herum standen und dass ein Schwan, den langen Hals gebogen, in einsamer Pracht an einem Ende schwamm, weit weg von der Gischt und dem lauten Wasser. Das Gefolge hatte sich bereits verteilt und überließ es dem Majordomus und den Dienern, alles auszupacken und einzurichten. Zwei Hofdamen saßen auf einer der Bänke. Ihre Fächer flatterten, während sie sich unterhielten, fast so, als hätte man die Frauen dort platziert, um der Szene zu schmeicheln – mit der Bewegung der weichen Federn in ihren Haaren, dem Glanz der modischen, dicken Perlen um den Hals und an den Ohren, passenden Schuhen zu bestickten Gewändern mit winzigen Knöpfen. Ihre Kleider waren eine leuchtende Zusammenstellung von Stoffen, die selbst aus der Entfernung schimmerten. Einige Spaniels der Prinzessin lagen zu ihren Füßen, die Pfoten übereinandergelegt, als käme ihnen niemals in den Sinn, den Schwan anzubellen. Nach Saint Cloud zu kommen war immer, als würde man in die gemalten Seiten eines wunderbaren Buches eintauchen, wo es nichts gab, das nicht perfekt war.

Der Streit schien unter dem Charme des Hauses hinwegzuschmelzen, unter dem Monat Juni, in dem die Tage warm und die Nächte kühl waren und die Rosen dufteten. Monsieur verbrachte viel Zeit in Paris. Prinzessin Henriette, die Kinder und ihre Damen verbrachten ihre Zeit in den Gärten, veranstalteten Picknicke, spielten Karten – das Glücksspiel war eines der Laster am Hof – und empfingen Besucher. Die Pariser Gesellschaft machte ihre Aufwartung, genauso wie der englische Botschafter.

Richard verkündete, dass er im Garten Englischunterricht abhalten würde, an dem jeder teilnehmen konnte. Alle Frauen waren seine Schülerinnen. Er erkundete das Haus, er besuchte den Hauptmann der Leibgarde, er beobachtete die Gruppe von jungen Männern, die Monsieur dienten – wie sie sich herausputzten, wie sie schnurrten, ihre beunruhigende Anspannung. Durch Renée hatte er von dem merkwürdigen Kommentar Beuvrons gegenüber Alice erfahren. Das ging ihm nicht mehr aus dem Kopf. Sie mieden ihn, alle außer Henri Ange.

Richard stand am Kai und fischte. Er warf seine Angel nach hinten, und sie verfing sich. Er drehte sich um, und da stand Henri Ange. »Meine Güte, ich habe doch nicht Euch am Haken, oder?«

Henri trat auf ihn zu, den Arm ausgestreckt. Der Haken hatte sich im Ärmel seines Jacketts verfangen. Richard ging zu ihm und befreite ihn, während er sich entschuldigte.

»Es gab mal jemanden, der ein Menschenfischer war«, meinte Ange.

»Das bin ich wohl kaum. Nur ungeschickt. Ich wusste nicht, dass jemand hinter mir steht. So, bitte, ich habe Eure Jacke nicht beschädigt.«

»Ihr angelt gerne?«

»Ja. In meiner Kindheit habe ich oft an einem Bach in der Nähe unseres Hauses geangelt.«

»Euer Französisch ist wunderbar.«

Richard verneigte sich.

»Darf ich mich eine Weile zu Euch setzen?«

Richard warf die Angel wieder aus. »Ihr seid aus Italien, habe ich gehört.«

»Wer hat Euch das gesagt?«

Richard schwieg, während seine Gedanken rasten. Die Spannungen in diesem Haushalt waren gefährlich. Er wollte weder Alice noch Beuvron in Schwierigkeiten bringen. Er zuckte die Schultern.

»Hat mein Akzent mich verraten?«, versuchte Ange ihm auf die Sprünge zu helfen.

»Im Gegenteil. Ihr klingt wie ein Franzose.«

»Erzählt mir von England. Ich würde es gern einmal besuchen.«

Und so sprach Richard von seinem Heimatland und bemerkte,

dass jede Frage, die er stellte, nicht oder nur ausweichend beantwortet wurde. Alice mochte diesen Mann nicht, aber Richard erschien er recht harmlos. Nach einer Weile stand Ange auf, verbeugte sich und ging. Aber er leistete Richard auch am nächsten Tag Gesellschaft, als er am Fluss entlangging, und am Tag darauf.

»Ihr habt einen Freund gewonnen«, meinte Alice, nachdem sie die beiden am dritten Tag miteinander gesehen hatte. »Ich kann nicht sagen, dass ich Eure Wahl gutheiße.«

»Ich kann nicht sagen, dass ich Euch um Euer Urteil gebeten hätte.«

Richard dachte daran, während er die Hände an die Seile der Schaukel legte, auf der Renée saß, und ihr Schwung gab. Sie lachte, die Schaukel kam zurück, und er legte seine Hände um ihre Hüften, an der Stelle, wo das Kleid sich nach außen wölbte. Er stellte sich vor, wie sie eines Tages in ihrem Ehebett liegen würden und wie er sorgfältig alles aufknöpfen und jede Stoffschicht entfernen würde, die sie bedeckte, und jeden Zentimeter Haut erforschen würde. Alice und Barbara und die kleinen Mädchen pflückten in der Nähe Blumen. Prinzessin Henriette saß auf einem Sessel auf der Wiese und sprach mit einer guten Freundin, die aus Paris gekommen war. Vom Fluss wehte ein sanfter Wind herauf. Der Tag ist perfekt, und ich, dachte Richard, würde mich in dieser Idylle schnell langweilen. Er hatte dem König viel berichten können über das Gefolge, den Streit, die merkwürdige Atmosphäre. Aber jetzt, nach nur wenigen Tagen – ihre Abreise aus Saint Germain war erst eine Woche her – gab es nichts mehr zu erzählen.

Im Haus, in einem der vielen Zimmer, keuchte und stöhnte d'Effiat. Er schrie auf und griff mit den Händen in das dichte Haar des Mannes, der vor ihm kniete. Dann war er da, der Höhepunkt, auf den alle Männer zustrebten, der Gipfel – hoch, weit, heiß, und er schnaufte, taumelte zurück und ließ sich auf einen Stuhl fallen. Zitternd beobachtete er, wie Henri Ange, der Umarmungen nicht erlaubte, aufstand, zu einem Spiegel ging und den Kopf schüttelte, sodass sein attraktives dunkles Haar ihm um das Gesicht fiel. Ange trat hinaus auf den schmalen Balkon. Vor sich sah er den Garten liegen, die Prinzessin und ihren Gast; weiter weg erblickte er Leutnant Saylor, der Renée de Keroualle auf einer Schaukel Schwung gab, die an einem wunderbaren alten Baum hing. D'Effiat stellte sich neben ihn und legte die Hand auf seine Schulter, aber Ange schüttelte sie ab.

»Er hat sich ganz schön beliebt gemacht«, meinte d'Effiat.

»Das war schlau von ihm, sich bei den Damen einzuschmeicheln. Frauen reden zu viel, und wenn es ihm ihn den Sinn käme, eine zu verführen, dann könnte er bereits unter ihnen wählen. Frauen sagen einem alles, wenn man sie erst einmal im Bett hat.«

»Er ist ein Spion.«

»Ja.«

»Ich denke, es sollte jetzt beendet werden.«

»Bist du sicher?«

»Tu es.«

Kapitel 8

Am nächsten Tag warf Richard, hinter einem Esstisch vor Blicken geschützt, Spielkarten in das offene Maul einer stilisierten chinesischen Löwenfigur aus Porzellan. Monsieur sammelte Porzellan. Monsieur sammelte alles. So weit das Auge reichte, sah man Bilder, goldene und silberne Teller, Kerzenständer, Wasserkrüge, Statuen, *objets d'art*, erschaffen von den Künstlern, die im Louvre in Paris wohnten. Es war später Nachmittag, und das königliche Paar hatte Besuch – nur dass Prinzessin Henriette auf den Kissen am Boden eingeschlafen war.

»Ich finde, sie sieht sehr schlecht aus«, hörte Richard einen der Gäste sagen.

Er stand auf und beobachtete, wie Monsieur – elegant in einem Satinmantel, gelassen und charmant um seiner Gäste willen – zu seiner schlafenden Frau hinüberging und auf sie hinabstarrte. Sie wachte auf, und für einen Augenblick trafen sich ihre Blicke.

»Ihr habt recht.« Monsieur lächelte. Das Lächeln war genauso attraktiv wie das einer griechischen Statue. Und genauso kalt. »Sie sieht schrecklich aus.«

Prinzessin Henriette setzte sich auf, berührte ihr Gesicht mit den Händen, einen verschlafenen, verwirrten Ausdruck auf dem Gesicht.

»Etwas Rouge könnte helfen«, sagte Monsieur zu ihr.

Fängt der Krieg zwischen ihnen wieder an?, dachte Richard. Denn wenn jemals eine Salve zwischen Mann und Frau abgefeuert worden war, dann hatte er sie soeben gehört. Dann kündigte ein Lakai einen weiteren Gast an, und die Begrüßung sorgte für geschäftiges Treiben. Erfrischungen wurden bestellt, Kaffee und aromatisiertes Wasser. Renée brachte Richard Kaffee, und er ergriff die Gelegenheit und hielt ihre Hand einen langen Moment fest. Er sah, wie Prinzessin Henriette abrupt ihr Glas abstellte, das sie gerade ausgetrunken hatte, sich an die Seite griff und sich krümmte. »Dieser Schmerz!«, stöhnte sie. Einen merkwürdigen, langen Augenblick lang trafen ihre Augen Richards. »Ich bin vergiftet worden«, rief sie. Und dann fiel sie, während Richard, ohne wirklich zu wissen, was er da tat, über Stühle und Bodenkissen sprang und sie mit seinen Armen auffing.

»Bringt sie nach oben! Bringt sie ins Bett! Holt einen Arzt!«

Monsieur schrie Befehle, während Richard sie die Treppe hinauftrug. Er nahm zwei Stufen auf einmal, spürte, wie ihr Körper sich in seinen Armen krümmte, sah die Schweißperlen, die sich auf ihrem Gesicht bildeten, während ihre Hunde kläfften und ihn in die Fersen bissen.

»Alice! Alice!«

Erschrocken legte Alice das Buch weg, das sie gerade las. Renée schrie förmlich.

»Sie ist krank. Sie haben sie in ihr Schlafgemach gebracht. Oh, komm schnell! Richard musste sie tragen.« Renée plapperte hysterisch, während sie zum Schlafgemach der Prinzessin rannten. »Sie hat in seinen Armen gezittert und bei jedem Schritt gestöhnt!«

Im Schlafgemach herrschte Chaos: Überall standen Diener, Ehrenjungfern, ihre Hofdamen, Monsieurs Herren. Monsieur saß an ihrem Bett. Als sie ein Stöhnen hörte, das so qualvoll war, dass ihre Nackenhaare sich aufstellten, schob Alice einige Leute beiseite, bis sie in der Nähe des Bettes stand.

Oh Gott, dachte sie. Das Gesicht der Prinzessin war grau, und sie hatte die Lippen in einer hässlichen Grimasse über die Zähne gezogen. Sie sah Alice.

»Gift.«

Sie wimmerte das Wort, und dann wurden ihre Glieder erneut von einem Krampf geschüttelt. Die Frauen in ihrer Nähe schrien, während Alice und einige andere ihre Arme und Beine ergriffen und festhielten, damit sie sich nicht selbst verletzte. Dann war der Arzt da. Er öffnete die Augen der Prinzessin, während ihre Zähne mit einem entsetzlichen Geräusch aufeinanderschlugen, und stieß mit dem Finger in ihren Unterleib. Die Prinzessin schrie so laut auf, dass Alice den Arm losließ, den sie gehalten hatte.

»Eine Kolik«, meinte der Arzt.

»Ich sterbe!«, schrie Prinzessin Henriette.

Ihr Mann fiel nach hinten in Ohnmacht. Leute eilten hastig herbei, um sich um ihn zu kümmern, aber Alice suchte Richard, der mit Barbara und Renée an den langen Fenstern stand.

»Was ist passiert?«, wollte sie wissen.

»Prinzessin Mickelberg kam gerade an«, erklärte Renée mit erstickter Stimme.

»Wir waren im Sommersalon, sie lag in den Kissen und schlief«, ergänzte Barbara, das Gesicht weiß vor Entsetzen über all das, was um sie herum passierte.

»Madame de Lafayette sagte, sie sähe krank aus.« Das war Renée.

Sie hatte krank ausgesehen, dachte Alice, seit dem Tag ihrer Rückkehr. Ein schrecklicher Verdacht formte sich in ihrem Kopf, zu monströs, um ihn auch nur zu denken.

»Ein Diener kam mit Kaffee, mit aromatisiertem Wasser«, fuhr Renée fort. Ihre Worte waren unterbrochen von einem kurzen, hysterischen Keuchen, weil die Prinzessin wieder zu schreien begonnen hatte. Als man Monsieur aus dem Gemach trug, wies der Arzt die meisten anderen an, das Zimmer mit ihm zu verlassen.

»Sie hat von ihrem Zichoriewasser getrunken«, meinte Renée.

»Dann ist sie nach vorn gefallen«, ergänzte Richard.

»Sie hat gesagt, sie wurde vergiftet«, sagte Barbara.

»Das hat sie gesagt?«

Richard, der wieder das Wort *Gift* hörte, rannte aus dem Gemach und die Treppe hinunter, immer zwei oder drei Stufen auf einmal nehmend.

»Wohin will der Engländer?«, fragte d'Effiat, als Richard an ihm vorbeirannte. »Ich war heute in der Vorratskammer.«

»Warst du das?« Ange blieb ruhig. »Du warst durstig, könnte ich mir vorstellen.«

»Ja«, erwiderte d'Effiat.

Richard stürmte ins Esszimmer. Er brauchte nur einen Moment, um zu erkennen, dass alle Tassen weggeräumt worden waren. Er fand mehrere Lakaien, die in einem Vorzimmer zusammenstanden und sich wütend und aufgeregt flüsternd unterhielten.

»Zeigt mir, was gerade an Erfrischungen serviert wurde.«

Einer führte ihn ans Ende des Gemachs zu einer schmalen Vorratskammer. Auf den Regalen standen Silber- und Zinnbecher und seltene venezianische Glasflaschen sowie eine Kanne, in der Kaffee gebrüht wurde. Die Kohlenpfanne, auf der man sie erhitzte, stand auf einem Tisch.

»Madame hat keinen Kaffee getrunken«, meinte Richard.

»Nein, nachmittags trinkt sie immer Zichoriewasser«, erklärte der Lakai nervös. Er zeigte auf eine Flasche. Richard ergriff sie, dann holte er sich einen sauberen Kelch aus dem Regal.

»Was tut Ihr da?« Alice war ihm gefolgt. »Wo sind die Tassen, die Gläser?«

»Sie wurden weggeräumt«, setzte der Lakai an.

»Wer hat sie weggeräumt?«, wollte Alice wissen.

Er zuckte die Schultern und blickte mit einem plötzlich ängstlichen und störrischen Gesichtsausdruck zwischen Alice und Richard hin und her, der besagte: Was immer passiert ist, es ist nicht meine Schuld, war nie meine, wird niemals meine sein.

»Lass uns allein.« Alice deutete auf den Kelch, den Richard in der Hand hielt. »Was habt Ihr damit vor?«

»Ich weiß es nicht genau. Ich hatte nur das Gefühl, ich sollte sicherstellen, dass das Wasser nicht verschwindet. Kommt es Euch merkwürdig vor, dass die Tassen weggeräumt wurden?«

Sie nickte, das Gesicht kreideweiß.

»Ich fahre nach Paris zur Residenz des englischen Botschafters und berichte ihm, was passiert ist.«

Alice schlug die Hände zusammen. »Ja, sagt ihm, er soll sofort herkommen.«

»Glaubt Ihr, sie wurde vergiftet?«

»Ich weiß es nicht. Es ist zu schrecklich, das auch nur zu denken. Wo ist ihre Tasse?«

»Ihre Tasse?«, wiederholte Richard.

»Sie hat eine Lieblingstasse, aus der sie immer trinkt.«

»Das wusste ich nicht.« Richard übergab ihr den Kelch mit dem Zichoriewasser. »Versteckt das.«

»Beeilt Euch, Leutnant Saylor.«

Es würde selbst im besten Fall mehrere Stunden dauern, bis er zurückkehrte.

Als Richard zurückkehrte, kam er ohne den Botschafter, der nicht zuhause gewesen war. Er hatte gewartet, bis er es nicht länger aushielt, dann hatte er eine Nachricht hinterlassen. Er fand alle Diener, Stallburschen, Köche, Lakaien, Dienstmädchen, Unkrautjäterinnen und Gärtner in der Halle vor, die in den Salon führte, von dem aus man das Schlafgemach der Prinzessin erreichte. Im Salon drängte sich Renée mit Alice und Barbara zusammen. Alle waren auf Knien und beteten. Es geht ihr nicht besser, dachte Richard. Er kniete neben Renée, die die Arme um seinen Hals schlang und weinte. Es war unschicklich, ihn zu umarmen, aber niemand scherte sich darum. Viele weinten und hielten sich aneinander fest. Richard strich ihr über den Rücken, und sein Blick traf den von Alice, die ihre Augen wieder schloss und mit ihrem Gebet fortfuhr.

»Sie hasst den Priester, der bei ihr ist«, sagte Renée und weinte in sein Hemd und seine Weste. »Sie will ihren eigenen Beichtvater, den, den Monsieur entlassen hat, aber er ist so weit weg. Oh, ich will nicht, dass sie stirbt. Was soll ich tun, wenn sie stirbt? Wohin soll ich gehen?«

Richard legte ihre Hände auf sein Herz und hielt sie dort fest. »Du gehst zu deinem Vater und wartest dort auf mich.« Er ging hinüber zu der Stelle, an der Alice kniete.

»Redet sie noch davon, dass sie vergiftet wurde?«, flüsterte er.

»Dieser Priester hindert sie daran.« Alice stieß die Worte hervor, die Augen wütend, das Gesicht tränennass. »Immer wenn sie es tut, sagt er ihr, sie solle an ihr Seelenheil denken, sie solle ihren Frieden mit Gott machen und niemanden beschuldigen. Er sagt ihr, sie sei eine Sünderin! Ich hasse ihn. Aber sie hat zu Monsieur gesagt, dass er sie schon seit langem nicht mehr liebt, aber dass dies nicht gerecht sei, weil sie ihn niemals verlassen hätte. Er hat geweint wie ein Kind.«

»Was war nicht gerecht?«

»Ich weiß es nicht, Leutnant.«

Ein Diener kam mit einer Schüssel voller Blut in der Hand heraus. Sie hatten sie zur Ader gelassen, eine Heilmethode, die bei vielen Krankheiten angewendet wurde. Ein Lakai brachte Suppe, aber bald verbreitete sich die Kunde im Salon, dass sie sie nicht essen konnte.

»Sie sagt, ihr ist kalt.« Alice brachte Neuigkeiten, die sie von denen erfahren hatte, die in der Nähe der Tür zum Schlafgemach saßen. »Sie sagt, ihre Hände und Füße fühlen sich taub an. Gerade erst sagte sie, dass sie sich umbringen würde, wenn sie keine Christin wäre. Sie haben nach dem König geschickt.«

Sie setzte sich auf den Boden neben Barbara wie eine Puppe, die keine Füllung mehr hatte; Barbara lehnte gegen die Wand, das liebliche Gesicht vom Weinen geschwollen.

»Es ist wie in meinem Traum«, flüsterte Barbara. Sie hatte sich so sehr auf die Lippe gebissen, dass Blut hervorquoll. »Ich habe immer gedacht, es ginge um mich, und die ganze Zeit über muss es sie gewesen sein.«

»Beruhige dich, Ra, beruhige dich, Liebling.«

Sie umarmten sich, und nach einer Weile döste Barbara ein und wachte auch nicht auf, als ein Raunen durch das Zimmer ging, weil ein großer und außergewöhnlich gut gekleideter Mann hindurchschritt, ohne jemanden eines Blickes zu würdigen oder das Wort an jemanden zu richten.

»Das war Condé«, sagte Alice zu Richard, »Euer großer General.«

Es war Nacht geworden.

Die langen Stunden des Entsetzens und der Verzweiflung hatten alle erschöpft. Einige dösten auf dem Boden wie Hunde. Richard stieg vorsichtig über die Leiber und stellte sich in die Tür. Der Prinz de Condé saß auf einem Stuhl und hielt Prinzessin Henriettes Hände. Richard hätte sie jetzt nicht wiedererkannt, das Haar nass von Schweiß, die Augen eingesunken, das Gesicht qualvoll verzerrt.

Ihre Freunde – Menschen, die er nicht kannte, die während seiner Abwesenheit angekommen waren – sowie die Hofdamen knieten an kleinen hölzernen Gebetsbänken, und die Perlen der Rosenkränze glitten durch ihre Finger. Die Fenster waren weit geöffnet und ließen die Nacht herein. Monsieur weinte in die Hände. Ich habe sie nicht beschützen können, dachte Richard. Er hatte nicht einmal geglaubt, dass ihr Leben in Gefahr sei. Ein stumpfer Schmerz breitete sich in seiner Brust aus.

»Tretet beiseite«, befahl jemand, und Richard sprang zur Seite, um einen weiteren Arzt in das Schlafgemach eintreten zu lassen, dessen langer Mantel um seine Beine raschelte.

»Von König Louis selbst gesandt«, hörte er d'Effiat flüstern. »Sein Leibarzt.«

Richard spürte plötzlich das dringende Bedürfnis, die wenigen Schritte hinüberzugehen und d'Effiat so lange zu würgen, bis er sein Leben aushauchte. Als habe er seine Gedanken gelesen, hob d'Effiat den Kopf und sah ihn an. Henri Ange erhob sich und führte d'Effiat in eine dunkle Ecke.

»Er weiß es«, sagte d'Effiat.

»Nein«, meinte Ange. »Er weiß nicht, dass er es weiß.« Seine Augen glitzerten. »So ist es amüsanter.«

Richard blickte zu den jungen Frauen hinüber. Renée lag mit dem Kopf in Barbaras Schoß. Barbara lehnte an der Wand, die Augen geschlossen. Alice kniete und betete wieder. Der Anblick überraschte Richard, und aus irgendeinem Grund rührte er ihn.

Diener kamen vorbei. Sie trugen Handtücher, Schüsseln mit Wasser. Und während noch ein weiterer Arzt die Hände auf sie legte, stöhnte die Prinzessin unablässig.

Warum geben sie ihr kein Gegengift?, dachte Alice, die sich nicht mehr auf ihre Gebete konzentrieren konnte. Es sei denn, es gibt kein Gegengift ... Sie lehnte sich wie Barbara gegen die Wand und beobachtete Richard, der auf und ab lief. Das Warten nahm kein Ende. Sie hatte vergessen, wie oft die Uhr beim letzten Mal geschlagen hatte oder die Kirchenglocken, hatte keine Ahnung, wie viel Uhr es war. Sie wusste nur, dass es dunkel war. An diesem Nachmittag war sie im Garten mit Barbara spazieren gegangen. Sie hatten über Paris gesprochen, über die Näherin, zu der sie gehen würden, über die mittelalterliche Kathedrale von Notre Dame, die Barbara sicher gefallen würde, über das Luxembourg, einen großen Palast, der einer hochrangigen französischen Prinzessin gehörte. Ihr hätten sie mit Prinzessin Henriette einen Besuch abgestattet und Schokolade getrunken, und Barbara hätte wieder einmal den Luxus und die Kultiviertheit sehen können, die diese königliche Familie als ihre Pflicht und Schuldigkeit ansah. Und mit der Zeit hätte all das ausgereicht, um jemanden wie John Sidney sehr schlicht erscheinen zu lassen. Das alles schien Tage her zu sein, als sei es in einer anderen Zeit passiert, in einem anderen Leben.

Sie richtete den Blick auf d'Effiat und Henri Ange, die in einer Ecke des Salons zusammensaßen. Vor einiger Zeit hatte Beuvron hysterisch geweint, und jetzt lag er zusammengerollt auf dem Boden, das Gesicht zur Wand, mit dem Rücken zu allen Übrigen. Anges Gesicht wirkte unnahbar und traurig, und Alice hatte ihn beten sehen, als sie selbst sich bei Prinzessin Henriettes Schreien die Ohren zuhalten musste. Konnten sie Monsieur geholfen haben, sie zu vergiften? War so etwas Schreckliches möglich?

Musketiere betraten das Zimmer, sie wirkten einschüchternd mit ihren Schwertern und Uniformen; Alice erhob sich. Die Leute fielen in tiefe Hofknickse oder Verbeugungen. Richard kam zu ihr herüber. »Was ist los?«

»Der König«, erklärte Alice und fiel ebenfalls in einen tiefen Hofknicks, während König Louis und eine Gruppe von parfümierten, juwelenbesetzten Frauen durch das Zimmer rauschten. Mit Richard an der Seite kämpfte sie sich zur Tür vor; alle schoben sich hinein, eroberten sich einen Platz entlang der Wänden, um zu sehen, wie der König von Frankreich sich von der obersten Prinzessin seines Königreichs verabschiedete. König Louis kniete bei Prinzessin Henriette, die auf ein Lager am Fenster gebracht worden war, und sprach leise mit ihr.

»Wer sind diese Frauen?«, flüsterte Richard.

Zu einer anderen Zeit hätte sie ihm erklärt, dass es die Cousine des Königs, seine Königin und seine Geliebten waren, die aktuelle und die verflossene. Zu einer anderen Zeit hätte sie ihre Missbilligung darüber geäußert, aber jetzt empfand sie nur eine so tiefe Traurigkeit, dass sie nicht sprechen konnte.

Das Gefolge versammelte sich um Prinzessin Henriette und sprach mit gedämpften Stimmen zu ihr, und sie, von Schmerzen geplagt, streckte ihre Hände aus und hatte zu jeder etwas zu sagen. Alle weinten. Obwohl nur diejenigen, die nah am Geschehen standen, verstehen konnten, was gesprochen wurde, bewegte sich keiner von denen, die an der Wand standen. Alle wussten, dass dies ein historischer Moment war.

König Louis sprach mit seinem Bruder, mit dem Arzt, fragte ihn, welche Mittel er versucht habe. Er ergriff Prinzessin Henriettes

Hand, beugte sich über sie und zog sie an seinen Mund, um sie zu küssen. Sie hatten sich einmal geliebt; das behaupteten die Skandalblätter jedenfalls. Sie sprachen miteinander. Diejenigen, die am nächsten standen, flüsterten die Worte in das Ohr derjenigen, die es nicht verstehen konnten. Ihr verliert eine gute Freundin, sagte sie dem König. Verlass mich nicht, sagte er zu ihr.

Dann, nach einer Weile und ohne Vorwarnung verließ der König das Lager, verließ das Schlafgemach, das Gesicht tränenüberströmt, sofort gefolgt von allen, die mit ihm gekommen waren. Einen Augenblick später war der Hofstaat aus dem Schlafgemach verschwunden, und Monsieur eilte ihnen nach. Selbst wenn seine Frau im Sterben lag, musste er seinen Bruder, den König, auf gebührende Art verabschieden. Das Schlafgemach wirkte seltsam leer, als wäre etwas Vitales, Lebendiges daraus gewichen, als gäbe es jetzt nichts mehr zu hoffen.

»Warum ist er gegangen?«, flüsterte Richard.

»Der König von Frankreich darf niemals beim Sterben zugegen sein.«

Der Hauptmann der Leibgarde bedeutete Alice vorzutreten, und plötzlich stand sie vor dem Krankenlager.

»Danke, dass Ihr Euch so um mich gekümmert habt«, flüsterte Prinzessin Henriette. »Ich bin froh, dass ich gehen kann. Das bin ich.«

Andere wurden an ihr Lager geholt, und sie verabschiedete sich von ihnen; sie vermachte einigen noch Dinge, nahm Ringe von ihren Fingern und gab sie lieben Freunden. Alice ging in den Salon und setzte sich betäubt auf einen Stuhl. Das durfte einfach nicht wahr sein, und doch geschah es. Renée und Barbara waren nirgends zu sehen. Vielleicht waren sie erschöpft ins Bett gefallen. Sie würde bis zum Ende ausharren. Sie kniete sich vor den Stuhl, legte die Ellenbogen auf das Kissen und machte daraus ihre eigene Gebetsbank. Als sie den Kopf hob, sah sie den englischen Botschafter, Lord Montagu. Oh, Gott sei Dank, dachte sie. Sein Gesicht war grimmig, und er beachtete niemanden, sondern ging direkt in das Schlafgemach und kam nicht wieder heraus.

Richard, der wie eine Katze war, die nicht stillsitzen konnte, kam zu ihr und berichtete ihr von Zeit zu Zeit darüber, was passierte. Sie betete und schlief und betete wieder, wenn sie erwachte. Am Ende wusste sie nicht mehr, ob das, was in diesem Salon passierte, die Wirklichkeit war oder nur Fragmente aus ihren Träumen.

»Lord Montagu hat sie gefragt, ob sie vergiftet wurde, aber ich konnte nicht hören, was sie geantwortet hat. Dieser Priester hat sie unterbrochen und ihr gesagt, sie solle niemanden beschuldigen, sie solle ihren Tod als Opfer verstehen.«

Schwarze Krähe, dachte Alice, und sie träumte von Krähen.

»Sie haben sie wieder zur Ader gelassen«, hörte sie Richard sagen.

»Wo sind die Kinder?«, fragte er ein anderes Mal.

Man hatte sie fortgebracht … Monsieur erlaubte nicht, dass sie sahen, wie ihre Mutter starb, nicht einmal, um sich zu verabschieden. Die kleine Lady Anne, dachte Alice. Zum Glück hatte sie ihre Gouvernante, und Alice würde die Frau später aufsuchen und sehen, wie es dem Kind ging …

»Monsieur ist gegangen. Warum ist er nicht geblieben?«, fragte Richard im Traum oder vielleicht im wirklichen Leben. Mitglieder der königlichen Familie durften niemanden sterben sehen. Sie dachte, sie hätte ihm das gesagt. Sie träumte, einen Priester vorbeieilen zu sehen, das Gewand purpurfarben und fließend, ein großes Kreuz am Gürtel baumelnd. Das musste ein Traum sein. Sie hörte die Glocke zweimal schlagen und fiel in einen traumlosen Schlaf, in dem die Glocke dreimal schlug. Sie spürte einen Arm, der sich um ihre Schultern legte. Mühsam hob sie den Kopf von dem Stuhlkissen.

»Es ist vorbei«, sagte Richard.

Er setzte sich auf den Boden neben Alice, legte sich auf den Rücken und blickte zur Decke, wo Engel auf Wolken gemalt waren. Alice sah sich um. Diener eilten aus der Halle herbei; Lord Montagu trat aus dem Schlafgemach. Die Tür schloss sich hinter ihm. Die

Öffentlichkeit durfte dem königlichen Sterben nicht länger zusehen; der Tod hatte sie für sich allein. Die volle Bedeutung dieser Nacht schlug wie eine Welle über Alice zusammen. Sie ließ sich neben Richard auf den Boden fallen, und klagende Geräusche kamen aus ihrem Mund.

Lord Montagu setzte sich auf den Stuhl, den sie als Kissen und Gebetsbank benutzt hatte, und sagte müde: »Eine schlimme Sache, eine sehr schlimme Sache.« Und zu Richard. »Kein Schlaf für Euch, mein Junge. Ihr werdet einen Brief von mir zum König bringen. Ich brauche Papier und Tinte.«

»Geht in das runde Zimmer«, sagte Alice, »direkt neben dem Garten.«

Und dann, als sie sah, dass Richard nicht wusste, von welchem Zimmer sie sprach, rieb sie sich über die Augen und stand auf. »Ich kann Euch gerne den Weg zeigen. Kommt.«

Sie führte sie die Treppe hinunter zu einem runden Zimmer, einem der schönsten Räume des Palastes, dem Lieblingszimmer der Prinzessin. Überall hingen Fensterattrappen mit Spiegeln darin, die von tatsächlichen Fenstern und schönen Glastüren abgelöst wurden, die hinaus in den Garten führten.

Im Palast war es jetzt still. Nichts und niemand rührte sich, als wäre jeder Mann und jedes Tier erschöpft. Richard brachte Kerzen, und Lord Montagu setzte sich hin und schrieb. Er weinte ein paar Mal offen, während er Bogen um Bogen füllte, manchmal auf Richards oder Alice' Erinnerung zurückgriff, wenn seine eigene ihn im Stich ließ. Seine gerunzelte Stirn wurde von all den vielen Spiegeln zurückgeworfen. Als er fertig war, streute er Sand über die Tinte, um sie zu trocknen. Richard tropfte Wachs auf das Papier, als es gefaltet war, und Montagu drückte seinen Siegelring in das heiße Wachs.

»Ihr werdet das sofort zu Seiner Majestät bringen. Sagt ihm, ein weiterer Bericht folgt, wenn ich durch die Trauer nicht mehr so verwirrt bin. Ihr fahrt mit meiner Kutsche zu meinem Haus, werdet dort von meinem Assistenten Geld erhalten und dann so schnell wie möglich nach England fahren, Leutnant, denn Seine Majestät muss so bald wie möglich erfahren, was gerade passiert ist. Sagt ihm, ich folge Euch in höchstens ein oder zwei Tagen. Ich bitte Euch inständig, Diskretion zu wahren, falls er Euch Fragen stellen sollte. Sie hat mir gesagt, sollte sie tatsächlich vergiftet worden sein, dürfe König Charles es auf keinen Fall erfahren. Dieser Schmerz soll ihm erspart bleiben, und sie wünsche keine Rache an König Louis, denn ihn treffe keine Schuld. Das waren ihre Worte. Versteht Ihr, was ich Euch sage, Leutnant? Es wird vielleicht Gerede über Gift geben, aber ich werde derjenige sein, der entscheidet, wann und wie – wenn überhaupt – darüber mit Seiner Majestät gesprochen wird.«

»Ich werde nicht lügen, wenn Seine Majestät mir eine Frage stellt.«

»Das habe ich auch nicht von Euch verlangt.« Lord Montagus Stimme klang kalt. »Ich bitte Euch lediglich, nur das zu berichten, was ihr gesehen oder gehört habt, und nicht das, was ihr vermutet oder glaubt.«

»Ich habe etwas von dem Zichoriewasser an mich genommen.«

Lord Montagus Augen weiteten sich leicht, dann musterte er Richard mit hartem Blick.

»Sie hat es getrunken, sich an die Seite gefasst und gesagt, sie sei vergiftet worden. Ich habe etwas von dem Zichoriewasser an mich genommen.«

»Wo ist es?«

»Ich habe es in sicherer Verwahrung«, erklärte Alice.

»Herr im Himmel, in was für Schwierigkeiten uns das bringen könnte. Ich verlasse mich auf Euch, Leutnant, es nicht noch schlimmer zu machen.« Sein Blick wanderte zu Alice. »Und auf Euch.«

»Sir«, sagte Richard, »dürfte ich um einen kurzen Aufschub bitten? Ich würde gerne noch schnell eine Nachricht schreiben.«

»Einen Moment, nicht länger.«

Richards Hand bewegte sich schnell über das Papier. Er gab Alice die Nachricht. »Ihr sorgt dafür, dass sie das bekommt?«

»Natürlich.«

Richard trat in die Nacht hinaus und stieg in die Kutsche, die mit einem Ruck nach vorn schoss und über die Auffahrt auf die Straße nach Paris schwankte. Die Grausamkeit der Nacht hallte in ihm nach. Er wünschte, er hätte d'Effiat erwürgt. Die Kutsche fuhr durch die verzierten Eisentore, die sich zu Saint Cloud hin öffneten. Saint Cloud lag auf seinem Hügel, die Sterne leuchteten hinunter auf seine perfekten Gärten und seine großartigen Gemächer und schillernden Bewohner. Dass der Tod es mit seinen knöchernen Flügeln berührt hatte, schien unmöglich. Er konnte nicht glauben, dass er ausgerechnet diese Nachricht überbringen musste. Hätte er mehr tun können? Gab es etwas, das ihm entgangen war?

Alice sah sich selbst im Spiegel nahe einer Kerze sitzen und die Nachricht öffnen. Er schwor ihr seine Liebe und Hingabe, sagte ihr, dass sie auf ihn warten solle, egal was geschehen würde, dass er zurück nach Frankreich kommen würde, zurück zu ihr. Er schrieb sehr sicher, sehr ebenmäßig. Sie berührte einen der Buchstaben, das R in seinem Namen, bevor sie die Nachricht wieder zusammenfaltete und langsam, müde, wie eine alte Frau die Treppe hinauf zu den Schlafgemächern ging.

Kapitel 9

Paris explodierte vor Gerüchten. Der Chevalier de Lorraine hätte Madame festgehalten und Arsen in sie hineingeschüttet. Monsieur hätte angeordnet, sie zu vergiften. Nein, Monsieur hätte nichts davon gewusst. Das Gift sei in dem Zichoriewasser gewesen. Es sei nicht im dem Zichoriewasser gewesen. Es sei an der Tasse gewesen. Wo war die Tasse?

Louis, König von Frankreich, lief eine lange Galerie in seinem Palast in Paris entlang, dem Louvre. Er ging an Statuen vorbei, die aus dem Schutt des alten Roms ausgegraben worden waren, geschaffen und geformt von anderen Erschaffern eines Weltreiches, die das Verlangen nach der absoluten Macht verstanden. Er ging an schweren Wandteppichen vorbei, deren bunte Fäden Geschichten aus der Bibel darstellten, Erzählungen aus der Mythologie, aus seiner eigenen Herrschaft, die er in Mythologie verwandelte, gewebt von den besten Künstlern der Welt, genau hier in seinem eigenen Königreich, als ein Teil der Industrie, die er und sein Minister Colbert schufen. Er ging an Bildern von Tizian und Rubens und Correggio vorbei, eine Sammlung, die seine Vorfahren begonnen hatten und die er vergrößerte – einige der Bilder hatte er ironischerweise von dem Rundkopf Oliver Cromwell gekauft, als England unter dessen Protektorat stand und er die Schätze des geköpften Königs veräußerte, der Louis' Onkel gewesen war. Der Saal war lang, besaß eine hohe Decke, und der viele Marmor machte ihn kalt – so kalt, dass die Kamine, groß genug, um einen Ochsen darin zu rösten, es nicht schafften, ihn im Winter aufzuheizen.

Konnte es wahr sein? Hatte sein Bruder Henriette umgebracht? Sein Bruder verkörperte – auf eine Weise wie nicht einmal er selbst es tat – dieses wilde italienische Temperament, das in ihrer Familie lag, das der großen Geste, der gewaltigen Kunst, der ungeheuren Intrige. Deshalb hielt er ihn stets am kurzen Zügel und förderte damit Laster, Gier und Kleinlichkeit – deshalb hielt er seinen Bruder wie ein zu groß geratenes Kind. Ein Kind konnte leicht abgelenkt werden. Ein Mann nicht.

Aber das hier?

Lord Montagu, der englische Botschafter, war genauso kalt wie dieser Marmorsaal gewesen. Er hatte der Autopsie durch die besten französischen Ärzte zugestimmt, aber nur in seiner Gegenwart und in Gegenwart eines englischen Arztes. Gerade erst war die Nachricht eingetroffen: die Autopsie war beendet. Das Ergebnis: Ihr Magen war von Säure zersetzt gewesen, und die Organe in ihrer Bauchhöhle befanden sich in einem fortgeschrittenen Stadium der Entzündung; ein natürlicher Tod durch Cholera Morbus. Es würde in der *Gazette de France* veröffentlich werden.

Aber Louis wusste – und er wusste, dass der Botschafter es wusste –, dass es Gifte gab, die jedes beliebige Symptom hervorrufen konnten. Der englische Arzt beharrte darauf, Spuren von Gift in ihrem Körper entdeckt zu haben. Die Franzosen widersprachen. Man hatte einem Hund von dem Zichoriewasser zu trinken gegeben. Er war nicht gestorben. Louis wusste, dass der Marquis d'Effiat am Nachmittag vor ihrem Tod in der Vorratskammer gewesen war, wo man die Tassen und Gläser aufbewahrte. Als man ihn befragte, genau wie alle Mitglieder aus dem Gefolge seines Bruders, gab er an, er sei nach dem Tennisspiel durstig gewesen und sei in die Vorratskammer gegangen, um etwas Wasser zu trinken. Wo war die Tasse, aus der sie getrunken hatte? War sein Bruder darüber unterrichtet gewesen, dass sie sterben sollte? Hatte Philippe sie selbst vergiftet?

Nein, schwor Philippe. Nein, weinte er. Ich bereue all meinen Streit mit ihr, jammerte er. Wenn ich alles noch einmal machen könnte, wäre ich wie ein Heiliger zu ihr. Er heulte, er schluchzte, er schrie. Er kroch auf Händen und Füßen und flehte Louis an, ihm zu glauben. Ich war eifersüchtig, weinte Philippe. Du mochtest sie lieber als mich. Das konnte ich nicht ertragen. Aber ich hätte ihr niemals etwas angetan. Du bist mein Bruder. Beschütz mich vor diesen widerwärtigen Gerüchten.

Henriette hatte einen Vertrag mit Charles' Unterschrift und der Unterschrift zweier seiner Minister mitgebracht. Ein geheimer Vertrag, um gegen die Holländer zu Felde zu ziehen, für den Charles eine stolze Summe Geldes erhalten würde; sein englischer Cousin brauchte immer Geld. Aber der Vertrag war mehr als ein Abkommen über einen Krieg, so viel mehr als das. Damit würde sein Ruhm über viele Jahrhunderte weiterleben.

Charles von England schwor darin, zum Katholizismus überzutreten.

Nicht nur er würde konvertieren, sondern das ganze englische Königreich würde wieder in den Schoß der Kirche zurückkehren. England, diese rebellische Nation, diese protestantische Bastion, würde wieder wie alle zivilisierten Länder vor Seiner Heiligkeit dem Papst niederknien. Und ihn, Louis, den Vierzehnten dieses Namens, würde man als den kriegerischen heiligen König verehren, der das zuwege gebracht hatte.

Jetzt war Charles verzweifelt, außer sich, empfing niemanden. Und dennoch wusste Louis, dass sich ein weiser König von Illoyalität, Ungehorsam, Verrat erholte. War ihm das selbst nicht auch gelungen? Trauerte er nicht selbst? Sie war eine seiner ersten großen Lieben gewesen. Gestorben war eine Schwester, eine Freundin, eine Unterstützerin seines großen Plans. Der König von Frankreich, zweiunddreißig Jahre alt, gutaussehend, verehrt und zunehmend gefürchtet, lief weiter die lange Galerie in seinem riesigen Palast entlang, und sein Herz wurde immer mehr zu Stein. Nur so konnte er den großen Ruhm erreichen, den er anstrebte.

Dass sich Ärzte in Saint Cloud aufhielten, die den Körper der Prinzessin öffneten und untersuchten, brachte Barbara an den Rand eines hysterischen Zusammenbruchs. Anders als Barbara hielt sich Alice in der Nähe der Kammer auf, in der die Autopsie durchgeführt wurde. Dann bestach sie die Lakaien, um herauszufinden, wann die Ärzte ihre grausige Arbeit beendet haben würden.

Ein Lakai fand sie in dem runden Raum, der Prinzessin Henriettes Lieblingszimmer gewesen war. »Sie waschen sich gerade.« Der Körper der Prinzessin würde an diesem Abend noch einmal berührt werden – von den Einbalsamierern.

Alice rannte die Seitentreppe hinunter, um die Kutsche des englischen Arztes abzufangen. Sie trug eine Maske vor dem Gesicht. Ein Lakai hielt eine Fackel, um dem Mann den Weg zu seiner Kutsche zu erhellen. Wie ein schlanker Geist in einem schwarzen Umhang öffnete Alice die Tür auf der anderen Seite und schlüpfte hinein. Der Arzt stieg ein und setzte sich mit einem Stöhnen, dann sah er sie.

»Wer seid Ihr?«, fragte er und legte die Hand auf den Türgriff, um die Kutsche aufzuhalten.

»Bitte, ich muss Euch einige Fragen stellen. Ich will nichts Böses, und ich werde Euch gut bezahlen.« Sie legte einen kleinen Lederbeutel mit Münzen auf den Sitz neben ihn. Er hob den Beutel an und testete das Gewicht, dann legte er ihn wieder ab. Die Kutsche ruckte vorwärts und begann, langsam über die Auffahrt von Saint Cloud zu rattern.

»Die Prinzessin?« Sie beendete den Satz nicht, ließ ihn offen. In der Dunkelheit konnte sie sein Gesicht nicht erkennen, aber sie konnte seine Schwermut spüren, seine Müdigkeit.

»Ist tot, so viel ist sicher.«

»Ich muss es wissen. Wurde sie vergiftet? Bitte. Es gibt noch mehr davon, wenn es nötig ist.« Alice deutete auf den Beutel mit den Münzen.

»Warum sollte ich Euch das sagen?«

»Weil ich sie geliebt habe. Weil jemand die Wahrheit wissen muss.«

Er seufzte. »Es gab Spuren von Gift, da bin ich ganz sicher. Aber meine geschätzten französischen Kollegen waren anderer Meinung.

Und ich muss Euch sagen, dass sie die Autopsie wie Fleischer vorgenommen haben, als würden sie die Wahrheit eher verschleiern als enthüllen wollen. Wenn ich es vor Gericht bezeugen müsste, bin ich nicht sicher, was ich sagen würde. Es ist nichts übrig, das ich als Beweis anführen könnte.«

Alice öffnete die Tür der Kutsche.

Er streckte die Hand nach ihr aus. »Wartet, junge Dame. Ich will dieses Geld nicht ...«

Aber Alice war bereits auf den Boden gesprungen, fing sich so sicher ab wie eine Akrobatin und rannte zurück durch den Garten auf den Palast zu.

Prinzessin Henriette wurde in Saint Cloud aufgebahrt. König Louis und Königin Maria Theresa, begleitet von ihrem Gefolge, verspritzten Weihwasser über den Körper und beteten auf Gebetsstühlen aus purem Silber. Alice, Renée, Barbara und die anderen Ehrenjungfern standen in einer Ecke wie verlorene Kätzchen. Niemand beachtete sie. Überall brannten Kerzen, die merkwürdige Schatten warfen. Eine kleine silberne Schatulle stand am Fuße des Leichnams. Es war Prinzessin Henriettes Herz, und es würde nach Val-de-Grace gebracht werden. Dieses Kloster hatte sowohl ihr als auch ihrer Mutter Trost und Zuflucht gewährt, als sie am französischen Hof nur geduldet waren – verachtet, bemitleidet, weil sie nichts hatten, als ihre Männer tot oder im Exil waren, als sie ihr Königreich verloren hatten. Alice klammerte sich an Barbaras Hand, und Renée klammerte sich an Alice'. Sie fühlten sich verlassen, und sie fürchteten sich. Niemand hatte Zeit für sie. Alle waren ungeduldig, brachen leicht in Tränen aus, liefen aufgeregt umher, ohne etwas zu tun.

Alice blickte zu der Stelle hinüber, an der Monsieurs Männer zusammenstanden. Ihre Kleidung war tiefschwarz, die Spitze an ihrem Hals und ihren Ärmeln weiß wie der erste Schnee, wie ihre

Gesichter, schöne Gesichter, junge Gesichter, mit kantigen Wangenknochen, die im Kerzenlicht Schatten warfen. Trotz ihrer Schönheit rief ihre Erscheinung Gedanken an ruchlose Dinge hervor. Sie wirkten wie Kreaturen der Nacht, die an geschlossene Fenster klopfen und Albträume bringen. Ihr Blick traf den von Henri Ange. Sein Gesicht war so glatt wie das eines Marmorheiligen, keine geschwollenen Lider, keine zerfurchte Stirn oder ein verzogener Mund entstellte es. Er sah freundlich aus, nahbar, beinahe einfältig, wie ein hübscher Junge aus irgendeinem Dorf, dessen Herz noch rein war. Hast du sie vergiftet?, dachte Alice.

Als hätte er ihre Gedanken erraten, zwinkerte er ihr zu. Hastig senkte sie den Blick und drückte Barbaras Hand so fest, dass diese aufstöhnte. Er machte ihr Angst.

Das Beten, das Abschiednehmen am offenen Sarg ging zu Ende. Der Majordomus des Hauses machte eine Geste, und das Gefolge begann, am Sarg vorbeizugehen und einen letzten Blick auf die Prinzessin zu werfen, bevor der Deckel geschlossen wurde.

Barbara schrak zurück. »Ich kann nicht«, flüsterte sie.

Alice und Renée gingen weiter, Renée weinte. Alice warf einen schnellen Blick auf das Gesicht, aber es schien nicht zu Prinzessin Henriette zu gehören, sondern eher zu einer schlecht modellierten Wachsfigur. Als sie ging, musste sie an Monsieurs Männern vorbei, und einer von ihnen griff nach ihrem Arm. Dann war sie plötzlich von allen Seiten von schönen jungen Männern in Tiefschwarz umringt. Der Kreis, den sie um sie bildeten, war zu eng. Sie konnte ihren Atem spüren. Sie wollte sich hinausdrängen und wurde zurückgestoßen. Sie wurde einfach umzingelt und eingeschüchtert.

»Hört auf«, flüsterte sie, und ihre Stimme brach.

Von hinten legte jemand wie ein Liebhaber die Arme um sie und flüsterte ihr ins Ohr: »Ich rette Euch.«

Sie unterdrückte ein Schluchzen.

»Aber zuerst müsst Ihr Euch bedanken. Danke, mein lieber Henri Ange.«

»Danke, Henri Ange«, flüsterte sie. Tränen rannen ihr aus den Augenwinkeln.

»Mein lieber Henri Ange«, korrigierte er.

»Mein lieber Henri Ange«, wiederholte sie.

Der Kreis öffnete sich, und vor ihr, im dämmrigen Schein der Kerzen, standen Barbara und Renée und warteten auf sie. Trotz der Demütigung gelang es Alice, nicht zu rennen und das Schluchzen, das ihr die Kehle hochstieg, zu unterdrücken.

»Du bist ein anderer Mensch, wenn du mit denen zusammen bist«, warf sie Beuvron später wütend vor.

»Das bin ich«, antwortete er. »Nimm dich vor uns allen in Acht.«

Am nächsten Abend verließ der Leichnam Saint Cloud im Schein von Fackeln in einer großartigen Prozession von Priestern, die zu Fuß gingen, und Mitgliedern der königlichen Familie, die in Kutschen fuhren. Die Prinzessinnen von hohem Geblüt, diejenigen, die direkt von Königen abstammten, waren die Begleiterinnen. Barbara und Alice standen am Fenster und blickten in den Hof, beobachteten, wie der Zug der Pferde, Menschen und Kutschen sich über die lange Auffahrt wand, nach Paris, in die Kathedrale von Saint Denis, in die Kirche der Könige. Es würde Stunden dauern, bevor sie dort ankamen. Eine Trommel schlug einen feierlichen, unheimlichen Rhythmus. Sie konnten sie noch lange hören, nachdem nichts mehr außer dem Schein der Fackeln in der Ferne zu erkennen war.

Monsieur wartete bereits in der Kathedrale mit seiner Leibgarde und einigen engen Vertrauten, um dort den Leichnam seiner Frau in Empfang zu nehmen. Danach würde er in seinem Palais Royal in Paris bleiben, die Beileidsbekundungen entgegennehmen, von Kopf bis Fuß in Schwarz gekleidet wie ein Gott der Unterwelt. Seine zwei Töchter, Prinzessinnen königlichen Geblüts, befanden sich in der Prozession, die den Leichnam ihrer Mutter brachte, obwohl die eine davon noch ein Baby war. Die kleine Lady Anne ging ebenfalls in der Prozession mit, obwohl Alice das gern verhindert hätte. Diese Entscheidung habt nicht Ihr zu treffen, hatte Lord Montagu ihr gesagt. Es ist ihre Pflicht als eine Prinzessin von England. Lord Montagu stand im Hof. Er war gekommen, um die Prozession zu verabschieden. Seine Kutsche hielt im Hof. Er würde zu einem späteren Zeitpunkt zu der Prozession stoßen und die Prinzessin in die Abtei begleiten. Alice verließ Barbara und ging nach unten, um mit ihm zu sprechen.

Er drehte sich um, als er Schritte auf dem Kies vernahm. »Ich möchte mich bei Euch dafür bedanken, dass Ihr Euch so um Lady Anne gekümmert habt. Sie hat mir erzählt, dass Ihr sehr nett zu ihr wart und jeden Abend am Fußende ihres Bettes geschlafen habt.«

»Ich wollte nicht, dass ihr in diesem Haus etwas zustößt.« Es entstand ein Schweigen, während sie beide über das nachdachten, was ihre Worte andeuteten. »Und ich dachte, dass sie sich vielleicht davor fürchtet, in dem Haus zu schlafen, in dem ihre Tante gestorben ist.«

»Dann wird es Euch freuen zu hören, dass sie morgen früh nach England zurückkehren wird.«

»Das freut mich sehr. Wie geht es Seiner Majestät König Charles?«

»Nicht gut. Er hat sich wie ein Fuchs in seinen Bau zurückgezogen, will niemanden sehen, mit niemandem sprechen. Er hat sich geweigert, den Boten zu empfangen, den Monsieur extra geschickt hatte, um ihren Tod zu verkünden und sein Beileid auszusprechen.«

Sie hörte Befriedigung in der Stimme des Botschafters. Monsieur und Lord Montagu mochten sich nicht. In den Stunden nach Prinzessin Henriettes Tod, als alle trauerten und emotional erschöpft waren, war Monsier in das Gemach seiner Frau gegangen, hatte von den Hofdamen ihre Schlüssel verlangt und Schrank um Schrank geöffnet, Schmuck herausgenommen, ein kleines Kästchen mit Briefen – die, wie Alice von Beuvron erfahren hatte, vom König von England stammten –, ebenso ein weiteres mit Geld, das König Charles seiner

Schwester als Abschiedsgeschenk mitgegeben hatte. Alice war dazugekommen, als Lord Montagu gerade Monsieur als Dieb beschimpfte – und Schlimmeres. Sie habe darum gebeten, dass dieses Geld an ihre Dienerinnen verteilt werde, hatte Montagu aufgebracht gerufen. Aber Monsieur zeigte sich unbeeindruckt von letzten Wünschen und englischen Botschaftern.

»In London kursieren genauso viele Gerüchte wie in Paris«, meinte Lord Montagu. »Die protestantischen Lehrlinge haben ein Haus angezündet, in dem Katholiken wohnen, sie verbrennen Bilder vom Papst; der Herzog von York hat Wachen um das Haus des französischen Botschafters aufstellen lassen, und ich habe gehört, dass die arme Königin es nicht wagt, einen Fuß außerhalb von Whitehall zu setzen, aus Angst, dass der Mob ihre Kutsche bewirft.« Königin Katharina war Katholikin, eine Prinzessin aus Portugal.

»Habt Ihr dem König über die Autopsie geschrieben?«

»Das habe ich.«

»Darf ich fragen, was Ihr geschrieben habt?«

»Dass die Mehrheit der Ärzte glaubt, dass sie an Cholera Morbus gestorben ist. Alles andere sind Mutmaßungen.«

»Mutmaßungen? Sie hat selbst gesagt, dass sie vergiftet wurde. Sie hat es zu Euch gesagt ...«

Er unterbrach sie. »Sie hat viele Dinge zu mir gesagt, Mistress Verney.«

Alice ließ sich nicht davon abbringen. »Ich glaube, Henri Ange hat es getan.«

»Der nicht länger zum Gefolge von Monsieur gehört.«

»Gestern Abend war er noch da.«

»Jetzt ist er es nicht mehr.«

»Diese Männer sind schrecklich. Sie verdienen den Tod.« Sie wischte sich eine Träne ab, die ihr über das Gesicht lief.

»Es ist eine hässliche Angelegenheit.«

»Und König Louis?«

»Außer sich, das kann ich Euch versichern. Bestürzt und beschämt über die Gerüchte auf den Straßen. Tröstet Euch mit der Tatsache, dass die Taten von Prinzen nicht immer bestraft werden, aber dass wir uns alle eines Tages vor Gott verantworten müssen.«

Gott?, dachte Alice. Wie kann Gott das alles zulassen? »Ich möchte nach Hause.«

»Ja, natürlich. Ich habe Geld von Eurem Vater bekommen und für Euch und Mistress Bragge eine Passage gebucht. In einer Woche werdet Ihr zurück in England sein.«

»Lord Montagu, ich möchte nicht einen Augenblick länger in diesem Palast bleiben. Würdet Ihr mir helfen, eine passende Unterkunft in Paris zu finden?«

»Ihr könnt bis zu Eurer Abfahrt nach England bei mir in Paris wohnen. Ich werde mich um unsere kleine Prinzessin kümmern, sie sicher auf den Weg bringen, zurück in die Arme Englands. Übrigens wurde Leutnant Saylor zurückgeschickt, um sie nach Hause zu begleiten. Er wollte herkommen, aber ich habe es nicht gestattet, sondern ihn gebeten, der Prozession beizuwohnen, wenn er nach Paris kommt, und von da an bei Lady Anne zu bleiben. Er bat mich, Euch diesen Brief zu geben.« Lord Montagu griff in eine Tasche und fixierte sie mit hartem Blick. »Ich unterstütze doch keine Romanze, oder?«

»Nein, natürlich nicht.«

»Gut, denn ich glaube nicht an Romanzen. Ich werde Euch morgen früh sofort eine Kutsche schicken. Könnt Ihr bis dahin fertig sein?«

»Ja.«

Als er weg war, rannte sie in ein leeres Zimmer, schloss die Tür hinter sich und öffnete den Brief. Heraus fielen zwei weitere, einer adressiert an Renée und einer an Barbara. Warum sollte Leutnant Saylor an Barbara schreiben? Das ergab keinen Sinn. Nach einem hastigen Blick zur Tür öffnete Alice den Brief an Barbara. Darin befand sich noch ein weiterer Brief, und diese Handschrift gehörte nicht dem Leutnant. Alice öffnete ihn und las. Er war von John Sidney. So, so. Leutnant Saylor fungierte als Liebesbote für seinen Cousin. Sie fragte sich, ob es noch andere Briefe gegeben hatte. Wahrscheinlich. Sie zerriss den Brief und steckte die Schnipsel in einen Parfümbrenner. Dann wurde ihr etwas klar, etwas, dass sie aufgrund der dramatischen Ereignisse der vergangenen Tage völlig vergessen hatte.

Prinzessin Henriette war nicht mehr dazu gekommen, dem Herzog von Balmoral zu schreiben.

Sie ging in das Schlafgemach der Ehrenjungfern, aber Barbara war nirgends zu sehen. Alice fand sie kniend in einer kleinen Kapelle. Sie betete. Alice wartete in der Halle, bis ihre Freundin fertig war, dann ergriff sie Barbaras Hand, sobald sie in die Halle trat. »Wir fahren nach Hause.«

»Wann? Wie?«

Sie gingen Arm in Arm in das Schlafgemach. »Lord Montagu schickt uns morgen früh eine Kutsche. Und Beuvron hat mir eine Nachricht hinterlassen. Er sagt, dass ich ganz beruhigt sein kann, sie sind alle nach Paris gefahren. Aber ich bin nicht beruhigt.« Alice zog an der Kordel, um einen Diener herbeizurufen. »Wir verbringen die nächsten Tage auch in Paris, bei Lord Montagu, bis wir an die Küste reisen und mit dem Schiff nach Hause fahren.«

»Nach Hause.« Barbara eilte umher und suchte ihre Sachen zusammen, ihre Bürste, ihren silbernen Handspiegel, ein Kästchen mit Schleifen. Irgendwann hielt sie inne und umarmte Alice, die lächelte, als sie sah, dass das Gesicht ihrer Freundin endlich wieder glücklich strahlte. Wegen des zerrissenen Briefes hatte sie kein schlechtes Gewissen.

Die Kunde von ihrer Abreise, die Tatsache, dass Alice darum gebeten hatte, ihren Schrankkoffer vom Dachboden zu holen, ging wie ein Lauffeuer durchs Haus. Als sie davon hörte, kam Renée in das Schlafgemach und sah, wie Poll Kleider in den Schrankkoffer packte.

»Ihr geht weg?« Ihre Augen füllten sich mit Tränen. »Was wird dann aus mir? Der Drache hasst mich.«

»Schreib an deinen Vater, und sorg dafür, dass deine Familie dich nach Hause holt«, schlug Barbara vor.

»Sie brauchen mich hier. Sie werden nicht wollen, dass ich nach Hause komme.«

»Sie brauchen das Geld, das sie hier bekommt«, flüsterte Alice Barbara zu. »Ich habe etwas für dich.« Sie winkte mit dem Brief von Leutnant Saylor, und Renée nahm ihn entgegen. Aber die Lektüre brachte kein Lächeln auf ihre Züge.

»Er schreibt, dass es noch einige Zeit dauern wird, bis er zurückkommen kann.« Sie faltete den Brief wieder zusammen.

»Du wirst höchstens ein paar Monate warten müssen, vielleicht sechs. Ein paar Monate kannst du doch warten«, meinte Alice.

Aber Barbara setzte sich neben Renée, nahm ihre Hand und blickte Alice stirnrunzelnd an. »Es ist schwer, von denen getrennt zu sein, die man liebt, nicht wahr? Wir machen uns alle möglichen Gedanken, haben Angst, dass sie uns vergessen könnten, dass das, was wir uns wünschen, niemals Wirklichkeit wird.« Sie küsste Renées Wange und stand auf. »Er vergöttert dich. Du hast nichts zu befürchten.«

Renée ging mit düsterer Miene zu einem Stuhl hinüber und beobachtete Alice und Barbara, die anfingen, Karten zu spielen um alberne Einsätze wie zum Beispiel um den Schnurrbart des Lakaien, die Schuhe des Drachen, den großen Löffel des Kochs. Es war, als hätten sie all das Leid und das Entsetzen der vergangenen Tage vergessen, als wären sie bereits fort. Und das sind sie, sie haben mich in ihren Köpfen bereits verlassen, dachte Renée. Sie zitterte.

Habt Geduld, hatte Lord Montagu gemeint, als er ihr von dem Interesse eines bestimmten großen Mannes berichtete. »Vertrau mir«, schrieb Richard.

Sie wusste nicht, wie gut sie zu beidem in der Lage sein würde.

Am nächsten Morgen blieb Alice einen Moment im Vestibül von Saint Cloud stehen. Aber außer den Dienern, die Schrankkoffer und Taschen trugen, war niemand gekommen, um sie und Barbara zu verabschieden, niemand aus dem Gefolge von Monsieur, niemand aus dem der Prinzessin außer Renée. Alle Spiegel waren mit schwarzen Tüchern verhängt, wie es üblich war, wenn jemand gestorben war. Die Vorhänge waren zugezogen, die Fenster geschlossen. Prinzessin Henriettes Damen blieben in ihren Gemächern, schrieben Briefe an ihre Familien, an jene in hohen Positionen am Hofe und versuchten, sich so die nächste Stelle als Hofdame zu sichern.

Dieses Gebäude, diese wunderschöne Sommervilla, war immer voller Menschen gewesen, die kamen und gingen. Monsieur und Madame waren berühmt für ihre Bankette, ihre Feste, ihre Gärten, die jedem offen standen, der darin flanieren wollte. Jetzt war alles still, das Haus trauerte. Ein Teil ihres Lebens war endgültig beendet, und zwar auf eine ganz andere Art und Weise, als sie gedacht hatte.

Renée saß auf der untersten Stufe der Treppe und schluchzte, als würde ihr das Herz brechen. Alice nahm einen kleinen Beutel mit Münzen aus ihrer Tasche und legte ihn in Renées Schoß.

»Damit du über die Runden kommst«, sagte sie. »Mein Vater glaubt, dass alle Dinge überwunden oder ausgesessen werden können, wenn man nur genug Geld zurückgelegt hat.«

»Ich möchte nicht hier bleiben.«

Aber Alice entfernte sich schon von ihr, ging durch die Tür, zur Kutsche, in ihr neues Leben.

Kapitel 10

Als Alice in England eintraf, weinte sie zuerst in den Armen ihres Vaters. Dann sah sie sich das Haus, in das er sie und Barbara gebracht hatte, von oben bis unten an – ein neues Haus, er blieb niemals länger als ein Jahr an einem Ort. Es war ein altes Londoner Herrenhaus ganz in der Nähe der *Strand*, aus Backstein, mit vielen Giebeln und Schornsteinen. Außerdem besaß es einen eigenen Zugang zum Fluss. Riesig, großartig und hoffnungslos aus der Mode, war es innen überall mit schwerem dunklen Holz verkleidet, hatte komplizierte Decken aus Holzbalken in der großen Halle und eine Galerie für Musiker oben in einer Ecke. »Völlig veraltet«, sagte sie zu Barbara. Dann fiel sie ins Bett, und als sie am nächsten Morgen aufwachte, blieb sie noch eine Weile liegen, was ganz untypisch für sie war. Sie hatte nicht erwartet, noch einmal neu anfangen zu müssen. Sie fühlte sich bedrückt. Auch das war untypisch für sie. Der dunkle Schatten des Todes der Prinzessin hing über ihr, so unerwartet, so schrecklich. In ihren Träumen war sie einen langen Korridor hinuntergelaufen und hatte nach der Prinzessin gerufen. Sie wollte ihr etwas Wichtiges mitteilen, sie musste es ihr sagen. Aber der Korridor hatte kein Ende, keinen Anfang ... Zitternd setzte sie sich auf.

Sie musste noch einmal neu anfangen, ob sie wollte oder nicht.

Sie würde bei ihrem Vater anfangen.

»Hast du mit Balmoral gesprochen?«

»In dieser Hinsicht kann ich nichts für dich tun, Liebes. Aber wir haben ein gutes Angebot von Lord Mulgrave.«

Sie schloss den Deckel ihres Schmuckkästchens mit einem lauten Klacken und betrachtete sich selbst im Spiegel. Sie wollte ausgehen und trug die Diamanten ihrer Mutter an den Ohren. Sie sah ganz passabel aus – wenn dunkle leuchtende Augen und dunkle Locken zählten.

»Ignorier mich ruhig«, meinte ihr Vater. »Ich habe uns einen hübschen Fisch geangelt, und du wirst mir den Respekt erweisen, dir die Sache zumindest zu überlegen. Du bist zwanzig. Das gehört sich einfach nicht. Ich hatte gedacht, dass ich bereits vor drei Jahren deine Söhne auf meinen Knien schaukeln würde! Wenn du nicht aufpasst, dann werde ich noch das Heiraten übernehmen und für einen Erben sorgen, und dann wird dein Erbe auf ein Viertel von dem schrumpfen, was du jetzt bekommen würdest. Und wir werden ja sehen, wer dich dann noch haben will.«

Alice dachte über ihren Vater nach. Er hatte nichts wegen Balmoral unternommen. Er betrachtete sich in einem hohen Spiegel, einem seltenen und sehr teuren Exemplar, das Alice ihm von Venedig aus mit dem Schiff geschickt hatte. Die einzigen modischen Dinge in diesem Haus waren Geschenke, die er in den letzten zwei Jahren von ihr erhalten hatte. Er zog den Bauch ein und streckte die Brust raus. Flirtet er immer noch mit der jungen Saylor?, fragte sie sich.

»Wohin gehst du?«, fragte er misstrauisch. Aber Misstrauen war einfach ein Wesenzug von ihm.

»Ich gehe bei Tante Brey vorbei. Ich habe gestern Abend eine Nachricht von ihr erhalten. Sie möchte alles darüber erfahren«, Alice schluckte, weil sie plötzlich einen Kloß im Hals hatte, »wie sie gestorben ist.«

Er setzte sich. »Erzähl mir, wie sie gestorben ist.«

Das tat Alice, aber sie sagte nicht alles: Ihren Verdacht über das Gift und die Tatsache, dass Monsieur ein Kästchen mit Briefen von König Charles an sich genommen hatte, behielt sie für sich. Sie konnte ihm einfach nicht trauen, und deshalb würde sie seinen Ehrgeiz nicht weiter anheizen, bis sie klarer sehen konnte, wohin er wollte.

»Diese verdammten hirnrissigen Franzmänner«, sagte er, als sie geendet hatte. »Man sollte ihnen eine Lektion erteilen. Wenn Seine Majestät Krieg will, werden wir ihm zusichern, was dafür nötig ist.« Mit »wir«, meinte er das Unterhaus, das per Gesetz die Vorhaben des Königs unterstützte – oder auch nicht. Ihr Vater sammelte dort Stimmen für jeweils den einflussreichen Mann, den er gerade unterstützte. »Es war schlimm für dich, deine Prinzessin sterben zu sehen. Ich weiß das, Schatz.«

»Was soll ich denn jetzt nur anfangen, Vater? Ich fühle mich so verloren, als hätte ich ...« Sie suchte nach einem Wort. Ihre Mutter war bei ihrer Geburt gestorben, also wusste sie nicht, was eine Mutter war. Sie hatte keine Geschwister, also kannte sie auch das nicht. Ihr Vater war ein Wendehals, der sein Fähnchen stets in den Wind hängte, der gerade günstig blies. Nur die Loyalität, mit der sie ihre Pflichten erfüllte, gab ihr Halt, zuerst gegenüber Königin Katharina, dann gegenüber Prinzessin Henriette. Aber wem sollte sie jetzt ihre Loyalität schenken?

»Wir sind alle immer noch ganz durcheinander«, meinte ihr Vater. »Der König hat erst gestern sein Schlafgemach verlassen. Er war dort, seit er die Nachricht erhalten hat. Ich dachte schon, wir müssten zum Kronrat gehen und eines der Mitglieder bitten, die Tür einzuschlagen.«

»Sie hatte so einen schrecklichen Tod, Vater.« Sie legte ihre Hand auf seine. »Was war eigentlich deine Haltung in der Scheidungssache, die Lord Roos durchsetzen wollte?«

Ein leerer Ausdruck erschien auf seinem Gesicht. »Lord Roos? Das war im Oberhaus. Ich erinnere mich kaum an diese Angelegenheit.«

Sie wechselte die Richtung. »Würdest du versuchen, mir wieder einen Platz in Königin Katharinas Gefolge zu sichern?«

»Das wird schwierig sein, Liebes.«

»Königin Katharina liebt mich, und König Charles würde alles tun, worum du ihn bittest. Er weiß um meine Dienste für seine Schwester.«

»Wie sieht es mit dem Gefolge der Herzogin von Monmouth aus? Sie ist jung und vital, und ihre Damen sorgen für ganz schön viel Wirbel am Hof.«

»Sie mag mich nicht.«

»Das lässt sich leicht umgehen.«

»Ich möchte wieder Ehrenjungfer von Königin Katharina sein.« Alice beobachtete das Gesicht ihres Vaters sehr genau.

»All dieses Beten und zur Messe gehen, Mädchen. Bah.«

»Ich habe in Prinzessin Henriettes Gefolge jeden Tag gebetet und bin zur Messe gegangen. Da hat es dich nicht gestört.«

»Das war Frankreich. Aber wir sind in England. Bleib bei mir, bis du heiratest.« Er küsste sie aufs Haar und warf ihr von der Tür aus noch eine Kusshand zu. »Richte deiner Tante aus, dass ich sie immer noch nicht leiden kann, ja?«

Alice ging in das angrenzende Zimmer, wo Poll gerade die letzten Knöpfe an Barbaras Kleid schloss. Es war Alice' Kleid, aber sie teilte immer mit Barbara. Sie hatte viel und Barbara wenig.

»Ich gehe jetzt zu Tante Brey. Wir treffen uns später bei der Königin.«

»Ja.«

»Du bist heute so auffallend glücklich, Ra.«

»Ich bin froh, wieder zu Hause zu sein. Und froh darüber, dass der Hof in Whitehall ist. Ich dachte, er würde in Hampton Court sein. Dann wäre es schwieriger für uns gewesen ... alle zu treffen, die wir gerne sehen würden.«

John Sidney, dachte Alice.

Poll knickste. »Fertig, Miss.« Sie und Poppy, Alice' Stallbursche, würden ihre Herrin begleiten, da junge Damen von Rang nichts allein unternehmen durften. Dabei ging es nicht so sehr um ihre Sicherheit, sondern darum, dass niemand ihre Jungfräulichkeit in Frage stellen konnte, wenn sie heirateten.

Barbara trat ans Fenster und wartete, bis Alice und ihr kleines Gefolge verschwunden waren, bevor sie in das Schlafgemach ging und sich vor den Spiegel stellte, vor dem Sir Thomas sich erst vor wenigen Augenblicken selbst bewundert hatte. Sie sah gut aus, sehr gut. Ihr Herz begann aufgeregt zu klopfen, wie das eines kleinen Vogels. Es war albern, Alice nichts davon zu erzählen, dass sie sich mit John treffen würde. Aber sie konnte einfach nicht anders. Seit der Pestepidemie vor fünf Jahren war der Tod ihr nicht mehr so nahegekommen. Esst, trinkt und seid fröhlich, denn morgen sind wir tot. Sie verstand das Lebensmotto der Spitzbuben des Hofes auf eine ganz neue Weise. Wir müssen alle sterben. Und heute war morgen. Und sie würde diesen Tag bis zum Letzten auskosten.

Ihre Tante bot ihr die Wange dar, und Alice küsste sie gehorsam.

»Stell dich da hin, und dreh dich langsam um.«

Alice trat in die Mitte des Zimmers und drehte sich langsam um sich selbst. Ihre Zeit in Frankreich war ihr gut bekommen. Es gab niemanden, niemanden, der im Moment so modisch gekleidet war wie sie. Der schwarze Trauerflor um ihren Arm, den sie zum Andenken an die Prinzessin trug, beeinträchtigte diesen Eindruck nicht, und das schwarze Band um ihren Hals war genial, einfach genial. Ihr Haar war auf eine neue Art gelockt, auf die Art, wie Madame de Montespan, die Geliebte des Königs von Frankreich, sie seit neuestem trug. Alice' Kleid war an der Hüfte in einer neuen, schärferen V-Form gerafft – wieder de Montespan –, und ihr Überrock wurde von juwelenbesetzten Klammern hochgehalten. Alle Sachen waren neu, teuer und genau das, was sie brauchte, um sich ein wenig über ihre Rückkehr hinwegzutrösten.

»Du hast dich gemacht. Ich habe schon davon gehört – in dem ganzen Tratsch aus Dover«, meinte ihre Tante, Alice-Hester, Lady Brey. »Deine Brauen – du hast sie gezupft. Sie sind nicht mehr so furchteinflößend; tatsächlich könnte man sagen, sie geben deinem Gesicht jetzt Charakter. Der Einfluss von Prinzessin Henriette, möge sie in Frieden ruhen. Und das ist …?« Sie zeigte mit ihrem

Fächer auf ein kunstvoll gearbeitetes silbernes Kästchen, das Alice ihr in den Schoß gelegt hatte.

»Öffne es.«

In dem Kästchen lagen kleine schwarze Stoffformen.

»Schönheitsflecken, Tante Brey. Du kannst es dir nicht länger leisten, sie nicht zu tragen. La Montespan hat dafür gesorgt, dass sie unverzichtbar sind.«

»Wie bleiben sie auf dem Gesicht?«

»Sie werden angeklebt.« Alice deutete auf verschiedene Sterne, Herzen, Halbmonde, sogar auf eine Kutsche mit vier Pferden.

»Das kommt gerade groß in Mode, nehme ich an.«

»Es ist jetzt schon der letzte Schrei. Jede Dame in Dover trägt diese Flecken, und keine Französin ist ohne wenigstens einen davon im Gesicht anzutreffen. Komm schon, es wird dich nicht umbringen, wenigstens einen zu tragen. Nur eine Frau von der Straße trägt mehr als vier. Du musst, Tante, oder du wirst schrecklich altmodisch aussehen.«

Das ernste Gesicht ihrer Tante entspannte sich zu einem Lächeln. »Als wenn mich das interessieren würde. Du bist zu dünn; das ist nicht in Mode, oder? Aber du erinnerst mich plötzlich an deine Mutter, weißt du.«

Hinter Lady Brey hing ein riesiges Porträt von ihr und von Alice' Mutter; ihre Tante hatte eine Kamee an die Brust geheftet, das Profil von Alice' Mutter. Sie waren Schönheiten gewesen. Wenn der Krieg nicht gewesen wäre, sagte ihre Tante immer, dann hätten sie bestimmt Herzöge geheiratet. Aber es gab damals keinen Hof, an dem man Herzöge hätte heiraten können. Der König saß im Gefängnis, die Königin war nach Frankreich geflohen. Und Alice ähnelte ihrer Mutter nicht. Außergewöhnlich, hatte ihre Tante gesagt, als sie sich zum ersten Mal begegnet waren. Damals war Alice zehn Jahre alt gewesen und viel dünner als jetzt. Auf dem Bild blickten zwei glattgesichtige Schönheiten, die Arme umeinandergeschlungen, auf die Welt hinunter. Sie sahen sich sehr ähnlich, nur ihre Augen waren anders. Eine hatte tiefblaue, die andere beinahe violette. Alice' Blick fiel auf die gemalten violettblauen. Hallo Mutter, dachte sie. Als sie das Porträt zum ersten Mal gesehen hatte, war sie zu Boden gesunken und hatte geweint. Damals hatte sie zum ersten Mal gesehen, wie ihre Mutter ausgesehen hatte. Ihre Tante hatte versprochen, dass das Porträt nach ihrem Tod Alice gehören würde.

Ihre Tante bedeutete ihr, sich zu setzen, und Alice gehorchte. Sie blickte sich um. In Frankreich war es in Mode, die Zimmer mit Gegenständen zu füllen, mit Vasen aus China, riesigen Kerzenhaltern, so groß wie ein Kind, mit kleinen Tischen, großen Sesseln, Spiegeln an den Wänden. Das Haus ihrer Tante schien nach der überbordenden Fülle, die sie zu sehen gewohnt war, nur spärlich möbliert.

»Sie streichen die Zimmer jetzt weiß und cremefarben und grün, so wie Frühlingsgras«, meinte Alice.

»Wirklich?«

»Und die Prinzessin hat ein Zimmer in Saint Cloud in buttergelb streichen lassen.«

»Hat sie das? Eine schlimme Sache ist das alles. Das Gerede am Hof über eine angebliche Vergiftung ist furchtbar. Die Lieder, die man auf den Straßen singt, machen mir Angst. Es könnte Krieg geben. Der König hat sich völlig eingeigelt, habe ich gehört, und sein Kronrat wird ohne ihn langsam unruhig.«

»›Einen Penny für Brot, damit füttern wir den Papst‹«, sang Alice und ahmte sogar die Gesten der Straßensänger nach, die sie auf dem Weg hierher gehört hatte. »Einen Penny für Käse, an dem ersticken er kann, einen Penny für Bier, um's runterzuspülen, und einen guten Sack voll Holz, damit verbrennen wir den Mann.‹«

»Sei nicht vulgär.«

»König Charles ist wieder in die Welt zurückgekehrt, Tante. Mein Vater hat es mir heute Morgen erzählt.«

»Es wird deinen Onkel sicher freuen, das zu hören. Nun, meine Liebe, was gedenkst du nun zu tun? Ich habe gehört, dass die Mulgraves ein Auge auf dich geworfen haben. Dein Onkel Brey wäre über eine solche Verbindung sehr erfreut.«

»Eine verrückte Idee meines Vaters. Tante, ich muss mit dir über Königin Katharina sprechen, darüber, was dieses Frühjahr passiert ist. Ich möchte gerne wieder in ihre Dienste treten.«

»Du bist zu alt für eine Ehrenjungfer.«

Betroffen – denn es stimmte – erklärte Alice schnell: »Nur so lange, bis ich heirate. Sonst muss ich bei meinem Vater leben.«

Tante Brey rümpfte die Nase. Sie und Alice' Vater waren noch nie gut miteinander ausgekommen. »Daran hatte ich noch gar nicht gedacht. Du könntest bei mir leben.«

»Wäre ich Barbara, dann wäre das eine wunderbare Sache. Du weißt selbst, dass du sie mehr liebst als mich. Ich fürchte, Tante, wir beide würden uns nur streiten.«

»Ja, das würden wir. Er hat dich zu oft von der Leine gelassen, und das ist dir zu Kopf gestiegen. Das habe ich immer gesagt.«

»Er hat mich nie an die Leine gelegt. Es war einfacher, es nicht zu tun, und jetzt bin ich daran gewöhnt, für mich selbst zu entscheiden, fürchte ich.«

»Die Dinge werden sich ändern, wenn du verheiratet bist, Alice. Eine Frau muss sich ihrem Mann unterordnen. Wenn es Mulgrave ist, wirst du ihn natürlich an der Nase herumführen können. Er ist nicht die hellste Kerze im Kronleuchter dieser Familie.«

Sie lachten wie Hexen, eine mittleren Alters, eine jung.

»Die Königin, also das ist eine ganz andere Sache, Alice. Ihre Position war ehrlich gesagt noch nie so gefährdet wie jetzt. Brey und ich sprachen erst gestern Abend darüber, er sagte, würde ich zu ihrem Gefolge gehören, müsste er vielleicht darauf bestehen, dass ich es verlasse. Du kannst dir nicht vorstellen, was für Gerüchte hier im Frühjahr herumgingen.«

»Über eine Scheidung, wurde mir erzählt.«

»Es gab einen Fall, der dem Oberhaus vorgetragen wurde. Lord Roos wollte sich wegen Untreue von seiner Frau scheiden lassen.

Brey hat sich schrecklich darüber aufgeregt, vor allem, weil Seine Majestät jeden Tag kam, um sich die Argumentation anzuhören. Die Königin hatte gerade wieder eine Fehlgeburt erlitten, weißt du. Es ist eine grausame Tatsache, Alice, dass sie wahrscheinlich keine Kinder gebären wird. Er kann im ganzen Land Jungen zeugen, aber diese Königin kann kein Kind austragen. Ironisch, nicht wahr?«

Alice krampfte die Hände in ihrem Schoß zusammen. »Ich finde es traurig, Tante.«

»Ja, nun, vielleicht ist es das auch. Jedenfalls sprach man am Hof von nichts anderem als davon, dass er sich vielleicht von ihr scheiden lässt. Du kannst dir das nicht vorstellen. Ich weiß, dass sowohl der Erzbischof von Canterbury als auch Bischof Burnet zu Besprechungen mit dem König gerufen wurden. Man teilte dem König mit, es sei sowohl gesetzlich als auch moralisch rechtens für ihn, sich scheiden zu lassen. Wenn eine Frau kein Kind bekommen kann, ist das auch in der Kirche der Königin ein Grund, eine Ehe aufzulösen, glaube ich. Der Herzog von York lehnte den Scheidungsantrag von Roos vehement ab und setzte sich heftig dagegen ein, aber Roos' Petition wurde stattgegeben. Der Schaden für die Position der Königin war einfach furchtbar, Alice. Obwohl nichts passiert ist, hat sich der König von der Königin entfremdet. Sie ist ihm zumindest so entfremdet, wie es eine Frau sein kann, die mit Charles Stuart verheiratet ist. Bestimmte Mitglieder des Kronrates, unter anderem der Herzog von Buckingham, sind gegen sie.«

Also ist mein Vater gegen die Königin, dachte Alice.

»Brey sagt, einer aus dem Kronrat – er wollte mir nicht sagen wer – wäre bereit, vor Gericht zu beschwören, dass der König Monmouth' Mutter vor Jahren während des Exils geheiratet hat – eine Lüge natürlich –, sodass Monmouth zum offiziellen Erben ernannt werden könnte«, fuhr ihre Tante fort. »Dieses Gerücht ging im Frühjahr auch überall herum und trieb einen Keil zwischen Monmouth und York. Der Herzog von York hat sich sehr über den Gedanken aufgeregt, ein Bastard könnte in der Thronfolge vor ihm stehen.«

Und Jamie hat sich auch in diesem Netz verfangen, dachte Alice.

»Wenn ich dir raten darf, Liebes, dann tritt in ein anderes Gefolge ein. Die Herzogin von Monmouth gehört zu den Lieblingen von König Charles. Geh dorthin oder zur Herzogin von York.«

»Bist du immer noch mit Lady Suffolk befreundet?« Lady Suffolk war Königin Katharinas Oberhofmeisterin, eine einflussreiche Stellung im Gefolge der Königin.

»Ja.«

»Könntest du dafür sorgen, dass Barbara wieder in die Dienste der Königin zurückkehren kann? Bitte, Tante.«

»Natürlich. Sofort. Unsere kleine Barbara braucht das Geld, nicht wahr?« Ihre Tante mochte Barbara wirklich sehr.

»Bis sie anständig verheiratet ist.« Alice kam ein Gedanke. »Weißt du was, Tante, ich könnte mir vorstellen, dass ich Mulgrave auf Barbara aufmerksam machen werde.«

»Hast du das bei Caro nicht auch getan? Hast du Colefax nicht auf sie aufmerksam gemacht – er hat vielleicht einen Freund oder einen Verwandten, den sie heiraten könnte, hast du damals gesagt, ich erinnere mich genau –, und was ist passiert? Du mischst dich zu viel ein, Alice. Sieh mich nicht so an, junge Dame. Ich bin deine Tante, und es ist meine Pflicht, dir die Wahrheit zu sagen.«

»Lass uns nicht streiten. Ich bin heute gekommen, um Barbara eine Stellung zu sichern, denn ich weiß, dass sie sich deswegen Sorgen macht. Und was mich angeht, so bin ich entschlossen, ebenfalls wieder in die Dienste der Königin zu treten. Wirst du mir dabei helfen?«

»Wenn ich nein sage, wirst du jemand anderen finden, der dir hilft. Ich kenne dich.« Sie seufzte. »Ich werde sehen, was ich tun kann.« Die letzten Worte sprach sie nur zögernd aus, aber Alice genügte das. Tante Brey meinte stets das, was sie sagte. »Und jetzt erzähl mir, wie sie gestorben ist. Wir haben die unglaublichsten Geschichten gehört. Der Chevalier de Lorraine ist nicht in Frankreich, oder? Es heißt, er sei beauftragt worden, sie zu töten.«

Und so erzählte Alice die Geschichte noch einmal, aber sie verschwieg wieder den Verdacht, von dem sie erfüllt war. Während sie sprach, dachte sie, dass sie diesen Hof nicht länger kannte. Die Spieler hatten die Positionen gewechselt, und sie musste vorsichtig vorgehen. Aber letzte Nacht war ihr bewusst geworden, dass es einen an diesem Hof gab, dem sie vertrauen konnte, dessen Anstand sie selbst erlebt hatte. Plötzlich war sie sich wie nie zuvor des Verrats bewusst, der hier überall unter der Oberfläche lauerte.

König Charles machte mit seinen Hunden einen langen und wütenden Spaziergang durch den St. James's Park. Die Linien seines Gesichts waren tief eingegraben, seine Augen nur noch dunkle Höhlen. Er beriet sich mit seinem Kronrat, besuchte ein Theaterstück und gestattete seinem Kammerherrn, Termine für offizielle Beileidsbekundungen von verschiedenen Botschaftern und Höflingen anzuberaumen, wobei jeder gewarnt wurde, seine Beileidsbekundungen so kurz wie möglich zu halten. Der Hof war auf dem Weg in die Sommerpaläste, Hampton Court und Greenwich, und man sprach bereits von den Pferderennen, die im Juli in Newmarket stattfinden würden. Überall hieß es, dass durch den Todesfall das Pendel in Richtung der Holländer geschwungen sei, dass König Charles über eine Allianz mit ihnen verhandle – es existiere bereits ein Vertrag zwischen den beiden Ländern, der König Louis von weiteren Eroberungen in den Spanischen Niederlanden abgehalten hätte. Natürlich hatte es in den letzten zehn Jahren auch zwei Kriege zwischen Holland und England gegeben, aber Seine Majestät würde Frankreich den Krieg erklären, das stehe so gut wie fest.

»Ich halte das für den richtigen Schritt«, sagte Sir Thomas zu Alice, die sich an einen Fensterplatz zurückgezogen hatte, um dem Duke von Balmoral einen Brief zu schreiben, in dem sie ihm alles oder fast alles berichtete, was sie wusste. »König Louis wird bei den Spanischen Niederlanden nicht haltmachen. Er ist eine Bedrohung für uns.«

»Und du wirst der Erste sein, der König Charles das Geld und die Männer gibt, die er für eine solche Auseinandersetzung braucht?«

»Geld und Männer?« Er lächelte, war wirklich amüsiert. »Diesbezüglich wird es Verhandlungen zwischen Seiner Majestät und uns geben müssen, meinst du nicht, Kleines? Ein Geben und Nehmen sozusagen.«

»Verlass dich drauf, Vater – wenn du so denkst, dann sieht der König das genauso.«

Kapitel 11

Juli

Der Leichnam von Prinzessin Henriette lag den ganzen Juli über in Paris in der Kathedrale von Saint Denis aufgebahrt. Die Totenwache um den Sarkophag hielten die Männer von Monsieurs Leibwache in ihren schicken Uniformen im Licht von Hunderten von Kerzen und begleitet von Totenmessen, von Mönchen gesungen. Ihre Beerdigung sollte im August stattfinden, und es hieß, dass weder der König von England noch sein Bruder, sein Cousin Rupert oder sein zwar unehelicher, aber sehr geliebter Sohn Monmouth daran teilnehmen würden. Als diese Nachricht durch die königlichen Höfe von Schweden bis Spanien ging, wurde noch etwas anderes bekannt. England würde nicht von Lord Arlington, Lord Shaftesbury, dem Herzog von Lauderdale oder dem Herzog von Balmoral vertreten werden, sondern vom Herzog von Buckingham, dem offenbar wichtigsten unter diesen großen Männern.

In England war der Juli ein purpurroter Monat. Pimpernellen, Rosen, Johannisbeeren, Erdbeeren im Garten, Kirschen in den Obstgärten, Rotkehlchen mit purpurroter Brust, die in den grünen Bäumen sangen. In den Feldern begannen die Arbeiter, Roggen, Gerste, Weizen und Hopfen zu ernten und die Schafe für das Scheren zu waschen. Sie trieben sie in die Flüsse und Bäche, um ihr Fell zu reinigen, bevor es von ihren Körpern geschnitten und zu wollener Kleidung verarbeitet wurde. Es war der Monat, in dem der König in das Dorf Newmarket reiste, um dort eine Woche lang Pferderennen unter klarem blauen Himmel zu genießen.

Am Rande von Newmarket saßen Alice, Gracen und Barbara,

alle drei gute Reiterinnen, sicher auf ihren unruhigen, tänzelnden Pferden. Die Kutsche der Königin folgte. Die Ehrenjungfern – zu denen Alice noch nicht wieder gehörte – trugen passende Kleider und Hüte mit breiten Rändern. Das sollte die Haut einer Dame schützen, die so modisch blass sein musste wie irgend möglich. König Charles wartete im Dorf, wo die Rennen stattfanden und wo die Schauspielerin, die seine Geliebte war, ein Haus besaß, das er ihr geschenkt hatte.

»Du hast gestöhnt«, meinte Gracen. »Es war wieder der gleiche dumme Albtraum, oder?« Gracen und Barbara sprachen über ihre Träume der letzten Nacht. Barbara war nicht nur in ihre Position als Ehrenjungfer zurückgekehrt, sondern hatte auch ihre enge Freundschaft mit Gracen erneuert – was in Ordnung war. Aber seit wann waren Gracen und Barbara so gut befreundet, dass Gracen von Barbaras Albträumen wusste?, fragte sich Alice.

»Hallo, ihr zwei«, sagte sie. »Ihr werdet mir bei meinem Plan helfen, ja?«

»Stets zu Diensten«, meinte Gracen.

»Ich hoffe, du verletzt dich nicht«, erklärte Barbara.

»Wenn sie auf den Kopf fällt, wird nichts passieren.«

Barbara lachte leise.

Alice wandte abrupt ihr Pferd um, galoppierte zur Kutsche der Königin und lehnte sich hinunter zu dem offenen Fenster. »Geht es Euch gut, Ma'am? Es ist ein wunderschöner Tag.«

»In der Tat, meine liebe Verney. Es ist gut, Whitehall zu verlassen.« Die Königin sprach mit einem starken portugiesischen Akzent.

Sie waren auf dem Weg zu einem Besuch beim Herzog von Balmoral, der ein Anwesen in der Nähe von Newmarket besaß. Alice begleitete sie als geladener Gast der Königin und auf ausdrücklichen Wunsch von Balmoral. Sie ließ ihr Pferd neben der Kutsche herlaufen, und ihre Aufmerksamkeit galt nicht dem schönen Tag, der strahlenden Sonne, dem wolkenlosen Himmel, den üppigen grünen Bäumen um sie herum, sondern wandte sich immer wieder den beiden zu, die vor ihr ritten, Gracen und Barbara. Ihre Vertrautheit störte Alice. Ihr war in Dover nicht bewusst gewesen, dass sie so gute Freundinnen geworden waren. Barbara durfte mehr als eine Freundin haben. Sie hatte mehr als eine Freundin. Dies zu sich selbst zu sagen gab ihr das Gefühl, sich wieder unter Kontrolle zu haben. Sie schlug die Reitgerte gegen den Schenkel ihres Pferdes und ritt zu ihnen zurück.

»... das Herz geht seinen eigenen Weg, und ich glaube, ich sollte darauf hören. Gott spricht dadurch zu mir«, meinte Barbara gerade.

»Es könnte auch der Teufel sein«, antwortete Gracen.

»Was könnte auch der Teufel sein?«, fragte Alice.

»Barbara hat eine Schwäche für John Sidney«, erklärte Gracen, obwohl Barbara sie hastig unterbrach:

»Erzähl ihr das nicht ...«

»Erzähl mir was nicht?«

»Oh, sie glaubt, dass du es nicht gut findest und einen Vortrag halten und ihr sagen wirst, was sie tun soll«, sagte Gracen.

»Ich finde es auch nicht gut. Er hat kein Vermögen, von dem er leben könnte.«

»Ich habe auch kein Vermögen«, erwiderte Barbara.

»Was bedeutet, dass du gut überlegen solltest, wen du heiratest«, sagte Alice.

»Ist das Herz kein guter Ratgeber?«

»Soweit ich das sehe nicht.«

»Sie möchte mit Mister Sidney flirten«, meinte Gracen. »Was kann ein kleiner Flirt schon schaden? Das ist doch eine gute Übung für später, finde ich.«

»Flirten kannst du mit wem immer du willst, aber überstürz bitte nichts. Meine Tante sagt, dass Leidenschaft vergänglich ist, unschicklich. Sie brennt heiß und erkaltet schnell, und die Glut hinterlässt gebrochene Herzen ...«

»Du hast für Colefax gebrannt«, warf Gracen ein.

Ich könnte sie ohrfeigen, dachte Alice. »Das habe ich, und du siehst ja, wie es mir ergangen ist.«

»Du bist ein Liebling des Hofes.«

»Das hat nichts mit Colefax zu tun.«

»Es hat alles mit ihm zu tun. Wenn er Caro nicht geschwängert hätte, wärst du niemals nach Frankreich gegangen. Wenn du nicht nach Frankreich gegangen wärst, dann wärst du nicht so modisch und voller Esprit zurückgekommen, sodass sich alle fragen, wer sich dich wohl angeln wird, und den Kopf schütteln über Colefax' Fehler. Also wird Barbaras kleiner Flirt zu größeren Dingen führen – oh, sieh doch, da vorne sind die Eingangstore. Also gut, Alice, fang an mit deinem Spiel. Wer zuletzt da ist, heiratet zuletzt.«

Nach einem kurzen Schnappen der Gerte ritt Gracen los, und Barbara folgte ihr. Alice drehte ihr Pferd ein paar Mal um sich selbst, bevor sie den beiden hinterherritt und dachte: So, so, jetzt verteidigte Gracen also Barbara. Das war immer Alice' Aufgabe gewesen.

Der Herzog von Balmoral stand wartend auf der Treppe seines Hauses. Alice galoppierte durch das Tor, dann zog sie zu hart an den Zügeln des Pferdes, und das Tier, erschrocken über diese Behandlung, bäumte sich auf. Sie atmete ein und ließ sich von seinem Rücken fallen – aber ihr Trick lief nicht so wie geplant. Sie schlug auf den Boden auf und lag wie betäubt da. Gracen schrie, Barbara sprang vom Pferd und rannte auf die Kutsche der Königin zu, die in den Hof ratterte.

Königin Katharina stieg aus der Kutsche; ihr Page Edward rannte zu Alice.

»Alice, bitte, öffne die Augen«, sagte er.

»Sagt etwas, Mistress Verney, sofort.«

Als sie den Befehlston in dieser Stimme hörte, öffnete sie die Augen und blickte benommen zum Herzog von Balmoral auf. »Mein Pferd, jemand soll sich bitte um mein Pferd kümmern«, sagte sie.

»Da spricht eine wahre Pferdeliebhaberin«, sagte Balmoral, und er lächelte.

Alice schloss erneut die Augen und ließ zu, dass man sie aufhob und ins Haus trug, hinauf in ein Schlafgemach. Überall um sie herum liefen Leute, Edward hielt ihre Hand, der Herzog ging mit der Königin hinterher.

»Was tut Euch weh?«, wollte Balmoral wissen, als sie im Bett lag.

»Mein Bein.« Der Schmerz war schlimm.

»Wir schicken nach einem Arzt.«

»Es ist einer bei uns.« Königin Katharina setzte sich auf das Bett, ergriff Alice' Hand und hielt sie fest, während die Haushälterin schnell ein Kissen unter ihr Bein schob. »Edward, hol ihn. Ich bete, Ihr Euch habt nicht gebrochen das Bein, Verney.« Das gebrochene Englisch der Königin war ein hübscher Singsang.

»Eure Majestät«, erklärte Balmoral, »lassen wir Mistress Verney allein, damit sie ruhen kann. Ich habe Erfrischungen für Euch vorbereitet.« Er führte sie fort.

Als sie allein war, bewegte sich Alice zum Rand des Bettes, stand zaghaft, vorsichtig auf und legte das Gewicht auf ihr gesundes Bein. Dann versuchte sie zum Fenster zu gehen. Es tat schrecklich weh, aber es gelang ihr. Gott sei Dank war die junge Stute nicht auf sie getreten. Sie setzte sich auf den Fensterplatz, der aus warmem, beinahe goldenem Eichenholz gefertigt war. Es hat angefangen, es hat angefangen, es hat angefangen, sang sie innerlich. Er wollte mit ihr über den Brief sprechen, den sie ihm geschickt hatte. Sie wollte ihr Herz erleichtern und mit der einzigen Person, der sie trauen konnte, über ihren Verdacht sprechen, und während sie das tat, würde er vielleicht anfangen, ihr den Hof zu machen. Schade nur, dass sie das Essen, die Gespräche und den Spaziergang im Garten verpassen würde. Aber sie würde auch nicht in der Lage sein, mit den anderen nach Newmarket weiterzureisen, nicht wahr? Sie lächelte. Wer nicht wagt, der nicht gewinnt.

Am Spätnachmittag sonnte sich ein Schmetterling auf der Bank des geöffneten Fensters im Schlafgemach. Das Bein vom Knie bis zum Knöchel eng mit Stoff eingeschlagen, lag Alice still da, während Königin Katharina, Dorothy Brownwell, die Aufseherin der Ehrenjungfern, der Arzt der Königin und Balmoral über sie sprachen.

»Es ist böse verstaucht«, sagte der Arzt der Königin.

»Sie muss hier bleiben. Ich bestehe darauf«, erklärte Balmoral.

»Es war ein schlimmer Sturz«, meinte Dorothy, und ihre Lippen zitterten bei der bloßen Erinnerung. Sie sah aus, als würde sie gleich in Tränen ausbrechen. Alle liebten Brownie, wie die Mädchen sie nannten; sie war freundlich und chaotisch und unfähig, sie mit strenger Hand zu führen, was alle Ehrenjungfern sehr glücklich machte. Bevor Alice nach Frankreich gegangen war, hatte sie mindestens genauso viel bei den Mädchen zu sagen gehabt wie Brownie. »Ich dachte, mir bleibt das Herz stehen«, sagte sie zu Alice.

»Sie kann nicht reiten. Ihr habt keinen Platz in Eurer Kutsche, Eure Majestät. Bei meiner ist das Rad gebrochen, aber sie wird morgen wieder repariert sein. Sie kann hier bleiben, und ich werde sie Euch morgen zurückbringen lassen. So wäre es am einfachsten.«

Königin Katharina beugte sich vor. Warme braune Augen trafen auf angespannte dunkle. »Ihr ruht Euch aus, Verney. Ich schicke Dienerin zu kümmern um Euch, und ich werde Euerm Papa sagen.«

»Es tut mir so leid, dass ich so viel Unannehmlichkeiten verursache«, erklärte Alice glücklich.

Königin Katharina lächelte. Auf den ersten Blick war sie gewiss keine Schönheit. Sie war nicht blass, wie es Mode war; ihre Nase war nicht schmal, ihr Mund war nicht wohlgeformt. Bestenfalls war ihre Statur wie die eines Kindes, klein und viel zu dünn; sie konnte so unruhig und nervös wie ein Vogel sein. Aber ihr Lächeln war ebenso frisch, rein und freundlich wie ihr Herz.

Dorothy beugte sich vor und kusste Alice; dann kamen die Ehrenjungfern herein, um sich zu verabschieden. »Könnte Mistress Bragge bei mir bleiben?«, bat Alice die Königin.

»Mistress Bragge und ich sollen heute Abend für den König singen«, warf Gracen schnell ein.

»Ihr könnt mit Mistress Wells singen«, meinte Königin Katharina. »Bragge soll bleiben und kümmern um Verney.«

Alice ließ sich von Barbara zum Fenster helfen, um die Verabschiedung zu sehen. Auf dem Vorhof half der Herzog der Königin in die Kutsche. Ich habe es geschafft, dachte sie. Sie wandte sich an Barbara. »Ich muss aus diesem Zimmer heraus. Wenn ich mich auf dich stütze und du langsam gehst, dann kann ich hüpfen.«

Ein Flur führte zu einer breiten, geschwungenen Treppe. Langsam und vorsichtig stiegen die beiden Frauen hinab. Balmoral, der in die große Eingangshalle trat, blickte auf. »Warum um Himmels willen seid Ihr nicht im Bett, Mistress Verney?«

»Ich sterbe in diesem Zimmer noch vor Langeweile, Euer Gnaden. Mistress Bragge hilft mir in den Garten. Ich bin sicher, dass Ihr einen zauberhaften Garten besitzt.«

»So ist es.« Balmoral stieg die Treppe hinauf. »Es gibt hier irgendwo einen Stuhl mit Rollen, für meine Gichtanfälle. Wir werden ihn suchen.« Er bot Barbara den Arm an.

»Mistress ...?«

»Bragge.«

»Kommt mit mir. Wir sorgen dafür, dass er gefunden wird. Mistress Verney, Ihr setzt Euch auf die Treppe. Ich werde Euch einen Lakai schicken, der Euch trägt. Ich will, dass Euer Bein wieder heilt, damit ich das Vergnügen habe, Euch wieder tanzen zu sehen.«

Der Stuhl mit den Rollen wurde gefunden, und man brachte Alice in den Garten. Ein Lakai schob sie, während Balmoral und Barbara vorausgingen und er ihnen alles zeigte. Es gab etwas, das sie noch nie zuvor gesehen hatte, ein Labyrinth aus konzentrischen Kreisen, geschaffen aus Rasen, der so dick wie ein Teppich war und der dann geschnitten wurde und Kreise in Kreisen in Kreisen bildete. Wege unterbrachen das Muster immer wieder, um denjenigen, der hindurchging, immer näher an das Zentrum zu bringen.

»Man hat mir gesagt, es wurde von Mönchen angelegt.« Balmoral wies zurück zum Haus. »Das war eine Abtei, bevor Heinrich VIII. sie alle zerstören ließ. Seht Euch die Außenwand dort an. Ihr könnt sicher erkennen, wo sich früher ein großes buntes Glasfenster befand. Es heißt, dass man auf Knien betend durch diesen Irrgarten kriechen muss, und die Hilfe, die man erfleht, wird einem zuteil, sobald man das Zentrum erreicht.«

»Habt Ihr das schon versucht?«, fragte Alice.

»Das habe ich.«

»Und habt Ihr Eure Antwort bekommen?«

»In der Tat.« Er lächelte, und Hunderte von Falten zerfurchten sein Gesicht. »Deshalb sitzt König Charles jetzt wieder auf dem Thron.«

Sie gingen weiter. Vor ihnen lag eine lange, ebene Rasenfläche, in Vierecke unterteilt, mit Kieswegen als Begrenzungen. Es gab einen von Mauern umsäumten Obstgarten mit Spalierobstbäumen, die in geraden Reihen standen. Zwischen den Blättern schimmerten Äpfel hindurch, winzige Äpfel, die noch nicht reif waren. Sie brauchten noch den heißeren Monat August, um wirklich perfekt zu werden. Es gab einen Kräutergarten und einen Küchengarten, in dem Salatköpfe sich unter der Sonne ausstreckten und Bohnen sich an Schilfrohrstangen emporrankten. An der Mauer, die die Wälder vom Haus trennte, standen in einer Ecke kleine hübsche Gartenhäuschen. Sie bestanden nur aus einem einzigen hohen Raum, und man konnte hier den Tag mit Lesen, Essen oder Träumen verbringen.

»Das ist entzückend«, rief Alice, die den Lakaien aufforderte, sie in eines davon hineinzutragen. An jeder Seite des Gartenhäuschens gab es gewölbte Öffnungen zum Garten hin, und an die Wände im Innern waren Bäume und Vögel und Blumen gemalt.

»Ich komme nie hierher«, meinte Balmoral.

Zurück am Haus trugen Diener Stühle und einen Teppich auf ein Rasenviereck und brachten einen Schemel, auf den Alice ihr

Bein legen konnte. Barbara setzte sich auf den Teppich, richtete ihre Röcke und lehnte sich gegen Alice' Stuhl. Die Sonne schien sanft auf sie hinab, der Himmel war blau. Die Vögel sangen, als hätte man sie zu einem Chor zusammengerufen.

»Ihr *müsst* einfach Versailles sehen, Euer Gnaden«, sagte Alice, »und was König Louis jetzt daraus macht. Er verwandelt viele Morgen Land in einen Park und Lustgarten. Seine Orangerie ist fertig, ein riesiges Gewächshaus für Hunderte von Bäumen, und das Dach ist die Terrasse für die erste Etage des Palastes. Riesige Treppen führen seitlich davon nach unten. Überall gibt es Brunnen und Statuen. Es soll eine geben, die Apollo darstellt, wie er mit seinem Streitwagen aufsteigt, wobei die Köpfe und Schultern seiner Pferde gerade aus dem Wasser ragen. Sie soll in einem riesigen runden Brunnen stehen. Die Zeichnungen davon waren großartig. Ich habe sie bei Madame gesehen.« Sie blickte sich um. »Ihr könntet, wenn Ihr es wolltet, auch einen solchen Brunnen bauen, wenn Ihr einen Teil der Gartenmauer einreißt.« Sie deutete darauf, und Balmoral erhob sich und ging an das Ende einer Gartenmauer, um es sich anzusehen.

»Das könnte ich«, sagte er. »Ich müsste dann allerdings auch lange genug leben, um die Fertigstellung noch zu sehen.«

Die Sonne stand schon sehr tief, und ein Diener erschien, um ihnen zu sagen, dass das Abendessen fertig war.

»Euer Gnaden, könnten wir das Abendessen nicht hier einnehmen?« Die Gärten waren wunderschön an diesem langen Juliabend. Das Wunderbare am Sommer war, dass die Sonne um die Abendzeit noch stundenlang am Himmel hing und zu langem, angenehmem Verweilen einlud.

Balmoral lächelte. »Ich werde hineingehen und es sofort veranlassen.«

Allein mit Barbara beugte Alice sich vor. »Es tut mir weh, dass du mit Gracen über John Sidney sprichst, aber nicht mit mir.«

»Lass uns jetzt nicht darüber reden.«

Diener trugen Tische hinaus, und auf den Tischen wurden

schwere silberne Kerzenleuchter platziert. Einer der Diener, ein großer Mann mit einer Säbelnarbe auf der Wange, blickte Alice immer wieder an, während er die Kerzen anzündete, aber sie bemerkte es nicht. Barbara erhob sich.

»Wohin gehst du?«, fragte Alice sie.

»Mein Kopf tut weh. Ich würde mich gerne hinlegen.«

»Oh, Ra. Bleib hier, bitte. Ich möchte nicht, dass du gehst. Das Essen macht ohne deine Anwesenheit überhaupt keinen Spaß.« Noch nie hatte sie um Barbaras Gesellschaft bitten müssen, und diese neue Erfahrung versetzte ihr einen scharfen Stich. Aber dann war Balmoral bei ihnen, und man bot ihnen Wein an, obwohl der Herzog keinen trank, und offenbar lebte ein Musiker unter seinem Dach, denn ein Mann kam und spielte leise auf der Gitarre. Der Majordomus des Herzogs wurde gerufen und ihnen vorgestellt, ein Will Riggs, ein großer Mann mit einer alten Säbelnarbe, die über seine Wange bis hinauf in sein Haar lief. Er trug keine Livree, wie es Mode war, sondern normale Kleidung, wie der Rest der Dienerschaft. Livrees für die Diener war eine ganz neue Mode aus Frankreich. Der Herzog folgte diesem Trend nicht, wie es schien.

»Der Prinz de Condé hat ein ausgezeichnetes Orchester. Er nimmt einen Teil davon sogar mit auf das Schlachtfeld, um ihn in seinem Zelt zu unterhalten. Er sagt, es beruhigt ihn und hilft ihm, einen klaren Kopf zu bewahren«, sagte Alice beiläufig.

Balmoral beugte sich vor, und seine Augen glitzerten interessiert. »In der Tat?«

Und Alice dachte: Natürlich, er ist Soldat. Wie konnte ich das vergessen? Er ist der Oberbefehlshaber der Armee Seiner Majestät. Er hatte mit dem König im Exil dessen Rückkehr verhandelt. Balmoral war ein Königsmacher.

»Habt Ihr diesen Louvois kennengelernt?«, fragte er. Louvois war König Louis' Kriegsminister.

»Ich kann Euch nur die Gerüchte weitergeben, die mir zu Ohren kamen.«

»Erzählt sie mir.«

»Nun, er und Monsieur Colbert sind Rivalen. Jeder möchte dem König am nützlichsten sein. Louvois hat nicht vergessen, dass es sein Vater war, der Colbert die Möglichkeit zum Aufstieg gab, und Colbert ist so hoch gestiegen, dass er daran nicht mehr erinnert werden möchte. Louvois, der in etwa so alt wie der König ist, macht sich über Colbert lustig.« Sie hätte beinahe gesagt »weil er älter ist«, hatte diese Worte aber gerade noch herunterschlucken können.

Balmoral lachte. Seine Zähne waren lang und schimmerten gelb im Kerzenlicht. »Die beiden Minister verstehen sich also nicht. Nun, ich bin hocherfreut zu hören, dass es im Kronrat Seiner Majestät von Frankreich nicht besser zugeht als in dem Seiner Majestät von England.«

Die Sonne war untergegangen und Kerzen flackerten in der Dunkelheit, während die Musik erklang. Barbara schwieg, und als Alice zu ihr hinunterblickte, sah sie, dass ihre Freundin auf dem Teppich eingenickt war, den Kopf auf den Arm gebettet.

»Eure Freundin schläft«, sagte Balmoral. »Euer Unfall ist eine höchst glückliche Fügung. Ich habe mich gefragt, wie ich Euch von der Königin trennen könnte, um mit Euch allein zu sprechen, denn ich habe wieder und wieder über den Brief nachgedacht, den Ihr mir geschrieben habt.«

»Ihr habt ja keine Ahnung, wie sehr ich mich danach gesehnt habe, mit Euch darüber zu sprechen.«

»Dann sprecht. Beginnt damit, mir alles über ihren Tod zu erzählen, auch wenn Ihr es mir bereits in Eurem Brief geschildert habt.«

Und so begann Alice erneut, erzählte ihm alles, über die Krämpfe, das Schwitzen, die Schreie, den schrecklichen Priester, der die Prinzessin ständig aufforderte zu schweigen, den Besuch von König Louis, seine Tränen, Condé und Lord Montagu, die bis zum Ende blieben; Monsieurs seltsame Würde, die er manchmal zeigte, die Hysterie der anderen, die Art, wie die Hunde der Prinzessin sich unter dem Bett zusammendrängten, dass niemand ihre Töchter zu ihr brachte, die Art, wie sie vor ihren Augen in sich zusammenzusinken schien, das Weinen, die Verwirrung, die Tatsache, dass die Prinzessin so häufig von Gift gesprochen hatte, von Leutnant Saylors Suche nach der Tasse, von deren Verschwinden, von der Autopsie, von ihrem Gespräch mit dem englischen Arzt. Schließlich verstummte sie, endlich erleichtert.

»Lord Montagu. Es interessiert mich sehr, was für Anweisungen er Euch gab.«

»Er sagte, dass nur er dem König von dem Gift berichten darf, er und niemand anderes. Leutnant Saylor und ich dürften nicht mutmaßen, meinte er.«

»Aber das habt Ihr natürlich. Glaubt Ihr, Monsieur hat sie umgebracht?«

»Ich glaube, die Vergiftung begann bei ihrer Rückkehr.«

»Ah, ja. Der mysteriöse Henri Ange. Erzählt mir, wie sehr König Louis Madame geschätzt hat.«

»Er hat sie sehr geschätzt, wirklich sehr. Die Tatsache, dass sie die Schwester von König Charles war, bedeutete ihm viel. Denn machte ihre Nähe zu König Charles eine Freundschaft zwischen den beiden Königreichen nicht wahrscheinlicher? Sie konnte König Charles Dinge sagen, denke ich, von denen niemand sonst erfahren würde.«

»Wie wahr.«

»Lord Montagu sagte Leutnant Saylor und mir, es sei ihr letzter Wunsch gewesen, dass die Art ihres Todes die Freundschaft zwischen den beiden Königreichen nicht gefährden möge. Deshalb bat er um unsere Diskretion.«

»Oh, das war also der Grund?«

Etwas in seiner Stimme ließ sie aufhorchen. »Glaubt Ihr, meine Mutmaßungen gehen zu weit? Ich schwöre, dass ich niemandem sonst davon erzählt habe.«

»Ich finde bloß, dass Lord Montagu wirklich sehr viel zu tun hatte«, erklärte er trocken. »Monsieur ist nicht nach Dover gekommen, nicht wahr?«

»Nein, und er hat ihr verboten, ohne ihn zu fahren, aber König Louis hat es irgendwie arrangiert.«

»Und Ihr habt diese Gedanken wirklich mit niemandem außer mir geteilt? Ich fühle mich geehrt.«

Alice konnte spüren, wir ihr Gesicht heiß wurde. Er spielte auf ihren Vater an. Hielt er sie für eine ungehorsame Tochter? Was sie natürlich war. Ihr Vater war nicht vertrauenswürdig, aber das wollte sie dem Herzog nicht sagen müssen, auch wenn es stimmte.

»M... mein Vater macht sich Sorgen darüber, ob es einen Vertrag gab ...«

»Einen Vertrag?«

»Eine geheime Absprache vielleicht, zwischen den Königen, bei der Prinzessin Henriette geholfen hat. Ich weiß, dass die Prinzessin allein mit König Louis gesprochen hat. Und Monsieur hat ein Kästchen mit Briefen aus ihrem Schrank genommen.«

»Ein Kästchen mit ... von wem waren die Briefe?«

»Mir wurde gesagt, dass es Briefe von König Charles an Prinzessin Henriette waren.«

Es entstand ein langes Schweigen. Sie konnte den Ausdruck auf seinem Gesicht im Kerzenschein nicht deuten. »Was sagt Lord Montagu über dieses Kästchen?«, fragte er schließlich.

»Ich glaube nicht, dass er davon weiß. Ich habe es ihm nicht erzählt. Ich erzähle es Euch.«

Balmoral beugte sich vor. Er sprach leise und deutlich, freundlich, aber absichtlich so, dass jedes Wort wie ein Schlag war, aber wie durch Samt. »Was Ihr mir anvertraut habt, ist außerordentlich gefährlich. Ich möchte Euch um Euretwillen bitten, noch mit niemandem darüber zu sprechen. Ihr habt mir eine große Ehre erwiesen, mir das alles anzuvertrauen. Darf ich Euch bitten, mir noch weiter zu vertrauen?«

»Verfügt über mich.«

Balmoral erschauderte leicht, und Riggs, der Majordomus, trat mit einem warmen Tuch hinter ihn und legte es dem Herzog um die Schultern.

»Ihr solltet hineingehen, Euer Gnaden«, meinte Riggs.

»Die Nacht ist so wunderschön«, warf Alice ein. »Könnten wir nicht noch ein bisschen hier draußen bleiben?« Sie war so erleichtert, als wäre ihr eine riesige Last von der Seele genommen, als hätte sie vielleicht etwas für Prinzessin Henriette getan. Sie konnte den Gedanken nicht ertragen, jetzt schon hineinzugehen.

»Noch ein Lied für die Dame«, befahl Balmoral, und der Musiker griff in die Saiten und sang ein wunderschönes Liebeslied.

Have you seen but a bright lily grow
Before rude hands have touched it?
Have you marked but the fall of the snow
Before the soil hath smudged it?
Have you felt the wool of beaver,
Or swan's down ever?
Or have smelt of the bud of the briar,
Or the nard in the fire?
Or have tasted the bag of the bee?
O so white, O so soft, O so sweet is she!

Es war ein altes Lied. Ich frage mich, woran er dabei denkt, dachte Alice. Ihr schien, als ob die Männer aus der Zeit ihres Vaters und davor, trotz allem Verlust und allem Leiden durch diese verzweifelten Jahre mehr Sinn im Leben fanden. Sie blickte auf Barbara hinunter und sah, dass sie sich auf ihre Ellbogen stützte und wach war. »Wirst du für uns spielen, Ra? Sie hat eine wunderschöne Stimme«, sagte Alice zu Balmoral.

»Oh nein«, protestierte Barbara.

»Bitte. Sie spielt so schön wie ein Engel.«

»Ja, ich erinnere mich, dass Ihr heute Abend für den König hättet singen sollen. Ich kann mich den Bitten von Mistress Verney nur anschließen.«

Der Musiker brachte ihr die Gitarre. Barbara spielte ein paar Akkorde und begann dann zu singen. Ihre Stimme stieg klar und warm in die Sommernacht auf und verband sich mit dem Geruch von Rose, Myrthe und Lavendel, die in den Beeten wuchsen.

Shall I wasting in despair
Die because a woman's fair?
Or make pale my cheeks with care
'Cause another's rosy are:
Be she fairer than the day
Or the flow'ry meads in May,
If she be not so to me,
What care I how fair she be?

Alice saß still in ihrem Stuhl und hörte die Schönheit in Barbaras Stimme, die sie entrückt und erwachsen wirken ließ auf eine Weise, wie Alice es nicht war. John Sidney hatte diese besondere Note in ihre Stimme gebracht. Ich werde das nicht zulassen, dachte Alice, und schob in der Dunkelheit hart und trotzig das Kinn vor.

Balmoral blieb im Garten sitzen, nachdem die jungen Frauen in ihre Schlafgemächer gegangen waren.

»Es war schön, Euch heute Abend lächeln zu sehen, Eure Hoheit«, sagte Riggs. Er setzte einen Leuchter näher, dann zog er sich in den Schatten zurück und wartete, bis seine Dienste wieder benötigt wurden.

Balmoral lächelte nicht mehr.

Verdammt und zum Teufel! Der Brief, für dessen Ablieferung Leutnant Saylor beinahe zwei Pferde zu Schanden geritten hatte, war dem Kronrat nicht vorgelegt worden. Oder, um genau zu sein, dachte Balmoral, er ist mir nicht vorgelegt worden. Als Oberbefehlshaber der Armee seiner Majestät hielt er sich bereit für eine Kriegserklärung, bereit dafür, die Truppen zu sammeln. Buckingham war sein

Verbündeter in der Forderung nach einem Krieg mit den Franzosen gewesen, doch jetzt war er ganz heiß darauf, nach Frankreich zu reisen und im Namen von König Charles einen Geheimvertrag auszuhandeln. Die anderen Mitglieder des Kronrates glaubten, es wäre ein günstiger Zeitpunkt, um von Frankreich Zugeständnisse für einen Krieg gegen die Holländer zu erhalten.

Wären es dann zwei Verträge, einer für Seine Majestät und einer für den Rat?

Wenn ein gewiefter, ehrgeiziger Spitzbube wie Sir Thomas Verney in Dover einen Vertrag gerochen hatte, dann bedeutete das etwas. Ganz sicher. Jesuiten waren beteiligt, hatten um eine Zuwendung zum Katholizismus gerungen. Und sicher war schon Geld in die Taschen von König Charles gewandert. Es war Teil von Louis' Politik, zuerst zu bestechen und später zu attackieren. Wie hinterhältig von König Charles, das zu verheimlichen, die Mitglieder seines Rates gegeneinander auszuspielen! Aber das war das Merkmal eines Staatsmannes. Verdammt noch mal! Charles musste sich Louis vom Hals halten. Er musste die verdammte Krone auf seinem verdammten Kopf behalten!

Es gab Erschütterungen, Risse, die nur darauf warteten, weiter aufzureißen. Die Waffenstillstände, die noch hielten, damit das Land regiert werden konnte, waren jetzt, nach zehn Jahren, brüchig, fadenscheinig. Er wäre gerne in dem Wissen gestorben, dass selbstsüchtige, unruhige Lebemänner nicht einfach aus einer Laune heraus alles niederreißen konnten – Lebemänner wie George, der Herzog von Buckingham, Georgie Porgie, Pudding und Brei, küsste die Mädchen, ihre Tränen liefen frei. Er hatte seinen alten Freund Balmoral »geküsst«, so viel stand fest, hatte sein eigenes Spiel gespielt, während er schwor, mit ihm zusammenzuarbeiten. Verdammt seien seine verdammten Intrigen, sollte der Teufel sie holen!

Irgendwo musste es einen Bericht geben, den dieser junge Leutnant Saylor über seine Zeit in Frankreich geschrieben hatte. Wo war er? Warum hatte man ihn nicht an den verdammten Oberbefehlshaber der verdammten Armee Seiner Majestät weitergeleitet? Die kleine Alice Verney war ein geborener Höfling, sie hatte ihm in einem Brief und einem Gespräch mehr gesagt, als er den ganzen Sommer durch seine Spione am Hof und in Frankreich herausgefunden hatte. Verfügt über mich. Ihre Worte berührten ihn so sehr, wie sie jemanden rühren konnten, dessen Herz schon lange empfindungslos geworden war. Ein Kästchen mit Briefen von König Charles. Das in die Hände zu bekommen wäre wirklich etwas, nicht wahr? Nicht in den Krieg zu ziehen, wenn die geliebte Schwester ermordet wurde. So verhielt sich ein Staatsmann. Ein Halunke. Und ein König.

Gott schütze den König.

Kapitel 12

Als Alice am Nachmittag des nächsten Tages nach Newmarket kam, brachte ihr Poll einen Brief von Renée, die sie schrecklich vermisste und sich beklagte, dass sie nur noch ein kleines, unbeachtetes Sandkorn in Saint Cloud sei. Der englische Botschafter hatte versprochen, ihr zu helfen, aber sie hatte ihn seit Wochen nicht gesehen. Auf die Nachrichten, die sie ihm schickte, erhielt sie keine Antwort. Renée war so einsam, sie wusste nichts mit sich anzufangen. Gab es denn keine Möglichkeit für Alice, ihr zu helfen? Konnte Alice ihr niemanden empfehlen, an den sie sich wenden konnte? Alice war ihr eine so gute Freundin gewesen. Sie würde einen solchen Gefallen niemals vergessen, sie würde ihr ewig dankbar sein. Es grüßte sie ihre Freundin, ihre einsame, traurige, vergessene Freundin.

Alice faltete den Brief wieder zusammen und tippte damit nachdenklich gegen ihr Kinn.

Warum sollte sie Renée nicht herüberholen und eine Stellung für sie finden? Ihre Anwesenheit würde es leichter machen, eine Ehe mit Leutnant Saylor zu arrangieren ... Außerdem brauchte sie selbst etwas, mit dem sie sich beschäftigen konnte, während sie versuchte, sich Balmoral zu angeln. Und sie brauchte noch eine gute Freundin.

An diesem Abend hing der Vollmond über dem Haus des Königs. Eine Kapelle spielte in der großen Halle, und alle tanzten und spielten. Alice saß zwischen ihren Freundinnen, als Gracen ihren Arm berührte. »Sieh mal, wer da zu uns herüberkommt.«

Alice wandte den Kopf und sah Caro auf sich zukommen.

»Sie sollte diese Farbe nicht tragen«, meinte Gracen.

Offenbar wird sie bald ihr Kind bekommen, dachte Alice.

»Sei nett zu ihr«, sagte Barbara besorgt.

»Wagt es ja nicht, mich allein zu lassen«, zischte Alice. Caros Gesicht war gerötet. Zu gerötet. Zu viel Wein, dachte Alice und spürte, wie ihr Herz aufgeregt zu schlagen begann.

»Ich möchte mit Alice sprechen«, sagte Caro.

Gracen erhob sich anmutig, griff nach Barbaras Hand, und bevor Alice sie aufhalten konnte, stolzierte sie davon. Im Gehen warf sie Alice über die Schulter einen kühlen Blick zu. Das war so typisch Gracen, dachte Alice und betrachtete Caros schwitzendes Gesicht.

»Ich w ... will, dass du mir verzeihst.«

Nun, Caro war immer geradeheraus gewesen, stammelnd, plump. Trotzdem trafen ihre Worte Alice völlig unvorbereitet.

»Er hat mich überrumpelt. Ich bin w ... weder klug noch hübsch wie du. Und dass ich ihm überhaupt aufgefallen bin, war so überwältigend. Ich war ...«

»Dumm. Hinterlistig. Verlogen.«

»Ja, all diese Dinge. Ich wollte dir n ... niemals wehtun. Ich ... er ... als er mich geküsst hat ...«

»Hör auf.«

Caro setzte sich unbeholfen, unter viel Rascheln von Seide und Spitze. Alles was sie tat, war unbeholfen, doch die Schwangerschaft betonte das noch. Sie kleidete sich auch schlecht, das war immer schon so gewesen. Die Kleider trugen eher sie als umgekehrt. »Bitte vergib mir, Alice. Ich weiß, dass wir keine F ... Freundinnen mehr sein können ...«

»Wir können niemals mehr Freundinnen sein.«

»Ich weiß das.« Caro begann zu weinen. »Er ist nicht n ... nett zu mir, weißt du. Er macht sich nichts aus mir. Überhaupt nichts. Er hat mich dafür gehasst, dass ich schwanger geworden bin. Er ...«

»Wie lange waren wir Freundinnen?«

Caro wischte sich über eine feuchte Wange und sagte mit einem Schluchzen: »Jahrelang. Fünf Jahre, sechs.«

»Der ganze Hof hat über mich gelacht.«

»Nein, Alice, sie haben über m ... mich gelacht. Ich war es, über die sie sich lustig gemacht haben, nicht du. Du hast mich zurückgelassen und den Wölfen zum Fraß vorgeworfen. Ich hätte dich gebraucht, Alice. Ich brauchte deine Vergebung. Sie waren grausam zu mir, meine Freunde, g... grausamer, als du dir jemals vorstellen kannst.«

»Du vergisst dich.« Und weil Caro so rot im Gesicht war und so stammelte und so aufrichtig war und einmal, vor langer Zeit, eine wirklich gute Freundin gewesen war, sagte sie dann: »Du hast zu viel getrunken, Caro. Geh ins Bett.«

Alice stand auf, stützte sich mit einer Hand auf den hübschen Stock, den sie sich von Dorothy Brownwell geliehen hatte, und humpelte hinüber zu Cole, der mit der Herzogin von Monmouth flirtete. Er brach mitten im Satz ab, als er Alice erblickte, und sein Adlergesicht verzog sich zu seinem charmanten Lächeln.

»Eure Frau w... weint in der Ecke dort vorn, Sir.« Die Parodie in Alice' Tonfall ließ sein Lächeln augenblicklich verschwinden. »Schickt sie ins Bett, bevor sie sich noch lächerlicher macht.«

»Bei Gott, Ihr habt immer noch die schärfste Zunge am Hof, Alice.«

»Ich schärfe sie täglich an verheirateten Männern, die untreu sind. Wie Ihr Euch vorstellen könnt, habe ich niemals Schwierigkeiten, ein Opfer zu finden.« Sie wandte sich ab und blickte nicht zurück, um zu sehen, was passieren würde. Ihr Herz fühlte sich wie ein kalter Stein an, und Caros Worte klangen ihr immer noch in den Ohren. Freundin. Freundin. Freundin. Ich hätte dich gebraucht. Vergib mir. Gracen befand sich auf der Tanzfläche, genauso wie Barbara. Gab es in Gracen irgendwelche Wärme? Irgendetwas anderes als kühle Selbstsucht? Hatte ihre Hilfe in Dover gar nichts bedeutet? Hätte sie Dorothy Brownwell die Wahrheit sagen sollen? Dorothy sah gerade lächelnd zu Lord Knollys auf, und die Art, wie sie ihn anlächelte, ließ Alice an ein Gerücht denken, das ihr zu Ohren gekommen war. Gracen schwor, dass sie ein Verhältnis hatten, seit Jahren schon. Habe ich Cole geliebt?, fragte sie sich. Sie hatte sich über seine Wertschätzung gefreut, hatte es geliebt, dass er ihr den Hof machte, war stolz auf seinen Titel gewesen, dass er der Erbe des Herzogs von Balmoral war. Sie war erzürnt gewesen und durch sein Verhalten brüskiert worden, aber Liebe? Was war das? Dieses Gefühl, das Barbara zu empfinden schien, die bereit war, die Frau eines Niemand zu werden. Und Leutnant Saylor. Wenn er von Renée sprach, leuchteten seine Augen so sehr, dass einem das Herz wehtat. Er, der seinen Weg erst noch machen musste, hatte deswegen die Gunst einer Herzogin ausgeschlagen ... In Balladen sang man von wahrer Liebe. Was war das?

Ihr Vater erschien aus dem Nichts und griff nach ihrem Arm. »Der König hat jetzt Zeit, dich zu empfangen, Schatz.«

»Seine Majestät?«

»Nimm meinen Arm, und ich bringe dich zu ihm. Was soll dieser ganze Unsinn mit deinem angeblichen Sturz vom Pferd? Es gibt kein Pferd, das du nicht reiten könntest.«

»Glaubst du, ich humple nur, um Mitleid zu erhaschen?«

»Ich glaube, dass du irgendwelche Spielchen spielst, Missy, und das werde ich nicht zulassen. Ein Sturz vom Pferd in Balmorals Haus. Wirklich interessant. Ich hätte nicht übel Lust, dem Herzog einen Brief zu schicken und ihn vor dir zu warnen.«

»Du müsstest keine Nachricht schicken, wenn du deine Pflicht als Vater tätest und mit ihm darüber sprächest, ob er eine Heirat mit mir erwägen würde.« Sie sahen sich nicht in die Augen während dieses emotionalen Schachspiels, das sie spielten, seit Alice alt genug war, um für sich selbst zu denken. »Ich muss etwas Wichtiges mit dir besprechen, Vater.«

»Später. Wenn du bei Seiner Majestät gewesen bist.«

Ihr Vater öffnete eine Tür und schob sie geradezu hindurch. Sie fand sich in einem kleinen Raum dieses weitläufigen, großen Hauses wieder, das der König als seinen Palast nutzte, wenn er sich wegen der Rennen in Newmarket aufhielt. Einige seiner Minister saßen mit ihm um einen Tisch herum, der Herzog von Buckingham, Lord Arlington und Thomas Clifford, außerdem einige andere

Mitglieder des Hofes, Bab May, Thomas Killigrew, der Earl von St. Albans. Eine schlanke, nymphenhafte Frau saß auf der Armlehne des Stuhls des Königs. Das muss Nellie Gwynn sein, die Schauspielerin, die der König aushält, dachte Alice. Sie war blond und auffallend hübsch. Sie trug ein wunderbares Gewand und schöne Juwelen und viel zu viele Schönheitsflecken. Sie trägt die Schönheitsflecken so, wie eine Hure es tun würde, dachte Alice. König Charles legte eine Karte, und Nellie zog ihn am Ohr.

»Ihr werdet niemals gewinnen, wenn Ihr so spielt, Sir. Ihr hättet diese Karte legen sollen«, meinte sie.

Ein Diener trat vor und flüsterte ihr etwas ins Ohr, und die Schauspielerin blickte auf und entdeckte Alice, die im Schatten der Tür stehengeblieben war, ein wenig überwältigt von der Szene vor ihr. Es sah aus wie in einer Taverne, Männer, Rauch und vertrauliches Lachen. Nell trat zu ihr und knickste. »Nellie Gwynn, Mistress Verney.«

Ihr Akzent war so gewöhnlich wie der einer Fischhändlerin oder Unkrautjäterin. Sie kann jeden imitieren, sagte Fletcher, und singt wie ein Engel, tanzt genauso gut wie du. Alice beachtete sie nicht.

»Nell, nimm meinen Platz ein«, rief König Charles.

»Na Gott sei Dank.« Nell ließ sich auf seinen Stuhl nieder. Sie wirkte klein darin und lächelte die Männer völlig entspannt an. »Nennt mich ruhig einen Straßenräuber, denn Ihr könntet mir das Geld genauso gut sofort geben.« Alle lachten.

König Charles führte Alice zu einem Stuhl in einer entfernten Ecke des Zimmers und bedeutete ihr, sich zu setzen. Dann ließ er sich neben ihr nieder. Der Rand seines Hutes überschattete sein Gesicht, und er setzte jene charmante, schmeichelnde, leichte Art ein, die dafür sorgte, dass er seinen Willen bekam – außer im Unterhaus. »Ich möchte, dass ihr nach Frankreich reist.«

Sie war so überrascht, dass sie nicht antwortete.

»Ihr werdet mit Buckingham und seinem Gefolge reisen. Er fährt als mein Abgesandter zu Madames Beerdigung, zusammen mit ein paar anderen, Lord Sandwich, Lord St. Albans. Es wäre sehr passend, wenn Ihr auch dabei seid, als ihre ehemalige Ehrenjungfer. Und es gibt da etwas ganz Besonderes, das von Frankreich mit zurückkommen wird, etwas, dass der Fürsorge einer Frau bedarf. Ich möchte, dass Ihr für eine angenehme Überfahrt sorgt. Euer Vater wird es Euch erklären.«

Wovon sprach er? Von einem Hund? Sollte sie Madames Hunde zurückbegleiten? Sie öffnete den Mund, um zu antworten, aber er legte den Finger an seine Lippen.

»Stellt keine Fragen, Verney. Ihr werdet alles erfahren, was Ihr wissen müsst, und glaubt mir, Ihr werdet dafür entlohnt. Die Stellung im Gefolge Ihrer Majestät gehört Euch, sobald diese Sache erledigt ist.«

Sie lächelte.

König Charles ließ den Blick über sie wandern. Er sagte gerne von sich, dass er alles über einen Menschen aus dessen Gesicht lesen konnte. Die Leute sagten, er sei träge. Das war er, aber er war es auch nicht. Was immer er in Alice' Gesicht entdeckte, schien ihn zufriedenzustellen. Er stand auf. Alice sah, dass sie entlassen war. Er wandte sich wieder dem Kartenspiel zu. »Und, Nellie, hast du mein Vermögen verspielt?«

»Im Gegenteil, ich habe fünfzig Pfund von diesen Betrügern gewonnen, die du Ratgeber und Freunde nennst.«

Alice schlüpfte zur Tür hinaus, die ein Diener ihr aufhielt. Ihr Vater wartete auf sie. »Nun, Mädchen?«

»Ich fahre nach Frankreich, im Gefolge von Buckingham.« Sie sah bereits, als sie es aussprach, dass ihr Vater schon Bescheid wusste. »Um was soll ich mich kümmern, Vater? Um ihre Hunde? Er hat es nicht gesagt.« Sie redete weiter und gab ihm keine Gelegenheit zu antworten, weil sie eine Möglichkeit sah, über das zu sprechen, was ihr am Herzen lag. »Ich dachte, ich bringe das später an, aber jetzt ist die perfekte Gelegenheit. Ich möchte Mademoiselle de Kerouall mit zurückbringen, wenn ich wiederkomme. Sie ist meine Freundin, weißt du, und sie hat mir geschrieben, wie unglücklich sie in Frankreich ist. Ich dachte, wir könnten vielleicht in irgendeinem

Haus hier einen Platz für sie finden. Ich habe einen so traurigen Brief von ihr bekommen, und ich weiß, dass es plötzlich kommt, aber ich hatte nicht erwartet, nach Frankreich geschickt zu werden. Es wäre so einfach, sie mitzubringen, wenn ich zurückkehre. Bitte, sag ja. Bitte.«

Ihr Vater trat einen Schritt zurück und starrte sie für einen langen Moment mit zusammengekniffenen Augen an. »Du hast ja so ein gutes Herz, Alice«, sagte er schließlich. »Ja, du kannst deiner Freundin schreiben und ihr sagen, sie soll ihre Sachen packen. Wir kümmern uns um sie.« Erst später würde sein schnelles Einverständnis sie misstrauisch machen. »Aber jetzt brauchst du erst einmal eine Anstandsdame.«

»Ich dachte an Tante Brey.«

Ihr Vater lachte, als hätte sie gerade etwas Witziges gesagt. »Tante Brey.«

»Um was soll ich mich kümmern, Vater? Du hast es mir nicht gesagt.«

»Es ist so, wie du sagst – du sollst die Hunde zurückbringen, einige Kronjuwelen, die der Mutter des Königs gehörten, und jetzt auch noch die kleine Mistress Keroualle.« Und dann war er weg, verschwand durch den Flur. Sie folgte ihm langsam, humpelte in das große Zimmer, aber er stand schon am anderen Ende des Raumes in der Nähe der Musiker und strahlte Louisa Saylor an, die ihm ein aufreizendes Lächeln schenkte.

Alice sah den Tänzern zu, und ihr Blick wanderte über die verschiedenen hohen Damen, die anwesend waren. Die Herzogin von York, die Herzogin von Monmouth, die Herzogin von Richmond, Lady Suffolk ... in wessen Gefolge würden sie Renée unterbringen können? Vielleicht würde sie sich damit zufrieden geben müssen, nur Gesellschafterin von jemandem zu sein. Natürlich nur, bis sie Leutnant Saylor heiratete. Fletcher tauchte vor ihr auf und verbeugte sich schelmisch. Alles an ihm war makellos wie immer und saß perfekt. Er trug eine riesige, gelockte Perücke, die ihm über die Schultern fiel.

»Ich habe endlich die Schauspielerin gesehen«, erzählte sie ihm.

Er setzte sich sofort neben sie. »Sie ist ein Leckerbissen, findest du nicht auch? Aber kein Hauptgang.«

»Wer genießt dann die Gunst des Königs?«

»La belle Stewart.«

Alice rümpfte die Nase. Die Frau, von der er sprach, hatte einen Herzog geheiratet. Der König und sie hatten eine lange gemeinsame Geschichte. »Er macht ihr aber nicht den Hof.«

»Das können wir nicht wissen, oder? Sie war immer diskreter, als die Leute ihr zugetraut haben – oh, so eine Kuh!« Jemand unter den Tänzern erregte seine Aufmerksamkeit. »Es spielt keine Rolle, wie viele Stunden ich Luce Wells gebe, sie tanzt wie ein Dorftrottel. Sieh doch, wie sie die Ellbogen herausstreckt. Aber Gracen ist einfach perfekt.«

»Zu staksig«, meinte Alice.

»Er tanzt gut. Sieh doch, wie er seine Schultern hält, seinen Kopf. Wie ein junger Gott. Und seine Beine. Göttlich, einfach göttlich. Ich liebe es, wenn er und Monmouth zusammenstehen, der helle und der dunkle Engel des Hofes.« Er sprach von Richard, der sich voller Elan und Anmut in der Mitte der Tanzfläche bewegte. »Sie sagen, dass Ihre Hoheit, die Herzogin von Monmouth, seinetwegen fuchsteufelswild ist. Sie will, dass er aus den Diensten des Königs entlassen wird, aber Monmouth will nichts davon wissen. Er nimmt morgen an dem Rennen teil – Saylor, meine ich. Ich habe gehört, er hat ein ausgezeichnetes Pferd.«

Alice beobachtete Richard. Ihre Zeit in Frankreich hatte sie anspruchsvoller gemacht, was die schönen Künste anging. Es gab nichts, was die königliche Familie in Frankreich mehr liebte als den Tanz; jeder hatte einen Tanzlehrer. Verächtlich rümpfte sie die Nase. Seine Partnerin konnte ihm nicht das Wasser reichen. Ich könnte es, dachte sie. Man hatte ihr tänzerisches Talent in Frankreich bewundert und sie eine Elfe genannt, leicht wie eine Feder. »Ich fahre mit der Abordnung zur Beerdigung nach Frankreich«, erzählte sie Fletcher.

»Wirklich? Du Glückliche! Ich möchte auch mitfahren. Pack mich in deinen Koffer. Stell mich als Stallburschen an.«

»Und ich werde wieder Ehrenjungfer.«

»Aber das ist ja wunderbar. Wann?«

»Wenn ich zurückkomme.«

Er zog ihre Hand zu sich und küsste sie. »Gott sein Dank. Ich werde es Ihrer Majestät heute Abend berichten. Das wird ein Lächeln auf ihr Gesicht zaubern.«

»Sie lächelt schon, Fletcher. Sieh sie dir an.«

»Meine Liebe, das ist doch nur für die Schakale des Hofes. Niemand von uns, die wir ihr dienen, hat seit Monaten gelächelt. Hässliche Gerüchte über ...« Er erschauderte und schnippte gegen den Ärmel seines Mantels, als sei dort ein hässliches Gerücht gelandet. »Entmutigend, verletzend. Ich habe in Dover davon gesprochen.«

»Wenn ich zurück bin, stecken wir die Köpfe zusammen und hecken einen Plan aus, wie wir ihr helfen können, dem König wieder zu gefallen.«

»Es gibt nur eine Sache, die das bewirken könnte, Alice, und ich fürchte, es ist unmöglich. Es sind jetzt acht Jahre.«

»Sie ist immer noch die Königin. Dafür verdient sie Respekt.«

»Ja, wir haben nur gerade unsere Kehlen dargeboten wie geschlagene Hunde. So sieht es aus. Wir brauchen dein Rückgrat, Alice. Barbara ist zu gut, und Gracen ... nun, wenn es unserer Gracen nicht nützt, dann geschieht es nicht, nicht wahr? Caro ist weg und mit ihrer eigenen Familie beschäftigt. Und ich bezweifle, dass Kit und Luce zusammengenommen ein komplettes Gehirn haben. Die Hofdamen waren schon immer auf der Seite der Cleveland, niemals auf der der Königin. Es war schrecklich. Dein Fletcher hat darüber nachgedacht, das Gefolge zu verlassen, wie der Feigling, der er tatsächlich ist. Aber ich fasse neuen Mut, wirklich. Oh, dort ist Lord Rochester! Er möchte, dass ich den Tanz für die Pausen eines neuen Stücks übernehme, an dem er gerade schreibt. Er sagt, Buckingham schreibt auch etwas Neues, etwas, das sich über unseren erhabensten Poeta laureatus lustig macht. Ich kann es nicht erwarten. Ein Duell zwischen dem Herzog von Buckingham und John Dryden. Tintenspritzer auf vierzig Schritt! Er hat jetzt auch eine Schauspielerin als Geliebte, Dryden meine ich. Vielleicht sollte ich auch eine aushalten, das kommt richtig in Mode. Ich überlasse dich jetzt dir selbst, mein armer versehrter Schatz. Was sollte denn bloß dieser Unsinn, einfach vom Pferd zu fallen? Also wirklich, Alice. Ich war so erschrocken. Wenn ich dich nicht mehr unterrichten kann, dann kann ich genauso gut als Kuhhirte arbeiten. Du musst deinem Bein Zeit geben, wirklich auszuheilen.«

Dann war er fort, von einer Sekunde zur anderen, blieb hier und dort stehen, sammelte und tauschte den neuesten Klatsch aus, eine Biene mit dem Pollen des Hofes.

Alice humpelte nach draußen. Dort stand sie auf der Terrasse und blickte hinauf zum silbernen Mond. Sie dachte an die Königin, die in Ungnade gefallen war, an Drydens Frau, die jetzt eine Schauspielerin zur Konkurrentin hatte. War Beständigkeit nur ein Traum der Dichter? Wir müssen Euch mit einem wichtigen Mann verheiraten; Ihr seid dafür wie geschaffen, hatte Prinzessin Henriette gesagt. Und in jenem Moment hatte sie nach Rache an Cole gestrebt und nach Sicherheit für sich selbst. Sie seufzte. Es war schwerer, als sie gedacht hatte. Sie hörte ein Geräusch und fuhr herum. Richard trat nach draußen, um ein bisschen Luft zu schnappen. Er hob sein langes Haar aus dem Nacken und schüttelte den Kopf, wie es ein Pferd tun würde. Sie stand einfach nur da, sprachlos über den Funken, den er in ihr zu entfachen vermochte. Montagskind, wunderschön dein Gesicht, Dienstagskind, voller Anmut du bist. Das sagte man über Monmouth, aber wenn es nach Alice ging, dann konnte man das Gleiche über Richard sagen.

»Ich habe gehört, Ihr seid vom Pferd gefallen«, sagte Richard zu ihr. Entspannt trat er neben sie und blickte zum Vollmond auf. »›Mich deucht, es wäre nur ein leichter Sprung, die glänzende Ehre von dem blasswangichten Mond herabzureißen.‹ Das habe ich letztens in einem Stück gehört, und es gefällt mir.«

»Ich fahre nach Frankreich zu Madames Beerdigung.«

»Eine große Ehre, Verney.«

»Habt Ihr irgendeine Nachricht, die ich Mademoiselle de Keroualle überbringen soll?«

»Meine Güte, ja! Dann werdet Ihr sie sehen?«

»Natürlich werde ich sie sehen.« Aus irgendeinem Grund erzählte sie ihm nicht, dass Renée nach England kommen würde.

»Wann fahrt Ihr?«

»Bald, denke ich.«

Er lächelte sie an. »Danke. Ich danke Euch vom Grunde meines Herzens.« Und dann verließ er sie. An dem hohen Tor, das sich in die Nacht öffnete, sprang er hoch und berührte triumphierend den gemeißelten Stein darüber.

Meine zweite gute Tat heute, dachte Alice. Stirnrunzelnd blickte sie hinauf zum blassen Mond.

Kapitel 13

August

»Alle Edlen und Gläubigen mögen beten für die Seele der höchsten, mächtigen, tugendhaften und wunderbaren Prinzessin Henriette-Anne von England, Tochter von Charles dem Ersten, König von Großbritannien, und von Henriette-Marie, Tochter Frankreichs, und Frau von Philippe von Frankreich, des Königs einzigem Bruder.« Das rief ein hoher Vertreter des Königs aus, während er in einer Prozession durch die Straßen von Paris ging und die Welt auf ihr Begräbnis vorbereitete.

Es war das öffentliche Spektakel, das man erwartet hatte. Fackeln und Wachskerzen brannten, Weihrauch stieg auf, der Sarg war in goldenen Stoff mit Hermelinbesatz gehüllt, alle trugen seidige, schimmernde Gewänder in Nachtschwarz, Perlen hingen in dicken Reihen um die Hälse der Frauen und in Tropfen von ihren Ohren. Monsieur war in einen Umhang gehüllt, der sich gute fünf Meter weit hinter ihm ausbreitete, und auf seinem Hut saßen die größten und längsten schwarzen Feder von allen. Die Mätressen des Königs waren ätherische Engel in Trauerflor, und die Predigt hielt der beliebteste Bischof von ganz Paris. Der Ring, den Madame ihm vermacht hatte, glitzerte an einem seiner Daumen. »Madame ist tot. Oh, hilf uns, Madame ist tot«, begann er, und Schluchzen ertönte unter den hohen Bögen der Kathedrale.

»Meine Güte«, meinte Tante Brey danach, als sie und Alice in der Menge standen und auf ihre Kutsche warteten.

»Ja«, sagte Alice. Die Beerdigung war großartig gewesen, sie hatte die Art, wie sie gestorben war, unter den Tisch gekehrt. Man ging davon aus, dass sie vergiftet worden war. Man ging ebenso davon aus, dass alles verziehen war. Das Leben geht weiter, sagte man.

Ein paar Tage später, immer noch in Paris, wartete Alice im Haus des englischen Botschafters an einem Fenster, von dem aus man den Hof überblicken konnte, und als sie die Kutsche ankommen sah, rannte sie die Treppe hinunter und hinaus auf das Kopfsteinpflaster. Renée konnte kaum aus der Kutsche steigen, so schnell stürzte Alice sich auf sie.

»Erzähl mir alles!«

»Zu meiner Zeit haben wir uns nicht auf der Straße unterhalten, sodass alle Welt es hören konnte«, meinte Tante Brey, die noch in der Kutsche saß. Sie hatte als Renées Anstandsdame fungiert. »Lasst uns bitte in den Salon gehen, Alice.« Und dann, als sie Arm in Arm mit Alice ging, flüsterte Tante Brey: »Es war höchst seltsam.«

Im Salon erzählte Renée dann von ihrem Besuch im Louvre, während Tante Brey vor einem hohen Spiegel stand und sich kritisch betrachtete. »Der König, ich wurde zum König gerufen, kannst du dir das vorstellen, Alice? Ich dachte, ich sei nur zu Monsieur Colbert bestellt, aber Seine Majestät war da. Seine Majestät wusste, dass ich mit dir nach England zurückkehre, und er sagte, dass ich sehr viel Glück hätte und dass es meine Pflicht sei, zu tun, was man mir sagt, und dass ich freundlich sein soll.« Sie lächelte ihr wunderschönes Lächeln. »Als würde ich jemals etwas anderes tun.«

»Ich fand diese Bemerkung sehr merkwürdig«, sagte Tante Brey zu dem versilberten Glas, das ihr Gesicht reflektierte. »Ich muss mir wirklich einige Kleider nähen lassen, solange wir hier sind. Ich habe heute schrecklich unelegant ausgesehen. Ja, das war wirklich sehr merkwürdig, Alice. Warum um Himmels willen sollte König Louis sich in dieser Sache selbst bemühen, frage ich mich? Und da ist noch mehr. Na los, erzähl es ihr, Renée.«

»Ich werde Ehrenjungfer bei Königin Katharina.«

Alice' Augen suchten die ihrer Tante, während Renée Alice impulsiv umarmte.

»Ich schulde deinem Vater mehr, als ich ihm jemals zurückzahlen kann. Ich hätte das niemals erwartet, niemals. Ich werde ihm einen

Dankesbrief schreiben. Oh, ich muss mich umziehen, Alice. Madame Colbert hat mich gebeten, sie heute Nachmittag zu besuchen.« An der Tür drehte sie sich noch einmal zu den beiden anderen Frauen um. »Das ist alles wie im Märchen.« Dann war sie mit raschelnden Röcken verschwunden.

»Da ist noch mehr.« Tante Brey zog einen Brief aus ihrem Ärmel. »Ich erhielt dies gestern von deinem Vater.«

Alice nahm den Brief entgegen. Ihr Vater schrieb, Renée solle sich alles kaufen, was sie für ihren Aufenthalt in England benötigte. Er würde es bezahlen. Alice ging in den Garten. Die helle Sommersonne wurde von den weiß getünchten Wänden reflektiert, aber es gab eine Bank, die im Schatten lag. Geräusche von der Straße klangen über die Gartenmauer, quietschende Kutschräder, die durch schlammige Löcher ruckten, die Flüche der Kutscher, das Knallen der Peitschen, das Wiehern der Pferde. Es war eine Qual, auf den Pariser Straßen zu gehen, sie waren dreckig, schmal und schlammig. Aber dieser Garten war eine Oase, dichter Efeu wuchs an den Steinwänden des Hauses und des Gartens, die Bäume ragten hoch empor und spendeten Schatten, Blumen blühten, Vögel sangen. Ihre Tante folgte ihr nach draußen und setzte sich neben sie auf die Bank.

»Mein Vater bezahlt für ihre Kleider?«, fragte Alice. »Ehrenjungfer der Königin? Aus welchem Grund?«

»Vergib mir, dass ich etwas gegen deinen Vater sage, aber ich bin mir wahrhaftig nicht sicher, ob seine Absichten gegenüber Mademoiselle de Keroualle ehrenhaft sind.«

Alice öffnete den Mund, um ihn zu verteidigen, dann schloss sie ihn wieder, als ihre Tante fortfuhr: »Er ist in einem Alter, in dem Männer bei jüngeren Frauen den Kopf verlieren, und sie ist, wie ich selbst sagen muss, unglaublich hübsch. Meine Mutter sagte immer, dass es diese magische Zeit im Leben junger Frauen gibt, die Zeit ihrer Jungfräulichkeit, in der kein Mann ihnen widerstehen kann, wenn die Jugend und der Frohsinn den Tag bestimmen. Und zu ihrer Verteidigung muss man sagen, dass ich nicht glaube, dass Renée die geringste

Ahnung hat, wie sie auf Männer wirkt. Sie ist ehrlich gesagt einfach nur völlig überwältigt davon, wie viel Glück sie hat, und das sollte sie auch«, endete Tante Brey trocken.

Alice spürte, wie die Gedanken in ihrem Kopf rasten. Immer wieder ging sie jedes Detail durch und suchte nach Hinweisen, die ihr entgangen waren. Hatte ihr Vater es wirklich auf Renée abgesehen? Die Vorstellung verursachte ihr Übelkeit und machte sie schrecklich wütend, aber dennoch konnte es wahr sein. Man musste doch nur an seinen entschlossenen Flirt mit Louisa Saylor denken. Er war empfänglich für so etwas. Diese Art von Großzügigkeit – sie in Paris alles kaufen zu lassen, was sie brauchte – war nicht sein Stil. Glaubte er wirklich, er könne Renée verführen? Dass Alice einfach dasitzen und das zulassen würde? Sie dachte zurück an die Zeit in Dover, an ihren Vater und seine Kumpane, wie sie sich onkelhaft um Renées spektakuläre Schönheit gesorgt hatten. Renée stand ohne einflussreiche Familie da, die sie beschützen konnte. Verdammt seien diese Onkel. Sie knetete wütend den Brief in ihrer Hand.

»Es könnte schlimmer kommen, als du denkst«, meinte Tante Brey mit einem Naserümpfen. »Was, wenn er sie heiratet? So etwas tun Männer in seinem Alter, sie heiraten Frauen, die nur halb so alt sind wie sie selbst und glauben, sie wären dadurch selbst wieder jung. Man kann ruhig mit dem Teufel speisen, wenn der Löffel nur lang genug ist.«

Kälte ersetzte Ungläubigkeit und Wut. Es würde keine Heirat geben außer der, die Renée und Leutnant Saylor planten. Alice würde sich mit all ihrer Kraft dafür einsetzen. »Ich kümmere mich darum.«

»Ich habe noch einige Neuigkeiten für dich. Am französischen Hof erzählt man sich überall davon. Arabella Churchill ist in Paris, sie hat einen Sohn entbunden.« Arabella war die Geliebte des Herzogs von York. Es war sein Sohn. Tante Breys Brust schwoll vor Vergnügen darüber an, noch mehr Skandalöses berichten zu können. »Und die kleine Schauspielerin Nellie Gwynn hat plötzlich ein

Stadthaus in Pall Mall. Seine Majestät schlendert durch den St. James's Park und besucht sie über die Gartenmauer. Wenn er glaubt, er könnte sie zu einer von uns machen, dann irrt er sich gewaltig. Ich werde nicht vor einer Schauspielerin knicksen. Und rate mal, wer nicht länger in Whitehall ist. Das errätst du nie. Die Herzogin von Cleveland ist aus dem Palast ausgezogen und wohnt jetzt woanders.«

»Die große Kuh ist endlich gestürzt«, seufzte Alice erleichtert.

»Was hast du gesagt? Es gibt keine Kühe in Whitehall. Nur im St. James's Park, wie du sehr wohl weißt. Wovon sprichst du?«

Renée kam in den Garten und legte die Hand über die Augen, um sie vor dem hellen Sonnenlicht zu schützen. Alice betrachtete sie nachdenklich. Du begleitest mich nach England, hatte Alice zu ihr gesagt. Ich werde einen angemessenen Platz für dich finden. Sie hatte geglaubt, Renée würde irgendwo als Gesellschafterin einer Hofdame unterkommen können. Hah! Wir werden viel Spaß haben, du und ich, hatte sie gesagt. Du wirst meine kleine Cousine sein. Die kleine Cousine schien sehr gut ohne sie auszukommen.

»Ich wollte mich verabschieden, bevor ich gehe.« Sie beugte sich vor und legte ihre Wange an Alice'. »Bist du mir böse?«

»Nein«, log Alice.

Ihre Tante rümpfte die Nase.

An diesem Abend ging Alice zum englischen Botschafter, bevor er das Haus für eine Abendveranstaltung verließ. Gekleidet in Satin und Spitze mit einer dicken dunklen Perücke, die ihm bis über die Schultern hing, sah Lord Montagu großartig und unnahbar aus. Seine Feder kratzte wichtig über das Papier, das vor ihm lag. Alice ließ ihn nicht in Ruhe, wie es von einem gehorsamen Mädchen erwartet wurde, sondern wartete kühl vor dem Tisch, an dem er saß, bis er gezwungen war, zu ihr aufzusehen.

»Ich bin gleich fertig.«

»Oh, es ist nichts Wichtiges. Ich habe nur ein paar Fragen, zum Beispiel, wann Seine Hoheit vorhat, England wieder zu verlassen?«

»Das exakte Datum seiner Abreise steht noch nicht fest.«

Buckingham war im Augenblick der Mittelpunkt der Pariser Gesellschaft, hatte an Prinzessin Henriettes Beerdigung teilgenommen wie ein Potentat, erregte viel Aufmerksamkeit am Hof und wurde von allen empfangen und unterhalten, als sei er der König von England.

»Mademoiselle de Keroualle sorgt sich, was passieren wird, wenn wir zurück in England sind. Ich fürchte, das tue ich auch.« Sie beobachtete, wie Lord Montagu die Lippen schürzte, den Federhalter sorgfältig ablegte, sodass die Tinte keinen Fleck auf dem Brief hinterlassen würde.

»Euer Vater hat großzügigerweise angeboten, sie unter seine Fittiche zu nehmen, wie Ihr wisst, da ihr so freundlich wart, dieses Angebot zu überbringen. Sie wird bei ihm wohnen und unter seinem persönlichen Schutz stehen, bis sie ihre Stellung im königlichen Gefolge einnimmt.« Seine Stimme war kühl.

»Ja, und genau diese Sache ist mir nicht ganz klar. Niemand hat mir etwas davon gesagt. Was für eine Stellung wird das sein?«

»Ehrenjungfer von Königin Katharina, genau wie Ihr.« Montagu war nicht einmal durch das Zucken eines Augenlides anzumerken, wie überraschend diese Wendung eigentlich war. Aber vielleicht, dachte Alice eisig, überraschte sie ihn ja auch gar nicht. »König Charles fühlt sich für sie verantwortlich«, fuhr Montagu fort.

»Die Königin von Frankreich kann sie nicht aufnehmen?«

»Vergebt mir meine Offenheit, aber Ihr wisst, wie die Franzosen zu Stammbäumen stehen. Wer der Königin dient, muss aus den besten Familien stammen. Das wäre völlig ausgeschlossen.«

»La Grande Mademoiselle?« La Grande Mademoiselle war eine Prinzessin am Hof, eine Cousine von König Louis.

»Stellt die gleichen Ansprüche wie die Königin von Frankreich. Ich kann Euch gar nicht sagen, wie froh Mademoiselle de Keroualles Eltern sind, dass sie von einer Familie wie der Euren aufgenommen wird und dass für sie gesorgt ist. Sie haben Eurem Vater einen Brief geschrieben, in dem sie sich bei ihm bedanken.« Lord Montagu lächelte Alice an. »Ich selbst kann gar nicht ausdrücken, wie dankbar ich dafür bin, Euch an ihrer Seite zu wissen. Es macht ihre Fahrt in ein fremdes Land so viel weniger beängstigend. Ihr seid so unendlich rücksichtsvoll, Mistress Verney.«

Rücksichtsvoll?, dachte Alice. Ich bin eine Närrin.

Seine Hoheit der Herzog von Buckingham ließ sich viel Zeit mit seiner Rückkehr nach England.

»Lass uns die Zeit in Paris einfach genießen«, sagte Alice zu ihrer Tante.

Sie führte Renée und ihre Tante von Geschäft zu Geschäft und ließ sie staunen über die Auswahl an Stoffen, bunten Federn, weichem Leder für Handschuhe und Schuhe, Fächer, Schleifen und Knöpfen. Sie stellte ihnen ihre Schneiderin vor. Sie bat den königlichen Tanzmeister, vorbeizukommen und ihrer Tante Tanzstunden zu geben. Sie biss sich auf die Zunge, als er, ohne zu fragen, Renée ebenfalls unterrichtete. Sie besuchte mit ihrer Tante Madame de Lafayette, die eine sehr gute Freundin der Prinzessin gewesen war; sie gingen zusammen durch den großen Garten des Luxembourg-Palastes, der La Grande Mademoiselle gehörte, und bewunderten die kunstvollen Brunnen, die Katharina von Medici in Auftrag gegeben hatte. Sie sahen sich die riesigen Triumphbögen an, die König Louis im Zuge der Verbreiterung der Pariser Straßen bauen ließ. Sie tranken Kaffee und heiße Schokolade in kleinen Cafés. Die Königin von Frankreich, die aus Spanien stammte, hatte das Trinken von heißer Schokolade eingeführt, und der türkische Botschafter den mit Zucker gesüßten Kaffee. Sie gingen in das Palais Royal, Monsieurs Wohnsitz in Paris, und besuchten die beiden mutterlosen Prinzessinnen. Dort ließ Alice eine Nachricht an Beuvron überbringen.

»Besuch mich«, schrieb sie. »Ich vermisse dich. Komm und lass uns über den neuesten Klatsch sprechen. Ich muss mir einige Anwesen im Marais anschauen. Begleite mich dorthin, und sei mein Berater.« Aber die Tage des Augustes verstrichen, und er kam nicht. Sie bestand darauf, schickte ihm eine zweite Nachricht und dann eine dritte. Und zwischen all dem Trubel schrieb sie auch einen sehr langen Brief an Balmoral, in dem sie die Beerdigung beschrieb.

Alice warf ihre Sticknadel voller Abscheu hin. Sie saß vor einem hölzernen Gestell, das einen großen runden Stickrahmen hielt. Sie stickte mit Perlen. Es war gerade in Mode, komplizierte Muster aus Hunderten von kleinen Perlen zu sticken. »Ich werde blind davon. Oh, wann fahren wir endlich nach England zurück? Lass uns die Koffer packen und gehen, Tante Brey.«

»Das wird nicht nötig sein.« Tante Brey sah von einem Brief auf, der gerade gekommen war. »Seine Hoheit der Herzog von Buckingham lässt durch seinen Sekretär ausrichten, dass wir in vier Tagen abreisen.«

Ein Lakai kam in den Salon. »Comte Armand Beuvron fragt, ob Ihr ihn zu empfangen wünscht?«

Alice klatschte in die Hände und lief ihm entgegen, als er eintrat. Er sah aus wie immer, schwungvoll, munter, bereit, sich unterhalten zu lassen und selbst zu unterhalten.

»Ich hatte die Hoffnung schon aufgegeben, Beuvron! Wir wollten gerade zum Marais aufbrechen. Nichts trifft sich besser. Bitte, sag, dass du uns begleiten wirst. Tante, ich möchte dir den Mann vorstellen, der mich in der ersten Zeit im Gefolge von Prinzessin Henriette unter seine Fittiche genommen hat. Ich weiß nicht, was ich ohne seinen guten Rat und seine Freundlichkeit getan hätte.«

»Dann seid Ihr wohl dieser Beuvron, von dem sie so viel erzählt hat?«

»Aber Ihr seid zu jung, um Mademoiselle Verneys Tante zu sein«, meinte Beuvron. »Das muss ein Missverständnis sein, oder Eure Nichte hat mich angelogen. Ich spreche doch sicher nur mit einer älteren Schwester.«

»Ihr seid zu gütig.« Tante Brey klang frostig, aber Alice konnte sehen, dass sie geschmeichelt war. Nach einem Nachmittag mit Beuvron in seiner alten Form würde sie ihm aus der Hand fressen.

Draußen spazierten sie und Beuvron einige Schritte vor ihrer Tante. »Warum hast du mich nicht schon viel eher besucht?«

»Ich habe mich geschämt. Ich habe noch nicht vergessen, wie ich dich behandelt habe, selbst wenn du so freundlich warst, es zu tun.«

Und was bringt dich jetzt her?, dachte Alice. Sie flanierten über den eleganten Place Royal. In der Mitte stand eine Statue von König Louis' Vater, und Herrenhäuser bildeten eine breite Front mit zahlreichen Fenstern. Sie sprachen über Prinzessin Henriettes Beerdigung. Er war unter den Trauergästen gewesen, die Monsieurs Gefolge vertraten, und nun berichtete er ihr von einigen alten Gerüchten über die Prinzessin.

»Prinzessin Henriette war die Geliebte des Königs. Es war ein schrecklicher Skandal. Die Königinmutter hat sich furchtbar darüber aufgeregt und verlangt, dass sie sich schicklicher verhalten sollten. So ist es zu La Vallière gekommen, weißt du. Sie sollte als Lockvogel fungieren – flirte mit meinen Ehrenjungfern, hatte Madame ihm gesagt –, nur hat König Louis sich dann unsterblich verliebt. Er hatte nur noch Augen für La Vallière, und glaub mir, andere haben versucht, ihn von ihr wegzulocken, inklusive der hochwohlgeborenen Hexe, die jetzt erfolgreich war.«

»Das muss zehn Jahre her sein. Woher weißt du das? Du musst noch ein Kind gewesen sein.«

»Für wie alt hältst du mich denn?«

»Zwanzig. Höchstens.« Sein Gesicht war attraktiv und glatt, aber ein forschender Blick in seine Augen sagte ihr etwas anderes. »Nein«, korrigierte sie sich. »Du bist schon fünfundzwanzig.«

»Zähl noch einmal sieben Jahre dazu, und du kommst der Wahrheit sehr nahe.«

»Nimmst du irgendeinen Zaubertrank, damit man dir dein Alter nicht ansieht?«

»Das tue ich in der Tat, meine Liebe. Es gibt eine Hexe, die La Voison genannt wird, die ihn verkauft und noch viele Dinge mehr. Alle gehen zu ihr.«

»War Monsieur eifersüchtig?«

»Nun, sie entsprach eigentlich nicht seinem Geschmack, aber Prinzessin Henriette war seine neue Frau, und sie waren jung und sahen so gut zusammen aus. Du kannst dir nicht vorstellen, was für ein schönes Paar sie damals waren. Sie liebten beide den Tanz und die Musik, und sie hatten gerne Leute um sich. Ihr Geschmack war ausgezeichnet, ihre finanziellen Mittel unerschöpflich. Deshalb waren ihre Gemächer sofort mit so viel Leben erfüllt – und unsere Königin ... du weißt schon ...«, Beuvron zuckte gutmütig die Schultern, »halb Nonne, halb Zwerg, damals schlimmer noch als heute. Keine wirkliche Partnerin für den schneidigen jungen Mann, der der König damals war. Madame war so bezaubernd – bis zu ihrer Heirat hatte sie niemand wirklich wahrgenommen, aber plötzlich war da diese schillernde, lebhafte Nixe direkt vor unserer Nase. Und so viel Spaß, es machte so viel Spaß, mit ihr zusammen zu sein! Wir strömten alle in ihre Gemächer, und auch der König amüsierte sich dort, und dann wurde ihm klar, dass er schließlich der König war. Er nahm sie Monsieur weg, stach ihn einfach aus, und wo sie vorher zu dritt gewesen waren, gab es plötzlich nur noch die beiden. Schockierend. Seine Mutter hätte fast der Schlag getroffen. Monsieur war ganz benommen, so überrascht und verletzt war er, und dann hat La Vallière Seine Majestät eingefangen, und noch dazu mit ihrer Unschuld.«

»Und hat ihn wieder verloren.«

»Oh, das war abzusehen. Sie konnte einfach nicht Schritt halten. Und sie hatte keinen Stil, wusste nie, wie man bei Hof vorgehen muss. Hat nichts von ihm verlangt, sich nicht um ihr Äußeres gekümmert. Vor drei Jahren sah sie noch wie eine Hexe aus, glaub mir, dünn wie eine Bohnenstange und so schreckhaft, dass sie jedes Mal zusammenfuhr, wenn jemand Buh sagte. Alle schämten sich für ihn. Und wer war sie überhaupt? Die Tochter eines Soldaten, ein Niemand. Das zumindest muss man der Neuen lassen, sie mag eine sehr scharfe Zunge haben, aber sie stammt aus einer der besten Familien Frankreichs, und das merkt man. Sie zieht sich hervorragend an, ist eine ausgezeichnete Gastgeberin, weiß über alles Bescheid und ist außerdem die geistreichste Frau in ganz Frankreich. Wir haben letztens beim Abendessen Tränen gelacht. Wenn du gesehen hättest, wie sie La Grande Mademoiselle nachmacht, würdest du dich auch totlachen. Wir wären fast gestorben. Der König hat sich gebogen. Man darf ihn nicht langweilen. Das war der Fehler von La Vallière. Sie fing an ihn zu langweilen. Und Kinder?« Er erschauderte, als sprächen sie über Straßenratten. »Kinder ruinieren eine Frau, oder zumindest hat die Schwangerschaft *sie* ruiniert. La Montespan hat ihrs geworfen wie eine Katze, und nichts hat sich dadurch geändert, deshalb hat auch niemand etwas bemerkt.«

»Also haben sie ein gemeinsames Kind?«, fragte Alice, hocherfreut über diese Informationen, die sie nach Hause tragen würde.

»Man hält es geheim. Der Ehemann, weißt du, ist ein wilder Geselle, der es als sein eigenes beanspruchen würde, wenn er es fände. Er trägt den Verlust seiner Frau nicht gerade mit Fassung. Hat das ganze letzte Jahr über Schwarz getragen, und wenn ihn jemand nach dem Grund fragte, gab er an, um seine Frau zu trauern. Seine Majestät ist es nicht gewohnt, dass jemand ihm etwas verweigert. Und jetzt pass gut auf! Die Leute sagen, dass zwar beide seine Geliebten sind, dass aber nur eine von ihnen weiterhin Kinder empfangen wird. Interessant, findest du nicht?«

Sie hielten vor der riesigen Kutscheneinfahrt des Stadthauses, das einmal dem großen Kardinal Richelieu gehört hatte. Es war für eine enorme Summe auf dem Markt, und Alice überlegte, ob es etwas für ihren Vater wäre. Sie drückte Beuvrons Arm. »Ich bin so froh, dass ich meinen Mut zusammengekratzt und an dich geschrieben habe, obwohl ich die Hoffnung schon aufgegeben hatte, dass du kommen würdest. Was damals einen Keil zwischen uns trieb ...«

»... ist tot und begraben. Das ist ein ziemlich großes Stadthaus. Ist dein Vater so reich?«

»Nein, aber er hat viele Freunde unter den Goldhändlern in London. Ich dachte, er könnte sich vielleicht mit einigen anderen zusammenschließen, um das hier zu kaufen.« Die Goldhändler waren auch Geldverleiher. Sie blickte Beuvron ins Gesicht, dann wandte sie den Kopf ab und sagte leichthin: »Brauchst du Geld?«

»Gibt es Wasser im Meer? Ich schulde dir ohnehin schon viel zu viel. Komm, dann lass uns mal durch diesen riesigen Steinhaufen gehen, den der berühmte Kardinal gebaut hat, und nachsehen, ob wir irgendwo Geister finden. Es sollte ein paar geben. Was für Geschichten diese Steine wohl erzählen würden, wenn sie sprechen könnten! Er und die Königinmutter waren Erzfeinde. Wir waren damals im Krieg mit Spanien – sie war Spanierin und nicht auf der Seite Frankreichs, zumindest damals noch nicht.«

Und so führte er Alice und ihre Tante von Zimmer zu Zimmer und erzählte charmant Geschichten, als wäre es sein Haus und als fühle er sich geehrt, es ihnen verkaufen zu können. Der Angestellte, der ihnen die Tür geöffnet hatte, kam kaum zu Wort.

Zurück bei Lord Montagu ließ Alice Beuvron im Garten zurück, ging in ihre Kammer, holte ein kleines Kästchen und stieg damit wieder die Treppe hinunter. Ihre Tante saß in dem Zimmer, von dem aus man den Garten überblickte, und beobachtete Beuvron, während sie Patiencen legte. »Was hast du denn da, Alice?«

»Ein paar Briefe, die ich Beuvron gerne vorlesen möchte.«

»Aha. Bleib bitte dort, wo ich dich sehen kann. Er ist ein charmanter, aber sehr frivoler Mann, muss ich sagen.«

Im Garten setzte sich Alice mit dem Rücken zu ihrer Tante und öffnete das Kästchen mit einem Schlüssel, der sich in einer geheimen Tasche in ihrem Kleid befand.

»Du Glückspilz«, meinte Beuvron, und seine Augen ruhten auf den Münzen, die sich in dem Kästchen stapelten.

»Mein Vater hat darauf bestanden, dass ich es mitnehme, für den Fall, dass mir ein Missgeschick widerfährt. Ohne Freunde und Familie kann man es schaffen, aber niemals ohne Geld – das ist sein Motto.« Sie stapelte schweigend einige Münzen zwischen ihnen auf. »Das gehört dir.«

»Alice, das kann ich nicht ... ich schulde dir sowieso schon viel zu viel.«

»Du weißt etwas, das ich gerne wissen möchte. Beantworte meine Fragen, und wir sind quitt und sogar mehr als das. Ich möchte alles über den Tag wissen, an dem Madame starb.«

»Ich kann darüber nicht sprechen.«

Alice legte die Münzen in das Kästchen zurück und schloss den Deckel, aber sie bemerkte etwas in Beuvrons Gesicht, ein kurzes verzweifeltes Aufflackern. Er hatte hohe Schulden, das wusste sie. Sie beschloss, es zu riskieren. Sie nahm die Münzen wieder heraus und legte sie vor ihn, dann schloss sie das Kästchen und sagte: »Ich muss jetzt hinein. Genieß noch einen Moment die Sonne, bevor du gehst. Wenn du die Tür dort vorn in der Mauer nimmst, kommst du wieder auf die Straße. Ich erwarte, dass du mich morgen begleitest. Es gibt noch ein anderes Haus, eines, das einem hochrangigen Polizisten des Königreichs gehört hat und wie eine Festung aussieht.«

Er legte seine Hand über die Münzen. Die angenehme, heitere Maske des ewigen Jünglings verschwand, und er sah älter aus, kantiger. »Frag mich, was du willst.«

»War das Gift im Wasser? Dasselbe Wasser wurde einem Hund gegeben, und er starb nicht. Und der Prinz trank davon. Also kann es nicht darin gewesen sein. Hat der Chevalier de Lorraine ein besonderes Gift geschickt?« Und als Beuvron nicht antwortete:

»Dann hat er das Gift durch Henri Ange geschickt, nicht wahr? Wusste Monsieur davon?«

»Jedes Mal, wenn in Paris jemand stirbt, schreit die ganze Welt Gift.« Beuvrons Stimme klang müde, und er blickte an ihr vorbei auf ihre Dienerin Poll, die die Hunde durch die Tür führte, durch die man in den Garten gelangte. Die kleinen Spaniels flitzten über die Terrasse und sprangen an Beuvron hoch, den sie wiedererkannten.

»Ihre Hunde? Du nimmst sie mit zurück? Das freut mich.«

»König Charles will es so.«

Er stand auf und verbeugte sich vor ihr. »Wann wünschst du mich morgen zu sehen?«

Sie war verärgert, aber sie wusste, dass sie ihn nicht drängen durfte. »Um zehn Uhr morgen früh.«

Sie standen zusammen im Hof eines Hauses aus dem fünfzehnten Jahrhundert und betrachteten die kunstvollen Eisenbalkone, während ihre Tante die Steinmetzarbeiten unter den Fenstern untersuchte, imposante Eberköpfe auf Medaillons. Beuvron ließ etwas in ihre Hand gleiten. Es war eine winzige Uhr an einer Kette mit einem blauen Emailledeckel. In der Mitte befand sich ein Diamant. Im Moment bezahlten die Männer ihre Wetten mit kleinen Uhren wie diesen. »Das Glück ist mir wieder hold. Ich habe letzte Nacht gewonnen. Es könnte sein, dass etwas auf den Rand der Tasse gestrichen wurde.«

Alice erstarrte, weil sie Angst hatte, dass irgendeine Bewegung ihn zum Schweigen bringen würde.

»Und deine eigene kleine Königin nimmt sich besser in Acht. Seine Hoheit der noble Herzog von Buckingham führt etwas im Schilde. Er hat sich gestern eine Stunde lang mit dem Marquis d'Effiat getroffen, und sie haben sich nicht über Mode unterhalten. Und er hat die Hexe Voison in sein Haus kommen lassen.«

»Ich verstehe nicht.«

»Sie verkauft Zaubertränke, Alice, Liebestränke, Pulver. Gift.«

Genau in diesem Moment hielt ein Mann vor dem riesigen Eingangstor inne, das weit und hoch genug war, um eine Kutsche hindurchzulassen. »Mademoiselle Verney, seid Ihr das?«, rief er.

Beuvrons Gesicht wurde blass, und er trat einen Schritt zurück, als Alice beobachtete, wie Henri Ange den Hof betrat und mit seinem glatten Lächeln auf sie zukam, den Blick auf ihr Gesicht geheftet. Ihr Herz klopfte laut in ihren Ohren.

»Was für ein Zufall, dass wir uns wiederbegegnen. Die Welt ist klein, nicht wahr?«

»Wie geht es Euch?«, fragte Alice und erinnerte sich daran, wie er die Arme von hinten um sie geschlungen hatte, an das unheilvolle Flüstern in ihrem Ohr. Danke, mein lieber Henri Ange. »Wo lebt Ihr denn jetzt? Nicht mehr in Monsieurs Gefolge, wenn ich richtig informiert bin?«

»Nein«, antwortete er, ohne wirklich zu antworten. »Beuvron«, Anges Blick traf den anderen Mann, »es ist lange her, dass wir beide uns gesehen haben. Wie geht es Euch?«

»Gut.«

»Er begleitet mich und meine Tante bei der Besichtigung einiger Anwesen«, erklärte Alice und hakte sich bei Beuvron unter. »Niemand kennt sich in Paris besser aus. Eigentlich geht es ihm gar nicht gut. Ich habe ihn von seinem Krankenlager gezerrt.« Deshalb benimmt er sich so merkwürdig, hätte sie fast gesagt, aber sie konnte sich gerade noch beherrschen.

»Ihr zieht nach Paris?«

»Oh nein. Mein Vater versucht sich als Spekulant. Ich bin nur sein ausführender Arm.«

»Euer Vater kann sich glücklich schätzen, eine so ergebene Tochter zu haben. Dürfte ich mir Beuvron ausleihen, wenn Ihr hier fertig seid? Ich denke selbst darüber nach, ein Haus zu kaufen.«

Alice konnte buchstäblich spüren, wie Beuvron neben ihr erzitterte. »Heute nicht«, erklärte sie fest. »Wir müssen uns noch mehr ansehen, und ich bin auf seine Meinung angewiesen, selbst wenn ich ihn damit in den Tod treibe.« Entsetzt über ihre unglückliche Wortwahl wandte sie sich abrupt an ihre Tante und platzte heraus: »Lasst mich Euch meine Tante vorstellen.«

»Gehörtet Ihr nicht auch zu Monsieurs Gefolge?«, fragte Tante Brey in ihrem schlechten Französisch, nachdem Alice sie einander vorgestellt hatte.

»Das tat ich.«

»Wart ihr auf Madames Beerdigung?«, fragte ihre Tante.

»Leider nein. Die Kathedrale war überfüllt, und es gab keinen Platz für einen Handlanger wie mich, keinen Platz in der Herberge, sozusagen.«

»Die Predigt von Bossuet war ausgezeichnet. Ihr müsst Euch eine Abschrift besorgen und sie lesen. Was für eine Schande, dass sie gestorben ist«, meinte Tante Brey. »Wisst Ihr, die Leute in London glauben, sie wurde vergiftet.«

»Sagen Sie das, ja?«

»Das tun sie in der Tat. Sie sagen, dass die jungen Männer aus Monsieurs Gefolge es getan haben, dass sein Geliebter dahinter steckt.«

Ange lächelte, so jungenhaft wie ein Engel. »Die Leute reden viel, nicht wahr? Die Wahrheit ist immer zu prosaisch.« Er blickte Alice in die Augen. »Sie wollen jemandem die Schuld geben.«

Sie erschauderte genau wie Beuvron zuvor. Ange sah es, und sein Lächeln wurde breiter. »Ich muss Euch jetzt verlassen, aber es war mir ein Vergnügen, Euch so unerwartet getroffen zu haben, Mademoiselle Verney. Werdet Ihr und Eure Tante noch lange in Paris sein?«

»Nein«, erwiderte Alice.

»Nun, dann, Mademoiselle, Lady Brey, ich muss weiter. Beuvron, alter Freund, wir werden uns bald wiedersehen, das verspreche ich.«

Er verbeugte sich und ging durch den steinernen Bogen. Alice und Beuvron folgten ihm auf die Straße und sahen ihn den Platz überqueren.

»Ich glaube, ich werde ohnmächtig«, sagte Beuvron. »Hast du gehört, wie er mir gedroht hat?«

»Komm mit mir zu Lord Montagu. Erzähl ihm, was du mir erzählt hast. Komm mit mir nach England.«

»Ich werde kein Wort zu Lord Montagu sagen.« Beuvron stand kurz vor einem hysterischen Anfall. Seine Stimme war schrill. »Und ich flehe dich an, ihm nichts zu sagen! Wenn dir unsere Freundschaft irgendetwas bedeutet, dann behältst du das, was gesagt wurde, für dich, weil ich alles abstreiten werde, wenn mich jemand danach fragt! Alles! Gütiger Himmel, mir ist schlecht. Ich muss sofort ein Glas Wein haben. Ich werde monatelang jeden Bissen, den ich in den Mund nehme, vorkosten lassen müssen. Was für ein Unglück, dass er ausgerechnet hier vorbeikam. Ich verlasse dich jetzt, Alice, und ich flehe dich um unser beider willen an zu schweigen.«

Er überquerte ebenfalls den mit Kopfsteinpflaster bedeckten Platz und ging dann in die entgegengesetzte Richtung von Henri Ange davon.

»Wo ist dein kleiner Freund?«, fragte Tante Brey, als Alice in der Halle des Hauses zu ihr stieß.

»Er fühlt sich nicht gut.«

Im Palais Royal rannte Beuvron hinauf auf den Speicher, von dem aus man ganz Paris überblicken konnte, zu der Schlafkammer, die man ihm zugewiesen hatte, als sein Geld zur Neige ging und er es sich nicht mehr leisten konnte, eine Wohnung zu mieten. Er schlug die Tür hinter sich zu und holte tief Luft, als sei es vorher nicht sicher gewesen zu atmen.

»Ein wunderschöner Nachmittag.«

Er zuckte zusammen, fuhr herum und sagte mit schriller Stimme, die er nicht länger unter Kontrolle hatte: »Ihr habt mich zu Tode erschreckt! Was denkt Ihr Euch dabei, Euch in mein Zimmer zu schleichen.«

Richard lehnte sich auf dem Stuhl zurück, auf dem er saß. »Es schien der perfekte Ort, um auf Euch zu warten.«

»Wie seid Ihr hier hereingekommen?«

»Niemand beachtet einen, wenn man die richtigen Kleider trägt.«

Beuvron wurde bewusst, dass der englische Leutnant die gleiche Livree trug wie alle Lakaien des Hauses. Sein Haar war zu einem Pferdeschwanz gebunden und wurde von einer schwarzen Schleife zusammengehalten.

»Schulde ich Euch Geld? Ist es das?« Er war mit den Nerven am Ende. Erst die Begegnung mit Ange, und nun erschien Richard in seiner Kammer wie ein Geist. »Dann seid Ihr zur rechten Zeit gekommen.« Er zog die Münzen aus seiner Tasche und warf sie aufs Bett. »Wenn Ihr mehr wollt, müsst Ihr Euch hinten anstellen.«

»Ich will Informationen von Euch.«

»Will das nicht jeder?« Beuvrons Tonfall war scharf.

»Wer hat noch mit Euch gesprochen?«

»Alice Verney.«

Richard lächelte. Sein Lächeln war breit und ein wenig beunruhigend. Gütiger Himmel, Richard war schön. Beuvron fühlte sich halb verführt. »Was wollte sie wissen?«

»Warum sollte ich Euch das sagen?«

Richard deutete auf die Münzen, die auf dem Bett lagen. »Für mehr davon, als Ihr Euch vorstellen könnt.«

»Wer würde so viel zahlen?«

»Ein großer Mann.«

»Was will er?«

»Er will etwas über ein bestimmtes Kästchen mit Briefen wissen. Er hätte diese Briefe gern.«

»Das kann ich nicht.« Beuvrons Stimme wurde wieder schrill. »Das tue ich nicht.«

»Dann Abschriften der Briefe. Kommt schon, mein Freund, denkt nach. Das könnte doch arrangiert werden, nicht wahr? Ist Monsieur wirklich noch so daran interessiert?«

Es stimmte. Nun, da die Beerdigung vorbei war, erschien die Prinzessin ihnen allen wie ein böser Traum. Der kleine Übersetzer, der sich mit den Briefen beschäftigte, langweilte sich bereits, drückte sich vor der Arbeit. Monsieur war einen Augenblick lang interessiert gewesen, war ungeduldig geworden und hatte sich etwas Neues gesucht.

»Ich möchte das Kästchen sehen. Könnt Ihr mich hinbringen?«

»Jetzt?«

Richards Stimme war sanft. »Ich werde nichts tun, was Euch gefährdet. Lasst mich das Kästchen sehen, lasst mich sehen, dass es wirklich existiert, und ich werde Euch reich dafür entlohnen.«

Und Beuvron führte Richard tatsächlich eine Hintertreppe hinab, durch einen Korridor. Die ganze Zeit über dachte er: Was tue ich da? Warum tue ich das? Das Palais Royal war voller Räume und Korridore. Er öffnete eine Tür und steckte den Kopf hindurch. Der Übersetzer war tatsächlich nicht da. Er hatte eine Affäre mit d'Effiat. Beuvron blieb an der Tür stehen, während Richard sich in dem Zimmer umsah. Er gestattete sich, die makellose, effiziente Art zu bewundern, mit der sich der Engländer bewegte. Dort, auf einem Tisch, stand, für alle Welt zu sehen, das kleine Kästchen. Zumindest hat der Übersetzer Verstand genug besessen, es abzuschließen, dachte Beuvron. Er schämte sich plötzlich dafür, dass sie sich alle wie verwöhnte Kinder benahmen, die ihrer Spielzeuge zu schnell müde wurden, denen nichts mehr etwas wert war. Er beobachtete, wie Richard das Kästchen hochhob und es von allen Seiten betrachtete, bevor er es zurückstellte und ein Bündel Papier aufhob, das von einer roten Schleife zusammengehalten wurde.

»Was haben wir denn hier?«, fragte er leise. Er öffnete die Schleife und überflog die Papiere, lächelte wieder.

Beuvron beobachtete voller Entsetzen, wie Richard die Papiere und Bücher auf dem Tisch durchwühlte, sah, wie er die rote Schleife um leere Seiten band, nicht um die Blätter, die sie ursprünglich umschlossen hatte. »Was tut Ihr da? Hört auf!«

Richard legte den Finger an die Lippen, trat durch die Tür und ging voran, zurück in Beuvrons Kammer.

Wie findet er so einfach den Weg zurück?, fragte sich Beuvron. Ist er ein Bluthund? In seinem Schlafgemach herrschte er ihn an: »Ihr gefährdet mein Leben mit dem, was Ihr getan habt! Ich verlange, dass Ihr mir diese Briefe aushändigt ...«

»Oder was? Werdet Ihr mich schlagen?« Richard lachte. »Ich werde diese Briefe mitnehmen und bringe sie morgen wieder zurück. Niemand wird etwas merken, und unser hoher Herr wird sehr zufrieden sein.«

»Ich kann das nicht erlauben! Ich werde Monsieur davon berichten.

»Der in Versailles ist, nicht wahr? Bis ihr dorthin- und wieder zurückgeritten seid, bin ich längst fort.«

Beuvron war verzweifelt. »Wie zufrieden?«

»Es ist ihm sechs Louisdor wert.«

Das war eine enorme Summe.

»Zehn.« Aber der Engländer wusste, dass er mit weniger zufrieden sein würde. Er spürte es und verfluchte sich selbst für seine Dummheit. Lass ihn mir fünf anbieten, dachte er. Ich bin mit fünf zufrieden.

»Acht.«

Beuvron lächelte. Richard war ein Ehrenmann. Für acht würde er in Angst leben und noch viel mehr tun.

»Ich werde morgen mit den Briefen zurück sein und mit Eurem Geld.« Richard stand auf und streckte die Hand aus. »Haben wir eine Vereinbarung?«

»Die haben wir.«

»Was hat Euch Mistress Verney gefragt?«

»Sie wollte alles über den Tag wissen, an dem die Prinzessin starb.«

»Wie viele Louisdors würde das kosten?«

»Diese Information ist unverkäuflich.« Beuvron musste nur an Henri Ange denken, um nackte Angst in sich aufsteigen zu fühlen. Als die Tür sich wieder schloss und Richard gegangen war, trat er an das Fenster, von dem aus man über die Dächer von Paris blicken konnte. Der Schatten von Henri Ange wurde kleiner. Wenn er nicht von ihm sprach, würde er nicht an ihn denken müssen. Acht Louisdor. Er würde seine Schulden bezahlen und neu anfangen können. Er atmete die laue Sommerluft ein. Oder er würde weiter spielen können.

In der Halle der Dienerschaft zog sich Richard seine eigene Jacke über, löste die Schleife und ließ sein Haar über die Schultern fallen, hob die Livreeuniform auf, faltete sie sauber zusammen und verließ den Palast. Im Garten war er einfach einer von vielen Parisern, die Monsieurs Großzügigkeit genossen. Ein paar Häuserblocks weiter fand er einen Schreiber, der sein Tintenfass füllte und die Feder bereithielt, um die Briefe abzuschreiben.

»Ich bin heute Abend zurück«, sagte er dem Mann.

Dann ging er zu einem Kloster, das in der Nähe lag; man hatte ihm die leer stehende Zelle gegeben, die von Pilgern benutzt wurde. Man hatte ihm abgenommen, dass er ein englischer Katholik war – schon wegen des Geldes, das er ihnen gab. Das Verlangen, Renée zu besuchen, ihr eine Nachricht zu schicken und sie zu bitten, ihn heimlich zu treffen, verließ ihn nie. Es war so stark wie sein Herzschlag, aber wenn er es tat, gefährdete er seine Mission. Balmoral würde einen solchen Fehler nicht verzeihen; ein falscher Schritt, und er würde nicht länger in der Gunst des Herzogs stehen, der ihm mit seinem Vertrauen eine große Ehre erwiesen hatte. Er zog sich um, trug jetzt Satinumhang und Kniehose wie ein Pariser Dandy, puderte sich das Gesicht und klebte sich einen Schönheitsfleck auf die rechte Wange, wie man das hier tat. Eine schwere Perücke, und er würde sich selbst nicht erkennen, wenn er sich zufällig in einem Spiegel sah. Es gab einige Spielhöllen, in denen er ein bisschen Geld verlieren und nach Männern suchen musste, die er für Balmoral kontaktieren sollte, um die Informationen zusammenzutragen, die den Herzog interessierten. Alice hatte also auch Fragen gestellt. Richard lächelte. Warum überraschte ihn das nicht?

Seine Hoheit der Herzog von Balmoral schnitt sich eine weitere Scheibe Fleisch ab.

»Als sie das erste Mal nach England kam, war sie siebzehn. Die ganze Welt kennt die Geschichte – dass ihre Mutter sie schon wenige Wochen nach ihrer Geburt zum ersten Mal verlassen musste und dass sie ihren Vater nie kennengelernt hat, weil er geköpft wurde.« Der Herzog schluckte schwer, aber auf Alice wirkte diese Geste einstudiert; er hatte es schon zu oft erzählt, und es war kein echtes Gefühl mehr dabei. »Natürlich habe ich sie als kleines Mädchen gesehen, wie sie am Rockzipfel ihrer Mutter hing, vom französischen Hof nur geduldet. Wir waren damals alle nur geduldet.« Er schüttelte den Kopf. »Eine harte Zeit.«

»Ihr seid auf Euren Füßen gelandet, wenn ich mich recht erinnere.« Tante Breys Tonfall war scharf, sie hatte keine Geduld mehr mit dem Herzog. In Wahrheit hatte Buckingham das Leben im Exil hinter sich gelassen und war schon vor der Restauration nach England zurückgekehrt. Er hatte eine Rundkopf-Erbin geheiratet und daneben, hieß es, auch noch eine Affäre mit Cromwells Tochter gehabt.

»Wollen die Damen nicht noch etwas Wein? Füllt ihre Becher nach.« Er gestikulierte mit den Armen, bereit, eine weitere Erinnerung an Prinzessin Henriette zum Besten zu geben. »Mein Gott, ich habe sie damals so geliebt ...«

»Ich glaube, das haben wir schon auf der Hinreise gehört«, meinte Tante Brey.

Sie waren in Buckinghams Kabine auf dem Vorderdeck, wo durch die offenen Fenster das Singen der Wanten zu hören war. Ein guter Wind blies sie hinüber nach England. Der Schiffskiel klagte leise, während er sich gegen das Wasser stemmte, das sie durchschnitten. Durch die Fenster konnte man die Sterne am Nachthimmel sehen, die wie Diamanten auf einem schwarzen Hofkleid verteilt waren. Der Tisch war gedeckt, als wären sie in London, mit Leinen und Silber. Laternen spendeten Licht, während das Schiff ächzte und knarrte. Was habt Ihr so lange in Paris gemacht, fragte sich Alice und starrte auf Buckinghams gerötetes Gesicht. Was für einen Plan heckt Ihr aus? Bedroht Ihr meine Königin, die niemandem etwas zuleide tut – was für Euch und Euresgleichen vielleicht genau ihr Verbrechen ist? Und was für eine Rolle spielte ihr Vater bei all dem? Und Renée? Ihr höfischer Instinkt sagte ihr, dass sich eine Intrige zusammenbraute.

»Es ist ziemlich spät, Eure Hoheit.« Tante Brey, ganz Anstandsdame, hatte beschlossen, dass er sich die Matrosen an Bord als Trinkkumpane suchen musste. »Ich fürchte, diese beiden jungen Damen müssen jetzt ins Bett.« Ich musste mir schon auf der Hinfahrt seine Prahlerei anhören, hatte sie zu Alice gesagt, als sie an Bord des Schiffes gingen, das sie zurück nach England bringen würde. Ich weigere mich, es auch noch auf der Rückfahrt zu tun.

Buckingham zog eine Grimasse, dann lächelte er – es lag viel Charme darin, der klare Beweis dafür, dass dieser Mann immer ein Galan bei Hofe gewesen war und keine andere Rolle kannte. »Nun, dann ein letzter Toast. Auf das Andenken unserer lieblichen Prinzessin, auf unsere blasse Perle, den Liebling zweier Königreiche, zweier Könige – möge sie in Frieden ruhen.«

Alle erhoben ihre Kelche und tranken. Renée bekreuzigte sich.

»Hütet Euch davor, das in England zu tun.« Buckinghams Charme war verschwunden. »Im Moment gibt es sehr viel Widerstand gegen Euresgleichen.«

»Meinesgleichen?«

»In der Tat.«

Renée stand auf, legte ihre Serviette auf den Tisch und verließ, schwankend durch die Bewegungen des Schiffs, die Kabine.

»Ein bisschen empfindlich für meinen Geschmack«, meinte Buckingham. »Sie sollte das besser ablegen. Aber hübsch, sehr, sehr hübsch, da kann ich nur zustimmen.«

Wem zustimmen?, dachte Alice. Sie entschuldigte sich, folgte Renée und klopfte an die Tür der Kabine, die sie sich teilten. Sie hatte halb gehofft, dass Renée von ihrem Vater für Buckingham nach England geholt wurde, aber das schien nicht der Fall zu sein. Sie legte das Ohr an die Tür und konnte drinnen Weinen hören. Alice lächelte und dachte an ihren Vater. Er hasste es, wenn Frauen weinten, und floh, wenn die erste Träne floss. Doch dann verschwand ihr Lächeln. Ihr Vater, der alles vergiften konnte. Sie öffnete die Tür, trat ein, setzte sich auf die Kante des Bettes und zwang sich dazu, freundlich zu sein. »Warum weinst du?«

»Oh, wegen ihr und all den Erinnerungen an sie, und wegen mir, weil ich alles verlassen muss, was ich kenne. Ich hätte nicht mitkommen sollen, ich hätte mich nicht dazu überreden lassen sollen.«

Überreden?, dachte Alice. Musste ich sie überreden? »Vielleicht nicht.«

»Darf ich in deinem Land meinen Glauben nicht ausüben?«

»Du musst nur diskret sein, das ist alles. Unsere liebe Königin ist katholisch, die Herzoginnen von York und von Cleveland sind es, sogar einige große Männer, die hoch in der Gunst des Königs stehen. Barbara auch. Du bist nicht allein, sondern unter Freunden. Als Ehrenjungfer kannst du die Königin wahrscheinlich mehrmals am Tag zum Gebet begleiten. Sie wäre froh darüber.«

»Ich wünschte, ich hätte nicht eingewilligt. Ich bin allein.«

»Das bist du nicht. Und alle haben dich in Dover so bewundert. Das werden sie wieder tun.«

»Madame war dort. Ich gehörte zu Madame. Ihretwegen war man freundlich zu mir.«

»Nicht nur ihretwegen. Du weißt, du hast mehr als ein Herz erobert, und wenn ich mich nicht irre, dann besitzt du eines wahrhaftig, und jemand wird sich sehr über deine Rückkehr freuen.«

»Mein lieber Leutnant. Ja, er wird sich um mich kümmern, nicht wahr?« Sie setzte sich auf und wischte sich das Gesicht ab. »Das vergesse ich immer. Es war so nett von dir, mir seine Briefe zu bringen. Deine Tante würde uns für unser schlechtes Benehmen sehr tadeln. Dort – in der kleinen Tasche – sind sie. Bitte sei so lieb, nimm einen heraus, und lies ihn mir vor. Vielleicht wird das meine Angst vertreiben.«

Alice wählte einen Brief aus und dachte, dass sie ihn beinahe genauso gerne lesen wollte, wie Renée ihn hören wollte.

Mademoiselle de Keroualle, ich fürchte, Ihr werdet bei meinen unzusammenhängenden Worten glauben, dass ich unter dem Einfluss des Mittsommermondes stehe. Es stimmt. Ich bin wie besessen. Es gibt ein Sprichwort in England, dass man sein Herz besser nicht auf der Zunge tragen soll, aber ich kann nichts anderes tun, wenn ich an Euch denke.

Alice holte Luft und fuhr fort.

Ihr habt mir gesagt, dass Ihr mir Euer teures Herz anvertraut. Dieses Wissen macht mich so unsagbar glücklich, und ich schwöre Euch immer und immer wieder meine Treue, meine Loyalität, hundertmal, tausendmal, ich gebe mein Leben für Euch. Wenn ich die Ehre haben werde, Euch zu meiner Frau zu machen, werden Liebe und Leidenschaft Euch niemals verlassen, und was immer ich besitze, wird auch Euch gehören. Ich werde Euch zu dem Ort meiner Kindheit bringen, nach Tamworth. Es ist mein Erbe und mein Schatz, so wie Ihr mein Schatz seid. Dort gibt es Wälder und einen Bach und ein Dorf. Das Haus ist alt. Von einem kleinen Hügel aus kann man wunderschöne Sonnenuntergänge beobachten. Eines Tages werdet Ihr dort mit mir die Sonne untergehen sehen. Als ich ein Junge war, habe ich in dem Bach geangelt und Träume geträumt, die mich noch heute begleiten. Ich glaube, ich habe von Euch geträumt. Ich muss jetzt aufhören, weil mir nicht mehr genug Platz bleibt. Euch stets ergeben verbleibe ich Euer Richard Saylor, Leutnant der Leibgarde Seiner Majestät, der auch Euch immer beschützen wird.

Alice faltete den Brief sorgfältig zusammen. »Ich wäre sehr stolz, einen solchen Brief zu erhalten.«

»Er weiß, was er will. Das bewundere ich an ihm. Ich bin oft so verwirrt.«

Warte, bis wir da sind, dachte Alice.

Kapitel 14

September

»Aber seht doch«, sagte die Schneiderin und hielt sich das schimmernde Kleid selbst an. »Dieser Farbton ist perfekt für Euer dunkles Haar und Eure großen Augen und Euren Teint. Ich nenne ihn ›Seemuschel‹. Kommt, meine Dame, lasst es mich Euch anlegen. Es wird nur einen Augenblick dauern, es abzustecken, damit es passt.«

Alice runzelte die Stirn. »Und mein Kleid ist welches?«

»Euer Kleid?«

»Ich bin die Tochter von Sir Thomas.«

»Ihr ... natürlich. Natürlich. Ihr müsst es mir nachsehen. Ich war geblendet von der Schönheit von ... von Ihnen beiden. Für die Tochter von Sir Thomas war, glaube ich, dieses weiße ...«

»Das gefällt mir nicht.«

»Nun, dann habe ich dieses blassgoldene. Seht Euch die Stickereien an ...«

»Nein.«

»Nimm das hier.« Renée bot ihr das Kleid an, dessen wunderbar sanfte Farbe das zarte Erröten einer Dame nachahmte. »Du hast dunkles Haar und dunkle Augen, es wird dir sehr gut stehen.«

Die Wahrheit war, dass es Renée am besten stehen würde. Die Wahrheit war, dass die Schneiderin nur geschickt worden war, um Renée vorteilhaft zu kleiden; an sie hatte man nicht gedacht. Die Wahrheit war, dass ihr Vater ein alter Narr war, der alles vergiften konnte, und es brach ihr das Herz und brachte ihre Pläne durcheinander.

»Ich werde das goldene anprobieren«, sagte Alice.

Als sie es anhatte, musste sie zugeben, dass es hübsch war. Die Schneiderin, die wusste, dass sie Alice verärgert hatte, gab sich plötzlich viel Mühe, raffte den Glockenrock hier und da. An den weit fallenden Ärmeln waren Öffnungen, ebenso wie an dem engen Oberteil. Die Schneiderin zog ein wenig von dem hauchdünnen, golddurchwirkten Unterkleid hindurch. Zwischen den Öffnungen saß ein quadratischer Knopf aus Opal in einem winzigen Goldrahmen. Das Unterkleid schaute auch oben aus dem Mieder heraus und betonte Alice' hübsche Schultern.

»Wir flechten dir eine goldene Schleife ins Haar und lassen es von deiner Dienerin in Hunderte von Löckchen legen, so wie Madame de Montespan ihrs trägt, dann wird es perfekt aussehen«, meinte Renée.

Aber es war Renée, die perfekt aussah.

Ihr Kleid war gestreift, zartestes Rot und blassestes Grau. Die Taille war ebenfalls lang und schmal geschnitten, und es hatte einen dünnen Gürtel mit einer kleinen silbernen Schnalle. Vom Unterkleid war nur oben am Mieder etwas Seide zu sehen, die ihre cremefarbenen Schultern und ihr ebenso makelloses Gesicht einrahmte. Sie sah zum Anbeißen aus, so köstlich wie eine feste, reife Pflaume.

»Ich habe Fächer und Handschuhe und Haarschleifen«, rief die Schneiderin und lief um Renée herum, als hätte sie selbst sie erschaffen. Es war gut fürs Geschäft, wenn diese junge Dame das Kleid tatsächlich kaufte. Andere Frauen würden sie darin sehen und dasselbe haben wollen, weil ihnen nicht klar war, dass es Renées Schönheit war, die dieses Kleid so wunderbar aussehen ließ.

»Nein«, meinte Renée zögernd. Sie schuldete Sir Thomas schon viel zu viel.

»Doch«, erklärte Sir Thomas, der gerade ins Schlafgemach trat. »Alles, was sie wünscht«, sagte er zu der Schneiderin und ließ den Blick kritisch über Renée schweifen.

»Nein, bitte, das kann ich nicht annehmen«, erwiderte Renée.

»Doch, bitte, das könnt Ihr. Ihr steht unter meiner Obhut, solange Ihr in diesem Land seid, und ich bin verantwortlich für Euer Auftreten. Ich möchte mich nicht für Euch schämen müssen. Perlen ...

Mademoiselle sollte zu ihrem Kleid am besten Perlen tragen. Habt Ihr Euren Schmuck mitgebracht, Mademoiselle?«

»Ja, Sir.«

»Geht und holt ihn.«

Dann betrachtete er Alice, die ihn mit erhobenen Augenbrauen ansah. »Die Farbe steht dir sehr gut, Liebes. Es gefällt mir. Wir nehmen auch dieses Kleid », meinte er zu der Schneiderin. »Der König von England kommt uns morgen besuchen, und ich möchte, dass die beiden ganz besonders schön aussehen.«

Renée kehrte mit ihrem Schmuckkästchen zurück und zeigte ihm ihre Perlen.

»Aber die kann man ja kaum sehen«, rief Sir Thomas.

»Mein Vater hat sie mir geschenkt.«

»Alice hat Perlen, die Ihr tragen könnt, eine Kette und ein Armband und Ohrringe und auch eine Brosche.«

»Keine Brosche«, erklärte die Schneiderin, »und ich glaube, auch keine Kette. Aber Perlen an den Ohren, das wäre wunderbar, jugendlich, engelsgleich, wenn Ihr einverstanden seid, Sir.«

»Einverstanden. Du wirst Alice' Ohrringe tragen.«

»Und was soll ich tragen?«, fragte Alice mit ruhiger Stimme.

»Oh, etwas Goldenes, denke ich. Du hast doch so viele Ohrringe.«

»Ich mag meine Tropfenohrringe. Die Prinzessin hat sie mir geschenkt.«

»Dann nimm die, die ich dir geschenkt habe. Du sollst teilen wie eine brave Schwester. Sie musste nie etwas teilen«, sagte er zu Renée und blinzelte ihr zu.

»Ich habe Ohrringe, die zu dem goldenen Kleid passen«, mischte sich die Schneiderin ein. »Mein Bruder ist Goldschmied«, erklärte sie, als würde das irgendjemanden interessieren.

»Dann wäre das geregelt«, meinte Sir Thomas.

»Darf ich sie sehen?«, fragte Alice kühl. »Vielleicht gefallen sie mir nicht«, sagte sie zu ihrem Vater und der Schneiderin und allen, die sie sonst noch herumschubsen wollten. Aber leider konnte niemand – nicht einmal sie – leugnen, dass die Ohrringe der Schneiderin wunderbar zu dem Kleid passten.

»Unverwechselbar, perfekt für die junge Dame«, meinte die Schneiderin, die in Gedanken bereits zusammenzählte, was sie heute alles einnehmen würde, und der angesichts der Summe bereits ganz schwindelig war. »Wenn ich das sagen darf, Mademoiselle«, erklärte sie Alice, »ich bin der Meinung, ihr solltet einen unverwechselbaren Stil vorziehen. Das steht euch –«

»Ihr dürft nicht.«

»Unser kleiner Gast braucht Fächer und Handschuhe und andere Dinge. Seht, was Ihr in Mrs. Tucks Kiste findet, solange sie hier ist, und sucht Euch aus, was Euch gefällt, Mademoiselle de Keroualle.« Sir Thomas war überschwänglich, ganz von sich überzeugt. »Wir erwarten morgen einen besonderen Besucher, und Ihr müsst so gut wie möglich aussehen. Er kommt, um zu erfahren, wie Eure Überfahrt war und wie es Euch geht. Und meine Tochter darf sich natürlich auch etwas aussuchen«, fügte er hastig hinzu, als er den Ausdruck auf Alice' Gesicht sah. »Was immer die beiden wünschen.«

Renée ging zu Sir Thomas, kniete vor ihm nieder, nahm seine Hand und küsste sie. Es war eine würdevolle Geste. »Niemand war jemals so gut zu mir. Ich weiß nicht, wie ich Euch das jemals zurückzahlen soll.« Sie blickte zu ihm auf. »Aber ich danke Euch von ganzem Herzen und verspreche, dass ich es eines Tages tun werde.«

»Steht auf, junge Dame. Solch liebliche Worte und Euer Anblick in diesem Kleid sind Lohn genug für mich.«

Alice konnte sehen, dass ihr Vater gerührt war. Oh, sie würde sich sehr anstrengen müssen, um diese verstrickte Angelegenheit so zu Ende zu bringen, wie sie es wünschte. Und wenn er an einem Komplott, die Königin zu vergiften, beteiligt war? Sie wusste nicht, was sie dann tun sollte.

Nachdem Fächer und Handschuhe und Schleifen ausgesucht waren – Alice hatte die Waren der Schneiderin mit eiskalter Entschlossenheit durchgesehen und Dinge ausgewählt, die ihren Vater sehr viel Geld kosten würden – und man die Kleider zum Ändern weggebracht hatte, damit sie perfekt saßen – die Schneiderin und ihre jungen Näherinnen würden die ganze Nacht bei Kerzenschein daran sitzen –, klopfte Renée an die Tür von Alice' Schlafgemach.

Alice saß an einem Tisch und mischte Karten. Der Hof war zurück im Palast von Whitehall und richtete sich für den Winter ein. Bis Ende August waren sie in Paris gewesen. Der Herbst tänzelte mit kleinen Schritten heran. Draußen im Garten dieses riesigen Hauses verfärbten sich die Blätter langsam in leuchtendes Rot, Bernstein und Gold, die Farben, die Mutter Natur im Herbst trug. Buckingham war lange in Paris geblieben, über einen Monat. Er und seine verdammten Intrigen, dachte Alice.

»Ich kann nicht glauben, dass wir schon September haben, Renée«, sagte sie, um etwas anderes zu sagen als das, was sie eigentlich beschäftigte. »›Heirate im Septembersonnenschein, und dein Leben wird sein reich und fein.‹ Meine Mutter ist im September geboren, aber ihr Leben war weder reich noch fein. Sie starb bei meiner Geburt.«

»Ich muss deine Perlen nicht tragen, Alice ...«

»Mach, was du willst.«

»Ist es falsch von mir, die Großzügigkeit deines Vaters zu akzeptieren? Verärgert dich das?«

Ich darf nicht vergessen, dass sie nicht dumm ist, dachte Alice. Ich darf nicht vergessen, dass nichts davon ihr eigenes Tun ist. »Er kann machen, was er will, aber ich glaube, du wärst gut beraten, dich ein bisschen vor ihm in Acht zu nehmen. Er kann ein verschlagener alter Hund sein. Aber komm, wir gehen die Herzogin von Monmouth besuchen. Und rate mal, wer sehr wahrscheinlich auch dort sein wird?«

»Richard?«

Ja. Der Anblick von Richard würde alles im Keim ersticken, was durch die Großzügigkeit ihres Vaters heute vielleicht entstanden war. Sollte ihr Vater, dessen verdammtem Ehrgeiz und dessen verdammter Gier niemals zu trauen war – und die ihn vielleicht dazu bewogen hatten, bei einer Intrige zum Schaden der Königin mitzumischen –, ihr doch so viele Kleider und Fächer und Kleinigkeiten kaufen, wie er wollte. Das würde dann alles zu Renées Aussteuer gehören, wenn sie einen anderen heiratete.

Eigentlich ein amüsanter Gedanke. Hah!

Sie fuhren über das Wasser, begleitet von Poll und Poppy. Die Flut war am höchsten Punkt, und sie konnten von der Treppe des Hauses direkt in die Jolle steigen. Es war nicht weit bis zu den Treppen von Whitehall, und Alice wollte, dass Renée den Palast zum ersten Mal vom Wasser aus sah. Vor ihnen am anderen Ufer sah man die Turmspitzen und Mauern des Lambeth-Palastes. Es war der Sitz des höchsten Prälaten Englands, des Erzbischofs von Canterbury. Und dort drüben lag lang ausgestreckt der Palast von Whitehall, ihre Welt, das Revier, in dem sie sich auskannte. Vor zehn Jahren war sie dort mit ihrem Vater als Teil des schäbigen, zerlumpten, verarmten Hofstaates des Königs angekommen. Sie war in gemieteten Kammern aufgewachsen und oft umgezogen, weil nie genug Geld für die Miete da war; Whitehall war das einzige Zuhause, das sie je gekannt hatte.

Der Palast bestand aus bunt zusammengewürfelten Gebäuden, entstanden während der Herrschaft von fünf Königen, ein langgezogener Komplex von Innenhöfen und Galerien, die diese miteinander verbanden, ein wirres Labyrinth aus Gemächern, Fluren, Treppen, Balkonen, Gärten. Es gab mehr als zweitausend Räume darin, bevölkert von unzähligen Höflingen, gar nicht zu reden von den Dienern und natürlich der königlichen Familie. Im Norden grenzte der Palast an den St. James's Park, die Südflanke verlief am Fluss; er nahm fast den gesamten Platz zwischen Charing Cross und der Westminster Abbey ein. Ihr Vater nannte ihn den königlichen Kaninchenbau, aber er sprach so geringschätzig darüber, weil er nie in seinen Mauern wohnen durfte, was er sehr bedauerte.

Der Palast besaß eine eigene Werft, eine Brauerei und eine Schreinerei. Heinrich VIII. hatte ihn einem Bischof weggenommen, der ihm in die Quere gekommen war, und seitdem war Whitehall ein königlicher Palast. König Charles I. war auf einem Schafott vor einem der großen Gebäude hingerichtet worden.

»Ich zeige dir die Stelle, wo der Vater des Königs gestorben ist«, meinte Alice zu Renée. »Einige sagen, dass sein Geist dort nachts umgeht.«

Renée erschauerte und bekreuzigte sich.

»Katholikin«, entfuhr es dem Fährmann, der Renée misstrauisch betrachtete und dann in den Fluss spuckte.

Vor ihnen lag ein langer, tiefer Steinpier.

»Die Treppen von Whitehall«, rief der Fährmann.

Die Treppe befand sich zwischen dem Küchengebäude und den Gemächern der Königin. Etwas weiter den Fluss hinab lag ein kunstvoll gearbeiteter, überdachter Eingang, aber das waren die königlichen Treppen, die nur die königliche Familie benutzen durfte. Der Fährmann half ihnen auf den Pier, und Alice lief los, Renée hinter sich herziehend. Sie gingen zwischen Gebäuden hindurch, an der Kapelle und den Vorratskammern vorbei auf die Whitehall Street.

Hier drängte sich Kutsche an Kutsche – einige standen, andere versuchten zu wenden –, und es herrschte ein unglaublicher Lärm. Sänftenträger warteten auf Passagiere, Stallburschen schlenderten umher oder standen in Gruppen zusammen und unterhielten sich, Kutscher riefen Warnungen oder fluchten von ihren Kutschen herab, während sie die Pferde hierhin und dorthin lenkten.

Hinzu kamen noch Gepäckträger, junge Hofpagen, Diener, Londoner, die geschäftlich oder zum Vergnügen unterwegs waren, und bellende Hunde, einige an Pfosten gebunden, andere freilaufend.

»Dort«, meinte Alice und drehte sich langsam um, »stand das Schafott, das man für unseren geliebten König Charles den Ersten errichtete. Man hat das Schafott vor einem der Fenster des großen Bankettsaals aufgebaut, und er trat heraus, seinem Tod entgegen.«

An diesem Punkt verlief der Palast über die Straße, verbunden durch das Holbein Gate, und Londoner, die ihren Weg nach Westminster fortsetzen wollten, konnten die King Street nur über den Fluss oder durch dieses Tor erreichen, an dem sich der Palast zu beiden Seiten erhob.

Die achteckigen Türme und das Schieferdach ließen das Holbein Gate altmodisch aussehen. Die Öffnung war gerade weit genug für eine Kutsche, ständig stauten sich die Kutschen, und ungeduldige Kutscher warteten darauf, endlich weiterfahren zu können. Alice deutete auf den zweiten Stock des Pförtnerhauses, wo es mehrere schmale hohe Fenster mit Stabwerk gab.

»Da oben hat eine böse Person gewohnt.«

»Wer?«

»Die Herzogin von Cleveland.«

»Ah ...«, meinte Renée, denn wenn die Mätressen ihres Königs berühmt waren, so war es diese nicht weniger, die schon als Mädchen den Ruf hatte, wild, schön und gnadenlos zu sein.

»Ich habe sie oft an den Fenstern oder auf dem Dach des Bankettsaales gesehen. Sie liebte es, den Kutschern bei ihren Schlägereien zuzusehen.«

Hinter dem Pförtnerhaus lagen auf der einen Seite des Palastes die königlichen Privatgärten; die andere war ein Labyrinth aus königlichen Gebäuden, in denen verschiedene Herzöge lebten.

Alice klopfte an eine Tür, und sie wurde geöffnet. Sie traten in das hübsche Parterre der Wohnstätte des Herzogs von Monmouth. Poll und Poppy warteten unten, während Alice und Renée ihre Umhänge ablegten, einen schnellen Blick in einen der Spiegel warfen und ihre Locken richteten und dann nach oben dem Geräusch von Musik und Unterhaltung folgten.

Das Zimmer war lang und groß, alles darin entsprach der neuesten Mode, von den wunderbaren ovalen Gipsornamenten an der Decke über die aufeinander abgestimmten Stühle bis hin zu riesigen silbernen Feuerböcken am Kamin. Die Dämmerung war hereingebrochen, und Lakaien entzündeten die Kerzen. An einem Ende des Zimmers spielten Musiker auf der Viola und Violine. Die Herzogin von Monmouth saß auf Kissen am Boden, umgeben von ihren Ehrenjungfern und verschiedenen Freundinnen. Auf einem Fensterplatz etwas dahinter an der Wand saßen Barbara und Gracen und steckten die Köpfe zusammen. Alice bemerkte sofort, dass John Sidney neben Barbara saß.

Sie ging hinüber zur Herzogin, knickste und sagte: »Ma'am, ich möchte Euch meinen Gast, Mademoiselle de Keroualle vorstellen.«

»Aus Frankreich zurück, wie ich sehe. Monmouth wird alles über die Beerdigung wissen wollen. Er ist hier irgendwo.« Und dann sagte die Herzogin recht kühl auf Französisch zu Renée: »Mademoiselle.« Sie wandte sich wieder den anderen zu, noch bevor Renée ihren Knicks beendet hatte, und Alice führte Renée zu allen ihren Freunden und Bekannten und stellte sie vor.

Richard, der bei einem der Kartenspiele zusah, entdeckte sie. Mit zwei Schritten war er neben ihnen. »Ihr seid zurück«, sagte er zu Alice, aber seine Augen ruhten auf Renée.

»Ja, und ich habe Euch eine Überraschung mitgebracht.«

»Bei Gott, das habt ihr.« Auf Französisch sagte er: »Mademoiselle de Keroualle, ich bin überwältigt, Euch wiederzusehen. Ich hatte nicht damit gerechnet.«

»Sie wird am Hof bleiben«, erklärte Alice.

»Was für ein unerhörtes Glück!«, rief Richard und schenkte Renée ein strahlendes, umwerfendes Lächeln.

»Sie wird sogar Ehrenjungfer der Königin. Wo ist Seine Hoheit?«

»Er veranstaltet ein Würfelspiel im Hinterzimmer.« Die Hinterzimmer waren höchst private Räume, in die man nur auf ausdrückliche Einladung eintreten durfte.

»Würdet Ihr ihm ausrichten, dass ich hier bin – und aufhören, sie auf diese Weise anzustarren. Ihr zieht die Blicke auf sie.«

Richard verbeugte sich und schlenderte davon. Barbara und Gracen kamen angelaufen. John Sidney folgte ihnen.

»Alice!« Barbara küsste sie auf die Wangen, und Gracen tat es ihr gleich.

»Wann bist du zurückgekommen? Und du hast Mademoiselle de Keroualle mitgebracht. Wie wunderbar.« Barbara sprach Französisch mit Renée. »Willkommen, Mademoiselle.«

»Warum hast du diese Schönheit mitgebracht? Sie wird uns ausstechen«, erklärte Gracen auf Englisch. »Ich war die Schönste nach Barbara, und jetzt hast du mit diesem jungen Ding meine Chancen ruiniert.«

John Sidney trat vor und begrüßte Alice, aber sie ignorierte seine Anwesenheit und meinte zu Barbara: »Warum seid ihr nicht bei der Königin?«

Sofort sah Barbara schuldbewusst aus.

»Langweilig«, sagte Gracen. »Wir schwänzen.«

»Wir sind schon viel zu lange geblieben. Wir sollten zurückgehen«, meinte Barbara.

»Pah«, sagte Gracen. »Kit und Luce haben Dienst, nicht wir. Wir müssen nicht jede Sekunde an ihrer Seite sein.

»Aber die Abende«, warf Alice ein, während sie nachdachte. Wie frech Gracen geworden war! Die Abende waren schwierig für Königin Katharina, wenn die Schatten, die sie sich während des Tages vom Leib halten konnte, sich sammelten und sie ansprangen.

»Du hast recht, Alice. Ich habe meine Pflichten vernachlässigt. Wir gehen sofort«, erklärte Barbara.

»Wohin wollt ihr gehen?« Es war der Herzog von Monmouth, der Alice Hand ergriff und küsste.

»Zur Königin«, antwortete Alice und knickste hastig.

»Ihr dürft nicht gehen. Ihr seid schließlich gerade erst gekommen. Und wir müssen uns unterhalten.«

»Lasst mich zur Königin gehen. Ich will ihr meine Aufwartung machen ...«

»Und ihr Mademoiselle de Keroualle vorstellen. Sie wird Ehrenjungfer«, ergänzte Richard.

Monmouth starrte Renée so lange an, dass sie errötete. Weil sie nicht verstand, was gesprochen wurde, trat sie einen Schritt näher an Alice heran.

»Es ist alles in Ordnung«, sagte Richard auf Französisch zu ihr. »Wir streiten uns darüber, wo wir als Nächstes hingehen.«

»Wir streiten uns nicht«, erwiderte Alice.

»Weil ihr nicht gehen werdet«, erklärte Monmouth.

»Bitte, Euer Hoheit, nur für eine kleine Weile, um Königin Katharina zu begrüßen. Und dann spreche ich mit Euch, erzähle Euch alles über die Beerdigung. Es gibt so viel zu berichten.«

»Wir könnten alle gehen«, meinte Richard.

»Eine sehr gute Idee«, stimmte John Sidney zu.

»Holt die Musiker«, fuhr Richard fort. »Sie können für uns spielen, während wir zu ihren Gemächern wandern. Wir könnten in den Gärten tanzen.«

»Oh, das wäre sicher schön«, meinte Barbara, und ihre sanfte Freude schien die Sache für Monmouth zu entscheiden.

»Aber was ist denn los?«, rief die Herzogin von Monmouth, als Richard mit den Musikern sprach und sie mitten im Stück abbrachen, das sie gerade spielten.

»Wir machen Ihrer Majestät unsere Aufwartung«, erklärte ihr Mann. »Kommt mit, Madame Ehefrau. Ihr und alle Eure Damen. Es ist mein Wunsch.«

Und einen Augenblick später liefen fast alle aus dem Zimmer die Treppe hinunter und hinaus in die Abenddämmerung. Sie überquerten die Whitehall Street und betraten die königlichen Privatgärten, wo der Duft von Königinnen der Nacht, von Rosen, Lorbeerbüschen und Rosmarin die Luft erfüllte. Der Geiger ging allen voran.

Alice bewegte den Kopf im Takt der Musik. Sie liebte den Abend und die Musik, die Düfte und die Albernheit dessen, was sie hier taten, und dachte: Ich könnte den ganzen Abend hier draußen tanzen. Gedanken an Königinnen und Giftmischer, Väter und Verrat traten in den Hintergrund. Der Zauber der Dunkelheit und des Gartens und der Musik schien die anderen ebenfalls gefangen zu nehmen. Hier und dort tanzten Männer und Frauen, und einige Damen der Herzogin begannen, miteinander zu tanzen.

Renée tanzte auf Richard zu. »Warum haben sie mich so angestarrt?«, fragte sie ihn.

»Weil Ihr so schön seid.«

Sie lachte. »Das ist verrückt. Sind denn alle verrückt?«

»Eure Ankunft hat uns den Kopf verdreht.«

»Ihr dürft so etwas nicht sagen.«

»Weil ich Eure Eltern noch nicht um Erlaubnis gefragt habe, oder weil Ihr es so wünscht?«

»Weil Ihr meine Eltern noch nicht um Erlaubnis gefragt habt.«

Er nahm sie in die Arme und wirbelte sie herum, und sie lächelten sich in der Dunkelheit an. »Ich liebe dich«, sagte er, aber er sprach Englisch.

»Ich liebe dich«, sagte John Sidney zu Barbara, die ihre Röcke an beiden Seiten anhob und auf ihn zuging. Der Blick, den sie tauschten, sprach Bände, und es war gut, dass es dunkel war im Garten – bis auf das Licht der Fackeln an den angrenzenden Gebäuden – und Alice sie nicht sehen konnte.

Angeführt von dem Geiger betrat die laute, plappernde Gruppe Königin Katharinas Salon. Alice blickte sich um. Die Ehrenjungfern, die heute Abend Dienst hatten, waren da, ebenso eine Hofdame, und diejenigen, die der Königin treu ergeben waren: Dorothy Brownwell,

Fletcher, Lord Knollys, der Stallmeister der Königin, und ihre alte Kinderfrau. Eine trostlose kleine Gruppe. Die Käfige der Kanarienvögel waren noch nicht abgedeckt, und die Vögel sangen und flatterten darin herum. Der zahme Fuchs der Königin sprang von ihrem Schoß herunter und versteckte sich unter einem Schrank. Die Vorhänge waren noch immer apfelgrün, genauso wie damals, als Alice gegangen war. Edward und die anderen Pagen lächelten, weil sie sich freuten, sie wiederzusehen. Hier war ihr Zuhause, das einzige wirkliche Zuhause, das sie jemals gekannt hatte.

»Verney!«, rief Königin Katharina. »Ihr seid zurück. Niemand mir das sagt.«

»Ma'am«, erklärte Monmouth und verbeugte sich artig. »Wir wollten Euch einen Besuch abstatten.«

Königin Katharina errötete. Es war deutlich zu sehen, wie gerührt sie war. »Ich bin Glück, dass Ihr das tut.«

»Wir haben unsere Musiker und einige Vagabunden mitgebracht, die wir auf dem Weg getroffen haben.«

»Ich liebe es.« Die Königin klatschte in die Hände. »In die königlichen Gärten. Monmouth, geht voraus.«

Und schon waren sie auf dem Weg zurück durch die Hallen und Korridore. Edward trug einen Stuhl für die Königin. Zehn Minuten später waren sie in den königlichen Privatgärten. Paare tanzten, und Edward brachte Fackeln, die er in die weiche Erde des Gartens steckte, damit alle mehr Licht hatten. Königin Katharina tanzte und unterhielt sich mit allen, so glücklich wie ein junges Mädchen. An den beiden Seiten des Gartens, die von Gebäuden gesäumt waren, traten Höflinge an ihre Fenster oder auf ihre Balkone und starrten zu ihnen herunter.

Alice brachte Renée zur Königin. »Ich bringe Euch Mademoiselle de Keroualle. Sie wird Eure neue Ehrenjungfer und wird Euch in einigen Tagen offiziell vorgestellt, aber ich wollte, dass Ihr sie kennenlernt. Sie ist mir in Frankreich eine gute Freundin geworden.«

Der Ausdruck auf Königin Katharinas Gesicht veränderte sich.

Alice blickte zu Renée, um zu sehen, ob sie es bemerkt hatte, aber die war zu sehr mit ihrem Hofknicks beschäftigt.

Dann kam Monmouth zu Alice und führte sie weg von den Leuten zu einer Bank, die an der Gartenmauer stand. »Alles«, sagte er. »Ich will jedes kleine Detail wissen.«

»Weißt du, es würde dir gut anstehen, freundlicher zur Königin zu sein«, erklärte Alice, während sie sich setzte.

»Und warum würde mir das gut anstehen?«

»Abgesehen davon, dass Edelmänner grundsätzlich höflich sein sollten, meinst du? Die meisten verachten sie, weil sie keine Kinder bekommen kann, Jamie. Doch wenn sie eins bekäme, nur ein einziges, wo wärst du dann? Vielleicht wärst du dann nicht mehr der Liebling Seiner Majestät.« Sie strich mit der Hand nachdenklich über die Bank. War er, dessen plötzliche Arroganz ihr noch so neu war, Teil der Gruppe, die gegen die Königin intrigierte? Gehörte er zu denen, die so schreckliche Dinge wie eine Scheidung vorantrieben? Würden sie und Jamie, die immer zusammengehalten hatten, nun gegeneinander arbeiten?

»Hast du es noch nicht gehört? Ich lasse mir jetzt nichts mehr sagen, Alice«, erwiderte er. »Nicht einmal von alten Freunden.«

Sie senkte den Blick und spürte die Röte, die man auf ihren Wangen sehen musste. Übergangslos begann sie von der Beerdigung zu erzählen. »Die Beerdigung war großartig. Man hatte den Sarg in der Mitte des Chors aufgestellt, bedeckt mit einem Tuch aus Gold, eingefasst von Hermelinfell und bestickt mit den Wappen von Frankreich und England. Es brannten hunderte, hunderte von Fackeln und Wachskerzen. Monsignor Bossuet hielt eine Predigt, und sie war wundervoll. Ich habe dir eine Abschrift mitgebracht, aber ich kann einiges davon noch auswendig. Hör zu: ›Oh schreckliche Nacht, oh schreckliche Nacht, in der die unglaublichen Worte wie Donner widerhallten: Madame stirbt! Madame ist tot! Wie die Feldblume am Morgen war sie nachts von uns gegangen. Welche Hast! In neun Stunden war Sein Werk vollbracht.‹«

Viel später, als es fast schon dämmerte, ging Alice über die Gartenwege.

Poll lag auf einer Bank, in ihren Umhang geschmiegt, und schlief. Alice' Stallknecht schlief auf dem Boden einer Halle im Holbein Gate. Renée war schon vor einigen Stunden mit Barbara und Gracen gegangen, um mit in deren Bett zu schlafen. Die Gesellschaft hatte sich nach und nach aufgelöst, und sogar die letzten, zähesten waren schon vor einiger Zeit verschwunden. Offenbar war sie die Einzige, die nicht schlafen konnte.

Manchmal erging es ihr so, dann wollte die Unruhe in ihr einfach nicht weichen.

Sie ging durch den stillen Innenhof, bis sie in die Nähe der Küche kam. Einen Moment lang wollte sie ihre Schuhe ausziehen, sich auf den Kai setzen und ihre Füße ins Wasser halten. Aber ein Mann und eine Frau standen auf den Treppen von Whitehall und umarmten sich. Alice wartete im Schatten, weil sie die beiden nicht stören wollte. Die Frau hatte einen Umhang über ihr Nachtgewand gezogen und trug bestickte Hausschuhe an den Füßen. Der Mann trat in ein Boot, das der Fährmann in die Strömung hinaus ruderte. Die Frau blieb noch eine Weile auf dem Kai stehen und sah ihm nach. Endlich wandte sie sich um und ging zurück zum Palast, und die Kapuze ihres Umhangs glitt zurück. Im Licht einer Fackel, die immer noch brannte, erkannte Alice, dass es Dorothy Brownwell war, die Aufseherin der Ehrenjungfern.

Sie suchte nach einem Ort, an dem sie sich hätte verstecken können, aber es war unmöglich, deshalb blieb sie, wo sie war. Dorothy zögerte einen Moment und erkannte Alice, dann lief sie hastig weiter. Alice trat hinaus auf den Kai und sah auf den Fluss. Sie würde warten, bis die Sonne aufging. Es dauerte sicher nicht mehr lang bis zum Sonnenaufgang.

In Gedanken sah sie immer wieder Szenen aus dieser Nacht vor sich. Jamie hatte sie brüskiert. Sie konnte nicht länger zu ihm gehen und ihm erzählen, was sie bedrückte, und sich seiner Hilfe sicher sein. Nun musste sie sich dafür zuerst verneigen und ihm schmeicheln. Ihr alter Freund war ihr entfremdet, war jetzt zu wichtig, zu sehr fast ein Prinz, um noch auf sie zu hören. Seine Rüge war wie ein schmerzhafter Stich ins Herz gewesen. John und Barbara hatten miteinander getanzt, Richard und Renée, Brownie und Lord Knollys – es musste Lord Knollys gewesen sein, den Brownie vor wenigen Augenblicken auf dem Kai umarmt hatte. Königin Katharina, deren Gesicht sich verhärtet hatte, als Renée ihr vorgestellt wurde. Da war dieser Ausdruck von Traurigkeit gewesen, der sich plötzlich scharf darauf abzeichnete. Warum? Und Barbara setzte ihren lächerlichen Flirt fort. Alles veränderte sich, und doch blieb alles, wie es war. König Charles würde heute ihren Vater besuchen, und sie war die ganze Nacht aufgeblieben und hatte Renée ebenfalls wachgehalten. Ihr Vater würde darüber nicht glücklich sein. Gut.

Die Sonne ging still in der Ferne auf und tauchte den Himmel in Orange, Pfirsich und altes Gold. Es herrschte Ebbe. Der Schlamm des Flusses stank. Zeit, nach Hause zu gehen.

Kapitel 15

»Dreht Euch um«, befahl Sir Thomas.

Renée tat, wie ihr geheißen, während Alice die ganze Szene mit zusammengekniffenen Augen und steigender Wut beobachtete. Niemals, nicht einmal, als Colefax gekommen war, um offiziell um ihre Hand anzuhalten – eine Verbindung, über die ihr Vater entzückt gewesen war –, hatte er zu sehen verlangt, was sie tragen würde, oder seine Meinung dazu kundgetan. Doch jetzt stand er in ihrem Schlafgemach und betrachtete sie beide prüfend – aber eigentlich ging es ihm nur um Renée, das war ihr völlig klar –, als wären sie junge Stuten, die er auf dem Viehmarkt verkaufen wollte. Wollte er vor dem König angeben? Meine hübsche kleine zukünftige Geliebte?

»Sie ist perfekt, Vater.«

»Ja, das ist sie«, meinte ihr Vater und rieb sich die Hände. Er war prachtvoll gekleidet, in einen seiner besten Satinmäntel mit längeren Schößen an der Jacke, so, wie man es jetzt trug. Sie hatte ihm diesen Mantel und andere Sachen in Frankreich nähen lassen, aber jetzt wünschte sie, sie hätte das alles über Bord geworfen oder, noch besser, es den Matrosen gegeben.

»Es wird langsam Zeit, dass du aufhörst, mich so grimmig anzuschauen, Alice«, sagte er zu ihr. »Du hattest kein Recht, deine Freundin die ganze Nacht über wach zu halten, wo du doch wusstest, dass heute der König zu Besuch kommt ... Obwohl man ihr das überhaupt nicht ansieht.«

»Und mir sieht man es an?«

»Deine verdammte schlechte Laune, die verrät dich.«

»Wenn du noch ein Wort zu mir sagst, noch ein einziges, komme ich gleich nicht runter.«

»Dann bleib doch hier und schmolle, Missy.«

»Bah!«

»Selber Bah!«

Renée knetete ein Taschentuch in ihren Händen. »Bitte ...«

Beide drehten sich zu ihr um und blickten sie an. Renée schluckte, und Tränen glitzerten in ihren Augenwinkeln. Warum bin ich nicht überrascht?, dachte Alice.

Sir Thomas trat hastig einige Schritte vor. »Nein, Mademoiselle, nicht weinen. Das erlaube ich nicht. Alice ist oft so launisch und wütend, ich sperre sie in ihrem Zimmer ein, wenn Ihr das möchtet.«

»Oh, nein. Wenn Alice nicht bei mir ist, dann kann ich Seiner Majestät nicht gegenübertreten. Oh, bitte seid nicht böse auf mich. Alle beide nicht. Bitte.«

Sir Thomas fuhr sich mit der Hand über das Gesicht, und ein breites Lächeln erschien darauf. »Ich werde mich nicht streiten. Ich werde mich nicht streiten, mein Mädchen.«

»Aber ich werde mich streiten«, erklärte Alice.

Sir Thomas wandte sich an seine Tochter. »Du siehst wie ein Juwel aus in diesem Kleid, wie ein dunkles, exotisches Juwel. Du bist so schön, wie ich dich nie zuvor gesehen habe, Liebes. Also, es ist sehr wichtig für mich, dass du diese Treppe hinuntergehst und den König von England und alle, die er heute mitzubringen beliebt, mit deinem Charme betörst. Ich brauche dein Lächeln und deinen scharfen Verstand. Es kommt nicht alle Tage vor – bis jetzt ist es überhaupt noch nicht vorgekommen –, dass Seine Majestät Sir Thomas Verney einen Besuch abstattet. Und ich will, dass Mistress de Keroualle sich wohlfühlt. Seine Majestät wird nicht glücklich sein, wenn er sieht, dass sie sich aufregt. Könntest du das für mich tun, Alice, mein Schatz? Hilf deinem armen alten Vater, der nichts weiter möchte, als dem König zu gefallen?«

Seine Worte waren entwaffnend. Oh, wie sehr ich glauben möchte, dass du nichts Verachtenswertes tun würdest, dachte sie.

Er nahm ihr Gesicht in seine Hände und küsste sie auf die Lippen. »Ich habe darüber nachgedacht, dich zu versohlen, als du heute Morgen endlich mit unserem völlig übermüdeten französischen Gast aufgetaucht bist, aber ihr beide seht einfach umwerfend aus, und ich könnte nicht stolzer sein.« Als er die Tür des Schlafgemachs öffnete, sagte er über die Schulter: »Ich schicke jemanden zu euch herauf, sobald wir das Schiff des Königs sehen.« Und dann war er verschwunden.

»Ich habe Angst«, sagte Renée.

Alice führte sie zu einem Fensterplatz, setzte sich neben sie, nahm ihre Hände und sagte so geduldig, wie sie konnte: »Was für ein Unsinn. Du musst einfach nur lächeln. Es ist, als wären wir bei Madame und König Louis käme zu Besuch, das ist alles. Nicht mehr, nicht weniger.«

»Bitte, Alice.«

»Wovor hast du denn Angst?«

»Ich kann es nicht genau sagen.«

»Na ja, vielleicht ist es ganz normal, Angst zu haben. Du hast deine Familie verlassen. Du bist neu am Hof. Du kennst noch niemanden. Aber denk doch nur – heute Nachmittag gehen wir mit Leutnant Saylor im St. James's Park spazieren. Dann essen wir im New Spring Garden mit Brownie und allen Ehrenjungfern, die dazukommen können, damit du schon die ersten Freundschaften schließen kannst. Und morgen wird mein Vater uns zum Hof bringen und dich offiziell Ihrer Majestät vorstellen. Dann werden wir beide in Whitehall leben, und es wird einfacher für dich sein, Leutnant Saylor zu treffen. Und in einem Jahr oder so werde ich, wenn du es willst, dafür sorgen, dass du ihn heiraten kannst. Möchtest du ihn heiraten? Ja, gewiss. Er ist verrückt nach dir, das kann jeder sehen. Und ich werde Patentante deines ersten Babys.« Sie drückte heimlich die Daumen und dachte: Vielleicht bin ich bis dahin schon Balmorals Herzogin, und dann sorge ich dafür, dass dein Leutnant so hoch steigt, dass er nach den Sternen greifen kann.

Poll kam ins Zimmer gelaufen und schrie beinahe: »Der König! Sein Schiff ist in Sicht! Euer Vater sagt, Ihr sollt kommen!«

»Sag ihm, wir kommen sofort«, erwiderte Alice. Ihr Vater hatte den gesamten Haushalt in Aufruhr versetzt. Sie führte Renée den Korridor entlang zu einem Fenster, von dem aus man auf den Fluss blicken konnte. In einiger Entfernung war das Prunkschiff des Königs zu sehen, dessen Fahnen und Wimpel im Wind flatterten. »Da ist Seine Majestät«, sagte Alice. »Es ist eine wirklich große Ehre für uns, dass er uns besucht, um zu sehen, wie es dir geht. Er ist ein freundlicher Mann, aber ich muss dich warnen. Er liebt es, mit schönen Frauen zu flirten, also wird er es wahrscheinlich auch mit dir tun. Er hat einen wunderbaren Humor und ist sehr umgänglich, nicht steif wie König Louis. Seine Leben ist eine unglaubliche Geschichte.«

»Erzähl mir davon.«

»Dafür ist keine Zeit ...«

Ein Lakai lief die Treppe herauf. »Euer Vater bittet Euch, zu ihm auf die Terrasse zu kommen.«

»Ja, sag ihm, wir sind auf dem Weg.« Der Mann verschwand wieder die Treppe hinunter.

»Als er neun war, nahm er bereits mit seinem Vater an einem Feldzug teil«, erzählte Alice, während sie und Renée die Treppe hinunterstiegen. »Mit zehn stand er vor dem Oberhaus und bat um das Leben eines Ratgebers seines Vaters. Als er vierzehn war, kämpfte er im Südwesten Englands, getrennt von seinem Vater. Die königliche Familie war in alle Winde zerstreut. Seine Mutter befand sich in Frankreich, mit Prinzessin Henriette, die noch ein Kind war; seine anderen Schwestern und Brüder saßen alle im Gefängnis. Mit sechzehn wurde er fortgeschickt, damit man ihn nicht gefangen nehmen konnte wie seine Geschwister.«

Vor ihnen lag der Flussgarten mit seiner Terrasse. Durch die geöffneten Türen konnte Alice das Schiff sehen, das an den Stufen angelegt hatte. Ihr Vater stieg hinab, um Seine Majestät willkommen zu heißen.

»Wir warten hier«, meinte Alice und trat einen Schritt aus der Tür auf die Terrasse. Poppy stand dort mit den Hunden der Prinzessin an der Leine. Alice streichelte einen Spaniel, bevor sie ihren Platz neben Renée wieder einnahm. »Wenn ich es sage, machst du einen tiefen Hofknicks ... Als der König zwanzig war, wurde sein Vater geköpft. Es heißt, dass er Cromwell einen leeren Bogen Papier mit seiner Unterschrift schickte und ihn gebeten haben soll, dort die Bedingungen aufzulisten, unter denen er seinen Vater verschonen würde. Aber es nützte nichts. Er schlug seine letzte Schlacht gegen die Rundköpfe mit einundzwanzig und wäre beinahe verhaftet worden, aber er entkam. Sein Königreich fiel den Rundköpfen in die Hände, und er lebte wieder im Exil, arm wie eine Kirchenmaus. Er zog von Hof zu Hof, um finanzielle Unterstützung und Truppen zu mobilisieren, mit denen er seine Krone zurückerobern konnte. Mit dreißig, als er keine Hoffnung mehr hatte, wurde er zum König ausgerufen. All das kann man in seinen Augen sehen, Renée. Wenn er nicht so ein Lebemann wäre, ich schwöre, ich könnte mich selbst in ihn verlieben. Mit zwölf dachte ich, ich wäre es. Poppy, mach die Hunde los.«

Kapitel 16

Der Herzog von Balmoral war unter den Männern, die der König mitgebracht hatte. Alice' Herz begann angesichts dieses Glücksfalls aufgeregt zu klopfen.

Die Hunde liefen kläffend auf die Gäste zu. König Charles lachte und beugte sich hinunter. »Ihr absurden kleinen Monster, kommt zu eurem Onkel. Kommt her, Puff Puff, Melon, Lulu. Böse. Ihr seid alle sehr böse Hunde, genau wie Seine Majestät es gern hat.« Er richtete sich auf, ein breites, amüsiertes Lächeln auf dem Gesicht, und erblickte Alice und Renée.

»Jetzt«, sagte Alice, und sie und Renée sanken in einen tiefen Hofknicks, in dem sie beide verharrten, während König Charles auf sie zuschlenderte.

»Er ist sehr groß«, flüsterte Renée. »Das hatte ich vergessen.«

»Sschhh.«

»Meine Beine tun weh.« Wieder ein Flüstern von Renée.

König Charles streckte beiden eine Hand entgegen, die sie ergriffen. Sie richteten sich auf. »Bezaubernd, wirklich. Mistress Verney, ich grüße Euch.«

»Und ich Euch, Sir.«

»Und Mademoiselle de Keroualle, willkommen in England.« Er sprach Französisch mit einem Akzent, aber völlig fehlerfrei. Auf seinen Verstand angewiesen zu sein, während er in Frankreich, Spanien und den Vereinigten Niederlanden um Hilfe bat, hatte seine Fähigkeiten, Fremdsprachen zu sprechen, geschärft.

»Vielen Dank, Sir.«

Er reichte Alice den rechten und Renée den linken Arm und drehte sich und die beiden zu den anderen um.

»Ihr kennt natürlich Seine Königliche Hoheit, den Herzog von York, Seine Königliche Hoheit Prinz Rupert, Seine Hoheit, den Herzog von Buckingham. Aber, Mademoiselle de Keroualle, ich glaube, dass ihr noch nicht die Bekanntschaft seiner Hoheit, des Herzogs von Balmoral gemacht habt.«

Balmoral verbeugte sich, und zu Alice' Freude erschien ein Lächeln auf seinem Gesicht, als er sie ansah.

»Ich habe ein Geschenk für Euch, Sir Thomas.« Der König schnippte mit den Fingern, und ein Page rannte zum Schiff und kam mit zwei kleinen Bäumen zurück, deren Wurzelballen in Sackleinen eingeschlagen waren.

»Von meinen Plantagen in der Neuen Welt, sie sind erst gestern auf einem Schiff angekommen. Das eine ist eine Magnolie, und das andere eine Eiche. Aus ... woher kommen die noch, Bruder?«

»Aus New York, glaube ich, Sir, nach mir benannt.« Die Kolonie hatte man während der Kriege gegen Holland erbeutet. Vorher war es Neu Amsterdam gewesen. Der Herzog von York lächelte. Er war groß und schlaksig wie sein Bruder, aber sein Teint war eher rötlich als dunkel.

»Nein«, widersprach Prinz Rupert, »sie kommen aus einer Gegend weiter südlich. Aus South Carolina, nach unserer lieben verstorbenen Majestät benannt.«

»Und wo in Eurem Garten sollen wir diese Bäume aus New York oder South Carolina hinpflanzen? Ich würde sagen, da und dort.« Der König deutete mit seinem langen Stock – eine Affektiertheit aus Frankreich, denn er brauchte sicher keinen, um laufen zu können. Der Stock hatte einen goldenen Drachenkopf, unter dessen Kinn bunte Bänder gebunden waren.

Buckingham blickte angewidert auf das Haus. »Ihr müsst diese alte Bruchbude abreißen und neu bauen.« Sie gingen auf die geöffneten Türen zu, und Sir Thomas ordnete an, die Hunde an die Leine zu legen und auf das Schiff zu bringen.

»Oje, ich habe etwas im Schuh.« Alice ließ den Arm des Königs los und wandte sich an Balmoral, der sie zu einer Bank führte, ihr vorsichtig den Schuh auszog und ihn genauso vorsichtig ausschüttelte.

»Könnten wir einen Moment hier sitzen bleiben?«, fragte Alice. Die anderen waren drinnen und besichtigten den großen Saal.

»Vielen Dank für Euren Brief über die Beerdigung. Wie geht es Eurem Bein? Es ist geheilt, hoffe ich«, erkundigte sich Balmoral.

»Ja, Eure Hoheit. Ich muss Euch etwas sehr Wichtiges sagen.«

Er wartete. Der Rand seines Hutes warf dort, wo er nicht zur Mitte hochgeklappt war, einen Schatten auf sein Gesicht.

»Ihr kennt meine Überzeugung, dass Madame vergiftet wurde.«

»Ja.«

»Ich ... ich glaube, dass vielleicht Ihre Majestäten in Gefahr sind. Ihre Majestät, meine ich. Ich weiß, viele verlangen, dass der König sich neu verheiraten soll, obwohl das gegen das Gesetz wäre und gegen den Kodex eines Edelmannes.«

»Und Ihr glaubt, dass jemand sie vergiften könnte, damit er das tun kann. Eine schwere Anschuldigung, Mistress Verney.«

»Seine Hoheit ...« Sie richtete den Blick auf den Herzog von Buckingham, der in der geöffneten Tür stand und Sir Thomas auf zerbrochene Marmorfliesen aufmerksam machte. »Er ist sehr lange in Frankreich geblieben. Er hat mit denen gesprochen, die Madame umgebracht haben, und mit anderen, deren Spezialität Gift ist. Das habe ich von jemandem erfahren, dem ich vertraue.«

Balmorals Augen wurden schmal, und er betrachtete ebenfalls den Herzog von Buckingham. »Was für eine interessante Information, Mistress Verney«, sagte er schließlich. »Zweifellos hat sich unser Herzog selbst auf die Suche nach der Wahrheit gemacht. Sicher steckt nicht mehr dahinter. Aber wir wissen es nicht genau, nicht wahr? Und ich nehme an, dass Ihr Eurem Vater noch nichts davon erzählt habt, weil er Buckinghams Mann ist. Sehr diskret. Diskretion ist eine Kunst. Warum erzählt Ihr es mir?«

»Ich bin nur eine Frau, noch dazu eine junge, und ich glaube nicht, dass andere mir zuhören würden. Ich dachte, wenn ich das, was ich erfahren habe, jemandem wie Euch anvertraue, jemandem, den Seine Majestät respektiert und der seine Ergebenheit gegenüber dem Königreich auf so viele Arten bewiesen hat, jemandem, der mich ein bisschen kennt, der mich ein wenig schätzt, dann werden meine Sorgen zumindest gehört und nicht als die Hysterie einer Frau abgetan. »

»Wärt ihr bereit, etwas für mich zu tun?«

»Alles.«

»Würdet ihr das alles aufschreiben, alles, jedes Wort, dass Euer Freund Euch erzählt hat und wer dieser Freund ist? Man sieht zu uns herüber; sie haben bemerkt, wie lange wir hier schon sitzen und miteinander reden. Ich kann sehen, dass seine Majestät amüsiert ist, und mich nachher damit aufziehen wird, mit Euch geflirtet zu haben.«

»Ich wünschte, das würdet Ihr, Eure Hoheit.« Sie beobachtete sein Gesicht. Sie war zu forsch. Aber was für eine Wahl blieb ihr?

Er stand auf und starrte ernst auf sie hinab. »Ihr macht Euch über einen alten Mann lustig. Ich bin nicht sicher, ob mir das gefällt.«

»Ich mache mich nicht lustig. Ich habe den größten Respekt vor Euch. Ich habe Euch meine Sorgen auch anvertraut, um Euch zu zeigen, wie wichtig Ihr mir seid.« Sie hielt seinem Blick stand, obwohl sie kaum atmen konnte. Dies war ein höchst verwegener Vorstoß. Sie riskierte, dass er sie für kokett hielt, für ein leichtes Mädchen, wenig schmeichelhafte Dinge, die ihn veranlassen könnten, sich voller Verachtung von ihr abzuwenden.

»Ihr kennt mich nicht«, meinte er.

»Ich würde Euch gern kennenlernen.«

Er wurde plötzlich von einem Husten geschüttelt, so heftig, dass er sich wieder auf die Bank setzen musste. Er winkte sie fort, und sie ging in die große Halle, alles andere als sicher, was ihre Worte bewirkt hatten.

»Ihr werdet ziemlich viel in dieses Haus investieren müssen, Sir Thomas«, meinte König Charles.

»Oder ich könnte es verkaufen und es dazu in mehrere kleinere Grundstücke aufteilen, wie in Covent Garden.«

»Dafür ist das Grundstück nicht groß genug«, warf Buckingham ein.

»Wie habt Ihr es erworben?«, fragte Prinz Rupert.

»Ich habe es von Seiner Hoheit hier beim Kartenspielen gewonnen.«

»Er hätte nur freundlich fragen müssen, dann hätte ich ihm diese Bruchbude geschenkt«, erwiderte Buckingham und wischte sich die Hände an einem großen Taschentuch mit Spitzenbesatz ab, als könne er den Staub dieses altmodischen Ortes nicht ertragen.

»Ich habe gehört, Ihr habt eine glückliche Hand beim Kartenspiel«, sagte König Charles.

»Das habe ich«, antwortete Sir Thomas.

»Ich sollte meine Staatskasse über das Glücksspiel finanzieren«, meinte König Charles.

»Ihr müsstet Steuern von den Gewinnern verlangen und Euch darauf verlassen, dass sie zugeben, gewonnen zu haben. Ich für meinen Teil würde lügen«, gab Prinz Rupert zu bedenken.

»Das ist der Haken daran. Ich werde mich in Geldangelegenheiten weiterhin auf mein aufsässiges Unterhaus verlassen müssen.«

Sir Thomas gehörte häufig zu den aufsässigen Mitgliedern des Unterhauses, aber er ignorierte diese Spitze.

»Führt mich nach oben, Sir Thomas. Ich möchte mir ansehen, was Buckingham verloren hat«, sagte der König.

Sie sahen sich alle Stockwerke an, blickten in Schlafkammern, die einen langen, breiten Flur säumten, und gingen dann in den Keller, Renée stets am Arm des Königs. Als sie schließlich wieder in der großen Halle waren, von der aus man den Fluss sehen konnte, meinte König Charles: »Spielt ihr, Mademoiselle?«

»Spielen?«, fragte Renée.

»Karten«, erklärte Alice.

»Ja Sir, das tue ich.«

»Ausgezeichnet. Ihr und Mistress Verney sollt eine Runde oder zwei mit mir spielen. Aber was? Basset, denke ich. Ich überlasse die anderen sich selbst. Dann laufe ich nicht Gefahr, Hampton Court an Sir Thomas verlieren.«

»In den alten Tagen habe ich auf diese Weise meine Tochter durchgebracht«, erwiderte Sir Thomas, während er einen Stuhl für den König bereithielt. »Erinnert Ihr Euch nicht mehr daran, wie Ihr einmal neue Kleider brauchtet, um La Grande Mademoiselle Eure Aufwartung zu machen? Niemand von uns, Euch eingeschlossen, hatte auch nur einen Penny, und es schien, als hätten wir die Geduld des Schneiders überstrapaziert, weil er Geld verlangte, schon bevor er die Nadel in die Hand nahm. Ich bin nach Paris gefahren und habe die ganze Nacht gespielt und drei Louisdor gewonnen, um euch Kleider zu kaufen, mit denen Ihr Euch am Hof sehen lassen konntet.«

König Charles warf den Kopf zurück und lachte, ein dröhnendes, überraschendes Lachen, so groß wie er selbst. »Das wart Ihr?«

»Das war ich in der Tat. Und ich glaube nicht, dass Ihr es mir jemals zurückgezahlt habt.«

»Zweifellos nicht. Macht das mit meinem Schatzmeister aus.«

»Was bedeutet, dass Ihr das Geld niemals wiedersehen werdet«, meinte Prinz Rupert. »Wir haben nicht einen Penny übrig.«

»Es gibt andere Wege, mich zu entlohnen«, erwiderte Sir Thomas.

Doch Gespräche über die königliche Marine, die finanziellen Mittel der Krone und Rückzahlungen überließ der König dem anderen Spieltisch. Charles scherzte mit Renée, stellte ihr Fragen über ihre Familie, über ihre Reise, darüber, welche Lieder sie gerne sang und welches Instrument sie spielte. Alice konnte sehen, wie ihre Freundin langsam ihre Fassung wiedergewann. Und eines musste man Renée lassen, sie konnte gut Karten spielen. Sie zeigte, dass sie Bauernschläue und eine gewisse Skrupellosigkeit besaß.

»Sollen wir es interessant machen?« König Charles' Augen glitzerten. Er legte Münzen auf den Tisch und teilte sie zwischen Alice,

Renée und sich selbst auf. Und dann verlor er absichtlich jedes Spiel, außer wenn Alice zu gewinnen drohte. Langsam stapelten sich die Münzen vor Renée, die lachte und das Geld mit offener, charmanter Gier zu sich heranzog.

»Das ist jeden Cent wert«, meinte König Charles, als er sie lachen hörte, und Renée lächelte, endlich entspannt und absolut bezaubernd.

Alice wurde unruhig. Der Zeitpunkt rückte immer näher, zu dem sie mit Richard verabredet waren. Sie hätte nie gedacht, dass der König so lange bleiben würde.

»Langweile ich Euch?«

Sie blickte auf und sah, dass König Charles' dunkle, verschmitzt funkelnde Augen auf ihr ruhten.

»Nein. Ich hasse es nur zu verlieren, Sir.«

»Wir wollten eigentlich im Park spazieren gehen«, meinte Renée.

»Ich könnte schnell eine Nachricht überbringen lassen ...«, setzte Alice an, aber der König unterbrach sie.

»Nein.« Er schob die Karten mit seinen großen Händen zusammen. »Ich will Eure Pläne auf keinen Fall durcheinanderbringen. Und ein Spaziergang wäre eine schöne Sache. Dann würde die Röte in Mademoiselle de Keroualles Wangen zurückkehren. Ihre Wangen sind blasser, als ich sie in Erinnerung hatte. Wohin werdet Ihr gehen?«

»In den St. James's Park. Und danach in den New Spring Garden.«

»Wunderbar.« Der König erhob sich von seinem Stuhl. »Ihr müsst mir verraten, was Ihr von meinen Gärten haltet, Mademoiselle. Sie können nicht mit dem konkurrieren, was Euer König in Versailles erschafft, aber für uns sind sie schön genug.«

»Es ist Alice' Schuld, dass sie so blass ist«, meinte Sir Thomas vom anderen Tisch aus. »Sie hat sie die ganze Nacht wachgehalten.«

Wieder spürte Alice seine dunklen Augen auf sich ruhen. »Wir haben im Garten getanzt«, erklärte sie hastig.

»Das wart Ihr? Ich habe die Musik gehört.«

»Es war die Idee Ihrer Majestät«, sagte Alice.

»Tatsächlich? Vielleicht kann man sie überreden, es noch einmal zu tun, und dann komme ich und sehe zu. Tanzt Ihr gerne, Mademoiselle de Keroualle?«

»Ja, sehr, Sir.« Sie blickte zu Alice, offensichtlich bereit zum Aufbruch.

»Wenn Ihr uns entschuldigen würdet, Sir«, sagte Alice. Sie warf Balmoral einen Blick zu, dann sah sie hastig wieder fort. Sie konnte nicht erkennen, was er dachte, hatte keine Ahnung, ob sie ihn gekränkt hatte oder nicht.

»Natürlich. Geht nur spazieren. Und sagt dem Koch im New Spring Garden, dass ich für Euer Essen aufkomme.«

König Charles folgte den beiden mit den Augen und schlenderte dann in die Eingangshalle, um sie die Treppe hinauflaufen zu sehen. Zurück in der großen Halle ging er um die vier Männer herum, die am Tisch Karten spielten, und stand dann einen Augenblick hinter dem Stuhl seines Bruders, bevor er ihm auf die Schulter tippte. York räumte seinen Platz. Die anderen starrten König Charles an.

Er lächelte. »Jemmy hatte die besten Karten.«

»Zur Hölle, das ist Betrug«, meinte Rupert. »Ich bin zu alt, um mich zu duellieren, und zu sehr aufs Geld angewiesen, um zu verlieren.«

»Nun, wie dem auch sei. Wird sie morgen am Hof sein?«

»Noch vor Mittag«, antwortete Sir Thomas.

»Ausgezeichnet. Wer gewinnt?«

»Ich«, antwortete er wieder.

»Er ist unschlagbar, wenn das Glück ihm hold ist«, meinte Buckingham. »Aber Fortuna lächelt nicht immer für Euch, nicht wahr? Erinnert Ihr Euch an die Pechsträhne letztes Jahr?«

»Meine Güte, natürlich. Ich wäre beinahe pleite gegangen, habe Besitzungen verkaufen müssen, um alles wieder auszugleichen, was ich bis heute bereue. Ich habe an Euch verkauft, wen ich mich richtig erinnere. Die Grundstücke hatte ich alle während der schlimmen Zeit nach dem Feuer erworben, von Leuten, die nicht den Willen hatten, alles wieder aufzubauen, und froh waren, das Land loszuwerden.« Vor vier Jahren waren große Teile der Stadt London durch ein verheerendes Feuer vernichtet worden. Sir Thomas blickte zum König, stolz darauf, dass er auch etwas Hofklatsch kannte. »Man sagt, Christopher Wren hat euch einen großartigen Plan zum Wiederaufbau vorgelegt.«

»Aber ich habe nicht genug Geld, um das Land zu erwerben«, erwiderte Seine Majestät. »Armselige Hütten und Bretterverschläge schießen wie Pilze aus dem Boden. Warum schenkt ihr Euren Londoner Grundbesitz nicht der Krone, Sir Thomas. Das würde man sehr zu schätzen wissen.« Der König klang höhnisch, und Sir Thomas starrte ihn unbehaglich an, nicht sicher, ob es wirklich ein Scherz war.

»Eure Tochter hat in Paris Grundbesitz erworben«, meinte Buckingham.

»Sie hat sich nur umgesehen.«

»Bei Madame Rouge in Paris hieß es, ihr würdet nach Frankreich ziehen.«

»Unwahrscheinlich.«

»Waren die Huren hübsch?«, wollte König Charles von Buckingham wissen.

»Alle Huren, die männlichen und die weiblichen. Und sauber. Ich weiß nicht, wo Madame Rouge sie auftreibt.«

»Es heißt, wenn man jemand tot sehen will, dann sollte man bei Madame Rouge vorbeischauen«, warf Balmoral ein.

»Wenn die Huren hübsch sind und wir den Krieg erklären, dann müssen wir darauf achten, ihr Haus stehen zu lassen und die Huren unter uns aufzuteilen. Kriegsbeute«, meinte Sir Thomas jovial.

Niemand der anderen reagierte auf seinen Scherz. Er blickte von einem Gesicht zum anderen, und eine kalte Hand griff nach seinem Herzen. Plötzlich spürte er deutlich, wie ausgeschlossen er war, trotz der alten Zeiten. In dem Schweigen spürte er ein Wissen, das man nicht mit ihm teilte und das man trotz des jüngsten Dienstes, den er Buckingham erwiesen hatte, niemals mit ihm teilen würde, es sei denn, es wäre für Buckingham von Vorteil, ihn einzuweihen. Ich bin sein Hund, dachte er, nicht mehr, nicht weniger. Und für die anderen bin ich weniger als das.

»Machen Eure Majestät sich jemals Sorgen?«, fragte Balmoral, als habe Sir Thomas niemals gesprochen.

»Worüber?«

»Über die Tatsache, dass einige Fraktionen Euch in der Tat gerne tot sehen würden.«

»Religiöse Fanatiker, meint Ihr? Nein. Das ist zehn Jahre her. Ich glaube, die schlimmsten von ihnen sind müde geworden oder haben Angst davor, was für ein Tyrann mein Bruder sein würde.«

Einen Augenblick lang richteten sich alle Blicke auf York, dessen rotes Gesicht noch heftiger errötete. Der König sprach aus, was die Leute fürchteten, aber mit einem humorvollen Tonfall in der Stimme.

»Man sagt, es ist in Paris richtig in Mode gekommen, die Ehefrau oder den Ehemann oder die eigenen Eltern zu vergiften, jeden, der einem im Weg ist«, meinte Balmoral.

»Wie meine Schwester?« Die Worte kamen so überraschend, König Charles' Stimme klang so leise, und der Ausdruck auf seinem Gesicht war plötzlich so drohend, dass alle Männer außer Balmoral sich unbehaglich räusperten.

»Ja, genau wie die Prinzessin«, erklärte Balmoral knapp. »Ich glaube, Ihr solltet einen Vorkoster einstellen. Für Euch und Ihre Majestät und Ihre Hoheiten den Herzog und die Herzogin von York.«

»Ach, zur Hölle damit, Balmoral, ich glaube einfach nicht, dass man mich vergiften will.«

»Seid Ihr den Gerüchten um die Vergiftung nachgegangen, während Ihr in Paris wart?«, wollte Balmoral von Buckingham wissen.

»Warum sollte ich?«, erwiderte der gleichgültig.

»Was, wenn sie Angst hatte?«, fragte Prinz Rupert. »Ich werde mir niemals verzeihen, dass ich sie das nie gefragt habe.«

König Charles schlug mit der Hand auf den Tisch, und die Karten flogen hoch. »Ich will nicht, dass über sie gesprochen wird. Ich will nicht, dass jemand ihren Namen nennt.« Er blickte jedem am Tisch in die Augen. »Ist das klar?«

»Völlig klar«, antwortete Balmoral ruhig. »Darf ich fragen warum?«

»Wenn ich zu lange an all das denke, was passiert ist, an alle, die ich verloren habe, vor allem diese Letzte, wenn ich an all den Verrat denke, auf dem dieses Königreich aufgebaut ist, dann nähme ich gerne Gift, und wenn es mich nicht schnell genug töten würde, dann würde ich mich aufhängen. Wenn mich diese dunkle Stimmung mit ihrem langen schwarzen Gewand und ihren hohlen, glühenden Augen überfällt, hänge ich mich womöglich auf und danke Gott dafür, dass dieses gottverdammte Leben endlich vorüber ist. Und Ihr müsst Euch dann Jemmy hier als Eurem Lehnsherrn beugen. Meine Güte, Buck, Ihr müsstet Euer Gesicht sehen.«

Niemand sprach. Niemand rührte sich. Wutausbrüche dieser Art waren so untypisch für den König, dass sie alle schockiert waren. Und die wenigen unter ihnen, die ihn liebten, waren traurig.

York legte seinem Bruder die Hand auf die Schulter. »Hör auf Balmoral. Stell für einige Zeit einen Vorkoster ein.«

»Und für wie lange, Jemmy? Einen Tag? Ein Jahr? Zwei Jahre? Wenn ich Angst davor habe, von einem Verrückten umgebracht zu werden, dann werde ich selbst verrückt.«

»Nur für eine Weile«, meinte Prinz Rupert barsch.

»Eine Vorsichtsmaßnahme, nichts weiter«, befand Balmoral.

»Es wäre doch ein Segen, wenn sie vergiftet würde.«

Entsetzt drehten sich alle um und starrten Buckingham an.

»Sie ist nutzlos.«

»Sie ist die Königin von England, vermählt vor dem Angesicht Gottes! Was Gott zusammengefügt hat!«, donnerte York. »Seid Ihr jetzt ein Mörder, George? Ist das Euer neuester Plan?«

Buckingham zuckte die Schultern.

»Ich bin müde«, erklärte Balmoral. »Könnten wir zurückfahren, Majestät? Verzeiht einem alten Mann seine Schwäche.«

Die Art, wie er diese Worte sprach, die Ruhe, die darin lag, als würde eine ältere Generation auf diese nachfolgende blicken und den Kopf über deren Torheit schütteln, berührte jeden von ihnen. König Charles stand so abrupt auf, dass der Stuhl hinter ihm umfiel. »Stellt einen Vorkoster ein«, sagte er zu Balmoral. Und zu Buckingham: »Macht Euch in nächster Zeit rar, werter George.«

Als der König wieder auf seinem Schiff war, in Begleitung aller anderen außer Buckingham, kam Sir Thomas wieder zurück ins Haus. Buckingham saß immer noch am Tisch und legte Patiencen. Sir Thomas setzte sich dazu. Der König war wütend, und er würde sich daran erinnern, dass man ihn im Haus von Sir Thomas Verney wütend gemacht hatte. Dieser Nachmittag, auf den er so große Hoffnungen gesetzt hatte, lag in Scherben zu seinen Füßen.

»Seid Ihr verrückt geworden? Ich verstehe Euch nicht«, sagte er zu Buckingham.

»Ich habe nur ausgesprochen, was er selbst denkt. Es gibt vieles, das Ihr nicht wisst.«

Als wenn er das nicht wüsste! Als hätte er nicht alles, wirklich alles dafür getan, in den inneren Kreis vorzudringen. Als hätte er nicht herumgehurt und gespielt und dem einen und dann dem anderen Dienste erwiesen, um dorthin zu gelangen. Früher hatte er dazugehört; und er hatte durchgehalten, anders als der hübsche Buck hier, der nach England geflohen war und eine Rundkopfhure geheiratet hatte. König Charles hatte ihm vergeben; er war viel zu nachsichtig, das war sein Problem. »Dann erzählt es mir. Aber ich kann Euch gleich sagen, ich werde mich nicht an Plänen beteiligen, die der Königin schaden«, erklärte er.

»Niemand wird ihr schaden. Wir sind keine Barbaren.«

»Ich dachte, Ihr seid ganz scharf darauf, gegen Frankreich in den Krieg zu ziehen.«

»Das war letzten Monat, mein Lieber.«

Wut stieg in Sir Thomas auf und dann die Bitterkeit dieser Demütigung. Er hatte diesem Mann gedient und so viele wie möglich für einen Krieg gegen Frankreich mobilisiert. Und jetzt, einfach so, mit einem Fingerschnippen, würde er nicht stattfinden. Und man würde ihm nicht sagen warum. Warum sollte man auch mit dem Hund sprechen? »Waren Eure Geschäfte in Paris erfolgreich?«

»Geschäfte?«

»Ihr seid nicht nur hingefahren, um an der Beerdigung teilzunehmen.«

»Bin ich nicht?«

»Nein, seid Ihr nicht. Und ich finde, Ihr solltet mir endlich alles erzählen.«

»Findet Ihr das, ja? Nun, vielleicht wird es doch noch einen Krieg geben.«

Aber gegen wen? Buckingham warf dem Hund einen Knochen hin. Meine Güte, er hatte seine einzige Tochter für diesen Mann belogen, hatte sie wie eine Untergebene behandelt, wie das, was er selbst war! Und wozu? In der Hoffnung, vom König beachtet zu werden. Doch diese Hoffnung war heute zerstört worden. Zerstört an eben diesem Tisch, auf den er jetzt blickte. Genug. Es wurde Zeit, sich einen neuen Herrn zu suchen. Aber das würde er natürlich nicht laut sagen. Sollte der große Herzog doch glauben, er habe immer noch einen treu ergebenen Diener; zumindest dieses Kunststück beherrschte der Hund nun. Wuff.

König Charles hielt – nackt und sehr betrunken – seinen Sohn hoch, der zappelte und gluckste.

Genauso nackt stand Nellie Gwynn, die Schauspielerin, neben ihm und behielt den König und ihren Sohn im Auge. »Er hat drei neue Zähne.«

Der Junge lachte, strampelte mit den Beinen und blickte hinunter auf den König.

»Ich kann sie sehen«, sagte König Charles.

Er küsste das Kind fest auf beide Wangen, und Nellie nahm das

Baby und nickte ihrer Mutter zu, die vortrat, um es zurück in sein Bett zu legen. Mit ausdruckslosem Gesicht betrachtete die Frau die Nacktheit des Königs. Gott allein wusste, dass sie schon Schlimmeres als nackte Männer gesehen hatte. Nellie und sie kamen von der Straße, aber Nellie war intelligent und jung, eine aufreizende Schönheit mit der Stimme einer Lerche, all das hatte sie so weit aufsteigen lassen. Und sie vergaß ihre Mutter nicht – die für diese Zeit schon steinalt war. Denn es hieß, dass eine Frau ihre beste Zeit mit zwanzig hatte, mit vierundzwanzig langsam verfiel und mit dreißig unansehnlich war. Das Leben auf der Straße war hart. Man musste schlagfertig, skrupellos und geschickt sein, um zu überleben. Nellie war all das.

Nellie goss Wein in einen Kelch und reichte ihn dem König. Er trank ihn wie Wasser. Sie setzte sich auf seinen Schoß. Er hatte lange Beine mit festen, muskulösen Oberschenkeln, und der Anblick erregte sie. Sie wollte noch einmal von ihm geliebt werden. Nach einem Jahr war sie vielleicht, ganz vielleicht verliebt in diesen Mann, und Liebe war ein zarter Samen in ihrer Welt. Aber sie kannte diesen Mann nicht. Ihre Mutter war schon vor ihr eine Hure gewesen. Nellie kannte Männer. Aber diesen nicht.

»Ich habe letzte Nacht geträumt, dass die Königin einen Sohn geboren hat. Und heute hatte ich einen bösen Gedanken«, sagte König Charles. Er dachte an seine Reaktion auf Bucks Worte – dass es ein Segen wäre, wenn man die Königin vergiften würde. Möge Gott ihm vergeben, trotz der Mitgift, die sie in die Ehe eingebracht hatte, trotz ihrer Freundlichkeit und Loyalität.

»Ich bin kein Priester, aber du kannst mir alles beichten, wenn du willst.«

»Die Kirche der Nellie Gwynn. Eine nackte Hure als Beichtvater. Verlockend, Nellie. Du wirst den Priestern ihr täglich Brot rauben.« Er lächelte sie an, und sie fühlte sich wohl und getröstet durch die Laszivität in diesem Lächeln. Sie war fast ihr ganzes Leben lang so angelächelt worden. Ihre Mutter hatte ihr gezeigt, wie sie das zu ihrem Vorteil nutzen konnte.

Nell küsste seine Hand, hielt sie an ihre Brust.

Sein alkoholisiertes Gehirn war nicht in der Lage, seiner Hand zu befehlen, sie zu streicheln. Er liebte die Wonnen einer Frau, hatte sie immer geliebt, würde sie immer lieben. Er liebte ihre Körper, ihren Geruch, ihre Weichheit, die Art, wie ihr Verstand arbeitete, ihre Loyalität und dann, wenn man sie erzürnte, ihren Verrat. Skrupellos, kälter als der jedes Mannes. Das Leben verrät uns alle, sorgt dafür, dass sich unsere größten Hoffnungen und unsere ehrlichsten Versprechen gegen uns wenden, dachte er. Das Einzige, was man tun konnte, war, darüber zu lachen, bevor man selbst ausgelacht wurde. Aber er konnte über den Tod seiner Schwester nicht lachen oder über seine unfruchtbare Frau. Ein Abkommen mit Frankreich, und Minette starb. Dank Louis' Geld war er jetzt von der übertriebenen Sparsamkeit und der Überheblichkeit seines Unterhauses befreit. Aber war dies das Leben seiner Schwester wert? Niemand hatte ihm gesagt, was das Geschäft tatsächlich beinhalten würde. Das Geld füllte seine private Schatulle, und er fühlte sich wie Judas. Aber er würde es ausgeben, nicht wahr? Und im Zuge dessen Louis ruinieren. Überall zeugte er Söhne, außer mit der Königin. Old Rowley nannten ihn seine Untertanen, weil er so potent war. Das Leben verlangte seinen Tribut, machte sich vor seiner Nase gleich zweimal über ihn lustig, und er, der es liebte zu lachen, besaß nicht genug Kraft, es zu tun. Er schloss die Augen. Sein Kopf rollte nach hinten.

»Zwei Witze, Nellie, auf meine Kosten. Der Junge ist sehr hübsch. Ich kann Söhne zeugen.«

Er lachte, und die Schauspielerin in ihr erkannte, was darin lag. Sie legte ihre Arme um ihn und zog ihn an sich. Ihre Lust schwand, und Angst stieg in ihr auf. Ohne diesen Mann war sie wieder ein Nichts, Spielzeug für Männer, die nicht seine Freundlichkeit besaßen. Staub zu Staub, Asche zu Asche, alles ist vergänglich, vergänglich – einer der Stammkunden ihrer Mutter war ein Quintomonarchianer gewesen, und er hatte diese Worte immer gedonnert, wenn er bei ihrer Mutter zum Höhepunkt gekommen war, bevor er sich dann ihr zuwandte.

»Gibt es einen Gott, Nellie?«

»Oh ja. Komm jetzt ins Bett. Komm und spiel mit mir.« Sie legte ihre Wange an seine, zog sie aber hastig zurück, schockiert. Ihre Wange war nass an der Stelle, an der sie seine berührt hatte. Die Tränen eines Königs. Von diesem Mann, der immer lächelte. Was waren sie wert? Ein Vermögen?

»Ein hübscher Junge. Ich werde ihn eines Tages zum Herzog machen, und er kann mit meinen anderen Kindern spielen.«

Einen Augenblick später schnarchte er. Nellie stieg von seinem Schoß, rief nach ihrer Mutter und den Lakaien, und zusammen gelang es ihnen, ihn ins Bett zu hieven. Sie rief seine Leibgarde, die unten wartete. Die Männer kamen herauf und kleideten ihn an. Sie beäugten Nellie, die immer noch nackt war, während sie ihn anzogen, und sie sah die Lust in ihren Augen, genoss sie mit einer kecken Freude, die Teil ihrer Anziehungskraft war. Sie würden sie niemals haben, nicht solange der König sie begehrte, aber sie konnten sich gerne ansehen, was dem König gefiel. Sie trugen ihn so vorsichtig in die Nacht hinaus, als wäre er ein Baby, zurück nach Whitehall. Nellie sah nach ihrem Sohn, der unschuldig schlief. Ein zukünftiger Herzog, ja? Nellie Gwynn, das Flittchen von der Bühne, die Mutter eines Herzogs.

Er hatte von zwei Witzen gesprochen. Sie konnte nicht lesen, und sie konnte nicht schreiben, aber sie konnte zählen. Das machte drei.

Kapitel 17

Unter den Bäumen, an hübschen Tischen, die um die Stämme herum gebaut waren, saß Charles' junger Hofstaat und flirtete. Laternen flackerten in den Ästen, und sie tranken Wein in der Dunkelheit. Die meisten von ihnen waren Kinder gewesen, als er auf den Thron zurückkehrte. Sie erinnerten sich an die Armut, den Mangel, das unstete Leben – aber nur noch verschwommen.

Alice hatte Renée das Gartenhaus des Königs gezeigt, das sein Vater gebaut hatte, und das Bowlinggrün, wo Monmouth und seine Kumpane so manchen Nachmittag spielten. Sie waren zum Pall-Mall-Platz gegangen, den der König hatte bauen lassen. Er mochte alles, was draußen stattfand, Laufen, Tennis, Angeln, Rudern, Reiten, Bogenschießen, Bowls und auch Pall-Mall, ein Spiel, bei dem man mit Stöcken einen Ball treffen musste und das in Mode war, seit man wusste, dass er es gern spielte. Sie waren an dem langen Wasserkanal im St. James's Park entlangspaziert, einem künstlichen Gewässer, auf das jeder französische Palast stolz wäre. Richard saß bei ihnen, zusammen mit Barbara und John Sidney, Dorothy Brownwell und ihrem Lord Knollys. Gracen war auch da und Kit und Charlie Sedley.

Alice gestattete sich die ausgelassene Stimmung, in die der Wein sie versetzte. Sie hatte beschlossen, wegen ihres Gesprächs mit Balmoral hoffnungsvoll zu sein. Barbara und John standen auf. »Wo wollt ihr hin?«, fragte Alice.

»Wir gehen spazieren, nichts weiter«, erklärte John.

»Ohne Anstandsdame?«

Dorothy stand auf, aber Lord Knollys legte besitzergreifend seine Hand auf ihren Arm. »Würdet Ihr stattdessen mir vertrauen?«, fragte er Alice, als wäre sie die Königin.

»Und mir?«, meinte Gracen, die aufstand und neben Barbara trat.

»Ich gewähre Euch diesen Spaziergang.« Alice lachte, erfreut über die Bedeutung, die man ihr zumaß, über die Tatsache, dass ihre Missbilligung Gewicht hatte. Vielleicht würde es bald wieder so sein wie früher. Zu ihrer Rechten unterhielten sich Renée und ihr Leutnant über sein Tamworth.

»Du magst John Sidney nicht?«, fragte Dorothy Alice, als er außer Hörweite war.

»Er ist nicht der Mann, den ich mir für Barbara wünsche.«

Dorothy spielte mit einer Schleife an einem ihrer weiten Ärmel. Sie war Witwe und liebte die Ehrenjungfern, für die sie verantwortlich war, jede einzelne, ganz egal, wie sehr sie sie neckten oder austricksten. Es sind eben Mädchen, sagte sie immer, wenn sie Unfug anstellten. Und dann lieh sie ihnen Geld oder log, damit das betroffene Mädchen nicht in Ungnade fiel. Mit ihrem leichten Lispeln sagte sie dem Mädchen dann: Ihr müsst aufpassen, Ihr müsst Euch benehmen. Sie hatte große, hervorstehende Augen und goldenes Haar – gefärbtes Gold, schwor Gracen – und ein Herz, das so weich war wie Gänsedaunen.

»Du hast mich letzte Nacht gesehen.« Sie blickte Alice ins Gesicht, und in ihren großen runden Augen lag ein flehender Ausdruck.

Alice nippte an ihrem Wein. »Ich habe nichts gesehen.«

Dorothy beugte sich vor und küsste sie. »Ich wusste, dass du das sagen würdest. Ich habe mir den ganzen Tag lang Sorgen gemacht, aber in meinem Herzen wusste ich, dass du das sagen würdest. Ich bin froh, dass du zurück bist.«

Die Wahrheit war, dass Dorothy Brownwell die Zügel zu sehr hatte schleifen lassen, vor allem bei Barbara. Aber Alice würde sich ab morgen damit befassen, wenn sie ihren Platz unter den Jungfern der Königin wieder einnahm.

Hinter ihnen, an einem anderen Tisch, begannen einige ausgelassen zu singen. Sie schlugen ihre Hände auf den Tisch, während sie sangen. Es war ein derbes Soldatenlied.

Who comes here?
A Grenadier.
What do you want?
A Pot of Beer.
Where is your money?
I've forgot.
Get you gone home
You drunken sot.

»Da siehst du, was dich erwartet«, meinte Richard zu Renée und zwinkerte ihr zu. Er würde in ein oder zwei Tagen für Balmoral nach Frankreich fahren.

Kapitel 18

Oktober

Der Mond so klar, Frost bald da. Hat der Mond einen silbernen Schild, hab keine Angst zu ernten das Feld.

Alice zog sich mit einem Ruck die Handschuhe aus und sagte zu dem neuen Lakaien: »Holt sofort meinen Vater.« Sie trat an das Feuer, das im Kamin in der großen Halle brannte, und wärmte ihre Hände daran. Es war kalt draußen. Der festliche Michaelistag mit seinen gebratenen Enten und den Pachtzahlungen war vorüber. Und der Oktober war auch schon fast vorbei. Allerheiligen, die Zeit der Geister und der Magie am Ende des Monats, war nur noch wenige Tage entfernt.

Sir Thomas hielt im Türrahmen der großen Halle seines Hauses inne. An ihrem Gesicht und der Art, wie sie sich hielt, konnte er sofort sehen, wie aufgebracht seine Tochter war. Also war der Augenblick, den er so fürchtete, gekommen. Aber zu seiner Überraschung rannte sie auf ihn zu und küsste seine Wange.

»Es gibt da etwas, das du wissen musst. Es ist schrecklich. Der König schenkt Renée zu viel Aufmerksamkeit. Er hat die ganze letzte Woche über jeden Tag eine Stunde mit ihr verbracht. Ich bin immer dabei, aber ich könnte es genauso gut nicht sein. Du musst zum König gehen und ihm sagen, dass er aufhören muss, bevor es ein Duell gibt und einen Skandal.«

»Was für ein Duell?«

»Nun, mit Leutnant Saylor natürlich«, erklärte Alice scharf. »Er ist ein ehrenhafter Mann.«

»Warum zum Teufel sollte er sich duellieren?«

»Du hörst mir nicht zu, Vater. Sag dem König, er muss mit jemand anderem flirten. Sag ihm, dass Renée ein anständiges Mädchen ist. Sag ihm, er darf uns das nicht schon wieder antun ...«

»Uns?«

»Der Königin. Er hat es mit Frances Stewart gemacht, als er in sie verliebt war. Er kam immer herein und unterhielt sich mit ihr, und dann ging er mit ihr in eine Ecke und küsste und berührte sie. Die arme Königin hat sich nicht in ihre eigenen Gemächer getraut, aus Angst davor, was sie vielleicht sehen muss. Sie hat mich immer vorgeschickt. Es war schrecklich. Nicht auszuhalten. Er wird dafür sorgen, dass die Königin Renée nicht mehr mag.« Und sie hatte gehofft, dass die Königin Renées Mitgift aufbessern würde; sie hatte das früher schon bei anderen Ehrenjungfern getan. »Sag ihm, er soll aufhören.«

»Frances Stewart hat einen Herzog geheiratet. Vielleicht wird Renée das auch.«

»Im Moment gibt es keine Herzöge, die man heiraten könnte, außer Balmoral, und den nehme ich.«

»Dann einen Earl.«

»Vater, du musst ihn aufhalten. Ich dachte, dass du mehr als jeder andere wollen würdest, dass es aufhört.« Ist sie nicht deine Liebste? Macht dir das gar nichts aus?, wollte sie fragen, aber sie tat es nicht.

»Es schadet einer jungen Frau nicht, vom König bewundert zu werden, Alice. Im Gegenteil. Dadurch drehen sich alle Dandys am Hof um und nehmen Notiz von ihr.«

Das stimmte. Alice beruhigte sich ein wenig. Und König Charles war niemand, der sich einer Frau aufzwang. Renée würde ihm einfach sagen müssen, dass er aufhören sollte. Nur dass Renée zu viel Angst davor hatte. Ich kann nicht, hatte sie gesagt. Er ist der König. »Du musst dem König sagen, dass seine Zuneigung nicht erwidert wird, dass Renée seine Aufmerksamkeiten nicht will.«

»Muss ich?«

»Du bist für sie verantwortlich. Du hast sie hergebracht. Es ist deine Pflicht.«

Sir Thomas umging dieses Thema bewusst. »Ist seine Aufmerksamkeit unwillkommen?«

»Natürlich ist sie das.«

»Bist du sicher, Alice?«

»Ja.«

»Hat sie dir das gesagt? Hat Mademoiselle de Keroualle dir mit ihren eigenen Worten gesagt, dass sie die Aufmerksamkeit des Königs nicht wünscht?«

»Nun, natürlich hat sie das.«

»Alice.«

»Ich weiß, dass sie das nicht will.«

»Dann hat sie es nicht gesagt?«

»Nicht direkt, aber jeder kann sehen, wie unwohl sie sich fühlt und dass sie nicht weiß, was sie tun soll. Es ist schrecklich, Vater. Du musst dafür sorgen, dass es aufhört.«

»Ich werde auf jeden Fall mit dem König sprechen.«

»Das wirst du? Oh danke, Vater.«

»Wohin willst du? Bleibst du nicht hier?«

»Oh nein. Barbara wartet in der Eingangshalle auf mich. Wir müssen zurück zum Hof. Wir gehen heute Nachmittag mit der Königin ins Theater.«

»Was wird denn gespielt?«

»*Die Eroberung von Granada*.«

»Stimmt, Nellie tanzt wieder. Das hatte ich ganz vergessen. Ich komme vielleicht mit, Liebes.«

»Wenn du das tust, könntest du hinterher noch mit uns Basset spielen.«

»Bei der Königin wird mir zu zaghaft gespielt. Ich mag meine Karten gerne schnell und gefährlich. Es ist ein Brief für dich gekommen. Frag Perryman danach, wenn du gehst.«

»Wer ist Perryman?«

»Mein neuer Lakai. Ein Goldstück.«

Sie wirbelte wie gewöhnlich aus dem Zimmer, und Sir Thomas

blieb am Kamin stehen. Ich bin ein Feigling, dachte er. Früher oder später wird Alice es erfahren müssen. Er war für später. Das war bei ihm immer so. Und er hatte ihr eigentlich nichts versprochen – nur, dass er mit dem König sprechen würde. Er hatte nicht gesagt, über was. Er lächelte, erfreut darüber, für eine Weile nicht berechnend sein zu müssen, zufrieden über seine Schläue.

In der Eingangshalle sagte Alice zu Barbara: »Erledigt.«

»So einfach?«

Alice hakte Barbara unter. »Ich glaube fast, er interessiert sich gar nicht für sie, wie ich dachte. Eine Kutsche für uns – wie heißt Ihr?«

»Perryman.«

»Perryman, also bitte.«

»Sehr wohl, Ma'am, und während Ihr wartet, wärme ich Ziegelsteine für Eure Füße, und ich habe Eurer Dienerin den Brief für Euch gegeben.«

Poll hielt ihn ihr entgegen.

Alice sah, dass er von Beuvron war. Wahrscheinlich brauchte er wieder Geld. Sie würde ihn später lesen.

Im Theater füllten Höflinge und Londoner den Aufführungssaal. Die Nachricht von Nell Gwynns Rückkehr auf die Bühne war das Gesprächsthema am Hof und in London, und alle wollten unbedingt das neue Stück von John Dryden sehen, dem Poetus laureatus.

»Da seid ihr ja«, meinte Gracen zu ihnen. »Ich habe Euch einen Platz neben mir freigehalten.«

Alice und Barbara knicksten vor der Königin und setzten sich dann hin. Sie saßen in einem besonderen Bereich, der für die Königin reserviert war – nur von ihr geladene Gäste durften dort sitzen. Auf dem Parkett direkt vor der Bühne befanden sich Dutzende von jungen Männern vom Hof und aus der Stadt, die die Ehrenjungfern offen anstarrten. Die jungen Frauen waren das gewohnt; es gehörte dazu, wenn man Ehrenjungfer war, und diejenigen, die wie Barbara und Alice schon älter waren, achteten gar nicht mehr darauf. Die Männer auf dem Parkett – von Händlern bis hin zu Höflingen – starrten heute Renée an; sie war ihnen unbekannt. Die forscheren unter ihnen zeigten offen auf sie, während sie sprachen. Es war ein Spießrutenlauf, dem jede schöne Frau am Hof ausgesetzt war. Einige genossen ihn. Andere wurden davon niedergedrückt.

Alice beugte sich zu Renée hinüber und flüsterte: »Ich habe mit Vater über das Verhalten des Königs gesprochen.«

»Er wird mich hassen«, flüsterte Renée zurück. »Ich werde nicht länger am Hof bleiben dürfen.«

»Er schickt selten irgendjemand wegen irgendetwas weg. Reg dich nicht so auf.«

»Ich möchte nicht, dass Seine Majestät wütend auf mich ist.«

»Er wird nicht wütend sein. Sieh doch, da ist Leutnant Saylor.«

Auf dem Parkett unten verbeugte sich Richard.

»Warum starren mich alle so an?«, fragte Renée.

»Weil du so hübsch bist. Achte gar nicht darauf.«

Kit packte Alice hart am Arm.« Die Herzogin von Cleveland. Sie kommt zu uns herüber.«

»Tut sie nicht.«

Aber da war sie tatsächlich, überlebensgroß, und näherte sich dem Bereich der Königin wie eine träge Löwin. Die Männer auf dem Parkett beobachteten sie, stießen sich gegenseitig an, damit niemand sie übersah. Sie zog die Blicke auf sich. Das hatte sie immer getan.

Barbara Palmer, die Herzogin von Cleveland, stach immer noch heraus an einem Hof, der junge Schönheiten bevorzugte. In einem Alter, in dem Frauen sich vom Hof auf ihre Landsitze zurückzogen, um ihre Kinder aufzuziehen, und ihre Ehemänner in Whitehall zurückließen, um sich zu Tode zu trinken, zog diese Frau sich nicht zurück. Sie hielt König Charles nicht länger in der Hand – oder, wie gewitzelt wurde, an anderer Stelle –, aber er schätzte sie als Mutter von fünf seiner Kinder. In ihrer Glanzzeit hatte sie Königin Katharina das Leben offen zur Hölle gemacht. Sie war immer noch ein

Stern am Firmament des Hofes. Groß, mit üppiger Figur, hielt sie den Kopf so hoch erhoben wie die Königin eines wilden Stammes.

»Auf ein Wort, Verney.« Mit kühlem Blick knickste sie kaum merklich vor Königin Katharina. »Majestät, darf ich Euch die kleine Verney für einen Moment entführen.«

»Nur für einen Moment.«

»Natürlich«, sagte Cleveland, als hätte sie jemals dieser kleinen Portugiesin gehorcht, die ihr in keiner Weise gewachsen war.

Alice folgte der Herzogin gehorsam zu ihrer Loge. Cleveland hätte einen Lakaien oder einen Pagen schicken können, um sie zu holen; dieser dramatische Auftritt verhieß nichts Gutes. Panik stieg in ihr auf. Diese Frau hatte dabei geholfen, den gewieftesten Ratgeber des Königs zu Fall zu bringen, nur weil ihr Cousin Buckingham sie darum ersucht hatte. Sie hatte so offen über seinen Niedergang gejubelt, dass der Mann zu ihr gesagt hatte: »Denkt daran, Madam, wenn Ihr tatsächlich weiterleben solltet, werdet Ihr irgendwann alt sein.«

»Endlich allein«, sagte Cleveland, während sie die Tür hinter sich schloss. Sie setzte sich, aber sie bot Alice keinen Platz an, sondern betrachtete sie nur mit einem verächtlichen Ausdruck in den großen, dunklen Augen. Sie schwieg lange, und als sie endlich sprach, war jedes ihrer Worte wie ein Peitschenhieb.

»Wisst Ihr, für eine Weile bin ich einfach nicht dahintergekommen. Wer würde mir solche Streiche spielen? Wer würde das wagen? Jahrelang habe ich mich das gefragt. Es ist mir nicht wirklich aufgefallen, dass es aufhörte, während Ihr in Frankreich wart, und bei Madames Besuch wieder begann. Aber meine Verwirrung ist jetzt vorbei.«

»Ich verstehe nicht.«

»Ihr seid clever, Verney, das muss ich zugeben. Nicht viele hätten mich so lange täuschen können wie Ihr. Doch jetzt keine Lügen mehr. Das Spiel ist aus. Ich habe Euch, so einfach ist das. Und das muss gesühnt werden, es muss eine Strafe geben. Ein kleines Vögelein hat mir gezwitschert, dass ihr beschlossen habt, den Herzog von Balmoral zu erobern. Ihr habt hohe Ziele.«

»Das ist nicht wahr.«

»Gut, weil ich dafür sorgen werde, dass es nicht passiert. Ihr werdet irgendeinen Idioten heiraten, aber Lord Mulgrave ist ja auch ein Idiot, nicht wahr? Oder noch besser, Ihr werdet überhaupt nicht heiraten. Ihr werdet als vertrocknete Jungfer sterben, Verney, welk wie ein alter Kürbis. Und ich werde mich biegen vor Lachen, während ich Euch dabei zusehe.«

»Das könnt Ihr nicht machen.«

»Ich kann und ich werde. Mit wem bin ich nicht verwandt an diesem Hof? Wer schuldet mir nicht den ein oder anderen Gefallen?«

Alice öffnete die Tür der Loge. Das Schauspiel begann, die Schauspielerin Nellie Gwynn nahm ihren Platz auf der Bühne für die Vorrede ein. Alice drehte sich zur Herzogin um. »Früher einmal hättet Ihr das vielleicht gekonnt. Aber jetzt nicht mehr, denke ich. Wenn ich Herzogin bin, werde ich dafür sorgen, dass man Euch vom Hof verbannt.« Sie wusste nicht, warum sie das sagte. Sie musste völlig verrückt geworden sein und sagte es nur, um das Gefühl zu verdrängen, zerquetscht worden zu sein. König Charles erschien, und in dem Lärm und der Aufregung, die dadurch entstanden, huschte sie zurück auf ihren Platz bei der Königin und setzte sich schwer atmend. Es kostete sie Mühe, überhaupt zu atmen. Entsetzen erfüllte sie.

»Was hat sie gesagt?«, zischte Barbara.

»Sie hat es auf uns abgesehen wegen des Streichs, den wir ihr letzte Woche gespielt haben.«

Barbara keuchte und sank in ihrem Stuhl zusammen, als hätte sie jemand erschossen.

»Sie hat mich in Verdacht. Reg dich nicht auf. Ich werde nichts zugeben, und ich werde dich nicht verraten. Du weißt, dass du mir vertrauen kannst.«

»Ich wusste, dass wir ihr diesen letzten Streich nicht hätten spielen dürfen. Ich wusste es!«

»Still.«

Eine Träne rollte Alice über die Wange. In der Dunkelheit suchte sie nach Barbaras Hand und drückte sie fest. Die Vorrede hatte begonnen, aber ihr Herz schlug so laut, dass sie kein Wort verstand. Das Gelächter auf dem Parkett sagte ihr, dass das Stück den Leuten gefiel. Nellie war gekleidet wie ein französischer Höfling, es war ein Trick cleverer Theaterleiter, den Schauspielerinnen enge Kniehosen anzuziehen, sodass man ihre Beine sehen konnte. Sie übermittelte Drydens Entschuldigung für sein Stück und erklärte die großen moralischen Ideen, die in dem Stück behandelt würden. Neben der engen Hose und den Spitzen und Schleifen eines höfischen Gecken trug sie einen Hut, der so groß war, dass sie den Boden damit berühren konnte, wenn sie sich zur Seite neigte. Was sie dann auch tat. Die Männer auf dem Parkett applaudierten.

Nicht nur machte sie sich damit über die Kleidung der Franzosen lustig, die im Sommer Prinzessin Henriette begleitet hatten, sie machte sich auch über den Stil einer anderen Schauspielgesellschaft lustig, die skurrile Kostüme benutzte, um für Gelächter zu sorgen. Man konnte sehen, wie König Charles mit dem Finger auf seinen Bruder zeigte, der diese andere Schauspielgesellschaft unterstützte. Nellie, Schauspielerin durch und durch, kostete ihre Rolle noch mehr aus und parodierte auf köstliche Weise einen eitlen Höfling. Sie warf den Hut auf die Bühne und tanzte um ihn herum. Das Publikum applaudierte. König Charles stand auf und warf ihr seinen Hut auf die Bühne, den sie sich auf den Kopf setzte und bis zum Ende der Vorrede trug. Dann warf sie ihn zurück zum König und verbeugte sich elegant wie ein Höfling. Beifallrufe und Pfiffe folgten ihr, als sie von der Bühne ging. Das Stück war eine Tragödie, aber Dryden war sich nicht zu schade, es mit lautem Gelächter beginnen zu lassen.

Alice konnte der Handlung kaum folgen, die in Spanien spielte und von zwei vom Unglück verfolgten Liebenden handelte. Königin Almahide wurde von Nell dargestellt, und der beliebte, hübsche Charles Hart gab den Krieger Almanzor, der sie liebte. Es gab eine Verführerin und einen eifersüchtigen Ehemann. Dazu noch eine Konvertierung zum Christentum, wunderbare Kulissen, die das

Publikum in eine andere Welt versetzten, Lieder, die ein wenig erotisch oder auch politisch waren. Eine zierliche Schauspielerin agierte theatralisch auf der Bühne. Fletcher, der hinter Alice saß, stieß sie an die Schulter.

»Das ist die Schauspielerin, die jetzt Drydens Geliebte ist«, flüsterte er. »Noch eine glückliche Ehe zerstört.« Buhrufe und Applaus brandeten an bestimmten Stellen auf:

Seht, was die vielköpfige Bestie verlangt –
verdammt ist der König, den sie hat in der Hand.
Im Senat ihren Beistand sie zu langsam gewähren
oder frech sie verweigern gar mein Begehren;
Und wenn ihr Geiz mir im Kriege den Sieg vorenthält,
wird ihre Frechheit als mein Ungeschick hingestellt.

Prinz Rupert, der auf der Bühne saß, wie es Mode war, stand auf und rief, als wäre er einer der Schauspieler: »Andrew Marvell, Thomas Verney, Rob Howard, hört ihr das?« Es störte ihn überhaupt nicht, dass er das Stück damit unterbrach, und es störte auch die Schauspieler nicht, die das und noch viel mehr von ihrem Publikum gewöhnt waren. Sie konnten froh sein, wenn es keinen Faustkampf auf dem Parkett gab.

Alice sah, wie ihr Vater auf seinem Stuhl zusammensank und seinen Hut über sein Gesicht zog. Sie blickte sich zu Fletcher um. »Ich verstehe das nicht.«

»Der letzte verlorene Krieg gegen die Holländer«, flüsterte Fletcher. »Sie glauben, es lag daran, dass das Unterhaus nicht genug Mittel dafür bewilligt hat und man deshalb nicht schlagkräftig genug war. Als der Krieg dann verloren war, hat man die Schuld beim Kronrat gesucht.«

So, so, dachte sie, und fügte noch andere Gerüchte und Geschichten, die sie gehört hatte, zu der Erkenntnis zusammen, dass der König und sein Parlament im Streit lagen. Mein Vater ist daran beteiligt, dachte Alice, und hinter ihm steht Buckingham. Er steckte hinter vielem, wie es schien: hinter Monmouth' Stolz, hinter Yorks Rückzug, hinter der Scheidung. Ein gefährlicher Mann. Das Stück ging weiter, es gab Verrat, einen Aufstand, einen knapp verhinderten Selbstmord und den Tod eines bösen Königs, mit dem es schließlich endete. Applaus brandete im Saal auf. Das Publikum ging oder sprang auf die Bühne zu den Schauspielern, die sich hinter den Kulissen umzogen.

Alice blickte zur Herzogin von Cleveland, die ihr eine Kusshand zuwarf. Sie hatte nicht mehr ganz so viel Angst – sie hatte sich während des Stücks einen Plan ausgedacht.

Bühnenhelfer löschten die Kerzen am Fuß der Bühne. Da der König immer noch im Theater war, ließen sie die Kronleuchter brennen und setzten sich auf den Rand der Bühne und warteten. Der König öffnete die Tür zu Katharinas Loge. Ein Lächeln erhellte ihr Gesicht, während er sich auf seine träge, entspannte Art neben sie setzte. »Hat dir das Stück gefallen?«, wollte er wissen.

»Sehr fesselnd.«

»Und Euch?«, fragte er und wandte sich an die Ehrenjungfern, die darauf warteten, von ihm beachtet zu werden.

»Oh ja!«

König Charles wechselte ins Französische. »Und Ihr, Mademoiselle de Keroualle? Die Vorrede war doch nicht zu brutal für Euch? Sie hat sich auf höchst grausame Art über Eure Landsleute lustig gemacht. Vielleicht ist es ganz gut, dass Euer Englisch im Moment noch nicht so gut ist.«

»Es war sehr gut gespielt. Und nein, ich habe es nicht verstanden, aber alle schienen sich sehr zu amüsieren, und die Dame, die die Königin gespielt hat, war sehr anmutig.« Renée sprach langsam und sagte einige Worte auf Französisch, andere auf Englisch; sie wurde jeden Tag besser, dank Richard.

»Alle auf dem Parkett haben Euch heute Abend bewundert. Ihr seid eine Zierde für den Hof.«

Renée antwortete nicht.

Königin Katharina sprach mit ihrem eigenen gebrochenen Englisch in die unangenehme Stille. »Kommt wenn wollt in Wohnung von mir heute Abend, Sir. Ich würde haben große Ehre. Mein Bruder schickt mir eine neue Laute und den Madeira zu trinken.«

König Charles erhob sich und verbeugte sich vor ihr. »Dir gebührt immer die größte Ehre, meine Liebe.« Er nahm ihre Hand, um sie aus der Loge zu führen, und war angetan genug von ihrer Einladung für den Abend, dass er sie aus dem Theater geleitete. Die Jungfern folgten ihnen wie eine Schar von Entenküken.

»Warte«, flüsterte Alice Renée zu. »Leutnant Saylor ist da vorn. Sprich mit ihm über deine Ängste. Ich sagte der Königin, dass wir deinen Ohrring verloren haben und danach suchen. Na los. Beeil dich.«

Die Bühnenarbeiter ließen die Kronleuchter an ihren langen Seilen auf die Bühne herab und bliesen die Kerzen darauf aus. Richard schwang sich mühelos über das Geländer der Loge. Um sie herum war es fast dunkel.

»Was bedrückt dich, mein Herz?«, fragte er. »Hat Nellies Lied dich beleidigt? Ich werde heute Nacht kein Auge zutun, wenn du mir nicht sagst, was dich bedrückt.«

»Nichts. Alles. Der König flirtet mit mir.«

»Das würde ich auch tun, wenn ich der König wäre. Er mag schöne Frauen. Das ist ganz harmlos.«

»Bist du sicher?«

»Natürlich.«

Jetzt war außer Alice und ihnen niemand mehr im Theater. »Beeilt euch«, zischte sie und wartete, während sie sich küssten. Es war keine Zurückhaltung mehr zwischen ihnen, ihre Körper fanden zueinander wie die von Liebenden, und die Süße zwischen ihnen begann sich mehr und mehr zu entfalten.

Durch die Anwesenheit des Königs waren die Gemächer von Königin Katharina zum Bersten gefüllt. Kurz vor Mitternacht trat Sir Thomas ein, konnte seine Tochter im Hauptgemach nirgends entdecken und fand sie schließlich in der sogenannten Wappen-Galerie, wo sie mit Prinz Rupert eine Pfeife rauchte. An den Wänden hingen riesige Schilde von den jährlichen Geburtstagsturnieren zu Ehren der großen Königin Elizabeth. Die Erinnerung an Königin Bess wurde von allen hoch gehalten; die Rundköpfe hatten ihr Vermächtnis in diesem Palast nicht zerstört.

Als sie ihn erblickte, atmete Alice den Rauch zu stark ein und hustete, die Pfeife mit dem langen, schmalen Stiel fiel ihr aus dem Mund. Prinz Rupert fing sie geschickt auf.

»Und wo hast du diese schlechte Angewohnheit her?«

Zwischen Hustenanfällen antwortete Alice: »In Madames Gefolge haben alle geraucht.«

»Du bist nicht mehr in Madames Gefolge.«

»Ich lasse Euch jetzt allein, Verney.« Prinz Rupert schlug die Pfeife gegen die Kacheln des Kamins und klopfte den brennenden Tabak heraus, dann öffnete er eine glänzende Kiste und legte die Pfeife hinein. Er nickte Alice' Vater zu und ging durch den langgestreckten Raum davon.

»Ich war gerade bei der Herzogin von Cleveland. Was für ein Drache sie geworden ist. Sie hat einige hässliche Dinge über dich gesagt, Alice, über Streiche, die man ihr gespielt hat, und dass der von letzter Woche besonders schlimm war. Ich habe ihr gesagt, dass ihre Verdächtigungen nichts weiter als Lügen sind, und zwar höchst verdammenswerte Lügen. Über was genau habe ich da einen Meineid geschworen, Missy?«

»Du musst mir helfen.«

»Cleveland möchte deinen Kopf auf einem Tablett. Zum Glück ist heute nicht vor drei Jahren, sonst würde sie ihn bekommen. Sie ist fuchsteufelswild.«

»Du musst mir helfen, ihr einen Streich zu spielen, und zwar so, dass sie mich auf keinen Fall damit in Verbindung bringen kann. Das wird sie davon abbringen.«

»Ich werde der gefährlichsten Frau am Hof keinen albernen Schuljungenstreich spielen.«

»Sie ist nicht mehr die gefährlichste. Du musst, Vater, oder ich bin ruiniert.«

»Du wirst zu ihr gehen und dich entschuldigen.«

»Das werde ich auf keinen Fall. Außerdem würde das nicht reichen. Du weißt, wie sie ist.«

»Ich werde auf keinen Fall ... wo gehst du hin?«

»Die Königin spielt die Laute. Kannst du das nicht hören? Ich möchte zusehen. Komm mit, Vater.«

»Wir sind noch nicht fertig mit unserem Gespräch über die Herzogin.«

»Das sind wir ganz sicher nicht. Barbara stimmt mir zu ...«

»Barbara? Barbara ist doch nicht ... sie würde doch nicht ...«

Alice fiel ihm ins Wort. »Ein Streich, für den ich nicht verantwortlich gemacht werden kann, ist die einzige Möglichkeit. Wir müssen uns einfach etwas ausdenken.«

Protestierend ließ er sich in das Hauptgemach führen. Die Königin spielte tatsächlich auf der Laute, die ihr Bruder, der König von Portugal, ihr geschickt hatte. Ihr Stallmeister, Lord Knollys, war da und spielte Karten mit Dorothy Brownwell, Gracen und der alten, halbblinden portugiesischen Kinderfrau der Königin. Auch Höflinge waren da, unter anderem Lord und Lady Arlington, der Earl von St. Albans, Thomas Clifford, Thomas Killigrew. Aber nicht der Herzog von Balmoral. Er kam nie, obwohl Königin Katharina ihm Einladungen schickte, Alice zuliebe. Er hatte Alice Blumen geschickt, das schönste Bouquet, das sie jemals gesehen hatte, aber als sie zu ihm gegangen war, um sich dafür zu bedanken, hatte sein Majordomus ihr erklärt, dass er keine Besucher empfing.

In den Kaminen brannten Feuer. Anders als der Louvre mit seinen riesigen Räumen und den Steinböden, die im Winter so kalt waren, dass man sich beinahe direkt ins Feuer setzen musste, waren die Zimmer in Whitehall kleiner, weniger prätentiös. Wenn sich viele Leute darin aufhielten, waren sie beinahe gemütlich. Die Königin sang ein Lied, das während des ersten Krieges gegen die Holländer komponiert worden war. Es war damals sehr beliebt gewesen.

To all you ladies now at land,
We men at sea do write,
But first I hope you'll understand
How hard 'tis to indite:
The muses now and Neptune, too
We must implore to write to you.

Fletcher, dessen Stimme melodisch und sanft war, stimmte bei der nächsten Zeile mit ein. »*With a fa la la la la.*«

»Nur ein kleiner Streich, Vater«, sagte Alice, übertönt von dem Gesang und drückte den Arm ihres Vaters. »Das ist alles, worum ich dich bitte.«

Kapitel 19

In der gleichen Nacht, ein paar Stunden vor Morgengrauen, warf Alice ihre Karten hin. »Ich gebe mich geschlagen.«

König Charles schob lächelnd seine Karten zusammen und legte sie ab, ohne sie ihr zu zeigen. Alice begann damit, einen ihrer Ohrringe zu lösen. Der dritte Spieler, Buckingham, der die Gunst des Königs zurückgewonnen hatte, gähnte und stand auf, während ein Diener hereintrat und mehr Holz aufs Feuer legte. Funken flogen den Abzug hinauf und tanzten gegen die Funkengitter.

»Ich nehme Euren Schmuck nicht an, Verney. Lasst den Ohrring in Eurem hübschen Ohr.« Der König blickte sich um. »Meine Güte, sind wir denn die Einzigen, die noch wach sind?«

»Was für ein langweiliger Haufen. Ich bin froh, wenn wir diesen Höflichkeitsbesuch hinter uns haben«, meinte Buckingham. Sein Hemd stand am Kragen offen, die Spitze und die Schleifen dort waren schmutzig. Er hatte den ganzen Abend getrunken, doch das merkte man ihm nicht an, außer an der Langeweile, die er jetzt zum Ausdruck brachte, der Verachtung, die dahinter steckte. Nichts würde ihn in den nächsten Stunden zufrieden stellen, es sei denn, es wäre außergewöhnlich, unerwartet, neu. Unruhig ging er um den Tisch herum, an dem sie Karten gespielt hatten.

Es bot sich, wie Buckingham sagte, ein langweiliges Bild. Die Königin hatte sich schon vor mehreren Stunden zurückgezogen. Barbara und Renée schliefen zusammengesunken in den großen gepolsterten Stühlen, die Alice als Geschenke für die Königin aus Frankreich mitgebracht hatte. Gracen war noch wach und saß in der Ecke an einem Fenster. Sie sprach mit Lord Knollys, der den Kopf der schlafenden Dorothy Brownwell auf seinen Schoß gebettet hatte. Kit und Luce waren betrunken und saßen in einer dunklen Ecke auf den Knien eines Favoriten des Königs, des jungen Earl von Rochester, der erst eine, dann die andere küsste.

Und das war der Grund, warum Alice darauf achtete, in wessen Gesellschaft sie trank.

Mit fünfzehn war sie eines Morgens vor dem Morgengrauen genau in diesem Zimmer mit einem schnarchenden Höfling an ihrer Seite aufgewacht – einem Mann, den sie nicht einmal mochte –, mit einem bis zur Hüfte aufgeknöpften Kleid. Sie war in Tränen aufgelöst gewesen, als sie schließlich Barbara fand, die in ihrem Bett schlief, und die beiden waren jedes Detail noch einmal durchgegangen. Alice konnte sich noch erinnern, dass sie irgendwann seine Küsse und das Streicheln genossen hatte, aber an nichts anderes. Während des nächsten Monats hatte sie abwarten müssen, ob sie schwanger war. Sie war es nicht. Aber die durch dieses Erlebnis hervorgerufene Angst ließ sie wochenlang nicht schlafen. Sie war zwölf gewesen an jenem Abend, an dem man während einer Tanzveranstaltung des Königs ein neugeborenes Baby fand, wimmernd wie ein Kätzchen. Sie hatte das Baby inmitten des Geburtsblutes auf dem Boden zwischen den Tänzern liegen sehen, und dann war es aufgehoben worden, sie wusste nicht, von wem. Es war so schnell passiert, dass sie dachte, sie hätte es geträumt. Nur dass eine ihrer besten Freundinnen, eine andere Ehrenjungfer, am nächsten Tag todkrank im Bett lag und man in jedem Flur und jeder Ecke der Wohnung der Königin über sie flüsterte. Und dann hatte ihre Freundin den Hof verlassen, so vom Fieber geschüttelt, dass sie auf eine Bahre gelegt und hinausgetragen werden musste. Wer war der Vater des Kindes? Einige meinten, es sei der König. Andere sagten, der Bruder des Königs.

»Weckt die Aufseherin der Ehrenjungfern.« König Charles stand auf. »Sorgt dafür, dass unsere kleine schlafende französische Blume sicher zu Bett gebracht wird.« Dann ging er mit schnellen Schritten zur Tür. Buckingham folgte ihm.

»Wohin gehen wir?«, fragte Buckingham.

»Ich weiß nicht, was Ihr vorhabt«, erwiderte König Charles, »aber ich gehe zu Nellie.«

»Ich warte im Flur.«

»Tut das nicht.«

»Warum nicht? Ihr werdet nicht lange brauchen, oder?« Ihr Gelächter folgte ihnen hinaus.

Renée, deren Kopf auf den Armlehnen des gepolsterten Stuhls ruhte, öffnete ihre Augen und starrte ins Feuer. Der Schein flackerte über ihr Gesicht; man konnte ihr ansehen, dass sie seine Worte gehört hatte.

Rochester erhob sich, um dem König zu folgen, und die beiden jungen Frauen auf seinem Schoß fielen zu Boden. Er stieg über sie hinweg. Kit fing an zu weinen. Luce musste würgen. Rochester blickte sich nicht zu ihnen um. Gracen verließ Lord Knollys, ging zu Barbara und weckte sie auf. Sie und Barbara halfen Kit und Luce beim Aufstehen.

»Ich muss mich übergeben«, jammerte Luce.

»Nicht hier«, erwiderte Gracen. »Du wartest, bis ich einen Eimer gefunden habe.«

Alice berührte Dorothys Arm. Die setzte sich auf und blinzelte hastig. Sie sah aus wie ein verwirrtes, molliges Kind. »Ich habe zu viel Wein getrunken. Ich bin eingeschlafen«, sagte sie zu niemandem im Besonderen. Ihr Haar hatte sich an einer Seite aus den Spangen gelöst.

»Das habt Ihr«, sagte Alice. »Ihr müsst Euch um Kit und Luce kümmern. Es geht ihnen nicht gut, und sie haben wie Ihr zu viel getrunken.«

Dorothy blickte sich verwirrt um. Kit weinte immer noch, und Renée hatte ihre hochhackigen Schuhe ausgezogen und lief auf Strümpfen auf die Tür zu, hinter der eine Treppe hinunter in die Schlafgemächer der Ehrenjungfern führte. Barbara und Gracen hielten Luce zwischen sich und beschworen sie, sich nicht zu übergeben, sondern noch ein paar Augenblicke länger auszuhalten.

»Der König hat ausdrücklich darum gebeten, dass Ihr Mademoiselle de Keroualle zu Bett bringt«, teilte Alice Dorothy mit, die sofort aufstand und ihren Jungfern die Treppe hinunter folgte.

Alice setzte sich auf den Platz am Fenster, wo Dorothy gelegen hatte. Mit zusammengekniffenen Augen musterte sie Lord Knollys. Wer war dieser Mann, den Brownie so mochte? War er gut genug für Brownie? Er war jedenfalls ein Liebling der Königin. Er hielt sich von den Männern des Königs fern, nahm nicht an ihren Spielen, dem Herumhuren und dem Schreiben von frechen Versen teil, sondern diente der Königin leise und treu. Den jungen Höflingen, die beim König Gehör fanden, rang das wenig Respekt ab. Sie nannten ihn den Wallach der Königin, aber König Charles machte sich nicht über ihn lustig. Es schien Alice, als wüsste der König seine Loyalität und die Höflichkeit zu schätzen, als verhalte sich Lord Knollys der Königin gegenüber so, wie König Charles es vielleicht gerne tun würde, aber nicht tat.

»Wie geht es Eurer Frau?«, fragte Alice. Es war keine unschuldige Frage.

»Nicht gut. Es geht ihr nie gut.«

»Das hat Mrs. Brownwell mir erzählt. Mrs. Brownwell ist meine Freundin, seit ich am Hofe bin. Ich schätze sie wirklich sehr.«

»Ich schätze sie auch. Wenn ich so frei sein darf, wie alt seid Ihr, Mistress Verney?«

Alice hob den Kopf und log: »Neunzehn.«

»Mrs. Brownwell hat mir erzählt, dass Ihr uns gesehen habt. Und es ist offensichtlich, dass Ihr Eure Meinung dazu habt, über mich im Besonderen. Wenn Ihr einundvierzig sein werdet wie ich jetzt, oder dreißig wie Mrs. Brownwell, werden wir drei uns über die Wechselfälle des Lebens unterhalten, über Einsamkeit und Pflicht, über »in Krankheit und Gesundheit«, einfach zu schwören, aber schwer zu halten, wenn die Krankheit immer weiter und weiter geht.« Lord Knollys sprach geduldig, aber nur mit einiger Beherrschung.

»Ich kenne mich aus mit gebrochenen Herzen.«

»Ihr wisst nichts, aber Ihr glaubt, Euch ein Urteil erlauben zu können. Gute Nacht, Mistress Verney.« Er stand auf.

»Ich möchte nicht, dass man ihr wehtut.«

»Ich glaube nicht, dass ich Mrs. Brownwell wehgetan habe. Sie hat von mir nur Freundlichkeit erfahren, ja, mehr noch als das. Mrs. Brownwell hat mich wirklich sehr getröstet, und ich hoffe, das habe ich auch für sie getan. Mischt Ihr Euch immer in Dinge ein, die Euch nichts angehen? Eine schlechte Angewohnheit, wenn ich das sagen darf. Gute Nacht.«

Alice lehnte sich in die Ecke des Fensterplatzes zurück und dachte über seine Worte nach. Was ging es sie an, ob Brownie mit dem Earl von Knollys und noch weiteren sieben Männern ins Bett ging? Sie war Witwe und konnte tun, was ihr gefiel. Alice ging zum Feuer und wärmte ihre Hände daran. Es würde eine von diesen Nächten werden, in denen sie sich um alles Sorgen machte und nicht schlafen konnte – und dann fiel ihr der Brief ein.

Sie holte ihn aus ihrer Tasche, setzte sich vor das Funkengitter und öffnete ihn. Beuvron schrieb nur ein paar Zeilen. Henri Ange war auf dem Weg nach England. Er schrieb, um sie davon zu unterrichten, weil sie immer eine Freundin für ihn gewesen sei, weil er wusste, dass sie Königin Katharina liebte. Sie sollte diesen Brief verbrennen.

Alice' Augen blickten hastig auf das Datum. Vor über einer Woche abgeschickt! Ange konnte bereits in London angekommen sein, wahrscheinlich war er es auch. Er kam, um die Königin umzubringen, sie wusste es. Balmoral hatte gesagt, er würde für einen Vorkoster am königlichen Tisch sorgen. Aber Ange konnte das umgehen. Es wäre ein Kinderspiel. Nun, der Herzog von Balmoral durfte morgen noch einen Besuch erwarten. Sie würde die Verantwortung auf seine Schultern legen. Sie starrte ins Feuer. Beuvrons Nachricht war nur einer von vielen Gedanken, die ihr im Kopf herumschwirrten. Langsam stand sie auf und ging durch einen Korridor zu der Treppe, die in die Schlafgemächer der Ehrenjungfern führte.

Im Schlafgemach der Jungfern machten sich alle bettfertig.

»Wer ist Nell?«, fragte Renée und wich der Bürste aus. Barbara, die mit der Bürste in der Hand hinter ihr stand, runzelte die Stirn.

Gracen, die in ihrem Nachtgewand auf dem Bett saß, lächelte verschlagen.

»Die Schauspielerin, die du heute Abend gesehen hast«, sagte Barbara.

»Ist sie die Geliebte des Königs?«

Gracen ließ sich kichernd auf das Bett fallen.

»Machst du dich über mich lustig?«, fragte Renée sie.

»Mache ich mich über dich lustig?«, wiederholte Gracen die Frage Wort für Wort. »Ja, du dummes französisches Mädchen, sie ist die Geliebte des Königs. Ich wünschte, ich wäre es.«

»Sie ist die, die heute Abend getanzt hat?«

»Getanzt und gesungen«, sagte Gracen.

»Wer ist noch die Geliebte des Königs?«

»Im Moment weiß ich nur von Nellie, aber er liebt, wen er will. Einmal sahen wir uns alle ein Stück an, erinnerst du dich noch, Ra, und dann ist er ...«

»Du solltest ihr diese Geschichte nicht erzählen«, meinte Barbara. »Sie ist nicht schön.«

»König Charles wirkt so nett«, sagte Renée.

»Das Stück wurde am Hof aufgeführt, für uns, und es gab eine Pause, und Moll Davis ...«

»Eine Schauspielerin«, erklärte Barbara.

»... kam heraus und sang. Und sie sang so anzüglich ... darüber, dass das Leben kurz ist und man jede Sekunde der Liebe auskosten soll ...« Gracen sprang vom Bett und zog den Ausschnitt ihres Nachthemds so weit hinunter, dass ihre Brüste fast völlig entblößt waren. Sie beugte sich vor und begann zu singen, wobei sie ihre Hüften provokant schwang, während sie um Renée und Barbara herumging.

Then since we mortal lovers are,
Ask not how long our love will last;
But while it does, let us take care
Each minute be with pleasure passed:
Were it not madness to deny
To live because we're sure to die?

Sie sprang zurück aufs Bett und zog sich die Decke über die Schultern. »Der König stand einfach auf, ergriff ihren Arm und verließ mit ihr das Theater. Es war selbst dem Dümmsten klar, was sie tun würden. Und Königin Katharina, ihr Gesicht lief rot an, und sie saß da wie versteinert, und niemand sprach, die Schauspieler nicht, niemand. Die Musiker hätten vor Überraschung beinahe aufgehört zu spielen. Oh, ich werde das niemals vergessen. Es war an Weihnachten, glaube ich.« Gracen lachte. Es klang fröhlich. »Lag wohl an der besonderen Jahreszeit.«

»Hör nicht auf sie«, sagte Barbara.

»Stimmt es etwa nicht?«, erwiderte Gracen.

»Es stimmt. Aber sie sind nicht alle so.«

»Wer denn nicht?«, fragte Gracen.

»Lord Knollys zum Beispiel.«

Gracen nickte. »Das stimmt allerdings. Wer noch?«

»Richard Saylor. John Sidney ...«

»Puritaner, verkappte Puritaner ...«

»Was sind Puritaner?«, unterbrach Renée.

»Sie bekennen sich nicht zum wahren Glauben«, sagte Barbara, die das tat.

»Sie glauben nicht an das Sakrament der Eucharistie«, erklärte Gracen und ahmte mit ihren Fingern Teufelshörner nach.

Renée bekreuzigte sich und legte sich die Hände über die Ohren.

»Sie heult gleich«, meinte Gracen zu Barbara.

Barbara seufzte, legte die Bürste beiseite und kniete vor der neuen Ehrenjungfer, die von einem schicklicheren Hof kam.

»Richard ist so ein Puritaner?«

Barbara zog das Schultertuch fester um Renées Schultern und umarmte sie. »Er ist kein Puritaner. Gracen macht nur Spaß.«

»Aber er gehört nicht dem wahren Glauben an. Ich weiß das, aber ich liebe ihn trotzdem.«

Barbara zog sie hoch, schob sie zum Bett, wo Gracen jetzt lag. Unter den Decken und Quilts, im Halbdunkel der Kerzen, konnte Barbara sie lächeln sehen. Barbara blies die Kerzen aus und legte sich ins Bett. Unter der Decke ergriff Renée ihre Hand.

»Hier spielt das keine Rolle«, sagte Barbara zu ihr.

»Vielleicht wird deine Liebe ihn retten«, meinte Gracen, und man hörte das Lachen in ihrer Stimme.

Barbara spürte, wie Renée neben ihr erschauerte. Es war einfacher, wo Renée herkam. Dort gab es einen Glauben, und diejenigen, die etwas anderem huldigten, waren selten und weit verstreut. »Die Kirche von England glaubt, dass sie den wahren Glauben hat, die Presbyterianer glauben, dass sie den wahren Glauben haben ...«

»Vergiss die Quäker nicht. Wisst ihr eigentlich, warum sie Quäker genannt werden?« Gracen begann wild mit Armen, Beinen und Kopf um sich zu schlagen. Das Bett, in dem sie lagen, wackelte heftig.

»Gracen, das ist nicht lustig.«

»Ich finde es lustig.«

»Da bist du die Einzige. Es gab einen schlimmen und langen Krieg hier um den wahren Glauben. Was wir daraus gelernt haben, ist, dass wir trotz unserer Verschiedenartigkeit zusammenleben müssen, dass es vielleicht mehr als einen Weg zu Gott gibt.«

Renée erwiderte nichts, sondern drückte nur Barbaras Hand ganz fest. Als sie und Gracen eingeschlafen waren, schlüpfte Barbara aus dem Bett, zog sich schnell im Dunkeln an und schlich aus dem Schlafgemach. Sie betete, dass sie Alice nicht treffen würde, die immer noch wach sein musste und irgendwo herumlief.

Aber Alice war nicht in das Schlafgemach der Ehrenjungfern gegangen. Stattdessen hatte sie an Dorothys Tür geklopft und sie dann vorsichtig geöffnet.

»Mein Herr?« Dorothy kam ihr entgegen. Ihr langes blondes Haar war gebürstet und hing ihr üppig über die Schultern, ihr Nachtgewand war hauchdünn und eng, ein buntes portugiesisches Schultertuch hob sich lebhaft davon ab. Das Feuer brannte knackend im Kamin. Auf einem Tisch zwischen zwei Stühlen stand ein Tablett mit einer geöffneten Flasche Wein. Ein Kelch wartete daneben. Den anderen Kelch hatte Dorothy in der Hand. Als sie Alice erkannte, hielt sie inne, und die Enttäuschung war ihr so deutlich ins Gesicht geschrieben, dass Alice eine Entschuldigung stammelte.

»Entschuldigt, dass ich gestört habe. Ich wollte nur ... Es ist ja schon sehr spät.«

»Schließ die Tür hinter dir und komm herein. Er wird heute Abend ganz offensichtlich nicht mehr kommen.« Ohne auf eine Antwort zu warten, goss Dorothy Wein in den anderen Kelch und hielt ihn Alice hin, während sie ihren noch einmal füllte. Dorothy war entzückend mollig geworden, und ihre Beine waren weiß und wohlgeformt in ihrer Rundheit. Natürlich begehrt Lord Knollys sie, dachte Alice, und sah sie, wie schon seit der Nacht, in der sie ihre Affäre entdeckt hatte, mit anderen Augen. An ihren Füßen baumelten hochhackige, modische Slipper, die sehr spitz zuliefen, so wie man es jetzt am französischen Hof trug.

»Würdest du mir meine anderen Hausschuhe holen, Alice? Ich habe kalte Füße. Und im Schrank ist noch Kuchen. Hol ihn auch raus, ja? Hast du Hunger? Du bist so dünn wie eine Bohnenstange. Iss ein bisschen Kuchen, damit du mehr Fleisch auf die Rippen bekommst. Männer mögen Frauen, an denen ein bisschen was dran ist.«

»Das habe ich gehört.« Alice zog ihr die wunderschönen Hausschuhe aus und half Dorothy in wollene Strickschuhe.

Dorothy nahm sich ein Stück von dem zerkrümelten Kuchen,

den Alice geholt hatte, und aß es. Sie leckte sich die Finger und nahm sich noch mehr. »Früher war ich zierlich ... na ja, nicht zierlich, aber dünner.«

»Ihr wart dünner, als ich nach Frankreich ging.«

»Wann war das, Alice?«

»Ich bin gegangen, als sich am Hof alles um Caros Heirat drehte.«

»Ich dachte, sie wäre schon tot.« Mit einer Geste deutete Dorothy an, dass sie noch mehr Wein wollte, und Alice schenkte ihr nach.

»Caro?«

»Die Gräfin von Knollys. Sie klammert sich an das Leben. Manchmal glaube ich, sie wird niemals sterben. Sie hat seit über einem Jahr das Bett nicht verlassen. Auf die Gräfin von Knollys! Gott vergebe mir, aber ich wünschte, sie wäre tot. Ich kann nicht glauben, dass ich mir das wünsche, aber ich tue es. Das Schlimme daran ist, dass sie immer nett zu mir war.« Sie schüttelte den Kopf, trank, dann hob sie das Glas zum Feuer. »Und auf mich, die nächste Gräfin, irgendwann.« Sie trank wieder.

»Er wird Euch heiraten?«

»Oh, ja. Wir haben oft davon gesprochen.«

»Wie lange ...« Alice hielt inne, weil sie nicht recht wusste, wie sie danach fragen sollte. Aber Dorothy wusste genau, was sie meinte.

»... haben wir schon ein Verhältnis? Sechs Jahre.«

»Nein.«

Dorothy lächelte sanft, aber in der Sanftheit schimmerte auch Stolz. »Ich kann dir nicht sagen, wie freundlich er zu mir war, wie viel er für mich getan hat. Ich habe Schulden, weißt du. Mr. Brownwell hat sie mir hinterlassen, als er starb. Natürlich ist es teilweise auch meine eigene Schuld. Ich spiele gern Karten, genauso gern wie ich Kuchen esse. Er drängt mich, nicht zu spielen, aber wenn er nicht in Whitehall ist und alle Karten spielen und lachen, will ich nicht hier auf meinem Zimmer sitzen, wo meine Gedanken sich immer im Kreis drehen wie Ratten im Käfig.« Sie blickte zu Alice hinüber, und ihre Augen waren sehr groß, wie die eines Kindes. »Die Gedanken machen mir Angst.«

»An was denkt Ihr denn, Brownie?«

»Dass ich für immer hier sein und auf undankbare junge Mädchen aufpassen werde, von denen die Hälfte mich verachtet ...«

»Wir lieben Euch! Ich dachte, Ihr liebt uns auch.«

»Du liebst mich. Barbara liebt mich. Caro hat mich geliebt, und Frances und Margaret und Simona vor ihr. Aber diese neuen Mädchen. Sie sind kaum mehr als kleine Flittchen, allesamt. Ich kann von Glück sagen, wenn eine von ihnen hier herauskommt, ohne dass ein Baby unter ihren Röcken heranwächst, und wem wird man die Schuld geben? Dorothy Brownwell, Aufseherin der Jungfern, die nicht gut genug auf sie aufgepasst hat. Als ob ich das könnte.«

»Wie bei Winifred.« Alice flüsterte den Namen; sie hatte jahrelang von dem Baby auf dem Boden geträumt.

»Winifred.« Dorothy schüttelte den Kopf. »Die jetzt verheiratet ist, versorgt, ihre Sünden vergessen. Das muss man dem König und Ihrer Majestät der Königin lassen: Sie sind nicht nachtragend. Gott sei Dank ist das so, oder die Hälfte des Hofes könnte sich nicht mehr in der Öffentlichkeit blicken lassen. Oh, guter Gott im Himmel, ich möchte verheiratet sein, versorgt, ich möchte mir keine Sorgen mehr darüber machen müssen, dass ich zu viel spiele, ich möchte jedes Kleid kaufen können, das ich haben will, ich möchte so viel Kuchen essen, dass mein Korsett platzt, ich möchte nicht mehr denken müssen, dass er mich wegen einer anderen verlassen wird. Das sind die Gedanken, die mich quälen.«

»Ihr seid jung und hübsch. Es gibt noch viele andere Männer auf der Welt.«

»Die Fische wollen zwischen den jungen Mädchen schwimmen oder halten sich bei den Schauspielerinnen und Huren auf.«

»Ich werde Euch einen Ehemann finden.«

»Du solltest besser erst einen für dich finden.«

»Das habe ich schon.«

»Oh?«

»Balmoral.«

»Den Herzog? Das kann nicht dein Ernst sein!«

»Na ja, es ist noch nicht offiziell.«

»Was soll das heißen, es ist noch nicht offiziell?« Dorothy ahmte sie nach, dann lächelte sie darüber. »Das ist mir mindestens so gut gelungen wie Gracen. Das Mädchen ist wirklich erwachsen geworden. Einmal umgedreht, und sie hat sich in eine Schönheit verwandelt. Balmoral. Erzähl mir über Balmoral. Er steht mit einem Fuß im Grab.«

»Ich bin fest entschlossen, ihn zu heiraten, und mein Vater ...«

Dorothy schnaubte.

»Mein Vater wird mir dabei helfen.«

»Dein Vater hat nichts anderes im Kopf, als der König des Unterhauses zu werden.«

»Brownie, wann hat dieses Gerede über eine Scheidung angefangen?«

»Oh, erwähne dieses schreckliche Thema nicht. Ich habe sie noch nie so schrecklich weinen sehen wie in diesem letzten Jahr.«

»Letztes Jahr? Hat es da angefangen?«

»Nun, mal überlegen. Du warst weg ... Caro hatte deinen Lord Colefax geheiratet ... Frances hatte die Pocken, und da war dieses ganze Gerede darüber, dass sie entstellt sein würde. Der König hat sie besucht, trotz der Krankheit – ich habe immer gesagt, dass er sie wirklich geliebt hat. Der Krieg gegen die Holländer war verloren, ein Desaster. Das Unterhaus verlangte lauthals eine Untersuchung darüber, wie der Kronrat und alle möglichen Amtsinhaber sich verhalten hatten ... die Königin hatte wieder eine Fehlgeburt ... ja, und dann fing es an, kurz danach kamen diese Gerüchte auf. Es gab da etwas im Oberhaus – irgendein Scheidungsfall –, und ich dachte eine Zeitlang wirklich, dass er sie verlassen würde, aber nichts passierte. Es ging nur noch um Madames Besuch, womit wir Madame unterhalten würden. Die jetzt tot ist. Oh, ich möchte mehr Wein. Ich möchte über diese Dinge nicht nachdenken. Da steht noch eine Flasche im Schrank. Hol sie, Alice, sei so nett.«

»Ich werde einen Ehemann für Euch finden, Brownie.«

»Ich habe einen Ehemann. Er nennt mich Ehefrau, ich nenne ihn Ehemann.« Dorothy begann zu weinen.

Dorothy war in der weinerlichen Phase des Betrunkenseins. Am besten bringe ich sie ins Bett, dachte Alice. »Ja, schon gut, ja, Ihr werdet ihn heiraten. Lord Knollys ist ein feiner Mann.«

»Das ist er, oh, das ist er. Ich liebe ihn so sehr.«

»Das tut Ihr, ich weiß. Nun kommt, lasst uns ins Bett gehen.«

»Die Laken werden kalt sein. Wenn ich einen richtigen Ehemann hätte, dann müsste ich nicht in einem kalten Bett schlafen.«

»Es sei denn, Ihr hättet euch gestritten.«

Alice nahm die Feuerzange, warf einige Kohlen in die Bettpfanne, ging hinüber zum Bett, wo Dorothy stand und schluchzte wie ein verlorenes Kind. Vorsichtig – denn der Griff war lang und die Pfanne kippte leicht um, und dann würden die heißen Kohlen auf die Laken fallen und ein Feuer entfachen – rieb sie den Boden der Pfanne über die Laken, hin und her, hin und her, im Kreis herum.

»So, jetzt legt Euch hin, schnell.«

Alice schüttete die Kohlen zurück ins Feuer und hängte die Pfanne am Sims auf.

»Mir ist schlecht. Das Zimmer dreht sich«, sagte Dorothy vom Bett aus.

»Dann setzt Euch auf, so.«

Dorothy tat wie geheißen. Alice schüttelte die Kissen hinter ihr auf, nahm welche von der anderen Seite und stopfte sie hinter Dorothys Rücken. »So, jetzt legt Euch vorsichtig zurück – vorsichtig; Ihr müsst so hoch wie möglich liegen. So. Schließt Eure Augen . . . besser?«

»Mein Kopf wird mir morgen wehtun.«

»Das wird er.«

»Bleib bei mir.«

»Das werde ich, Brownie. Ich bleibe hier. Wenn Ihr morgen früh aufwacht, werdet Ihr mich sogar auf der anderen Seite des Bettes vorfinden.«

»Du schläfst bei mir? Gut. Oh, ich wünschte, ich hätte den Kuchen nicht gegessen. In letzter Zeit beklagt er sich darüber, dass ich zu viel esse. Ich weiß, dass ich das tue, aber ich kann irgendwie nicht aufhören.«

»Macht Euch deswegen keine Sorgen. Ich werde einen Ehemann für Euch finden, der Euch eigenhändig füttert.«

»Er wäre eifersüchtig.«

»Das wäre er in der Tat. Er glaubt, dass er Euch ganz für sich allein hat. Nun, er wird noch Augen machen.«

»Ich will keinen anderen.«

»Ruhig, ganz ruhig, meine liebe, liebe Brownie. Was würden wir ohne unsere liebe, liebe Brownie tun …«

Es war eine Art Schlaflied, das sie sang, so, wie ihre Mutter vielleicht zu ihr gesungen hätte. Zumindest stellte Alice sich das so vor. Dorothy schloss die Augen. Ein Hicksen war zu hören, dann fing sie an zu schnarchen. Alice seufzte. Sie hatte vergessen, dass Dorothy schnarchte.

Sie ging zurück zum Feuer, rückte das Funkengitter zur Seite, stocherte in der Glut herum und legte noch einen Scheit hinein. Dann rückte sie den Stuhl näher ans Feuer und überlegte, ob sie die Flasche Wein noch öffnen sollte. Zwischen ihren Augen schmerzte es, und ihr Mund fühlte sich trocken an. Wenn sie noch mehr trank, würde ihr schlecht werden. Sie würde hier einfach eine Weile sitzen und ihren Gedanken nachhängen. Es waren traurige Gedanken. Wie hieß es noch: Als sie noch ein Kind war, hatte sie geredet wie ein Kind, gedacht wie ein Kind, geurteilt wie ein Kind, aber jetzt sah sie klarer? Klarer zu sehen, das konnte sie ertragen.

Draußen vor dem Fenster ging eine blasse Sonne auf. Es war traurig, was Männer und Frauen sich selbst und anderen antaten, aber doch, sie würde es ertragen können.

Kapitel 20

Während Alice in einem Stuhl in Dorothys Kammer döste, lag fast der ganze Palast im Schlaf.

Aber nicht jeder schlief. Als die Dämmerung gerade anbrach, trat Richard aus dem Haus der Leibgarde und blickte sich um. In beiden Richtungen war niemand auf der Straße zu sehen. Es war zu früh am Morgen, die Diener waren noch nicht auf, aber bald würde in diesem Teil des Palastes geschäftiges Treiben herrschen. »Die Luft ist rein«, rief er.

Barbara trat aus einem Alkoven, rannte über die Whitehall Street und verschwand durch eine Tür am Holbein Gate, die sie direkt zurück zu den königlichen Gemächern im Whitehall-Palast führen würde. Richard grinste seinen Cousin an, der Barbara nachsah. Dann erschauderte er; der Morgen war kalt, mehr als kalt. Der Winter war jetzt so nah, dass man seinen eisigen Atem bereits spüren konnte. »Dann schließt sie dich jetzt in ihre Morgengebete ein, ja?«

»Sie gehört mir, Richard. Ich glaube, ich sterbe, wenn sie mich nicht heiratet.«

»Sie wird dich heiraten.«

»Da bin ich mir nicht sicher, nachdem Verney jetzt zurück ist.«

»Du vergisst die Bibel, John. ›Drei sind mir zu wundersam, und vier verstehe ich nicht: des Adlers Weg am Himmel, der Schlange Weg auf dem Felsen, des Schiffes Weg mitten im Meer und des Mannes Weg beim Weibe.‹ Komm, ich spendiere dir eine Tasse Milch. Die Milchmädchen sollten mit dem Melken fertig sein.«

Sie gingen durch die Allee am Turnierplatz vorbei hinaus in den St. James's Park. Milchmädchen trieben ihre Kühe von den kleinen Weilern Chelsea und Marylebone hierher. Die Enten in dem langen

Kanal hatten die Köpfe noch unter ihre Flügel gesteckt. Keiner der Pelikane oder Pfauen war zu sehen. Zweifellos saßen sie irgendwo in den Sträuchern und suchten Schutz vor der Kälte. Richard gab einem Milchmädchen eine Münze, und sie tauchte schnell zwei Metallbecher in ihre volle Milchkanne. John stand unter den jungen Bäumen, die die Pall Mall Alley beschatteten. König Charles hatte sie vor zehn Jahren pflanzen lassen, als er auf den Thron zurückkehrte. Richard stieß mit seinem Becher gegen Johns. »Auf die wahre Liebe.«

John nahm einen Schluck Milch und blickte seinen Cousin an, als wollte er etwas sagen. Richard bemerkte es, reagierte aber nicht darauf.

»Barbara sagt, der König hat ein Auge auf Mademoiselle de Keroualle geworfen«, meinte John schließlich.

»Er kann so viel hinsehen, wie er möchte. Ich werde ihr das Vergnügen nicht missgönnen, vom König bewundert zu werden.«

»Du vertraust ihm?«

»Ich vertraue ihr. Sie ist wunderschön. Warum sollte die Welt davon nicht Notiz nehmen?«

»Wie unerschütterlich du bist. Ich dagegen kann nicht schlafen vor lauter Angst, dass Barbara plötzlich klar wird, wie wenig ich ihrer wert bin. Ich glaube, mir würde das Herz brechen.«

»Sie ist volljährig, sie kann heiraten, wen sie will. Du musst sie nur davon überzeugen. Hast du einen Brief für mich?« Richard brachte Johns tägliche Briefe zu Barbara und ihre zurück zu ihm. »Ah, aber du hast ihr ja persönlich sagen können, was du in den Brief geschrieben hättest, nicht wahr?«

»Wir treffen uns zum Abendessen im *Schwan*, dann gebe ich ihn dir.«

»Du schreibst einen Liebesbrief, anstatt dich um die Buchhaltung zu kümmern? Schäm dich. Kein Wunder, dass das Unterhaus den Ausgang des Krieges untersuchen lässt.«

»Zum Abendessen im *Schwan*, Richard. Ich muss gehen.«

Richard warf dem Milchmädchen den Becher zu und ging in die

königlichen Stallungen, um nach seinem Pferd zu sehen. Heute sollte eine Übung auf dem Paradeplatz stattfinden, Gott sei Dank. Er spürte eine Ruhelosigkeit in sich. Die Dinge gingen zu langsam voran. Vielleicht hatte sein Schwager, Lord Cranbourne, doch recht; vielleicht sollte er den Offiziersdienst in der Armee doch aufgeben und um einen Platz in der Marine ersuchen. Seit den Kriegen gegen die Holländer schien jeder Penny in die Versorgung der Truppen und den Bau von Schiffen zu fließen. König Louis hatte vor fünf Jahren siebenunddreißig Kavallerie-Regimenter aufgestellt. Seine Armee war riesig. Richard hatte eigentlich in die französische Armee eintreten und Renée von dort aus den Hof machen wollen, aber dann hatte Renée ihn überrascht und war auf diese Seite des Kanals gewechselt. Es konnte doch nicht sein, dass der Rest der Kriege auf dem Wasser stattfinden würde, oder? Geduld, mein Junge, hatte Balmoral gesagt, und seine wässrigen Augen waren schmal geworden. Es wird Krieg geben, aber das bleibt unter uns. Mehr hatte er nicht gesagt. Krieg. Richard hatte schon an den beiden Kriegen gegen die Holländer teilgenommen, und er war in Tanger gewesen. Ein Mann fühlte sich niemals lebendiger als mitten in einer Schlacht, wo der Tod mit einer Wahllosigkeit wütete, die einen für immer veränderte. Es schärfte die Sinne, und man wurde sich all dessen bewusst, was das Leben ausmachte, all dessen, was man nie wieder tun würde, falls man im nächsten Moment starb. Sein Pferd wieherte, als es ihn erkannte, und er gab dem schönen Tier Mais und Gras aus dem Park, das er in der Tasche hatte. Er würde es striegeln und seine Mähne und seinen Schweif flechten und mit Schleifen schmücken. Und nach der Übung würde er dem Herzog von Balmoral einen Besuch abstatten und herausfinden, ob noch andere Botengänge in Frankreich zu erledigen sein würden.

Die Sonne stieg an diesem Tag hoch und vertrieb die Kälte ein wenig. Es würde ein schöner Oktobertag werden, aber nicht überall, nicht in den Gemächern der Königin.

»Weint nicht, Ma'am, bitte, weint nicht«, flehte Alice.

Aber Königin Katharina drückte die Nachricht an ihre Brust und beachtete sie nicht. Die Herzogin von Richmond, die Hofdame, die heute Dienst tat, kniete neben Alice und flehte ebenfalls. Barbara und Dorothy standen an der Tür zum Schlafgemach und passten auf, dass niemand hereinkam und sah, wie aufgelöst die Königin war. Die Königin legte das Gesicht in ihre Hände, und dadurch fiel die Nachricht zu Boden. Alice hob sie auf.

»Drei Dinge zu nennen sind«, stand dort auf dem Papier, »Dünkirchen, Tanger und eine Königin ohne Kind.« Diese höhnischen Worte waren nichts Neues, sie stammten aus einem Straßenlied, das den treuesten Berater des Königs verhöhnte, der als eine der treibenden Kräfte für die Rückkehr des Königs gesorgt hatte, der aber jetzt im Exil lebte. Es nannte die Dinge, die dem Mann angelastet wurden: der Verkauf von Dünkirchen an die Franzosen; Tanger, das Teil von Königin Katharinas Mitgift gewesen war, jedoch ständig gegen die heidnischen Mauren verteidigt werden musste; und natürlich die Tatsache, dass Ihre Majestät bisher noch kein Kind ausgetragen hatte.

»Bringt mir eine Schüssel mit Wasser«, meinte Frances, die Herzogin von Richmond. Frances tauchte die Hände der Königin in das Wasser. Vor Schreck hielt die Königin die Luft an. Frances tauchte ihre eigenen Hände hinein und legte sie der Königin wieder und wieder aufs Gesicht, bis diese ihr Einhalt gebot und sich auf ihren Stuhl zurücksinken ließ. Die Schluchzer waren leiser geworden, aber ihr Gesicht war vor Kummer verzerrt. »Schickt nach Vater Huddleston«, flüsterte sie.

Die Nerven zum Zerreißen gespannt, trat Alice in das Wohngemach, wo der Rest der Ehrenjungfern wartete, genauso wie die Pagen Ihrer Majestät und die anderen Damen, die Königin Katharina dienten. Sie würden zu spät zur Morgenmesse kommen. Die Königin kam sonst niemals zu spät. Wem kann ich hier vertrauen?, fragte sich Alice. Wenigen. Diese Erkenntnis war klar und unerbittlich, so real wie die schreckliche Nachricht. Jede der älteren Frauen in diesem Raum wäre bereit gewesen, sie in das Schlafgemach der Königin zu schmuggeln, sie irgendwo hinzulegen, wo sie nicht übersehen werden konnte. Und es gab noch eine andere Nachricht, den Brief in ihrer Tasche. Konnten die beiden etwas miteinander zu tun haben? »Edward« – ihre Stimme blieb ruhig – »würdest du bitte Vater Huddleston holen?«

»Was ist denn überhaupt los?« Es war die Gräfin von Suffolk, die ranghöchste Hofdame, verantwortlich für die Garderobe der Königin und ihre Privatschatulle. »Ist sie krank? Lasst mich sofort zu ihr.«

»Sie will nicht, dass irgendjemand zu ihr geht. Sie hat Fieber.«

Lady Suffolks herrische Ungeduld schwand. Fieber war gefürchtet. Es konnte der Vorbote der Pest oder der Pocken sein. Erst vor vier Jahren hatte die Pest London dezimiert. Barbaras Vater war daran gestorben. Und nur knapp zwei Jahre war es her, seit die Pocken die Schönheit des Hofes umarmt hatten.

»Könnte es ihre Blutung sein? Hat sie ihre Blutung?«, fragte eine andere durchtriebene alte Hexe unter den Hofdamen, Lady Falmouth.

»Das würde keine Rolle spielen«, meinte Lady Suffolk. »Der König fischt nicht mehr in diesem Teich.«

In diesem Moment hasste Alice diese Frauen aus ganzem Herzen. Sie kannten keine Gnade.

»Darf ich zu ihr?« Es war Renée. Sie fragte leise, demütig, würdevoll.

»Ich sagte, sie hat Fieber.«

»Das macht mir nichts aus.«

»Nein.«

Lady Suffolk betrachtete Alice verächtlich. Wenn die Königin kein Fieber gehabt hätte, wäre sie einfach an ihr vorbeigelaufen und hätte sich selbst vergewissert. Ein Lichtblick in dieser Sache war, dass dieses freche junge Mädchen vielleicht selbst davon befallen würde, dass sie vielleicht daran sterben würde. Lady Suffolk lächelte. Die hochnäsige, schwierige Alice Verney, jung verstorben, noch bevor sie verheiratet war. Und die andere Sache war, dass die Königin vielleicht so krank wurde, dass sie starb – man konnte ja nie wissen. Dann konnten sie alle dieses schlechte Geschäft vergessen und neu anfangen. Sie schüttelte zufrieden ihre Röcke auf und verließ das Vorzimmer, um die Nachricht zu verbreiten, dass Königin Katharina mit Fieber im Bett lag.

Im Schlafgemach knieten Barbara und die Königin zusammen auf dem Gebetsstuhl und beteten leise, während wundervolle silberne und goldene Rosenkränze – der der Königin war diamantenbesetzt – durch ihre Finger glitten.

»Wo ist die Nachricht?«, flüsterte Alice zu Frances, der Herzogin von Richmond.

Frances nahm sie aus einer Tasche. »Sie hat darum gebeten, sie niemandem zu zeigen.«

»Hebt sie gut auf«, meinte Alice.

»Wer würde so grausam sein?«, flüsterte Dorothy.

»Jeder außerhalb dieses Zimmers«, antwortete Alice. »Ich glaube nicht, dass wir zu diesem Zeitpunkt mit irgendjemandem darüber sprechen sollten. Falmouth und Suffolk sind wie Katzen, die da draußen auf Vögel mit gebrochenen Flügeln lauern.«

Sie zog Frances in eine Ecke beim Kamin, wo sie sich unterhalten konnten, ohne dass man sie hören konnte. »Stimmt es, dass der König Ihre Majestät nicht mehr in ihrem Schlafgemach besucht?«

Frances nickte.

»Seit wann?«

»Seit Monaten? Seit dem Frühling.« Frances wandte das Gesicht ab. Die Pocken hatten ihre Züge nur leicht gestreift, sie hatten sie nicht umgebracht oder so entstellt, dass sie für den Rest ihres Lebens eine Maske tragen musste wie viele andere. Aber sie hatten ihre verräterischen Male hinterlassen, die Züge verbreitert, sodass Frances' einmal herausragende Schönheit abgestumpft wirkte.

Vater Huddleston unterbrach sie. Die Tür zum Wohngemach

schloss sich hinter ihm, aber Alice hatte die neugierigen Gesichter noch gesehen, die sich hinter der Tür drängten und hofften, einen Blick auf das Geschehen zu erhaschen. Der Priester ging sofort zur Königin. Sie blickte vom Gebet auf, ihr Gesicht war tränenüberströmt, verwüstet. Er führte die Königin die Treppe hinauf in ihr Privatgemach, an den Ort, der nur ihr gehörte, eine kleine Kammer mit hübschen, vergoldeten Möbeln, Bildern, Reliquien, Kreuzen, Dingen, die sie liebte. Diesen Raum durfte niemand betreten, nur hier war ihr Leben ganz und gar ihr eigenes.

Barbara seufzte; etwas explodierte in Alice. »Wir müssen reden.«

Alice nahm sie bei der Hand und ging mit ihr durch eine Tür, die so kunstvoll in die Wand eingefügt war, dass man auf den ersten Blick oder sogar auf den zweiten gar nicht erkannte, dass es dort eine Tür gab. Sie liefen einen versteckten Flur entlang. Hier und da gab es offene Türen, und eine von ihnen führte in das Oratorium der Königin, ihre kleine Kapelle, wo sie ungestört ihren Glauben ausüben konnte. Eine Frau kniete dort und betete, sie hob ihr erschrockenes weißes Gesicht, als Alice und Barbara vorbeirannten. Es war Renée.

»Alice!« Renée lief in den Korridor und holte Alice und Barbara ein. »Wie geht es der Königin.«

»Gut genug.«

Barbara hatte Mitleid. »Es geht ihr ein bisschen besser. Ich glaube, das Fieber wird vorübergehen.«

»Wenn ich irgendetwas tun kann . . .«

»Du kannst uns allein lassen. Wir haben etwas Wichtiges zu besprechen.« Die Worte klangen schärfer, als Alice beabsichtigt hatte, aber sie waren ausgesprochen. Es war zu spät, um sie zurückzunehmen, und außerdem ging es Renée wirklich nichts an.

Renée trat einen Schritt zurück. »Ja, natürlich. Wenn ich irgendetwas tun kann . . .«

Aber sie liefen schon weiter, ließen sie zurück.

»Bete weiter für sie«, rief ihr Barbara über die Schulter zu.

Nur wenige Leute hielten sich in der Bildergalerie auf. Sie lag in der obersten Etage des Palastes und war die längste Galerie, voller Statuen und Bilder, die König Charles akribisch zusammengetragen hatte, in dem Versuch, zumindest einen Teil der Sammlung seines Vaters wiederherzustellen. Prinz Rupert und der Herzog von York wohnten am hinteren Ende der Galerie. Alice stand einen Moment am Kaminfeuer, als müsste sie ihre Gedanken ordnen.

Barbara legte ihre Hände auf die Brust. »Mein Herz schlägt so wild, ich glaube, es springt mir aus der Brust. Oh, Alice, wer würde der Königin so etwas antun ...« Sie hielt inne, und die Worte erstarben auf ihren Lippen, als sie den Ausdruck auf Alice' Gesicht sah.

»Du wusstest von der Anhörung im Oberhaus wegen der Scheidung, von all den Gerüchten und dem Gerede, bevor Madame kam, und trotzdem hast du mir nichts davon geschrieben? Nichts! Wo warst du mit deinen Gedanken? War sie dir denn egal? Du hast mir versprochen, mir alles Wichtige zu schreiben! Erinnerst du dich? Wir haben es uns geschworen. Ich habe dir vertraut, und du hast mich im Stich gelassen!«

»Ich wusste nicht ...«

»Der ganze Hof hat davon gesprochen, dass der König sich ihrer endlich entledigen soll. Du hast es nicht gewusst ...«, Alice trat vor, sodass ihr Gesicht nur Zentimeter von Barbaras entfernt war, »... weil du so sehr mit deiner albernen Romanze beschäftigt warst, dass du an nichts anderes als John Sidney gedacht hast! Ich könnte dich schlagen für deine Dummheit, Barbara! Diese Nachricht ist kein Spiel! Jemand versucht die Königin zu verletzen, sie ernsthaft zu verletzen, jemand will, dass man sie loswird, sie wegschickt, dass der König sich von ihr scheiden lässt, man will sie vielleicht sogar umbringen!«

»Umbringen? Wovon sprichst du?« Tränen strömten über Barbaras Gesicht. »Bitte, Alice. Du bist zu nah. Komm nicht so nah.«

Alice trat zurück. »Erzähl mir alles. Alles, an das du dich erinnerst.«

»Ich erinnere mich an nichts!«

»Du erinnerst dich nicht daran, wie die Königin geweint hat? Du erinnerst dich nicht an das Gerede, an die Gerüchte, daran, dass von Scheidung gesprochen wurde?«

Barbara wischte sich über das Gesicht, aber die Tränen hörten nicht auf. »Ja, natürlich tue ich das.«

»Wann hat das angefangen?«

»Ich bin nicht sicher. Vielleicht nach der Fehlgeburt …«

»Erzähl mir davon.«

»Ihr kleiner Fuchs ist auf das Bett gesprungen und hat sie erschreckt. Sie hat aufgeschrien, und wir haben angefangen zu lachen, nur dass sie plötzlich an ihren Unterleib griff und immer wieder sagte: ›Oh, nein.‹ Sie war so glücklich, so sicher, dass diesmal … Ihr Gesicht, Alice. Ich habe noch nie so viel Kummer gesehen. Und niemand außer denen, die sie wirklich lieben, kam, um sie zu trösten. Selbst der König war diesmal kalt …«

»Er war kalt? Was genau meinst du damit?«

»Er hat sie nicht besucht, um zu sehen, wie es ihr geht. Sie lag drei Tage lang im Bett, und er hat ihr nicht mal eine Nachricht geschickt. Nichts. Prinz Rupert kam und der Herzog von York, der Herzog von Monmouth, alle, die sie gern haben, aber er nicht. Sie war außer sich vor Sorge, durch nichts zu beruhigen.«

»Das kann ich mir vorstellen. Warst du bei ihr, als sie Seine Majestät aufgesucht hat?«

»Woher weißt du, dass sie ihn aufgesucht hat?«

»Das ist es doch, was sie tun würde, oder? Zu ihm gehen, wenn er nicht zu ihr kommt, selbst wenn sie kriechen müsste?«

»Nein, war ich nicht.«

»Aber was hast du gehört?«

»Es ist so lange her, Alice, schon fast zwei Jahre …«

»Verdammt, Ra, denk nach! Du warst doch früher nicht auf den Kopf gefallen. Hat John Sidney dich so verändert?«

»Sprich nicht so mit mir.«

»Dann sei du nicht so dumm.«

Ein Schweigen entstand. Barbara saß in einem Sessel beim Feuer und ließ den Kopf nach hinten sinken. Ihre Augen waren geschlossen, und die Tränen rannen ihr die Wangen hinunter. Alice bewegte sich nicht und hielt den Blick unverwandt auf ihre Freundin gerichtet.

Endlich sprach Barbara. »Es herrschte Frieden ...«

»Natürlich war das so. Sonst hätte ich doch nicht in Madames Gefolge wechseln können.«

»Bitte unterbrich mich nicht. Es herrschte Frieden mit Frankreich. Offenbar hat er sie freundlich empfangen ...«

»Wer hat das gesagt?«

»Ich erinnere mich nicht mehr, Alice. Ich hörte, seine Worte seien in etwa gewesen, dass er zu sehr um das Kind trauere und sie deshalb nicht besuchen konnte. Jedenfalls erinnere ich mich, dass sie sich seinetwegen Sorgen machte, wegen seines Kummers. Das hat sie bedrückt. Oh, ja, und ...«

»Was?«

»Die Herzogin von Richmond war damals auch krank, und der Hof hatte gerade erfahren, dass sie die Pocken hatte, deshalb war der König damit beschäftigt, mit seiner Sorge um sie, und alle sprachen von seinem Mut und wie sehr er sie schätzen musste. Und dann ist der Herzog von York konvertiert ...« Barbara hielt inne und schlug sich die Hand vor den Mund, aber es war zu spät, um ihre Worte zurückzunehmen.«

»Konvertiert?«

»Ich hätte dir das nicht erzählen dürfen. Du musst es für dich behalten!«

»Du hast mir nichts davon geschrieben?«

»Alice, wenn du nicht gerade so wütend wärst und ich so verzweifelt versuchen würde, dich zu beruhigen, hätte ich gar nichts davon erwähnt. Es ist ein Geheimnis. Du musst mir versprechen, du musst mir schwören, es niemandem zu sagen. Du weißt, wie bestimmte Mitglieder des Kronrates sind, wie dein Vater ist. Man macht uns nicht die geringsten Zugeständnisse.«

»Woher weißt du davon?«

»Wir kennen einander.« Es war eine einfache Feststellung.

»Ihr, die ihr den rechten Glauben habt?« Die Frage war voller Hohn.

Barbara hob den Kopf. Zum ersten Mal erschien eine Härte auf ihrem Gesicht, die der von Alice in nichts nachstand. »Ich würde für meinen Glauben sterben. Mach dich nicht darüber lustig.«

»Erzähl mir alles.«

»Na ja, da war diese Anhörung im Oberhaus, und dann fing das Gerede über eine Scheidung an. Die Königin sagte uns, wir sollten uns keine Sorgen machen, dass sie nicht trennen könnten, was Gott zusammengefügt hat, deshalb taten wir es auch nicht. Der Herzog von York persönlich hat sie im Oberhaus verteidigt. Das würde er nicht tun ohne das Einverständnis des Königs. Das haben wir alle so empfunden. Das hat sie so empfunden. Und dann war er plötzlich verliebt in Moll Davis, und kurz danach hat er sich Nell Gwynn zugewandt.«

»Du hättest mir das alles schreiben sollen.«

»Ich habe dir von Nell Gwynn geschrieben. Sie können die Königin nicht einfach wegschicken. Es ist das Gesetz des Landes und das Gesetz Gottes.«

»Du bist so ein Dummkopf, Barbara. Sie können tun, was immer sie wollen. Sie haben dieses Land im Namen Gottes auseinandergerissen, im Namen deines Gottes, ihres Gottes. Sie haben Länder zerstört, Männer und Frauen gevierteilt für Gott – deinen Gott, ihren Gott. Sie haben den Tanz und das Glücksspiel verboten. Dann war es plötzlich wieder erlaubt. Was davon war Gottes Wille? Schert Er sich wirklich darum, ob wir tanzen oder nicht? Glaubst du, sie könnten kein Gesetz erlassen, mit dem sie sich der Königin entledigen, wenn sie das so wünschen?«

Barbara weinte erneut. »Es schien aufgehört zu haben. Ich dachte nicht …«

»Nein, du hast nicht nachgedacht.« Und damit ging Alice über die lange Galerie davon. Eine lange Zeit war nur das Klappern ihrer

Absätze auf den polierten Intarsien des Holzbodens zu hören, und dann hörte man nichts außer dem Prasseln des Feuers.

Barbara legte das Gesicht in die Hände und weinte.

Nach einer Weile berührte jemand ihren Arm. Gracen kniete auf dem Boden, sodass ihr Gesicht dem ihrer Freundin nahe war. Barbaras Augen waren rot, ihr Gesicht geschwollen.

»Ra, meine liebe Ra, was ist denn los?«

»Ich dachte, du wärst vielleicht Alice. Wie dumm von mir.«

»Geht es um die Königin?«

Barbara antwortete nicht.

»Ist sie sehr krank? Whitehall summt vor Gerüchten. Manche sagen, sie erwartet ein Kind. Manche sagen, sie hat die Pest.«

»Sie ... sie ist nicht sehr krank. Und es gibt kein Baby.«

»Warum weinst du, liebe Freundin?«

»Alice ist wütend auf mich.«

»Warum?«

»Ich habe sie enttäuscht.«

»Ich mag sie nicht, wenn sie wütend ist.«

»Sie ist zu Recht wütend. Ich bin nicht so schlau wie sie. Ich erkenne die Dinge nicht so, wie sie das tut.«

»Ra, ich kann mir kaum vorstellen, dass du jemandem Grund gibst, auf dich wütend zu sein. Bist du sicher, dass es nicht an der Art liegt, wie Alice manchmal eben ist?«

»Ich weiß es nicht. Lass uns nicht mehr davon reden.«

Gracen setzte sich auf den Rand des Sessels, in dem Barbara saß, nahm die Hand ihrer Freundin in ihre und rieb sie. »Soll ich für dich gemein zu ihr sein?« Sie stellte die Frage leichthin. Doch der Blick aus ihren grauen Augen war todernst.

Barbara erschauderte. »Ich könnte es nicht ertragen, wenn es noch mehr Streit gibt. Sie würde noch wütender werden.«

»Sie hat nicht immer recht, Ra, sie denkt nur, es wäre so. Ich glaube, sie ist noch schlimmer, seit sie aus Frankreich zurück ist. Noch herrischer. Pah, sage ich da nur.« Gracen schnippte mit den Fingern.

»Sie sagt, es liegt an John.«

»Was?«

»Sie sagt, ich wäre zu sehr damit beschäftigt gewesen, mit ihm zu flirten. Sie deutete an, ich hätte mich damit lächerlich gemacht.«

»Sie hasst es, dass du ihn so liebst. Sie wird niemals jemanden so lieben. Sie hat nicht genug Herz dafür.«

»Sag das nicht.«

»Warum nicht? Stimmt es denn etwa nicht?«

Barbara schwieg. Nach einer Weile sagte sie: »Sie will nur das Beste für mich, für uns, für ihre Freundinnen, das ist alles. John hat keinen Besitz, und ich auch nicht. Ich weiß, dass sie sich zu Recht deswegen Sorgen macht.«

»Ist es das Beste für dich, wenn du John verlässt?«

»Das könnte ich nicht, jetzt nicht mehr.«

»Dann heirate ihn und zur Hölle mit Alice.«

»Ich habe Angst zu heiraten.«

»Warum? Hast du Angst vor dem, was zwischen Mann und Frau passiert? Ich habe gehört, es sei sehr angenehm.« Gracen lächelte in sich hinein. Jeder Mann, der sie in diesem Moment gesehen hätte, wäre fasziniert gewesen.

»Eigentlich ist es albern.«

»Erzähl es mir.«

Barbara schwieg.

»Weiß Alice es?«

Barbara antwortete nicht.

»Sie weiß es also. Du und sie und Caro, ihr wart immer wie Schwestern. Schwestern, die keine Geheimnisse voreinander hatten. Ich habe euch früher dafür gehasst, und doch wollte ich auch immer deine Schwester sein.« Sie lehnte das Gesicht gegen Barbaras Schulter und schlang ihre schlanken, langen Arme um sie. »Dass sie nach Frankreich gegangen ist, hat mir die Möglichkeit gegeben, deine Zuneigung zu gewinnen. Ich liebe dich, Ra. Du bist meine Schwester. Gib Alice nicht so viel Macht. Bedeutet sie dir mehr als dein Gott?«

»Natürlich nicht.«

»Dann frag Ihn, was Er von John Sidney hält.«

Barbara lachte. »Er liebt ihn.«

»Dann darfst du das auch.« Gracen gab ihr einen langen Kuss auf die Wange. »Du bist der liebenswerteste Mensch, den ich kenne.« Sie legte den Kopf wieder auf Barbaras Schulter. Lange Zeit saßen sie schweigend und eng umschlungen da, wobei Barbara ab und zu zitterte und seufzte, bis die Scheite im Feuer auseinanderbrachen und große Funken den Schornstein hinaufschickten.

Kapitel 21

An jenem Nachmittag spielten sie Karten im Wohngemach der Königin, die in ihrem privaten Zimmer blieb und verlauten ließ, dass sie keiner Dienste bedürfe. Sie hatte dem König ihr Bedauern übermittelt und ihm versichert, dass sie nur ein leichter Kopfschmerz plage, dass er jederzeit in ihre Gemächer kommen und sich amüsieren könne, was bedeutete, dass er die Gemächer betreten und mit Renée flirten konnte. Er nahm sie beim Wort.

Er war fröhlicher und ausgelassener Stimmung an diesem Nachmittag, lachte, als seine Spaniels den kleinen Fuchs der Königin jagten und dabei einen Kanarienkäfig umwarfen, und unterhielt die Ehrenjungfern, indem er ihnen die Karten legte. Als Alice und Renée an der Reihe waren, schob König Charles die Karten wieder zusammen und mischte sie neu. Sie bewegten sich wie von selbst in seinen Händen.

»Das Kartenspielen mit meinen Untertanen hat mich einmal davor bewahrt, verrückt zu werden. Der Wirt einer Taverne war besonders gut darin. Cromwells Soldaten liefen draußen herum und suchten nach mir, und durch das Kartenspiel verging so manche lange Stunde, während ich darauf wartete, dass ich sicher weiterreisen konnte.« Er sprach mit ihnen, als sei er irgendein Hofpage, so schlicht wie ein Junge. Es war sehr schmeichelhaft.

»Wann war das?«, fragte Alice.

»Nach der Schlacht von Worchester. Ich war zwanzig, so groß wie jetzt und schlaksig, linkisch, warf ständig Sachen um.« Er richtete seine Worte direkt an Renée, als wollte er, dass sie sich ihn als den linkischen jungen Mann vorstellte, der er gewesen war. Aber er war niemals linkisch gewesen, nur groß. »Ich bin tagelang als Diener verkleidet unterwegs gewesen, habe zu kleine Schuhe getragen, hatte mir die langen lockigen Haare wüst geschoren, das kann ich Euch sagen, und habe in irgendwelchen Verstecken bei Priestern geschlafen. Viele Menschen haben ihr Leben für mich riskiert, viele von ihnen Katholiken, eine Tatsache, die ich, wenn es nach meinem Erzbischof ginge, lieber vergessen sollte.« Er lächelte. »Einmal versteckte ich mich in einem Baum, während Cromwells Soldaten nach mir suchten. Es hätte nur eine Eichel herunterfallen müssen, und sie hätten aufgeblickt und mich entdeckt. Ich sollte nach Frankreich übersetzen, wisst Ihr, um mit einer Armee zurückzukehren und meinem Vater zu helfen. Aber zuerst musste ich das Land durchqueren. Wir erreichten die Küste, aber es war höllisch schwer, ein Boot zu bekommen – und als wir endlich eins gefunden hatten, überredete die Frau des Kapitäns ihn, sich nicht in Gefahr zu bringen – und so musste ich einige Tage in einem Wirtshaus verbringen und mich auf dem Dachboden verstecken, weil überall in der Stadt Soldaten waren und nach mir suchten, während meine Begleiter versuchten, den Kapitän umzustimmen. Der Wirt hat mich erkannt. Es war meine Größe, schätze ich, mein dunkles Haar, ganz zu schweigen davon.« Er fuhr mit der Hand über sein langes Gesicht. »Obwohl eine Belohnung auf meinen Kopf ausgesetzt war, mein Gewicht in Gold, sagte er nicht ein Wort, sondern küsste mir nur schweigend die Hand, als es Zeit zum Aufbruch war, und bat Gott, mich zu beschützen. Es war das letzte wahre Zeichen der Treue, das ich für viele Jahre sah. Aber ich schweife ab. Ich wollte Euch die Karten legen, nicht wahr?« Schnell verteilte er Karten vor Renée und Alice, dann drehte er sie um.

»Ihr werdet eines Tages Oberhofmeisterin sein«, sagte er zu Alice und tippte mit dem Finger auf ein Ass und eine in der Nähe liegende Königin. Er drehte eine Karte vor Renée um. Es war der Pik-König. Er sagte nichts, sondern drehte schnell eine andere Karte um. Es war die Herzdame. Er lachte und begann über das ganze Gesicht zu strahlen. »Eure Hand, Mademoiselle«, befahl er.

Renée streckte ihm die Hand hin. Er starrte in ihre Handfläche, dann strich er mit dem Finger sanft über eine Linie. »Ihr werdet über etwas anderes befehligen. Das sagen die Karten, und ich sehe es in Eurer Hand.«

Er beugte sich vor und küsste schnell und jungenhaft Renées Handfläche, mit einem Hauch von Schüchternheit, die verführerisch und wenig königlich war. »Keine Oberhofmeisterin allerdings. Es sei denn, Ihr wünscht es. Dann nehme ich Verney den Posten sofort wieder weg.«

Verschiedene Höflinge im Raum blickten sich an. Sie hatten jede seiner Gesten registriert.

Renée entzog ihm die Hand. »Mit Eurer Erlaubnis, Sir.« Sie stand auf, knickste und verließ das Zimmer.

König Charles schob die Karten zusammen und mischte sie langsam mit einem reuevollen Gesichtsausdruck. »Ich kann aus den Karten lesen. Es ist wie die Sache mit der Berührung von Skrofulosekranken[1]. Es ist dieses zweite Gesicht, das Jemmy teuflisch nennt. Ihr werdet eines Tage Oberhofmeisterin sein.« Er zog den Pik-König mit einer geschickten Bewegung aus dem Stapel. »Das bin ich. Als mein Vater noch lebte, war es mein Vater, und ich war der Bube. Aber jetzt bin ich König. Sagt mir, Verney, hasst sie mich? Mein Porträt zeigt einen hässlichen Kerl, aber man sagt mir, ich besäße durchaus Charme.«

»Ich ... Das ist ...«

»Ihr schockiert mich. Ihr seid niemals um Worte verlegen. Und dennoch sitzt Ihr hier vor mir wie eine betäubte Kuh kurz vor der Schlachtbank.«

»Schmeichelhafter Vergleich, Sire.«

»Das ist schon besser. Ich frage Euch noch einmal. Mag sie mich nicht?« Die Karten flogen von einer Hand in die andere, blitzschnell. Alice versuchte Zeit zu gewinnen.«

»Was haben die Karten gesagt, Eure Majestät?«

---

1 Man glaubte einst, die Berührung des englischen Königs hätte eine heilende Kraft und er könnte Menschen von der Skrofulose heilen. (Anm. des Lektors)

»Ihr wollt nur Zeit schinden, Verney. Antwortet mir.«

»Ich habe keine Antwort.«

»Spricht sie von mir?«

»Nein.«

Er machte ein Geräusch, hob die Karten auf und legte dann ein paar vor sich hin. Er tippte auf einen Buben. »Das ist Buckingham.« Er tippte auf die Pik-Königin. »Das ist Ihre Majestät. Interessant, dass sie zusammen auftauchen. Habe ich sie völlig umsonst den ganzen Weg hierherbringen lassen?« Es war, als rede er mit sich selbst. Er drehte noch eine Karte um, dann noch eine. Dann blickte er Alice direkt in die Augen. Sie fühlte sich wie festgenagelt von der scharfen Intelligenz in seinem Blick. »Was soll ein König tun, Verney?«

»Spielt das Spiel langsam, Sir.« Es war alles, was ihr einfiel.

»Ich dachte, das würde ich. Noch langsamer? Ich dachte, man hätte mein Interesse verstanden, dass ihre Reise hierher die Einwilligung war, mein Werben um sie zuzulassen. Hat man mich getäuscht?«

»Ich weiß es nicht. Ich wusste wenig oder nichts darüber ... vielleicht wusste sie auch nicht ...« Die Worte stolperten aus ihrem Mund, ergaben keinen Sinn, als ihr klar wurde, wie sehr sie hintergangen worden war – und von wem.

»Nun, die Leute sind selten ehrlich, zumindest ist das meine Erfahrung. Man zieht es vor, Könige anzulügen. Dann haben sie es einfacher, weil die Wahrheit ein so ungehorsames Biest ist. Wo wir gerade davon sprechen ...« Er piff. »Kommt mit, Mädchen.«

Zwei Hofdamen hielten in ihrer Unterhaltung inne und blickten in seine Richtung.

Er lächelte sie an. »Ich spreche natürlich mit meinen Hunden.« Er erhob sich, genauso wie die Spaniels, die zu seinen Füßen und um seinen Stuhl herum gelegen hatten. Alice beeilte sich, ebenfalls aufzustehen, dann sank sie in einen Hofknicks. Höflinge und Spaniels folgten ihm aus dem Raum.

In dem Moment, in dem er ihr den Rücken zuwandte, setzte

Alice sich wieder. Die kleine Füchsin kratzte und jaulte hinter der Tür, hinter der sie eingesperrt war, und Edward ließ sie heraus. Sie rannte zu Alice und rollte sich auf ihren Füßen zusammen. Mein Vater, dachte Alice. Steckt bis zum Hals in dieser Sache und sagt mir nichts davon. Ich werde ihm bei lebendigem Leib die Haut abziehen. Und dann wurde ihr noch etwas anderes klar. Wenn Richard und Renée nicht heiraten würden … Sie erschauderte, und der kleine Fuchs der Königin sprang von ihren Füßen und rannte zu Edward, der in einer Ecke mit einem anderen Pagen würfelte. Sie ging zu einem Spiegel und starrte hinein. Ihre Locken waren dick und glänzend, dunkel, genau wie ihre Augen. Aber sie war keine Schönheit. Richard würde sie Renée niemals vorziehen können …

Und es spielte sowieso keine Rolle.

Sie würde Balmoral heiraten, niemand anderen.

Ihr Vater nahm immer den einfacheren Weg, selbst wenn er sie dafür betrügen musste. Das wusste sie doch schon lange, also warum sollten ihre Augen sich deswegen mit Tränen füllen? Weil sie müde war. Weil sie hier am Hof war. Weil Cleveland ihr im Nacken saß und man die Königin verräterisch behandelte, und weil sie mit Barbara gestritten hatte.

Dieser Tag war noch nicht vorbei. Da war noch ein Brief in ihrer Tasche, mit dem sie sich befassen musste. Und sie musste über die Nachricht sprechen, die die Königin erhalten hatte – aber nur mit dem einen Mann, dem sie vertraute. Sie dachte wieder an Richard. Ihr Mund zitterte. Müdigkeit, das war alles. Müdigkeit ließ Dinge wichtiger erscheinen, als sie waren. Sie konnte nicht in diesem hysterischen Zustand vor Balmoral treten, aber sie spürte die Tränen. Sie waren da, lagen angespannt in ihrer Brust auf der Lauer, in ihrem Hals. Vom eigenen Vater lächerlich gemacht. Und nicht zum ersten Mal, nicht wahr? Sie würde sich einen ruhige Platz suchen, eine versteckte Ecke in diesem Labyrinth von einem Palast, den sie ihr Zuhause nannte, und ein wenig schlafen. Dann würde sie zu Balmoral gehen.

»Er ist mit jemandem in seinem Privatgemach«, flüsterte Edward. »Aber ich habe Eure Münzen dem Majordomus gegeben, und er sagt, er wird dafür sorgen, dass er Euch empfängt.«

Alice trug eine Maske und einen kurzen Umhang, der ihr nur bis zu den Schultern reichte; die Kapuze umrahmte ihr Gesicht und versteckte ihr Haar. Ausgeruht und weniger aufgewühlt, sah sie nun geheimnisvoll und elegant aus. Sie drückte Edward eine Münze in die Hand, die er wie erwartet nahm.

»Soll ich auf Euch warten?«, fragte er. Er schien immer instinktiv zu wissen, wann etwas in der Luft lag. Sie schüttelte den Kopf. Er deutete auf einen Mann, der Holz in das Feuer im Vorzimmer legte, wo außer Alice noch mehrere andere warteten. Es war Riggs, der Diener, den Alice auf dem Landsitz Seiner Hoheit gesehen hatte. »Ich habe ihm Euer Geld gegeben. Er wird den Herzog darüber unterrichten, dass Ihr wartet.«

»Danke, Edward.«

Balmoral stand an den hohen Fenstern, die auf den St. James's Park hinausgingen, als Riggs Alice hereinholte. Jeder Zentimeter der Wände in diesem Zimmer war bedeckt mit Gemälden von Verrio, Hohlbein oder Tizian. Dazwischen hingen Paradeschwerter in reich verzierten Scheiden. Jadefiguren standen auf den Schränken. Es gab einen kunstvoll gearbeiteten, riesigen Kamin, der fast eine ganze Wand einnahm, und in der Ecke stand eine Rüstung, wie sie die Krieger aus einem vergangenen Jahrhundert getragen hatten. Sie wirkte fremdartig auf Alice, der Helm war merkwürdig geformt, mit abstehenden Hörnern wie bei einem Teufel. Die Rüstung hatte eine mattrote Farbe und war abgerundet, mit langen Schürzen und breiten Schulterpartien. Balmoral deutete auf einen der hochlehnigen steifen Sessel und setzte sich dann in den anderen. Sie schob die Kapuze zurück und löste ihre Maske.

Er lächelte sie an. »Fürchtet Ihr um Euren Ruf?«

»Es wäre mir eine Ehre, mit Euch zusammen genannt zu werden.« Er spitzte die Lippen, und Alice sprach schnell weiter. »Ich wollte nicht, dass jemand von meinem Besuch bei Euch erfährt. Ich komme in einer Angelegenheit von größter Wichtigkeit.« Sie reichte ihm den Brief.

Als er ihn gelesen hatte, faltete er ihn wieder zusammen, lehnte sich zurück und schloss die Augen, die Hände vor das Gesicht gelegt.

»Henri Ange. Henry Angel. Geschickt im Umgang mit Gift. Vater Franzose, Mutter Italienerin. Man weiß, dass er in Rom von Michelangelo Exili, einem Giftmischer ersten Ranges, ausgebildet wurde. Ging mit Exili für eine Zeitlang an den Hof der Königin von Schweden.« Er öffnete die Augen. »Verließ das Gefolge des Chevalier de Lorraine, um in das Gefolge von Prinz Philippe von Frankreich einzutreten. Verließ dieses Gefolge nach dem Tod von Prinzessin Henriette, ging zurück zu jenem Exili, der jetzt scheinbar in Paris lebt. Wurde in und um Paris gesehen, aber nicht ausschließlich in Gesellschaft von Monsieurs Männern. Falls er dem Herzog von Buckingham einen Besuch abstattete oder von ihm gerufen wurde, dann hat das bisher niemand erwähnt außer Eurem Beuvron, der darüber nicht mehr sprechen will, ganz egal, wie viel Geld man ihm anbietet. Wie Ihr sehen könnt, habe ich Euer Vertrauen in mich nicht zu enttäuschen versucht. Warum, glaubt Ihr, kommt dieser Ange nach England?«

»Um die Königin umzubringen. Es ist der einfachste Weg, nicht wahr? Dann müsst Ihr oder der Kronrat Euch nicht mehr um eine Scheidung bemühen und mit dem Gewissen des Parlaments und der Nation ringen, was vielleicht erneut einen Krieg auslösen würde.«

»Es würde keinen Krieg geben, wenn sie stirbt.« Balmoral sprach ohne Emotionen.

Seine Sicherheit war beunruhigend. »Gestern hat die Königin eine Nachricht erhalten. Darin hieß es: ›Drei Dinge zu nennen sind ...‹«

»›Dünkirchen, Tanger und eine Königin ohne Kind‹«, beendete Balmoral den Vers.

»Sie war …« Alice hielt inne. Mit welchem Wort konnte man beschreiben, dass eine Wunde berührt wurde, die nicht heilte und die erneut aufgerissen wurde?

»Ich kann es mir vorstellen.«

»Nein, Eure Hoheit, das könnt Ihr nicht. Dieses Gesicht zeigt sie nicht jedem. Morgen wird es eine Versammlung geben, Vater Huddleston wird dabei sein und Lord Knollys und andere, denen ihr Schmerz zu Herzen geht. Ich bitte Euch, daran teilzunehmen und sich ihre Sorgen anzuhören, ihnen vielleicht einen Rat zu geben. Ich habe große Angst um sie.«

»Ich habe Vorkoster in den königlichen Gefolgen anstellen lassen.«

»Er muss nicht ihr Essen vergiften, um sie umzubringen. Das Wasser, das Prinzessin Henriette trank, war nicht vergiftet. Werdet ihr den Weg jeder Gabel, jedes Tellers verfolgen können? In Frankreich kursierte eine Geschichte über vergiftete Handschuhe. Könnt ihr die Handschuhe der Königin bewachen, ihre Kämme, ihre Umhänge? Ich habe gesehen, wie die Prinzessin an seinem Gift starb, und es war weder kurz noch schmerzlos.«

»Ist Seine Majestät davon unterrichtet?«

»Nein. Wir haben uns geschworen, es für uns zu behalten, weil wir Angst haben, dass das Gerede über die Scheidung wieder anfangen könnte. Ich bringe die Nachricht direkt zu Euch.« Sie blickte in sein plötzlich undurchdringliches Gesicht und versuchte, den Ausdruck darauf zu lesen. »Es sei denn, Ihr wollt die Königin auch loswerden. Ich habe Euch das nie gefragt.« Sie fühlte plötzlich eine bleierne Müdigkeit in sich aufsteigen. Wenn Balmoral gegen die Königin war, was sollte sie dann tun?

»Ich glaube, dass dieses Königreich einen Erben aus den Lenden des Königs braucht. Ich glaube, dass das, was Gott zusammengeführt hat, nicht geschieden werden sollte. Ein Dilemma, nicht wahr? Vielleicht hat man es aber auch gar nicht auf die Königin abgesehen. Habt Ihr daran gedacht, Mistress Verney?«

»Auf wen denn sonst?«

»Auf Seine Majestät.«

»Aber warum?«

»Oh, es gibt Männer, die immer irgendwelche Intrigen planen. Wenn er stirbt, könnten in dem Chaos andere als Regenten oder Berater oder Günstlinge aufsteigen. Ich muss Euch fragen, ob Ihr die Nachricht von Beuvron sonst noch jemandem gezeigt habt.«

Sie blickte auf ihre Hände und antwortete nicht.

Er interpretierte die Geste als ein Nein. »Ihr erweist mir eine große Ehre mit Eurem Vertrauen in mich; das habt Ihr von Anfang an getan. Ich habe gesehen, wie Ihr die Rüstung in der Ecke angesehen habt. Ich bin sehr stolz darauf, sie zu besitzen. Sie stammt von einem Samurai. So nennt man die Krieger aus dem Land Nippon, auf der anderen Seite der Welt. Ihre Ehre ist ihnen heilig. Sie bringen sich um, wenn ihre Ehre verletzt ist. Ich finde den Gedanken, dass es einen solchen Ort gibt, sehr tröstlich. Wenn ich nicht so alt wäre, würde ich dorthin gehen und lernen, ein Samurai zu sein. Ich möchte gern mit eigenen Augen den Ort sehen, an dem ein Mann sich umbringt, wenn seine Ehre verletzt ist. Wir müssen Euch verheiraten, sodass ihr einen ehrenvollen Platz im königlichen Gefolge einnehmen könnt. Ihr seid Ihrer Majestät eine treue Dienerin. Das ist mehr wert als Perlen. Es gibt einen Bewerber um Eure Hand, habe ich gehört.«

»Er zieht mich nicht in Betracht.«

»Unsinn. Er möchte Euch unbedingt zur Braut.«

»Nein, Eure Hoheit, das will er nicht.«

Für einen Augenblick schwiegen beide. Eine Uhr im Raum – König Charles war begeistert von Uhren und verschenkte sie oft – schlug neun Uhr abends. Beim neunten Schlag meinte Alice: »Es gibt da noch etwas.«

Balmoral wartete.

»Die Herzogin von Cleveland mag mich nicht. Sie hat mir gedroht, Euch gegenüber schlecht über mich zu sprechen, weil sie weiß, dass ich … dass Eure Wertschätzung mir sehr viel bedeutet. Ich bitte Euch, nicht auf sie zu hören oder falls Ihr es doch tut, mir wenigstens zu erlauben, mich gegen das zu verteidigen, was sie behaupten sollte. Ich könnte es nicht ertragen, wenn Ihr mich nicht mehr schätzen würdet.«

»Das ist völlig unmöglich, meine Liebe.«

Alice legte ihre Maske wieder an, zog die Kapuze ihres kurzen Umhangs hoch, nahm den Brief und wartete an der Tür darauf, dass Balmoral sie für sie öffnete. Er stand neben ihr, seine Hand ruhte auf dem kristallenen Knauf, aber er drehte ihn nicht. »Ich bin sehr alt.« Er sagte es sehr leise.

»Das bin ich auch.«

Er nahm ihre Hand und blickte darauf hinunter, bevor er sie für einen flüchtigen Kuss an seine Lippen hob.

Als die Tür sich wieder schloss, blieb Balmoral noch einige Zeit lang regungslos stehen. Lächerlich, dass ihn das im Mindesten berühren sollte. Er erschauderte. Ihm war immer kalt, ein weiteres Zeichen seines Alters. Er öffnete die Tür erneut und machte Riggs ein Zeichen, dass er heute Abend niemanden mehr empfangen würde. Dann zog er sich einen weiten, pelzbesetzten Umhang um die Schultern und stocherte im Feuer. Er legte noch einen Scheit nach und setzte sich, um ihn brennen zu sehen.

Wenn der Atem des Winters seine eisige Ankunft verkündigte, schmerzte ihn jede alte Narbe aus den vielen Schlachten, die er geschlagen hatte. Und es gab eine ganze Menge davon, einige von den Rundköpfen, von den Iren, den Schotten, von den Rittern. Er hatte während seines Lebens auf allen Seiten gekämpft, etwas, wofür er sich nicht zu schämen brauchte. Die Zeiten waren zu tückisch gewesen, als dass man sich hätte schämen müssen. Und am Ende war er hier, Herzog und Oberbefehlshaber der Armee Seiner Majestät, so weit, so gut.

So weit, so gut. Er zog vor dem Feuer eine Grimasse. Das hatte Leutnant Saylor gesagt, sein geschickter junger Spion. Einer der

Briefe, die er in Frankreich hatte abschreiben lassen, deutete eine Vereinbarung an. Und König Charles schrieb über einen Code. Warum sollte er mit seiner Schwester in einer Geheimschrift korrespondieren, es sei denn, es gäbe Geheimnisse? Was hatte er König Louis versprochen? Was immer es war, er teilte es seinen Ministern nicht mit. Hatte er eine Kolonie abgegeben? Zugeständnisse an den Handel gemacht? Ging es um die Thronfolge? Er war zufrieden mit Saylors Arbeit. Er würde ihn damit beauftragen, Henri Ange zu finden. Und wenn er gefunden war, was dann? Er fuhr mit der Hand über den Pelzkragen seines Umhangs, während er in Gedanken die Minister durchging, die dem König am nächsten standen. Gab es einen ehrenhaften Mann unter ihnen? War einer von ihnen vertrauenswürdig?

Seiner Ansicht nach nicht. Der letzte vertrauenswürdige Berater des Königs war der Earl von Clarendon gewesen, der sich um die Wiedereinsetzung des Königs genauso verdient gemacht hatte wie er selbst. Und wo war Clarendon jetzt? Verbannt. Lebte in der Niederländischen Republik und schrieb seine Memoiren. Oh, dieser Flirt mit Gift roch nach Buckingham, dem alten Georgie Porgie, diesem verdammten, verräterischen, lüsternen, gewieften Kerl. Er würde Buckingham gern fallen sehen. Welches Vergnügen ihm das bereiten würde! Ein letzter Dienst, den er diesem Königreich erweisen konnte. Würde mit ihm auch Buckinghams Handlanger Sir Thomas Verney fallen? Er schätzte Alice sehr, das hatte er immer getan. Sie hatte einen scharfen Verstand und die Listigkeit eines geborenen Höflings. Und sie hatte so wunderschöne dunkle Augen. Das ehrgeizige kleine Biest will nach oben, hatte die Herzogin von Cleveland gesagt. Sie ist hinter Euch her. Ist das nicht amüsant, Eure Hoheit? Sie glaubt doch tatsächlich, sie könnte Euch um den kleinen Finger wickeln, meinte Cleveland. Genau das, was Alice zu tun schien.

Alice überquerte die Whitehall Street und betrat das Gebäude der Leibgarde. Sie lief durch einen Korridor und blieb schließlich vor einer Tür stehen. Sie konnte Musik aus dem Zimmer erklingen hören. Richard spielte offenbar auf seiner Gitarre. Sie legte ein Ohr an die Tür. Er sang. Sie lehnte sich gegen die Tür und schloss die Augen, damit sie besser hören konnte. Nach einer Weile richtete sie sich wieder auf und klopfte entschlossen. Er füllte den Türrahmen aus, als er vor ihr stand, und hielt einen versiegelten Brief in der Hand, den sie entgegennahm.

»Müsst Ihr denn nicht zu Seiner Hoheit?«, fragte sie.

»Später. Für Monmouth ist es noch sehr früh.«

»Es macht Euch keinen Spaß?«

Er zuckte die Schultern. »Auf was für Abenteuer seid Ihr denn aus, maskiert wie Ihr seid?«

»Keine Abenteuer.« Die Worte lagen ihr auf der Zunge. Sie wollte ihm von dem Brief erzählen, von der Nachricht für die Königin, von ihren Ängsten wegen Renée. Aber sie schwieg.

Er legte den Kopf ein wenig zur Seite und sah sie fragend an. Sie trat einen Schritt zurück, drehte sich leichtfüßig um und hielt den Brief an Renée gegen die Brust gedrückt.

»Verney.«

Sie wandte sich ihm noch einmal zu.

»Ich glaube, wir sollten uns bei unseren Vornamen nennen. Habe ich deine Erlaubnis, dich Alice zu nennen?«

»Ja.«

Richard sah ihr nach. Sie bewegte sich mit einer angeborenen Anmut. Und sie hatte einen hübschen Mund. Die Maske betonte das. Hatte sie einen heimlichen Geliebten? Wer wusste das schon bei Alice? Er schüttelte den Kopf und schloss die Tür.

In den Gemächern der Ehrenjungfern saß Renée auf dem Boden, die Röcke um sich aufgebauscht, und starrte ins Feuer. Eine Nachricht war gekommen. Der französische Botschafter würde sie aufsuchen. Er würde sie fragen, wie es ihr ging, ob sie irgendetwas brauchte, und dann würde er auf das zu sprechen kommen, weswegen er eigentlich kam. Was für Neuigkeiten habt Ihr für mich? Er wollte alles wissen, egal wie unwichtig. Sie war eine Spionin an diesem Hof. Er wurde langsam ungeduldig mit ihr und verstand nicht, warum sie zögerte, wenn das Interesse des Königs doch so offensichtlich war. Und außerdem hatte sie eine Nachricht von Lady Arlington erhalten, einer Hofdame der Königin, Frau eines Mitglieds des Kronrates. Auch sie bat darum, empfangen zu werden. Der ganze Hof sprach davon, dass der König ihr die Handfläche geküsst hatte, und die Nachricht war zweifellos in diesem Moment auf dem Weg zu König Louis. Was würde Richard sagen, wenn er davon erfuhr? Aber vielleicht würde niemand so dumm sein, ihm davon zu erzählen. Die großen Damen kamen, um ihr Komplimente zu machen, um sich bei ihr beliebt zu machen, jetzt, wo sie sicher wussten, woher der Wind wehte. Renée lächelte, befriedigt darüber, dass ein kleiner Niemand, eine Renée de Keroualle, die Aufmerksamkeit von einem so wichtigen Mann erregt hatte. Sie blickte auf ihre Hand, drehte die Handfläche nach oben und starrte auf die Stelle, die die Lippen des Königs berührt hatten.

Sein Kuss und sein offensichtliches Verlangen nach ihr ließen sie nicht unberührt. Was sollte sie nur damit anfangen? Was sollte sie überhaupt anfangen?

Im Schlafgemach der Königin stand ein niedriges, kunstvoll vergoldetes Geländer, dass das Bett vom Rest des Raumes trennte, so wie ein Geländer den Altar vom Rest der Kirche trennte. Man musste die ausdrückliche Erlaubnis der Königin haben, um dahinter zu treten. In dieser Nacht schlief die alte Kinderfrau der Königin auf einem Feldbett direkt hinter dem Geländer. Die Königin hatte ihre Anwesenheit gebraucht – die boshafte Nachricht hatte sie sehr getroffen, sie zutiefst verletzt. Die Vorhänge des Bettes waren fest zugezogen.

Alice schlich auf Zehenspitzen in das Schlafgemach zu Barbara, die sich so gut sie konnte in einem Stuhl in einiger Entfernung vom Bett der Königin zusammengerollt hatte und schlief. Barbara fuhr erschrocken hoch, als sie spürte, wie jemand ihren Arm berührte. Alice kniete sich hin und dachte an Richard. Hatte sie heute tatsächlich vor einem Mann gestanden, der nicht von Trieben geleitet wurde? Eine erstaunliche Sache. »Ich habe heute überreagiert, Ra. Bitte sag, dass du mir verzeihst.«

Barbara schwieg. Alice konnte den Ausdruck auf ihrem Gesicht nicht lesen, aber im Stuhl nebenan streckte plötzlich jemand die Beine aus, und Gracens Gesicht erschien über dem Rücken der Stuhllehne.

»Es tut mir so leid«, wiederholte Alice. »Ich weiß nicht, was in mich gefahren ist.«

»Schon gut«, antwortete Barbara.

Kapitel 22

All Hallows' Eve

Einen Tag später rauschte Alice in den Salon ihres Vaters, bevor sein neuer Lakai sie ankündigen konnte. Sie hielt erstaunt inne, als sie Louisa Saylor und ihre Schwester Lady Cranbourne ganz entspannt bei ihrem Vater sitzen sah. Der Anblick der Schwestern verwandelte ihre kalte Wut in brennenden Zorn.

»Mademoiselle Verney«, sagte Lady Cranbourne, »wie schön, Euch zu sehen. Ich habe gerade zu Eurem Vater gesagt, dass wir Euch viel zu selten zu Gesicht bekommen.«

»Dann schaut doch einfach alle Jubeljahre mal bei der Königin vorbei. Dort könnt ihr mich jederzeit antreffen.«

Das Lächeln auf den Gesichtern der Schwestern wirkte nicht mehr ganz so natürlich.

»Du hast deinen Umhang noch nicht abgelegt, Schatz«, meinte Sir Thomas. »Was ist denn bloß mit meinem Lakaien los? Perryman!« Er bellte den Namen, und Alice registrierte befriedigt, dass Louisa leicht zusammenzuckte.

»Perryman!«

»Ich will ihm meinen Umhang nicht geben. Unterhalten wir uns unter vier Augen, Vater, oder sollen unsere Gäste erfahren, was für Pläne du ausgeheckt hast?«

Lady Cranbourne stand auf. »Es wird Zeit, dass Louisa und ich aufbrechen.«

Alice wartete kalt ab, während die Saylor-Schwestern sich von ihrem Vater verabschiedeten. Sie bemerkte, wie lange er ihre wohlgeformten Hände festhielt, wie viel Aufhebens er darum machte, ihnen die Umhänge um die Schultern zu legen, wie er Louisa Saylor dabei helfen musste, ihren unter dem Kinn zu schnüren, wie Louisa zu ihm auflächelte. Flittchen. Sie reagierte mit keinem Wort auf die zuckersüße Art, mit der die Schwestern sich von ihr verabschiedeten.

Als sie aus der Tür waren, vom Goldstück seines Vaters, Perryman, nach draußen begleitet, verschwand die Freundlichkeit von den Zügen ihres Vaters. Mit zusammengezogenen Brauen ging er auf sie zu. Sie kannte diesen Trick. Er pumpte sich auf mit heißer Luft, um hinwegzufegen, was immer man ihm – zu Recht oder zu Unrecht – vorwarf.

»Seit wann bin ich eine Kupplerin?«

Die Frage ließ ihn innehalten. Alice beobachtete, wie er fieberhaft überlegte.

»Wie kannst du es wagen, mir das anzutun? Hättest du mir jemals davon erzählt?«

»Natürlich hätte ich das.«

»Du hast mich lächerlich gemacht!«

»Niemals. Du musst völlig durchgefroren sein, daran liegt es. Ich lasse dir ein Würzbier bringen, und du wirst es trinken, mein Mädchen, ob dir danach ist oder nicht. Perryman! Perryman, bringt Bier für uns beide. Und jetzt gib mir deinen Umhang, setz dich einen Moment, und lass uns das alles in Ruhe besprechen. So ist es gut, Schatz.«

»Ich bin nicht dein Schatz, Vater. Ich bin nur jemand, den du benutzt hast wie den niedrigsten Diener in diesem Haus.«

»Ich bin ein nutzloser Teufel, Alice, den man auspeitschen sollte für die Art und Weise, wie er diese Sache angegangen ist. Wie geht es Mademoiselle de Keroualle?«

»Sie ist außer sich.«

Die Bemerkung ließ ihn nachdenklich werden, und Alice beobachtete ihn dabei. Besaß er überhaupt noch Moral? Hängte er sein Fähnchen immer nur in den Wind? Richard fiel ihr ein. Und Balmoral. Männer mit Ehre.

»Sie hätte etwas sagen können, bevor ich all diese Ausgaben und Umstände hatte.«

»Habe ich das richtig verstanden, Vater? Wusste Renée, dass man sie hierher gebracht hat, um mit dem König ins Bett zu gehen?«

»Du drückst es so abstoßend aus ...«

»Antworte mir!«

»Nun, was soll ich dazu sagen? Ich war ja nicht dabei, als man damit zum ersten Mal an sie herangetreten ist. Und ich selbst habe nichts zu ihr gesagt, weil ich mich darauf verlassen habe, dass die französische Seite sich um alles kümmert.«

»Vater, sie ist kein Mädchen von der Straße, keine Hure, die man aus einer Laune heraus kaufen oder verkaufen kann!«

»Natürlich ist sie das nicht. Sie ist eine feine, ehrbare junge Frau, weit entfernt von diesen Schauspielerinnen, hinter denen er in letzter Zeit her ist.«

»Und wenn sie nicht mit dem König ins Bett geht, wäre das überhaupt nicht schlimm. Wir finden einen anständigen Mann für sie, und König Charles geht fröhlich seiner Wege.«

»Wer sagt das? Warum sollte sie das nicht tun? Ich habe das ganze Geld nicht ausgegeben, um sie zu einer guten Partie für einen anderen Mann zu machen, Alice.«

»Aber du gibst es aus für Kleider und Schmuck, um die Aufmerksamkeit des Königs zu erregen wie ein Zuhälter?«

»Wo hast du bloß diese Ausdrucksweise her? Du schockierst mich!«

»Vom Hof! Von Rochester und Sedley und Buckhurst! Von Sheffield und Killigrew! Von dir!« Heiße Wut stieg in ihr auf, während sie die Spitzbuben nannte, die den König bei Laune hielten. Wenn ihr Vater in irgendeiner Form an dem Leid beteiligt war, das man der Königin zufügte, dann würde sie ihn selbst vergiften. »Du hättest es mir sagen müssen!«

»Es ist nicht unehrenhaft, die Geliebte des Königs zu sein.«

»Vater, es gibt doch so etwas wie Anstand. Sie ist nicht verheiratet, hat keine Familie, die sie beschützt. Die Wölfe haben sich doch schon zusammengerottet, um dabei zu sein, wenn man sie in der Luft zerreißt.«

»Wer?«

»Lady Arlington. Die Herzogin von Lauderdale. Die Gräfin von Suffolk.«

»Diese boshaften – entschuldige, Alice – aber ich bin derjenige, der das ganze Geld ausgegeben hat …«

»Und der seine eigene Tochter als Kupplerin benutzt hat! Wie konntest du das zulassen? Du kennst meine Loyalität zur Königin!«

»Tja, nun, wenn du die Portugiesin wirklich liebst, dann solltest du am besten dafür sorgen, dass ihr Mann abgelenkt ist.« Die Worte waren hart, aber nicht härter als der Ausdruck auf seinem Gesicht.

»Sie ist gut und loyal und tut ihre Pflicht. Sie hat durch ihre Mitgift die Staatskasse mit Millionen gefüllt.«

»Das war damals und nicht heute. Sie ist unfruchtbar. Es ist ihre Pflicht, uns Prinzen zu schenken. Es sind aber keine da. Einige von uns glauben, dass niemals welche da sein werden. Wie lange ist das jetzt her, zehn Jahre?«

»König Louis wurde nach zwanzig Jahren Unfruchtbarkeit geboren.«

»Sein Vater mochte Männer. Unser König ist ein richtiger Mann. Seine Frau ist keine richtige Frau.«

»Die Ehe kann nicht aufgelöst werden. Die Ehe ist ein Sakrament. Diejenigen, die etwas anderes behaupten, sind gottlos.«

»Und sie ist eine Papistin. Ich war damals schon dagegen. Lasst uns nach einer vernünftigen Protestantin als Königin suchen, nach einer Deutschen oder Österreicherin oder Dänin, habe ich gesagt. Niemand hat auf mich gehört.« Er starrte Alice hart an. »Du bist doch keine Papistin geworden, oder?«

»Würdest du mich hassen, wenn es so wäre?«

Ein angespanntes Schweigen entstand zwischen ihnen. Eine Ader pulsierte an ihrer Schläfe. Er würde sie hassen. Und sie würde ihn trotz allem lieben, trotz all seiner Fehler, trotz all seiner verräterischen Handlungen.

»Ich werde nicht dabei helfen, Renée zur Geliebten des Königs zu machen.« Ihre Stimme zitterte.

»Nicht einmal, wenn der König sich dankbar zeigen würde und dann alles für dich tun würde? Er könnte zum Beispiel mit Balmoral über dich sprechen, und sein Wort hat Gewicht, meinst du nicht? Ah, dein Gesicht, Alice, jetzt bist du nicht mehr so herablassend und selbstgerecht, nicht wahr? Die Wahrheit ist, dass Balmoral im Moment nicht besonders versessen auf eine Verbindung zu mir ist. Es gibt einige Dinge, die uns trennen, und mehr möchte ich dazu nicht sagen. Und es heißt, die Herzogin von Cleveland hätte ihm einen Floh ins Ohr gesetzt wegen dir ... Da fällt mir ein – ich habe mir einen Streich einfallen lassen, den wir ihr spielen könnten, nur dieses eine Mal, wie du gesagt hast, damit der Verdacht von dir abgelenkt ist.«

»Ich gehe jetzt.«

»Die Entscheidungen, die man im Leben treffen muss, sind nicht einfach«, rief er ihr nach. »Wir machen uns alle nach einer Weile die Hände schmutzig. Wie, glaubst du, habe ich dich ernährt, während du in Frankreich warst?«

Draußen schmiegte sich Alice in ihren Umhang, während ihre Sänfte auf dem Rückweg nach Whitehall von einer Seite zur anderen schaukelte. Ihr Stallbursche ging neben der Sänfte her. Ihr war kalt, vor allem im Herzen. Wie tief war ihr Vater in die Intrigen gegen die Königin verstrickt? Heute war All Hallows' Eve. Böse Geister waren unterwegs. Sie lehnte sich in dem geraden, unbequemen Stuhl zurück. Wenn König Charles ihr bei Balmoral helfen würde ... Ihr Vater wusste genau, was er zu ihr sagen musste. Hatten all ihre Pläne nicht dieses eine Ziel, seine Herzogin zu werden, nicht mehr kämpfen zu müssen? Sie würde all ihre Freundinnen sehr gut verheiraten können, sie würde die Schachfiguren bewegen, sie würde keine Launen mehr ertragen müssen, sie könnte der Königin helfen und es Colefax für den Skandal und den Kummer heimzahlen. Das bedeutete es, eine Herzogin zu sein. Und die Frau eines ehrenhaften Mannes noch dazu. Mehr konnte sie nicht erreichen. Ihre Gedanken schweiften umher, drehten sich immer wieder um diese ganze Situation, glitzerten wie silberne Fische an der Oberfläche ihres Bewusstseins ... Richard liebte Renée, und sie erwiderte seine Liebe. Gab es einen Weg, wie sie das Werben des Königs unterstützen, aber eigentlich dafür sorgen konnte, dass die beiden zusammenfanden? König Charles hatte Frances Stewart vergeben. Er würde Renée vergeben. Für ihn gab es immer wieder eine andere Frau. Sie dachte zurück an eine ganze Reihe von Kinderfrauen, sah den drohend erhobenen Zeigefinger, das Kind Alice, frech, eigensinnig, nicht zu bändigen, weil ihre Mutter tot und ihr Vater nicht da war. Glaubst du wirklich, dass du alles auf einmal haben kannst? Die Frage war lächerlich. Die Antwort lautete ja. Immer.

Sie blickte durch das Glasfenster in der Tür; sie kamen an Charing Cross vorbei, wo früher eine Statue von Charles I. gestanden hatte, die das Parlament hatte niederreißen lassen. Jahre später wurden diejenigen, die ihn exekutiert hatten, hier, genau auf diesem Platz, gehängt und gevierteilt. Sie hatten ihr Spiel verloren. Die Statue wurde gefunden und wieder an dieser Kreuzung aufgestellt, wo London endete und Whitehall anfing.

Alles war ein Spiel, nicht wahr?

Sie würde diesmal gut überlegen müssen, sehr, sehr gut.

Whitehall hatte sich seit Tagen auf All Hallows' Eve vorbereitet. In Teer getauchte Fackeln wurden in den königlichen Privatgärten aufgestellt, um sie zu erleuchten, wenn es dunkel wurde. Holz für das große Freudenfeuer auf dem Hügel im Hyde Park war bereits hoch aufgestapelt. Der Herzog von Monmouth gab einen Maskenball, der genau um Mitternacht beginnen sollte, der Geisterstunde. Der Astrologe Elias Ashmole würde da sein, genauso wie ein Zauberer. Ashmole würde allen die Zukunft vorhersagen. Die Ehrenjungfern sprachen seit Wochen von nichts anderem. Die Köche waren bereits dabei, Mehl mit Zucker und Butter zu verrühren, um daraus die zarten und winzigen Seelenkuchen zu backen, die Königin Katharina nach der Messe zu All Hallows' verteilen würde. Äpfel waren im dunkelsten und kühlsten Keller aufbewahrt worden, damit sie nicht vertrocknet und wurmstichig wurden und für das Tanzspiel verwendet werden konnten, das später stattfinden würde. Und Nüsse, alle hatten wie Eichhörnchen Herbstnüsse gehortet für das himmlische Entscheidungsspiel, das sie später spielen würden, während alle um das Kaminfeuer saßen. Alice ging in die Schlafkammer und legte ihren Umhang ab, den Poll entgegennahm.

»Du hast den Harz mit dem Wein gemischt?«, fragte sie ihre Dienerin.

»Tue ich das nicht immer?«

Sie war spät dran durch den Besuch bei ihrem Vater. Sie musste der Königin noch ihre Schönheitsflecken ankleben und ihr dabei helfen, ihr Haar in Locken zu legen. Sie musste die Tinktur aus Harz und Wein auf den Wagen aller Ehrenjungfern verteilen, damit sie zart erblühten – keine von ihnen durfte schon Rouge auftragen; nur verheiratete Frauen oder Dirnen trugen Rouge –, und sie musste Renée finden und mit ihr sprechen. Das war am wichtigsten.

»Wohin geht Ihr?«, rief Poll, die Alice' Kostüm in der Hand hielt. Es musste noch fertig abgesteckt und genäht werden, aber Alice war schon weg, rannte durch die Korridore von Whitehall.

Renée war im Salon der Königin. Alle nähten farbige Perlen an ihre Masken. Auf dem Boden lagen eine Unmenge farbiger Bänder, in den Farben Maulbeere und Traube, Zitrone und Beryll, Kanariengelb und Kadmium, Schlüsselblume und Pfirsich. Edward saß in einer Ecke, spielte die Laute und sang ihnen etwas vor. Sie mussten hübscher aussehen als die Ehrenjungfern der Herzogin von York, besser als die der Herzogin von Monmouth. Es war, wie die Franzosen sagten, *de rigueur*, notwendig. Sie hatten einen Ruf zu verteidigen, jetzt mehr denn je – oder zumindest hatte Alice sie davon überzeugt. Alice flüsterte Renée etwas zu, die ihre Maske sinken ließ.

»Oh, Luce, näh meine bitte für mich fertig«, bat Alice. »Ich ... welche Blume bin ich?«

»Schlüsselblume«, erklärte Barbara. »Ich mach das schon, Luce.«

Alice ging mit Renée aus dem Raum. Gracen hob eine Augenbraue. »Näh meine bitte fertig«, machte sie Alice nach.

Alice führte Renée durch ein Hinterzimmer, wo die Näherinnen des Königs saßen. Sie blickten kaum von ihrer Arbeit auf. Glitzernde Stoffe lagen meterweise zugeschnitten auf dem Boden. Ein riesiger künstlicher Pappmaschee-Kopf, der einen Sultan darstellen sollte, stand auf einem Tisch. Die Kammer führte zu einer Galerie auf der Uferseite mit einem riesigen alten Fenster mit Stabwerk, das über die Themse blickte. Eigentlich durfte sich hier nur der König aufhalten, aber die Wachen vor der Tür zu den Gemächern des Königs kannten Alice und nickten ihr zu, als sie an ihnen vorbei zum hinteren Ende des langen Raumes eilte und zwei Sessel zusammenschob, sodass man sie nicht hören konnte, wenn sie miteinander flüsterten. Es gab zwar noch eine Tür direkt hinter ihnen, hinter der die vielen Zimmer lagen, in denen Seine Hoheit, der Herzog von York wohnte, aber er und seine Frau und deren Ehrenjungfern befanden sich noch jenseits des Parks im St. James-Palast. Sie waren noch nicht für den Winter nach Whitehall zurückgekehrt.

»Wir haben dich heute den ganzen Tag nicht gesehen. Ich habe Gracen gefragt, wo du bist, und sie sagte, du wärst unterwegs und würdest ›Ränke schmieden‹.« Renée sagte das letzte Wort auf Englisch, wie Gracen es getan haben musste. »Was bedeutet das, dieses ›Ränke schmieden‹?« So, wie Renée es aussprach, klang es wie ›Ränkö schmiedön‹.«

»Es bedeutet, dass man heimlich etwas plant, so wie du. Du bist nicht ehrlich zu mir gewesen.«

Renées Lächeln schwand.

»Bin ich deine Freundin?«

Renée nickte.

»Vertraust du mir?«

»Nur dir«, erwiderte Renée. »Die anderen, sie wollen …« Sie hielt inne.

»Sie wollen, dass du die Geliebte des Königs wirst«, beendete Alice den Satz für sie und wartete.

Renée antwortete nicht.

Wie konnte ich Renée nur jemals für dumm halten?, dachte Alice. »Ist es das, was du willst?«

»Nein. Ja – ich weiß es nicht!«

»Wie kannst du das nicht wissen? Erklär es mir.«

»Sie sagen, dass ich das tun muss, für meine Familie, für mein Land. Sie sagen, dass ich so viel besitzen werde – Schmuck und Häuser und viel Ehre. Sie sagen, dass ich mich so glücklich schätzen kann, dass er auf mich aufmerksam geworden ist. Ich bin allein in Paris. Vielleicht haben sie recht, denke ich. Und der König, der König ist sehr nett, Alice. Er bringt mich zum Lachen … Ich weiß, ich habe Richard mein Herz versprochen, habe versprochen, ihn zu heiraten. Ich konnte es ihnen einfach noch nicht sagen. Das darfst du auch nicht tun. Sie werden so wütend auf mich sein.«

»Aber wenn du es ihnen sagen würdest, dann würde das alles sofort aufhören!«

Und als Renée nicht antwortete, sagte Alice: »Du willst nicht, dass es aufhört, stimmt's?«

»Es ist schön, bewundert zu werden, viel schöner, als ich dachte. Ich mag Seine Majestät. Bin ich schlecht?«

»Liebst du Leutnant Saylor?«

Renée nickte, und Alice sah, dass es so war.

»Willst du ihn immer noch heiraten?«

»Wenn ich bei ihm bin, dann bin ich sicher, dann fühle ich es in meinem Herzen, und mein Verstand ist ganz klar. Aber dann, wenn der König mir Komplimente macht und ich in seinen Augen alles sehen kann, was er fühlt, dann bin ich nicht mehr so sicher.«

»Ich komme mir vor wie eine Närrin.«

Renée nahm ihre Hand und blickte sie mit dieser Würde an, die ihre Schönheit stets noch unterstrich. »Oh nein. Du bist meine allerbeste Freundin. Ich hätte diese Reise niemals antreten können ohne dich, ohne das Wissen, dass Richard auf der anderen Seite auf mich wartet und dass ihr beide auf mich aufpassen werdet. Ich dachte, ich würde ihnen einfach sagen, dass ich es mir anders überlegt habe. Aber jetzt weiß ich nicht mehr, was ich will. Ich bin nicht so stark wie du, Alice. Meine Gedanken wandern ständig hin und her, und ich fühle mich verloren und verwirrt. Ich möchte, dass alle glücklich sind, dass alle zufrieden sind mit mir. Ich mag es nicht, wenn jemand wütend auf mich ist. Ich möchte allen gefallen. Sie machen mir Angst, und ich kann nicht richtig nachdenken.«

Alice' Gedanken, unverwüstlich, intrigant, rastlos, wanderten ebenfalls hin und her. »Es ist schon mal passiert«, sagte sie langsam. »Der König war verrückt nach Frances Stewart, völlig verrückt, und dennoch hat sie direkt vor seiner Nase einen anderen geheiratet, und er hat ihr vergeben, und sie wurden sehr gute Freunde.«

»Wer ist Frances Stewart?«

»Die Herzogin von Richmond.«

Überraschung erschien auf Renées Gesicht. »Die Hofdame der Königin, die nicht mehr richtig schön ist und die es dennoch ist. Er macht vielen den Hof, nicht wahr?«

»Das tut er in der Tat. Das ist etwas, an das du denken solltest – wenn du eine von vielen sein möchtest.«

»Er könnte treu sein.«

»Wenn er dir das verspricht, dann lügt er, Renée. Sieh mich an. Ich glaube nicht, dass er treu sein kann. Deshalb musst du dir diese Sache gut überlegen. Und ich glaube, du musst es Leutnant Saylor sagen.«

»Nein, er wird mich hassen, er wird denken, ich sei schwach und jämmerlich, er wird glauben, ich hätte ihn belogen und betrogen. Ich liebe Richard. Ich will nicht, dass er so schreckliche Dinge über mich denkt.«

»Er hat ein Recht darauf zu erfahren, wie die Dinge stehen.«

»Bitte, oh bitte. Versprich mir, dass du nichts sagst! Versprich es! Es gibt nichts, was ich ihm beichten müsste. Ich habe nichts getan!«

Es war schwer, ihr zu widerstehen. »Ich verspreche es, aber nur vorläufig.«

»Nicht nur vorläufig, für immer. Er muss es von mir erfahren, Alice, nicht von dir.«

Alice schwieg. Renée hatte recht, aber was für ein Chaos heckten sie hier aus.

»Alice!«

»Also gut, ich werde nichts sagen. Ich hoffe, ich tanze auf deiner Hochzeit.«

Was für ein gefährlicher Drahtseilakt für Renée. Sie konnte jederzeit abstürzen. Und die Wahrheit war, egal zu welcher Seite sie fiel, Alice würde versuchen, sich die Gunst des Königs zu sichern, um Balmoral als Belohnung zu bekommen. Es mochte ihr nicht gefallen, aber es war die hässliche Wahrheit.

»Sei einfach meine Freundin, Alice. Lass mich nicht im Stich.«

»Das werde ich nicht.«

»Für immer und ewig.«

»Für immer und ewig.«

Renée lächelte. Alice beugte sich vor, und sie küssten sich kurz auf die Lippen, zart, süß, unschuldig, und besiegelten dadurch ihren neuen Freundschaftsbund.

An der Wych Street in der Nähe von Covent Garden fand Richard schließlich die Gasse mit dem Namen Wych Court. Dort war es, das Haus mit der roten Tür. Ein stämmiger Mann öffnete auf sein Klopfen, musterte ihn von oben bis unten und ließ ihn ein, nachdem er eine Münze erhalten hatte. Richard ging durch einen langen Flur, von dem zu jeder Seite kleine Kammern abgingen. Durchsichtige Vorhänge waren zugezogen, wenn sich ein Kunde darin befand, und geöffnet, wenn nicht, sodass man im Vorbeigehen die Ware betrachten konnte, die angeboten wurde: Jungen, junge Männer – einige von ihnen wie Frauen gekleidet, geschminkt, mit Schönheitsflecken und gelocktem Haar. Und die geschlossenen Vorhänge waren durchsichtig genug, um dahinter verschiedene Kopulationsakte zu sehen. Das Geräusch von Stöhnen und Keuchen, Fluchen und Schreien folgte ihm in den Hauptraum, ein schönes Zimmer mit prunkvollem Mobiliar, alles französisch und aus vergoldetem Silber. Männer – Kaufleute und Goldschmiede, Schiffskapitäne und Adlige – standen in Gruppen zusammen, tranken Wein und unterhielten sich. Jungen und junge Männer in Richards Alter gesellten sich zu ihnen. Ein Lakai, dessen Wangen und Lippen stark mit Rouge geschminkt waren und der Schönheitsflecken auf sein Gesicht geklebt hatte wie eine Frau, näherte sich ihm.

»Ich möchte Mrs. Neddie sprechen«, erklärte Richard. Er gab dem Lakaien die Nachricht, die er von Balmoral erhalten hatte, dann stand er etwas linkisch da. Die Haare in seinem Nacken richteten sich auf. Er war sich bewusst, dass ihn mehrere Männer auf eine Weise ansahen, die er nicht gewohnt war. Ein Junge von etwa zwölf Jahren kam zu ihm herüber. Richard schüttelte den Kopf. »Ich möchte nichts.«

»Nicht einmal ein Glas Wein?«

»Nein.«

»Ein Glas Wein. Sonst werde ich verprügelt. Wir müssen für sie Geld herbeischaffen, auf jede mögliche Weise. Ein Glas Wein, und Ihr seid mich für den Rest des Abends los, ich schwöre es.«

Richard betrachtete den Jungen, suchte nach der Wahrheit in seinen Augen. Sie waren klar, das Gesicht glatt, offen. Er log. Er sagte zu einem Diener: »Ein Glas Wein für ...«

»Etienne.«

»Etienne und mich.«

»Ich habe Euch hier noch nie gesehen«, meinte Etienne.

»Und das wirst du auch kein zweites Mal. Etienne?« Er hob ungläubig die Augenbrauen angesichts des französischen Namens.

Der Junge grinste. »Es ist im Moment sehr angesagt, Franzose zu sein. Manchmal tue ich so, als würde ich kein Englisch sprechen, dann zahlen sie mehr.«

»Geh weg, Etienne.«

»Ja, Sir. Danke, Sir.«

Der Lakai erschien, machte Richard ein Zeichen. Er folgte ihm eine Treppe hinauf in ein hübsches Zimmer, das mit französischen Möbeln, italienischen Landschaften in großen, reich verzierten Rahmen und schimmernden Vorhängen aus feiner Seide höchst stilvoll eingerichtet war.

Auf einem prächtigen Liegesofa saß eine wunderschöne Frau. Sie trug ein mitternachtsblaues Kleid, ebenholzfarben mit blauen Fäden durchwirkt. Diamanten glitzerten um ihren Hals und an ihren Ohren. Sie lächelte Richard an, der verblüfft blinzelte. Sie war die vielleicht schönste Frau, die er je gesehen hatte.

»Setzt Euch doch, Leutnant Saylor. Wie geht es meinem lieben Herzog von Balmoral?« Ihre Stimme war tief und hatte einen provokant rauchigen Klang.

»Es geht ihm gut, vielen Dank.«

»Wie kann ich Euch behilflich sein? Ich weiß, dass es kein Junge für den Herzog ist. Hat er Euch im Auftrag von jemand anderem geschickt? Ich kann Euch harte Jungs bieten, die etwas aushalten oder zarte, süße. Ich bin der Inbegriff der Diskretion, das versichere ich Euch.« Sie lächelte. »Oder vielleicht seid Ihr es selbst? Wünscht Ihr einen Jungen? Einen jungen Mann? Hübsch wie Ihr selbst?«

Richard wurde rot, spürte, wie die Röte sich wie Feuer auf seinem Hals und dann seinem Gesicht ausbreitete.

Neddie öffnete ihren Fächer, auf dessen Stoff Blumen gemalt waren, und bewegte ihn vor ihrem Gesicht. »Nein. Das dachte ich mir schon, aber es ist immer so amüsant, danach zu fragen.«

»Ich möchte Informationen. Wir sind auf der Suche nach einem Franzosen, dessen … Geschmack … äh …«

»… den Waren entspricht, die ich anbiete?«

»Ja... danke. Sein Name ist Henri Ange, obwohl er vielleicht einen anderen benutzt. Er spricht sehr gut Englisch, deshalb gibt er sich vielleicht als Engländer aus.«

»Und dieser Franzose, der sich vielleicht als Engländer ausgibt, wie sieht er aus?«

»Mittelgroß, sehr schlank, helle Augen.«

»Diese Beschreibung trifft auf jeden Mann da unten zu.«

Richard holte einen kleinen Beutel aus seiner Tasche und hielt ihn ihr entgegen. Sie nahm ihn und wog ihn in ihrer Hand. »Er versteht mich, wie immer«, murmelte sie. »Was möchtet Ihr von diesem Herrn, falls ich ihn sehen oder von ihm hören sollte?«

»Wir wollen nur mit ihm reden, ihm ein paar Fragen stellen.«

»Und dafür dieses viele Geld? Das müssen sehr interessante Fragen sein.«

»Das sind sie.« Richard verbeugte sich. »Er soll auf keinen Fall erfahren, dass wir nach ihm suchen. Wir würden nur gerne wissen, wo wir ihn finden können, falls ihr ihn seht. Vielen Dank, dass Ihr mich empfangen habt, Mrs. Neddie.«

»Das Vergnügen war ganz auf meiner Seite, das versichere ich Euch, Leutnant. Richtet Seiner Hoheit meine Grüße aus, und sagt ihm, dass ich ihm wie immer stets zu Diensten bin, dass ich ihn wie eine Tochter liebe.«

Sobald sich die Tür hinter Richard geschlossen hatte, erhob sie sich und öffnete eine von mehreren Geheimtüren in dem Zimmer. Ihr Schlafgemach war genauso prachtvoll möbliert wie ihr Salon. Das Bett war riesig und wurde von gedrehten Säulen eingerahmt, an deren Enden hölzerne Putten saßen – dicke, in Italien geschnitzte nackte Engel, die ihr vor langer Zeit einmal ein Verehrer geschenkt hatte. Die Bettvorhänge waren aus teurem Knittersamt, eingefasst von einer silbernen Borte. Ein Mann lag auf dem Bett, mittelgroß, schlank. Er drehte den Kopf zu ihr und sah sie an. Sie setzte sich mit einer eleganten Bewegung aufs Bett. »Ich habe gerade an dich gedacht.«

Er antwortete nicht. Sein Hemd war offen. Sie legte einige der

Münzen, die Richard ihr gegeben hatte, auf seine Brustwarzen und auf die dunklen Haare, die auf seinen Nabel zuliefen. Die letzte Münze legte sie auf den Knopf seiner Hose. »Ein kleines Geschenk für dich, weil ich dich so attraktiv finde.«

Sie fuhr die Linie seiner Augenbrauen nach; sie verliefen in einem natürlichen Bogen und gaben seinem Gesicht den Ausdruck von amüsiertem Zynismus. Wenn der Soldat, den man zu ihr geschickt hatte, scharfsinniger gewesen wäre, dann hätte er diese Brauen beschrieben. Sie waren unverwechselbar. »Ich liebe fremde Sprachen. Sprichst du andere Sprachen, mein süßer Prinz?« Sie beugte sich vor, schob eine Münze mit der Zunge weg und küsste seine Brustwarze.

»Ja«, antwortete er auf Französisch.

»Was war das?«, fragte sie.

»Französisch, wie du sicher sehr wohl weißt. Und das hier ist Italienisch. Es ist gefährlich, Spielchen mit mir zu spielen. Soll ich dich umarmen, schöne Hurenmutter, oder soll ich dich umbringen?«, fragte er auf Italienisch.

»Was sagst du da? Das erregt mich! Wenn wir spielen, dann musst du unbedingt so mit mir sprechen. Du bist so klug. Bist du denn auch böse?«, murmelte sie an seiner Brust.

Er antwortete nicht, sondern schloss die Augen und akzeptierte ihre Zärtlichkeiten wie eine Katze, als stünden sie ihm zu.

Sie ließ ihre Hand tiefer gleiten und berührte ihn intimer. »Das bist du, ich weiß es genau. Neddie liebt böse Jungs. Ich werde dir zeigen wie sehr.«

Ein Stockwerk tiefer versuchte Richard den Wein zu bezahlen, aber der Lakai erklärte ihm, dass er nichts schuldig war. Er ging den Korridor entlang, und die Geräusche aus den kleinen Kammern folgten ihm bis zur Tür. Draußen blieb er einen Moment auf der Straße stehen. Es war inzwischen Nacht, und hier und dort waren in der

Ferne bereits die ersten Feuer von All Hallows' Eve zu sehen. Er sog die Luft ein wie ein Blasebalg, um seine Gedanken zu reinigen, seine Lungen, sein ganzes Wesen. Es ist ein unschöner Ort, hatte Balmoral ihn gewarnt. Gütiger Himmel.

Unzufrieden blickte er zurück auf die rote Tür.

Er ging zurück.

»Etienne«, sagte er zu dem stämmigen Mann, der ihn auf eine Weise anlächelte, dass Richard ihn am liebsten geschlagen hätte. Aber er entschied sich dagegen.

»Wenn Ihr Etienne wollt, Sir, dann müsst Ihr hereinkommen, Sir.«

Richard hielt ihm noch eine Münze entgegen. »Es muss niemand wissen außer dir und mir.«

»Ich kann nicht. Ich wünschte, ich könnte.«

Sie führte ein strenges Regiment; Balmoral hatte ihn gewarnt. Flirtet mit ihr, wenn Ihr könnt, hatte er ihm geraten, aber Richard konnte nicht. Er war zu schockiert gewesen über alles, was er sah. Er war sich so naiv und dumm vorgekommen wie ein Bauerntölpel. »Also gut, dann führ mich zu ihm.«

Etienne saß auf einem Bett in seiner kleinen Kammer. Er blickte auf, als Richard eintrat und den durchsichtigen Vorhang hinter sich schloss. Sein Gesicht blieb so klar wie das eines jungen Engels. »Die Münzen dorthinein«, sagte er und deutete auf eine Schale. »Dann sagt mir, was Ihr mögt.«

Richard ließ sie hineinfallen und legte drei weitere auf die Decke. »Für dich, wenn du mir hilfst.« Blitzschnell schob Etienne die Münzen unter die Matratze. Gestalten gingen an dem durchsichtigen Vorhang vorbei und starrten herein. Es war, als wären sie Geister, Gestalten aus der Unterwelt.

»Ich möchte, dass du nach jemandem Ausschau hältst.« Man hörte Weinen und den Klang einer Geige, und irgendwo in der Nähe stöhnte ein Mann. Richard beschrieb Henri Ange. »Ich komme wieder und frage nach, ob du ihn gesehen hast«, meinte er, dann streckte er seine Hand aus. Etienne schüttelte sie.

Draußen ging Richard energisch, aber vorsichtig die Straße entlang, die wenig mehr als eine Gasse war, die ihn zur Strand brachte, eine der breiteren Straßen der Stadt. Von hier aus war es einfach, die Häuser zu erreichen, die am Fluss entlang gebaut waren, eine Seitenstraße zu finden, die zu einer Anlegestelle führte, und ein Boot zu mieten, das ihn nach Whitehall zurückbrachte. Hier und dort sah er am gegenüberliegenden Ufer noch mehr Feuer, Leuchtsignale in der dunklen Nacht. Richard atmete die Nachtluft und den Geruch des Flusses tief ein, sog die Kälte immer und immer wieder in seine Lungen.

Im Whitehall-Palast befestigte Alice das letzte rote Band in Königin Katharinas Haar, das überall zu Locken aufgedreht war. Sie sahen beide in den Spiegel und betrachteten das Spiegelbild der Königin. Sie trug ein steifes scharlachrotes Mieder über ihrem Trägerkleid, das ihre Schultern mit handgearbeiteter Spitze umrahmte. Ihr Rock war aus schwarzem Samt mit Streifen aus rotem Satin, die darüber lagen. Er war sehr kurz, sodass man ihre Fesseln und Schuhe sehen konnte. In ihren Ohren und um ihren Hals hingen portugiesische Smaragde aus den Minen Amerikas – ein Teil ihrer Mitgift –, die in schweres Gold gefasst waren. Ihr Mund schimmerte in lebhaftem Rot, und Alice hatte sich sehr viel Mühe damit gegeben, Rouge auf ihre Wangen aufzulegen.

»Vier«, sagte die Königin.

»Drei, denke ich.«

»Tyrannin.«

Alice platzierte drei dunkle Schönheitsflecke auf ihrem Gesicht, eine Kutsche mit Pferden auf ihrer Stirn, einen Stern neben ihrem linken Auge und ein Herz neben ihrer Unterlippe. Wenn sie ihre Maske trug, würde man nur das Herz sehen. Die Maske war rot. Die Königin ging als Apfelverkäuferin. Sie würde einen Korb tragen, der mit den besten Herbstäpfeln gefüllt war. Auf ihre schwarzen

Strümpfe waren – schockierend deutlich zu sehen – rote Äpfel aufgestickt.

Sie gingen alle als Straßenverkäuferinnen, die Blumen oder Kräuter verkauften. Alle Ehrenjungfern trugen provokant kurze Röcke, unter denen ihre Fesseln, Strümpfe und Schuhe zu sehen waren. Auf ihren Strümpfen hatten die Stickerinnen der Königin die Blumen oder Kräuter aufgestickt, die sie verkauften. Schon seit Tagen hatten sie heiß darüber debattiert, ob es schicklich war, ihre Fesseln zu zeigen, wobei vor allem die Königin und Barbara das Gefühl hatten, damit zu weit zu gehen. Aber irgendwann hatten sie doch beschlossen, es zu tun, und Königin Katharina war Feuer und Flamme für diesen Spaß gewesen, als hätte sie es von Anfang an befürwortet. Aber da hatte sie die Nachricht noch nicht gefunden. Es war Alice' Idee gewesen, etwas als Überraschung für den König aufzuführen. Also hatten sie Fletcher gebeten, etwas für sie auszuarbeiten, und sie würden singend und tanzend einziehen – es würde praktisch so sein, als wären sie Schauspielerinnen auf einer Bühne, zumindest hatten sie sich insgeheim davon überzeugt, dass sie es waren – es würde alles ein wenig schockierend und deshalb höchst wunderbar sein. Der König würde es lieben, weil es so frech war. Jede von ihnen musste eine Zeile ganz allein singen. Es würde damit enden, dass sie alle durch die kostümierten Höflinge tanzten und selbst auswählen konnten, wem sie ihre Blumen, Pflanzen oder Kräuter anboten – was für große Aufregung sorgen würde –, und zum Schluss würden sie sich alle um den König versammeln und alles, was dann noch in ihren Körben war, in seine Hände schütten. Diese Idee hatten sie noch mit dazugenommen, seit Alice wusste, dass der König heute als Sultan auftreten würde.

Die Gefolge der anderen Damen, der Herzogin von York und der Herzogin von Monmouth, kamen nur verkleidet – Edward und die anderen Hofpagen waren ihre Spione und hatten es ihnen berichtet. Es war alles ein großer Spaß oder hätte einer sein können, wenn die Königin nicht so niedergeschlagen gewesen wäre.

»Ich will nicht tun das.« Königin Katharina vergrub die Finger im Fell des kleinen Fuchses, der auf ihrem Schoß schlief, und er jaulte und sprang auf.

Alice kniete neben ihr. »Ihr seht wundervoll aus, Eure Majestät.«

»Hier drin«, sie berührte ihre Brust, »ich bin so traurig.«

»Sollen wir verlauten lassen, dass Ihr krank seid?«

Die Kanarienvögel und die anderen wunderschönen kleinen bunten Vögel aus den Kolonien Portugals sangen in ihren Käfigen. Es war ihre letzte Arie vor der Dunkelheit. »Und den Feinden mehr zu reden geben über mich? Nein. Zieht Euch an. Messe, sie ist in halber Stunde.«

In den nebeneinanderliegenden Schlafgemächern der Ehrenjungfern wogten schwarze Samtröcke. Überall sah man bestickte Strümpfe, Schuhe mit hohen Absätzen, kichernde junge Frauen. Dienerinnen rannten umher, Brennscheren wurden im Feuer heiß gemacht, Geheimnisse wurden geflüstert, Ohrringe befestigt. Überall erklang Gelächter. Große Wasserkrüge und einige silberne Wannen und feuchte Tücher zeigten, dass sie vor dem Anziehen gebadet hatten.

»Unsere Gesichter!«, quietschte Luce, als Alice vorbeieilte.

Poll goss kochendes Wasser in eine Wanne mit lauwarmem Wasser, und mit fliegenden Fingern öffnete Alice Schleifen, entfernte Nadeln, rollte Stoff herunter und stieg aus ihren Kleidern, um zu baden. Als das erledigt war, zog sie sich hastig wieder an. Erstaunlich schnell saß sie wieder auf ihrem Bett und befestigte das Strumpfband, das ihren wunderschön bestickten Stumpf halten würde. Poll stand am Kamin und machte die Eisen für ihr Haar heiß. Das Haar der anderen war bereits gelockt und mit Schleifen verziert.

»Unsere Wangen ...« Luce stand neben ihrem Bett.

Es klopfte an der Tür. Gracen öffnete sie gerade so weit, dass sie sehen konnte, wer es war, und sprach leise mit Edward, dann drehte sie sich um und teilte allen mit: »Die Königin ist fertig für die Messe.«

»Sag ihr, wir brauchen nur noch einen kurzen Augenblick«, meinte Barbara.

Alice stand auf. Sie trug erst einen Strumpf. »Ist die Mixtur fertig?«, fragte sie Poll.

»Ja, aber Euer Haar ...«

»Vergiss das jetzt, Poll. Wir werden es irgendwie aufstecken. Bring mir die Mixtur.«

Sofort stellten sich alle in einer Reihe auf, und Luce setzte sich als Erste in einen Stuhl vor dem Feuer. Gracen brachte Kerzen und stellte sie überall auf den Sims, damit sie besseres Licht hatten. Weil sie nichts verpassen wollten, stellten sich mehrere der Dienerinnen um Alice auf. Vorsichtig begann Poll damit, das Harz abzumessen, das sie mit Wein gemischt und ganz leicht aufgekocht hatte.

»Jeweils fünfzehn Tropfen«, erinnerte Alice sie.

»Als wenn ich das nicht besser wüsste als meinen eigenen Namen.« Poll tropfte die genaue Menge in eine sehr kleine Zinnschale mit Wasser und rührte einmal mit einem dünnen Stab aus Knochen um. Alice tauchte einen Pinsel in die Mixtur und betupfte Luce' Wangen. Das Harz zog das Blut an die Oberfläche und ließ die Wangen eines Mädchens erblühen. Alice war auf das Rezept in einem Haushaltsbuch ihrer Tante gestoßen, das einst ihrer Großmutter gehört hatte. Es war kein Rouge, also hatte Alice Barbara davon überzeugen können, dass es in Ordnung war. Wenn Alice und Barbara einer Meinung waren, gehorchten alle.

Das Kichern und Flüstern hatte aufgehört. Das hier war eine ernste Angelegenheit; ein Mädchen konnte aussehen, als hätte sie Scharlach, wenn es nicht richtig gemacht wurde, und niemand konnte es so gut wie Alice, die Ruhe dafür brauchte. Es war zwei Jahre her, seit sie es das letzte Mal gemacht hatte. Jede von ihnen war anders, manche brauchten mehr, manche weniger. Alice zog einen Handschuh an, der mit Kohlenstaub beschmutzt war. Poll reichte ihr das angespitzte Stück Kohle. Geschickt fuhr sie damit an Luce' Wimpern entlang. Wieder musste der Effekt subtil sein. Kit, Barbara, Renée. Gracen. Alice berührte sacht eine letzte Wange, ein letztes Auge, dann war es geschafft.

»Geht schon zur Messe«, sagte sie zu den anderen. »Ich komme nach, wenn Poll meine Haare aufgesteckt hat.«

»Ich bleibe und mache dir die Haare«, erklärte Barbara.

»Hat jede ihre Maske?«

»Schließt Eure Umhänge.«

Wie Mütter riefen Barbara und Alice Anweisungen.

In der Stille, die sie hinterließen, befestigte Alice ihr anderes Strumpfband, während Poll die Temperatur der Brenneisen mit einem angefeuchteten Finger überprüfte. Alice setzte sich und wurde wieder ruhig, während Barbara damit begann, ihre Locken aufzustecken.

»Ihre Ohrringe, Poll.« Barbara befestigte die Perlentropfen, die sie alle trugen – Abzeichen ihrer Stellung. »Der Pinsel, Poll.«

Ein Strich hier und da, und Alice' Wangen waren rot.

»Wir sind fertig. Sieh dich im Spiegel an. Die Farbe steht dir.«

Alice starrte ihr Spiegelbild an. Sie war nicht gerade hübsch, aber sie war – sie legte den Kopf ein wenig zur Seite – sehr interessant. Den Umhang schon fertig umgelegt, trat Barbara hinter sie und legte Alice ihren eigenen Umhang um die Schultern und glättete das Material, wie es eine Mutter getan hätte. Alice drehte sich um, und Barbara band ihn zu, zog Alice' Kapuze hoch, dann ihre eigene. Sie sahen sich an und lächelten.

»Heute Abend werden wir Herzen brechen«, meinte Alice. »Komm, wir suchen Edward und machen uns auf den Weg.«

Sie nahmen sich bei der Hand, wie sie es taten, seit sie zwölf waren und festgestellt hatten, dass sie die besten Freundinnen waren, und suchten sich ihren Weg durch die Flure und Zimmerfluchten, bis sie schließlich durch die Galerie gingen, an deren Ende Holbein Gate lag.

Sie liefen eine Treppe hinunter in den Park und zogen ihre Umhänge fest zusammen. Der Winter war kalt. Am Himmel lag der

Mond hinter einem milchigen Nebel verborgen. Edward zog eine in Pech getauchte Fackel aus ihrer Halterung. Einen Augenblick später brannte sie, und er ging vor ihnen in die Nacht hinaus. Er war ihr Fackelträger und brachte sie sicher durch den Park in den Saint-James-Palast. Andere Höflinge und auch Londoner gingen ebenfalls durch den Park, und die Laternen ihrer Fackelträger hüpften wie kleine Sterne, die vom Himmel gefallen zu sein schienen.

Die Kapelle der Königin lag auf der anderen Seite des Parks, im Saint-James-Palast, erbaut vom alten Heinrich VIII. – der mit den vielen Frauen. Die Kapelle war wunderschön, ihr Glanz und ihre intime Eleganz das Vermächtnis eines Mannes namens Inigo Jones, der fasziniert von dem großen Renaissance-Architekten Palladio gewesen war. Die Decke hatte Wabenmuster zur Mode gemacht – tiefe Rahmen aus vergoldetem Holz, die alle nebeneinander an der Decke angebracht waren und an das Äußere eines Bienenstocks erinnerten. In jeder flachen Wabe befand sich ein Bild. Die Königinmutter, Französin, Katholikin, hatte hier mit ihren edlen Damen und Herren ihren Gott gepriesen.

Sie stahlen sich hinein und gingen auf Zehenspitzen um die Heiligenstatuen und Ehrenmale für die Verstorbenen herum bis zur Bank der Königin. Brennende Kerzen standen auf riesigen Kerzenhaltern und auf vergoldeten Kronleuchtern, Heilige streckten marmorne Hände zum Segen aus, geschnitzte Engel lächelten in ewigem Glauben, dicke Blumensträuße erfüllten die Luft mit ihrem Duft wie Parfüm. Die Kapelle war prunkvoll verziert und am Abend dunkel, geheimnisvoll und wunderschön.

Barbara kniete sofort nieder und sprach das Gebet, und obwohl Alice es auswendig kannte, sagte sie nichts. Die Worte ihres Vaters klangen ihr noch im Ohr: Bist du eine Papistin? Vielleicht. In Madames Gefolge war sie eine Papistin gewesen und hatte die Gebete gesungen. Und was, wenn es so gewesen war? Was bedeutete das alles? In der Bank neben ihnen saß die Herzogin von Cleveland, in ihrer Nähe der Herzog und die Herzogin von York. Lord und Lady Arlington waren da, Sir Thomas Clifford, Lord Knollys, andere Damen und Edelmänner aus dem Gefolge. Wie viele von ihnen waren hier, um der Königin einen Gefallen zu tun? Wie viele waren hier, weil sie tatsächlich diesem unmodernen Glauben angehörten, den man ungnädig beäugte? Es hieß, die Papisten hätten die schreckliche Pestepidemie von 1665 ausgelöst, hätten das große Feuer gelegt, das London vor einem Jahr in Schutt und Asche gelegt hatte. Sie blickte hinauf zur Galerie. Dort standen John Sidney, der Earl von Rochester und Lord Mulgrave. Mulgrave nickte ihr schüchtern zu. Warum waren sie hier? Um die Gebete und den Gesang zu hören? Um die Mädchen anzuglotzen? Um einem Glauben zu huldigen, den sie nicht offen zugaben?

Alice wollte gern glauben, doch Gott erschien ihr launenhaft, grausam, ein Betrüger, der seine Betrügereien genoss. Hielt man so den Betrüger zum Narren, indem man ihm darin zustimmte, dass, ja, seine Betrügerei wirklich gut gewesen war? Wie konnte man das tun? Sie verstand das nicht. In der Geschichtsstunde hatte sie gelernt, dass König Heinrich IV. zum Katholizismus übergetreten war, um Frankreich zu beherrschen. Mein Königreich ist eine Messe wert, hatte er gesagt. Das konnte sie verstehen. Würde ihr Vater sie nicht mehr lieben, wenn sie konvertierte? Würde er den Herzog von York hassen, wenn er von dessen Konvertierung wüsste? Barbara sagte, die Feuer würden heute Nacht entzündet, um Seelen aus dem Fegefeuer zu erlösen; Rochester sagte, Druiden würden sie in uralten Zeremonien entzünden und damit das Leben und den Tod anerkennen und die Christen hätten sich das Ritual zu eigen gemacht. War das Leben nicht schon Fegefeuer genug?

Alle erhoben sich. Die Messe war vorbei. Sie folgte den anderen in die Sakristei, wo auf Tabletts duftende, mundgerechte Seelenküchlein gestapelt waren. Ein Seelenküchlein, ein Seelenküchlein, hab Gnade mit allen christlichen Seelen für ein Seelenküchlein. Der Herzog von York murmelte Namen, während er seinen Teller damit vollud: »Mutter, Vater, Elizabeth, Mary, Henry, Minette ...« Seine

Familie gab es nicht mehr. Auf dem Teller der Königin lagen genau zwei Kuchen, nicht mehr und nicht weniger, für die Babys, die sie empfangen und verloren hatte. Alice wandte das Gesicht ab und ging hinüber zu Luce und Kit, die laut kicherten und die Kuchen einfach nur aßen, weil es sie gab und sie mit Puderzucker bestäubt waren.

Kapitel 23

Auf der oberen Galerie im Bankettsaal des Whitehall-Palastes rannte Luce zu Alice und Barbara. »Es gibt vier Sultane, nicht nur einen!«

»Es stimmt«, rief Dorothy und deutete aufgeregt mit der Hand hinunter in den großen Bankettsaal. An einem Ende stand ein Thron. Gemälde von Rubens hingen zu Dutzenden in kunstvoll vergoldeten Deckenrahmen. Massive Putten hoben in den Ecken segnend ihre Arme. Ihr Segen funktionierte nicht immer – der Vater des Königs war aus einem der gleichmäßig angeordneten Fenster auf sein Schafott getreten und geköpft worden. Aber heute Abend dachte niemand daran. Das Gelächter und die Gespräche schallten hinauf zur Galerie.

Alice huschte zwischen den Musikern hindurch, die für die Menge unten spielten, legte eine Hand auf die Balustrade und sah hinunter. Unter den kostümierten Höflingen befanden sich tatsächlich vier Sultane. Es war unmöglich, ihre Pappmaschee-Köpfe mit den kunstvoll gewundenen goldenen Turbanen zu übersehen. Und weil die Köpfe so groß waren, konnte man den König nicht an seiner Körpergröße erkennen, zumindest nicht aus dieser Höhe.

Fletcher klatschte in die Hände, um die Aufmerksamkeit der Mädchen zu erregen. »Das ist hinderlich, aber ich habe mir schon etwas überlegt. Wir machen alles so, wie wir es geübt haben, aber am Ende stellen wir uns in einer Reihe vor dem Publikum auf, wie Blumen in einem Garten, und singen die letzte Strophe. Orientiert euch an der Königin. Stellt euch links und rechts neben ihr auf – Wells, hast du zugehört?« Natürlich hatte Luce das nicht. »Wo ist Verney? Jemand muss sie holen, sofort. Sie hat nicht ein Wort von dem gehört, was ich gesagt habe.« Fletcher fächelte sich nervös Luft zu. »Mir ist so warm, als hätten wir Sommer. Das sind die Nerven. Hoffentlich überstehe ich das alles. Es ist, als würde man einen Sack Flöhe hüten. Wir würden es niemals schaffen, ein Stück aufzuführen, wenn sich die Schauspielerinnen so aufführen würden. Und wen wird man dafür verantwortlich machen, wenn das alles nicht funktioniert? James Fletcher natürlich, nicht Verney oder Wells, die, wie ich sehe, immer noch redet. Ich verliere gleich die Geduld! Sollen wir anfangen, Eure Majestät?«

Als diese nickte, gab er den Musikern ein Zeichen, und sie hörten auf zu spielen, während Königin Katharina und die Mädchen eine Treppe hinunterliefen. Nicht lange, und viele verstummten und blickten zur Galerie hinauf, wo Fletcher stand und leise die Sekunden zählte, damit sich die Spannung aufbaute und die Königin und die Ehrenjungfern sich in der Nähe des Throns aufstellen konnten.

Er hob eine Hand, und eine einzelne Flöte begann zu spielen.

Die Wände der riesigen Halle warfen die Töne zurück auf die Fenster oben auf der Galerie, von wo aus sie zu den Höflingen hinunterhallten, die unten standen.

»Äpfel, wer will schöne Äpfel kaufen ...« Königin Katharina kam hinter dem Thron hervor, die perlenbestickte rote Maske vor den Augen. Ihr Rock schwang bei jedem Schritt um ihre Beine. Die Leute wichen zurück und bildeten das, was jeden Schauspieler entzückte – eine natürliche Gasse.

»Der Apfel hat keine Samen«, meinte die Herzogin von Cleveland, die sich mit ihren fünf Kindern überlegen fühlte. Die Leute um sie herum kicherten. Ein hörbares Zischen mischte sich mit dem Klang der Flöte. Königin Katharina erstarrte. Plötzlich stand ein Sultan vor ihr und streckte die Hand nach einem Apfel aus. Die Augen hinter seiner Maske blickten aufmunternd, waren ihr wohlbekannt. Sie holte tief Luft und gewann ihre Haltung zurück. Er verbeugte sich, trat zurück und reichte mit einer ironischen Verbeugung Cleveland den Apfel.

»Warum kriege ich den?«, fragte sie, als sie den König erkannte.

»Um über deine bösen Taten nachzudenken.«

»Aber, Liebling, die haben doch mit dir ein Ende gefunden.«

»Die Blätter, sie fallen, die Herrin des Herbstes ist da«, begann Königin Katharina zu singen. Ihre Stimme zitterte, aber dann wurde sie sicherer, lauter, während sie sich der Mitte des Saals näherte. »Ich bin nicht allein, sondern habe der Schwestern viele, kommt, ihr Lieblichen, zeigt alles, was ihr bietet, Waren aus dem Korb, eins und zwei und drei, drei für einen Penny, eins und zwei und drei, drei für einen Penny.« In diesem Moment schwollen Geigen an und stimmten in die Melodie der Flöte ein, und aus jeder Ecke des Raumes tanzten die Mädchen herbei und riefen:

»Blumen, kauft eine Blume, Sir.«

»Schlüsselblumen, das Bündel für einen Penny.«

»Narzissen.«

»Rosmarin, denkt an Rosmarin.«

»Kauft meine feinen Myrthen und Rosen, meine Myrthen und Levkojen, meinen süß duftenden Balsam.«

Sie hielten Rosen und Bartnelken, Narzissen und Levkojen in die Höhe, die die Näherinnen aus Seide gefertigt hatten und an die frische, am Nachmittag erst im Küchengarten geerntete Kräuter gebunden waren. Als sie schließlich in einem Halbkreis um die Königin standen, warteten sie, bis der Applaus abflaute, dann begannen sie ein altes, von Fletcher vertontes Gedicht zu singen.

Go and catch a falling star,
Get with child a mandrake root,
Tell me where all past years are,
Or who cleft the devil's foot,
Teach me to hear mermaids singing,
Or to keep off envy's stinging,
And find what wind
Serves to advance an honest mind.

Alice trat aus der Reihe der Ehrenjungfern und fing an zu tanzen. Sie tanzte leichtfüßig, anmutig zu jedem der vier Sultane und dann zur Königin. Alice und die Königin begannen mit der schnellen Schrittfolge eines jahrhundertealten Morris-Tanzes, der etwas Geheimnisvolles hatte und an längst vergangene Zeiten erinnerte. Die Mädchen um sie herum sangen.

If thou beest born to strange sights,
Things invisible to see,
Ride ten thousand days and nights,
Till age snow white hairs on thee.
Thou, when thou return'st, wilt tell me,
All strange wonders that befell thee,
And swear nowhere
Lives a woman true and fair.

Applaus brandete auf, außer Atem traten die Königin und Alice zurück in den Halbkreis der Jungfern, und während die Musik immer noch spielte, liefen sie alle zwischen den kostümierten Höflingen umher und verteilten Blumen, Kräuter und Äpfel. Dann beendeten sie die Vorführung, wie sie begonnen hatten, wieder im Halbkreis. Als die letzte Note verklang, sanken sie alle in einen tiefen Hofknicks.

Applaus regnete auf sie nieder.

Alle Sultane applaudierten. Oben auf der Galerie applaudierte Fletcher. Alice und ihre Freundinnen sahen sich an, und sie lächelten unter ihren perlenbestickten Masken. Sie hatten es geschafft, sie hatten alle anderen Ehrenjungfern übertroffen, sie hatten etwas Neues präsentiert – das wurde an diesem Hof immer sehr geschätzt –, und all das brachte ihnen Ruhm ein, auch der Königin. Im Moment setzten sie den Trend, im Moment wurden sie am meisten beneidet. Heute Abend würden sie am meisten umschwärmt sein, und ein paar Tage lang würde man am Hof über sie sprechen. Es würde natürlich vorübergehen; aber für den Augenblick reichte es.

Ein Zauberer, der einen Stock mit Lorbeeren und Krähenfedern trug, trat vor. Es war der Herzog von Monmouth.

»Als Merlin dieses Festes beschwöre ich alle bösen Geister dieser Nacht, zu verschwinden und uns in Frieden zu lassen.«

»Wie unglaublich langweilig das wäre«, meinte Buckingham leise, der als Spielkarte verkleidet war. Der Mann neben ihm, ebenfalls als Spielkarte kostümiert, lächelte.

»Macht Euch keine Sorgen. Die bösen Geister sind in uns«, erklärte der Mann.

»Ich rufe alle Kobolde und Geister auf, unserem geliebten König, Seiner Majestät, meinem Vater, zu huldigen, und ich erkläre den Tanz für eröffnet.«

Die vier Sultane traten vor und wählten Königin Katharina, Renée und die Herzoginnen von York und Monmouth als Partnerinnen aus. Monmouth forderte Alice auf und führte sie zu den tanzenden Paaren. »Wunderbar gemacht, meine hübsche Schlüsselblume.«

»Jamie, ich möchte, dass du etwas für mich tust.«

»Wenn dein Tanz dich nicht verraten hätte, dann hätten es die ersten Worte aus deinem Mund getan.«

»Ich möchte, dass du aufs Heftigste mit Louisa Saylor flirtest.«

»Mit dem größten Vergnügen. Darf man fragen warum?«

»Man darf nicht. Jamie, als Lord Roos letztes Jahr seine Scheidung verhandeln ließ, hattest du da deine Hände im Spiel?«

»Ich fand es abscheulich«, erklärte er hastig, und Alice dachte: Er lügt.

»Die Männer, die meinen Vater beraten, wissen nicht immer, was das Beste für ihn ist.«

»Ja, sie würden jeden betrügen, nicht wahr?«

»Mein Onkel . . .«

». . . ist vielleicht nicht der Weiseste, aber er hat ein gutes Herz und er ist der Thronerbe, und wenn er eines Tages die Krone tragen sollte, dann wird er weise und liebende Ratgeber brauchen, die nur das Beste für uns alle wollen, Männer wie dich, Jamie.«

»Du verwechselst mich offenbar immer noch mit einem Jungen. Wie langweilig, ich dachte, ich würde es genießen, mit der anmutigsten Frau des Hofes zu tanzen, und stattdessen liest du mir schon wieder die Leviten.«

Die Musik endete. Er verbeugte sich vor ihr, und sie sank in einen Hofknicks. Sie fühlte sich entmutigt, traurig.

Sie ergriff seine Hand, immer noch knicksend. »Ich war deine erste Freundin. Denk daran.«

»Nur die Erinnerung daran hält mich davon ab, dich aus meinem Kreis auszuschließen, Alice.«

»Und flirte mit Louisa.«

Gegen seinen Willen musste er lachen. Er griff ihr kurz unter das Kinn, dann wandte er sich ab. Sie starrte ihm nach. Ihr erster wirklicher Freund entfernte sich von ihr.

»Da bist du ja, Schatz«, meinte ihr Vater. »Ich dachte, ich sichere mir einen Tanz, solange es noch geht. Du wirst dich heute Abend vor Tanzpartnern nicht retten können. Ich brauche diesen Scharlatan Ashmole nicht, um das vorherzusagen. Meine Güte, du solltest sehen, wie viele Leute Schlange stehen, um sich von ihm aus der Hand lesen zu lassen! Komm, tanz mit deinem Vater.«

»Woher wusstest du, welche der Jungfern ich bin?«

»In dem Moment, in dem du anfingst zu tanzen, wusste ich, dass du es bist. Und Monmouth hat immer zuerst mit dir getanzt, nicht wahr, vor Frankreich? Sag mir, dass du mir vergeben hast. Es belastet mich so, dass wir gestritten haben.«

Damit rührte er sofort an ihr Herz. Und doch würde er alles sagen, um den Streit zu beenden, wie sie wohl wusste. »Ich möchte, dass du etwas für mich tust.«

»Und wenn der Tanz dich nicht verraten hätte, dann sicher diese Worte. Die Arme hoch, drehen, verbeugen.« Er sprach die einzelnen Tanzschritte gern laut aus.

»Hör mit allem auf, was Balmoral brüskieren könnte, Vater. Um meinetwillen.«

»Rechts, dann links, hüpfen und drehen. Ich glaube nicht, dass das möglich sein wird. Wenn du ihn willst, dann musst du dem König helfen, Kerouaille für sich zu gewinnen. Du wirst in ein paar Tagen eingeladen, bei der Herzogin von Cleveland zu essen. Lehn das nicht ab.«

»Sie wird mich niemals zum Essen einladen.«

Der Herzog von York tanzte vorbei. Sir Thomas starrte ihm wütend nach.

»Sie wird dich einladen, und mehr sage ich dazu nicht. Nach links hüpfen, nach rechts zurück. York – man sagt, die Jesuiten, darunter der Priester der Königin, haben ihn korrumpiert. Sie sind überall, Alice. Überall am Hof richten sie hinter verschlossenen Türen das Schlimmste an, weil König Charles keine Vernunft annehmen und die Papisten vom Hof verbannen will. Deshalb müssen treue und loyale Männer wie ich hinter denen zurückstehen, die nicht zuerst diesem Königreich, sondern der römischen Kirche dienen, dieser alten Hure Babylon.«

Sie war so erschrocken darüber, ihn das sagen zu hören – diese alte Bezeichnung der Rundköpfe für die Frau von Charles I. sowie für die römische Kirche –, dass sie stolperte.

Der Tanz war ohnehin zu Ende. Er verließ sie ohne einen Abschiedskuss. Außer Atem und beunruhigt setzte sie sich neben Dorothy. Am anderen Ende des Raumes erhob eine Frau das Glas und prostete ihr zu. Jesuiten – waren das die Phantome, die ihr Vater fürchtete? Versuchte man die Königin jetzt auf diese Weise zu belasten? Wer versuchte das? Machte ihr Vater gemeinsame Sache mit denen, die die Königin vergiften wollten oder nicht? Wenn Buckingham einer davon war, dann war er es auch ... Ernst und ohne ein Lächeln stand sie auf, als jemand sie zum Tanz aufforderte.

Ein weiterer Sultan genoss seinen dritten Tanz mit Renée.

»Ich war selten glücklicher«, meinte König Charles. »Wie gut Ihr tanzt! Eure Anmut bezaubert mich. All unsere Tanzlehrer sollten in Zukunft aus Frankreich kommen.« Das Pappmaschee-Gesicht konnte nicht lächeln, aber in seiner Stimme lag ein Lächeln. »Außerdem gefällt mir der Streich, den ich allen gespielt habe. Ich hatte vergessen, wie froh die Liebe das Herz stimmt, wie sehr sie den Geist bewegt.«

»Liebe ist ein großes Wort, Eure Majestät. Ein Wort, das ich sehr ernst nehme.«

»Ich bin hingerissen. Alle vier Sultane haben heute Abend mit Euch getanzt, obwohl nur ich allein es war.«

»Einer von Ihnen sollte mit Ihrer Majestät tanzen.«

»Einer von Ihnen tut es.«

»Aber er ist nicht Ihr.«

»Das weiß keiner. Ich habe sie angewiesen, nicht zu sprechen.«

»Glaubt Ihr, sie erkennt Ihren eigenen Mann nicht? Sie hat die Aufführung für diesen Abend nur geplant, um Euch zu gefallen, und so dankt Ihr es ihr? Sie ist umgeben von denen, die ihr wehtun wollen. Werdet auch Ihr ihr wehtun?«

»Verstehe ich Euch richtig, Mademoiselle? Verlangt Ihr von mir, mit meiner Frau zu tanzen?«

Die Zärtlichkeit in seiner Stimme war verschwunden.

»Man kann freundlich sein. Freundlichkeit macht manches wieder gut.«

Der Tanz endete. Ein Sultan trat vor und ergriff nach einer kurzen Unterhaltung mit dem König Renées Hand. Richard trat vor und forderte sie zum Tanz auf. Er hatte sich nicht verkleidet, sondern trug seine Wachuniform – eine blaue Jacke – und eine schwarze Maske vor dem Gesicht.

»Den nächsten Tanz«, meinte Renée zu ihm.

Etwas in ihrer Stimme ließ ihn aufhorchen. »Ist alles in Ordnung?«

»Ja, oh ja. Warte bitte auf mich, Richard.«

Verärgert, misstrauisch über den Ton, den er in ihrer Stimme gehört hatte, ging er am Rande des Saals entlang, stellte sich jedoch nicht zu irgendeiner der Gruppen von Leuten, die zusammenstanden und lachten. Er ging an der Schlange vorbei, die auf den Astrologen Ashmole wartete. Vor dem Mann saß Barbara Bragge. John stand hinter ihr. Es musste Barbara sein, weil John so glücklich lächelte. Seine Schwester tauchte vor ihm auf, maskiert, keck, hübsch und, wie er an der Art sehen konnte, wie sie ihre Schultern hielt – voller Entschlossenheit. Sie nahm seinen Arm. »Geh mit mir durch den Saal, Richard. Ich bekomme dich kaum zu Gesicht.«

»Das liegt daran, dass du so beschäftigt damit bist, Bewunderer zu sammeln, Lou.«

Sie lachte entzückt auf. »Mein süßer Bruder, du bist der Einzige, der mich Lou nennt.« Sie gingen an Alice vorbei, die nicht tanzte. »Sie wäre eine gute Partie für dich.«

»Ich habe ihr einen Heiratsantrag gemacht.« Er war mit seinen Gedanken woanders.

»Alice Verney?«

»Mistress de Keroualle. Wovon sprichst du, Lou?«

»Ich spreche von Sir Thomas' einziger Erbin. Wie ich hörte, besitzt er die Hälfte des linken Themseufers.«

»Und ich dachte nach deiner offensichtlichen Flirterei, dass du dir in den Kopf gesetzt hast, ihn zu heiraten und für einen neuen Erben zu sorgen. Was bliebe dann für mich übrig?«

»Eine hübsche Mitgift, mein lieber Bruder, genug, um dein geliebtes Tamworth zu reparieren.«

»Ich glaube, ich bin selbst in der Lage, eine Frau zu finden. Ich habe eine gefunden.«

»Jemand anderer ist an ihr interessiert, Richard. Deine Leidenschaft könnte gefährlich werden. Findest du sie hässlich?«

»Wen?«

»Die Erbin?«

»Nein.«

»Aber auch nicht hübsch.«

Er sah dunkle Brauen, straffe Schultern, eine volle Unterlippe. »Nicht direkt.«

»Sie mag dich.«

»Warum sagst du das?«

»Es ist die Art, wie sie dich ansieht.«

»Verschwinde, Lou. Such dir einen anderen, den du rumkommandieren kannst.« Er sah Alice, die jetzt einem der Pagen etwas zuflüsterte. Er ging auf sie zu. Sie schien über so viele zu bestimmen, als würden sie ihr gehören, und sie schienen glücklich darüber, ihr dienen zu können. Als wir klein waren, war sie meine erste wirkliche Freundin, hatte Monmouth ihm erzählt. Ich habe alles gemacht, was sie sagte; es ist mir nie in den Sinn gekommen, ihr nicht zu gehorchen. Alice und Edward sahen ihn kommen und hörten auf zu flüstern.

»Verschwörungen«, meinte Richard. »Darf ich daran teilhaben?«

Aber Edward eilte davon, als hätte er seine Befehle. Das hatte er auch, er sollte Balmoral für Alice suchen.

»Tanzt du mit mir?«, fragte Richard.

»Wäre es sehr schlimm, wenn ich ablehne? Mein Bein tut mir weh.«

Richard zuckte die Schultern. Er setzte sich rittlings auf einen Stuhl, stützte das Kinn auf die Lehne und beobachtete die Tänzer, vor allem ein Paar.

Alice folgte seinem Blick. »Der Hof ist verräterisch. Du musst sehr geschickt sein, wenn du sie behalten willst.«

Sie hielt inne; er drehte sich zu ihr um und blickte sie an. Die schwarze Maske betonte das Eisblau seiner Augen auf erschreckende Weise. »Soll das eine Warnung sein?« Die zweite an diesem Abend, dachte er.

»Ja.«

»Hat sie dich gebeten, mir das zu sagen?«

»Nein.«

»Dann ist es gut.«

War das alles?, dachte Alice und betrachtete sein Profil. Glaubte er, es existiere keine Bedrohung, wenn die Worte nicht von Renée kamen? »Glaubst du wirklich, dass das alles so einfach ist?«

»Was?«

»Die Beziehung zwischen einem Mann und einer Frau.«

Wieder brannten sich die Augen hinter der schwarzen Maske in ihre. »Wir haben uns unsere Liebe geschworen.«

»Eine Idealvorstellung, wie in den Geschichten, die die Troubadoure über die Ritter vergangener Zeiten erzählen.«

»Ist die Liebe eine Idealvorstellung?«

»Sieh dich um.« Sie deutete auf die Gruppen von Höflingen, die sich jetzt, zu vorgerückter Stunde und angesichts des ständig fließenden Weines nicht mehr so schicklich verhielten.

»Hast du immer nur hier gelebt, Alice, am Hof?«

»Ja, außer zu der Zeit, als es keinen Hof gab. Und hier wirst du auch leben müssen, Richard, wenn du etwas werden willst. Und hier wird sie leben ...«

Er stand auf. Ohne ein weiteres Wort an Alice schob er sich zwischen den Tänzern hindurch, bis er bei Renée und dem Sultan stand, mit dem sie tanzte. Er nahm sie einfach in die Arme und ließ den Sultan stehen, und diese Geste war so direkt, so klar, dass Alice die Hände auf ihr Herz presste. Wenn das der König war, dann hatte Richard ihn gerade absichtlich beleidigt. Dumm und kühn ... und bewundernswert.

Sie stand auf und eilte schnell um Gruppen von Leuten herum dorthin, wo der Herzog von York stand. Er hatte Maske und Perücke abgenommen und stand zwischen mehreren Ehrenjungfern, einige von der Königin, einige von seiner Frau, einige von der Herzogin von Monmouth. Alice mischte sich unter sie, legte den Arm um Barbaras Hüften und drückte sie. »Hast du dir die Zukunft vorhersagen lassen?«, flüsterte sie.

»Ja, habe ich.«

»Also, mit welcher von euch Schönheiten soll ich als Nächstes tanzen?«, meinte York. Er war der hübschere der beiden Brüder, hatte nicht die Schlupflider des Königs oder die markanten Gesichtszüge, aber er besaß auch nicht seinen Charme. Alice trat anmutig vor ihn und sank in einen tiefen Hofknicks.

»Mit der hübschen Schlüsselblume, ja?« Erfreut warf York seine Perücke einem Pagen zu, der in der Nähe stand. »Ihr seid Verney, nicht wahr?«, fragte er wenige Augenblicke später, als sie voreinander standen und darauf warteten, dass die Geigen zum nächsten Lied ansetzten.

»Ich bin es.«

»Das dachte ich mir. Ich kann kaum unterscheiden, wer wer ist. Wann werden die Masken denn endlich fallen?«

»Wenn die Uhr zwei schlägt, glaube ich, Sir. Sir, ich komme mit einer Botschaft.«

»Einer Botschaft? Dann seid Ihr der hübsche Hermes, in weiblicher Gestalt? Und seht doch aus wie eine Schlüsselblume.«

»Es gibt ein schönes Mädchen unter uns, eine, die mit Euch tanzen möchte und die Euch schon lange aus der Ferne bewundert.«

Sein Interesse war geweckt; er hatte eine Schwäche für hübsche Mädchen. Alice plagte kurzzeitig ein schlechtes Gewissen, dies Richards Schwester anzutun, aber dann dachte sie an ihren Vater, an seinen Verrat, und ihr Entschluss stand fest.

»Ich gebe Euch ein Rätsel auf, Sir.«

»Ich bin nicht gut im Rätselraten.«

»Wer ist blond und schön, zart und freundlich, Schwester eines Seemanns, der niemals zur See fährt?«

Sie beobachtete, wie er über ihre Worte nachdachte, beobachtete, wie seine hellen Augen zu Monmouth und Louisa Saylor glitten, die miteinander tanzten. Die zierliche und anmutige Louisa lachte, und ihr Lachen klang so klar und hell wie Silberglocken. Sie sah, wie seine Augen sich weiteten.

»Ihr meint doch nicht ...?«

»Doch, das tue ich. Doch seid gewarnt. Ihr Bruder ist sehr besorgt um ihren Ruf. Deshalb ist Diskretion die Devise der Stunde. Ich habe nichts gesagt.«

Plötzlich erschöpft dachte Alice: Ich will mich setzen, mein Bein tut weh. Ich bin mich selbst leid, ich schäme mich für meine Ränkespiele. Wo war Barbara? Sie würde Barbara suchen, und sie würden einen Platz finden, wo sie sich vor ihren Verehrern und den betrunkenen Stutzern verstecken konnten, so wie sie es immer getan hatten, als sie noch jünger gewesen waren und der Hof mit seinen vielen Grausamkeiten sie verletzt hatte. Aber Barbara saß mit John Sidney zusammen, der sich wie Richard nicht verkleidet hatte und sehr ernsthaft mit ihr sprach. Und Barbara hörte ihm genauso ernsthaft zu. Pah! Wo ist Dorothy?, dachte Alice und sah sich nach der Aufseherin der Ehrenjungfern um, die ihre Keuschheit und ihren Ruf schützen sollte. Dorothy saß bei einem der Sultane und hielt mit ihm Händchen. Es war Lord Knollys, nach dem seligen Lächeln zu urteilen, das unter Dorothys Maske gerade noch zu sehen war.

Auf der Tanzfläche ging ein Sultan auf Renée zu, die immer noch Richards Hand hielt, obwohl die Musik des letzten Liedes bereits verklungen war. »Mein Tanz«, erklärte der Sultan.

Es war der König. Richard erkannte seine Stimme.

»Trollt Euch, Soldat«, sagte Seine Majestät gedehnt.

Richard verbeugte sich. »Ihr befehligt mich in allem, außer in dieser einen Sache. Nur sie darf mich wegschicken.«

»Dann tut es, Mademoiselle.« In seiner Stimme klang keinerlei Zorn mit, sie duldete aber auch keinen Widerspruch.

»Geh, Richard, bitte«, flüsterte Renée. »Ich werde nachher in den Gärten mit dir spazieren gehen.«

»Nun, ich habe getan, worum Ihr mich gebeten habt«, meinte König Charles, und seine Stimme klang kurz angebunden, scharf, während sie tanzten. »Was ist meine Belohnung?«

»Ihr seid böse auf mich«, meinte Renée.

»Aber Ihr weint doch nicht etwa …« Der König blieb stehen, sodass York und Louisa Saylor, die in der Nähe tanzten, beinahe mit ihnen zusammenstießen. Er nahm Renées Arm, führte sie zu einer Sesselgruppe, winkte einem Lakaien, sprach einen Augenblick mit ihm, dann setzte er sich und suchte in einer Tasche nach einem Taschentuch, fand aber keins. Er wickelte sich den Gazegürtel ab, den er um die Hüften trug, und reichte ihn ihr, als zwei Sultane erschienen, zusammen mit einigen Männern seiner Leibwache. »Setzt Euch vor mich, und Ihr anderen stellt Euch zu den Seiten auf. Ich möchte nicht, dass sich uns jemand nähert. Knollys, seid Ihr da?«

Niemand antwortete. »Buckhurst, helft mir, diesen verdammten Kopf abzusetzen ... So. Die Augen nach vorn. Ihr seid heute Abend taub und stumm, ist das klar? Killigrew, habt Ihr das verstanden?«

»Ja, Sir.«

Er wandte sich wieder Renée zu. Sein Haar war sehr kurz geschnitten, sodass sein Gesicht sein Alter deutlich zeigte. Seine Züge waren hart. »Weint nicht. Ich wollte Eure Gefühle niemals verletzen. Bitte, weint nicht. Ich bin ein Schuft, obwohl ich es gar nicht sein will, nicht Euch gegenüber. Liebt Ihr ihn? Ihr müsst es nur sagen, dann lasse ich Euch in Ruhe.«

»Ich liebe ihn.«

Schockiert schwieg er einen Moment. Er lehnte sich in seinem Sessel zurück und starrte sie an, während sie sich ihre Tränen mit dem Gazegürtel abtupfte. »Ihr seid die erste Frau, die ich begehrte, die mich gebeten hat, nett zu meiner Frau zu sein.« Es ist verrückt, dachte er, sich davon beeindrucken zu lassen. Aber es berührte ihn.

»Taschentuch.«

Einer aus der Leibwache drehte sich ganz kurz um und reichte ihm eins. Der König gab es Renée, die ihre Maske abnahm und sich schnäuzte. Er lächelte über diese Geste, die so gewöhnlich war, so normal, so alltäglich. Und so rührend, wenn sie das tat. »Ich habe gelogen. Ich werde Euch trotzdem den Hof machen.« Er nahm ihre Hand und hielt sie fest. Er fühlte sich wie ein Junge, empfand den Eifer und die Angst eines Jungen. »Sagt, dass Ihr mir eine Chance geben werdet.«

Sie schwieg.

»Dann schickt mich fort. Sagt mir, dass ich Euch in Ruhe lassen soll. Ich muss es direkt aus Eurem Mund hören.« Seine Stimme klang jetzt rau. »In dieser Hinsicht unterscheide ich mich nicht von Eurem Leutnant.«

»Ich würde Ihrer Majestät niemals wehtun.«

Er kannte Neckereien, wusste, wie es klang, wenn jemand mit ihm flirtete. Er hörte nichts davon in ihrer Stimme, aber er hörte auch nicht, dass sie ihn wegschickte. Sie wich ihm aus, war sich nicht sicher. Dann gehörte ihrem Soldaten nicht ihr ganzes Herz. Er lächelte in sich hinein. Gut. Sehr gut. Sollte sie ihm ruhig ausweichen. Er würde ihr einfach folgen, bis er sie dort hatte, wo er wollte, oder bis er geschlagen war. Das erhöhte den Reiz der Jagd, und das gefiel ihm. Sie war keine Hure, bei der ein Blick reichte, damit sie sich zu ihm auf den Schoß setzte. Es wurde auch Zeit, dass er wieder einmal eine solche Frau traf.

»Falls Ihr mir jemals Eure Liebe schenken solltet, werdet Ihr der Königin wehtun. Und wenn Ihr es nicht tut, verletzt Ihr mich. Wenn es um Herzensangelegenheiten geht, dann wird immer jemand verletzt, meine Süße. Sie ist eine liebenswerte Frau, und ich mag sie auch, aber die Ehe ist durch reine Politik zustande gekommen, ich habe sie nicht aus Liebe geheiratet. Doch jemanden lieben muss ich. Es ist meine Natur, und ein Mann kann nicht an gegen seine Natur. Ich möchte gerne, dass Ihr dieser Jemand seid. Ich würde Euch in Gold und Silber kleiden und Euch Diamanten um den Hals hängen, einfach nur, um zu sehen, ob sie genauso funkeln können wie Eure Augen.«

»Wollt Ihr mich kaufen?«

»Kann ich das?«

Sie lachte, und er hob ihre Hand an seine Lippen, drehte sie um und küsste die Innenfläche mit all der Leidenschaft, die er für sie empfand. »Ich bin ein hässlicher Bursche, nicht so hübsch wie Euer Soldat. Könntet Ihr etwas für mich empfinden?«, fragte er, als er den Kuss beendet hatte. Sie sagte nicht nein, und das reichte ihm, genauso wie die Tatsache, dass sie ihm immer noch ihre Hand überließ. Er liebte dieses Spiel. Er fühlte sich vital und lebendig angesichts der Möglichkeit, dass etwas zwischen ihnen entstehen könnte. Er ließ ihre Hand los, stand auf, beugte sich über sie und küsste sie kurz auf die Lippen. Bevor sie etwas sagen konnte, ging er davon, gefolgt von Sultanen und Wachen, und sie war allein.

Sie blieb sitzen und drückte ihre Hand, die sich wie versengt anfühlte, an ihre Lippen. Er hatte ihr Herz berührt. Was hatte sie nur getan? Aber ein anderer Teil von ihr, tief in ihr verborgen, wusste es. Richard ging auf sie zu. Er trug keine Maske mehr, und sein Gesicht war wutverzerrt. »Das war ja allerliebst«, sagte er und baute sich vor ihr auf.

»Ich habe ihm gesagt, dass ich dich liebe.«

Seine Grimmigkeit wich einem plötzlichen Lächeln. Er setzte sich neben sie und ergriff die gleiche Hand, die eben noch König Charles gehalten hatte. »Dann ist es geklärt.«

»Lass uns tanzen, Richard. Ich möchte nicht mehr darüber sprechen. Ich möchte mich nicht mehr streiten. Ich habe auf meinem ersten Ball vor dem König von England geweint. Wenn du mich noch mal zum Weinen bringst, dann werde ich dir das niemals verzeihen. Ich möchte nur tanzen und tanzen und tanzen, bis ich vor Erschöpfung umfalle.«

»Jetzt tanzt er schon zum zweiten Mal an diesem Abend mit ihr«, sagte Buckingham besorgt. Er meinte König Charles, der seinen Sultanskopf nicht wieder aufgesetzt hatte und unmaskiert mit der Königin tanzte.

Der Ball hatte ein atemberaubendes Tempo erreicht. Ein oder zwei Tänze noch, dann mussten alle die Masken abnehmen. Man brauchte nicht diskret zu sein, wenn man sie trug – nicht, dass dies ein diskreter Hof gewesen wäre –, aber die Kostüme spornten noch zusätzlich an. Paare standen in dunklen Ecken, hinter Säulen, in den Gärten, streichelten und küssten sich, und die Mutigeren von ihnen taten noch viel mehr. Die Tatsache, dass jemand ihnen zusehen könnte, machte es nur noch aufregender.

»Ahhhh ...«, hauchte Gracen und schlang die Arme um den Hals des Mannes, der ihre Brüste küsste und leckte, die aus ihrem engen Mieder gesprungen waren. Sie biss in sein Ohrläppchen.

»Du machst mich ganz wild«, meinte er.

Sie küssten sich, die Zungen in wildem Spiel, ihre Münder wie ausgehungert. Sie küssten sich, bis sie schreien wollte, dann stieß sie ihn weg, und er taumelte zurück und fiel beinahe über den großen Sultanskopf, den er abgenommen hatte.

»Geh jetzt.« Sie war kalt, drehte sich um und steckte ihre Brüste zurück in ihr Mieder, beugte sich vor, als wäre sie allein. Er wischte sich mit der Hand über das Gesicht und hob den Kopf seines Kostüms auf.

»Warte«, kommandierte sie. An der Wand hing ein Spiegel. Sie stellte sich davor. »Komm her, und stell dich hinter mich.«

Er tat es, wagte, einen Kuss auf ihre Schulter zu drücken, aber sie warf den Kopf zurück. »Jetzt geh.«

Er verließ die Kammer. Sie hob ihre Maske vom Boden auf, legte sie wieder an, trat an die Öffnung des Alkovens und blickte hinaus. Sie fühlte sich mächtig, unruhig, reif für die Gefahr. Sie liebte dieses Gefühl, zu wissen, dass ein Mann sie begehrte, zu wissen, dass sie ihn betteln lassen konnte, dass sie etwas befehlen konnte, und er würde gehorchen. Sie liebte es, dass er ihretwegen seinen Treuschwur gegenüber seiner Frau und seiner Geliebten gebrochen hatte. Sie war gnadenlos, wie die Tiger in der Menagerie des Königs. Sie konnte Herzen aufreißen, das Blut auflecken, ohne mit der Wimper zu zucken.

»Wollt Ihr denn gar nicht mit mir tanzen?«

Frances, die Herzogin von Richmond, sah hübsch aus als Artemis, Schwester des griechischen Sonnengottes Apollo. Das Kostüm gestattete ihr, nicht mehr als einige einfache, drapierte Stoffüberwürfe zu tragen, durch die ihre gertenschlanke Figur zur Geltung kam.

König Charles verbeugte sich. »Natürlich werde ich das. Später.«

»Du flirtest mit diesem jungen Ding aus Frankreich.«

»Sie ist kein junges Ding. Sie ist so alt wie du.«

Frances war zweiundzwanzig. Sie war an diesem Hof, seit sie fünfzehn war. »Ah, dann ist sie ja uralt. Sie ist sehr hübsch.«

»Das ist sie in der Tat. Wie geht es deinem Mann?«

»Sehr gut. Habe ich mich schon bei dir dafür bedankt, dass du ihn nach Dänemark geschickt hast?«

Der König lachte, nahm ihre Hand und küsste sie, bevor er davonging.

»Komm.«

Lord Knollys nahm Dorothy bei der Hand und führte sie durch einen Flur und dann zu der Treppe, die zur oberen Galerie führte. Er schob eine Tür auf, und sie standen in einer Kammer mit Tischen und Stühlen, einem Rückzugsraum des Königs. »Verschwinde«, sagte er zu einem Pagen, der hier saß und döste. »Warte.« Er suchte eine Münze, gab sie dem Jungen. »Stell dich vor die Tür, und warne uns, falls jemand kommt.«

Dorothy half ihm, den Sultanskopf abzunehmen, dann drehte sie sich um, damit er ihre Maske lösen konnte. Sie standen dicht beieinander, und sie beugte den Kopf zurück, um ihn zu küssen. Seine Hände waren auf ihren Brüsten, berührten sie, streichelten die Brustwarzen. Sie hatte eigentlich kühl zu ihm sein wollen, sie hatte sich benehmen wollen, aber sie hatte zu viel getrunken, und der Wein ließ sie zu viel nachdenken, und dies, seine Hände, seine Küsse, war das, was sie wollte.

Sie setzte sich auf den Tisch, mit dem Gesicht zu ihm, und zog ihre Röcke hoch – sie erschauderte, als sie das Holz an ihrer bloßen Haut spürte, seine Hände fühlte, die bereits auf ihren Beinen lagen, die über ihren Strumpfhaltern nackt waren, nackt bis zu ihrer Hüfte. Er wusste genau, wie er sie berühren musste. Sie stöhnte in seinen Mund, berührte ihn. Er war bereit für sie. Ein Teil von ihr sah dabei zu, wie sie seine Knöpfe öffnete und ihn führte. Sie waren beide atemlos von der Eile, der Plötzlichkeit, von dem Gefühl ihrer Hand auf ihm.

»Ahhh«, hauchte Dorothy. Ich stehe in Flammen, dachte sie. Sie biss sich auf die Lippen und fühlte das kalte Holz, auf dem sie saß. Die Kälte steigerte nur noch die Hitze dessen, was sie hier taten. Sie musste ihn daran erinnern, dass er sich rechtzeitig aus ihr zurückzog, aber jetzt klammerte sie sich nur am Tisch fest und biss ihn in den Nacken. Er hob den Kopf, und sie sahen sich an, ihre Gesichter ruhig. Ihre Lippen sehnten sich danach, sich zu berühren. Es würde kein Später geben an diesem Abend, sie würde nicht in seinen Armen liegen und sich einbilden können, dass er für immer ihr gehörte. Es gab nur diesen gestohlenen Moment, der gerade durch seine Verzweiflung die Süße fast unerträglich machte. Sie versuchte, nicht zu stöhnen. Draußen vor der Tür spielte Musik, Paare tanzten weit weg in der Mitte des Saals. Und dann war es da, alles, was sie sich je wünschen würde, und sie klammerte sich an seinen Rücken und flüsterte seinen Namen.

»Darf ich, äh . . . darf ich Euch vielleicht . . . morgen meine Aufwartung machen?«

Um ihren Vater in die Irre zu führen, tanzte Alice mit dem armen Lord Mulgrave. Es hatte ihn all seinen tollpatschigen Mut gekostet, diesen einen Satz zu stammeln. Sie wusste es, und es war ihr egal.

»Vielleicht.«

Der Herzog von Balmoral hatte das Fest nicht mit seiner Anwesenheit beehrt.

Und Richard war irgendwo in den Gärten mit Renée und küsste sie zweifellos gerade leidenschaftlich. Barbara und John Sidney waren nirgends zu sehen. Und die Frau, die vorhin ihren Kelch erhoben und ihr zugeprostet hatte, war Caro. Sie hatte nicht versucht, sich Alice zu nähern, und aus irgendeinem Grund machte Alice das mehr aus, als wenn sie noch einmal versucht hätte, mit ihr zu reden. Und Colefax hatte zweimal mit ihr getanzt und ihr Komplimente gemacht, die ihrer Eitelkeit hätten schmeicheln sollen, ihr jedoch ein schlechtes Gewissen machten und ihr das Gefühl gaben, gnadenlos zu sein. Ahnungslos hatte sie mit dem wilden Lord Rochester getanzt, der sehr betrunken war, und der bis ganz zum Schluss gewartet hatte, um ihr zu sagen, dass er ihre Brüste berühren wollte und eine andere, sehr viel intimere Stelle, nur dass das Wort, das er benutzt hatte, obszön gewesen war.

Sie ließ Mulgraves Hand los und fragte sich, wann die Königin die Ehrenjungfern rufen würde, um sich zurückzuziehen.

»Ein Tanz, Mademoiselle?«, fragte sie jemand.

Sie winkte Lord Mulgrave nach und betrachtete prüfend den Mann, der gerade gesprochen hatte. Er war wie eine Spielkarte verkleidet, ein Pik-Bube, und sie wusste nicht, wer er war, und es spielte keine Rolle, wenn er gut tanzte. Sie tanzten schweigend, was Alice sehr recht war, die sich ganz den Wendungen, Drehungen und den Promenaden hingab, während ihre Hand leicht auf seiner ruhte. Es war göttlich, sich schweigend zu bewegen, sich der Musik und den Schritten zu überlassen, sich von dieser Welt der Entscheidungen und des Verrats und der Schuld abzukapseln. Der Tanz endete, sie knickste, beugte den Kopf, ihre Brust hob und senkte sich, während sie versuchte, wieder zu Atem zu kommen. Ihr Bein schmerzte. Es tat wirklich weh.

»Wunderbar, wie immer. Ich sage Euch auf Wiedersehen, nicht Adieu.«

Diesmal sprach er Französisch.

Ihr Kopf flog herum, und sie stand unsicher auf. Er ging weg, und das Gesicht auf der großen Spielkarte auf seinem Rücken grinste sie hämisch an. Henri. Es war Henri Ange! Sie rannte ihm nach, ignorierte den Schmerz in ihrem Fuß, rief seinen Namen. Es gelang ihr, die Ecke der Karte zu ergreifen. Er hielt an, und sie verlor das Gleichgewicht. Er zog sie an sich, küsste sie hart auf den Mund und zog ihr gleichzeitig den Fuß weg, sodass sie, als er sie losließ, hinfiel, weil ihre verräterischen hohen Absätze unter ihr nachgaben. Sie landete hart auf dem Rücken und atmete überrascht aus.

»Ihr habt zu viel getrunken, Alice Verney. Ihr solltet Euch schämen.«

Sein Englisch hatte den Akzent der Straße vor diesem Palast. Und während die Leute lachend herbeieilten, um ihr aufzuhelfen – dies war ein Hof, der von Klatsch lebte, und die Trunkenheit der arroganten Alice Verney würde heute Abend und morgen breitgetreten werden –, verschwand er. Als sie wieder stand und sich die Ellenbogen rieb, konnte sie ihn nirgends mehr entdecken. Um sie herum zogen sich die Leute die Masken vom Gesicht, und einige Männer auch ihre schweren, langen französischen Perücken.

»Skandalös. Ich werde mit deinem Vater darüber sprechen. Also wirklich, du solltest es besser wissen.« Eine strenge Wächterin betrachtete sie stirnrunzelnd.

»Ich bin nicht betrunken, Tante Brey.«

»Dorothy Brownwell achtet nicht auf euch Jungfern, wie sie es sollte. Zu meiner Zeit wären die Ehrenjungfern schon vor Stunden auf ihrem Zimmer gewesen.«

Jemand zog an ihrem Kleid. Gracen. »Die Königin zieht sich zurück. Und Luce ist ziemlich betrunken. Du wirst mir helfen müssen, sie in unsere Kammer zu bringen.«

Alice blickte sich nach allen Seiten um. Überall sah man jetzt maskenlose Gesichter. Er war verschwunden. Was konnte sie tun? Nichts. Das hatte er absichtlich getan. Der Tanz. Der Kuss. Der Stoß. Es war eine Herausforderung. Sie ließ ihre Tante mit ihrem sauren Gesicht stehen, ließ den Herzog von Buckingham stehen, der breitbeinig auf einem Stuhl saß und müde und betrunken aussah.

Er war auch eine Spielkarte, der Pik-König, aber sie dachte sich nichts dabei.

Kapitel 24

Königin Katharina entfernte den letzten Schönheitsfleck von ihrem Gesicht und legte ihn zurück in seine Silberdose, nahm ein feuchtes Tuch entgegen, das ihre Ankleidedame ihr reichte, und rieb sich damit über das Gesicht. Eine ernste, vogelhafte Frau blickte ihr aus dem Spiegel entgegen, der auf ihrem Toilettentisch stand. Keine roten Schleifen und kein Rouge mehr, um ihr Charme zu verleihen. Um sie herum lagen in einem wilden Durcheinander all die Dinge, die ihre Stellung anzeigten, bestickter Stoff aus Indien bedeckte den Tisch, und darauf standen und lagen eine Unmenge von Dosen aus Silber und Jade, kristallene und goldene Kerzenleuchter, silberne Bürsten, silberne Handspiegel, Kämme aus Elfenbein, französische Puder, spanisches Rouge, Tabletts aus Silber oder Holz mit Goldbronze. Der Schmuck, den sie getragen hatte, fand sich ebenfalls darauf, achtlos zur Seite gelegt.

So, dachte sie – ihre Gedanken waren wie immer klar, anders als das verstümmelte Englisch, das sie sprach –, er hat sich wieder verliebt, diesmal in Renée de Keroualle. Ich hasse sie. Es ist nicht ihre Schuld. Dünkirchen, Tanger und eine Königin ohne Kind ... Die Feinde holten zum Schlag aus, wollten ihr Angst machen, sie zerstören. Die Monate, in denen das nun andauerte, lasteten schwer auf ihr. Sein Vergnügen. Er musste es haben ... Das war stärker als jeder Treueschwur oder jede Zuneigung. Ein Vorkoster ... Der Herzog von Balmoral hatte einen Vorkoster in ihr Gefolge bestellt. In alle königlichen Gefolge, hatte er sie beruhigt. Gift ... Ihre alte Kinderfrau flüsterte, dass es in Frankreich Mode war, diejenigen zu vergiften, die zur Last fielen, nutzlos waren, so wie sie, die Königin, die selten schwanger wurde, die kein Kind austragen konnte. Sie zischten sie an. Sie lachten über sie. Der heiligen Mutter Gottes sei Dank für die Freundlichkeit des Königs heute Abend. Man würde sie gern tot sehen. Sie bedeutete ihnen nichts. Sie war schlimmer als nutzlos. Das Einzige, was eine Prinzessin, eine Königin tun musste, brachte sie nicht zustande. Würde man sie einsperren? Würde er sich von ihr scheiden lassen? Ein Verbrechen begehen gegen alles, was heilig war, um seines Königreichs willen? Was würde sie tun, wenn er sich von ihr scheiden ließ? Darauf bestehen, wie eine andere Königin vor langer Zeit, dass es nicht rechtens war, und verzweifelt gegen die Gitterstäbe der Schmach ankämpfen, verbannt vom Hofe, während der König, wie dieser König damals es getan hatte, fröhlich seiner Wege ging und sich eine neue Frau nahm?

Barbara Bragge hatte das Schlafgemach betreten und wartete auf die Erlaubnis, sich nähern zu dürfen. Barbara war ihr eine der Liebsten, und sie wandte sich auf ihrem Stuhl um und nickte mit dem Kopf, beobachtete, wie sie vortrat. Etwas an ihr ist älter geworden, dachte Königin Katharina. Ist sie verliebt? Sie ließ ihren Blick über Barbaras schönes Gesicht wandern. Lieblich, loyal, selten zornig. Werde ich dich an diesen jungen Mann verlieren, den du so gern zu haben scheinst? Barbara kniete vor ihr nieder. Ja, ich glaube schon.

Barbara hob die Augen. Darin leuchtete ein Licht, das tief aus ihrem Innern zu kommen schien. Die Königin sah es, streckte die Hand aus und berührte liebevoll Barbaras Wange.

»Heute Nacht wurden mir meine beiden größten Wünsche erfüllt ...« Barbaras Stimme brach, aber sie fuhr fort. »Mein Freund John Sidney möchte den wahren Glauben annehmen. Dürfte ich Vater Huddleston bitten, ihm einen Lehrer zuzuweisen?«

»Aber das wunderbar ist! Ich habe Glück übervoll! Vater Huddleston wird Mister Sidney unterrichten, ich befehle. Und ich Patin bin, wenn getauft er wird. Es ist Ehre.«

Barbara drückte die Hand der Königin und küsste sie. »Ihr seid so freundlich.«

Königin Katharina war auch einmal so glücklich gewesen, vor

langer Zeit. Sie hütete diese Erinnerung wie einen Schatz, so, wie sie ein lebendiges Kind gehütet hätte. »So? Und wann werden Heiraten sein?«

Barbara errötete und antwortete nicht.

»Ich Mitgift gebe.«

»Nein, Euer Majestät.«

»Unsinn. Geht jetzt. Sie verbrennen Haselnüsse. Ihr legt Euren John Sidney in das Feuer.«

Sie wandte sich wieder zu ihrem Spiegel um. Vor zehn Jahren war sie einundzwanzig gewesen, wie Barbara. Man versprach Prinzessinnen nicht, dass sie glücklich werden würden, nicht wahr? Sie würde Barbara Bragge zweitausend Pfund als Mitgift geben.

Das Feuer im Salon der Ehrenjungfern brannte lichterloh. Es war Tradition; kein Feuer durfte heute Nacht ausgehen, sonst würden böse Geister durch den Schornstein eindringen. Alice wusch sich das Gesicht mit einem Tuch. Die anderen Ehrenjungfern trugen bereits ihre Nachtgewänder und saßen vor dem Feuer. Sie warteten auf sie, in ihre wärmsten Umhänge gehüllt, solche, die mit Wolle oder Samt gefüttert waren, oder, wenn man Alice Verney hieß, mit weichem, warmen Biberpelz, der mit dem Schiff aus den Kolonien herübergebracht worden war. Alice trocknete sich das Gesicht mit einem anderen Tuch, trat zurück in den Mantel, den Poll für sie bereit hielt, und legte ihn um sich. Beim letzten All Hallows war sie in Frankreich gewesen, und Prinzessin Henriette hatte noch gelebt. Jetzt war sie zuhause, und sie würden es heute machen, wie es seit jeher Tradition war, genauso wie sie es immer gemacht hatten. Heute Abend hatte sie mit einem bösen Geist getanzt, der die Königin bedrohte.

Alice blickte sich um und dachte über die Geister nach, die angeblich draußen vor den Fenstern umherirrten. Ruhte der Geist von Prinzessin Henriette in Frieden, oder spukte sie über die Flure von Saint Cloud und forderte Rache? Saß sie im Fegefeuer, oder war sie in den Himmel aufgestiegen? Luce erbrach sich in eine Schüssel in einer Ecke, während ihre Dienerin ihre Haare zurückhielt. Die Jüngste von ihnen, Kit, war bereits im Bett und schlief. Sie hatten es gerade noch geschafft, ihr das Kleid auszuziehen und ihr die Schleifen aus den Haaren zu nehmen, bevor ihre Augen zufielen. Alice war mit fünfzehn genauso gewesen, hatte einen Augenblick noch wach herumgetobt und war im nächsten im Stehen eingeschlafen. Barbara war nicht da. Wo war sie?

»Von Erde, von Luft, von Wasser, von Feuer ist dieser Kreis gemacht«, sagte sie. Die Worte stammten von Poll, von der Mutter ihrer Mutter. Genauso wie das Ritual, das sie heute Nacht vollziehen würden. All Hallows war eine der besten Nächte, um herauszufinden, wer der Liebste sein würde.

»Du klingst wie der Zauberer heute Abend«, meinte Gracen.

»Der war gut, nicht wahr?«, fragte Dorothy. »Er hat mir zwei Münzen hinter dem Ohr hervorgezaubert.«

»Alle fertig?« Alice nahm den Korb mit den Haselnüssen von Poll entgegen, hielt sie jeder jungen Frau hin, und alle nahmen sich davon.

»Eine für dich selbst und eine – oder zwei oder drei – für deinen Liebsten«, erinnerte Alice.

»Erklär es mir noch einmal«, bat Renée.

Alice wiederholte die Anweisungen auf Französisch. »Man presst sie gegen die Brust und denkt an seinen Liebsten – oder seinen Verehrer –; dann legt man sie zusammen mit der eigenen in den Kamin. Wenn sie aufknackt, dann betrügt er dich. Wenn sie herausspringt, wird er dich nicht heiraten. Wenn sie einfach neben deiner verbrennt, wirst du ihn heiraten und in Frieden mit ihm leben. Wenn sie Feuer fängt und lichterloh brennt, dann verehrt er dich.«

Alle lachten und redeten und neckten sich, während eine nach der anderen versuchte, die Haselnüsse in den heißen Kamin zu legen, ohne sich die Finger zu verbrennen. Dann kam das aufgeregte Beobachten und Warten, während das Feuer prasselte und flüsterte, und dann Rufe und Fragen, während die Haselnüsse aufknackten oder aufloderten oder aus dem Feuer sprangen oder ruhig brannten. Eine Haselnuss flog aus dem Kamin.

»Das war deine, Brownie!«

»Ich habe gar keine hineingelegt!«

»Doch, das hast du. Ich habe es gesehen!«

»Renée, eine von deinen brennt lichterloh, und eine ist herausgesprungen. Welche davon ist Leutnant Saylor? Und für wen steht die andere?«

»Alice, deine brennen beide lichterloh! Wer soll das sein? Colefax und Mulgrave?«

»Gracen, Gracen, sieh doch! Deine ist gerade herausgesprungen!«

Gracen griff nach der ungehorsamen Haselnuss und warf sie ins Feuer, wo sie entflammte und dann explodierte. »Puh.«

Gracen setzte sich neben Barbara, die gerade zu ihnen gestoßen war, immer noch kostümiert. »Begleite mich morgen zu Ashmole«, sagte Barbara sehr schnell und sehr leise, damit Alice es nicht hörte.

Es gab noch mehr Gelächter und Neckereien, und dann ging der Korb für eine neue Runde noch einmal herum. Wer nicht wagt, der nicht gewinnt, sagte Alice ihnen immer. Barbara ließ den Korb vorbeigehen. Neben ihr wühlte Gracen in den übriggebliebenen Haselnüssen.

»Diesmal wird er treu sein.«

»Sind unsere Spiele neuerdings zu albern für dich?«, fragte Alice Barbara. Wie höhnisch meine Stimme klingt, dachte sie. Worüber hatten Barbara und Gracen geflüstert? Ich bin eine eifersüchtige Hexe, dachte Alice. Aber sie konnte nicht anders.

»Ich habe gesehen, wie Caro dir heute zugeprostet hat«, antwortete Barbara.

Alle schwiegen plötzlich.

»Ah, aber du hast nicht gesehen, dass ich darauf reagiert habe, oder?«

»Alice, warum kannst du ihr nicht vergeben?«

Dorothy stand auf und klatschte in die Hände. »Ab ins Bett, Mädchen.« Sie scheuchte die jungen Frauen nach rechts und links, dann nahm sie den Korb mit den Haselnüssen. Aber Alice und Barbara rührten sich nicht.

»Sie hat mich betrogen. Ich vergesse Verrat nicht.«

»Sie war schwanger. Er war daran genauso beteiligt, trotzdem hast du heute Abend mit ihm getanzt. Warum kannst du ihm vergeben, ihr aber nicht?«

»Ich habe ihm nicht vergeben. Ich habe es getan ...« Alice hielt inne. Sie hatte es getan, um Caro wehzutun, um ihr zu zeigen, dass sie ihr Colefax jederzeit wieder wegnehmen könnte, wenn sie wollte, und um dem Hof dasselbe zu zeigen. Keine schöne Mischung. »Freundinnen betrügen einander nicht«, erklärte sie schließlich.

Später im Bett lag Alice auf dem Rücken und konnte nicht schlafen. Das Herz tat ihr weh. Barbara lag mit dem Rücken zu ihr. Und Alice konnte sich nicht dazu bringen, etwas zu sagen, um den Streit zwischen ihnen zu beenden.

In einem anderen Bett kuschelte sich Gracen an die verschlafene Kit. »Ich habe heute das Gesicht meines Geliebten im Spiegel gesehen«, flüsterte Gracen.

Es war ein alter Brauch, sich allein vor einen Spiegel zu stellen, davor einen Apfel zu essen und sich das Haar zu kämmen. Dann konnte man vielleicht das Gesicht seines zukünftigen Ehemannes sehen, der einem über die Schulter blickte. »Lass uns spielen, Kit. Leg deine Hand hierher, und ich lege meine Hand dorthin.«

»Ich will nicht. Sie werden uns hören.«

Gracen legte ihre Lippen auf Kits Nacken. »Nein, das werden sie nicht. Wir sind ganz leise.« Aber später musste sie Kits Mund mit ihrem bedecken, damit sie aufhörte zu stöhnen.

Kapitel 25

Allerheiligen
1. November

Balmoral stand mit dem Rücken zu Richard und starrte hinaus in den St. James's Park. »Ihr wart in jedem Bierlokal und jeder Taverne?«

»Überall zwischen der London Bridge und Whitehall. Ich dachte, ich gehe heute in die rund um den Palast und morgen in die jenseits des Flusses.«

»Gut. Jemand wird etwas erzählen. Das ist der Lauf der Welt.«

Richard räusperte sich. »Entschuldigt, wenn ich frage, Eure Hoheit, aber warum lassen wir es denn nicht alle wissen? Wir könnten doch überall bekannt machen, dass das Leben der Königin in Gefahr ist und Ange der Öffentlichkeit beschreiben!«

»Das ist eine höchst sensible Angelegenheit. Sie sollte nicht über ganz London und vor allem nicht in jeden Winkel von Whitehall verbreitet werden. Es gibt größere Fische zu fangen als Ange. Ich werde Euch im Gefolge der Königin platzieren. Ihr werdet Hauptmann ihrer Leibgarde.«

Richard schwieg. Die Beförderung war ein zweischneidiges Schwert. Auf der einen Seite wurde er Hauptmann, bekam eine höhere Bezahlung und einen höheren Rang und erhielt den Platz eines Offiziers in der Kavallerie. Auf der anderen Seite war die Leibgarde der Königin nicht so angesehen wie die Leibwache des Königs. Und die Königin selbst war im Moment auch nicht sehr geachtet.

»Ihr habt meine Erlaubnis, ihre persönliche Garde so zu befehligen, wie Ihr es für richtig haltet, um Ihre Majestät so gut es geht zu schützen. Es gibt einen Rat in ihrem Gefolge, von dem ihr von nun an ein Teil seid. Ihr werdet mir regelmäßig Bericht erstatten, aber

Ihr dürft mit niemand, ich wiederhole, niemand anderem über das sprechen, was in diesem Rat besprochen wird. Es ist im Moment ein geheimer Rat, der ihr Wohlergehen im Auge hat. Willbert vom Schatzamt hat Eure Befehle. Ihr werdet in der Nähe der königlichen Gemächer wohnen, direkt neben dem Wachraum. Ihr könnt gehen, Leutnant ... verzeiht mir, Hauptmann Saylor.«

Richard ging durch das Vorzimmer. Neugierige Blicke folgten ihm, von denen, die darauf warteten, dem Herzog beim Ankleiden für den Tag zu helfen – es war üblich, man hatte es aus Frankreich übernommen, wichtigen Edelleuten beim Anziehen zur Hand zu gehen. Ein Mann auf dem Weg nach oben verbündete sich mit einem Adligen, indem er ihm half, indem er zuhörte, worüber gesprochen wurde, und indem er versuchte, nützlich zu sein. Es war eine Sitte, die Richard überflüssig fand, deshalb hatte er sie mehr oder weniger ignoriert und war dem Herzog von Monmouth nur sehr selten zur Hand gegangen, wenn er sich ankleidete. Es wurde dabei über Tavernen und Huren und über die Eskapaden der letzten Nacht gesprochen, oder Monmouth beschwerte sich darüber, dass dieser oder jener Berater des Königs ihn beleidigt oder dass sein Onkel York ihm die kalte Schulter gezeigt habe. Und in letzter Zeit wurde viel über Jesuiten an geheimen Orten gesprochen, darüber, dass sich die Stadt mit Katholiken füllte, die von Frankreich gesandt wurden, um zu spionieren und Ärger zu machen.

Alice hatte ihm gesagt, er müsste zum Ankleiden mehrerer Männer gehen – Buckingham, York, Balmoral, Arlington. Du musst dir anhören, worüber bei jedem Einzelnen gesprochen wird, und die kennenlernen, die regelmäßig hingehen, dich mit ihnen anfreunden, denn sie führen den Willen dessen aus, dem sie dienen. Auf diese Weise wirst du langsam erkennen, aus welcher Richtung der Wind am Hof weht. Er weht immer, Richard, und ein weiser Mann achtet darauf, damit er den Sturm überlebt, der vielleicht aufkommt.

Merkwürdig. Er hatte gedacht, er müsse Lord Arlington Bericht erstatten, dem der Geheimdienst unterstand; er hatte gedacht, dass andere Berater des Königs in diese Sache mit den geheimen Briefen involviert wären, und jetzt in die Sache mit dem Gift... Wahrscheinlich waren sie das, und er stand einfach zu weit unten. Hauptmann der Leibgarde der Königin. Er wollte die Leibwache des Königs nicht verlassen, aber es ehrte ihn, dass Balmoral ihm vertraute. Er überquerte die Whitehall Street, ging durch das Holbein Gate, durch einen Durchgang in der Nähe des Bankettsaales auf einen großen öffentlichen Platz und dort zu einem Gebäude, wo die Verwaltungsangestellten der Armee ihre Räume hatten. »Die Befehle für Leutnant Saylor.«

Ein Angestellter, der ihn offenbar schikanieren wollte, schrieb weiter etwas auf ein Blatt und sah nicht auf, als wäre Richard gar nicht da.

»Führt mich bitte zu Mr. Willbert. Ich habe Befehle von Seiner Hoheit, dem Herzog von Balmoral.«

Das ließ den Mann aufblicken.

Richard folgte ihm zwischen Tischen hindurch, an denen andere Männer gebückt saßen, und man hörte Federkiele über Pergament kratzen. Dann stand er vor Willbert, einem der Assistenten der königlichen Minister, der sich erhob, sich vor Richard verbeugte und ihm einen gefalteten und versiegelten Brief überreichte.

»Zeigt diesen Brief dem Hofmarschall. Unterkunft, Feuerholz und drei Mahlzeiten am offenen Tisch der Königin sind Teil Eurer Bezahlung. Viel Glück.«

»Habt Ihr schon gegessen, Mr. Willbert?«

»Ich esse niemals vor zwei Uhr.«

»Das Rind im *Schwan* ist sehr gut. Dürfte ich Euch auf einen Krug Bier einladen, um meine Beförderung zu feiern?«

»Das dürft Ihr gern.«

»Ich warte am King's Gate auf Euch.«

»In Ordnung, Leutnant Saylor.«

Richard grinste. »Hauptmann, es heißt jetzt Hauptmann Saylor.«

Vor sich hin pfeifend ging er zwischen den Tischen der Schreiber hindurch zurück nach draußen. Dann fange ich eben jetzt an, mit diesem Willbert, einem Assistenten der Minister. Wir haben im *Schwan* gegessen, würde er Alice später erzählen, und er hat mir sämtliche Staatsgeheimnisse anvertraut. Er würde bei Monmouth vorsprechen und ihm die Neuigkeiten berichten, dann zu den Ställen gehen und nach Pharao sehen, seinem Pferd. Dann würde er über die Whitehall Street gehen und durch den Bankettsaal, in den königlichen Hof und durch die Steingalerie, er würde Renée suchen, sie küssen und es ihr erzählen. Hauptmann der Leibgarde der Königin. Befehligt über die Leibgarde, wie Ihr es für richtig haltet. Er lächelte. Er würde dem Beispiel von Balmorals altem Regiment folgen, den Coldstreams, dem besten Regiment in Cromwells Armee, die die beste Armee gewesen war, die das Land je besessen hatte. Die Leibgarde der Königin war nicht bereit für ihn, aber er war bereit für sie.

Einige Stunden später ging Richard in den Wachraum der Königin und ließ den Blick über die Männer gleiten, die dort faulenzten. Einige schliefen, einige spielten Karten, einige tranken Bier. Ein älterer Mann blickte auf.

»Hauptmann Richard Saylor, zum Hauptmann dieser Garde ernannt«, sagte Richard zu ihm. Sie brachten genug Disziplin auf, von ihren Plätzen aufzuspringen, sei es Bett oder Stuhl, und ihm zu salutieren.

»Sergeant, machen Sie Meldung.«

Es war der ältere Mann. »Thomas Miller, zu Befehl, Sir.«

»Wo sind meine Leutnants?«

»Im Moment nicht im Dienst.«

Das gefiel Richard nicht, aber damit würde er sich später befassen. Wenigstens ein Leutnant sollte immer hier im Wachraum Dienst tun. Das hat uns ruiniert, hatte sein Vater ihm gesagt, während er winzige Pferde und Soldaten auf der Decke seines Krankenbettes aufstellte, unsere Nachlässigkeit und unser übertriebener Stolz. Man braucht Mut, um zu siegen, aber auch Glück, und wenn Glück sich zu Disziplin gesellt, dann kann ein Mann etwas erobern. Sieh dir an, wie Cromwell es gemacht hat, mein Junge, wie Monck es gemacht hat, wie Balmoral es gemacht hat; sie wissen, wie man Armeen führt.

»Lassen Sie antreten. Ich will die Namen hören und wie lang jeder Einzelne gedient hat.«

Die Leibgarde stellte sich auf und bildete ein Viereck im Zimmer, an dessen Wänden ihre Waffen hingen, Musketen, Schwerter und Lanzen. Richard stellte sich vor jedem Einzelnen auf, und der Mann nannte ihm seinen Namen und seinen Werdegang. Nur einige von ihnen waren alte Veteranen, hatten in Cromwells Armeen gedient. Einer von ihnen war in den 1650er Jahren in Spanien gewesen, als König Charles ein Regiment aufstellte, um für den König von Spanien zu kämpfen. Der Rest von ihnen war Soldat geworden, als Königin Katharina in England ankam. Als ihre Leibwache hatten sie das große Feuer in London bekämpft und den Palast und die Stadttore während der Kriege gegen die Holländer beschützt. Und einige wenige hatten auf Schiffen gedient, als Teil der Landungstruppen im letzten richtigen Krieg gegen die Holländer.

»Schickt nach meinen Leutnants. Sie sollen sich bis heute Abend bei mir melden. Schickt mir den Dienstplan. Alle finden sich morgen früh bei Sonnenaufgang zu einem Drill auf dem Exerzierplatz ein. Das ist alles.«

»Aufgeblasener Fatzke«, sagte einer, nachdem Richard außer Hörweite war.

»Er hat sich in Tanger ausgezeichnet geschlagen, hat sich dort einen Namen gemacht«, erwiderte der Sergeant. »Und wenn ich mich nicht irre, war er an Bord der *Revenge* zusammen mit dem Herzog von York im ersten Krieg gegen die Holländer. Ich erinnere mich an einen Burschen, der sehr gut er gewesen sein könnte. Dort hat er sich auch tapfer geschlagen, hat Nachrichten in einem Beiboot für seine königliche Hoheit überbracht, obwohl überall um ihn herum Kanonenkugeln ins Wasser einschlugen. Es sieht ganz so aus, als hätten wir uns da einen echten Soldaten eingehandelt.« Der Sergeant seufzte. Er hatte unter Cromwell gedient. Er wusste, was echte Soldaten bedeuteten. Es hieß, dass das leichte Leben ein Ende hatte.

In dem Raum, den der König für die Treffen seines Kronrates benutzte, beendete Balmoral vor dem kleinsten und mächtigsten Rat des Königs gerade seinen Bericht. Henri Ange kam nicht darin vor. »Und dann habe ich noch Richard Saylor zum Hauptmann der Leibgarde Ihrer Majestät ernannt«, meinte er.

»Saylor?« Buckingham, der zusammengesunken und mit geschlossenen Augen dösend auf seinem Stuhl gesessen hatte – eine Angewohnheit von ihm, während andere Ratsmitglieder Bericht erstatteten –, setzte sich auf. »Den Seine Majestät mit unserer lieben Prinzessin nach Frankreich geschickt hat?« In seiner Stimme war Ungläubigkeit zu hören. »Der junge Mann, der die Sache in Frankreich vermasselt hat?«

»Ich halte viel von ihm«, erwiderte Balmoral.

König Charles, der den Spaniel auf seinem Schoß nach Flöhen absuchte, hob den Kopf und blickte seine Berater an.

»Er hat höchst umsichtig gehandelt, hat beinahe zwei Pferde zuschanden geritten, um uns die Nachricht zu überbringen, und hat später einen ausgezeichneten und sehr gründlichen Bericht abgeliefert.« Balmoral blieb ruhig. Er sagte nichts davon, dass der Oberbefehlshaber der königlichen Armeen erst seine Beziehungen spielen lassen musste, um diesen Bericht zu finden und zu lesen.

»Ich fand, der Bericht enthielt zahlreiche Gerüchte und Behauptungen, die jeder Grundlage entbehren«, meinte Buckingham. »Warum ausgerechnet jetzt so ein Wechsel?«

»Wir haben gerade die letzte Viertelstunde damit verbracht, uns die Erklärungen Seiner Hoheit anzuhören, warum er den Guy Fawkes Day und den Jahrestag von Königin Elisabeth' Aufstieg zum Thron für besonders gefährlich hält«, sagte Lord Arlington, dem der König zurzeit am meisten Gehör schenkte. Wegen Arlington hatten sich Buckingham und Balmoral verbündet. Arlington sprach vom herannahenden 5. November, wenn London der Pulververschwörung gedachte, bei der beide Häuser des Parlaments hätten in die Luft gesprengt werden sollen. Das war während der Herrschaft von König Charles' Großvater geschehen, aber die Verschwörer waren Katholiken gewesen, und das hatte man nicht vergessen. Balmoral würde während beider Feiertage überall in Whitehall und bis zur Strand Wachen aufstellen.

»Wir haben erfahren, dass es sowohl unter den Anabaptisten als auch unter den Presbyterianern Unruhe gibt.« Balmoral starrte Buckingham hart an, der beide Gruppierungen für seine eigenen Zwecke nutzte.

»Bei den Quäkern nicht?« Es war der König, der zum ersten Mal sprach. »Aber natürlich, die sitzen ja noch alle im Gefängnis, nicht wahr?« Diese Frage bedurfte keiner Antwort. Es war einfach die Art des Königs, noch einmal seinen Unmut über die verschiedenen Gesetze kundzutun, die man gegen seinen Willen und durch die Intrigen verschiedener Männer, die an diesem Tisch saßen, im Parlament erlassen hatte und durch die alle Religionen außer der der Kirche von England unterdrückt wurden.

Es herrschte Schweigen.

»Ich glaube nicht, dass jetzt der richtige Zeitpunkt ist, in der Leibgarde der Königin etwas zu verändern«, meinte Buckingham.

»Es ist genau der richtige Zeitpunkt. Die Leibgarde ist schon seit längerer Zeit ohne Hauptmann. Es war notwendig, einen zu ernennen. Der Tod eines geliebten Mitgliedes der königlichen Familie und die Gerüchte darüber haben Emotionen geschürt, und wir befinden uns zwischen zwei Festtagen, an denen sich diese Emotionen sehr wahrscheinlich entzünden könnten. Ich werde nicht zulassen, dass Ihre Majestät – oder irgendjemand sonst – zu Schaden kommt.« Balmoral sprach leidenschaftslos. Er hätte genauso gut ein Experiment in einem Labor beschreiben können.

»Saylor hat meinen Segen«, erklärte König Charles.

Buckingham zuckte gleichgültig die Schultern, aber er tauschte mit einem anderen Mann am Tisch Blicke aus, was Balmoral nicht entging. Verdammt, dachte er, er intrigiert jetzt mit jemand anderem gegen mich. »Sonst habe ich nichts zu berichten.«

König Charles widmete sich wieder seinem Spaniel und kratzte ihm den Bauch.

»Der nächste Punkt ist die Reise Seiner Hoheit nach Frankreich im nächsten Monat«, meinte Arlington.

»Ich möchte alle daran erinnern, dass der Vertrag, den Buckingham dort unterzeichnen wird, uns zum Krieg gegen Holland verpflichtet und dass wir deshalb dringend neue Schiffe brauchen«, meinte ein Ratsmitglied.

»Und Soldaten, es sei denn, Ihr wollt jede Schlacht auf See schlagen«, fügte Balmoral hinzu.

»Soll ich die Unterzeichnung aufschieben, während Ihr über Geld streitet?« Buckingham blickte in die Runde. »Ich werde selbst ein Schiff bauen lassen. Ich werde ein Regiment aufstellen.«

»Genug der Theatralik, George. Meine Minister haben das Recht, das Thema Geld anzusprechen, da wir immer zu wenig davon haben.« König Charles blickte nicht von seinem Spaniel auf. »Unser Cousin Louis wird uns Geld geben.«

Und ich wette, er hat schon damit angefangen, dachte Balmoral, während er den König beobachtete.

»Und ich werde zum Unterhaus gehen, wenn es so weit ist, und um Geld bitten, wie ich es immer tue.« Der König schnippte mit den Fingern, und der kleine Spaniel sprang von seinem Schoß, setzte sich auf die Hinterläufe und hob bettelnd die Vorderpfoten. »Mimi zeigt mir, wie das geht, nicht wahr, mein Mädchen?« Die Männer um den Tisch waren seine Hunde schon sehr lange leid. Nicht einer von ihnen lächelte.

»Ihr solltet nicht betteln müssen«, meinte ein Ratsmitglied.

»Nein, das sollte ich nicht«, stimmte der König freundlich zu. »Ich wäre sehr verärgert, sollte der Grund für Bucks Reise sich herumsprechen. Wir brauchen im Moment keinen Mob, der papistischen Verrat schreit – oder irgendeinen Verrat. Und wenn ich bei den aufmüpfigen Herren, die mein Unterhaus bilden, um Geld betteln muss, dann will ich es zu meinen eigenen Bedingungen tun.«

»Eure Majestät werden keine Schwierigkeiten haben, einen Grund zu finden, gegen die Holländer zu kämpfen«, meinte Balmoral.

»Vor allem da sie, als wir das letzte Mal gegen sie kämpften, die Themse hinaufsegelten und unsere halbe Flotte verbrennen durften«, warf Buckingham ein.

»Durften?« Balmoral sprang auf, und sein Stuhl fiel laut hinter ihm zu Boden. »Was soll das heißen, Sir? Befänden wir uns nicht vor Seiner Majestät, würde ich mein Schwert ziehen und mich mit Euch in diesem Zimmer schlagen! Ihr seid ein Stolperstein für dieses Königreich und diesen Kronrat. Ich habe nicht vergessen, dass es Eure Helfershelfer waren, die nach einer Untersuchung riefen und beinahe diesen Kronrat zu Fall gebracht hätten. Ich fordere dich heraus, du verdammter Hurensohn …«

»Setzt Euch wieder, Edmund. Sofort. Ich werde nicht zulassen, dass man einen Hund auf eine solche Weise schändet«, meinte König Charles. Und als sein Witz die Atmosphäre nicht aufzulockern vermochte: »Herrgott, Mann, setzt Euch hin. Wie sollen wir denn die Geschicke dieses Königreiches lenken, wenn meine Ratsmitglieder sich am Ratstisch gegenseitig ermorden? Wenn ich der Meinung wäre, Ihr hättet einen Fehler gemacht, dann hätte ich Euch Eures Amtes als Oberbefehlshaber der Armee enthoben. George, Eure Worte sind erstaunlich verfehlt.«

»Ein schlechter Scherz. Es war nicht so gemeint. Ich muss mich bei Euch entschuldigen.«

Balmoral setzte sich, aber man konnte sehen, dass er vor Wut außer sich war. Seine Hände zitterten, während er seine Papiere zusammenschob.

»Ich werde jetzt einen Bericht über den Zustand der Staatsfinanzen abgeben«, meinte das Ratsmitglied, das für die Staatsschatulle verantwortlich war. Buckingham schloss die Augen und lehnte den Kopf zurück, um weiter zu dösen, während der König aus dem Fenster starrte. Der Bericht über die Staatsfinanzen änderte sich nie. Die Krone war mit den Rückzahlungen in Verzug, man schuldete Dienern und Musikern und Falknern ihren Lohn genauso wie Matrosen und Soldaten. Es gab immer neue Bitten um Zahlungen. Es gab immer neue Pläne, sich irgendwo neues Geld zu leihen, aber immer zusätzlich zu alten Darlehen, die niemals zurückgezahlt wurden. Niemand mochte die Berichte über die Staatsfinanzen, weil niemand eine Lösung für das Problem wusste. Das Unterhaus bewilligte Geld, aber es war nicht genug für die Vergnügungen Seiner Majestät, nicht genug für all die politischen Ambitionen und ganz sicher nicht genug, um Kriege zu führen. Buckingham ließ ein lautes und erleichtertes Seufzen hören, als der Bericht beendet war.

»Sind wir fertig? Gibt es sonst noch etwas?«, fragte König Charles, aber es war eigentlich keine Frage. Mit dem Spaniel auf dem Arm stand er auf und beendete damit das Treffen. Balmoral blieb am Tisch sitzen, und nachdem die anderen gegangen waren, nickte der König ihm zu. »Fasst Euch kurz, Edmund. Ich will im Park spazieren gehen, solange die Sonne noch scheint.«

»Ist Euch bewusst, dass ich einen Vorkoster in Eurem Gefolge platziert habe, genau wie bei der Königin und York?«

Der Blick des Königs wanderte über Balmorals Gesicht, wog jedes Blinzeln der Augen des anderen Mannes ab, jede Veränderung in den Falten und Runzeln. »Das bin ich, aber ich kann nur wiederholen, dass ich stark bezweifle, dass mich jemand vergiften will, damit Jemmy König wird.«

»Es gibt unbestätigte Gerüchte, dass ein Experte für Gifte in London angekommen ist. Diese Person«, Balmoral räusperte sich, »war kürzlich noch im Gefolge von Monsieur.«

Der König erstarrte.

»Es wäre mir lieb, Sir, wenn Ihr diese Information vorläufig für Euch behalten könntet.«

»Wer steckt dahinter?«

»Das, Sir, möchte ich gern feststellen, und deshalb möchte ich, dass es ein Geheimnis bleibt.«

»Quintomonarchianer? Jesuiten? Eure schottischen Presbyterianer?«

»Das Leben der Königin könnte in großer Gefahr sein.« Balmoral blieb ruhig. »Vielleicht eine Reaktion auf bestimmte Gerüchte, die herumgehen, auf bestimmte Aktionen des vergangenen Jahres. Ich habe noch nicht mit den anderen über diese Sache gesprochen«, fuhr er auf jene Weise fort, auf die er seine Schlachten schlug – immer eine Lanze nach der anderen werfen, bis allein die Anzahl den Feind ermüdete.

»Die anderen?«

»Den Kronrat. Und ich habe es auch noch nicht vor.«

»Ich gehe davon aus, dass Ihr Eure Gründe dafür habt?«

»Die habe ich.«

»Und werdet Ihr sie mir im passenden Moment mitteilen?«

»Das werde ich.«

»Ich will, dass diese Person gefunden wird.«

»Der Giftmischer und der, der hinter all dem steckt? Ich habe Eure Erlaubnis, beide zu suchen? Denn das tue ich bereits.«

Der König antwortete nicht, und nach einem Augenblick stand Balmoral auf, verbeugte sich, nahm seine Aktenmappe und verließ das Zimmer. Wütend stellte er fest, dass Buckingham im nächsten Zimmer saß und einen Kelch Wein trank. Balmoral konnte die roten Trauben von der Tür aus riechen. Wie sehr ich mich danach sehne, etwas zu trinken, dachte er.

»Ich möchte sicher gehen, dass zwischen uns kein Streit mehr herrscht.«

Balmoral schwieg, und Buckingham meinte lässig: »Die Ernennung des neuen Hauptmanns für die Garde der Königin scheint mir sehr überhastet. Ich kenne ungefähr ein Dutzend Männer, die diesen Posten gerne gehabt und die ihn mehr verdient hätten.«

»Wenn alles glatt läuft, wird man mir gratulieren. Wenn etwas schiefgeht – was Gott verhüten möge –, dann wird man Hauptmann Saylor die Schuld geben.«

Buckingham lächelte. »Daran hatte ich noch gar nicht gedacht. Das da drin war ein Spiel, Bally, alter Junge, damit andere denken, wir wären Feinde, um sie von der Fährte unserer Freundschaft und unseren gemeinsamen Interessen abzubringen, sonst nichts. Sie sollten nichts von unseren Intrigen merken.«

Deine verdammten Intrigen, dachte Balmoral, nicht meine. Ja, wir sollten eine Königin haben, die einen Erben gebären kann. Ja, er sollte sich von ihr scheiden lassen, und wir haben durch das Roos-Gesetz den Weg dafür bereitet. Ja, er weiß es und wird es, wenn er es für richtig hält, tun oder auch nicht tun. Aber die Königin ermorden? Wenn du dahintersteckst, und ich vermute, das tust du, dann gehst du damit weit über die Grenzen des Anstandes hinaus. Das hast du immer getan. Gott vergebe mir, aber ich verabscheue dich. Es heißt, dass Monmouth meinen Platz als Oberbefehlshaber übernehmen wird, sobald ich meinen letzten Atemzug getan habe. Das trägt deine Handschrift. Es heißt, der König habe dir dafür, dass du für den Krieg gestimmt hast, versprochen, dass du die Armee gegen die Holländer führen darfst. Nur über meine Leiche. Ich werde Seiner Majestät deinen hübschen, fetten Kopf auf einem Silbertablett servieren. Ein letzter Dienst für das Königreich, bevor ich sterbe, was ich ganz sicher tun werde. Ich werde der verdammten Salome in nichts nachstehen.

Balmoral verbeugte sich. Die beiden Herzöge lächelten sich falsch und skrupellos an.

In seinen Privatgemächern starrte Balmoral, mehr als aufgebracht über die Begegnung mit Buckingham, eine wundervolle Kristallkaraffe an. Er bewahrte sie sonst in einem hübschen Schränkchen auf, damit er sie nicht sah. Aber sie war eine Sirene, die jederzeit durch die geschlossene Tür zu ihm singen konnte. Es war die Frage, ob er etwas von dem trinken sollte, was darin war, oder nicht, ob er einen kleinen Schluck von der Köstlichkeit probieren sollte, die sie enthielt? Was hatte er sonst noch zu tun heute – nur für den Fall, dass er nicht aufhören konnte zu trinken, was für gewöhnlich passierte ... heute und morgen früh, denn er erwachte morgens immer todkrank und mit nur wenig oder gar keiner Erinnerung an die Stunden davor und mit einem schlechten Gewissen, das ihm ins Ohr brüllte, wie seine Frau es getan hatte, bevor sie auch mit dem Trinken angefangen hatte und als betrunkene Närrin gestorben war.

Riggs klopfte und steckte den Kopf zur Tür herein. »Eine Dame wartet draußen.«

Balmoral runzelte gereizt die Stirn, wie immer, wenn dieser verführerische Hexenteufel ihn in Versuchung führte, und er versuchte, ihn in Schach zu halten. »Ich empfange keine Besucher.«

»Nicht einmal Mistress Verney?«

Wenige Augenblicke später führte Riggs Alice in Balmorals Zimmer. Sie trug eine Maske und einen kurzen Umhang mit Kapuze, was ihm sofort sagte, dass etwas passiert sein musste.

»Nur einen Moment, Eure Hoheit. Es ist von größter Wichtigkeit.«

Sie setzte sich in einen Stuhl, dessen Arme und Beine hölzerne Schlangen waren, geschnitzt von Grinling Gibbons. Am Ende der Armlehnen hielt jede Schlange einen kleinen, fein gemaserten Apfel im Maul. Wenn man genau hinsah, konnte man am Ende der Schwänze winzige Frauen erkennen, deren langes Haar sich in noch mehr Schlangen verwandelte. Alice nahm ihre Maske ab und zog die Kapuze herunter. Ihr Gesicht war blass. »Ich habe Henri Ange gesehen.«

»Unseren dunklen Engel? Wo?«

»Hier. Letzte Nacht auf dem Ball. Er hat mit mir getanzt, aber ich wusste nicht, dass er es war. Wir hatten unsere Masken noch nicht abgenommen. Warum seid Ihr nicht zu dem Ball gekommen, Eure Hoheit? Ich hatte gehofft, Euch zu einem Tanz überreden zu können.«

Er ignorierte das Irrelevante. »Was hat er zu Euch gesagt?«

»Nichts Wichtiges. ›Hallo‹ und ›Auf Wiedersehen‹.«

»Unverfroren ist er, das muss man ihm lassen.«

»Er macht mir Angst.«

»Ich werde den Hauptmann der Leibgarde der Königin rufen lassen. Möchtet Ihr eine Erfrischung, Mistress Verney? Etwas Wein oder einen Likör? Ich könnte Euch einen Sherry aus Portugal anbieten, den ich selbst besonders schätze.« Er deutete auf das geöffnete Schränkchen, auf die exquisite Karaffe, die ihre eigene Art von süßem Gift enthielt.

Sie lehnte ab, und sie warteten schweigend, sie zu aufgeregt und er zu verärgert für eine Unterhaltung, bis es an der Tür klopfte.

»Herein.«

Richard trat in das Zimmer, und Alice' Augen weiteten sich. Er verbeugte sich vor ihr, während sie in die Hände klatschte. »Aber, das ist ja wunderbar! Oh, Ihr habt eine weise Wahl getroffen, Eure Hoheit. Leutnant ... Ich meine, Hauptmann Saylor ... hat in Frankreich so viel Einsatz gezeigt. Er ...«

»Er hat mir vor Frankreich und auch danach gedient. Ich glaube, ich bin sehr gut selbst in der Lage, die Fähigkeiten eines Soldaten zu beurteilen, Mistress Verney.« Er wandte sich an Richard. »Mistress Verney hat letzte Nacht einen Engel gesehen, Hauptmann.«

»Henri Ange. Er hat mit mir getanzt. Ich hatte keine Ahnung, dass er es war. Dann hat er mit mir Französisch gesprochen, und dann wusste ich es. Er wollte, dass ich es weiß.«

»Er fordert uns heraus, ihn zu fangen. Es ist ein Spiel«, meinte Richard.

»Hauptmann, Ihr werdet die Leibgarde der Königin in höchste Alarmbereitschaft versetzen. Ein Vorkoster ist bereits für beide Majestäten eingesetzt. Sie werden von niemandem, von absolut niemandem etwas annehmen außer von ihm.«

»Ich werde mit dem Hauptmann von Prinz Ruperts Garde sprechen, und mit dem Ihrer Majestäten, den Herzögen von York und

Monmouth. Ich werde sie bitten, alle Fremden zu melden, alle Franzosen«, meinte Richard.

»Er wird kein Franzose sein«, erklärte Alice. »Letzte Nacht sprach er, als wäre er in einem Korb am Themseufer gefunden worden.«

»Dann sollen sie auf alle Fremden achten ...«

»Und wir geben Ihnen eine Beschreibung von ihm«, warf Alice ein.

Balmoral beobachtete die beiden, ihre Jugend, der Funke, der zwischen ihnen übersprang. Saylor war in Tanger schon auf die Probe gestellt worden, nicht wahr? Und er hatte sich auf seiner kleinen Mission in Frankreich sehr gut gehalten. Wenn die Königin starb, wäre er ruiniert. Eine Schande – aber so würde es sein. »Ich wünsche, dass er lebend gefasst wird, Hauptmann. Ich werde mit nichts anderem zufrieden sein. Ihr werdet mir jeden Tag Bericht erstatten.«

»Ja, Sir.«

Balmoral schloss die Augen, als ihm plötzlich schwindlig wurde, und machte einen Schritt zurück, schwankte. Richard fasste ihn am Arm. »Eure Hoheit!«

»Es ist nichts. Ruft meinen Diener. Und geht.«

»Lasst mich bei Euch bleiben«, bat Alice.

»Geht.«

Richard wartete bei Alice im Schlafgemach, während sie mit unsicheren Fingern ihre Maske wieder befestigte und die Kapuze ihres Umhangs hochzog. »Ich will ihn nicht allein lassen«, sagte sie.

»Hast du ... empfindest du etwas für Seine Hoheit?«

»Ja. Richard, bitte, lass uns in dieser Sache zusammenarbeiten. Ich werde dir alles erzählen, was ich herausfinde. Wirst du mir auch alles berichten? Du darfst gern das ganze Lob einheimsen. Ich möchte nur sicherstellen, dass Ihre Majestät überlebt.«

»Genauso wie ich.« Er streckte ihr die Hand entgegen, und sie schüttelte sie, bevor sie davoneilte.

Alice und Balmoral, dachte Richard. So war das also ...

Kapitel 26

Ein Hofpage lief über den offenen Platz des Holzhofes von Whitehall. Henri Ange, der an einer hölzernen Säule lehnte, richtete sich auf.

»Du da«, rief er.

Der Page drehte sich um. »Sir?«

»Ich habe mich verlaufen. Ich bin hier, um mir anzusehen, wie die Königin diniert.« Henri hielt eine Münze hoch. »Die ist für einen schlauen Jungen, der mir zeigen kann, wie ich hier wieder herausfinde.« Er nickte mit dem Kopf auf das gestapelte Feuerholz und die dunklen Holzkohlehaufen unter den Vordächern, die ihn zu beiden Seiten umgaben.

»Heute findet kein Bankett statt. Sonntags um drei Uhr, Sir. Und Ihr müsst an den Wachen vor dem Bankettsaal vorbei.«

»Brauche ich eine Eintrittskarte?«

»Nein. Nur eine saubere Jacke.«

Henri deutete mit dem Kinn auf die bunte Schärpe, die der Junge um die Hüften trug. »Bist du ein Page der Königin?«

»Nein. Ich gehörte zum Gefolge des Herzogs von Monmouth. Die Pagen der Königin tragen grüne Strümpfe und Schleifen.«

»Grün. Sehr gut. Danke, Junge.«

Der Page hielt die Münze hoch. »Ich danke Euch.«

Henri lächelte. »Wo, denkst du, finden hier in der Gegend Bärenhetzjagden statt?«

»Am südlichen Flussufer, Sir. Dort gibt es welche.«

»Ich habe gehört, dass sie furchtbar sein sollen.«

»Das habe ich auch gehört.«

»Hast du noch nie eine gesehen?«

»Nein, Sir.«

»Nun, da du noch nie eine gesehen hast, und ich auch nicht, und da ich neu in dieser großen Stadt bin, wie wäre es, wenn du mir den Weg zeigst, und wir gehen zusammen hin?«

»Ihr würdet mich mit auf eine Bärenhetzjagd nehmen?«

»Es sei denn, das gehört sich nicht. Daran hatte ich noch gar nicht gedacht. Ist es falsch von mir, dir das anzubieten?«

»Nein.« Der Junge streckte ihm die Hand entgegen. »John Howard.«

»Henry Jones.«

»Sehr erfreut, Eure Bekanntschaft zu machen, Mr. Jones.«

Das beruhte ganz auf Gegenseitigkeit.

Kapitel 27

November

Erinnert euch immer an den 5. November, die Pulververschwörung, die Verräter gewollt. Ich seh keinen Grund, warum die Pulververschwörung jemals vergessen sein sollt'.

Königin Katharina saß an ihrem Sticktisch. Bunte Bänder und Dosen mit Perlen lagen in einer Stofftasche in der Nähe. Ehrenjungfern unterhielten sich und spielten Karten. Ein Feuer brannte im Kamin. Ein Page spielte Gitarre. Es war der Monat des Regens, des Nebels, der kahlen Äste unter einem grauen Himmel. Es war der Monat des Guy Fawkes Day, der Monat, in dem die Thronbesteigung von Königin Elisabeth gefeiert wurde und der Katharinentag. Schon eine ganze Weile starrte die Königin mit der Nadel in der Hand auf das Motiv, das sie stickte, Adam und Eva im Garten Eden, in Gedanken damit beschäftigt, was sie tun sollte.

»Ma'am«, meinte Frances, ihre Hofdame. »Lady Brey ist hier und bittet darum, allein mit Euch und Mrs. Brownwell sprechen zu dürfen.«

»Schickt nach Brownwell.«

Frances schickte die anderen aus dem Zimmer, führte Lady Brey herein. Königin Katharina legte die Nadel weg, die sie scheinbar nicht durch den Stoff stechen konnte, und wartete, während Alice' Tante mit entschlossenen Schritten auf sie zu marschierte und noch während ihres Hofknickses zu reden begann.

»Vergebt mir, Ma'am, wenn ich offen spreche, aber ich weiß mir keinen anderen Rat. Ich bin nicht glücklich über die Art, wie meine Nichte Alice Verney beaufsichtigt wird. Auf Monmouth' Ball habe ich sie auf dem Boden liegend und, wenn ich mich nicht irre, betrunken vorgefunden.«

Königin Katharina schwieg.

»Es ist die Aufgabe der Aufseherin, den Ruf der Mädchen zu schützen. Alice muss eine gute Partie machen, und wenn ihr Ruf Schaden nimmt, dann wird das nicht mehr möglich sein. Ich bin höchst besorgt, höchst unzufrieden. Ich habe schon darüber nachgedacht, sie nicht länger am Hof zu belassen.«

»Wir beschützen die Mädchen.«

Lady Brey schnaubte. Der König gab den Ton am Hofe an, das wusste jeder, der König und eine Königin, die Macht hatte. Diese hatte keine.

Außer Atem betrat Dorothy Brownwell das königliche Gemach, eilte zur Königin und knickste. »Ich bitte tausendmal um Entschuldigung, Eure Majestät. Lady Brey, wie geht es Euch? Vergebt mir die Verspätung.«

»Lady Brey nicht ist zufrieden über Aufpassen auf Mädchen.« Königin Katharina war kühl, eine kleine verärgerte frostige Frau.

»Meine Sorge gilt nur einer einzigen Ehrenjungfer, und das ist meine Nichte Alice Verney. Meine Schwester starb bei ihrer Geburt, deshalb fühle ich mich besonders für sie verantwortlich. Sie musste leider wie eine Zigeunerin aufwachsen, bevor ihr Vater mit ihr nach England zurückkehrte, und ich mache mir große Sorgen um sie. Ich habe sie betrunken auf Monmouth' Ball gesehen, und ich bin hier, um sicherzustellen, dass so etwas nicht noch einmal vorkommt.«

»Da müsst Ihr Euch irren«, meinte Dorothy. »Mistress Verney verhält sich stets höchst schicklich, das versichere ich Euch. Nicht, dass sie nicht manchmal ... ich meine, sie ist sehr lebhaft, sicher, aber sich zu betrinken gehört nicht zu ihren ...«

»Ich weiß, was ich gesehen habe.«

»Wir beschützen die Mädchen«, wiederholte die Königin trotzig. »Guten Tag, Lady Brey.«

Lady Brey knickste abrupt und verließ das Zimmer. Es war offensichtlich, wie verärgert sie war.

»Oje«, meinte Dorothy, nachdem die Tür sich hinter ihr geschlossen hatte.

»Vielleicht Ihr Acht geben ein bisschen mehr.«

Dorothy blinzelte überrascht.

»Nicht so viel Zeit mit Lord Knollys, hm?«

Dorothy hielt den Atem an.

»Jemand erzählt mir, nicht einmal, aber viele Male. Flüsterer des Hofes, sie suchen nach Übel. Der Ruf einer Frau, sie nicht hat mehr. Geht.«

Außer sich vor Wut verließ Dorothy das Zimmer. Sie musste die Tränen wegblinzeln. Wie konnte Ihre Majestät es wagen, sie dafür verantwortlich zu machen. Sie konnte doch nichts tun! Der König bewegte sich unter den Ehrenjungfern, als wären sie sein persönlicher Harem. Eine anständige Königin würde dem Einhalt gebieten. Wie konnte sie es wagen, sie zu kritisieren – sie tat ihr Bestes unter diesen unmöglichen Umständen! – also, das war zu viel, wirklich, das war einfach zu viel. Was redete man über sie und Knollys? Dass sie ihm hinterherrannte, dass sie sich wegen ihm lächerlich machte? Eine Frau konnte einsam sein. Eine Frau konnte Angst bekommen. Eine Frau wurde älter. Oh, warum konnte seine Frau nicht endlich sterben, damit sie endlich diese Stellung aufgeben konnte, in der ihre Arbeit sowieso nicht geschätzt wurde? Gebt ein bisschen mehr Acht. Sollte sie zum König stolzieren und sagen: Nein, schert Euch weg, Sir? Das ist eine Ehrenjungfer, Sir, die dürft Ihr nicht anrühren, Sir? Respekt, Sir, Ihr wisst doch noch, was das bedeutet? Oh, das wäre sicher lustig. Vor Renée war es Frances gewesen, und vor Frances war es Winifred gewesen, und vor Winifred war es … sie konnte sich nicht einmal mehr an den Namen erinnern. Knollys hinterherlaufen!

Sie schlug die Tür zu ihrem Zimmer mit einem lauten Knall zu, setzte sich auf einen Stuhl und weinte, bis sie nicht mehr weinen konnte. Dann suchte sie nach dem letzten Stück Kuchen in ihrem Schrank und aß es bis auf den letzten Krümel.

Barbara schlich sich mit Gracen und einer Dienerin davon, um den berühmten Astrologen Ashmole zu besuchen. Sie gingen die Straßen entlang, wo Jungen und Lehrlinge altes Holz und Heu in großen Haufen aufstapelten, die in dieser Nacht angezündet werden würden – der Nacht von Guy Fawkes –, zusammen mit Stoffpuppen, die den Papst darstellten. Als sie Ashmoles Wohnung fanden, sagte sein Diener zu Gracen: »Wenn die junge Dame so nett sein würde, hier zu warten.«

»Ich gehe mit Mademoiselle.« Gracen war so herrisch wie eine Königin.

»Nein, ich gehe lieber allein, wirklich«, erklärte Barbara.

Elias Ashmole verbeugte sich vor ihr und öffnete die Tür zu einem kleineren, privateren Raum, und Barbara trat hinein. Gracen blickte die Dienerin an, die sie begleitete, und zog eine Grimasse, dann lief sie in dem Zimmer umher, in dem man sie zurückgelassen hatte, betrachtete die Stühle, den Tisch, auf dem ein türkischer Teppich lag, das Bett mit den feinen Vorhängen, auf die Sterne und Monde gestickt waren. Sie ging zu einem Schrank, der ebenholzfarben gebeizt war, und versuchte, eine der Türen zu öffnen, aber sie war verschlossen. Sie seufzte und ging zurück an den Tisch. Dort lag ein Stapel Karten. Sie setzte sich und fing an, Patiencen zu legen.

In dem anderen Zimmer erschauderte Barbara unter ihrem Umhang und zog ihn dichter um sich. Ashmole entging diese Geste nicht. Sonst bot sie ihm nichts, woraus er Schlüsse hätte ziehen können. Ihr Umhang verdeckte ihre Kleidung, und eine Maske bedeckte ihr Gesicht von der Stirn bis zum Kinn. Ihre Stimme jedoch klang jung. Er mischte weiter die Karten und wartete ab. Sie saßen in einem Zimmer, das in einem fast schwarzen Blau angestrichen war. Planeten und Sterne waren auf die Wände gemalt. Sogar die Fenster waren überstrichen worden. Das einzige Licht spendeten einige Kerzen, die auf dem Tisch zwischen ihnen standen. Die Luft war stickig. Baden schien für Ashmoles Hellseherei nicht notwendig zu sein.

»Ihr habt mir an All Hallows die Karten gelegt«, meinte Barbara. Sag nicht zu viel, hatte Gracen ihr geraten. Lass ihn für sein Geld arbeiten.

»Ich habe vielen in dieser Nacht die Karten gelegt«, antwortete Ashmole ruhig und beobachtete sie.

»Ich möchte, dass Ihr mir meine noch einmal legt.«

Er schwieg und mischte die Karten. Schließlich legte er sieben verdeckt auf das Tischtuch, drehte eine um.

»Glück in der Liebe.«

Sie bewegte sich nicht, aber er konnte spüren, dass sie lächelte. Er drehte zwei weitere um, sagte nichts, drehte auch die restlichen um. Schnell hob er die Karten wieder auf, mischte noch einmal, dann legte er wieder sieben auf den Tisch. Er drehte drei davon um. Jetzt wusste er genau, wen er vor sich hatte – die lachende Schönheit, die bald sterben würde.

»Mademoiselle hat ein wunderbares Leben vor sich«, meinte er und schob die Karten zurück in den Stapel. »Ihr werdet ein langes Leben haben, werdet von Kindern und später Enkeln umgeben sein, und Euer Ehemann wird es weit bringen. Das sagen die Karten.«

»Sie sagen, dass ich sterben werde, nicht wahr?«

Solche Fragen beantwortete er nicht, ganz egal, was die Karten sagten. »Nichts dergleichen. Sie versprechen ...«

»Wie viel wollt Ihr für die Wahrheit? Ich habe Guineen mitgebracht, Goldguineen. Wie viele wollt ihr dafür, dass Ihr mir die Wahrheit sagt?«

»Was ist die Wahrheit, Mademoiselle? Ein Kobold, ein Irrlicht, sie verändert sich von einem Augenblick zum anderen, kurzlebig, schwer zu fassen.«

Sie legte eine Guinee auf den Tisch. Selbst ihre Hände waren von

Handschuhen bedeckt. Aber er wusste, wer sie war. Dass er ein Schicksal so deutlich vorhersehen konnte, kam selten vor. Sie und der junge Mann liebten sich sehr. Die Zeit würde das niemals ändern. Dazu würde keine Gelegenheit sein. Also würde ihr Geliebter sich immer mit brennender Liebe an sie erinnern. Darin konnte sie sich zumindest glücklich schätzen. Er nahm die Guinee und schenkte ihr ein Lächeln, bei dem sich seine Zahnlücken zeigten, mischte die Karten erneut, legte sie auf den Tisch. »Ich sehe ein langes Leben, Glück, oh, vielleicht einen Streit oder zwei, aber ein ...«

Barbara tippte mit ihrem behandschuhten Finger auf die Karte, die den Tod zeigte. »Die ist jedes Mal dabei. Beim letzten Mal war es genauso. Ich habe gesehen, wie überrascht Ihr wart. Ihr habt die Karten drei Mal neu gemischt, bevor Ihr mit mir gesprochen habt. Das habt Ihr bei niemandem sonst getan.«

»Weil Eure Zukunft so rosig ist. Ich musste die Karten neu geben, um es glauben zu können. Reisen, Euer Ehemann wird in seinem Leben reisen, aber Ihr ...«

»Sagt mir wenigstens dies. Wird mein Kind leben?«

»Oh, Ihr werdet viele Kinder haben. Und Euer Mann, er wird an weit entfernte Orte reisen, in das chinesische Reich, in die indischen Berge ...« Er redete immer weiter, beschrieb ihr das erfüllte Leben, das sie führen würde, sagte ihr alles, was ihm in den Kopf kam, alles außer der einen Sache, die sie hören wollte. Ihr Schweigen fühlte sich wie ein Tadel an, aber er ignorierte es. Schließlich erhob sie sich, und in ihrer Haltung lag Würde. Als sie schon an der Tür war, hörte er sich Worte sagen, über die er später nachgrübeln würde. Vielleicht zwang ihn ihre Würde dazu. »Sie wird leben.«

Sie öffnete die Tür und schloss sie schweigend hinter sich.

Er blieb sitzen, wo er war. Warum hatte er das gesagt? Es gab so viel, das die meisten nicht sahen. Das Kind würde nicht leben, genauso wenig wie seine schöne Mutter, die das schon die ganze Zeit wusste. Er hatte es an jenem Abend in ihren Augen gesehen, die ihn durch ihre hübsche Maske angesehen hatten, es in den Geistern gespürt, die über ihr schwebten und sich ihm zeigten. Es gab so viel Leid in diesem Leben, und es war sein Schicksal, es zu sehen. Aber er musste es nicht notwendigerweise verkünden.

»Du hast nicht ein einziges Wort gesprochen, seit du aus seinem Zimmer gekommen bist. Was hat er gesagt?«

Barbara antwortete nicht, sondern ging weiter, den Kopf gesenkt, während Gracen und die Dienerin sich beeilen mussten, um mit ihr Schritt zu halten. Als sie schließlich die Gemächer der Ehrenjungfern erreichten, nahm sie ihren Umhang und ihre Maske ab, suchte nach ihrem Rosenkranz und wies Gracen scharf an: »Wenn Alice kommt, schick sie bitte zu mir.«

»Wo gehst du denn hin?«

»In die Kapelle der Königin.«

Gracen streckte ihre Hand aus. »Lass mich doch ...«

»Tu, was ich sage.«

Gracen zog die Hand zurück, das Gesicht rebellisch, aber auch traurig.

Richard ging an Whitehall vorbei, bis er die riesigen königlichen Stallungen auf der anderen Seite von Charing Cross erreichte, wo sich Whitehall Street, Strand und Cockspur Street trafen. Pferdepfleger und Stallburschen, Straßenverkäufer und Sänftenträger lungerten gern um die Statue von Charles I. in der Mitte der Kreuzung herum. Er ging in den Innenhof, betrat eine Scheune mit Pferdeboxen, lief durch den Mittelgang zwischen den Boxen und öffnete eine davon. Sein Pferd begrüßte ihn schnaubend und stieß mit der Schnauze gegen seine Schulter, als er näher trat. »Hey, alter Junge, ich bin so schnell gekommen, wie ich konnte. Ich bin sehr beschäftigt in letzter Zeit.« Er suchte nach einer Bürste, dann striegelte er das Fell des Tieres, obwohl es glänzte, und begann zu pfeifen.

»Ist das Euer Pferd?«

Richard drehte sich um und sah den Jungen, den er bei Madame Neddie kennengelernt hatte, auf der anderen Seite der Stalltür stehen. Er wirkte dünner, als Richard ihn in Erinnerung hatte, linkischer und jünger. »Wie hast du mich gefunden?«

»Soldaten wie Ihr besitzen Pferde. Pferde stehen in einem Stall. Ich habe an der Statue gewartet, bis ich Euch sah.«

Richard tätschelte Pharaos Hinterteil. »Hast du das gehört? Er hat uns aufgespürt. Du hast ein Händchen fürs Spionieren, Etienne. Das war doch dein Name?«

»Ich heiße eigentlich Walter.«

Richard striegelte Pharaos Hals. »Etwas weiter den Gang hinunter steht ein Fass mit getrockneten Äpfeln. Hol einen«, wies er den Jungen an, und als Walter zurück war, sagte er: »Geh langsam auf ihn zu, und halt ihm den Apfel hin, sodass er ihn riechen kann ... Gib ihn ihm ... Jetzt streichle seine Nase. Pharao, das ist eigentlich Walter. Eigentlich Walter, das ist Pharao, das stärkste Pferd in den Stallungen Seiner Majestät, das diesen Sommer das Rennen in Newmarket gewonnen hat. Warum machst du dich nicht ein bisschen nützlich? Kämm seine Mähne. Hast du schon mal ein Pferd gestriegelt? Ruhig und fest. Pharao mag es, wenn du ihn zwischendurch ein bisschen streichelst und mit ihm sprichst. Ich erzähle ihm immer all meine Sorgen.«

»Was antwortet er?«

»Dass ich aufhören soll zu jammern und ihn lieber ordentlich striegeln und dann mit ihm für einen ordentlichen Galopp rausgehen soll. Du musst daran denken, nicht hinter ihm zu stehen, weil er dich sonst tritt. Hast du schon gegessen?«

»Nein.«

»Wann musst du zurück sein?«

»Bei Einbruch der Dämmerung.«

»Das ist gut. Wir sorgen dafür, dass du vor Einbruch der Dämmerung dort bist. Und jetzt halt dich ran. Ich habe Hunger. Hast du den Mann irgendwo gesehen, über den wir gesprochen haben?«

»Kein Franzose.«

»Es heißt jetzt, dass er vielleicht gar kein Französisch spricht, sondern genauso wie du und ich.«

Alice betrat leise die Kapelle. Barbara kniete immer noch vor der Altarbegrenzung, die aus reinem Silber gefertigt war, und ihre Finger flogen über die Perlen des Rosenkranzes. Alice setzte sich auf eine Bank. Barbara sprach ihr letztes Gebet, bekreuzigte sich, setzte sich neben Alice und legte den Kopf auf Alice' Schulter.

»Was gibt es denn, Ra? Ob du es glaubst oder nicht, ich bin bei der Herzogin von Cleveland zum Abendessen eingeladen. Auf Geheiß meines Vaters. Irgendein dummes Guy-Fawkes-Essen.«

»Unter deinem Stuhl wird sicher Schießpulver sein.«

»Daran zweifle ich nicht.«

»Alice, wie lange sind wir jetzt befreundet?«

»Seit du an den Hof gekommen bist.«

»Und du liebst mich?«

»Von ganzem Herzen.«

Barbara hob den Kopf von Alice' Schulter und rückte ein bisschen von ihr ab, um Alice' Gesicht sehen zu können. »Ich werde John Sidney heiraten.«

Ein Sturm tobte in Alice' plötzlich zusammengezogenen Brauen, aber Barbara fühlte sich seltsam ruhig und entschlossen. »Ich will deinen Segen.«

»Und wenn ich ihn dir nicht gebe?«

»Dann heirate ich ihn trotzdem.«

»Mein Gott, ich könnte dich mit jedem anderen zusammenbringen, wenn du mich lassen würdest! Mit deiner Schönheit und der finanziellen Unterstützung meines Vaters könntest du dir jemanden aussuchen. Tu das nicht, Ra!«

»Es ist zu spät.«

»Wie meinst du das?«

»Ich bin schwanger.«

»Ra!«

»Ich möchte deinen Segen.«

Alice stand auf, trat einen Schritt zurück. »Ich kann ihn dir nicht geben. Wir haben uns gegenseitig etwas Besseres als das versprochen. Du hast gesagt, du würdest niemals heiraten, und dann komme ich aus Frankreich zurück, und du hast nur noch Augen für ihn! Es gibt ein Dutzend bessere Partien für dich, wenn du unbedingt heiraten musst. Du hast etwas Besseres verdient! Ich könnte ihn umbringen und dich versohlen!«

»Es war nicht allein seine Schuld, Alice. Ich wollte es genauso wie er.«

Alice legte die Hände über ihre Ohren. »Ich will das nicht hören.«

»Es ist nicht so einfach, wenn man jemanden aufrichtig liebt. Es ist so süß, das Fleisch ist wie Honig, wie Feuer – oh, Alice, du hast doch für Cole ähnlich empfunden. Du hast mir davon erzählt, wie schwer es war, keusch zu bleiben, wie nah du daran warst, nachzugeben. Ich verstehe das jetzt. Damals tat ich es nicht, aber jetzt tue ich es. Ich liebe ihn so. Ich will ihn heiraten, mehr als alles andere. Ich möchte ihm gehören, ganz, eins mit ihm sein vor Gottes Angesicht. Und er will das auch.«

»Du musst nicht heiraten. Vater kann uns nach Frankreich schicken. Wir könnten dort leben, bis du das Baby bekommst, und dann …«

»Soll ich es weggeben? Dazu würdest du mich zwingen?«

»Nein, nein, natürlich nicht, aber …«

»Ich heirate John Sidney. Ich möchte, dass du bei der Trauung dabei bist …«

»Nein.«

Alice trat noch einen Schritt zurück. Barbara versuchte, ihre Hand zu ergreifen, aber Alice entzog sie ihr hastig. »Ich muss dir etwas sagen, Alice …«

»Ich möchte von dir nichts mehr hören. Du bist eine Närrin, Barbara Bragge. Sogar dümmer als Winifred. Du hast dich benommen wie eine Hure! Du hast dich selbst weggeworfen! Eine Närrin, eine Närrin, eine Närrin!« Alice hob ihre Röcke hoch und rannte aus der Kapelle, ohne zu wissen wohin. Sie musste allein sein.

Sie fühlte sich mordlüstern. All ihre Pläne, all ihre Hoffnungen waren zerstört. Sie wusste, was das Beste gewesen wäre. Nicht Barbara. Sie war die Schlauere. Nicht Barbara. Niemals Barbara.

Irgendwie gelangte sie in den ersten Stock in Dorothy Brownwells Gemach, ging schnell an einer überraschten Dienerin vorbei in das kleine Zimmer, das Dorothys Rückzugsraum war. Sie versuchte, dort ein Fenster zu öffnen. Sie brauchte Luft. Sie schlug dagegen, aber dann kam sie zum Glück auf den Gedanken zu drücken, und es klappte auf. Sie sog die kalte Luft tief ein, atmete ein und aus. Wie konnte Barbara nur so dumm sein? Es gab keine glücklichen Ehen. Sie hatte nie eine gesehen. Am Anfang empfand man vielleicht Leidenschaft, aber die kühlte ab, vor allem bei den Männern. Sie kühlte immer ab. So war es Mode, und niemand wollte sich nachsagen lassen, nicht mit der Mode zu gehen. Eine Frau musste sehr sorgfältig wählen und dabei an die Zeit denken, nachdem sie seine Kinder geboren hatte, an das Leben, das sie sich dann aufbauen musste. Man musste eine hübsche Summe zur eigenen Verfügung haben, vielleicht sogar etwas Geld selbst besitzen. Man musste einen Titel haben oder die Aussicht auf einen Titel, denn warum sollte man sonst überhaupt heiraten? Warum sollte man die Langeweile und die Grausamkeit eines Mannes ertragen, seine Gleichgültigkeit und seine Selbstsucht? Ra war eine der hübschesten jungen Frauen am Hof. Sie hätte nur aufgrund ihrer Schönheit heiraten können. Sie schlug mit der Faust auf den steinernen Fenstersims. Dumm! Dumm! Dumm! In drei Jahren würde sie drei Kinder und nicht genug Geld haben, und John Sidney würde jede Frau, die ihm auffiel, angaffen und ihr in den Hintern kneifen, nur um dem eintönigen Leben etwas Würze zu verleihen. Das hatte sie so nicht geplant. Sie wollte nicht, dass Barbara sie verließ …

Dieser Gedanke erschreckte sie so, dass sie innehielt.

Sie legte ihr Gesicht gegen das Metall des Fensterrahmens. Ihr Herz tat ihr so schrecklich weh. Sie wollte nicht, dass Barbara irgendjemanden mehr liebte als sie. Das war die ganze Wahrheit.

Ihre Freundin, ihre Schwester, diejenige, mit der sie alle Geheimnisse teilte, ging weg und ließ sie zurück. Sie hatte Cole begehrt, aber sie hatte ihn niemals wirklich geliebt. Was war Liebe? Blindheit, nichts als kurzfristige Dummheit. Sie konnte nicht sehen, was Barbara sah.

Und sie hasste sie dafür. Dafür, dass sie etwas sah, das sie nicht sehen konnte, und dafür, dass sie sie zurückließ.

Bei Einbruch der Dämmerung wartete ihr Vater vor dem Haus der Herzogin von Cleveland in der Nähe von Westminster, östlich von Whitehall. Auf den Wiesen und Hügeln in der Ferne brannten Feuer. Sie brannten im Hyde Park, auf den Weilern von Marylebone und Chelsea. Für Guy Fawkes. In London selbst brannten die Feuer auf den Straßen, und die Leute tanzten um Puppen, die den Papst darstellten. Das große Feuer, bei dem beinahe vierhundert Morgen von London verbrannt waren, wurde durch sehr viel weniger ausgelöst, und London war immer noch nicht vollständig wieder aufgebaut.

»Du kommst spät, Alice. Seine Majestät ist bereits da.« Sir Thomas machte Poppy ein Zeichen, zur Rückseite des Hauses zu gehen, wo die Diener sich aufhielten. Dann griff er nach ihren Armen, als wollte er sie schütteln. Sie machte sich los.

»Wag es nicht, mit mir zu spielen, Vater.«

Er betrachtete sie von oben bis unten. »Was hat dich denn in derart schlechte Laune versetzt?«

»Nichts. Was soll ich hier überhaupt?«

»Du begleitest deinen Vater, der einen Waffenstillstand zwischen der Herzogin von Cleveland und dir zustande bringen will, damit sie dich nicht ruiniert. Du wirst dich benehmen.«

Alice gab einen Laut von sich.

»Du wirst dein schreckliches Temperament heute Abend zügeln, oder ich schwöre, dass ich der Forderung deiner Tante nachgeben und dich zu ihr schicken werde.«

»Wie meinst du das?«

»Sie war höchst beunruhigt über dein Verhalten an All Hallows und hat mich offiziell aufgesucht, um mir zu sagen, dass du als Ehrenjungfer nicht richtig beaufsichtigt wirst und dass du bei ihr leben musst, wenn du einen angemessenen Ehemann finden und deiner Familie keine Schande machen willst.«

»Ha!«

»Genau so sehe ich das auch, aber sie war auch bei der Königin und hat ihr das Gleiche gesagt.«

»Wie konnte sie nur. Wie dumm. Alle sind so schrecklich dumm.«

»Alice ...«

»Lass mich in Ruhe.«

Sie stiegen schweigend die Stufen zum Empfangssalon der Herzogin hinauf. Für einen Moment glaubte sie, den neuen Lakaien ihres Vaters zu sehen, Perryman, der sich in einem Flur versteckte. Er trug eine schlecht gemachte Perücke auf dem Kopf und einen falschen Schnurrbart, als gehöre er zur Schauspieltruppe des Königs.

»Ist das Perryman?«

»Wo?«

Sie deutete auf den Mann.

»Nein.«

Und dann waren sie im Empfangssalon, und weil sie zu spät kamen, knickste sie tief vor Seiner Majestät, der sehr jovial war und nur Augen für Renée hatte, die ebenfalls anwesend war. Dann musste sie zur Herzogin von Cleveland gehen, die auf keine ihrer Entschuldigungen reagierte, und dann musste sie die übrigen Gäste begrüßen, die Schauspieler Charles Hart und Peg Hughes, den Earl von Rochester und Lord Mulgrave, der schüchtern lächelte, während er sich über die Hand beugte, die sie ihm entgegenstreckte – Gott allein wusste, was ihr

Vater zu ihm gesagt hatte – und schließlich waren da zum Glück noch Frances, die Herzogin von Richmond, und Prinz Rupert. Alle tranken Wein und unterhielten sich ungezwungen. König Charles hatte dasselbe mit Frances gemacht, er hatte ihr unter Clevelands Nase den Hof gemacht, mit Clevelands Erlaubnis. Jetzt geschah dasselbe mit Renée. Wie pervers das alles war!

»... Buckingham schreibt ein neues Stück.«

»... Sedley hat die Pocken.«

»Wird das Unterhaus im Frühling Freund oder Feind sein ...«

»Die Holländer sind so anmaßend geworden. Es muss wieder Krieg geben ...«

»... sie ist seine neue Geliebte.«

Alice brauchte einen Augenblick, um zu begreifen, dass sie von der Schauspielerin Peg Hughes sprachen und dass sie unter Prinz Ruperts Protektion stand. Als Nächstes wird mein Vater sich auch eine Schauspielerin nehmen, dachte sie. Das kommt langsam in Mode. Ein Teil von ihr war erleichtert darüber, weil das Louisa Saylor aufhalten würde, ein anderer Teil von ihr war es müde, über den letzten Schrei bei den Liebschaften der Männer nachzudenken. Irgendwie gelangte eine Fliege ins Zimmer und brummte herum, und dann kam es durch ihre Anwesenheit zu einem wilden, weinseligen Spiel – die Leute warfen Kissen und schlugen nach dem Insekt. Renée lachte über diese Eskapaden, und Alice beobachtete das alles gelangweilt, lächelte mechanisch und dachte, was für Narren doch alle waren.

Nach dem Essen tippte ihr Prinz Rupert auf die Schulter, und obwohl es kalt war, zu kalt, schlich sie sich mit ihm hinaus auf einen Balkon. Am Horizont leuchteten Feuer. Sie und Rupert rauchten eine langstielige Pfeife, während er über etwas philosophierte, von dem sie nur wenig mitbekam.

»... es ist alles ein großes Durcheinander, wirklich. Es ist einfach nie genug Geld da ...«

»... der König und das Parlament können nicht miteinander leben. Zwei, die auf Kriegsfuß stehen ...«

»... Buckingham hat einen Keil zwischen Seine Majestät und York getrieben. Es bricht mir das Herz ...«

»... wir müssen die Haushaltsausgaben senken, aber wie, frage ich Euch ...«

Alice zog an der Pfeife und blies den Rauch langsam aus, bis Prinz Rupert sie drängte, wieder hineinzugehen, damit man sie nicht vermisste. Das Dessert, ein Apfelkuchen von der Größe eines kleinen Tischs, stand auf einem Ehrenplatz, und der Majordomus der Herzogin war gerade dabei, ihn anzuschneiden. Alice saß neben ihrem Vater, der mit Rochester darüber stritt, ob man mit Holland oder Frankreich Krieg führen sollte, welches der beiden Länder der natürlichere Feind des Königreiches war, als ein schriller Schrei die Festivität unterbrach. Mäuse krochen aus dem Kuchen!

Den Schrei hatte der Majordomus ausgestoßen, der jetzt mit dem Messer auf sie einstach, aber dadurch fiel der Kuchen auf den Boden und im Fallen kamen noch mehr Mäuse heraus und liefen in alle Richtungen. Renée schrie, als eine Maus versuchte, an ihrem Kleid hochzuklettern. König Charles nahm sie auf seine Arme. Rochester, Mulgrave und Sir Thomas stampften mit den Füßen auf, während die Mäuse überall umherhuschten, und Alice stieg hastig auf einen Stuhl und schrie, schrill und hysterisch, was das Chaos noch verschlimmerte.

»Sie sind weg, sie sind weg!«, versuchte Prinz Rupert sie zu beruhigen, aber sie konnte nicht aufhören zu schreien.

Ihr Vater streckte die Hand aus und schlug ihr ins Gesicht, und dann brach sie weinend in seinen Armen zusammen.

»Sie hat eine Todesangst vor Mäusen. Ist als Kind gebissen worden«, hörte sie ihn wie durch einen Nebel erklären.

Und dann kroch eine einzelne Maus aus dem umgedrehten Kuchen, stellte sich auf die Hinterbeine und hielte ihre Nase schnüffelnd in die Luft. Alice schrie erneut; ihr Vater drehte ihren Kopf weg und hielt sie ganz fest.

Die Herzogin von Cleveland, die auf einem Stuhl stand, blickte durch das Zimmer auf den Haufen aus zerstörtem Kuchen und Scherben und Krümeln, dann sah sie König Charles an. Er biss sich auf die Lippen in dem Versuch, nicht zu lachen, und hielt eine wimmernde Renée in seinen Armen. Er sah aus wie ein Bräutigam, der gleich über die Schwelle treten will.

»Aber du kannst nicht behaupten«, rief die Cleveland ihm zu, »dass die Abende bei mir jemals langweilig wären.« Und dann lachte sie, laut und derb, was einen Teil ihrer Anziehungskraft ausmachte, und plötzlich stimmten alle mit ein, während die Maus sich vor lauter Angst nicht rührte; aber Alice schluchzte immer noch an der Schulter ihres Vaters, und er streichelte ihren Kopf und sagte zwischen seinen Lachanfällen: »Schon gut, Schatz, schon gut ...«

»Erinnerst du dich an die Mäuse im Louvre während Louis' Fronde?«, fragte Prinz Rupert den König. Die Fronde war der Bürgerkrieg gewesen, den der französische König als Kind erlebt hatte.

»Ich hätte mit der größten von ihnen jeden Morgen Tennis spielen können«, meinte König Charles.

»Ich habe sie alle mit auf mein Schiff genommen«, erwiderte Prinz Rupert. »Sie sind Piraten geworden, und seitdem hat sie niemand mehr gesehen.« Prinz Rupert war während des Exils als Freibeuter zur See gefahren und hatte Schiffe mit wertvoller Ladung für den König gekapert.

»Wart Ihr sehr arm, Sire?«, fragte Renée König Charles.

»So arm wie ... nun, vergebt mir die direkten Worte, wie eine Kirchenmaus, Liebes.«

Als sie eine Stunde später wieder in Whitehall waren, befahl König Charles Alice, sich zurückzuziehen. Sie ging zur Tür.

»Bitte bleib«, rief Renée, und so setzte sich Alice in einen Stuhl in einer Ecke des Vorraumes. Ich will das nicht tun, dachte sie. Ich will nicht sehen, wie er mit ihr schläft. König Charles führte Renée zum

Kamin, zog einen Hocker heran, auf den sie sich setzen konnte, und ließ sich dann auf dem Boden vor ihr nieder.

»Ich fand es schön, Euch heute Abend im Arm zu halten«, sagte er auf Französisch. »Ich fand es schön, mit Euch zu essen. Wenn Ihr mir gehört, erwarte ich jeden Abend ein schönes Essen, aber keine Mäuse.«

»Wo würde ich Euch dieses schöne Essen servieren? Hier?«

»In Euren schönen Gemächern in Whitehall. Sie werden nach Euren Wünschen gebaut. Sagt nur ein Wort, und ich lasse die Arbeiten beginnen.«

Sie schwieg und starrte an ihm vorbei ins Feuer. Der König griff in seine Tasche, holte Ohrringe mit großen, wunderschönen Perlen heraus, legte sie in ihre Hand und schloss ihre Finger darum. »Aus Surinam. Speziell angefertigt für wunderschöne Maiden, die der König liebt. Darf ich?« Er löste vorsichtige ihren Ohrring. Seine Finger waren nicht ungeschickt, sondern sicher, warm dort, wo er sie berührte. Als der zweite Ohrring an seinem Platz saß, drehte er sie zu sich um. »Perfekt. Ihr braucht nur noch eine Kette und ein passendes Armband.«

Er griff in eine andere Tasche und zog eine lange Kette mit riesigen Perlen und ein Armband mit einem Diamantverschluss heraus. Alice konnte den Diamanten von ihrem Platz aus funkeln sehen. Kniend streifte er die Kette über Renées Kopf und zog ihre Locken dahinter heraus. Er nahm ihr Handgelenk und befestigte das Armband daran. Alle seine Bewegungen waren gezielt und leicht. Er setzte sich auf seine Hacken, schüttelte ein Kissen auf, ließ es fallen und streckte sich, das Kissen unter dem Kopf, auf dem Boden aus. Er nahm seine üppige dunkle Perücke ab und stopfte sie unter seinen Kopf zu dem Kissen.

»Ich kann das nicht annehmen«, sagte Renée.

»Natürlich nicht. Ich wollte nur sehen, wie sie an einer schönen Frau aussehen. Tragt sie einfach, um mir zu gefallen. Wisst Ihr eigentlich, wer dieser Guy Fawkes war?« Er begann von der Zeit seines Großvaters zu erzählen und von dem Plan, das Parlament und alle, die darin waren, in die Luft zu sprengen. »Ich kann diese Regung verstehen«, meinte er lächelnd. Schatten spielten über sein Gesicht.

Alice zog die Beine auf den Sessel, rollte sich wie eine Katze zusammen und schloss erschöpft die Augen. Sie döste, träumte, dass sie wieder bei Madame war, dass es Abend war und schneite, und sie saßen alle zusammen um den Kamin. Nehmt dieses Gift für mich, sagte Madame zu ihr und hielt ihr ein Baby entgegen. Alice öffnete die Augen. König Charles und Renée küssten sich. Er kniete vor ihr, die Hände auf ihre bloßen Schultern gelegt. Ihr Gesicht war zu ihm gewandt, ihr Hals lang und weiß, die Hände passiv an ihren Seiten, ihre Münder vereinigt. Er hob den Kopf, und das Feuer beleuchtete das Profil der beiden. Renée bewegte sich nicht, und es schien Alice, als befinde sie sich in einer Art Trance. Er lachte, voll und freudig, und Renée erschrak. Er stand auf, hielt ihr die Hand hin und half ihr auf.

»Ihr habt mich mit diesem Kuss unsterblich gemacht. Kleine Hexe, Ihr besitzt mein Herz.« Er hob seine Perücke und den Hut mit den Federn auf. »Ich bin glücklich«, sagte er zu dem Hut. »Wir könnten glücklich miteinander sein, meine Hexe«, sagte er zu Renée. »Verlangt es Euch nicht danach, glücklich zu sein? Ah, unsere Anstandsdame ist aufgewacht.« Sein langes Gesicht wirkte lebhaft. Er lachte und sprühte nur so vor Übermut. Alice mochte ihn am liebsten, wenn er so war. »Ihr gebt eine schlechte Anstandsdame ab, und ich danke Euch aus tiefstem Herzens dafür. Schlaft gut, holde Maiden.«

»Du hast dich von ihm küssen lassen«, warf Alice Renée vor, als er gegangen war.

»Ich konnte ihn nicht aufhalten. Und es war nur ein Kuss.«

»Du hast den Kuss erwidert.«

»Er kann wirklich gut küssen.« Renée berührte die großen, dicken Perlen um ihren Hals. »Wo soll ich die hintun?«

»Ich habe eine Schmuckschatulle. Darin können wir sie einschließen.« In der Stille des Schlafgemachs der Ehrenjungfern schloss Alice ihre Schmuckschatulle auf und legte alles hinein. »Allein das hier ist schon eine sehr gute Aussteuer«, meinte Alice.

»Aber ich muss sie zurückgeben.«

»Das bezweifle ich. Er ist sehr großzügig zu den Frauen, die er begehrt. Oh, ich bin so müde. Gute Nacht.«

»Gute Nacht. Und danke, dass du bei mir geblieben bist.«

»Das nächste Mal werde ich nicht einschlafen.«

Barbara war nicht in ihrem Bett. Alice legte ihre Füße auf den heißen Backstein, den Poll in Flanell gewickelt und ins Bett gelegt hatte, und legte sich mehrere Kissen unter den Kopf, während Poll die Bettvorhänge zuzog. Wo war sie? Bei ihm. Alice wusste es. Wie konnte sie nur! Sie ruinierte sich. Unruhig warf sie sich hin und her und schlug auf ihr Kissen ein, als wäre es Barbaras Gesicht. Der Schlaf übermannte sie, überraschte sie mit seiner schnellen Ankunft. In Gedanken sah sie wieder, wie Renée und der König sich küssten, wie ihre Lippen miteinander verschmolzen, wie seine Hände sich um ihre weißen Schultern legten, wie Renée mit klopfendem Herzen stillhielt. Sie erinnerte sich an Coles Küsse, fieberhaft, heiß, an die Lust, die sie überwältigt hatte. »Gib mir einen Kuss und ein Dutzend drauf, und dazu noch zwanzig, und noch hundert mehr . . .«

Das würde sie mit Balmoral niemals haben.

Prinz Rupert traf König Charles, als er gerade die Treppe zu seinem Schlafgemach hinaufstieg. Die Leibwache des Königs salutierte vor Prinz Rupert.

»In London ist ein Feuer ausgebrochen«, meinte Prinz Rupert.

Der König hörte auf zu lächeln.

»Ich habe eine Truppe ausgesandt. Sie sollen nachsehen, wie schlimm es ist. Saylor führt sie an. Der Junge soll sich sein Hauptmannsgehalt verdienen. Außerdem hält ihn das davon ab, dein Werben zu entdecken.«

»War Balmoral einverstanden?«

»Er ist im Moment nicht in der Verfassung, Entscheidungen zu treffen.«

»Ah.«

»Das Werben war erfolgreich, wie ich sehe?«

»Stell mir keine Fragen, dann erzähle ich dir keine Lügen. Tennis morgen früh?«

»Die Sonne geht gleich auf.«

»Gut, dann wird es umso leichter, dich zu schlagen.«

Kapitel 28

Walter stand mit den anderen auf dem Dach und beobachtete das Feuer. Es war kalt, aber das machte ihnen nichts aus. Sie hätten alles getan, um das Zimmerlabyrinth zu verlassen, an das sie gefesselt waren. »Weißt du noch, wie ganz London gebrannt hat?«, fragte Hugh, ein gertenschlanker Junge, nach dem sehr viel verlangt wurde.

»Ja«, antwortete Walter. Er hatte seine Familie in diesem Feuer verloren, als sich das London, das er kannte, in ein Inferno verwandelt hatte. Und seitdem fand sein Leben hier statt.

»Sieh sie dir an. Die Kaiserin ist glücklich heute Abend«, meinte Hugh.

»Wer ist das?«, fragte Walter.

»Ihr neuer Geliebter.«

»Fühlst du das?« Nan legte Walters Hand auf ihren Bauch, wo man eine leichte Verhärtung spüren konnte. Nan war seine beste Freundin; sie und ihre Schwestern wuschen die Betttücher, leerten die Nachttöpfe, fegten die Asche aus den Kaminen und zündeten das Feuer neu an. Sie war keine Hure, aber einer von Madames Kunden hatte ihr das angetan. Er hatte sie niedergedrückt und vergewaltigt, und jetzt wuchs da ein Kind. »Weißt du, was das ist?«

Walter nickte.

»Ich sollte einfach von diesem Dach springen.«

»Es wird schon werden. Ich kümmere mich um dich.«

»Walter!« Madame Neddie rief ihn. Als Walter vortrat, streichelte sie sein Gesicht. »Du wirst mal ein hübscher Kerl. Umso besser. Geh und hol uns noch eine Flasche, mein Schatz.«

Walter kehrte mit Champagner zurück. Der Koch und der Türsteher standen jetzt auf dem Dach, die letzten Kunden waren gegangen, außer denen, die so betrunken waren, dass sie sich nicht mehr rühren konnten. Sie lagen schnarchend in den Betten, die Madame Neddie genau für diesen Fall bereithielt, mit sauberen Laken und Kissen, die mit Daunen und Lavendel gefüllt waren, dem Besten, was es gab.

»Was war das, was du zu ihr gesagt hast?«, wollte Walter von dem Mann wissen, der bei Madame Neddie stand.

»Das war Italienisch«, meinte Madame Neddie. Sie lehnte sich an die Schulter des Mannes und seufzte.

»Bist du Italiener?«, fragte Walter.

»Nein«, erwiderte der Mann. »Ich bin Engländer wie du. Es ist nur ein Spiel, das ich spiele. Ich spreche irgendein Kauderwelsch, und sie glaubt, es wäre Italienisch.«

Neddie boxte ihn auf den Arm. »Es ist Italienisch.«

Der Mann zwinkerte Walter zu. »Sicher ist es das, Liebes.«

Walter stellte sich wieder zu Nan, legte die Hand auf ihren Arm. »Komm, wir sehen uns das Feuer an.«

Sie rannten die Treppe hinunter und hinaus in die Nacht, trotz der pöbelnden Jugendbanden, die durch die Straßen zogen. Das Feuer war am Ende der Fleet Street ausgebrochen, in der Nähe des Gefängnisses und des Abwassergrabens, der in den Fluss führte. Walter konnte eine Reihe von Wachen um das brennende Gebäude stehen sehen, das in sich zusammengefallen war. Er sah Hauptmann Saylor – ohne seinen Umhang, das Gesicht und das Hemd rußverschmiert –, der Befehle rief. Die Wachen bildeten eine Reihe und reichten Wassereimer vom Abwassergraben zum Feuer.

»Ich kenne ihn«, sagte Walter zu Nan. »Er ist mein Freund. Er ist Soldat. Bleib hier.«

Er rannte zu Richard. Das Feuer war laut, krachte und brüllte, wie ein knochenzermalmender Dämon. »Sir«, rief er Richard zu.

»Jetzt nicht. Geh weg, Walter.«

»Ja, Sir.«

Richard ließ sein Pferd zurück nach Whitehall trotten, die Hälfte der Leibgarde der Königin hinter sich. Das war also ihr erstes unvorhergesehenes Ereignis gewesen. Sie hatten sich gar nicht so schlecht geschlagen, hatten die Befehle befolgt, und zwei oder drei Leutnants waren sogar selbst auf brauchbare Ideen gekommen. Vor dem Gebäude der berittenen Garde sagte er zu ihnen: »In einer Stunde wieder antreten.« Er übergab seinem Stallknecht das Pferd.

An der Tür zu seiner Kammer hielt er inne. Anstatt die Tür aufzustoßen, schlug er zweimal hart mit der Faust dagegen. John öffnete. Barbara saß auf dem schmalen Bett, vollständig bekleidet, die Füße hochgezogen. Auf dem Tisch lagen ein frischgebackenes Brot und ein bisschen Käse. John ging zum Feuer und goss warmes Bier aus einem Eimer, der in der Asche stand, in einen Becher. Richards Mund wurde wässrig, als er das frische Brot roch. Barbara schnitt es auf, und Dampf stieg von jeder neuen Scheibe auf. »Wo hast du das her?«, fragte er sie.

»Einer der Köche der Königin mag Barbara sehr«, antwortete John.

»Warum bin ich nicht überrascht?«

Richard stopfte sich den Mund mit Brot und Käse voll. John brachte das warme Bier, und sie teilten sich den Humpen.

»Ist jemand zu Schaden gekommen?«, fragte Barbara.

»Ein Haus ist bis auf die Grundmauern niedergebrannt, weil die Leute, die dort wohnten, französische Katholiken waren. Es gab vielleicht vier Tote. Jemand hat mir erzählt, die protestantischen Lehrlinge sind vorher um das Feuer getanzt und haben gerufen, dass Königin Katharina eine Tochter des Papstes sei. Sie haben Teerfackeln auf das Haus geworfen. Die Opfer waren Franzosen, aber sie lebten hier seit zwanzig Jahren.«

»Ich werde in einer Woche getauft«, meinte John.

Richard leerte den Humpen, um nicht sofort antworten zu müssen. »Nicht unbedingt der richtige Zeitpunkt.«

»Wirst du auf unserer Hochzeit tanzen?«, fragte Barbara.

Er blickte von einem zum anderen. »Was soll das heißen?«

»Es wird eine Taufe im engsten Kreise sein, und danach soll die Hochzeit stattfinden.«

»Du vergeudest keine Zeit. Feier doch gleich noch die Kindstaufe mit, dann hast du es hinter dir.«

Barbara wurde feuerrot im Gesicht.

»Warte noch sieben Monate«, erklärte John.

Barbara hob die Hände und legte sie auf ihre Wangen. »Er wird mich für schamlos halten, John.«

»Ich halte dich für liebenswert. Du könntest nichts tun, was meine Bewunderung für dich schmälern würde. Und ich danke Gott, dass du dich endlich erbarmt und diesen Mann von seinen Qualen erlöst hast, selbst wenn du ihn dazu verführen musstest.«

»Dann freust du dich, Richard?«, fragte Barbara ihn.

»Von ganzem Herzen.«

»Ich sage deinem Diener, dass er Wasser bringen soll, und dann bringe ich meine Frau nach Hause«, meinte John. Barbara küsste Richard auf die Wange, und dann waren sie zur Tür hinaus.

Richard seufzte. Warum musste sein Cousin nur ausgerechnet Katholik werden ... Bei diesem Gedanken fiel ihm Renée ein, die ebenfalls Katholikin war, aber Richard würde sie niemals bitten, einen anderen Glauben anzunehmen. Er dachte an verschiedene Dinge, die sie in ihrer Hochzeitsnacht tun würden ... Es war eine gute Sache, dass sein Diener ihm eiskaltes Wasser brachte. Richard pfiff vor sich hin, während er sich das Gesicht wusch, sein Hemd auszog und sich ein frisches überstreifte.

König Charles und Prinz Rupert hatten ihr Tennisspiel beendet und gingen im St. James's Park spazieren, um die Hunde des Königs auszuführen. Der König schlenderte hinunter zu dem langen künstlichen Kanal, den er im ersten Jahr seiner Herrschaft hatte bauen lassen, und fütterte die Enten. Prinz Rupert war zu den Linden hinübergegangen, erschien aber bald wieder an der Seite des Königs. »Auf dem Exerzierplatz findet eine Übung statt!«

»Das hast du dir eingebildet. Oder es muss Cromwells Geist sein«, antwortete Charles.

»Weder noch. Es ist der junge Saylor. Er drillt doch tatsächlich die Garde der Königin.«

»Pass auf die Hunde auf«, rief der König einem Pagen zu, und dann lief er mit Prinz Rupert zu der Außentreppe, die hinauf und dann über die oberen Stockwerke des Holbein Gate führte. Sie stiegen Treppen hinauf, bis sie auf den Exerzierplatz hinuntersehen und beobachten konnten, wie die Leibgarde der Königin mit ihren Lanzen – langen Holzwaffen mit einer Spitze aus Eisen – auf hölzerne Soldaten zurannten. Die Männer formierten sich zu kleinen Verteidigungseinheiten und wehrten mit den scharfen Spitzen ihrer Lanzen den Angriff einer imaginären Kavallerie ab. Der Exerzierplatz war früher Schauplatz von so manchem Turnier der Tudors gewesen, als Turniere gerade in Mode waren.

»Sei still, mein Herz«, meinte Prinz Rupert.

»Du solltest da mitmachen«, sagte König Charles. »Dann würde das Tennisspielen gegen dich auch mehr Spaß machen.«

»Rührt euch«, rief ein Leutnant.

»Lasst sie bis zum Mittag schlafen«, hörten sie Richard zu dem Leutnant sagen. »Dann sollen sie nach London marschieren und die Wache am abgebrannten Haus ablösen. Und alle haben sich hier morgen wieder eine Stunde nach Sonnenaufgang einzufinden.«

König Charles ging die Stufen wieder hinunter bis zu einem Tor in der Mauer, die den Platz umgab. Er schlenderte hindurch, und die überraschten Soldaten stellten sich sofort in Reih und Glied auf und salutierten.

»Man hat mir gesagt, dass ihr in Tanger ein halbes Jahr lang das Regiment geführt habt«, sagte er.

»Oberst Dillion war sehr krank«, antwortete Richard.

»Reif fürs Irrenhaus, meint ihr wohl«, erklärte Prinz Rupert.

Richard schwieg. Er sprach niemals über diese Zeit.

»Ich glaube nicht, dass man mir alles darüber erzählt hat«, meinte König Charles, der Richards Gesicht beobachtet hatte.

»Die Mauren sind erbitterte Gegner«, erwiderte Richard.

»Wie groß war das Feuer gestern Abend?«

»Nur ein Haus hat gebrannt. Einige, die darin gelebt haben, sind in den Flammen umgekommen. Ich habe bis heute Abend eine Wache aufstellen lassen, um sicherzugehen, dass es sich nicht neu entzünden kann.«

»Es ist diese verdammte Glut«, meinte Prinz Rupert. »Mann muss sie dünn ausbreiten und mit Wasser besprengen. Ich dachte beim Feuer von '66, dass es niemals aufhört.«

»Es tut mir leid um die Opfer. Ihr werdet Balmoral einen vollständigen Bericht abliefern, und wir werden sehen, was wir tun können. Wie geht es Eurer Mutter?«, fragte König Charles.

»Sehr gut, Sire.«

»Wenn Ihr ihr das nächste Mal schreibt, richtet Ihr bitte meine Grüße aus.«

Richard verbeugte sich.

Prinz Rupert und der König verließen den Exerzierplatz und überquerten die breite Straße vor dem Bankettsaal. Diener und Pagen rannten mit Feuerholz oder Kohlen vorbei, trugen Tabletts mit Essen aus verschiedenen Küchen, während der Palast zum Leben erwachte. Diese frischen, klaren Stunden des Tages, in denen noch alles passieren konnte, waren dem König die liebsten, wenn die Arbeiter, die Drohnen, wie er diejenigen, die wie er schon auf den Beinen waren, in Gedanken gerne nannte, um ihn herumschwirrten.

»Ich mag diesen Jungen«, meinte Prinz Rupert.

»Er ist ein Mann, kein Junge.«

»Ich habe gehört, es hat eine Meuterei gegeben, die man vertuscht hat.«

»Sein Vater hat sich in der Schlacht von Worchester beide Beine gebrochen, aber er hat Wilmot befohlen, ihn mit dem Rücken an eine Wand zu setzen und Pistolen zu holen, damit er noch ein paar Rundköpfe erschießen kann, während ich floh. Ich werde niemals den Anblick vergessen, wie er da saß und eine Ballade sang, während sein Diener ihm schussbereite Pistolen reichte. Er war umgeben von Rundköpfen mit Lanzen, so weit das Auge reichte. Er hat nicht zugelassen, dass wir ihn mitnehmen. Sie haben ihm den Kopf nur deshalb nicht abgeschlagen, weil sie keine Zeit dazu hatten; sie hätten mich fast erwischt. Man hat mir erzählt, dass Jerusalem Saylor über das Schlachtfeld gegangen ist und jeden Körper umgedreht hat, bis sie ihn fand. Sie legte ihn auf einen Handwagen und brachte ihn zum Sterben nach Hause. Auf dem Weg hat sie jede Rundkopf-Patrouille verflucht, die versuchte, sie aufzuhalten. Und er hat überlebt, Gott sei seiner Seele gnädig.«

Prinz Rupert bekreuzigte sich. »Hast du ihn jemals wiedergesehen?«

»Nein. Und dann sind seine drei Kinder eines Tages am Hof erschienen. Alle haben das rotgoldene Haar ihrer Mutter geerbt – unter ihren Vorfahren sollen Nordmänner gewesen sein.« Sie schwiegen eine Weile, und ihre Schritte hallten auf dem Hof wieder, den sie jetzt überquerten.

»Ich habe gehört, die Wikinger haben ihren Feinden gerne das Herz aus der Brust geschnitten und roh gegessen.«

»Ach ja? Ist das eine Warnung?«

»Muss man dich warnen?«

König Charles lächelte und antwortete nicht.

Alice nahm das Gebinde, das sie aus dem königlichen Blumengarten bestellt hatte, und lief durch die königlichen Privatgärten, über die Whitehall Street und durch die Allee, die zu dem Teil des Palastes führte, wo sich die Gemächer des Herzogs von Balmoral befanden. Poll folgte ihr.

»Er empfängt keine Besucher«, erklärte ihr ein Lakai.

»Ich möchte den Majordomus sprechen.«

Und als Will Riggs erschien: »Ich möchte Seiner Hoheit, dem Herzog von Balmoral, diese Blumen geben.«

»Er empfängt keine Besucher.« Die Narbe auf Riggs Gesicht zog seine Wange an einer Seite nach oben.

»Ich bin keine Besucherin. Bringt mich sofort zu Seiner Hoheit.«

»Das ist unmöglich, Ma'am.«

Was glaubte er eigentlich, wen er vor sich hatte? Einen fliegenden Händler? »Erzählt mir nicht, was möglich ist. Er könnte kränker sein, als sich irgendjemand vorstellen kann. Ich möchte ihn sehen.«

»Ich habe ganz genaue Anweisungen ...«

Alice ging an ihm vorbei die Treppe hinauf.

»Bitte, Mistress Verney, er hat befohlen, keinen zu ihm zu lassen. Er hat diese Anfälle häufig und will dann niemanden sehen.«

Alice drehte sich auf der Mitte der Treppe um, sodass Riggs fast in sie hineingelaufen wäre. Und so standen sie direkt voreinander auf der Treppe. »Wollt Ihr mir damit sagen, dass er diese Anfälle öfter hat und niemand bei ihm ist? Er könnte sterben. Er könnte schon tot sein, während wir hier noch sprechen.« Sie lief weiter die Treppe hinauf.

Riggs bewegte sich um sie herum und versuchte, sie aufzuhalten. »Ich kann das auf keinen Fall erlauben, Ma'am. Vergebt mir. Bitte. Ich werde ihm das Gebinde persönlich überbringen, ich schwöre es.«

Alice ging an ihm vorbei durch den Empfangssalon, das Schlafgemach. Riggs sprang um sie herum wie eine besorgte, überdimensionale Hornisse. An der Tür zum Privatgemach des Herzogs schlug sie mit der Handfläche zweimal gegen das Holz. »Ich bin es, Alice Verney, Eure Hoheit. Ich bin gekommen, um ...«

Die Tür öffnete sich.

Mit einem triumphierenden Blick auf den Majordomus trat sie ein. Balmoral blieb an der Tür stehen und schwankte, als wehte ein starker Wind. »Wer ist da?«, fragte er lallend.

»Alice, Alice Verney. Geht es Euch gut? Sollen wir nach einem Arzt schicken?«

»Doktor, heile dich selbst.« Er trat zurück und stieß gegen den verzierten Marmorkaminsims, der ungefähr einen halben Meter von der Wand abstand. »Jetzt bin ich groß genug, ich kann dem König dienen«, sang er, »die Muskete kann ich schießen, die Pfeif' hab ich mir angemacht. Und ich kann küssen ein schönes Mädchen um zwölf Uhr in der Nacht.«

Das Gefühl des Triumphes wich. Alice fing Riggs Blick auf, der im Türrahmen stehen geblieben war. Seine Hoheit Edmund Colefax, der erste Herzog von Balmoral, war so betrunken, dass er offensichtlich nicht mehr wusste, was er tat.

»Ich habe Euch Blumen gebracht.« Alice legte sie auf den Tisch. Darauf lagen Papiere verteilt, außerdem Tintenfässer. Er hatte versucht, etwas zu schreiben. Auf dem Batisthemd, das er trug, waren Tintenflecken. »Ich habe Euch beim Schreiben gestört.«

»Schreibe Memoiren ... nein ... das ist nicht wahr, Memoiren, Schlachtanweisungen, so was, Krieg, wisst Ihr, Kämpfe, Krieg, überall Blut. Ist das Blut auf meinem Hemd? Seid Ihr das, kleine Alice, süße Alice, die blutet, oder bin ich das?«

Alice hob eines der Blätter auf. Es waren tatsächlich irgendwelche Kriegsmemoiren, aber die Tinte war verschmiert und die Handschrift wüst und schwer zu lesen. Sie legte das Papier zurück auf den Haufen. »Ich werde Euch wieder besuchen, Eure Hoheit«, erklärte sie sanft.

Er kippte nach vorn, fiel halb und rutschte halb vom Kaminsims ab. Riggs kniete sich sofort neben ihn. Alice verließ das Zimmer, und Riggs folgte ihr in das Schlafgemach.

Sie drehte sich zu ihm um, die Augen dunkel, zutiefst besorgt. »Sind das seine Anfälle?«

»Dazu darf ich nichts sagen, Ma'am.«

»Was, wenn er hinfällt und sich den Kopf anschlägt?«

»Ich bleibe bei ihm, Ma'am.«

»Bis?«

»Bis er einschläft, wie jetzt gerade.«

»Und wenn er aufwacht?«

Riggs schüttelte den Kopf, seufzte.

»Wie oft hat er diese ... Anfälle?«

»Jetzt nicht mehr so oft, Ma'am.«

Jetzt nicht mehr? »Wie oft?«

»Einmal im Monat oder so.«

»Ich werde ihn morgen besuchen.«

»Er wird morgen niemanden empfangen.«

»Ich werde ihn morgen besuchen. Ihr werdet ihm sagen, dass ich ihn heute besucht habe und es zu schätzen wusste, dass er mich so freundlich empfangen hat.«

Riggs öffnete den Mund, um zu protestieren, aber Alice schnitt ihm das Wort ab. »Ich will nichts hören. Guten Tag.«

Als sie schon fast die Treppe hinuntergegangen war, hielt sie inne, drehte sich um, ging wieder hinauf und fand Riggs im Privatgemach, wo er Balmoral gerade aufhob. Sie machte ihm Platz, während er den Herzog auf sein Himmelbett legte und Kissen unter seinen Kopf schob, bis er beinahe saß. Balmoral war so schlaff, als wäre er tot. »Wie lange dient Ihr ihm schon?«

Riggs seufzte, als frage er sich, warum diese Plage sein Haus gerade zu diesem Zeitpunkt heimsuchte. »Schon seit Jahren. Ich war sein Kammerdiener, als er Oberstleutnant war. Aber das ist lange her.«

»Sehr interessant. Guten Tag, Riggs. Vergesst meine Botschaft nicht.«

Er öffnete den Mund, dann schloss er ihn wieder. Es war ohnehin sinnlos. Alice war bereits aus der Tür.

Unten ging sie an einem Saal vorbei, in dem ein großes Gemälde von Seiner Hoheit an der Wand hing. Es zog sie hinein. Es war größer als sie selbst und nahm die Hälfte der Wand ein. Es war vor vielen Jahren gemalt worden; er trug darauf seine Rüstung, das Schwert in einer Hand, den Helm mit der Feder daran in der anderen; er stand vor einem blutroten Vorhang, der hinter ihm wehte und einen Teil von London verdeckte, das im Hintergrund abgebildet war, mit den vielen Kirchtürmen und der Brücke über die Themse. Zu seinen Füßen war eine Landkarte Englands, Schottlands, Irlands und Wales' ausgerollt, und die Instrumente eines Architekten lagen neben den Schalen der Justitia. Das Herz wurde ihr schwer. Sie legte ihre Hand auf die Leinwand und starrte auf das Gesicht auf dem Gemälde – er war eine Legende am Hof, einer der Architekten der Restauration, wichtig genug, um direkt hinter dem König zu reiten, als dieser vor zehn Jahren unter dem Jubel der Menge in London eingezogen war. Frauen hatten geweint, ihr Vater war unter den Reitern gewesen, und sie hatte in einem neuen Kleid mit silberner Spitze und Perlenknöpfen von einem Fenster aus zugesehen. Er war der Oberbefehlshaber der Armee während des letzten Krieges gegen die Holländer gewesen, und es hatte eine Untersuchung über sein Verhalten und seine Entscheidungen gegeben, weil die Holländer die Themse hinaufgesegelt waren und eine große Anzahl Kriegsschiffe in Brand gesteckt hatten. Er und York waren befragt worden. War er am Morgen des Angriffs betrunken gewesen, dieser Oberbefehlshaber, dieser große Herzog, der letzte jener alten Soldaten, die einmal dieses Königreich regiert hatten?

Sie würde morgen trotz seines Zorns und seiner körperlichen Qualen hierherkommen. Sie würde hereinspazieren, als werde sie erwartet, als sei sie willkommen. Sie würde freundlich sein und munter, und sie würde kein Wort über das verlieren, was sie gesehen hatte. Wenn er darauf vertrauen konnte, dass sie ihm keine Vorhaltungen machte und ihn nicht moralisch unter Druck setzte, wenn er sah, dass es ihr nichts ausmachte, dann würde er erkennen, dass sie sein Geheimnis bewahren würde, so wie er ihres bewahrte. Er würde sie heiraten.

Was würde sie tun, wenn er sie berührte?

Es ertragen. Sich daran erinnern, was er einmal gewesen war, ein ehrenhafter und mutiger Mann. Und das war er immer noch, aber er war gebrochen. Auch sie war mutig. Sie konnte alles ertragen, wenn sie dafür Herzogin wurde, seine Herzogin, wenn sie die Ehre haben durfte, seinen Namen zu tragen. Erschrocken hob sie die Hand und berührte ihre nassen Wangen. Wer war das in ihr, der da weinte? Wie merkwürdig. Aber nicht merkwürdiger als die Tatsache, dass es mit diesem Helden der Restauration – dem größten General seiner Majestät – so weit gekommen war.

Kapitel 29

Jahrestag der Thronbesteigung Königin Elisabeths, Katharinentag Ende November

In einem kleinen Raum neben der Kapelle der Königin im St. James's-Palast tauchte Vater Huddleston seine Finger in Weihwasser aus dem Altarraum und berührte damit John Sidneys Stirn. »Ich taufe dich im Namen des Vaters und des Sohnes und des Heiligen Geistes.«

Daneben weinte Barbara in ein Taschentuch. Gracen stand neben ihr, ebenso Renée und Richard. Königin Katharina war da und der Herzog und die Herzogin von York, Lord und Lady Arlington und der König.

»Wieder fällt einer um wie die Fliegen«, flüsterte König Charles, der sich zu seinem Bruder hinübergelehnt hatte. »Du machst sie mir doch nicht alle abspenstig?«

York reagierte steif. »Es ist der wahre Glaube, und er hat seinen eigenen Reiz. Wie du sehr genau weißt.«

Wann haben wir beide aufgehört, miteinander zu lachen?, dachte Charles und beobachtete seinen Bruder, der den Blick auf die Taufzeremonie richtete. Er kannte die Antwort – als Buckinghams Intrigen angefangen hatten. Charles sah, wie sein Bruder laut in ein großes Taschentuch schnäuzte und sich verstohlen die Augen wischte. Messdiener begannen, alles für die heilige Kommunion vorzubereiten. Vater Huddleston ging zur Altarbegrenzung, und der König beobachtete, wie seine Frau sich Barbara zuwandte, ihr die Wangen trocknete, sie küsste und ihr dann einen Brautstrauß aus Rosen und Rosmarin aus dem Gewächshaus überreichte. Dann stellten sich John und Barbara mit Gracen und Richard, Königin Katharina und York vor Vater Huddleston auf.

Als die lange Liturgie der Hochzeitszeremonie begann, machte der König Lady Arlington ein Zeichen, die sich daraufhin zu ihm setzte. »Was habe ich da gehört, Cleveland ist gestern im Theater hingefallen?«, flüsterte er halblaut.

»Es war einfach zu amüsant. Sie hatte wie immer ihren großen Auftritt. Und als sie sich auf ihren Stuhl setzte, fiel er mit ihr um. Sie ist zu Boden gepoltert wie eine betrunkene Puppe, und mein lieber Mann hat sich fast den Hals verrenkt, um möglichst viel von ihren Beinen zu sehen. Als sie wieder hochkam, hat sie gefaucht wie eine Katze, während das ganze Parkett applaudierte. Und obwohl Tom Killigrew höchstpersönlich zu ihr eilte, um ihr zu helfen, schäumte sie vor Wut. Nichts konnte sie beruhigen. Sie hat die Aufführung wutschnaubend verlassen.«

»Wie war das Stück?«

»Nicht halb so amüsant wie der Sturz Ihrer Hoheit.«

»Ich werde es mir morgen ansehen. Verdammt, wie lange dauert es denn zu heiraten?«

»Vermählst du dich in Eile, hast du viel Zeit, es zu bereuen.«

König Charles trommelte mit den Fingern auf die Lehne der Bank und legte den Kopf in den Nacken, um die Gemälde besser sehen zu können, die in dieser kleinen Kapelle hingen. Dann schloss er die Augen und döste. Das konnte er überall und jederzeit, eine Fähigkeit, die er während seiner langen Flucht erworben hatte. Und so verpasste er die Zeremonie, die Gebete und den Segen. Er sah nicht, wie Richard Renée ein lautloses »Ich liebe dich« zuhauchte, sah nicht, wie sie ihn daraufhin ernst anlächelte. Er öffnete seine Augen erst wieder, als Vater Huddleston all jenen die heilige Kommunion anbot, die sie zu empfangen wünschten. Die Ehe war geschlossen.

Richard trat vor das Paar. »Mrs. Sidney, ich gratuliere Euch.«

Barbara küsste seine Wange. »Jetzt bist du auch mein Cousin.«

König Charles stand von seinem Platz auf, ging zu Barbara, nahm ihre Hand und küsste sie. Als alle sich um die Braut drängten, blickte der König Renée mit amüsiertem Blick an und küsste sie schnell auf den Mund. Es war nicht das erste Mal, dass er sie in den letzten Wochen öffentlich geküsst hatte, aber es war das erste Mal, das Richard es sah. »Lasst das Hochzeitsfest beginnen«, befahl er und führte die Gesellschaft in das angrenzende Gemach, wo Diener Kelche mit Wein servierten.

Ein Turm aus rundem Käse und Winternüssen stand auf einem Tisch. Ein Diener schnitt Scheiben von einem Rinderbraten ab, den man gerade vom Spieß genommen hatte. Richard blickte die Vorkoster an, die ihm ernst zunickten. Der König und die Königin würden nichts anrühren, was sie nicht zuerst probiert hatten. Eine Wache war während der Zubereitung in der Küche gewesen. Ich sollte dort ständig jemanden postieren, dachte Richard. Und ich sollte mit den Köchen sprechen, sie davor warnen, neue Diener einzustellen. Mir alle neuen Diener ansehen, die seit All Hallows eingestellt worden waren ... Er hat sie geküsst, als würde sie ihm gehören. Ich könnte ihn umbringen.

Man prostete der Braut zu.

»Auf eine der schönsten Ehrenjungfern, die es an diesem Hof jemals gegeben hat.«

»Auf eine wunderbare Dienerin, die treu und loyal gewesen ist.«

»Auf John Sidney«, unterbrach York und hob seinen Kelch, während John, der gerade trank, sich vor Schreck über die plötzliche Aufmerksamkeit verschluckte, »der mutig dem Ruf seines Gewissens gefolgt ist.«

Kann er denn nicht einmal aufhören zu predigen?, dachte König Charles bei sich. Er ging zu seinem Bruder hinüber. »Deine Unachtsamkeit wird ihn in Gefahr bringen, wenn du nicht aufpasst.«

»Wieso?«

»Sieh dich in diesem Raum um. Überall stehen Diener. Vergiss bitte nicht, dass es gegen das Gesetz dieses Landes ist, als Katholik ein öffentliches Amt zu bekleiden. Ich ignoriere das, aber das tue ich nicht mehr, wenn es mir Scherereien macht.«

»Ich bin ein Narr.«

»Genau. Trink den Wein, und flirte mit den Frauen, und lass das Gerede über Gott, Jemmy, um des Bräutigams willen und um meinetwillen.« Der König erhob seinen Kelch. Alle verstummten. Er fühlte sich wagemutig. »›Oh armer Harry Parry, du heiratest wann? Wenn Äpfel und Birnen am Baum hängen dann. Zur Hochzeit ich komm ohne Geheiß, gib nur acht, und leg mich zur Braut die ganze Nacht.‹« Er trank einen tiefen Schluck und schien sich nicht darum zu scheren, das der alte Vers in dieser eher nüchternen Gesellschaft nicht ankam. Die Braut errötete nur heftig, und der Bräutigam starrte den König verwirrt an.

Das war an mich gerichtet, dachte Richard. Der Kuss war der erste Schuss vor den Bug. Das hier ist der zweite.

Der König ließ seinen Kelch von Neuem füllen und rief Richard zu, der auf der anderen Seite des Raumes stand: »Hauptmann Saylor, rettet mich aus dem Abgrund.«

Der dritte Schuss, dachte Richard. Er hob seinen Kelch. »›Trink mit deinen Augen nur auf mich‹«, begann er zu singen, und seine Stimme war zärtlich, aufrichtig. Sie enthielt nichts von dem Zorn, der in seinen Adern pulsierte. »›Und ich werde anbeten mit meinen dich. Hauchst du deinen Kuss in diesen Krug hinein, verlangt es mich nie mehr nach Wein. Der Durst mir brennt in meiner Seele, nur ein göttlicher Trunk ihn kühle; doch auch wenn ich an Jupiters Nektar mich berauschte, gegen diesen ich deinen niemals tauschte.‹«

König Charles blickte sich im Zimmer um, sah das gerührte Lächeln auf den Gesichtern der Frauen. Richard hatte die Stimmung völlig verändert.

»Auf die Augen von Mrs. Sidney.« Richard hob seinen Kelch hoch.

König Charles ging hinüber zu Renée. »Gefällt Euch die Hochzeit?«

»Ja, Sir.«

»Der Traum einer jeden Frau?«

»Ja.«

»›Sei meine Liebe, leb mit mir, ganz neue Freuden schenk ich dir‹, sagt der Dichter[2]. Es gibt andere Wege, auf die sich Männer und Frauen auf sehr schöne Weise miteinander verbinden können. Das werde ich Euch beweisen. Ich sehe, dass das Brautpaar sich zurückzieht. Es soll kein Strumpfwerfen stattfinden. Kein Hochzeitsbacchanal, wie es scheint. Eine Schande. Das genieße ich immer sehr.«

Es war Brauch, das Brautpaar ins Bett zu begleiten. Dann zog die Braut ihre Strümpfe aus und warf sie in die Menge, wo sie von irgendeinem Mann der Hochzeitsgesellschaft aufgefangen wurden, und alle machten schlüpfrige Andeutungen und unanständige Bemerkungen über diese erste Nacht, die das Paar miteinander verbringen würde. Man feierte wie zu den meisten Zeiten – außer in der Cromwell-Ära – die Freuden des Fleisches. Aber jegliche Feierlaune, die vorher geherrscht hatte, verschwand mit der Braut und dem Bräutigam aus dem Zimmer. Wenn es eine Sache gab, die König Charles nur unter Zwang ertrug, dann war es langweilige Gesellschaft. Sofort ließ er die Umhänge holen, legte Gracen ihren um, schloss Renées am Hals. Königin Katharina stand etwas abseits und beobachtete ihn, und er holte auch ihren Umhang und legte ihn um ihre Schultern. »Freust du dich für deine kleine Ehrenjungfer?«, fragte er seine Frau.

»Sehr. Danke. Du mir gibst Ehre mit deiner Anwesenheit.«

Etwas in der angespannten Nervosität, mit der sie sprach, berührte ihn. Er starrte auf sie hinunter und sah die tief eingegrabenen Linien um ihren Mund. »Ich werde dich nicht verlassen.«

»Scheidung ist nicht verlassen? Ich bin dumm, weil ich nicht verstehen kann.«

»Auf Hochzeiten spreche ich niemals über ernste Angelegenheiten, Ma'am. Ihr wärt gut beraten, es auch nicht zu tun.« Damit wandte er sich um, hielt zuerst Renée und dann Gracen seine Arme hin und brüskierte damit die Königin. Sie stieß einen unterdrückten Laut aus, und Richard trat vor und bot ihr seinen Arm an.

2 Gemeint ist Christopher Marlowe (Anm. des Lektors)

Sie gingen durch den St. James's Park. Die Nacht war kalt. Pagen liefen mit Fackeln vor ihnen her, und ein paar Männer aus der Leibwache begleiteten sie. Der Himmel über ihnen war wolkenlos, und die Sterne funkelten. Der November schritt voran, hin zur Wintersonnenwende, dem Advent, der Vorbereitung auf die Ankunft, die Geburt Christi. König Charles hielt inne, deutete auf den Himmel. »Dort ist Orion, direkt gefolgt vom Hundsstern. Artemis liebte ihn, wisst Ihr, und ihr Bruder Apollo sandte einen Skorpion, um ihn zu töten, und man hob ihn in den Himmel, wo der Skorpion ihn nun für immer jagt. Seht, dort geht er gerade auf.«

»Mir ist kalt«, beschwerte sich Gracen.

»Dann macht ein bisschen schneller, Mädchen.«

Der König fing an zu rennen und zwang diejenigen, die bei ihm waren, es ebenfalls zu tun. Sie rannten durch den Park, die Pagen, die Wachen, die Königin, Richard. Als sie die Treppe erreichten, die sie aus dem Park in den ersten Stock des Holbein Gate bringen würde, waren sie alle außer Atem und lachten. Der König schickte die Frauen die Treppe hinauf und rief ihnen zu: »Schönheit vor den Majestäten.« Und zu seiner Leibwache gewandt: »Die Majestäten vor dem Militär.« Oben angekommen stampfte er mit den Füßen auf und rieb sich seine behandschuhten Hände. »Ein Wettrennen. Wer von euch die Gemächer der Ehrenjungfern zuerst erreicht, bekommt einen Gutenachtkuss vom König.«

Gracen raffte ihre Röcke und lief los. Renée rannte ihr hinterher, schon um Richards misstrauischen Blicken zu entkommen. Der König gab seinen Wachen ein Zeichen, tippte sich an den Hut, um sich von der Königin zu verabschieden, warf Richard einen kalten Blick zu und verschwand durch den Korridor.

Richard und die Königin standen einen Moment in betretenem Schweigen da. Richard bebte vor Zorn. »Ich kenne eine Abkürzung«, meinte er, »die uns vielleicht schneller dorthinbringt. Sollen wir es versuchen?«

Er war nicht der Einzige, der vor Zorn bebte. »Warum nicht?«

»Wir müssten rennen.«

»Dann rennt, Hauptmann meiner Garde.«

»Gebt mir Eure Hand, Eure Majestät.«

Sie rannten zur Hintertreppe, die sie schneller in den ersten Stock bringen würde, wo sich die Gemächer der Ehrenjungfern befanden. Henri Ange trat aus dem tiefen Schatten einer Ecke und folgte ihnen, bis er die Wachen sah, die im Korridor des ersten Stocks standen. Dann huschte er zurück in den Schatten, als wäre er selbst einer.

»Aber wo wart ihr denn?«, fragte Alice Gracen und Renée, als sie das Schlafgemach betraten.

»Bei einem langweiligen Abendessen.« Gähnend öffnete Gracen ihren Umhang, schlüpfte aus den Schuhen, löste ihre Strumpfbänder und rollte die Strümpfe an ihren weißen Beinen hinunter. »Sie sagen, dass Arabella Churchill Yorks Aufmerksamkeit nur erregt hat, indem sie vom Pferd fiel und so dalag, dass man ihre Beine sehen konnte. Es muss stimmen, denn mit ihrem Gesicht kann sie keinen Blumentopf gewinnen.«

Sie warf ihrer Dienerin die Strümpfe zu, streckte ihre nackten Beine aus wie eine Tänzerin und betrachtete sie. »Ich dagegen habe hübsche Beine und ein hübsches Gesicht, wenn ich das sagen darf.«

»Immer noch auf? Es ist schon sehr spät.« Renée küsste Alice, dann setzte sie sich, zog ihre Röcke hoch und gestattete ihrer Dienerin – der König hatte ihr eine zur Verfügung gestellt –, ihr die Schuhe und Strümpfe auszuziehen.

Sie wird gern bedient, dachte Alice, die sie beobachtete. Er zieht sie auf seine Seite. »Wer war bei dem Essen?«

»Der Herzog und die Herzogin von York, Lord und Lady Arlington, Ihre Majestäten.« Gracen stand nah am Feuer. Sie zitterte, während die Zofe ihr enges Mieder öffnete. Sie trat aus ihren Röcken und stand nur noch in ihrer Chemise da, einem weichen Unterkleid aus feinstem Batist mit elegantem Spitzenbesatz an Ärmeln und

Kragen. Die Chemisen wurden von Nonnen in Portugal genäht und waren ein Geschenk der Königin an ihre Ehrenjungfern. Die Nonnen nähten sie nur für die Königin.

»Warum waren wir nicht alle eingeladen?«

»Ich habe keine Ahnung. Ich schlafwandle nur noch. Schau, wie ich in mein Bett wanke.«

»Renée, warum waren wir nicht alle eingeladen?«

»Ich bin sehr müde. Komm ins Bett.«

»Wo ist Barbara? Gracen, war Barbara dort?«

»Nein, war sie nicht.«

Alice griff nach Renées Hand. »Sag mir die Wahrheit. War Barbara dort?«

»Ja.«

Aus einem der Betten hörte man Gracen seufzen. Alice trat an den Kamin und starrte gedankenverloren in das Feuer. Die Königin würde sie nicht von einem Abendessen ausschließen, sie würde nicht nur Gracen und Renée einladen und sie nicht mitnehmen ... Es sei denn, die einzige Person, der sie gehorchte, hätte sie darum gebeten. Aber warum sollte Seine Majestät sie ausschließen? Und wo war Barbara? Das durfte man nicht dulden – dass eine Ehrenjungfer schon wieder die ganze Nacht abwesend war. Das war nur gestattet, wenn es um Seine Majestät ging. Morgen würde sie die Königin informieren. Es war klar, dass Brownie nichts dazu sagen würde. Es war deshalb ihre Pflicht, um Barbaras willen, um ihres Rufes willen mit der Königin zu sprechen. Sie streifte ihren mit Pelz gefütterten Umhang ab und schlüpfte neben Renée ins Bett, die bereits schlief.

Barbara schlief nicht länger in einem Bett mit ihr. Sie schlief jetzt bei Gracen und Luce. Keine der jungen Frauen hatte ein Wort über den Bettenwechsel verloren – Barbara war einfach in das andere Bett gewechselt, und Renée hatte sich zu Alice gelegt. Niemand sagte etwas, und Alice hatte das Gefühl, dass alle darauf warteten, dass sie etwas sagte, doch sie hatte auch geschwiegen. Sie hatte sich einfach auf die Seite gerollt, als wäre alles in bester Ordnung. Aber ihr Zorn war gewaltig. Und jetzt sprachen sie und Barbara überhaupt nicht mehr miteinander. Alles war schrecklich, die Atmosphäre so angespannt. Doch Alice explodierte nicht, sondern war so kalt wie das Wintereis auf dem Fluss draußen vor dem Palast, wenn Barbara in der Nähe war. Der Schmerz lag schwer in ihrer Brust und schnürte ihr die Kehle zu und wuchs immer weiter. Traurigkeit, Wut, Reue, Rachegelüste, all das brodelte in ihr. Es war beinahe unerträglich.

Am nächsten Morgen knickste Alice vor der Königin.

»Eure Majestät wünschten mich zu sehen.«

Königin Katharina atmete tief ein. Im Zimmer nebenan fütterte Edward die Kanarienvögel, die aufgeregt in ihren Käfigen umherflogen und schrill zwitscherten. Das Geräusch war beruhigend. Vertraut. Schon ihr ganzes Leben lang hielt die Königin sich in Räumen auf, in denen Vogelkäfige standen. Das sollte mich auf mein Leben vorbereiten, dachte sie, und erschrak über diesen Gedanken. Neben der Königin stand Dorothy und knetete das eine Ende des Taschentuchs, das sie in der Hand hielt. »Kommt und setzt hier an die Füße, Verney. So.« Königin Katharina nahm Alice' Hand in ihre und tätschelte sie. »Wie lange ist es, das wir uns kennen?«

»Seit Ihr aus Portugal gekommen seid.«

»Ihr seid kleine Schwester für mich, nicht Dienerin. Als ich zuerst gekommen, alles schwer, schwierig, aber Ihr macht mich lächeln. Ihr sagt, ich muss lernen Englisch. Ihr und Barbara redet mit mir. Ich bin schüchtern, habe Angst zu machen Fehler, und Ihr sagt, ich soll reden mit Euch und Barbara ohne Angst, dass Ihr seid nichts, Ehrenjungfern. Ihr spielt Streiche dieser Hure, über die ich lachen muss so viel.«

»Niemand weiß, wer ihr diese Streiche spielt – gespielt hat, Majestät.«

Königin Katharina fuhr fort, ohne auf ihren Einspruch einzugehen. »Ich habe beobachtet diese kleine Schwester, wie sie wird junge Frau, schlau, schön und so entschlossen.«

»Zu entschlossen«, murmelte Dorothy.«

Königin Katharina und Alice blickten sie an.

»Verzeiht. Ich war in Gedanken.«

»Ihr habt Sorge um mich, um Mrs. Brownwell, um Barbara, um Caro ...« Alice zuckte zurück, aber Königin Katharina fuhr fort. »Um Caro. Ja, Caro, die tat, was sie tat, aber die Liebe hat von Euch schon lange davor. Ihr liebt stark, meine Liebe. Vielleicht zu viel, ja? Die, die wir lieben, tun nicht, wie wir es wünschen, und wenn wir wirklich lieben, wir müssen es erlauben. Liebe ist ein Vogel, fliegt und landet, wo sie will. Man kann nicht erzwingen sie. Ihr hört, was ich sage, ja? Ich habe Erfahrung darin.«

»Die Liebe ist langmütig, sie ist gütig«, unterbrach Dorothy sie wie ein molliger Pastor. »Die Liebe eifert nicht, die Liebe prahlt nicht, sie bläht sich nicht auf, sie tut nichts Unschickliches. Sie erträgt alles, sie glaubt alles, sie hofft alles, sie erduldet alles.« Dorothy hielt inne, weil sie mehr nicht auswendig wusste, während Alice sie überrascht anstarrte.

Königin Katharina legte ihre Hand um Alice' Kinn und drehte ihr Gesicht sanft wieder zu sich. »Ich habe Neuigkeit zu sagen Euch, schöne Neuigkeit. Sie macht glücklich uns. Die Freundin heiratet, älteste, treueste, gestern Abend.«

»Nein ...«

»Doch. Und ich will, dass Ihr glücklich für sie. Es ist Wille Gottes, dass Frauen verlassen Eltern – und Freunde – und binden sich an Ehemänner.«

»Sie würde das nicht tun, ohne es mir zu sagen, sie würde nicht ...«

»Sie hätte es getan, wenn Ihr Euch nicht so verhalten hättet ...«

Königin Katharina blickte Dorothy strafend an, und sie schwieg sofort. »Ich will, dass Ihr hört von mir.« Sie beugte sich vor und küsste Alice auf die Wange. »Der ist von Mrs. Sidney.«

Alice legte die Hand an ihre Wange, als hätte eine Hornisse sie gestochen. Sie stand auf. Draußen im Salon sangen die Kanarienvögel so laut sie konnten, eine Arie, eine Oper aus Vogelgesang. »Danke, Eure Majestät«, sagte sie. Sie wandte sich um und floh aus dem Zimmer.

»Was sie tut?«

»Das weiß Gott allein«, antwortete Dorothy.

»Kümmert Euch um sie.«

»Natürlich.«

Die Königin beobachtete, wie Dorothy vor ihr knickste. Dorothy brauchte selbst jemanden, der sich um sie kümmerte. Die Königin seufzte, trat hinüber an eines der Fenster und sah hinaus. Der Winter war da. Es wurde bereits am Nachmittag dunkel. Eisregen, Schnee, kalte Korridore, kalte Betten. An Königin Elisabeth' Jahrestag hatte es Unruhen gegeben. Die protestantischen Lehrlinge hatten die Spitzenklöppler aus der Pudding Lane angegriffen und behauptet, sie seien alle Franzosen, alle Katholiken. Es war eine Beleidigung gegen sie, die katholische Königin – Die heilige Katharina war die Patronin der Klöppler. Morgen war der Katharinentag, ihr Namenstag ... Kit, sei schnell, Kit, sei flink, über den Kerzenleuchter spring. Alles veränderte sich. Er hatte gestern Abend gelacht, als Gracen ihm sagte, dass seine Königin zuerst angekommen war, gelacht und sie geküsst. Aber er hatte auch Gracen und Renée geküsst. Bei Renée war es ein langer Kuss gewesen, und Hauptmann Saylor hatte kein Wort darüber verlieren dürfen. Wenn er sich nicht von ihr scheiden ließ, dann würde sie sein öffentliches Werben weiter ertragen müssen. Die Vögel in ihren Käfigen sangen und sangen. Sie legte den Kopf auf die Seite, um ihnen zuzuhören. Ihre lieben Freunde. Wie konnten sie so trällern mit einem Käfig um sie herum? Spürten ihre Flügel denn nicht das Verlangen danach, frei durch den Himmel bis zum Horizont zu fliegen? Warum hielten sie ihre Lieder nicht zurück, anstatt mit dieser Intensität zu singen, die einem ins Herz fuhr? Wahrscheinlich steckte eine tiefe Weisheit dahinter, aber sie fühlte sich nicht weise. Sie fühlte sich alt und müde und nutzlos und verlassen. Sie lehnte die Stirn gegen das kalte Fensterglas. Alles änderte sich, und doch blieb alles immer gleich.

Alice rannte in den Wachraum der königlichen Leibgarde. »Wo ist Hauptmann Saylor?«

Einer der Leutnants fragte: »Gibt es ein Problem?«

»Nein. Ich habe eine Nachricht für ihn von der Königin.«

»Versucht es in den Stallungen«, meinte der Unteroffizier.

Richard striegelte Pharaos eine Seite, Walter die andere. In der Kälte bildete ihr Atem kleine weiße Wolken. Richards Stallbursche Effriam schob mit einer Harke frisches Heu vor die Box. »Ist das Kind von dir?«, fragte Richard.

Walter stellte sich auf die Zehenspitzen, um ihn anzusehen, aber Richard beugte sich gerade herunter und striegelte ein Bein. »Nein, aber Nan ist meine Freundin.«

»Woher kennst du sie?«

»Sie und ihre Schwestern putzen die Zimmer, waschen die Laken und Decken.«

»Wie willst du deine Abwesenheit heute eigentlich erklären?«

»Ich habe Madame Neddie gesagt, dass Ihr nach mir geschickt habt.«

»Na, da werde ich ja bald einen feinen Ruf haben.«

»Ich habe ihr gesagt, dass Ihr mich nicht deshalb sehen wollt. Ich erinnere Euch an einen Bruder, der gestorben ist.«

»Und das hat sie dir geglaubt?«

»Solange sie Geld bekommt, ist es ihr egal.«

»Wir zahlen für jeden Striegelstrich auf Pharaos Fell«, meinte Effriam.

»Und wenn ich dir kein Geld gebe?«

»Dann schlägt man mich.« Walter sagte es ohne Selbstmitleid, als sei es eine Tatsache, als wäre er mehr als bereit, sich schlagen zu lassen, wenn Richard ihm kein Geld geben wollte. Richard hatte letzte Nacht schlecht geschlafen, weil ihm dieser lange Kuss, den König Charles Renée gegeben hatte, einfach nicht aus dem Kopf ging.

»Ich könnte Stallbursche werden, oder nicht? Wenn Ihr es mir beibringt, könnte ich einer sein.«

Richard schlug dem Pferd auf die Schulter. »Was meinst du, mein Junge? Könnte Walter ein Stallbursche werden?«

Das Tier stieß Richard mit der Nase an, schnaubte laut und schüttelte den Kopf. Richard lachte. »Hol ihm ein paar Äpfel, und bestich ihn, damit er das nächste Mal anders antwortet.«

Richard beobachtete, wie Walter das Pferd mit getrockneten Äpfeln fütterte. Er war sehr dünn, befand sich in diesem langbeinigen Stadium am Scheitelpunkt der Kindheit. Und doch war er immer noch ein Junge, noch weit entfernt von einem Mann.

»Wie steht es mit Italienisch?«, fragte Walter.

»Wie bitte?«

»Könnte dieser Mann Italienisch sprechen?«

Etwas in Richard hielt inne. »Vielleicht. Erzähl mir mehr.«

»Madame Neddie hat einen Freund. Sie sagt, er spricht Italienisch mit ihr. Er sagt, es ist Kauderwelsch. Ich kann Kauderwelsch nicht von Italienisch unterscheiden. Wo spricht man Kauderwelsch? In Indien?«

»In China«, antwortete Effriam.

»Er ist dünn, wie ihr sagtet. Dunkles Haar.«

»Interessant. Lass uns Pharao satteln und auf ihm zurück zu Madame Neddie reiten.

»Ich würde lieber erst was essen.«

Seine Stimme klang nicht flehend, sondern hatte etwas Ruhiges, etwas jenseits von Betteln.

»Der Junge hat Hunger«, meinte Effriam.

»Richard, ich muss mir dir sprechen.« Es war Alice. Ihre pelzbesetzte Kapuze umrahmte ihr Gesicht.

»Jetzt nicht. Ich muss mich um etwas kümmern. Walter, leg eine Decke auf seinen Rücken, sonst scheuert der Sattel sein Fell auf.« Aber dann hielt Richard inne. »Geht es um Mistress de Keroualle?«

»Nein. Wann können wir uns unterhalten?«

»Heute Nachmittag.«

»Ich warte in der Steingalerie auf dich.«

»Wer war das?«, fragte Walter, als Alice gegangen war.

»Eine Freundin.«

»Eine Ehrenjungfer«, ergänzte Effriam. »Unerreichbar für dich, also brauchst du sie gar nicht anzuglotzen.«

»Sie ist hübsch.«

»Ist sie das?«, fragte Richard abwesend.

Im *Schwan* sah Richard den Schreiber der Minister und ging hinüber, um mit ihm zu sprechen. Während er das tat, beobachtete er, wie Walter das letzte Stück einer Fleischpastete in seine Tasche steckte. Erwischt, dachte er, und etwas von dem Zorn, den er gestern Abend empfunden hatte, stieg wieder in ihm auf. Will er mich zum Narren halten? Er ging zurück zum Tisch. »Was tust du da?« Er wartete auf eine Lüge, wartete darauf, ihm eine heftige Standpauke über das Stehlen halten zu können.

»Es ist für Nan. Sie hat im Moment immer Hunger, und manchmal ist nicht genug zu essen für sie übrig. Ich habe nichts von Eurem genommen, das schwöre ich.«

Richard ging zur Theke, kaufte für ein paar Pennys einen kleinen Blecheimer und zwei weitere Fleischpasteten und stellte den Eimer mit einem Knall vor Walter auf den Tisch. Dann ließ er eine Pastete hineinfallen, tat den Rest von seiner dazu und reichte Walter noch eine ganze. »Du isst, bis du satt bist. Und hier ist noch eine und ein bisschen mehr für Nan. Aber glaub ja nicht, dass ich jetzt neun Monate lang Pasteten für sie kaufe.«

»Nein, Sir. Das würden wir nicht erwarten.«

Draußen auf der Straße, auf Pharaos Rücken, klammerte sich Walter wie eine Klette an seinen Rücken. Die Kälte fühlte sich gut an auf seinem Gesicht. Wie schafften diese Beamten im Schatzamt und in der Marine das, wie hielten sie es den ganzen Tag in geschlossenen Räumen bei Kerzenlicht aus? Er fühlte sich nicht lebendig, wenn er nicht draußen war, egal ob es kalt war, regnete oder die Sonne schien. Der Tag war recht schön, obwohl die Sonne nur schwach schien. Aber immerhin gab es keinen Nebel. Richard lenkte das Pferd geschickt zwischen Wagen hindurch, von denen einige Wasserfässer geladen hatten, andere Haufen mit Abfällen, vorbei an Kutschen und Sänftenträgern. Wenn ich mit Madame Neddie fertig bin, werden Pharao und ich uns einen ordentlichen Galopp gönnen, nicht wahr, mein Junge?, dachte er.

Im Wych Court sprang Walter vom Pferd und rannte auf eine Abzweigung in der schmalen Straße zu. »Ich bringe das nur schnell zu Nan«, rief er Richard zu.

Richard stieg ab und klopfte an die rote Tür. Der stämmige Riese öffnete. »Ich will mit Madame Neddie sprechen«, erklärte Richard ihm.

»Sie empfängt im Moment keine Besucher.«

Richard hielt eine Münze hoch. »Sagt ihr, Hauptmann Saylor wünscht sie nur einen Moment zu sehen.«

Kapitel 30

Neddie saß mit hochgerafften Röcken in ihrem prächtigen Schlafgemach. Vor ihr hockte Henri Ange auf einem kleinen bestickten Schemel. Ihre Füße lagen auf seinem Schoß, und er lackierte ihr die Fußnägel. Als es an der Tür klopfte, rief sie: »Geh weg.«

»Jemand will Euch sprechen.«

»Ich will aber niemanden sehen.«

»Es ist dieser Soldat.«

Neddie bedeutete Ange aufzuhören. »Komm rein«, rief sie, und der Riese öffnete vorsichtig die Tür. »Der hübsche mit den goldenen Haaren?«

Als der Riese nickte, hob sie die Füße von Anges Schoß, stand auf und schüttelte ihre Röcke aus. »Schick ihn rauf, Tiny. Ich habe kein bisschen Rouge aufgelegt, verdammt.«

»Was für ein Soldat ist das? Warum will er dich sprechen?«

Neddie zwinkerte Ange im Spiegel zu, während sie sich in die Wangen kniff und ihr Haar aufschüttelte. »Er ist in einen der Jungen verliebt. Das ist so süß. Ich glaube, er möchte es gern offiziell machen. Oh, Madame Neddie schickt wieder einen ihrer Lieben in die schlechte Welt hinaus, zu einer neuen Familie – aber nicht einfach so. Das wird ihn was kosten. Warte hier, mein Geliebter. Es dauert nicht lange.« Sie zog die Tür fest hinter sich zu, aber Ange ging lautlos hinter ihr her und öffnete sie wieder einen Spaltbreit.

»Ein Hauptmann seid ihr jetzt? Bravo, Sir. Was verschafft mir die Ehre Eures Besuches?«

Neddie stand vor dem Fenster, und sie war immer noch schön, aber nicht mehr ganz so überwältigend. Richard versuchte herauszufinden, was genau anders an ihr war, während er sich über ihre

Hand beugte. Vielleicht war es beim letzten Mal das Kerzenlicht gewesen? Vielleicht auch das Rouge. »Erinnert Ihr Euch an den Mann, nach dem ich Euch gefragt habe?«

»Nicht wirklich.«

»Es ging um einen Franzosen, dunkelhaarig und dünn, der Englisch spricht. Nun, wir haben jetzt erfahren, dass er sich vielleicht auch als Italiener ausgibt. Er spricht vielleicht Italienisch. Hat ein Mann, der dieser Beschreibung entspricht, Euer Etablissement besucht?«

Neddie spielte mit ihrem Haar. »Meine Neugier ist geweckt. Warum ist es so wichtig für Euch, diesen Mann festzunehmen?«

»Festnehmen? Ich glaube nicht, dass irgendjemand dieses Wort benutzt hat. Wir möchten mit ihm sprechen, das ist alles.«

»Es muss eine sehr wichtige Frage sein, die ihr ihm stellen wollt.«

»Das stimmt.«

Sie biss auf das Ende einer Locke und flatterte mit den Augenlidern, während sie Richard ansah.

»Wir würden uns auch erkenntlich zeigen«, meinte Richard, der ihr Flirten richtig verstand.

»Wie groß wäre Eure Dankbarkeit denn?«

»Zehn Guineen.« Bin ich verrückt, dachte Richard. Würde Balmoral so viel bezahlen? Das war eine riesige Summe.

»So, so. Ich bin beeindruckt.«

Ein merkwürdiges Gefühl beschlich Richard. Er blickte sich im Zimmer um, aber er konnte nicht genau sagen, was ihn störte. Sie wird nichts sagen, dachte er, oder sie wird lügen. Er würde den vorderen und den hinteren Eingang dieses Hauses bewachen lassen, um zu sehen, ob jemand, der wie Ange aussah, es betrat oder verließ. Das war besser als zehn Guineen für eine Information zu bezahlen, die sie vielleicht gar nicht zum richtigen Mann führte. Er verbeugte sich und wollte gehen.

Sie folgte ihm zur Tür, ging mit ihm in den Flur und schloss die Tür zu ihrem Salon. Leise sagte sie: »Für fünfundzwanzig Guineen könnte ich ihn gesehen haben. Dreißig und die Zusicherung von Balmoral, dass dieses Etablissement niemals geschlossen wird, und ich habe ihn gesehen. Ein Stadtrat hat mir in letzter Zeit massiv Ärger gemacht, weil sein Sohn Stammkunde bei mir ist.«

Ihre Dreistigkeit schockierte Richard. Seine Sinne waren plötzlich geschärft. Wusste sie wirklich etwas? »Das kann ich arrangieren.«

»Bringt mir einen Brief von Balmoral und das Geld.«

»Zuerst den Mann.«

»Welchen Mann?«

Richard begann die Treppe hinunterzusteigen. Neddie folgte ihm.

»Den Brief und die Hälfte der Summe, die ich fordere. Die andere Hälfte, wenn Ihr ihn habt.«

Richard streckte seine Hand aus und schüttelte ihre.

»Ein Kuss, mein Süßer, lasst uns das Geschäft mit einem Kuss besiegeln.«

Er legte seinen Mund auf ihren, und ihre Zunge strich über seine Lippen, teilte sie. Sie biss auf seine Unterlippe, hielt sie für einen Moment spielerisch fest, bevor sie mit glänzenden Augen zurücktrat. »So süß wie Honig«, sagte sie. »Ich wusste, dass Ihr so schmecken würdet.«

»Dieser Mann, er ist sehr gefährlich.« Er erzählte ihr zu viel, aber der Kuss hatte ihn verwirrt.

»Wie gefährlich?«

»Er hat schon getötet.«

»Ich bin unbesiegbar.«

Richard starrte ihr nach, während sie ihre Röcke raffte, um nicht darüber zu stolpern, und die Treppe wieder hinauflief. Ihre Füße waren nackt. Sie hatte hübsche Fesseln.

Ange saß auf dem opulenten Sofa, auf dem Neddie sich gerne drapierte, wenn sie Besucher empfing. Sie schloss die Tür hinter sich und machte einen Schmollmund. »Sei nicht böse. Ich habe den Soldaten geküsst. Ich konnte nicht anders. Er sieht so gut aus.«

»Warum hat er dich besucht?«

»Weißt du es nicht?«

»Wirst du tun, worum er dich gebeten hat?«

»Natürlich nicht.«

»Warum nicht? War der Preis nicht hoch genug? Für zehn Guineen würde ich ihnen jede der Gören bringen, die du dir hier hältst, tot oder lebendig.«

Neddies Lachen war tief und kehlig. »Das hast du also gehört.« Sie setzte sich in Anges Schoß und hob ihre Röcke hoch. Es war nicht in Mode, irgendwelche Unterwäsche zu tragen. Sie fuhr ihm mit der Zunge ins Ohr. »Wir müssen meine Zehen noch zu Ende lackieren.« Sie biss ihm ins Ohr.

»Hast du eine Rasierklinge?«

Sie hauchte ihm ins Ohr: »Berühr mich. Wir können uns den Soldaten teilen. Ich weiß, dass er das tun würde ...«

»Ich will mir den Kopf rasieren.«

Sie setzte sich auf. »Warum? Ich liebe dein Haar.« Sie fuhr mit ihren Händen hindurch. »Es ist so dick wie das eines Schafs. Schneid es nicht ab. Es ist Winter. Warte bis zum Sommer, wenn es heiß ist.«

»Ich will es abschneiden und eine Perücke tragen. Die ist warm, so warm wie ein Hut.«

»Das könnte ganz hübsch aussehen. Ja, ich kann mir dich mit einer Perücke vorstellen. Ja... diese Vorstellung gefällt mir.«

»Rasier mir den Kopf.«

»Jetzt?«

»Du rasierst mir den Kopf, und dann lackiere ich dir die Zehennägel zu Ende, und wir schauen, was sonst noch passiert. Etwas sehr Interessantes, das verspreche ich dir.«

Walter wartete draußen neben Richards Pferd. »Kommt mit. Ich führe Euch zu Ihnen. Sie möchten sich bei Euch bedanken.«

»Wer will das?«

»Nan und ihre Mutter.«

»Nein, ich muss weiter.«

»Es dauert nur eine Minute. Es ist hier direkt um die Ecke.«

Richard folgte ihm um die Ecke von Madames Haus und durch eine schmale Gasse zwischen Häusern, die nur wenige Meter voneinander entfernt standen. Der Schlamm zwischen den Gebäuden war schleimig und stank. Die Londoner pflegten ihre Nachttöpfe einfach aus einem Fenster oder einer Tür auf die Straße zu schütten.

Richard musste sich ducken, um das Haus zu betreten. Er stand in einem Raum mit einer niedrigen Decke, der voller Leute zu sein schien, Kinder vom Säugling bis hin zu Walters Alter und älter. Als seine Augen sich an das Halbdunkel gewöhnt hatten, erkannte er auch einen alten Mann in einer Ecke, der von jemandem aus dem Eimer mit Pastete gefüttert wurde. Die Möbel bestanden aus mehreren Betten und Stühlen. Auf dem Boden lag Heu, frisches Heu, um die Kälte der Erde darunter abzuhalten. Schweißperlen bildeten sich auf Richards Oberlippe. Es war die Kombination aus der Dunkelheit, der Feuchtigkeit und dem Geruch von zu vielen Menschen in einem Zimmer. Eine dünne Frau trat vor, ein Baby auf der Hüfte.

»Das ist Hauptmann Saylor«, erklärte Walter. »Hauptmann, das ist Mrs. Daniell.«

»Wir danken Euch für das Essen, das Ihr Nan gegeben habt. Komm her, Nan, und knicks vor dem Soldaten.«

Bei dem Wort *Soldat* stand der alte Mann auf und salutierte.

»Vater war im Krieg, hat unter Fairfax gekämpft.«

Richard nickte dem dünnen Mädchen zu, das ihrer Mutter gehorchte und vortrat, um ihn zu begrüßen. Sie war zwölf, höchstens dreizehn. »Schon gut. Ich wünsche Euch noch einen schönen Tag, Mrs. Daniell. Nan.«

»Mein Mann würde sich auch gern bei Euch bedanken, aber er arbeitet in Wapping.«

Wapping lag hinter dem Tower von London, wo die Schiffe anlegten. Wahrscheinlich arbeitete er in einer der Werften und löschte Ladungen. Der Mann hat einen langen Weg zur Arbeit und zurück, dachte Richard. Wieder draußen legte er eine Hand auf den Hals seines Pferdes. In Pharaos Stall gab es mehr Licht als in dem Haus, in dem diese Leute lebten. Sie sahen dünn und blass aus, wie Pflanzen, die nicht genug Sonne bekamen. Er würde neun Monate lang Fleischpasteten kaufen. Länger.

Er ritt die Wych Street hinauf und gelangte von dort aus in die Drury Lane. An deren Ende lagen Felder, und er musste Pharao nur ganz leicht die Sporen geben. Pharao wusste, wozu offene Feldern und Feldwege zu gebrauchen waren, er galoppierte mit kräftigen, weit ausholenden und eleganten Sprüngen, und Richard beugte sich über seinen Hals, lehnte sich gegen den Wind und die Kälte, bis bei Reiter und Pferd die Rastlosigkeit nachließ. Als er endlich wieder einen klaren Kopf hatte, ließ er einen müden Pharao zurück nach Whitehall laufen. Jetzt musste er sich Alice stellen, aber noch wichtiger war die Sache mit Renée.

Kapitel 31

Alice war in der Steingalerie, einem langen Korridor in einem der unteren Stockwerke des Palastes, genau wie sie gesagt hatte. Sie schlief zusammengerollt auf einem Sessel, die Röcke um sich aufgebauscht. Richard starrte auf sie hinunter, auf die Linie ihrer Wangen und ihres Halses, auf das dunkle Haar, das sich um die Spangen und Schleifen lockte. Er wollte das nicht tun, er wollte nicht mit ihr über die Hochzeit gestern Abend sprechen. Das musste der Grund sein, warum sie ihn sehen wollte. Er zog sich einen Sessel heran und setzte sich. »Alice.«

Sie öffnete sofort die Augen. Dunkle Schatten lagen darunter. Sie leidet, dachte Richard. Gut so. Er konnte eine Ader an ihrem Hals pulsieren sehen, direkt unter ihrem Kinn, eine hübsche blaue Vene. Einen flüchtigen Moment lang verspürte er das Verlangen, seinen Finger darauf zu legen und sie nachzufahren.

»Barbara hat gestern Abend John Sidney geheiratet«, sagte sie. Es war keine Frage.

»Ja.«

»Warst du da?«

»Natürlich.«

»Sie hat mich nicht eingeladen.«

Dazu gab es nichts zu sagen.

»Sag ihr, das verzeihe ich ihr niemals.«

»Das werde ich ihr nicht sagen.«

»Wo ist sie?«

»Das werde ich dir nicht sagen.«

Alice umklammerte die Lehnen des Sessels, in dem sie saß, bis ihre Knöchel weiß hervortraten. »Warum nicht?«

»Damit du zu ihr gehen und am ersten Tag ihrer Ehe mit ihr streiten kannst? Sag mir, warum ich das wollen sollte, Alice, aber dann beantworte mir lieber noch eine Frage – warum solltest du das wollen?«

»Sie hat einen Fehler gemacht.«

»Wenn es ein Fehler war, dann ist es jetzt zu spät. Und ich nehme Anstoß an deinen Worten. John Sidney ist ein feiner Mann.«

»Er ist ein Niemand, ein Nichts.«

»Du meinst, weil er kein Earl ist oder irgendein niederer Baron wie ich. Eines Tages wird er es vielleicht sein. Lord Rochesters Vater war nur ein Ritter. Es war seine Treue dem König gegenüber, die ihm den Titel eines Earl einbrachte. Glaubst du, es könnten nicht mehr solcher Titel gewonnen werden? Barbara wird eines Tages die Frau eines großen Mannes sein.«

»Sie hätte es mir erzählen müssen.«

»Es ist deine Schuld, dass sie es nicht getan hat. Du bist stur und arrogant, genau wie ...« Er hielt inne.

»Wie wer gesagt hat?«

»Ich werde mich nicht mit dir streiten.«

»Wer hat gesagt, dass ich stur und arrogant bin?«

»Ich habe mir diese Meinung selbst gebildet.«

»Du hasst mich, nicht wahr?«

Er schob den Sessel zurück. Dieses Gespräch verlief in eine Richtung, die er sich weigerte einzuschlagen. Genauso war es immer, wenn er sich mit seinen Schwestern stritt. Sie gingen auf ihn los und stachen ihn an Orten, die er nicht für möglich gehalten hatte, wie kleine, entschlossene, völlig gnadenlose blonde Bienen.

»Antworte mir, Richard Saylor.«

Er spannte die Kiefernmuskeln an. »Manchmal mag ich dich nicht, das stimmt.«

»Warum nicht?«

»Du kommandierst Menschen herum, Menschen, die dich lieben, als wären es deine Untergebenen, und du glaubst immer, dass du weißt, was das Beste ist.«

»Ich weiß immer, was das Beste ist. Immer.«

Er drehte sich um und ging weg von ihr. Wenn sie glaubte, dass er sich das noch länger anhören würde, dann irrte sie gewaltig.

»Richard ...«

Der leise, flehende Unterton in ihrer Stimme, der so gar nicht zu ihr passte, ließ ihn innehalten. Er drehte sich wieder zu ihr um. Ihre Augen – Augen, die so dunkel waren, dass man die Pupillen nicht sehen konnte – schimmerten feucht, aber sie vergoss keine Träne. Sobald er eine Träne sah, würde er sofort gehen, ohne sich noch einmal umzusehen. Sie streckte flehend die Hand aus. »Bitte geh nicht. Bitte.«

»Wehe, du weinst«, erwiderte er.

Sie wich seinem Blick nicht aus, die Augen tränenfeucht, aber es fiel keine einzige Träne, das musste er ihr lassen. Er zog ein Taschentuch heraus und reichte es ihr. Sie putzte sich laut die Nase damit. Er zog eine Grimasse. »Das Taschentuch darfst du behalten.«

»Ich liebe Barbara wie meine eigene Schwester.«

»Dann liebe sie in dieser Sache wie eine Schwester.«

Alice schluckte. Er betrachtete ihr vorgeschobenes Kinn.

»Und wenn ich das nicht kann?«

»Dann sei so nett, und sag es ihr nicht. Du vergisst etwas bei dieser Sache, Alice. Du vergisst, dass sie dich auch liebt und dass deine Wut und deine Ablehnung sie sehr verletzen. Und außerdem spielt noch ein drittes kleines Wesen eine Rolle, das in ein paar Monaten geboren wird. Barbara darf sich nicht aufregen.«

Sie machte ein knurrendes Geräusch und schüttelte den Kopf auf eine Weise, wie es wütende Hunde tun. Aus irgendeinem Grund musste Richard darüber lachen. Wenn Alice ihre Zähne in einen schlug, dann kam man nicht mehr frei. Sie war schlimmer als die Pittbullterrier, die mit den Bären und den Bullen in Southwark auf der anderen Seite des Flusses kämpften. »Kann ich dir jetzt mal eine Frage stellen?«, meinte er. »Ist Renée in den König verliebt?« Er beobachtete ihre Reaktion sehr genau.

»Ich glaube nicht.«

Sie log sehr gut.

Er trat gegen einen Stuhl, der in der Nähe stand. Er flog durch die Luft und landete mit einem lauten Knall neben einem anderen. »Und warum lässt sie dann zu, dass er sie küsst?«

»Er küsst eben gern die Ehrenjungfern, und er flirtet auch gern mit uns.«

»Küsst er dich?«

»Das hat er schon getan, manchmal. Er findet sie hübsch und hält es für charmant, dass sie Französin ist.«

»Zur Hölle mit ihm.«

»Warum nimmst du sie nicht einfach?«

»Wie meinst du das?«

»Küss sie nicht nur, wenn ihr zwei das nächste Mal allein seid, sondern geh weiter, verführ sie.«

Sie hatte es geschafft, ihn zu schockieren. »Ihr die Unschuld rauben? Du verwechselst mich offenbar mit Sedley oder Buckhurst.«

»Ich bezweifle stark, dass du ihr die Unschuld *rauben* würdest, oder irre ich mich da?«

Er antwortete nicht.

»Darf ich offen sein?« Natürlich wartete sie nicht auf seine Antwort. »Sie ist nicht besonders intelligent.«

»Wie kannst du es wagen ...«

»Ich meine, dass sie eine Närrin ist, wenn sie ihn dir vorzieht.«

»Zieht sie ihn mir denn vor?« Er wollte jemanden würgen, und er hätte am liebsten mit der Frau angefangen, die vor ihm saß.

»Du weißt, dass sie dich liebt. Ich weiß, dass sie dich liebt, aber es ist ein großes Kompliment, vom König bewundert zu werden. Er verdreht ihr den Kopf. Er kann sehr ...« Alice hielt inne. Es hatte keinen Zweck, Richard zu beschreiben, wie König Charles sein konnte. Es würde alles nur noch schlimmer machen. »Wenn du sie liebst und sie heiraten willst, dann nimm sie, wenn das Küssen das nächste Mal ... na ja, wenn es dahin führt, wo es eben hinführt.«

»Ich habe diesen Traum, dass sie und ich Seite an Seite durchs Leben gehen, uns einander zuwenden, um uns zu lieben, und Rücken an Rücken stehen, wenn uns etwas bedroht, dass wir uns gegenseitig beschützen.«

»Renée ist keine Kämpferin, Richard.«

»Sie ist sanft und nachgiebig, nicht wahr?« Seine Wut machte zu seiner Überraschung etwas anderem Platz, das beinahe so etwas wie Verständnis war. »Ich gönne ihr den Triumph mit dem König und am Hof. Ich möchte sie nur nicht an ihn verlieren.«

»Dein Traum ist eine Idealvorstellung. Er ist trügerisch. Wenn du nicht aufpasst, bricht es dir das Herz.«

Er lächelte, und Alice war überwältigt davon, wie immer.

»Richte Mademoiselle de Keroualle aus, dass ich sie heute Abend aufsuchen werde und dass sie mich besser empfangen sollte«, erklärte er ihr.

»Warte. Mir ist da noch ein Gedanke gekommen, den ich gern mit dir teilen würde.«

»Um was geht es?«

»Die Pagen sind überall in Whitehall. Warum sollen wir sie nicht an der Jagd nach Henri Ange beteiligen?«

»Wie können wir sicher sein, dass sie das Geheimnis bewahren?«

»Sie müssten versprechen, es für sich zu behalten, einen Schwur leisten, und wir sagen ihnen, dass sie Ritter sind, die eine Heldentat vollbringen.«

»Ich finde, es sind zu viele. Wir können nicht alle einweihen.«

»Dann nur einige von ihnen. Ich würde Edward mein Leben anvertrauen.«

»Ich denke darüber nach.«

»Es ist eine gute Idee. Wir wollen doch ein Netz um die Königin spinnen, so dicht, das Ange es nicht durchdringen kann.«

»Er ist schon so gut wie verhaftet.«

»Du hast ihn? Richard, das ist ja wunderbar!«

»Ich habe ihn fast.«

»Oh.«

»Ich werde ihn dir präsentieren, mit einem Ring durch die Nase.«

»Er ist sehr clever.«

»Das bin ich auch.«

Nein, dachte sie, während sie ihn ansah. Du bist mutig und clever auf deine eigene Weise, aber nicht so schlau wie er. Aber ich bin es.

Vorsichtig kratzte Neddie mit der Rasierklinge ein letztes Mal über Anges Kopf. Dicke Haarbüschel lagen zu ihren Füßen. Sie legte die Klinge weg, nahm ein Handtuch, tauchte es in warmes Wasser, wrang es aus und rieb ihm sanft über den kahlen Schädel.

Er drehte sich zu ihr um. Sein Gesicht wirkte erschreckend ohne das Haar, das es umgab. Die dunklen, geschwungenen Brauen betonten etwas in seinen Augen, das ihr Angst machte, und es gab wenig, wovor sie sich fürchtete. Sie trat einen Schritt zurück, aber er legte die Hand um ihren Arm und zog sie zurück auf seinen Schoß.

»Bin ich jetzt so hässlich?«

»Nein. Ja. Ich weiß es nicht.«

Ange ging hinüber zum Spiegel und betrachtete sein Gesicht. Jetzt konnte man sehen, was für ein Mensch er war. »Es sind diese Augenbrauen. Lass sie uns auch noch abrasieren.«

»Nein!«

Er näherte sich ihr, und sie wich vor ihm zurück. Er fing an zu lachen. »Mache ich dir Angst?«

Das tat er. Das tat er wirklich. »Es ist nur ... ich habe das Gefühl, dass ich dich jetzt gar nicht mehr kenne ...«

Das hatte sie niemals wirklich getan. Er sprach in charmantem Tonfall auf Italienisch mit ihr. »Komm schon, mein Schatz, meine Süße. Niemand kennt irgendjemanden, du dumme kleine Närrin.«

Er zog sie in seine Arme. Einen Kuss oder zwei später war sie ruhiger. Die Küsse wurden leidenschaftlicher. Ihre Angst verwandelte sich in Lust, weil das einfacher war, als sich zu fürchten und auf dieses Gefühl zu hören. Es war dumm von ihr, aber so war es. Ange zog an ihrem Kleid und öffnete es zwischen Küssen und Berührungen, die nicht zärtlich waren, sondern roh, provozierend, so, wie sie es liebte. Bald stöhnte sie und war bereit, alles zu tun, was er verlangte, weil die Lust zwischen ihnen so unwiderstehlich war, dass sie nicht mehr klar denken konnte – er dagegen schon. Er drehte sie herum, drückte sie nach vorn und drang in sie ein, und sie stöhnte und bog ihm den Rücken entgegen, drückte sich an ihn. Er liebkoste sie und machte sie damit ganz wild, seine Hände fuhren über ihren Körper, bis sie ihn anflehte, ihre Hände auf ihren Oberschenkeln und seinen. Dann hörte er auf, sich zu bewegen, aber hielt sie mit einer Hand fest.

»Und wenn ich dir dreißig Guineen zahle, wirst du dann behaupten, dass du mich niemals gesehen hast?«

Er setzte das Rasiermesser mit der anderen Hand unter ihrem Ohr an und schnitt mit einer schnellen sicheren Bewegung tief durch ihre Kehle bis hinauf zum anderen Ohr. Sie machte ein Geräusch, und ihre Hand schoss nach oben und krallte sich um seinen Arm. Ange stieß sie weg, und sie fiel wie eine Puppe um, lag zu seinen Füßen, während das Blut spritzte und ihre Arme und Beine wild zuckten. Er spülte die Rasierklinge in einer Schüssel ab, schäumte Seife auf, setzte sich an ihren Frisiertisch und rasierte sich die Augenbrauen ab. Der Körper auf dem Boden hob eine Hand, Auf Wiedersehen, Adieu, und wurde still.

Alice blieb in der Steingalerie und starrte auf die Mitte der Decke, wo ein langes Wandgemälde zu sehen war, das die Krönung Heinrichs VIII. zeigte. Balmoral betrat die Galerie, sah Alice und ging langsam zu ihr hinüber, sehr steif und gebeugt. Sie erhob sich von ihrem Sessel und hakte sich bei ihm ein. Gemeinsam gingen sie weiter.

»Und wie geht es Euch heute?«

»Furchtbar.«

»Aber nicht so furchtbar wie gestern.«

»Ja, so viel will ich Euch zugestehen. Nicht so furchtbar wie gestern.«

Als sie das Ende der Galerie erreicht hatten, drehten sie um und gingen auf der anderen Seite wieder zurück. Hier und da blieben sie stehen und betrachteten ein Gemälde oder eine Marmorstatue, aber keiner von beiden sprach. Bei ihrem ersten gemeinsamen Spaziergang hier war er mürrisch und unwillig gewesen, hatte gemeint, sie müsste sich langweilen, dass sie ihm nichts schuldete. Sie wusste, dass er nur aus Scham gekommen war, dass sie ihn zu dieser Höflichkeit gezwungen hatte, aber jetzt, langsam, änderte sich das. Er schien ihre Achtung zu akzeptieren, genoss scheinbar, vielleicht, ihre Spaziergänge am späten Nachmittag, während draußen die blasse Wintersonne schien. Sie erreichten das andere Ende der Galerie.

»Glaubt ihr, wir könnten in die königlichen Privatgärten gehen?«

Er runzelte die Stirn, kurz davor, verärgert zu sein »Warum?«

»Ich mag die Sonne. Wir könnten nachschauen, ob die Stechpalmen schon Beeren tragen.«

Sie gingen eine Treppe hinunter in einem Korridor, der zu einigen privaten Gemächern führte. Jeder, dem sie begegneten, verbeugte sich vor ihnen. Draußen wandte Alice das Gesicht wie eine Blume zum Himmel und schloss die Augen. Balmoral betrachtete ihr Profil, bevor sie zu König Charles' Sonnenuhr schlenderten. Sie bewunderten ihre Schönheit, ohne ein Wort zu verlieren über die Zeiger und Pfeile, die mundgeblasenen Bälle, die die Zeit anzeigten: das Datum, die Mondphase und den Sonnenstand. Alice berührte die winzigen Metallnymphen, die am Rand spielten. Das tat sie jedes Mal. Sie liebte die tanzenden Nymphen.

»Habt Ihr geweint?«, fragte er.

»Ja, das habe ich.«

»Warum, wenn ich mir die Frage erlauben darf?«

»Eine Freundin hat mich hintergangen.« Die Worte waren ausgesprochen, bevor sie sie aufhalten konnte, und mit ihnen stieg erneut Wut in ihr auf.

»Was werdet ihr tun?«

»Ihr wehtun.«

»Erst, nachdem ihr alles genau überlegt habt, damit Ihr nicht erneut verletzt werdet.«

»Steht das in Euren Memoiren?«

»Was wisst Ihr von meinen Memoiren?«

»Die Blätter lagen auf dem Tisch, als ich Euch besuchte. Seht, dort stehen die Stechpalmen. Wenn die neue Geliebte des Königs katholisch ist, was werden die Leute sagen?« Alice betrachtete unschuldig eine Stechpalme, während sie diese Frage stellte.

»Man wird es nicht mögen. Bestimmte Mitglieder des Unterhauses werden noch schwieriger sein, als sie es sowieso schon sind, und es wird den religiösen Randgruppen, die den Weltuntergang prophezeien, neues Futter liefern. Diese Vorurteile können den Thron gefährden.«

Das war ihre Chance. Es wäre ein Leichtes gewesen, John Sidneys Konvertierung zu verraten und Barbara damit zu verletzen. Die Worte lagen ihr auf der Zunge. »Sollte das nicht jemand Seiner Majestät sagen?«

Balmoral lächelte säuerlich. »Wenn es jemandem wichtig genug wäre und es ihm nichts ausmacht, wegen Unverschämtheit in den Tower von London geworfen zu werden.«

»Aber Euch lag die Stabilität des Königreichs immer am Herzen, nicht wahr?« Sie nahm die Augen nicht einen Augenblick von der Stechpalme. »Seht doch, dort sieht man schon etwas Rot, und dort. Morgen oder übermorgen werden wir die ersten Stechpalmenzweige haben.« Sie hakte sich wieder bei ihm ein, und schweigend gingen sie über die Kieswege. Alice hielt hier und da inne, um eine Pflanze zu betrachten oder einen Zweig von irgendwelchen Kräutern abzupflücken, um daran zu riechen. Sie hielt sie ihm ebenfalls hin, und er betrachtete sie und atmete die würzigen Düfte ein. Er sagte nichts, aber zu seiner eigenen Überraschung fühlte er sich wohl.

In einem anderen Teil von Whitehall, in den Gemächern des Königs im obersten Stockwerk lagen einige Räume, die kaum noch benutzt wurden, nachdem die neuen mit Blick auf den Fluss fertiggestellt waren. Dort standen Richard und Renée auf dem Flur vor den Privatgemächern und hatten ihren ersten Streit.

»Ich will nicht, dass er dich küsst.«

»Das war doch nur ein Scherz, Richard. Wir hatten zu viel getrunken.«

»Für mich sah das nicht wie ein Scherz aus.«

Tränen stiegen Renée in die Augen, liefen ihre Wangen hinunter, aber Richard ließ sich nicht beirren. »Ich kann dir meine Liebe bieten, meine Leidenschaft, meine Treue, aber darüber hinaus im Moment noch nicht viel mehr. Wenn das, was ich bin, was ich dir bieten kann, nicht genug ist, dann will ich es jetzt wissen, ein für alle Mal.«

»Es ist genug. Es ist mehr, als ich verdiene.«

Er zog sie an sich und küsste sie. Er schmeckte ihre Tränen und küsste sie fort, wo immer sie hinfielen, auf ihre Wangen, ihr Ohr, ihre Brust. Dann kehrte er wieder zu ihrem Mund zurück. Er fuhr mit der Zunge über ihre Lippen, und dann küsste er sie erneut, fordernd, hungrig, zornig. Er spürte den Moment, in dem ihr Verlangen erwachte und seinem ebenbürtig wurde. Sie erwiderte seine Küsse mit der gleichen Leidenschaft, und er zog sie zu einem Fensterplatz und schloss die Vorhänge, ohne sich von ihren Lippen zu lösen. In der kalten Dämmerung schob er ihr das Kleid von den Schultern, bis ihre Brüste frei lagen; er legte seine Lippen darauf und tat, wovon er schon zu viele Nächte lang geträumt hatte. Sie schlang die Arme um seinen Hals, hauchte seinen Namen, zog seinen Kopf näher. Sie küssten sich wieder, und dieser Kuss war überwältigend. Richards Hände waren in ihrem Haar, auf ihren Schultern, unter ihren Röcken, während sein Mund überall war, auf ihren Lippen, ihren Schultern, ihren süßen Brüsten. Die Vorhänge öffneten sich abrupt. Renée setzte sich auf und legte schützend die Arme um ihre Blöße. Ihr Haar hatte sich aus den Spangen gelöst, ihre Beine waren bis zu den Oberschenkeln entblößt.

»Mademoiselle de Keroualle, Ihr geht sofort auf Euer Zimmer!«

Renée stieg über Richards Beine.

»Sofort, sage ich.«

Richard folgte Renée und betrachtete Dorothy Brownwell verärgert.

»Sie hat nichts getan, für das sie sich schämen oder bestraft werden müsste. Sie ist meine Verlobte. Wenn man also gegen jemanden Vorwürfe erheben will, dann möge man sich an mich halten.«

»Das wird man.«

Und mit diesen Worten ließ sie ihn allein zurück. Er stand vor einem der Spiegel im Hornzimmer – es wurde wegen der vielen Hirschgeweihe so genannt, die an der Wand hingen –, richtete die Spitze an seinem Hals und zog seine Ärmel zurecht. In Gedanken war er immer noch mit Renée auf dem Fensterplatz, berührte sie, spürte sie, roch sie, schmeckte sie. Er fühlte sich angefüllt mit Verlangen, hatte das Gefühl, verrückt zu werden. Aber verrückt oder nicht, er würde sich mit dem Herzog von Balmoral treffen und ihn davon überzeugen müssen, sich von dreißig Guineen zu trennen.

Er ging mit Balmoral durch den kalten, dunklen Abend.

»Ihr habt ihr *wie viel* versprochen?«, fragte Balmoral.

Richard wiederholte die Summe und legte sich in Gedanken Argumente zurecht, so wie man sich einen Schlachtplan überlegte.

»Und was, wenn dieser Mann nicht Henri Ange ist?«

»Dann bekommt sie die andere Hälfte nicht.«

»Nein, Hauptmann Saylor, wir geben ihr nicht nur die andere Hälfte nicht, sondern wir holen uns, mit Gewalt wenn nötig, das Geld zurück, das wir ihr schon gegeben haben. Und wenn sie sich weigert, dann sagt ihr, dass sie sich persönlich an Seine Hoheit den Herzog von Balmoral wenden kann und dass er ihr die Situation gern selbst erklären wird. Sie ist eine gierige Schlampe, das war sie schon immer.«

»Ja, Sir.«

Balmoral ging zu einer Truhe, auf der ein riesiger Elefantenstoßzahn aus Ostindien stand, und warf einen Blick über seine Schulter, um zu sehen, ob Richard ihn beobachtete. Richard hatte den Kopf abgewandt und hörte einen Schlüssel klappern, das Knarren von Scharnieren, als die Truhe geöffnet wurde, das Geräusch von Münzen, die ausgeschüttet wurden und dabei gegeneinanderklimperten, ein trockenes Husten vom Herzog, das Geräusch des sich wieder schließenden Deckels. Balmoral reichte ihm einen Sack mit Münzen. »Die Hälfte von dem, was Madame Neddie verlangt. Für sich gesehen schon ein kleines Vermögen. Ihr könntet damit untertauchen und in den Kolonien oder Tanger wie ein König leben.«

»Und der Brief, den sie verlangt?«

»Meine Laune muss sich erst bessern. Bringt mir Henri Ange.«

»Ist schon so gut wie erledigt.«

»Ich verlasse mich darauf, Hauptmann.«

Tiny klopfte an Madame Neddies Tür. »Es ist dieser Soldat«, rief Tiny, aber die Tür öffnete sich nicht.

»Ich warte unten«, meinte Richard. In den Salons drängten sich die Gäste. Er sah Walter, der mit dem Earl von Rochester an einem Tisch saß. Richard suchte sich eine Ecke und ließ sich dort nieder, als Walter ihn sah und zu ihm herüberkam.

»Bestellt etwas«, erklärte Walter ihm, »dann kann ich mich zu Euch setzen.«

»Du hast einen Kunden.«

Walter zuckte zusammen, als wäre er geschlagen worden. Richard beobachtete, wie er zurück zu Rochester ging. Wut stieg in ihm auf; eigentlich nicht auf Walter, und eigentlich auch nicht auf sich selbst, aber trotzdem war er wütend. Er machte dem Butler ein Zeichen. »Etwas zu trinken für mich und für Etienne.«

»Der bereits bei jemandem sitzt«, erklärte der Butler.

»Der nicht so viel zahlen wird wie ich«, erwiderte Richard.

»Wie Ihr wünscht«, antwortete der Butler, und wenige Augenblicke später war alles organisiert, Walter kam an seinen Tisch, und Rochester wurde zu einem anderen dünnen Jungen geführt, während der Butler lächelnd mit den Händen gestikulierte und den neuen Jungen anpries. Richard betrachtete die Jungen und Jünglinge, die Männer in Frauen- und Männerkleidern, das Flirten und das Küssen. »Lass uns gehen. Ich warte auf Madame Neddie.«

»Heute hat sie noch keiner gesehen.«

In Walters winzigem Zimmer spielten sie Karten und ignorierten die Geräusche um sie herum. Hin und wieder kam Tiny und berichtete, dass sie immer noch nicht öffnete. Schließlich legte sich Richard auf das Bett, eine Hand um die Ledertasche, in der sich der Beutel mit den Münzen befand.

»Ich muss ein bisschen schlafen, Walter. Pass für mich auf. Ich muss Madame Neddie heute Abend noch sehen. Es ist mir egal, wie spät es wird. Wenn du den Mann siehst, der Italienisch spricht, weck mich sofort.«

»Ich habe ihn nur das eine Mal auf dem Dach gesehen.«

Aber Richard hatte schon die Augen geschlossen. Walter setzte sich auf das andere Ende des Bettes und ließ ihn nicht aus den Augen, beobachtete, wie sich sein blauer Mantel hob und senkte. Einmal streckte er die Hand aus und berührte leicht Richards Bein, aber die übrige Zeit döste er selbst, den Kopf und den Rücken gegen die Wand gelehnt. Spät in der Nacht wurden sie durch Schreie geweckt.

Richard sprang aus dem Bett. Die Männer, die noch im Bordell waren, griffen nach ihren Sachen und liefen an ihnen vorbei zur Haustür hinaus, wo kein Tiny stand. Richard rannte in Richtung der Schreie, die Treppe hinauf und in Madame Neddies Salon. Viele von denen, die für sie arbeiteten, waren hier versammelt, einige von ihnen hielten sich in den Armen, andere weinten. Der Butler stand an der Tür zum Schlafgemach. Das Gesicht, das er Richard zuwandte, war ausdruckslos, die Augen weit aufgerissen. Er öffnete den Mund, um zu sprechen, aber er brachte kein Wort heraus.

Die Schreie kamen von Tiny, der vor einem nackten und blutverschmierten Leichnam stand. Tinys Schreie waren jetzt gebrochen, ein Krächzen, das von der Decke zurückhallte und bei dem sich Richard die Nackenhaare aufstellten. Er nahm den großen Mann beim Arm, aber Tiny hörte nicht auf mit seinen heiseren Schreien. Richard gab ihm eine Ohrfeige, und Tiny taumelte zurück, bis seine Beine an das Bett stießen, auf das er sich fallen ließ. Schockiert über den Anblick der Leiche, deren wunderschöne blonde Haare fast bis zu den Ohren in Blut getränkt waren, schickte Richard alle hinaus, dann schloss er die Tür des Raumes von außen. »Wer hat den Schlüssel zu diesem Schlafgemach?«, wollte er wissen.

Der Butler hielt einen Schlüssel hoch.

»Ich brauche Papier und Feder.«

Der Butler deutete auf einen Tisch, und Richard setzte sich und schrieb eine Reihe von Nachrichten, schickte nach einem Trupp der Leibgarde der Königin und bat Balmoral um Anweisungen, was er tun sollte. »Walter, glaubst du, du könntest Pharao zu den Ställen reiten?«

»Ja.«

»Such nach Effriam. Er soll dich zum Wachraum der Leibgarde begleiten. Gib dem Unteroffizier diese Nachricht, und sag ihm, er soll diese hier dem Herzog von Balmoral bringen. Sag ihm, ich befehle es, selbst wenn er den Herzog wecken muss. Die anderen sollen auf der Treppe warten. Ich will mit jedem Einzelnen sprechen. Tiny, mit dir zuerst.«

»Er kann nicht«, sagte der Butler. Und tatsächlich saß Tiny in sich zusammengesunken da und schluchzte.

»Könnt Ihr?«, fragte Richard den Butler.

»Wenn ich ein großes, und ich meine ein wirklich großes Glas Portwein bekomme.«

»Ich nehme auch eins. Lasst uns anfangen.«

Richard sah in Gedanken wieder die Leiche vor sich, den überraschten Ausdruck auf dem Gesicht, aber er zwang sich, sich auf die Fragen zu konzentrieren, die gestellt werden mussten.

Balmoral kam am frühen Morgen in einer Kutsche. Richard schlief auf dem Boden von Madame Neddies Salon, als er Schritte auf der Treppe hörte. Er öffnete ein Fenster und streckte den Kopf hinaus, weil er hoffte, die kalte Luft würde ihn wecken und die Übelkeit vertreiben, die er nicht abschütteln konnte. Der Herzog und zwei Offiziere aus seinem Regiment betraten das Zimmer. Richard salutierte und schloss das Schlafgemach auf.

»Es wurde nichts angerührt«, erklärte er Balmoral, der vor der Leiche stand.

»Von einem Ohr zum anderen, mein Gott. Arme Neddie. Durchsucht dieses Schlafgemach. Ich will alle Briefe, Rechnungen, Geld, Juwelen, sämtliche Wertgegenstände. Wenn ihr irgendwelche Männerkleidung finden solltet ...«

»Es gibt keine«, meinte Richard. »Ich habe schon alles durchsucht, nachdem ich jeden hier befragt habe.«

Zurück im Salon setzte sich Balmoral hin. »Was habt Ihr herausgefunden?«

»Sie war ein Mann. Ihr habt mir nicht gesagt, dass sie ein Mann war.«

»Die beste verdammte Schauspielerin in der ganzen Stadt vor der Restauration. Damals waren Frauen auf der Bühne nicht erlaubt. Das war vor Eurer Zeit, aber fünfzehn Jahre lang lag Neddie diese Stadt zu Füßen. Nicht dass es viele Theater gegeben hätte bei diesen steifen Presbyterianern und den anderen. Jedes Vergnügen war Sünde. Im Vergleich zu ihr sind Nell Gwynn und Moll Davis nichts weiter als Schlampen. Einige wichtige Männer und, wenn ich das sagen darf, einige Ehrenmänner haben sie geliebt. Sie hat private Vorführungen gegeben, wenn Ihr versteht, was ich meine, aber sie war erledigt, als der König zurückkehrte. Die Theatergruppen wollten, dass Frauen Frauenrollen spielten. Das war neu und erregte die Öffentlichkeit. Also eröffnete sie dieses kleine Etablissement. Ihr habt nicht mit ihr geschlafen, oder?«

»Nein.«

»Nun, Ihr wärt nicht der Erste gewesen, der auf der Zielgeraden eine Überraschung erleben musste.«

»Henri Ange war hier, aber nur wenige haben ihn gesehen. Er war niemals unten.«

»Wer hat Euch das gesagt?«

»Majew, der Butler, und Simon, der Koch. Sie sahen ihn, wenn sie mittags oder abends das Essen servierten, aber zu keiner anderen Zeit. In ihrem Schlafgemach gibt es einen Hinterausgang.«

»Natürlich, das hätte ich mir denken können. Und was ist hier passiert?«

»Ich weiß es nicht. Das weiß niemand. Ange wurde seit Tagen von niemandem gesehen. Majew sah ihn fast nie von vorn. Er hat ihm immer den Rücken zugewandt oder war im anderen Zimmer. Richtig gesehen haben sie ihn nur in der Guy-Fawkes-Nacht, als sich alle auf dem Dach die Feuer ansahen.«

»Hat Henri Ange sie getötet? Warum?«

»Vielleicht wusste er, wie dicht wir ihm auf den Fersen waren.«

»Aber warum sollte er sie umbringen? Warum ist er nicht einfach verschwunden? Ich glaube, es ist genauso wahrscheinlich, dass sie einen Liebhaber hatte, der eifersüchtig auf Ange war und sie aus Eifersucht tötete.«

»Wer würde einfach zulassen, dass man ihm die Kehle aufschlitzt? Am Körper sind nirgends blaue Flecken zu sehen.«

»Es kann verdammt noch mal sehr gut sein, dass Henri Ange sich aus dem Staub gemacht hat und zurück nach Frankreich gefahren ist. Ihr habt ihn durch Euren Besuch gestern irgendwie gewarnt, Hauptmann.« Balmoral war nicht erfreut.

»Ich würde gern einen Soldaten am Hintereingang postieren.«

»Wozu soll das gut sein?«

»Wenn er sie nicht umgebracht hat, dann kann er nicht wissen, dass sie tot ist, und kommt vielleicht zurück.«

»Wenn ich Henri Ange wäre und einen Soldaten sähe, würde ich mich umdrehen und verschwinden.«

»Der Soldat könnte sich irgendwo verstecken, in einer Wohnung, von der aus man den Hintereingang beobachten kann. Und dort könnte man einen Mann postieren, jemanden, der als Bettler verkleidet auf der Türschwelle wartet.«

»Die Nachricht von Neddies Tod hat sich schon herumgesprochen, Hauptmann. In den Straßen gibt es ein Netzwerk. Sie wusste immer, was auf einem bestimmten, sagen wir mal niederen Level passierte. Ich fand sie immer nützlich, sehr nützlich. Verdammt, ich werde sie vermissen.«

»Darf ich den Soldaten postieren?«

»Ich gestatte es, bis zu ihrer Beerdigung. Ich glaube, Ange ist fort, auf Engelsflügeln davongeflogen. Wenn er schlau ist, dann ist er geflohen.«

»Vielen Dank, Sir.«

»Ihr habt das Geld?«

»Natürlich.«

»Gut. Jetzt lasst mich allein. Wir werden alles erledigen, was hier noch zu tun ist.«

Als Richard weg war, blieb Balmoral dort sitzen, wo er war. Seine Offiziere brachten ihm Briefe und Geld und Schmuck. Er steckte alles in eine Satteltasche. Als alle Dinge, nach denen Balmoral gefragt hatte, aus den Räumen entfernt worden waren, befahl er einem seiner Männer, auch den Salon abzusuchen, und einem anderen, die

Bestatter zu holen. Dann ging er selbst in das Schlafgemach und schloss die Tür hinter sich. Der Körper enthielt eine erstaunliche Menge Blut ... wer hatte das doch gleich gesagt – Robert Hooke bei einem Vortrag vor der Royal Society? Aber hatte er es nicht selbst immer wieder auf dem Schlachtfeld gesehen – von Kanonen weggeschossene Köpfe, von Schwertern abgetrennte Gliedmaßen oder – schlimmer noch – von Lanzen abgehackt. Es gab Zeiten, da träumte er in Rot. Er setzte sich in einen schönen Samtsessel in einiger Entfernung von der Leiche und dem Blut und schloss die Augen. Zum Glück war er alt, und sein Gedächtnis ließ nach. Dadurch waren die Erinnerungen nicht mehr so machtvoll.

Majew, der Butler, klopfte an die Tür und trat mit den Bestattern ein. Er stand neben Balmoral, während der Leichnam auf die Bahre gehoben wurde.

»Die Wunde am Hals wird zugenäht, und ich lege ihr eine Halskrause um. Niemand wird es sehen. Wir schminken sie, legen Rouge auf und setzten ihr ein Spitzenhäubchen auf den Kopf, dann sieht sie so schön aus, wie sie es immer gewesen ist.«

»Wie alt war sie, Majew?«

»Fünfunddreißig.«

»Fünfunddreißig.«

»Möchtet Ihr Euch verabschieden? Später wird das sicher nicht mehr möglich sein.«

Balmoral nickte, und Majew bedeutete den Bestattern, die Bahre vor Balmoral abzustellen. Dann schickte er sie aus dem Zimmer, schloss die Tür und wartete, bis er wieder hineingerufen wurde. Balmoral beugte sich hinab, legte seine Hand auf die kalkweiße Stirn, schloss die Augen und sprach ein Gebet. Er sprach die Worte laut aus, die ihm niemals über die Lippen gekommen waren. Nicht, dass Neddie jemals darum gebeten hätte; wenn man als Bastard geboren wurde, als Sohn einer Hure, dann erwartete man nicht viel vom Leben. Außerdem hätte Balmoral jegliche Ansprüche selbstverständlich abgewehrt. Der Mann, der Neddie gezeugt hatte, war schon so lange tot, dass Balmoral sich kaum noch an ihn erinnern konnte.

»Leb wohl, mein Enkel.« Wunderschöner Enkel, den ich niemals kennenlernen wollte.

Er rief nach den Bestattern, und sie trugen den Leichnam fort. Er sprach mit Majew, der ihm in der Armee gedient hatte. »Schließt für einen Monat, dann sucht Euch einen anderen Ort, streicht die Tür rot und eröffnet wieder. Ihr werdet mir einen monatlichen Betrag zahlen, wie Neddie es getan hat, und ich werde dafür sorgen, dass man Euch den Laden nicht schließt.«

»Einverstanden, Eure Hoheit.«

Neddie hatte ihm niemals etwas zahlen müssen, aber Neddie war ja auch Verwandtschaft gewesen.

Kapitel 32

Ohne etwas von den dramatischen Ereignissen zu ahnen, die sich gerade in einem der vielen Bordelle in seiner Stadt abspielten, gingen König Charles und seine Höflinge im St. James's Park spazieren. Dorothy Brownwell hielt sich ganz am Ende der Gruppe auf.

»Mrs. Brownwell, Seine Majestät wünscht Euch zu sprechen«, richtete ein Page aus.

Dorothy eilte nach vorn zum König, der in einiger Entfernung mit schnellen Schritten vorausging. Spaniels und Jagdhunde umringten sie sofort, als sie sich Seiner Majestät näherte, als wäre Dorothy das verlorene Schaf. »Hört auf«, befahl der König. Er kam direkt auf den Punkt. »Mademoiselle de Keroualle und Hauptmann Saylor sind gestern Abend in einer kompromittierenden Situation ertappt worden, wie ich höre.«

»Nicht zu kompromittierend, Sir. Sie befanden sich nicht in einer liegenden Position.«

»Vergebt mir, wenn ich Eure Erinnerung da ein wenig auffrischen muss, aber man muss sich für so etwas nicht hinlegen, Mrs. Brownwell. Vielleicht besaß Mr. Brownwell in dieser Hinsicht zu wenig Fantasie.«

»Sie ist immer noch unberührt, Sir.«

»Ausgezeichnet. Ich wünsche nicht, dass Mademoiselle de Keroualle noch einmal mit Hauptmann Saylor allein ist. Ist das klar?«

»Ich werde mein Bestes tun.«

»Mehr kann man nicht erwarten.«

Richard suchte nach Alice. Sie war nicht unter den Höflingen, die mit dem König durch den St. James's Park spazierten, und sie war nicht in den Gemächern der Ehrenjungfern, aber Poll war dort. Sie schüttelte die Kleider aus und lüftete sie auf Alice' Bett. »Sie ist beim Tanzlehrer für ihre Stunde, Sir«, erzählte sie ihm.

Sie übten in dem alten Theater, in dem die Truppe des Königs gespielt hatte, bis die Schauspieler aus Whitehall in ein Gebäude in der Stadt umgezogen waren. Ein Geiger und ein Flötist waren dort, und Fletcher, der Tanzlehrer. Alice trug weiche, an den Beinen geschnürte Schuhe, wie Schauspielerinnen und Operntänzerinnen sie trugen, und einen kurzen Rock, unter dem ihre Fesseln und ihre Unterschenkel zu sehen waren. Sie tanzte gerade in einer komplizierten Schrittfolge über die Bühne und wieder zurück, wobei sie eine Reihe von kleinen Sprüngen machte.

»Noch einmal«, verlangte Fletcher.

Wie wunderschön sie sich bewegt, dachte Richard, so flüssig, als enthielten ihre Arme und Beine überhaupt keine Knochen. Das Bild von Neddie in ihrem dunklen, geronnenen Blut stand ihm wieder vor Augen. Er schüttelte den Kopf, holte tief Luft und konzentrierte sich auf Alice' Beine, schlank und stark und wunderschön geformt. Sie tanzt so schrecklich gern, hatte Barbara gesagt. Fletcher ließ sie bestimmte Bewegungen wieder und wieder ausführen. Wie bei einem Drill, dachte Richard, während er Alice beobachtete, die auf Fletchers Anweisung hin rückwärts auf Zehenspitzen ging. Die Blutlache unter Neddies Kopf reichte bis zur Hälfte ihres Rückens. Die klaffende Wunde an ihrem Hals hatte auf den ersten Blick ausgesehen wie ein zweiter Mund, wie ein Fischmaul ... Er setzte sich abrupt auf eine Bank und presste die Hände auf seine Augen, um das Bild zu verscheuchen. In Tanger war er oft von solchen schrecklichen Bildern verfolgt worden, von blutigen Albträumen, dämonischen Träumen, gegen die er nichts tun konnte, die er einfach aushalten musste, bis sie vergingen. Der Mord an Neddie hatte die Dämonen wieder entfesselt. Er konnte die Bilder spüren, die am Rande seines Bewusstseins lauerten. Er sah, wie Alice endlich ihre Übungen beendete. Außer Atem und schwitzend setzte sie sich auf den Rand der Bühne und rieb sich den Nacken und das Haar mit einem Tuch trocken. Fletcher kniete neben ihr und tastete den Unterschenkel und die Knochen des einen Beines ab. Sie hätte genausogut ein Pferd sein können, das er untersuchte.

»Du schonst dein rechtes Bein«, sagte Fletcher ihr.

»Tue ich nicht.«

»Du tanzt wie eine Wolke, wie ein ätherisches Wesen.« Richard trat aus dem Schatten.

Fletcher hob die Augenbrauen, als Richard sich hochzog und sich neben Alice auf die Bühne setzte. »Ist das ein Tête-à-tête?«

»Ja«, antwortete Richard scharf, und Fletcher trat hastig ein paar Schritte zur Seite und gab vor, Noten für die Musiker zusammenzusuchen.

»Alice, glaubst du, Henri Ange würde jemanden mit bloßen Händen töten?«

»Wer ist denn tot?«

»Eine Bordellbesitzerin. Man hat ihr – ihm – die Kehle durchgeschnitten.«

»Gift gibt man aus der Entfernung. Man muss niemals zusehen, wie das Opfer stirbt, man muss es nicht berühren.« Aber dann erinnerte sie sich daran, wie sie in Henri Anges Armen gefangen gewesen war, und an seinen sanften Befehl, *Sag danke, mein lieber Henri Ange*, das Entsetzen, mit dem sie plötzlich erfüllt gewesen war. »Madame hat schrecklich gelitten.«

»Balmoral glaubt, er könnte England verlassen haben.«

»Aber das wäre ja wunderbar!«

»Wenn es nur wahr wäre.« In Gedanken sah Richard wieder, wie Neddies blicklose Augen ihn anstarrten. Durch seinen Körper lief ein leichtes Schaudern.

Alice bemerkte es. »Hast du die Leiche gefunden?«

»Ja.«

»Ich habe noch nie eine Leiche gesehen.«

»Ich bete zu Gott, dass du das auch niemals musst, Alice. Guten Tag.«

Sie blickte ihm nach und schwang dabei die Beine hin und her wie ein kleines Mädchen. Fletcher setzte sich neben sie. »So, so, daher weht also der Wind.«

»Es weht überhaupt kein Wind, Fletcher, nicht mal ein leises Lüftchen.«

»Er und Mistress Keroualle sind gestern Abend in einer kompromittierenden Situation erwischt worden. Der ganze Hof spricht darüber. Seine Majestät ist sehr erbost darüber.«

Alice antwortete nicht.

»Seine Majestät hat für dieses Jahr ein Weihnachtsspiel bestellt. Purcell, Dryden und ich sollen es zusammen umsetzen. Ich frage mich, ob das die Dinge ändert ...«

»Warum sollte es?«

»Wer, glaubst du, wird im Mittelpunkt des Schauspiels stehen?«

»Ich.«

»Du hast noch einen Versuch.«

»Ihre Majestät.«

»Bitte! Ich werde Euch beide natürlich hineinschreiben, damit es nicht aussieht, als würden wir Kühe in Kleidern auf die Bühne treiben, aber ihr werdet nicht die Hauptattraktion sein. Also erzähl mir mehr über diesen jungen Soldaten, der offensichtlich bereit ist, für La Keroualle in Ungnade zu fallen.«

»Da gibt es nichts zu erzählen.«

Ihre Übellaunigkeit sagte Fletcher mehr, als ein Geständnis es getan hätte.

Es war der erste Sonntag im Advent. In den Gotteshäusern Englands zündeten die Pfarrer der Kirche von England die erste von vier Kerzen auf dem Adventskranz an. »Siehe, ich sende meinen Boten, dass er den Weg vor mir bereite, und plötzlich kommt zu seinem Tempel der Herr«, lasen sie aus riesigen Bibeln, deren vergoldete Seitenkanten schimmerten, wenn das Kerzenlicht sich darauf spiegelte.

Die Hände in einen warmen Pelzmuff gesteckt, ging Alice von Whitehall zu einem Sonntagsessen mit ihrem Vater. Poll und Poppy trotten hinter ihr her. Ein Freund ihres Vaters, ein Holländer, der in London zu Besuch war, traf im Korridor mit ihr zusammen und beugte sich über Alice' Hand.

»Wie man hört, habt Ihr die Bewunderung Seiner Hoheit des Herzogs von Balmoral errungen«, sagte er.

»Die Berichte sind übertrieben.«

»Tägliche Spaziergänge in der Steingalerie. Mir scheint, er macht Euch den Hof. Wenn es irgendetwas gibt, mit dem ich Euch zu Diensten sein kann, verehrte Dame, dann müsst Ihr mir nur Bescheid geben. Guten Abend, Mistress Verney.« Er setzte seinen Hut auf den Kopf und ging durch die Tür, die Perryman für ihn aufhielt.

»Er war ausgesprochen freundlich zu mir«, meinte Alice zu ihrem Vater.

»Es gibt viele Gerüchte über dich und Balmoral. Er stürzt sich immer sofort auf alle Neuigkeiten am Hofe. Ich hoffe, du weißt, was du tust. Ich werde Mulgrave noch nicht aufgeben, trotz deines Flirts. Setz dich. Perryman wird uns das Essen servieren.«

»Perryman, wart Ihr das, den ich an jenem Abend bei dem furchtbaren Essen bei der Herzogin von Cleveland gesehen habe, mit einer schlechten Perücke auf dem Kopf und einem noch viel schlechteren falschen Schnurrbart im Gesicht?«

Ihr Vater fing an zu lachen, als Perryman antwortete: »Nein.«

»Und sie ist im Theater vom Stuhl gefallen«, meinte Sir Thomas.

»Ich dachte, wir hätten uns auf einen Streich geeinigt, um mich zu retten. Vater, man wird dich erwischen.«

»Ich bin es doch gar nicht! Es ist mein verdammter Diener. Ich habe ihn einfach nicht im Griff, Alice. Es macht ihm einfach zu viel Spaß.«

»Perryman, ich muss Euch warnen. Falls Ihr erwischt werdet, wird mein Vater leugnen, etwas davon gewusst zu haben, und Euch allein am Galgen baumeln lassen – und glaubt mir, sie wird Euch hängen.«

»Was bedeutet, dass Perryman sich nicht erwischen lassen darf, wenn er weiß, was gut für ihn ist.«

»Perryman«, fragte Alice, »ist es leicht, sich in Whitehall zu bewegen?«

»Niemand achtet auf die Diener.«

»Ich habe gehört, dass Barbaras Mesalliance von der Königin befürwortet und unterstützt worden ist«, meinte Sir Thomas.

Alice schwieg.

»Und dann dieser schreckliche Mord in London letzte Woche«, fuhr er fort. »Hast du davon gehört? Man hat einer männlichen Madame die Kehle von einem Ohr zum anderen aufgeschlitzt. Sie führte ein Jungen-Bordell. Dieser junge Leutnant, den du so magst ...«

»Hauptmann, er ist jetzt Hauptmann.«

»... hat es entdeckt. Er hilft uns dabei, in der Stadt die Ordnung zu wahren. Er macht sich langsam wirklich einen Namen. Sein Schwager, Cranbourne, und ich sprachen letztens über ihn. Ihr solltet ihm ein Regiment kaufen, Lord Cranbourne, sagte ich.«

»Das wäre wunderbar.«

»Du magst diesen Saylor?«

»Sehr. Er wird als Sekretär für Seine Hoheit Balmoral arbeiten und seine Memoiren für ihn abschreiben.«

»Balmoral hat seine Memoiren geschrieben?«

»Alles über seine Feldzüge, Vater. Sehr interessant.«

»Hast du sie denn gelesen?«

»Nein.«

Ihr Vater trank etwas von dem rubinroten Wein aus einem der neuen venezianischen Gläser, die er gerade erworben hatte. Er war stolz auf die Gläser und überrascht darüber, dass Alice gar nichts dazu sagte. Sie hatte einen Blick für schöne Dinge. Er betrachtete seine Tochter eine Weile. »Du nimmst dir das mit Barbara sehr zu Herzen, nicht wahr?«

»Ich glaube nicht, dass wir jemals wieder Freundinnen sein können.«

»Ist dieser Sidney denn wirklich so schlimm?«

Das war eine Gelegenheit, über John herzuziehen, denn er war im Büro der Marine angestellt. »Er tut, was Samuel Pepy ihm sagt, und du weißt, wem Pepy dient«, meinte sie, obwohl ein anderer Teil von ihr sagte, Alice, nicht, lass es doch.

»Dem Earl von Sandwich, diesem Teufel.«

Ihr Vater und der Earl waren alte Feinde.

»Es tut mir leid für Barbara, dass sie einen solchen Fehler begangen hat, aber das Kind ist in den Brunnen gefallen, es gibt kein Zurück mehr. Mit der Zeit werdet ihr beide euch sicher wieder vertragen.«

»Niemals.«

»Niemals ist eine lange Zeit.« Sir Thomas wollte das Thema wechseln. Er unterstützte Alice nicht gern in ihrer Sturheit, es sei denn, sie war für ihn von Nutzen. »Der Winter ist da. Ich bin froh, dass ich um diese Jahreszeit den Kanal nicht überqueren muss wie Seine Hoheit, der Herzog von Buckingham. Ich bleibe lieber am Feuer sitzen, jawohl. Er sagt, er fährt rüber, um über Madames Grundbesitz zu verhandeln.«

Er ist gekränkt, weil er diesen Monat nicht mit Buckingham nach Frankreich fahren darf, dachte Alice, weil er nicht zu der Gesandtschaft gehört, die im Louvre fein essen und König Louis treffen wird. Jetzt musterte sie ihn, so wie er es vorhin bei ihr getan hatte. Würde er jetzt anfangen, sich bei ihr über den Herzog zu beschweren? Und dann würde es zum Bruch kommen, und ihr Vater würde sich einem anderen großen Mann zuwenden, der Einfluss beim König hatte, und ihm als Lakai dienen. Er würde die Abstimmungen im Unterhaus in seinem Sinne beeinflussen, so gut er konnte, und würde in den Korridoren von Whitehall die neuesten Gerüchte breittreten. Für eine Weile würde er alles, was er tat, mit großem Enthusiasmus und noch größeren Hoffnungen angehen. Und dann würden diese Hoffnungen schwinden. Es war bei Lord Sandwich passiert. Es war bei Lord Arlington passiert. Immer hatte ihr Vater das Gefühl, dass seine Loyalität nicht genügend geschätzt wurde. Bin ich auch so? Sie erschrak über diesen Gedanken, und er machte sie traurig. Wir sind wirklich ein tolles Paar, dachte Alice, während sie in die rubinrote Flüssigkeit in ihrem Glas schaute.

An diesem Abend hob Alice in Whitehall den Kopf, als sie Hundegebell vernahm, ein Geräusch, das seit mehreren Tagen in den Gemächern der Königin nicht zu hören gewesen war.

Zuerst stürmten seine Lieblingsspaniels herein, dann betrat Charles den Salon der Königin. Alle spielten Karten, und alle erhoben sich, als sie ihn sahen, aber er bedeutete ihnen, sich wieder zu setzen, nickte der Königin achtlos zu, dann ging er zwischen den Tischen hindurch, bis er an den kam, an dem Renée saß. Er stellte sich hinter den Stuhl von Lord Mulgrave, und sofort stand der junge Earl auf und verbeugte sich.

»Ich habe nicht, äh ... die besten – aber, äh ... sie, äh – ich meine Mistress, äh ...«

»Verney«, ergänzte Alice ungeduldig.

»Verney, äh ... ist Eure Partnerin. Sie wird Euch, äh ... beistehen.«

»Ich bin erfahren genug, um mir selbst aus der Bredouille zu helfen.«

»Sollen wir neu geben und noch einmal anfangen?« Frances lächelte den König an. Sie sah bezaubernd und elegant aus, ihre Locken hingen mit Bändern geschmückt über ihre Ohren.

»Ich möchte ein wenig in der Galerie spazieren gehen. Die Herren langweilen mich, und ich sehne mich nach ein wenig weiblicher Gesellschaft. Mademoiselle de Keroualle, macht mir die Freude, und begleitet mich, Mistress Verney und Ihre Hoheit.«

An den anderen Tischen rührte sich niemand, als der König die

Gemächer mit Renée am Arm verließ. Alice und Frances folgten ihm, seine Spaniels liefen voraus. Die Blicke wanderten zur Königin, die eine Karte ausspielte und sich mit keinem Wimpernzucken anmerken ließ, dass sie bemerkt hatte, mit wem er hinausgegangen war und dass er sie überhaupt nicht beachtet hatte.

»Immer wieder schön, zu sehen Seine Majestät«, meinte sie, den Blick auf die Karten in ihrer Hand gerichtet.

»War das eine sarkastische Bemerkung von unserer kleinen Portugiesin?«, flüsterte eine Hofdame einer anderen zu, und sie lachten.

In der Steingalerie setzten sich König Charles und Renée an eines der tiefen Fenster, während Alice und Frances weiter weg in der Nähe des Feuers auf Sesseln Platz nahmen. Alice blickte zu ihnen hinüber. König Charles sprach sehr ernst mit Renée. Die Tatsache, dass er ihre Nähe nicht mehr gesucht hatte, seit sie und Richard von Dorothy Brownwell gerügt worden waren, war niemandem entgangen, am allerwenigsten Renée. Wird sie sich ihm jetzt unterwerfen, wie seine Spaniels es tun?, fragte sich Alice.

»Sie hat angefangen zu weinen«, meinte Frances.

»Er will sie haben, nicht wahr? Wärt Ihr bereit, Renée dabei zu helfen durchzubrennen?« Mit jemandem durchzubrennen war skandalös, es brachte die Familien furchtbar auf, aber Frances war durchgebrannt.

»Mit wem?«

»Hauptmann Saylor würde sie sofort heiraten. Wir könnten ihnen helfen durchzubrennen.«

Frances strich mit den Fingerspitzen über die Delfine, die in die hölzerne Armlehne ihres Sessels geschnitzt waren. »Ich glaube, ich halte mich da raus. Er hat mir niemals wirklich vergeben, dass ich durchgebrannt bin. Und wenn Ihr Eure Stellung am Hof schätzt, dann lasst Ihr sie besser genau da, wo sie ist.«

»Also«, meinte König Charles, der sah, wie Tränen über Renées Gesicht liefen, jedoch keine Anstalten machte, sie wegzuwischen, »erscheint es mir nicht fair, dass ich nicht die gleichen Privilegien genießen darf wie Hauptmann Saylor.« Weder seine Stimme noch sein Gesicht waren weich. »Ihr wart halb entkleidet. Es würde mir sehr gefallen, euch halb entkleidet zu sehen.«

»Er hat es sich verdient.«

»Was habt Ihr da gerade gesagt?«

»Er war mein treuester Freund, seit wir uns getroffen haben; er hat mir niemals etwas anderes angeboten als Ehre. Er hat mich gebeten, seine Frau zu werden, hat mir den Schutz seines Namens und seines Besitzes angeboten. Wenn ich bei ihm bin, dann fühle ich mich sicher, und ich habe das Gefühl, auf Händen getragen zu werden.«

Sie hatte ihn überrascht. »Ich möchte, dass ihr Euch sicher fühlt. Ich will Euch auch auf Händen tragen.« Seine Stimme klang reumütig.

Dann sorgt dafür, dass es so ist, dachte Renée.

»Warum seid Ihr nicht seine Geliebte geworden?«, wollte Alice von Frances wissen. Ein Scheit knackte laut im Feuer, während er zu roter Glut auseinanderfiel.

»Ich wollte eine Ehefrau sein, nicht mehr und nicht weniger«, antwortete Frances.

»Würdet Ihr mit Renée sprechen?«

Ein Ausdruck huschte über Frances Gesicht, den Alice nicht deuten konnte. »Ich bin sicher, dass sie genug Ratgeber hat.«

»Aber sie haben nur das Vergnügen des Königs im Auge, nicht, was für sie das Beste wäre.«

»Was ist das Beste für sie, Alice?«

»Die Frau von jemandem zu sein. Ihr versteht das doch.«

»Ich verstehe das?«

»Ihr habt geheiratet. Und aus Liebe.«

Frances lächelte gequält. »Mein Herz gehörte niemals Seiner Hoheit, meinem Mann, und es wird ihm niemals gehören. Ich konnte nicht aus Liebe heiraten. Es gibt nur einen Mann, den ich jemals geliebt habe, und er ist schon verheiratet.«

Alice blickte auf den Sitz am Fenster. König Charles hielt Renée in seinen Armen, strich ihr mit ernstem Gesicht über das Haar. Seine Hunde schmiegten sich an ihre Röcke.

»Wenn ich geworden wäre, was er wollte – was ich selbst von ganzem Herzen wollte –, wäre der einzige Unterschied, dass ich heute nicht dabei zusehen müsste, wie er Mademoiselle de Keroualle keine zwei Meter von mir entfernt den Hof macht, weil er nicht wollen würde, dass ich es mitbekomme. Weil er Streit nicht ertragen kann. Aber es würde trotzdem passieren. Damit tröste ich mich in langen Nächten. Ich tröste mich in diesem Augenblick damit, während er ihr mit den gleichen Worten den Hof macht, die er sehr wahrscheinlich auch bei mir benutzt hat. Es war so wunderschön mit ihm. Oh, seht. Da kommt unsere Mrs. Sidney, frisch von ihrem Hochzeitslager, um der Königin einen Besuch abzustatten.«

Frances erhob sich, als Barbara durch die Galerie auf sie zukam, und sie legten die Wangen aneinander. Es war das erste Mal, dass Alice Barbara seit ihrer Hochzeit vor gut zwei Wochen sah. Barbara trat schnell zu Alice und umarmte sie, aber Alice saß einfach nur da. Ihr Herz fühlte sich an, als wäre es aus Stein. Nun, jetzt weiß ich es, dachte sie. Sie hatte bis jetzt noch nicht wirklich gewusst, was sie tun würde bei dieser Begegnung.

Frances beobachtete sie einen Moment lang, dann meinte sie: »Kommt. Ich bringe Euch zur Königin. Mistress Verney muss bleiben und die Anstandsdame spielen.«

Frances schob ihren Arm durch Barbaras, und einen Moment später ging Barbara mit ihr davon.

»Sie hat so getan, als würde ich gar nicht existieren«, meinte Barbara zu Frances.

»Das geht vorüber.«

»Sie kann mir nicht vergeben.«

»Wie schade. Man verliert so viel, wenn man nicht vergeben kann. Gebt Ihr Zeit, um ihren Zorn zu genießen, und dann, wenn sie es leid ist – und so wird es sein – und Euch zu sehr vermisst – und das wird sie –, dann kommt sie wieder auf Euch zu. Und dann ist die Reihe an Euch zu entscheiden, ob Ihr ihr vergeben könnt. Ein gefährliches Spiel, die Vergebung, voller Untiefen. Ihr seht blendend aus, meine Liebe. Ich wage mal zu behaupten, dass Mr. Sidney Euch seine Liebe in jeder nur denkbaren Art beweist. Alice und ich sprachen gerade über diese neue Mode, aus Liebe zu heiraten. Wie denkt Ihr darüber?«

Barbara lachte, und in ihrem Lachen klang so viel Freude mit, dass Frances stehen blieb und ihre Wangen küsste. Dann gestattete sie sich einen letzten Blick auf den König und Renée, was dumm von ihr war, weil es so wehtat, es zu sehen. Es zu sehen und sich zu erinnern. Einmal hatte er nach einem Skiff verlangt und war um Mitternacht zu ihr gerudert, um ihr Vorhaltungen zu machen, weil sie Richmond geheiratet hatte. Er sagte, es hätte ihm das Herz gebrochen. Sie hatte seine Wut und seine Verzweiflung geliebt und all ihre Willenskraft gebraucht, um ihm zu widerstehen. Als sie die Pocken hatte, hatte sie gedacht: Wenn ich das hier überlebe, dann werde ich seine Geliebte – weil sie, als sie am Rande des Todes stand, endlich erkannte, was das Wichtigste für sie war. Sie wollte ihm die Liebe zeigen, die sie für ihn empfand. Aber ihre Zeit war vorbei. Er würde immer noch mit ihr ins Bett gehen, und er würde es mit großer Begeisterung tun, da war sie sicher. Aber sie hatte sein Herz verloren, sein wunderbares, gieriges, neugieriges, freches, lebhaftes Herz. Die Zeit und die Möglichkeiten warteten auf niemanden, Mann oder Frau.

Mein über alles Geliebter, ich küsse dieses Papier tausend Mal, weil ich weiß, dass Deine Hände es berühren werden. Ich warte auf Dich, mein Liebling, und verbleibe Deine treue Dorothy.

Dorothy seufzte, dann machte sie sich daran, den Brief abzuschicken. Er war für Lord Knollys bestimmt, der vor einer Woche den

Hof verlassen hatte, um zu seiner Frau zu fahren. Sie war sehr krank. Schon wieder. Sie streute etwas Sand auf das Papier, um die Tintenflecken zu trocknen, blies ihn vorsichtig wieder herunter, schwenkte das Papier durch die Luft und faltete es ganz klein. Dann nahm sie ihr Siegelwachs und hielt es über eine Kerze.

»Brownie, man hat meinen Koffer noch nicht hergebracht.«

Dorothy tropfte das Wachs auf die letzte Faltung, dann nahm sie ihren Siegelring und presste ihn hinein. Als sie damit fertig war, drehte sie sich zu einer schmollenden Gracen um.

»Such Edward, er wird sich darum kümmern.«

Sie kritzelte einen Namen auf die andere Seite des Briefes.

»Das Anwesen von Lord Knollys liegt nicht weit von dem meines Vaters entfernt.« Gracen war nähergetreten, um zu sehen, was genau Dorothy machte. »Gebt mir den Brief, dann lasse ich ihn überbringen. Nein, ich werde selbst hingehen und mich erkundigen, wie es seiner Frau geht.«

»Das wäre sehr freundlich«, meinte Dorothy, die ihr den Brief nur ungern geben wollte.

Gracen nahm den Brief und küsste Dorothy auf die Wange.

»Kommt und helft mir zu entscheiden, welche Kleider ich mitnehmen soll. Warum muss meine Mutter ausgerechnet jetzt krank werden? Ich will nicht weg. Bald findet das Weihnachtsspiel statt, und alle lassen sich so wunderschöne Kostüme dafür anfertigen. Ich will hierbleiben und zusammen mit den anderen schön aussehen. Ich will schöner aussehen. Das würde ich, wenn Renée nicht hübscher wäre als ich.«

Dorothy küsste sie auf die Stirn und fragte sich, ob sie in diesem Alter auch so selbstsüchtig gewesen war. Dann folgte sie Gracen in die Gemächer der Ehrenjungfern, um ihr bei der Auswahl ihrer Garderobe zu helfen.

Kapitel 33

Zweite Adventswoche

In der Nähe eines Adventskranzes, auf dem zwei Kerzen brannten, saß Richard missmutig über einem Brief von seiner Mutter. Sie fragte, ob er über Weihnachten nach Tamworth kommen würde. Letzte Nacht hatte er im Traum auf einen blutverschmierten, wunderschönen Körper geblickt, und das Gesicht war das von Renée gewesen. Er war mit klopfendem Herzen aufgewacht; er wagte nicht, sie zu verlassen. Sie war so weinerlich und reizbar und wankelmütig, an einem Tag liebevoll, am nächsten kalt. Die Worte der Predigt von dieser Woche hallten in seinem Kopf wider: »Zu dir, oh Herr, erhebe ich meine Seele. Auf dich vertraue ich, lass mich nicht zuschanden werden, lass meine Feinde nicht frohlocken über mich ...« Er fühlte, wie ihn Verzweiflung überkam. Er durfte sie jetzt nicht allein lassen, und ein Teil von ihm hasste sich dafür. Ein Teil von ihm hasste auch sie dafür.

»Hauptmann, geht Ihr später mit uns zum Essen?«

»Wann müssen wir auf dem Exerzierplatz sein?«

»Seht Ihr Euch heute Nachmittag das Stück an? Ein paar von uns werden im Parkett sitzen.«

Er schüttelte den Kopf auf die Fragen der drei Männer, die in der Tür standen, Leutnants seiner Garde. Sie hatten sich mit der Zeit angefreundet, auf die lockere, kameradschaftliche Art, wie es Soldaten tun, die auf engem Raum zusammen leben und arbeiten müssen. Sie verheimlichten einander fast nichts, und die Schwächen und Stärken eines Mannes waren der gesamten Truppe bekannt. Sie waren stolz darauf, dass sie in der Guy-Fawkes-Nacht das Feuer gelöscht hatten, stolz darauf, dass ihr Hauptmann den Mord an einer berüchtigten männlichen Puffmutter entdeckt und das Bordell geschlossen hatte. Sie waren stolz darauf, dass Richard von Balmoral persönlich gebeten worden war, seine Memoiren abzuschreiben. Sie waren sogar stolz darauf, dass er stur der neuen Geliebten des Königs den Hof machte.

Er stand auf und drückte die Kerzen zwischen seinen Fingern aus. Zwei Wochen war noch Advent, die heilige Zeit der Vorbereitung auf die Feier der Geburt Christi. Was würde bis dahin mit Renée passiert sein?

Er ging hinüber in die Gemächer von Prinz Rupert und stellte sich zu den anderen, die sich dort versammelt hatten, um dem Prinzen beim Anziehen zuzuschauen, um zu sehen und gesehen zu werden. Es war eine Audienz, diese morgendliche Zeremonie beim Aufstehen, die man vom französischen Hof übernommen hatte. Prinz Rupert, das Hemd halb angezogen, lachte mit einem Mann, der, wie jemand Richard zuflüsterte, Sir Robert Holmes war. Er war früher Pirat gewesen und ein Admiral im letzten Krieg gegen die Holländer, ein erstklassiger Soldat und ein Abenteurer.

»Erinnerst du dich, wie wir vor der Küste von Guinea kreuzten und du von Eingeborenen gefangengenommen wurdest?«, fragte Prinz Rupert diesen Robert Holmes.

»Noch nie war ich meinem Ende so nahe.«

»Ich habe dir damals das Leben gerettet. Hast du deine Schuld eigentlich jemals beglichen?«

»Mehr als hundertfach.«

»Dann gerieten wir in diesen Hurrikan vor den Bermudas.« Prinz Rupert erzählte die Geschichte und sprach über seinen Bruder, dessen Schiff in diesem Sturm verloren ging, von den Gerüchten, sein Bruder säße in irgendeinem Inselgefängnis in den Kolonien. »Er war niemals dort, wenn ich einen Boten hinschickte. Er war nie dabei.«

Holmes entdeckte Richard. »Saylor, nicht wahr? Ich hatte die Ehre, Euren Vater zu kennen. Ihr wart vor zwei Jahren in Tanger. Ich wollte schon immer mehr über Tanger erfahren. Erzählt mir davon.«

Holmes zog Richard auf die Seite und stellte ihm Soldatenfragen, mit wie viel Mann die Garnison besetzt war, wie die Mauren kämpften. »Ich kann einen guten Mann auf der Isle of Wight gebrauchen«, meinte Holmes, der Gouverneur dieser Insel war. »Falls ihr London jemals verlassen wollt, gebt mir Bescheid. Ich werde einen Platz für Euch finden.«

Als Richard gegangen war, um nun bei Monmouth' öffentlichem Ankleiden dabei zu sein, spazierten Prinz Rupert und Holmes durch die königlichen Privatgärten, durch das Holbein Gate und warteten dann an der Whitehall Street auf Prinz Ruperts Kutsche, die gerade geholt wurde.

»Ich habe ihm eine Stelle auf der Isle of Wight angeboten«, meinte Holmes.

»Danke, Robin. Ich mag ihn. Ich will nicht, dass er in dieser Sache unter die Räder kommt.«

»Der König wird alles vergeben, wenn sie sich ihm hingibt.«

»Sie lässt sich Zeit damit.«

»Sie weiß, was sie wert ist. Dagegen ist nichts zu sagen. Und ein Mann weiß etwas nur dann zu schätzen, wenn er sich darum bemühen muss.«

»Erinnerst du dich noch daran, was ich dir über diese beiden Franzosen geschrieben habe, die so faszinierende Geschichten über den Pelzhandel in den Kolonien erzählen, in Kanada und den nördlichen Kolonien jenseits des Atlantiks?«

»Dunkel.«

»Sie sind von ihrer ersten Expedition zurück. Ich kann dir nicht sagen, wie aufgeregt ich über die Aussicht bin, bald Handel treiben zu können. Der König hat mir Land zugesichert und mir erlaubt, eine Pelzhandelsgesellschaft zu gründen. Der Hauptsitz wird an der Hudson Bay liegen, einer Bucht, die hundert Mal größer ist als alles, was wir je gesehen haben, wie man mir sagte. Ich werde dort Gouverneur sein und suche noch Investoren. Lord Cranbourne ist mit zehntausend dabei.«

»Eine Menge Geld.«

»Beleih deinen Familienbesitz, Mann. Ich sage dir, das wird eine große Sache. Denk an die East India Company der Holländer.«

Holmes lachte und schüttelte den Kopf.

In Monmouth' Gemächern bestand der junge Herzog darauf, Richard einige neue Dinge in seinem Privatgemach zu zeigen. Aber als sie von den anderen Höflingen getrennt waren, die das Schlafgemach bevölkerten, meinte er: »Richard, ich schätze Euch wirklich sehr. Ich kann gar nicht mehr zählen, wie oft Ihr schon alles in Eurer Macht Stehende getan habt, um mich davon abzuhalten, im Suff irgendwelche Dummheiten zu begehen. Und Ihr habt Euch in einer Sache sehr diskret verhalten, als es jemand, der mir nahe steht, nicht war. Ich weiß, dass Eure Gefühle für Mademoiselle de Keroualle tief und aufrichtig sind, aber Ihr solltet wissen, dass jemand, dem ich – genau wie Ihr – alles verdanke, es sehr zu schätzen wüsste, wenn Ihr aufhören würdet, ihr den Hof zu machen. Er weiß, dass sie durch nichts zu ersetzen ist, aber er hofft, dass neue Aufgaben – und Ehren – den Schmerz vielleicht etwas mildern würden.«

Richard verbeugte sich, und der Ausdruck auf seinem Gesicht war nicht zu deuten. »In dieser Sache liegt mein Schicksal allein in ihrer Hand.«

Pfeif deinen Hund zurück, hatte ihm König Charles in Wirklichkeit befohlen. Er kennt diesen Hund nicht, dachte Monmouth, der Richards Sturheit nur bewundern konnte. Ich glaube, ich hatte Glück, dass Ihr meine Frau nicht geliebt habt, dachte er und fragte sich, ob ihm sein Flirt mit Richards Schwester wohl noch mal leid tun würde. Er sagte nichts mehr, sondern zeigte Richard ein Mezzotinto, dass Prinz Rupert ihm geschenkt hatte, der mit Kunst genauso handelte wie mit einem Dutzend anderer Dinge.

Als ihre Wege sich trennten, ging Richard zu den königlichen Ställen, um nach seinem Pferd zu sehen. Er wusste, dass sie versuchten, ihn loszuwerden. Kamen als Nächstes Drohungen? Liebte er Renée genug, um dafür in Ungnade zu fallen? Ja. Man fand immer einen Weg zurück nach oben. Es war wie mit der Mode, die Zeiten änderten sich. Aber die eigentliche Frage war, liebte *sie* ihn genug?

»Habt Ihr Walter gesehen?«, fragte Effriam.

Richard strich über Pharaos Nase. »Nein, habe ich nicht.«

»Er hat hier nachts geschlafen, bei Pharao. Ich dachte neulich, ich hätte ihn gesehen, und heute Morgen habe ich ihn erwischt, aber er rannte weg, bevor ich ihn aufhalten konnte.«

»Noch ein Vagabund in Whitehall. Madame Neddies Etablissement ist geschlossen. Ich könnte mir vorstellen, dass er Hunger hat.«

»Der gleiche Gedanke ist mir auch schon gekommen.«

Richard holte eine Münze hervor. »Lass das dort liegen, wo er es findet.«

»Ihr könntet noch einen Stallburschen gebrauchen.«

Effriam kannte Richard seit seiner Geburt, hatte ihn auf sein erstes Pferd gesetzt, er war einfach ein Teil von Tamworth, das ein unauslöschlicher Teil von Richards Seele war. Richard hätte mit Missbilligung von Effriams Seite gerechnet, nicht mit Großzügigkeit.

»Ich könnte ihm alles beibringen«, meinte Effriam streng, um das zu verstecken, was Richard als Weichherzigkeit betrachten könnte. »Er lernt schnell, und ich werde nicht jünger.«

»Bist du sicher? Na ja, wenn du ihn das nächste Mal triffst ...«

»Oh, ich werde ihn treffen. Er ist schnell, aber ich bin schlau.«

»Biete ihm an, was du für richtig hältst.«

»Er wird mein Gehilfe, mehr nicht.«

Richard ging zu Balmorals Gemächern und dachte darüber nach, was eben passiert war. Der steife Effriam, unbeugsam wie ein Pfahl, kannte Walters Hintergrund, wusste, womit er seinen Lebensunterhalt verdiente. Stieg ihm Whitehall zu Kopf? Wollte Effriam sein eigenes kleines Gefolge haben? Andere Diener hatten niederes Personal unter sich, das von ihnen abhängig war und ihrem Befehl unterstand. Sie stolzierten am Hof umher, selbstherrlich wie kleine

Könige. Oder tat er nur seine Pflicht, so wie er sie verstand, knochenhart, nicht nach seinem Geschmack, aber fair? Richard hätte wetten können, dass es das Letztere war. Sein Vater war in dieser Hinsicht für sie alle ein Beispiel gewesen.

Man hatte ihm ein Zimmer mit Fenster in der Nähe des herzöglichen Privatgemachs zum Arbeiten zur Verfügung gestellt. Die Wintersonne schien herein. Richard setzte sich so, dass er die Sonne im Rücken hatte, und blätterte die Papiere durch, Papiere voller Tintenflecken und von einer so wilden Handschrift bedeckt, dass er manche Stellen nicht entziffern konnte. Er schrieb auf, was er lesen konnte, und ließ große Lücken an den Stellen, die er mit Balmoral erst noch durchgehen musste. Jedesmal genoss er die Klarheit und die Einfachheit von Balmorals Antworten. Balmoral hatte viele winzige Zinnsoldaten in hölzernen Kisten; manchmal stellte er sie in Kampfformationen auf und sprach mit Richard über Kriegsstrategien, wenn sich Armeen in der Dämmerung auf einer Ebene gegenüberstanden, beide zum Sieg entschlossen. Richard sog Balmorals Ansichten über Belagerungen und Armeen und ausländische Heeresführung in sich auf. Liebt Ihr den Krieg?, hatte Balmoral ihn gefragt. Ich hasse das Töten, hatte er geantwortet. Gut, hatte Balmoral gesagt. Dann wird aus Euch vielleicht ein anständiger Kommandant. Er hatte einen »Anfall« gehabt, nicht lange nach dem Mord an Neddie.

So wie Richard das sah, betrank sich Balmoral, bis er zusammenbrach, und dann brachte sein Diener ihn ins Bett. Alice schien sich dieser Tatsache bewusst zu sein und trieb ihr entschlossenes Werben dennoch voran. Er durfte keine Steine werfen. Sollte er zulassen, dass Renée mit dem König flirtete, so lange wie es dauerte? Oder sollte er ihr ein Ultimatum stellen? Er fand einfach keine Antwort darauf, war hin- und hergerissen.

»Ich halte es für angemessen, dass weise und erfahrene Kommandanten, die zum ersten Mal auf einen unbekannten Feind treffen –

einen Feind, dem sein Ruf vorauseilt –, ihre Soldaten vor einer Schlacht zunächst in einige leichte Gefechte mit jenem schicken«, schrieb Balmoral. Richard schrieb die Worte ab und dachte an die praktische Umsetzung dessen, was Balmoral predigte, dachte an die ermüdenden Drills, die das Schicksal eines Soldaten waren. Das Drillen machte die Soldaten aufmerksamer und auf dem Schlachtfeld schwieriger zu töten. Er verlor sich in dem, was er schrieb, dachte darüber nach, während seine Feder die Worte formte: »Ein guter Kommandant muss ein praktisch veranlagter Mann sein, der das Durchhaltevermögen seiner Männer genauso einzuschätzen vermag wie das seiner Feinde.«

Der Klang von Glocken, süß und klar, lenkte ihn ab. Die Fenster lagen auf der Seite des Parks, und Richard blickte hinaus. Schlitten waren vorgefahren, mit Glocken am Zaumzeug der Pferde. Junge Frauen stiegen die Treppe an der Seite des Holbein Gate hinab. Es waren die Ehrenjungfern, die hastig in dem Säulengang unter der Treppe Schutz suchten. Der letzte Schlitten war mit so vielen Stechpalmen- und Eichenzweigen beladen, dass man mehrere Räume für das bevorstehende Weihnachtsfest damit dekorieren konnte.

Richard sah Renée. Sie stand neben König Charles.

Sie lachte und redete, das Gesicht strahlend, glücklich. Der Umhang, den sie trug, war aus weißem Samt, überall in Silber und Grün bestickt und innen mit weißem Fell gefüttert, Fell, das jetzt ihr Gesicht umrahmte. Zweifellos ein Geschenk, denn er wusste, dass sie einen solchen Mantel vorher nicht besessen hatte. Riesige, fette Perlentropfen baumelten an ihren Ohren. Ich habe sie beim Kartenspiel gewonnen, hatte sie ihm erzählt, und er hatte sich mit ihr über ihre Glückssträhne gefreut. Jetzt, während er sie beobachtete, wurde ihm plötzlich klar, dass es eine Lüge gewesen war. Der König beugte sich vor und küsste sie auf die Lippen. Er gab ihr einen langen Kuss, ohne sich darum zu scheren, dass sie nicht allein waren, und sie legte die Arme um ihn. Diese Geste ließ Richard erstarren. Sie versuchten ihn loszuwerden. Sie versuchten ihn zu bestechen. Seine Kiefermuskeln arbeiteten. Hilf mir, ich bin so verwirrt, hatte sie ihn angefleht. Was wollte sie – die für ihn seine Liebste war – wirklich?

Er wusste es, und die Antwort bohrte sich schärfer als eine Schwertklinge in sein Fleisch.

Als er sie an diesem Nachmittag aufsuchte, um sie zur Rede zu stellen, traf er sie nicht in den Gemächern der Königin an und auch nicht in denen der Ehrenjungfern. Sie habe Besuch, teilte man ihm mit, und empfinge diesen Besuch in einem der Gemächer des Königs, einem kleinen Salon in den alten Räumlichkeiten, die Seine Majestät jetzt kaum noch benutzte. Richard gefiel das trotzdem nicht. Er lief im Korridor auf und ab, trommelte mit den Fingern auf den Fenstersims, schaute hinaus in graue Wetter und blickte jeden Pagen böse an, der das Pech hatte, an ihm vorbeizukommen.

Die Tür zum Salon öffnete sich schließlich, und Richard war überrascht, Colbert de Croissy, den Botschafter seiner Majestät König Louis von Frankreich, herauskommen zu sehen. Der Botschafter sah Richard, grüßte jedoch nicht. Wut stieg in ihm auf, verdrängte seine Traurigkeit. Er ging hinein. Renée saß auf einem Sessel sehr nah am Feuer, den Kopf zurückgelehnt, die Augen geschlossen. Der große weiße Samtumhang war achtlos über einen Hocker geworfen. Vor ihr stand ein Holzkästchen. Der Deckel stand auf, und Holzspäne und Stroh lagen darum verteilt. Sie öffnete die Augen und drehte sich um, als sie seine Schritte hörte.

»Warum war de Croissy hier?«

»Er will, dass ich mich für Frankreich König Charles hingebe, und er will, dass ich alles ausspioniere, was König Charles macht, und ihm darüber berichte.« Sie beugte sich vor und nahm etwas aus dem Kästchen. »Schau, was der König von Frankreich mir schickt, um mir zu zeigen, wie zufrieden er mit mir ist.«

»Zum Teufel damit! Ich gehe zu Croissy und erschieße ihn im Duell. Und ich werde ihn nicht verfehlen! Hast du Seiner Hoheit

Balmoral davon erzählt oder Lord Arlington?« Was verschwieg sie ihm noch? Zu seiner Wut kam die Erkenntnis, dass diese Sache größer war, als er es sich jemals erträumt hätte. Wann war sie so weit aufgestiegen? Warum wusste er nie alles?

»Setz dich zu mir, Richard. Leg den Umhang beiseite.«

»Wer hat dir den geschenkt?«

»De Croissy, es ist ein Geschenk aus Frankreich.«

»Warum hast du das Geschenk angenommen?«

»Warum nicht? Ich habe noch nie einen so schönen Umhang besessen. Wirst du mir einen kaufen?«

»Eines Tages vielleicht. Was hast du noch angenommen?«

»Das hört sich wie ein Vorwurf an.« Sie setzte sich im Sessel auf. »Was wirfst du mir vor?«

»Dass du ein Einfaltspinsel bist, wenn du glaubst, du könntest Geschenke wie diese annehmen und müsstest nichts dafür tun.«

»Oh, ich erzähle de Croissy nur irgendwelchen Tratsch, den ich mitbekomme, nichts Wichtiges.«

»Großer Gott, Renée! Willst du damit sagen, dass du wirklich eine Spionin bist?«

»Nein, natürlich nicht. König Charles sagt mir, was ich ihm erzählen soll. Er findet das sehr amüsant.«

Trotz seiner Wut war er jetzt alarmiert. Da waren sie, die gefährlichen Untiefen des Hofes, vor denen Alice ihn gewarnt hatte, die Intrigen hinter der Intrige. Du kannst es dir nicht vorstellen Richard, hatte sie gesagt, aber du darfst nicht daran zweifeln, dass sie existieren. War es möglich, dass Renée ein trojanisches Pferd war? Dass König Charles nur vorgab, sie zu lieben, um die Franzosen in die Irre zu führen? Dass er auf ein diplomatisches Spiel eifersüchtig war? Er trat den Umhang weg, der ihm so viel Unmut bereitete, und zog den Hocker nah an ihren Sessel heran. Er nahm ihr die Onyxfigur aus den Händen und küsste sie leidenschaftlich, doch er fragte sich, ob König Charles' Lippen hier schon vor seinen gewesen waren. »Komm mit mir nach Tamworth über Weihnachten, weg von all dem hier. Meine Mutter lädt dich ein.« Heirate mich in Tamworth. Die Worte lagen ihm auf der Zunge.

»Oh, das wäre wunderbar.«

»Dann kommst du mit?«

»Na ja ... es soll ein Weihnachtsspiel stattfinden, Richard, und ich habe die Hauptrolle. Es werden dafür besondere Kostüme angefertigt, und wir haben schon mit den Proben begonnen. Und am Tag danach fahren wir nach Windsor Castle, dort soll es ein Festessen geben und Saturnalien. Es soll ein Fest werden, wie es dort seit langem keines mehr gegeben hat, heißt es. Alle sind so aufgeregt.«

Er berührte die fetten Perlentropfen in ihrem Ohr. »Du hast die hier nicht beim Kartenspielen gewonnen, nicht wahr?« Sie antwortete nicht, sondern sah ihn nur vorsichtig an, während sich etwas in ihr von ihm zurückzog; er konnte den Graben spüren, der plötzlich zwischen ihnen lag, und das ließ seine Wut wieder aufflammen. »Liebt der König dich?«

»Er sagt es jedenfalls.«

»Und liebst du ihn? Gib mir eine ehrliche Antwort darauf, Renée. Das bist du mir schuldig.«

Sie warf die Arme um ihn. »Verlass mich nicht! Bitte nicht! So viele wollen, dass ich tue, was sie von mir verlangen. Du kannst dir das nicht vorstellen ... Ich werde nicht mehr stark sein können, wenn du mich verlässt! Ich brauche dich, Richard!« Sie weinte. »Sei nicht böse auf mich. Hasse mich nicht. Ich kann es nicht ertragen, gehasst zu werden. Ich bin nicht böse.«

Er wischte ihre Tränen mit dem Daumen weg und fühlte eine Mischung aus Zärtlichkeit und Wut in sich, die ihn schier umbrachte. Du hast nicht gesagt, dass du mich liebst, dachte er, während er ihr Gesicht betrachtete; wie schön es war, die hohe Stirn, die vollen Lippen. Er küsste diese Lippen einmal, zweimal, dreimal, aber dann war die Wut stärker als die Zärtlichkeit, und er hielt inne. Da war eine Freude in ihr gewesen, als sie ihm sagte, dass der König sie liebte, ein winziger Funken Stolz. Tief in ihm sammelte sich

Traurigkeit: Es würde enden, vielleicht war es längst zu Ende, das, was zwischen ihnen gewesen war. Sie hatte nur nicht den Mut, es ihm zu sagen. Diese Sanftheit, die er so an ihr liebte, war ihr Untergang, und vielleicht auch ihre Gier, aber dessen wollte er sie nicht beschuldigen. »Ich werde unsere Verlobung lösen.«

»Was sagst du da, Richard.«

»Wenn du nicht mit mir nach Tamworth gehst, betrachte ich unsere Verlobung als gelöst.«

»Es ist Winter! Die Straßen sind in einem furchtbaren Zustand! Ich werde in der Kutsche frieren. Es ist zu weit weg. Ich soll in dem Schauspiel für Seine Majestät mitspielen, Herrgott ...«

Er stand auf.

»Du bist gemein. Warum bist du so unvernünftig und gemein, Richard?«

Er beugte sich über ihren Sessel. Sein Mund war dicht vor ihrem, sodass ihr Atem sich mit seinem vermischte. »Ich werde nicht an zweiter Stelle nach dem König stehen.«

»Aber er ist der König! Was soll ich machen?«

»Dich entscheiden.«

»Habe ich dich nicht gewarnt, vor Monaten schon? Er bewundert mich, habe ich gesagt, und du hast gesagt: Natürlich tut er das. Du hast es erlaubt!«

»Willst du damit sagen, dass es meine Schuld ist, dass du ihn ermutigst, immer weiterzumachen? Nein, nein und nochmals nein! Sein Zorn oder meiner! Du hast die Wahl! Ich werde nicht an zweiter Stelle stehen, nicht in dieser Sache!«

Ihre weichen Arme lagen um seinen Hals, und sie roch nach Lavendel und Moschus. Es wäre so leicht gewesen, sich in ihr zu verlieren, in ihren Küssen, ihren Tränen, ihrem Bedürfnis, seine Wut zu dämpfen. Es gelang ihm, sich zurückzuziehen.

»Ich bin nicht böse auf dich, wenn du dich für den König entscheidest.« Seine Worte überraschten ihn selbst. Wer sprach da? Ein dummer, nobler Teil von ihm. Er meinte diese Worte nicht, wollte sie zurücknehmen, aber ihr Gesichtsausdruck veränderte sich, während sie aufnahm, was er gerade gesagt hatte. Mein Gott, dachte er schockiert. Ich habe mein Schicksal besiegelt.

»Ich werde dich immer lieben«, sagte sie. »Du wirst immer mein liebster und perfektester und verständnisvollster Freund sein.«

Mit großen Schritten entfernte er sich, ohne zu wissen, wohin er ging. Es war vorbei.

Kapitel 34

Die letzte Adventswoche

Alice runzelte die Stirn. »Richtet ihm aus«, sagte sie so ruhig sie konnte, »dass ich hier war. Ist er schon in der Lage ...« Sie wusste nicht, wie sie nach dem fragen sollte, was sie wissen wollte, aber sie und Riggs waren jetzt Verbündete in ihrer Sorge um Balmoral. Zumindest das hatte sie erreicht, den entscheidenden Turm auf dem Schachbrett seines Gefolges hatte sie erobert.

»Ich denke, morgen vielleicht«, meinte Riggs.

»In Ordnung.«

»Es tut mir leid, Mistress Verney.«

Sie blickte in Riggs Gesicht, auf die Narbe, die ihm immer einen höhnischen Ausdruck verlieh. Aber so war er nicht. Er hatte Mitleid mit ihr. Es war ein Schock, das zu erkennen. Sie ging in die Steingalerie und suchte sich einen Sessel, in dem sie sich zusammenrollen konnte. Er hatte erst vor zwei Wochen einen Anfall gehabt, einen Tag oder so nach dem Tod dieser Madame. Es war zu früh für einen weiteren. Einmal im Monat konnte sie aushalten, aber zweimal oder öfter? Sie blickte auf ihre Hände. Wenn die Wahrheit einem ins Gesicht starrt und Buh sagt, sollte man aufpassen, sagte sie sich; wenn ich ihn heirate, wird das mein Leben sein. Ist ein Herzogtum das wert? Mit der Würde und der Ehre und dem Stolz, seinen Namen zu tragen, würde das hier kommen. Überleg es dir gut, sagte sie sich, damit du nachher keine Tränen des Selbstmitleids vergießt; aber sie nahm an, dass es sowieso Tränen geben würde. Richard hatte ihr seit über einer Woche keinen Brief mehr für Renée gegeben, war nicht gekommen, um mit Renée spazieren zu gehen, oder hatte versucht, mit ihr allein zu sein. War es vorbei mit den beiden? Hatte Richard es beendet? Oder Renée? Sie wollte nicht, dass seine Karriere wegen dieser Sache Schaden nahm.

Edward trat zu ihr. »Alice.«

»Edward, mein Lieber. Setz dich, und erzähl mir den neuesten Klatsch.«

»Ihr seht traurig aus.«

»Ich doch nicht.«

»Es gibt einen neuen Diener.«

»In wessen Gefolge.«

»In dem der Königin.«

»Wie sieht er aus?«

»Trägt eine Perücke, gelbes Haar, sieht merkwürdig aus.«

Das klang nicht nach Ange. »Ich setze mir nur schnell eine Maske auf, und dann komme ich mit hinunter zum offenen Tisch und sehe ihn mir an.«

»Wir waren bei einer Hinrichtung«, erzählte Walter Effriam, während sie über den Vorhof der Küche zum Essen gingen. Die Diener konnten in den verschiedenen Küchen von Whitehall essen.

»Tyburn Tree?«

»Ja. Mr. und Mrs. Daniell und die ganze Familie sind hingegangen. Sie wollten, dass Nan es sieht, dass sie sieht, wie man dieses Mädchen hängt, das sein eigenes Kind umgebracht hat.«

Effriam dachte eine Weile darüber nach. Es gab Dinge in dieser Stadt, die ihn so schockierten, dass er seine Gedanken darüber nicht recht zum Ausdruck bringen konnte. Ein Mädchen in Tamworth musste an mehreren aufeinanderfolgenden Sonntagen in der Kirche auf der Büßerbank sitzen für eine außereheliche Geburt, aber man kümmerte sich auch um sie. »Ich habe nicht den Eindruck, dass Nan ihr Kind umbringen würde.«

»Mrs. Daniell sagt, dass Mädchen zum Ende hin sehr verzweifelt sein können. Und die Gemeindeaufseher waren schon da. Wer übernimmt die Verantwortung?, haben sie gefragt. Mr. Daniell hat gesagt, er würde das tun.«

»Er scheint ein ehrbarer Mann zu sein. Manche Väter hätten ihre Töchter auf die Straße geworfen.«

Sie befanden sich jetzt im Innenhof des Küchengebäudes, gingen die Treppe hinunter in die Küche. Lange Tische standen dicht nebeneinander in einem riesigen Steinkeller, und Diener drängten sich auf den Bänken, die man für sie aufgestellt hatte. In der Mitte der Tische standen Bretter mit frisch gebackenem Brot, und Küchenmägde trugen weitere frisch aus dem Ofen auf langen Schiebern herein. Suppen und Eintöpfe kochten in Kesseln, die in riesigen Kaminen hingen und so groß waren, dass Walter hineingepasst hätte. Überall waren Diener, aßen, warteten darauf zu essen oder bereiteten Tabletts vor, um sie in die Zimmer von Whitehall zu tragen.

»Das ist aber voll hier«, meinte Walter.

»Das ist nur eine der Küchen – wo willst du denn hin?«

»Ich habe etwas vergessen. Ich komme gleich zurück.«

»Wir können dir hier einen Teller besorgen ...«

Es war zu spät. Walter war nicht mehr zu sehen. Er rannte die Treppe wieder hinauf in den Innenhof der Küche. Effriam seufzte. Diener mussten selbst Teller, Besteck und Tasse mitbringen, aber man konnte in einem Hinterzimmer in der Nähe der Backstube gebrauchtes Geschirr kaufen oder ausleihen. Dorthin war er jetzt unterwegs. Er hoffte, dass Walter den Weg zurück finden würde. Es gab mehr als eine Küche, und die Regeln, wer wo aß, waren sehr strikt. Manche Küchen hatten offene Tische, was bedeutete, dass die Mahlzeiten zum Lohn gehörten, andere nicht. Walter wusste das nicht.

Walter rannte zu Pharaos Stall, und das Pferd schnaubte, als es ihn sah. Er griff hinter einen Stapel Heu und suchte nach dem Eimer, den Richard ihm gegeben hatte. Als er ihn gefunden hatte, lief er so schnell er konnte die Whitehall Street zurück in Richtung Küche, aber es gab mehrere Tore, die in verschiedene Innenhöfe führten, und als er einen betrat, war er nicht sicher, ob es derselbe war, durch den er gekommen war. Er ging auf runde Portale zu, öffnete eine Tür und hörte Lärm, in den sich das Klappern von Tellern und der Geruch von Essen mischten. Er rannte eine Treppe hinunter, verwirrt – denn diese Küche sah nicht so aus, wie er sie in Erinnerung hatte – doch auch hier herrschte ein Durcheinander von Menschen, es gab die gleichen riesigen Kamine in den Ecken. Er ging außen an den Tischen vorbei, an denen die Menschen dicht an dicht saßen, und suchte nach Effriam. Hatte er schon gegessen? War er zu den Ställen zurückgegangen? Walters Magen knurrte. Alle aßen Suppe. Es roch so gut. Er sah, wo der große Suppentopf stand, ging hinüber und hielt seinen Eimer hin.

»Ich glaube nicht«, sagte eine Küchenmagd, während sie ihn abschätzig von oben bis unten musterte. »Seht euch den an«, meinte sie zu anderen Mägden um sie herum. »Er hat einen Eimer mitgebracht. Wer, glaubst du, bist du? Der Herzog von York?«

»Ich habe nur den Eimer. Ihr müsst ihn ja nicht bis oben hin füllen.« Aber das hoffte er. Er würde den Daniells zu essen bringen.

»Das werde ich auch nicht«, antwortete sie.

Ein Klecks Suppe landete in seinem Eimer, und er suchte sich einen Platz an einer Steinsäule, die das Dach des Kellergewölbes trug. Er ging in die Hocke wie ein Hund, um aus dem Eimer zu trinken. Als jemand an dem überfüllten Tisch aufstand, setzte sich Walter schnell auf seinen Platz und langte nach dem Brot. Ihm gegenüber saß der Mann, der Franzose, der Engländer, der Italienisch und Kauderwelsch sprach. Es dauerte einen Moment, bis ihm das klar wurde, weil er so merkwürdig aussah, ohne Augenbrauen und mit gekräuseltem falschem Haar in Gelb. Schnell wie der Blitz stand Walter wieder auf und lief vom Tisch weg. Er versteckte sich hinter einer Steinsäule und blickte zurück. Der Mann war jetzt ebenfalls aufgestanden und blickte sich um. Hatte er Walter gesehen? Mit klopfendem Herzen versteckte sich Walter wieder hinter der Säule.

»Wessen Küche ist das?«, fragte er einen vorbeieilenden Diener.

»Die der Königin.«

»Ich bin der Gehilfe eines Stallburschen ...«

»Die aus den königlichen Stallungen essen woanders, Junge.«

»Wo?«

»Geh durch diese Tür dort, und du bist draußen. Frag nach der Küche von Scotland Yard.«

Walter floh. Er musste Effriam finden. Und sie mussten Hauptmann Saylor finden.

»Also gut«, meinte Alice. Sie trug ihren Umhang und ihre Maske und versteckte sich halb hinter der riesigen Steinsäule, die das Dach des Küchengewölbes trug. »Welcher ist es?«

»Der in der Mitte.«

»Welcher?«

»Ich gehe hinüber und stelle mich hinter ihn.«

Das tat Edward. Henri Ange drehte sich so plötzlich um, dass Edward erschrak. »Kenne ich dich?«

»Nein. Ich warte nur auf einen Platz.«

»Dann stell dich nicht so dicht hinter mich. Ich mag das nicht, Junge.«

»Edward ...« Ein Page in Monmouth' Farben saß an dem Tisch auf der anderen Seite. »Das ist Henry Jones.«

»Hallo, Henry«, sagte Edward.

»Henry ist ein Freund von mir. Seine Augenbrauen sind bei einem Feuer verbrannt ...«

Ange warf ein Stück Brot nach dem Pagen. »Das interessiert doch niemanden. Sei ruhig, du dummer Kerl.«

Edward rannte zu Alice. »Und?«

»Ich bin nicht sicher«, meinte Alice. »Er könnte es sein, aber er sieht so ... Also gut, mein kleiner Bluthund, ich gehe jetzt und benachrichtige Hauptmann Saylor. Du behältst ihn im Auge.«

Alice stieg die Hintertreppe hinauf, und ihre Gedanken liefen in viele Richtungen. Sie war sich fast sicher, dass es Ange war, aber er sah so merkwürdig aus, so gefährlich. Sie konnte sich nicht erinnern, dass er gefährlich ausgesehen hatte, als sie ihn das erste Mal sah. Wo war Richard?

Richard befand sich in dem kleinen Zimmer und arbeitete an Balmorals Memoiren. Hin und wieder hörte er lautes Rufen aus dem herzöglichen Privatgemach. Balmoral war sturzbetrunken. Richard schrieb: »Soldaten sollten auf das Schlachtfeld gehen, um zu erobern, und nicht, um getötet zu werden.« Er konnte nicht schlafen. Er konnte nichts essen. Einen Moment dachte er darüber nach, auf Knien zu Renée zu rutschen und jeden Brotkrumen zu nehmen, den sie ihm hinwarf. Im nächsten wollte er den König zu einem Duell fordern, auch wenn er dann sofort in den Tower geworfen worden wäre. Gedanken daran, eine Szene zu machen, sie und Seine Majestät zu beleidigen, selbst wenn er daraufhin in Ungnade fiel, flogen wie schwarze Krähen durch sein Bewusstsein. Wenn er die Augen schloss, um zu schlafen, stürmten Bilder auf ihn ein, Schädel auf einem Schlachtfeld, Neddies blicklose Augen, Renée, die nackt auf einem Feld voller Leichen tanzte. Das Einzige, was ihn beruhigte, waren Gebete. Darin konnte er geduldig sein. Warte neben dem Christuskind, dem geliebten Baby, in dem sicheren Glauben, dass am Ende alles gut wird, so hatte man es ihm beigebracht. Barbara und John hielten es für eine gute Idee, dass er nach Tamworth gehen wollte. Seine Mutter würde ihm ein Mittel geben, dass ihn traumlos schlafen ließ. Er sehnte sich nach traumlosem Schlaf. Seine Satteltaschen waren gepackt; er hatte von Balmoral die Erlaubnis, einen Monat Urlaub zu nehmen. Er wollte in Tamworth sein, sich in Tamworth vergraben, ganz egal, ob die Wälder zu matschig sein würden, um darin zu laufen, ob die Bachränder von Frost gesäumt waren, die Bäume nackt und karg, die große Halle zu kalt, um darin zu sitzen, selbst wenn die Feuer brannten. Es war sein Zuhause. Etwas krachte im Zimmer neben ihm zu Boden und unterbrach seine Gedanken. Er stand auf, ging zur Tür des Privatgemachs, klopfte. »Ist alles in Ordnung?«

Er legte das Ohr an die Tür. Er konnte Stimmen hören. Balmoral war nicht allein. Ja, es musste einen Aufpasser geben. Natürlich.

»Richard.« Alice stand im Türrahmen.

Er räumte einige Papiere weg, um ihr einen Platz anzubieten.

»Richard, ich glaube, Henri Ange ist hier.«

Alles in ihm erstarrte. »Wo?«

»Am offenen Tisch der Königin. Oh, Richard, er hat sich die Augenbrauen rasiert, und er sieht merkwürdig aus ... teuflisch. Er trägt eine schlechte blonde Perücke ... Ich weiß nicht, vielleicht ist er es gar nicht ...«

»Hol sofort die Leibgarde der Königin, Alice. Mindestens fünf Männer und einen Leutnant.« Er schnallte sich sein Schwert um. »Sag ihnen, sie sollen mich dort treffen. Und alarmiere die Leibwache. Sie sollen Ihre Majestäten nicht einen Moment aus den Augen lassen. Beeil dich!«

Er rannte über den Parkweg auf die Straße, rannte unter dem Holbein Gate hindurch auf die Whitehall Street. Er rannte durch das Palasttor und über den Innenhof und in das Küchengebäude, in die Küche der Königin, in das Kellergewölbe, in dem sich der offene Tisch befand. Leise stellte er sich hinter eine Steinsäule. Dort drüben saß ein Diener, der mit mehreren Pagen sprach, darunter Edward. Richard blickte ihn lange an. War das Ange? Unmöglich, und doch ... Er trat hinter der Säule hervor und ging zu der Gruppe hinüber. Der Mann, der vielleicht Henri Ange war, blickte auf. Richard sah ihm in die Augen und wusste, er war es.

»Henri Ange, ich verhafte Euch im Namen Seiner Majestät, König Charles.«

Ein oder zwei Pagen starrten Richard mit offenem Mund an. Edward ging sofort einige Schritte zur Seite. Ange blieb sitzen.

»Wer ist dieser Henri?«, fragte er mit breitem englischem Akzent.

»Ich verhafte Euch im Namen des Königs. Tretet bitte vor.«

Aus den Augenwinkeln sah er, dass Walter und Effriam in die

Küche gerannt kamen. In diesem Bruchteil einer Sekunde sprang Ange auf und lief auf die Treppe zu, die in den Innenhof führte. Walter trat ihm entgegen, aber Ange stieß ihn hart zu Boden und rannte an ihm vorbei. In der nächsten Sekunde setzte Richard ihm nach.

Draußen rannte Ange auf den Scotland Yard zu, den riesigen Hof, wo die praktischen Arbeiten von Whitehall stattfanden. Dort lagen Vorratskammern und das Kohlenhaus, die Anlegestelle, an der die Versorgungsgüter ankamen, die Fischspeisekammer, dort waren die Geflügelhändler, Aufseher, Träger, Glaser, Maurer. Dort bewohnten Beamte und niedere Höflinge winzige Kammern im Erdgeschoss oder der ersten Etage und waren froh darüber.

In der Küche der Königin herrschten Durcheinander und Lärm. Die Garde, die Richard angefordert hatte, war inzwischen angekommen, aber Richard war nirgends zu sehen.

»Wohin ist er gegangen?«, fragte ein Leutnant.

»Ich zeige es Euch!«, rief Edward. Er fing an zu rennen, gefolgt von einigen Gardesoldaten, Walter und Effriam und jetzt auch von Alice.

Ange rannte auf die Whitehall Street, rannte zwischen Kutschen und Sänftenträgern hindurch, zurück auf die King Street auf der anderen Seite des Holbein Gates. Er wird mich im Devil's Acre abhängen, dachte Richard. Devil's Acre war eine Ansammlung von Hütten und Häusern in der Nähe der großen Abtei. Es gab eine Fähre, die etwas weiter unten über den Fluss setzte.

Richard holte tief Luft und verdoppelte seine Anstrengungen. Und auch wenn Ange schnell war, Richard war schneller. Er rannte direkt in Ange hinein, der in eine Gruppe von Schaulustigen hineinfiel. Ange sprang auf, riss sich von Richard los und rannte durch das Holbein Gate. Im Laufen riss er einem überraschten Beobachter das Schwert aus der Hand, das dieser aus der Scheide genommen hatte, um zu helfen. Jetzt waren die Gardesoldaten dicht hinter ihm, und Soldaten aus anderen Truppen – aus der Leibwache, aus Prinz Ruperts Garde, aus Monmouth', Yorks. Ob sie gerade Dienst hatten oder nicht, sie kamen ebenfalls angelaufen. Zwei Wachen standen am Ende der King Street, die Lanzen gekreuzt. Ange hätte an ihnen vorbeigemusst, um in das Labyrinth von Hütten oder zu der Fähre zu gelangen. Er blieb stehen, blickte zurück auf Richard, dann auf die Wachen vor sich. Richard wurde langsamer und beobachtete ihn misstrauisch. Ange hatte seine Perücke bei seiner Flucht verloren, und er sah aus wie etwas, das nicht wirklich menschlich war; aber er lächelte, und sein alter Charme blitzte auf.

»Gebt mir das Schwert«, sagte Richard zu ihm.

»Wir haben nie gegeneinander gekämpft, nicht wahr?«

»Es war d'Effiat, dem ich den Hals umdrehen wollte.«

»Warum kämpfen wir nicht, bis zum ersten Blutstropfen? Ihr habt doch« – Ange deutete auf die Wachen, die sie umringten – »nichts zu verlieren.«

Warum nicht, dachte Richard, der eine furchtbare Wut empfand, angeheizt durch die Erinnerung an Madames Tod, durch die Arroganz dieses Mannes, die Trauer um Renée, den Zorn auf sie, auf den König, auf die vielen Betrügereien, die hier auf der Tagesordnung standen. »Bis zum ersten Blutstropfen. Tretet zurück«, rief Richard den Soldaten zu. »Öffnet das Gartentor. Wir kämpfen dort.«

»Was habt Ihr vor?«, fragte der Leutnant seiner Garde.

»Eine alte Rechnung begleichen.« Richard folgte Henri in die königlichen Privatgärten, und die Männer folgten ihm, unter ihnen Alice.

»Wenn einer von uns blutet, ist das Duell vorbei«, rief Richard. »Beim ersten Blut beenden wir das hier. Er kommt in den Tower, egal, wie es ausgeht. Ist das klar?«

»Sie duellieren sich«, meinte Edward aufgeregt zu einer Gruppe von Pagen, die mit den Soldaten mitgelaufen waren und das hier um nichts auf der Welt verpassen wollten. »Der König wird wütend sein.« König Charles wollte Duelle gesetzlich verbieten lassen, um seinen jungen, heißblütigen, vergnügungssüchtigen Hofstaat am Leben zu erhalten.

Alice beobachtete, wie Ange eine kleine Phiole, die an einem Lederband um seinen Hals hing, in die Hand nahm und etwas von der Flüssigkeit darin über sein Schwert spritzte. »Was ist das?«, fragte sie mit scharfer Stimme.

»Schöne Alice! Welche Freude, Euch wiederzusehen. Es ist Weihwasser, meine Süße, damit ich mein Schwert tief in Eurem Richard versenken kann. Liebt ihr ihn immer noch? Hat er es schon erraten?«

»Fertig?«, rief Richard.

»En garde.«

Sie liefen mit erhobenen Schwertern aufeinander zu, kreuzten die Klingen. Und dann begann er, der atemberaubende, erschreckende Schwertkampf, dieser Tanz aus Tod und Glück und Geschick, begleitet von Stahl, der auf Stahl traf und hohe, klirrende Geräusche machte, die das Herz schneller schlagen ließen. Sie waren beide sehr geschickt, beide entschlossen, Ange zu überleben und Richard angetrieben von der klarsten Wut, die er jemals empfunden hatte.

Es hatte viel Lärm und Rufen gegeben. Leute versammelten sich an Fenstern, von denen aus man die königlichen Privatgärten überblicken konnte. Prinz Rupert stand auf seinem Balkon in der Kälte und sah zu. Er wusste, dass er es hätte beenden müssen, aber er tat es nicht. Ihre Schwerter bewegten sich so schnell, dass das Auge kaum folgen konnte. Beide atmeten schwer. Das Durchhaltevermögen und die Schnelligkeit, die man für einen Schwertkampf brauchte, stellten den stärksten Mann auf die Probe.

Hinter sich hörte Prinz Rupert jemand seinen Namen rufen. König Charles war in seine Räume getreten, Renée am Arm.

»Halt sie zurück!«, meinte Prinz Rupert hastig, aber sie standen schon nah genug, um die beiden Gestalten zu sehen, die sich durch den Garten bewegten.

»Was ist das, ein Duell?«, fragte König Charles.

»Wer duelliert sich da?«, fragte Renée.

»Zurück!«, knurrte Prinz Rupert und warf seinem König und Cousin einen verzweifelten Blick zu.

»Geht in das andere Zimmer, und wartet auf mich«, sagte König Charles zu Renée, während er auf den Balkon trat. Renée lief an ein Fenster und rieb mit dem Ärmel die Feuchtigkeit fort, die sich dort durch die Kälte gesammelt hatte, damit sie in den Garten sehen konnte.

»Ich sollte das unterbinden«, meinte Charles.

»Saylor könnte getötet werden, wenn Ihr ihn jetzt ablenkt. Gegen wen er da auch kämpft, er ist der Beste, den ich bis jetzt gesehen habe.«

»Sieh doch, Richard hat ihn verwundet.«

Als sie Richards Namen hörte, trat Renée auf den Balkon, bevor die beiden Männer sie aufhalten konnten.

Richard hatte Ange an der Schulter verletzt. Er trat zurück. »Bis einer blutet«, sagte er, dann hörte er plötzlich, wie eine süße vertraute Stimme seinen Namen rief. Er blickte zu den Fenstern auf, die den Garten auf zwei Seiten umgaben, und Ange jagte ihm das Schwert mit einem schnellen, tödlichen Stoß in die Seite und zog es wieder heraus. Es war jetzt blutrot gefärbt, und Blut zeigte sich auch auf Richards Hemd, auf seinem Jackett.

Richard starrte ihn mit einem verblüfften Gesichtsausdruck an, schockiert über seine Tat und über das Schwert, das in seinen Körper eingedrungen war.

»Es ist vergiftet, mein Lieber.« Ange trat in einer formellen Geste zurück, hob das Schwert an die Stirn, dann ließ er es zu Boden fallen; aber er hatte nicht mit Alice gerechnet, die seine Worte gehört hatte. Sie hob das Schwert auf, stieß blindlings auf ihn ein und traf seinen Arm.

»Wenn er stirbt, werdet Ihr auch sterben!«, schrie sie und legte ihr ganzes Gewicht in den Stoß, sodass das Schwert tiefer glitt, während um sie herum das Chaos ausbrach. Ange legte seine Hand auf die Schwertklinge und versuchte, sie aus seinem Arm zu ziehen, und sie heulte triumphierend auf, als sie das Blut sah, das aus den Schnitten in seinen Händen quoll, während Wachen versuchten, ihr das

Schwert aus der Hand zu nehmen. Als ihnen das gelungen war, wollte sie wieder auf Ange losgehen und ihm die Augen auskratzen, aber jemand hielt sie zurück. Sie entwand sich dem Griff und rannte zu Richard, der auf einem der Kieswege saß, sich die Seite hielt und mit dem Oberkörper hin- und herschaukelte. Sie fing an zu weinen. »Richard . . . oh, Richard.«

Er blickte sie an. Sein Gesicht war sehr weiß.

»Oh Gott, ich liebe dich, ich liebe dich«, hörte sie sich selbst sagen, aber Richard blickte an ihr vorbei, weil Renée jetzt mit fliegenden Röcken auf ihn zugerannt kam und sich über ihn warf. Er schrie vor Schmerz auf, während sie sein Gesicht mit Küssen bedeckte.

»Was für ein Drama«, meinte Prinz Rupert auf dem Balkon.

»Verdammt«, sagte König Charles.

»Der Teil, wo Alice diesem Mann das Schwert in den Leib gerammt hat, war besser als jedes Schauspiel, sage ich dir!«

»Hölle und Verdammnis.«

Alice hatte sich endlich wieder im Griff, zog sich zurück. Wenn Richard stirbt, dachte sie – sie konnte diesen Gedanken nicht weiterdenken. Die Trauer, die in ihr aufwallte, schnitt ihr so tief ins Herz, dass sie es kaum ertrug. Sie konnte sich nur mühsam davon abhalten, mit Fäusten auf Ange einzuschlagen, der von Wachen umringt war. Sie weinte in ihre Hände.

Ange nickte Edward zu, der sich ihm vorsichtig näherte. Seine Augen fielen ihm fast aus dem Kopf. Ange beugte sich vor und flüsterte Edward etwas ins Ohr. Dann wurde Ange abgeführt, er verlor bei jedem Schritt Blut. Mitglieder seiner Garde halfen Richard auf und führten ihn weg, Renée an seiner Seite. Alice blieb stehen, wo sie war, und schluchzte, als hätte man ihr das Herz gebrochen. Edward ergriff ihre Hand.

»Weint nicht, Alice, bitte nicht.«

»Er wird sterben. Er wird sterben.«

»Der Mann lässt Euch ausrichten, dass es wirklich nur Weihwasser war. Was bedeutet das? Hat er *damit* vorhin seine Klinge getränkt? Ich habe gesehen, wie er es tat – Ihr nicht auch? Aber ich habe zu dem Zeitpunkt nicht weiter darauf geachtet; ich war so aufgeregt darüber, bei einem Duell zuzusehen …«

»Bring mich irgendwohin, wo ich allein sein kann, Edward.«

Natürlich war das Schwert vergiftet gewesen, und natürlich behauptete Ange jetzt, es sei Weihwasser gewesen, damit Richard starb. Ange besaß irgendwo ein Gegengift; darauf hätte sie ihre rechte Hand verwettet. Und Richard hatte keines. Was für ein Teufel Henri Ange war, bis zuletzt. Oh Gott, sie hatte sich zum Narren gemacht. Konnte es sein, dass Richard sie in seinem Schockzustand nicht gehört hatte?

»Stützt Euch auf mich.«

»Edward, du bist so süß.«

Das seid Ihr auch, dachte Edward. Und kämpferisch.

Teil 2

Kapitel 35

März 1671

Pharao streckte seinen langen Hals aus und fraß Alice das Korn aus der Hand. Sie streichelte seine Nase, dann legte sie das Gesicht an seinen Hals. Außerhalb des dämmrigen Stalls schien die Frühlingssonne schon mit fast sommerlicher Kraft.

»Es tut mir so leid, Richard«, meinte sie.

Er striegelte Pharao weiter mit ruhigen langen Strichen, bei denen das Pferd genussvoll wieherte und mit dem Schweif schlug.

»Kann ich irgendetwas tun?«

Effriam sagte zu Walter: »Du und ich, wir beide gehen Wasser holen.«

»Kannst du das Thema nicht endlich in Ruhe lassen?«

»Ja, natürlich ... ich bringe dir eine Nachricht von ihr.«

Richard war dünn, seine Wangen hohl. Er nahm die Nachricht entgegen und steckte sie in seine Tasche.

»Ist deine Mutter heil nach Tamworth zurückgekehrt?«

»Ich habe nichts gehört, aber ich kann mir nicht vorstellen, dass schlammige Straßen Mutter aufhalten können. Eisregen und Schnee haben sie nicht davon abgehalten herzukommen, oder?« Als sie die Nachricht von seiner Verwundung erhielt und das Wort Gift las, war seine Mutter mit ihrer Dienerin nach London gereist, ihre Bücher über Heilmittel sowie getrocknete Kräuter und Blumen aus den Wäldern und Gärten von Tamworth im Gepäck. Eigentlich hätte er sterben müssen. Sie hatte dafür gesorgt, dass er noch lebte.

»Sie ist einfach wunderbar, Richard.«

»Findest du? Die meisten Menschen finden sie merkwürdig, sie macht ihnen sogar Angst.« Er lachte.

»Was?«

»Ich musste gerade an meine Schwestern denken, Louisa und Elizabeth. Sie waren entsetzt, sie zu sehen. Ich hätte sterben können – Hauptsache, sie lässt sich hier nicht blicken.«

»Das ist nicht wahr! Deine Schwestern haben auf Knien für dich gebetet. Ich glaube, der König bewundert deine Mutter sehr ...« Alice hielt inne, entsetzt über sich selbst. Wie konnte sie in Richards Gegenwart den König erwähnen!

Richard schwieg. Der Ausdruck auf seinem Gesicht war wieder grimmig.

»Ich wollte dir eigentlich auch nur ihre Nachricht überbringen. Falls es eine Antwort gibt, dann kann ich ...«

»Es wird keine Antwort geben.«

»Nun, dann muss ich wieder los.«

»Gehst du wieder mit Balmoral spazieren?«

Sie lächelte. »Ja.«

Richard trat von seinem Pferd zurück, weil er etwas in ihrer Stimme hörte. »Ist das ein neues Kleid?«

»Ja, ist es.«

»Steht dir gut.«

»Wir können nur hoffen, dass es Seiner Hoheit auch gefällt.«

»Das wird es. Beantworte mir eine Frage. Bekommst du immer, was du willst?«

Alice küsste Pharao auf die Nase. »Nicht immer.«

»Gibst du jemals auf?«

»Nicht, wenn ich etwas will und glaube, dass ich es bekommen kann.« Ich dachte, du stirbst, Richard, aber ich habe dich nicht aufgegeben, und da stehst du, lebendig und gesund.

»Ich schon – ich habe aufgegeben. Geh jetzt, und verführ deinen Herzog.«

»Wenn du ihr doch noch antworten möchtest, dann musst du mir nur Bescheid geben ...«

»Ich sagte, es wird keine Antwort geben.«

»Natürlich, das sagtest du. Auf Wiedersehen, Richard.«

»Ich bin ein ungehobelter Klotz ...« Er hielt sie an der Stalltür auf. »Wenn man unglücklich verliebt ist, wird man so. Predigen die Dichter das nicht immer? Gib mir einen Abschiedskuss, Alice.«

Sie küssten sich keusch auf die Lippen. Sie war jeden Tag gekommen, um nach ihm zu sehen, sie konnte einfach nicht anders. Ihre Freundschaft war inniger geworden.

»Wann wirst du Barbara besuchen?«, fragte er.

»Du kennst die Antwort darauf.«

»Und ich muss es dich trotzdem fragen. John hat mich darum gebeten. Sie wartet darauf, Alice.«

»Unsere Freundschaft ist vorbei.«

»So einfach wendest du dich von jemandem ab, den du liebst?«

»Es war nicht einfach, Richard.«

Er ergriff ihren Arm. »Sie hat nicht getan, was du wolltest. Die Menschen tun nicht immer das, was wir wollen. Willst du nur deswegen niemanden mehr lieben?«

Sie machte sich von ihm los. »Ein Esel schimpft den anderen Langohr, ja?«

Er sah ihr nach. Sie bewegte sich anmutig und sicher durch die Stallgasse, nickte hin und wieder den Wachen zu, die sie kannte, blieb stehen, um kurz mit ihnen zu plaudern, wenn sie sie gut kannte. Wen kannte sie nicht? Whitehall war ihre Welt. Er konnte sie sich nirgendwo sonst vorstellen. Sie war ein geborener Höfling, raffiniert, geduldig, verfolgte entschlossen ihre Ziele. Sie hatte ihm viel beigebracht. Ich liebe dich, hatte sie gesagt. Ihr zuliebe gab er vor, es nicht gehört zu haben, aber er hatte es gehört. Deshalb sah er sie jetzt mit anderen Augen, beobachtete sie, wollte mehr über sie wissen. Sie war eifersüchtig und rachsüchtig. Das sah er in der Art, wie sie Barbara behandelte. Und dennoch bewunderte er ihre kämpferische Art, auch wenn er sie für fehl am Platze hielt. Vielleicht war es der Kontrast zu Renée, die so ganz anders war.

Alice hatte ihm in dieser letzten Runde mit Renée treu zur Seite gestanden, hatte ihm Ratschläge gegeben, Briefe überbracht, heimliche Treffen arrangiert, aber jetzt war es vorbei. Er war in der Hölle, aber diese Hölle war nicht schlimmer als die, Renée in den Armen zu halten, sie liebevolle Worte sagen zu hören, sie zu berühren und intime Stellen erkunden zu dürfen, sodass sein Verlangen nach ihr weiter heiß brannte – und mit dieser flammenden Leidenschaft im Herzen beobachten zu müssen, wie sie mit dem König zusammen war, und zu wissen, dass er Renées Süße ebenfalls erforschen durfte. Alice erzählte ihm nichts davon, aber alle anderen. Genug. Er konnte das nicht mehr ertragen. Diese zweite Chance schmerzte noch mehr, weil sie so unehrlich war. Er dachte darüber nach, England zu verlassen. Prinz Rupert, York, der große französische General Condé, sie alle hatten ihren Weg gemacht, indem sie als Soldaten fremden Herren dienten.

Das konnte auch er tun.

Er lehnte sich gegen Pharaos kräftige Flanke und zog ihre Nachricht aus seiner Tasche. Herrgott, er liebte sie, aber er wollte, dass es vorbei war. Wenn er das jetzt las, dann würde das Spiel weitergehen. Es war so verführerisch, den Brief zu öffnen, ihre süßen Entschuldigungen zu lesen und sein Herz wieder hoffen zu lassen. Im Hof brannte ein Feuer, das die Stallburschen bewachten. Er ging hin, sah zu, wie die Nachricht verbrannte, und dachte: Der Anfang vom Ende. Wenn er standhaft blieb, dann würde es die Mitte vom Ende geben und dann das Ende vom Ende. Ein Rat seines Vaters. Um dich durch die Schrecken des Lebens zu bringen, mein Sohn, hatte sein Vater gesagt, die immer irgendwo auf dem Weg liegen.

»Da seid Ihr ja.« Balmoral erhob sich von einem Sessel in der Steingalerie und bot ihr auf galante Weise den Arm.

»Draußen ist es wunderschön«, meinte Alice und ergriff ihn.

»Kalt?«

»Ja, aber wir lassen Euch einen Umhang bringen.«

Liebevoll beobachtete er, wie sie einen Pagen herbeiwinkte und den Jungen anwies, seinen Umhang zu holen. Sie würde ihren wunderschönen Tag bekommen, und er würde es warm haben, und die Wahrheit war, dass es sich gut anfühlen würde, in der Sonne zu sitzen. Seine alten Knochen brauchten das. Sie begannen ihren Spaziergang wie immer und gingen zuerst die Galerie hinauf und hinunter. Es war zur Gewohnheit geworden – sie taten es jetzt lange genug, um es eine Gewohnheit nennen zu können.

»Was habt Ihr mir Neues zu berichten?« Sie wusste so viele interessante Kleinigkeiten, und wenn er das mit dem verband, was er selbst wusste – mit den Auftritten von Buckingham oder Arlington vor dem Kronrat, die nichts als heiße Luft waren, mit der Beschränktheit des Königs –, dann erkannte er die Machenschaften, die kleinen Betrügereien, bevor sie ihn überraschten. Raffiniertheit innerhalb der Raffiniertheit.

»Hauptmann Saylor sagt, er will die Beziehung aufgeben.«

»Gut, wenn es stimmt. Ich werde den König bitten, ihn mit einer Beförderung zu belohnen, wenn wir sicher sein können, dass es nicht nur ein Streit unter Liebenden ist. Prinz Rupert mag ihn. Vielleicht versetzen wir ihn in Ruperts Garde.«

»Oder in Eure.«

»Oder in meine.«

»Ihre Hoheit, die Herzogin von York, ist gestern krank geworden«, fuhr Alice fort.

»Nun, Henri Ange sitzt im Tower von London. Das kann man ihm nicht anlasten.«

»Warum nicht? Glaubt Ihr, Henri Ange könnte im Tower kein Gift mischen?«

Sie war wie ein Pittbullterrier in dieser Angelegenheit. »Das kann er nicht, wenn er keine Besucher empfangen und keine Briefe schreiben darf.«

»Besucht ihn wirklich niemand? Wie könnt Ihr sicher sein, dass man ihm nicht etwas in die Zelle schmuggelt?«

Er war gereizt. »Indem ich meine besten Wachmänner dort aufstelle. Indem ich befehle, dass niemand ihn ohne meine Erlaubnis sehen darf.«

»Und Ihr habt die Erlaubnis gegeben an …«

»Nicht, dass es Euch etwas anginge …«, er war der winterliche Frost persönlich, »Arlington, Buckingham …«

»Da habt Ihr es!«

Er sollte ihr für ihre Unverschämtheit den Hintern versohlen, aber leider war er ihrer Meinung, was ihn nur noch mehr verärgerte. Dennoch konnte er seinen Ministerkollegen nicht das Privileg verwehren, den Gefangenen zu befragen – vor allem, da seine Inhaftierung Probleme mit den Franzosen verursachte, mit denen sie jetzt ein Vertrag über einen gemeinsamen Krieg gegen die Holländer verband – unterzeichnet, besiegelt und überbracht. »Wollt Ihr damit andeuten, dass Buckingham unserem Gefangenen dabei helfen würde, Gift zu mischen?«

»Da ich glaube, dass *er* Ange nach England geschickt hat, tue ich das in der Tat. Henri Ange muss gehängt werden, er hätte schon vor Monaten gehängt werden müssen. Ich verstehe das nicht.«

Nein, das tust du nicht, dachte er. All das Gerangel, die Proteste des französischen Botschafters und die persönlich überbrachte Nachricht vom König von Frankreich an König Charles. Louis will ihn, sagte König Charles, der Balmoral den Brief hatte lesen lassen. »Wenn dieser Mann tatsächlich Madame vergiftet hat, dann will ich ihn selbst befragen«, ließ König Louis in deutlichen Worten mitteilen. Und es gab Fragen von bestimmten Mitgliedern des Unterhauses, unverschämte Fragen über die Inhaftierung dieses Franzosen, die nach Details verlangten und Anges Katholizismus betonten, die eine Intrige der Jesuiten vermuteten. Sie verlangten Einzelheiten, die König Charles ihnen nicht mitteilen musste, aber die ihm weitere Schwierigkeiten bereiten würden, wenn er versuchte, Geld für den kommenden Krieg bewilligt zu bekommen, über den er das Unterhaus noch nicht informiert hatte. Alice' Vater verstärkte die Querelen, gehörte zu denen, die die Verhaftung nicht in Vergessenheit geraten ließen. Balmoral blickte sie an, sah in diese dunklen Augen, hinter denen ein fieberhaftes, schlaues Gehirn arbeitete, und fragte sich nicht zum ersten Mal, welche Rolle sie bei diesen Querelen spielte. Ging sie von ihm direkt zu ihrem Vater? Diejenigen, die ihr auf seinen Befehl hin folgten, sagten nein.

»Ihr hättet ihn sterben lassen sollen«, meinte Alice.

Das sehe ich genauso, dachte Balmoral. Er mochte Alice' Erbarmungslosigkeit. »Aber dann hätten wir keine Gelegenheit mehr, ihn zu befragen.«

»Habt Ihr ihn schon verhört? Mit der gebotenen Härte?«

»Ich warte damit, bis er sich vollständig erholt hat.«

»Saylor ist wieder gesund. Ange ist es auch. Er tut nur so, wenn er etwas anderes behauptet.«

»Ihr seid recht blutdürstig.«

»Ich habe meine Prinzessin sterben sehen. Und er hätte der Königin dasselbe angetan, sie auf bestialische Weise umgebracht. Er liebt es, andere leiden zu sehen. Er muss hingerichtet werden, bevor er noch jemanden ermordet.«

»Aber nicht, bevor er uns sagt, was er weiß.«

»Ich glaube nicht, dass er das tun wird. Ich glaube, er würde die Wahrheit verdrehen, einfach weil es ihm Spaß macht. Ich glaube nicht, dass man ein wahres Wort aus ihm herausbekommen kann.«

»Ich bin derjenige, der unter Schwermut leidet, nicht Ihr. Ihr verbringt zu viel Zeit mit mir.«

Sie waren jetzt draußen im St. James's Park. Ein Page kam, gerade als Balmoral den Mund öffnen und sich über die Kälte beschweren wollte, und brachte seinen Umhang, und als er den wärmenden Stoff über seine Schultern zog, beobachtete er Alice, die den Jungen kannte und mit ihm sprach. Offenbar hatte die Königin gerade einen Brief von Lord Knollys erhalten, in dem er sie über den Tod von Lady Knollys informierte. Alice hatte dem Pagen diese Information mit nur wenigen Fragen entlockt.

Balmoral blickte sich um und genoss den Geruch und das Gefühl des Frühlings.

In der Ferne bewegte sich eine große Menschentraube, in der sich der König und eine Menge Höflinge befanden, auf die Menagerie zu, um sich die Tiere anzusehen. Hatte es schon vorher einen Vertrag gegeben, vor dem, den Buckingham ausgehandelt hatte? Ein Geheimnis vor dem Geheimnis, im Zusammenhang mit dem Besuch der Prinzessin? Das nagte an ihm. Gewisse Hinweise, gewisse Bemerkungen erhärteten seinen Verdacht gegen andere Mitglieder des Kronrates – und die Briefe, die Richard in Frankreich abschreiben ließ, enthielten quälende Hinweise. Die Holländer waren misstrauisch, ihr Botschafter, ihre Spione wie Thomas Verneys holländischer Freund Lowestroft schnüffelten überall herum, Bluthunde, die Witterung aufgenommen hatten. Und Ange. Was wusste Ange? Weniger als Ihr glaubt, hatte er gestern gesagt, als Balmoral in der feuchten Zelle gesessen und den Mann angestarrt hatte, der der letzte Liebhaber seines Enkels Neddie gewesen war, der ihn vielleicht umgebracht hatte. Neddie, der Lustknabe, Neddie, der Sodomit, der ihm im Traum erschien, die Arme ausgestreckt, das Haar lang und wehend, weinend... Großvater ...

Sie gingen hinüber zu dem langen Kanal. Der Page war immer noch bei ihnen und rannte los, um Balmoral einen Stuhl zu bringen. Dankbar setzte er sich. Alice war ganz begeistert von ein paar kleinen Enten, die ihrer Mutter wie kleine zitronengelbe Schiffchen in einer Reihe folgten. Er schaute ihr gern zu. Er würde sie diesen Sommer in Begleitung ihrer Tante auf sein Anwesen bei Newmarket einladen. Sie saß auf dem breiten Rand des Kanals, lehnte die Ellenbogen dagegen und hob das Gesicht zur Sonne, die in ihrem dicken, unbändigen Haar glänzte. Ihre Blicke trafen sich, und ihr Gesichtsausdruck war ernst. Und da wusste er, so wie man solche Dinge wusste, dass sie jetzt zur entscheidenden Frage kommen würde.

»Mein Vater hat einen weiteren Antrag von Lord Mulgrave erhalten.«

Das Kinn auf seinen Stock gestützt, dachte er über diese Information nach.

»Ich glaube, diesmal werde ich ernsthaft darüber nachdenken müssen.«

»Warum müsst ihr ernsthaft über Mulgrave nachdenken?«

»Ich werde nicht jünger. Ich gehören zu den Ehrenjungfern, seit ich zwölf bin.« Caro ist nicht mehr da, dachte sie. Barbara ist nicht mehr da. Gracen kommt nicht zurück. Renée wird immer mehr zu unserer Königin. Kit und Luce sind dumme Gören, Brownie ist abgelenkt, melancholisch, die Königin blass und traurig ... Meine kleine Familie gibt es jetzt nicht mehr. Zeit zu gehen. »Es wird höchste Zeit, eine eigene Familie zu gründen. Mulgrave hat sehr geduldig gewartet. Im Gefolge der Königin sind in letzter Zeit alle unglücklich, und ich weiß einfach nicht mehr weiter.«

Du weißt immer weiter, dachte Balmoral.

»Ihr seid ein Freund, den ich sehr lieb gewonnen habe und dem ich vertraue, und ich wollte das mit Euch besprechen, bevor ich antworte. Was ratet Ihr mir?«

»Es stimmt, dass Ihr recht alt geworden seid.« Er erwiderte ihr plötzliches Lächeln. »Ich rate Euch zu warten.«

»Ich habe keine anderen Angebote, Eure Hoheit. Muss ich die Gesellschafterin meiner Tante werden oder zurück zu meinem Vater ziehen? Ich kann nicht mehr länger Ehrenjungfer bleiben, tatsächlich will ich es nicht mehr sein. Nur meine Liebe zur Königin hat mich bis jetzt dort bleiben lassen.«

Sie warf ihm den Fehdehandschuh hin. Er hatte immer gewusst, dass sie es irgendwann tun würde. Doch er wusste nicht, was er ihr antworten sollte. Sie starrten einander an, und beiden war bewusst, dass ihre Freundschaft an einem Wendepunkt angelangt war.

»Ich bin sehr alt und sehr krank. Ich überlebe dieses Jahr vielleicht nicht.«

Alice antwortete nicht, den Blick fest auf sein Gesicht geheftet.

»Ich bin viel zu alt für Euch. Aber ...«, er holte tief Luft, und genau das tat Alice auch, »ich halte um Eure Hand an und bitte Euch, meine Frau zu werden.«

Er hielt die Hand hoch, um sie aufzuhalten, als sie auf ihn zueilte. »Unter einer Bedingung: dass Ihr es Euch bis zur Hochzeit jederzeit anders überlegen könnt, ohne irgendwelche negativen Konsequenzen meinerseits befürchten zu müssen.«

Sie kniete vor ihm nieder, schlang die Arme um ihn und legte ihren Kopf in seinen Schoß. Er berührte ihr Haar, das lebhaft schimmerte und weich war, so weich trotz der vielen Locken, während er fortfuhr: »Wir werden im Frühsommer heiraten ...«

»Das dauert noch so lange ...«

»Ich will, dass Ihr Zeit habt, darüber nachzudenken, was Ihr da tut.«

»Ich werde meine Meinung nicht ändern. Ihr werdet das tun.«

»Ich werde Euren Vater in den nächsten Tagen aufsuchen.«

Sie sah den Ausdruck auf seinem Gesicht. »Ihr glaubt, Ihr lasst Euch mit einem Gauner ein. Das tut Ihr auch, aber mit einem nützlichen. Mein Vater wird Euer treuer Diener sein. Das garantiere ich Euch. Innerhalb einer Woche wird er Euch über jede von Buckinghams Kabalen unterrichten.«

»Das wird nützlich sein. Ich bitte Euch, niemandem von meinem Antrag zu erzählen, bis ich mit Eurem Vater gesprochen habe und wir uns einig geworden sind.«

»Das werde ich nicht.«

»Also dann.«

»Also dann.« Sie stand auf, kletterte auf die breite Umrandung des Kanals, hob ihre Röcke so hoch, dass ihre bestrumpften Fesseln zu sehen waren, und fing an zu tanzen. Sie sprang, tippte mit der Spitze und der Hacke ihres Schuhs auf den Stein und sang einen alten Reim: »Kleine Maid, hübsche Maid, wohin willst du geh'n? Hinaus in den Wald, Pilze pflücken wo sie steh'n. Soll ich dich begleiten? Nein, nein, noch nicht. Wenn ich schick nach dir, dann kommst du zu mir.« Sie klatschte in die Hände und drehte sich immer wieder. Sie hielt das Gleichgewicht, obwohl er dreimal dachte, sie würde fallen. Schließlich sprang sie hinunter und tanzte um seinen Stuhl, bevor sie mit aufgebauschten Röcken wieder vor seinem Stuhl niedersank.

»Was für ein ungehöriges Verhalten für die Herzogin von Balmoral.«

Sie sah, dass er verärgert war. »Noch bin ich nicht die Herzogin von Balmoral. Es war ein Scherz, ein Freudentanz, nur für Euch. Darf die Herzogin von Balmoral nicht für ihren Mann tanzen?«

»Ich werde es bereuen.«

Sie lachte, zog seine von Altersflecken gezeichnete Hand an ihre Lippen und küsste sie. »Nur ab und zu.«

»Ich bereue es schon jetzt.«

Sie ließ seine Hand los. »Was für ein ungehöriges Verhalten für den Herzog von Balmoral. Ihr habt noch nicht mit meinem Vater gesprochen. Ich werde Euch Zeit geben, Euren Antrag zu überdenken.«

»Nein, nein, Alice.« Er würde ihn jetzt nicht mehr zurückziehen. Das wäre nicht ehrenhaft, aber das sagte er ihr nicht. Sie war schon verletzt genug. »Es ist nur, dass ich viel zu alt für Euch bin.« Ihr lebhafter Tanz hatte ihm das noch einmal klar vor Augen geführt.

Sie stand auf und schüttelte ihre Röcke aus. »Ihr habt mich verletzt. Bis mein Vater zu mir kommt und mir davon berichtet, werde ich Euren Antrag nicht ernst nehmen und mich auch nicht als Eure Verlobte betrachten. Wenn ich innerhalb der nächsten drei Tage nichts von meinem Vater höre, werde ich den Antrag von Lord Mulgrave annehmen, und Ihr dürft davon ausgehen, dass diese Unterhaltung zwischen uns niemals stattgefunden hat. Guten Tag, Eure Hoheit.«

Er sah ihr nach, wie sie stolz und wütend davonschritt.

Er sah ihr nach, bis sie sich als kleine, einzelne Gestalt vor dem Horizont abzeichnete, der so blau war wie das Ei eines Rotkehlchens. Die kahlen Bäume trugen bereits Knospen, entfalteten Blätter. Ja, dies war die Jahreszeit, in dem sich das Leben überschwänglich entfaltete, und er fühlte sich alt darin, alt und verdorrt. Er hatte nichts mehr zu geben, und doch bot sich ihm der Frühling dar, lockte ihn mit einem langen weißen Hals und schlanken, tanzenden Fesseln. Lehnte man die Großzügigkeit des Frühlings ab?

Als sie in die Gemächer der Königin zurückkehrte, waren alle damit beschäftigt, Beileidsbekundungen an Lord Knollys zu schreiben. Sie setzte sich zwischen Kit und Luce. Dorothy war zu glücklich und zu sehr damit beschäftigt, es nicht zu zeigen, um ihre Verspätung zu rügen. »Sitz still, Kit, sonst schüttest du dir noch Tinte über dein Kleid«, meinte sie. »Alice, hilf Kit.«

Kit konnte kaum ihren Namen buchstabieren. Lesen und Schreiben wurden in der Erziehung junger Damen für nicht so wichtig erachtet.

»Ich will, dass Renée mir hilft«, maulte Kit. Renée war jetzt der Star unter ihnen. Die Aufmerksamkeit des Königs sorgte dafür.

»Natürlich«, erwiderte Renée mit mildem Wohlwollen, das an Alice' Nerven zerrte.

»Ist dein Englisch gut genug, um einen Brief zu schreiben?«, fragte Alice.

Tatsächlich wurde Renées Englisch jeden Tag besser. John Dryden, der Poetus laureatus und Dramatiker, unterrichtete sie jeden Morgen mehrere Stunden lang. Das war eine weitere Sache, die die Königin ärgerte, dass Renée schneller Englisch lernte als sie selbst und es bereits besser sprach. Übt, hatte Alice ihr gesagt. Überrascht Seine Majestät. Nein, hatte Königin Katharina geantwortet.

»Ich schreibe ihn auf Französisch, und dann hilfst du mir bei dem anderen, ja?«

»Ja.«

Eine Zeitlang hörte man nur das Geräusch der Federn, die über das Papier kratzten, und das Flüstern von Kit und Renée. Alice übersetzte Renées Brief ins Englische, und Renée runzelte die Stirn, als sie die englischen Worte abschrieb:

Ich kenne Euch nicht sehr gut, aber ich möchte Euch mein Beileid über Euren tragischen Verlust aussprechen. Ihr seid immer freundlich zu mir gewesen, und wir erwarten am Hof der Königin sehnsüchtig Eure Rückkehr. Mögen Euch Gott und die Heilige Mutter segnen und behüten.

»Kann ich das auch schreiben?«, fragte Kit.

»Du solltest etwas anderes schreiben«, meinte Alice.

»Warum?«

»Mir macht es nichts aus«, entgegnete Renée, und Alice zuckte die Schultern.

»Sind alle fertig?« Dorothy ging von einer zur anderen und tupfte die Tinte trocken. Alice brachte eine Kerze, um das Siegelwachs zu erwärmen.

»Ich habe kein richtiges Siegel«, meinte Kit.

»Du kannst meins benutzen.« Renée hielt einen schweren goldenen Siegelring hoch, eines der Geschenke ihres königlichen Amors anlässlich des Valentinstages. Jeder, der etwas auf sich hielt, besaß einen. Die Initialen oder das Zeichen des Hauses waren in den flachen Kopf des Ringes eingraviert. Es gab dem Brief eine offizielle Bedeutung, ließ den Absender erkennen. Dorothy und Alice tauschten Blicke aus. Die Königin, die mit ihrer Hofdame Frances, der Herzogin von Richmond, zusammensaß und schrieb, sagte nichts.

»Wir können uns glücklich schätzen, dass er ihr nicht das große Reichssiegel gegeben hat«, flüsterte Alice Dorothy zu.

»Lasst uns noch schwarze Bänder mit dem Wachs befestigen.« Dorothy ging, um sie zu holen.

»Hast du Richard meine Nachricht überbracht?«, flüsterte Renée Alice auf Französisch zu.

»Natürlich.«

»Hast du eine Antwort für mich.«

»Nein.«

»Redet Ihr von Hauptmann Saylor? Er wird antworten«, flüsterte Kit Renée zu. »Er ist ganz verrückt nach dir.«

»Jeder hat seine Grenzen«, meinte Alice.

Kit starrte Alice verständnislos an. Alice wandte sich ab. Es war alles zu absurd. Unter den Ehrenjungfern gab es nur noch kichernde, wilde Kinder, die sie für kleinlich hielten. Sie – Alice Verney!

»Da haben wir sie.«

Dorothy legte Bänder auf die gefalteten Papiere, und Alice tropfte das Wachs darauf. Siegelringe wurden darauf gepresst, und Dorothy legte die Briefe zum Trocknen auf den Kaminsims.

»Ich übe jetzt mit Fletcher«, meinte Alice, aber niemand hörte zu. Sie hörten überhaupt nur noch selten auf sie. Nicht einmal Renée.

Als sie nach dem Abendessen zurückkehrte, waren der König und mehrere seiner Begleiter anwesend. Renée spielte für sie auf der Laute, Kit und Luce zu ihren Füßen wie Messdiener.

Dorothy klopfte auf den Platz neben sich am Fenster, und Alice setzte sich zu ihr.

»Ich habe Neuigkeiten, die dich bestimmt interessieren werden. Barbara war bei der Königin, während du weg warst. Es ist ein Brief von Gracen gekommen. Sie schreibt an Barbara, dass sie Lady Knollys in ihren letzten Tagen begleitet hat, und lässt uns allen liebe Grüße ausrichten. Sie kommt bald zurück, jetzt, wo es vorbei ist. Alice, ich bin so glücklich, ich kann kaum an mich halten.«

»Wann kommen eigentlich neue Ehrenjungfern zu uns, Dorothy? Wenn ich mir das Geschwätz von Kit und Luce noch länger anhören muss, springe ich aus dem Fenster.«

»Das liegt an ihr«, sagte Dorothy und deutete mit dem Kopf in Renées Richtung. »Die Königin hat Seine Majestät heute Morgen gebeten, der Aufnahme von zwei jungen Damen zuzustimmen, aber er hat gesagt ›noch nicht‹, und als sie ihn nach dem Grund für die Verzögerung fragte, antwortete er etwas, mit dem er sie nicht ansatzweise täuschen konnte. Sie kam wütend zurück und wetterte über Renée, nannte sie die wahre Königin von England. Lady Arlington und Lady Suffolk waren anwesend und haben es gehört, also werden sie Seiner Majestät davon berichten, und das bedeutet, dass er tagelang kühl und distanziert sein wird, bis die Königin zu ihm geht und sich entschuldigt.«

»Sie hat keine Wahl, als es würdevoll zu akzeptieren und dem

König sein Vergnügen zu gestatten. Dann wird er wieder freundlich zu ihr sein.«

»Es war leichter für die Königin, als er Affären mit Schauspielerinnen hatte. Die hat er nicht an den Hof gebracht. Das hier findet direkt vor ihrer Nase statt.«

»Ihr vergesst die Herzogin von Cleveland und unsere liebe Herzogin von Richmond, als sie noch Frances Stewart war. Er hat sich nicht geändert. Sprecht mir ihr, Dorothy, erinnert sie daran. Wenn sie Seine Majestät verärgert, tut sie sich keinen Gefallen. Das Gerede über eine Scheidung hat aufgehört, aber erinnert sie sich nicht mehr an die Zeit, als sie täglich Angst davor haben musste? Der König erweist ihr den Respekt einer Prinzessin.«

»Solange sie mitspielt.«

»Solange sie mitspielt.«

»Es ist nicht meine Aufgabe, ihr das zu sagen.«

Es ist Eure Aufgabe als Mitglied ihres Gefolges, dachte Alice. Die, denen wir dienen, müssen das Schlechte ebenso hören wie das Gute, was nützen wir ihnen sonst? Sie hob das Kinn. Sie würde mit Frances sprechen und mit Vater Huddleston. Das Gerede über eine Scheidung hatte vielleicht aufgehört, seit Henri Ange verhaftet worden war, aber die Lage der Königin war immer noch prekär. Ihr einziger Verbündeter war Seine Majestät, weil sie sich um keinen anderen bemühte. Sie musste immer wieder daran erinnert werden, ob sie es hören wollte oder nicht.

Wenn doch nur Lord Knollys hier wäre.

»Übrigens soll Barbara Hofdame werden, sobald das Kind geboren ist. König Charles hat bereits zugestimmt.«

Nun, dann wird es wirklich Zeit für mich, die Dienste ihrer Majestät zu verlassen, dachte Alice.

»Ich wünschte, du würdest dich mit Barbara versöhnen.« Dann, als sie Alice' Gesicht sah: »Du kannst auch immer bei mir wohnen, das weißt du doch, nicht wahr?«

»Und wohin geht Ihr, Brownie?« Die Frage war neckend.

»In den Himmel.«

Alice drückte Dorothys Hand.

»Ihr könnt Euch nicht vorstellen, wie sehr ich es in letzter Zeit hasse, hier zu sein«, meinte Dorothy.

Doch, das kann ich, dachte Alice. Und so verlassen wir alle die Königin. Aber das stimmte ja nicht – Barbara kehrte zurück. Und sie würde das auch tun, wenn sie erst Herzogin war. Ich bereue es schon jetzt, hörte sie Balmoral in Gedanken wieder sagen. Falls sie Herzogin wurde.

Später, als sie alle im Schauspielhaus saßen und der Schauspieler Charles Hart sein langweiliges Vorspiel rezitierte, flüsterte Alice auf Französisch mit Renée. »Ich glaube, Richard ist unsagbar gekränkt.«

»Ich weiß nicht, was ich tun soll.«

»Er ist dein Schild, Renée. Solange du ihn hast, kannst du noch da raus.«

»Nichts von dem, was ich tue, gefällt ihm. Die Königin ist sehr wütend auf mich, Alice. Man hat mir erzählt, sie habe heute Morgen gemeine Dinge über mich gesagt.«

Also sind sie schon bei ihr gewesen und haben gepetzt, dachte Alice. Renée steigt schnell nach oben. »Sie kann nicht anders.«

»Ich versuche, sie nicht zu verletzen, Alice.«

»Ich weiß, dass du das tust, und ich bewundere dich dafür.«

Du willst da nicht raus, dachte Alice. Warum tat ihr das Herz plötzlich so weh? Warum hatte sie die ganze Zeit diese leichten Kopfschmerzen? Weil es sehr gut sein konnte, dass sie den stotternden Mulgrave heiraten musste? Weil die aufregenden Tage als Ehrenjungfer für sie vorbei waren? Weil sie Barbara so sehr vermisste, vielleicht sogar Caro, irgendwo tief in ihr drin? Weil sie wusste, dass sie im Unrecht war, aber auch wusste, dass sie nichts daran ändern würde? Weil sie entsetzt darüber war, aber ihrem Stolz trotzdem gestattete, weiter zu wachsen und zu wachsen, bis er ein Gefängnis war, aus dem sie nicht mehr entkommen konnte? Weil Richard frei war? Weil sie es nicht war? Etwas lag schmerzhaft auf ihrer Brust, tat ihr die ganze Zeit weh.

Sie sah den Oberhofmeister des Königs auf Seine Majestät zueilen. Selbst im dämmrigen Licht des Schauspielhauses erregte etwas in der Art, wie der Oberhofmeister sich bewegte, Alice' Aufmerksamkeit. Er beugte sich zum König hinunter und flüsterte ihm etwas zu, dann sagte Charles etwas zu denen, die um ihn herum saßen, und ging. Diejenigen in der Loge des Königs tuschelten miteinander und beugten sich vor, um mit denen zu sprechen, die in ihrer Nähe saßen. Die Leute hörten auf, die Schauspieler zu beobachten, während eine Art Summen anschwoll, und dann verließen immer mehr Menschen ihre Plätze und das Theater. Es war, als habe sich ein Bann über die Zuschauer gelegt, während sich das, was man dem König mitgeteilt hatte, über das ganze Theater verbreitete. Auf der Bühne fuhren die Schauspieler mit dem Stück fort, aber es war sinnlos. Die merkwürdige Stimmung, die sich im Theater ausbreitete, berührte sogar sie.

Dorothy beugte sich vor, um mit Frances zu sprechen. Alice und Renée und Kit und Luce beugten sich ebenfalls vor. »Die Herzogin von York ist tot«, berichtete sie ihnen.

Alle am Hof waren geschockt. Die Diener durchsuchten Truhen und Kisten nach schwarzem Seidenkrepp, um damit die Spiegel zu verhängen, während Schneider und Näherinnen Karten mit schwarzem Garn herausholten, sich schwarze Bänder zurechtlegten und damit begannen, schwarzen Stoff für Umhänge und Kleider zuzuschneiden, während Pagen und Stallburschen umherkletterten und alle Katzen fingen und wegsperrten, weil man sagte, dass keine Katzen anwesend sein durften, wenn es einen Todesfall gegeben hatte. Höflinge standen in kleinen Gruppen zusammen und tauschten aus, was sie wussten, mutmaßten darüber, was sie nicht wussten, und brauten Gerüchte und die Wahrheit zu einer Mischung zusammen, die keines von beidem war, von der aber alle tranken. Sie erinnerten sich daran, dass sie die Tochter des Earls von Clarendon war, jahrelang der mächtigste Berater des Königs, ein wichtiger Mann der Restauration, der jetzt im Exil lebte. Würde er nun zurückkehren? Würde der König das erlauben? Würde er vielleicht wieder mit Arlington und Buckingham und Balmoral zusammensitzen, um den König zu beraten? Würde er sich an denen unter den Ministern – allen voran Buckingham – rächen, die ihn betrogen hatten?

Man erinnerte sich dran, dass die Heirat als schreckliche Mesalliance angesehen worden war, dass York eine ausländische Prinzessin hätte heiraten sollen, aber vor allem erinnerten sie sich daran, dass der Herzog von York – weil die Königin kein Kind bekam – immer noch der Thronerbe war und dass er jetzt noch einmal heiraten würde. Und obwohl seine verstorbene Frau zum Papismus übergetreten war, wurden seine beiden überlebenden Töchter im anglikanischen Glauben erzogen; hier gab es eine Chance auf einen Neuanfang.

York konnte eine protestantische Prinzessin heiraten und so vielleicht einen protestantischen Prinzen zeugen, der in der Thronfolge vor seinen Schwestern stehen würde. War York nur der ausführende Arm des Papstes? Ja? Nein? War er konvertiert, wie es in manchen Gerüchten immer wieder hieß? Ja? Nein? Oh, sie würden ihn dieses Jahr beobachten, sehen, ob er an Ostern zur heiligen Kommunion ging. Weil es keine gute Sache war, wenn der Thronerbe ein Papist war. Und dann gab es da noch das grausamste, skandalöseste Geschwätz: Warum musste die Herzogin von York sterben, bedauerten die Höflinge untereinander. Warum konnte es nicht die Königin selbst sein, die steif und weiß auf einer Bahre lag?

Alice bahnte sich ihren Weg durch die vielen Höflinge, die in einer langen Reihe vor den Gemächern des Herzogs von York im Westflügel des Palastes standen und hineindrängten. Der König war dort, die Königin, Prinz Rupert und Monmouth. Mehrere Kinder von König Charles, die er mit der Herzogin von Cleveland hatte, waren bei ihm. Er holte sie nah zu sich, strich ihnen über das Haar, während die Leute zu seinem Bruder gingen und ihm ihr Beileid aussprachen, und wenn sie Glück hatten, sagte der König auch etwas zu ihnen. Alice blickte den König an, dessen Gesichtsausdrücke sie so gut kannte. Heute war sein Gesicht stoisch und verschlossen, Müdigkeit zog seine Mundwinkel nach unten.

Alice suchte in den Gemächern nach Balmoral, aber sie konnte ihn nirgends entdecken. Andere waren da, der Herzog von Buckingham, Lord Arlington, andere Mitglieder des Kronrates. Wo war Balmoral? Er hätte ebenfalls hier sein müssen. Hatte ihre Szene gestern wieder zu einem Anfall von Trunkenheit geführt? Sie befürchtete es. Sie spürte, wie sich ihr Magen bei dem Gedanken daran schmerzhaft zusammenzog. Sie knickste tief vor dem Herzog von York, dessen Gesicht verschwollen wirkte. Er hatte den erschrockenen Gesichtsausdruck von jemandem, der einen großen Schock erlitten hatte und nicht ganz sicher war, was eigentlich passiert war.

»Eure Hoheit, es tut mir so leid.«

»Verney, meine Liebe. Niemand hat das erwartet. Es kam so plötzlich, ganz plötzlich.«

Sie wusste nicht, was sie sagen sollte, deshalb nickte sie einfach.

»Ohne sie fühle ich mich so verloren.«

»So viele Leute trauern mit Euch, Eure Hoheit.«

»Tun sie das? Danke, Verney.«

Sie ging weiter. König Charles nickte ihr zu. Prinz Rupert ergriff ihren Arm.

»Kommt und raucht eine Pfeife mit mir«, flüsterte er.

»Sehr gern.«

Sie verließen den überfüllten Raum und gingen in einen Salon, in dem beinahe ebenso viele Menschen waren. In einer Ecke standen die Ehrenjungfern der Herzogin von York. Einige von ihnen weinten, und sie standen alle zusammen wie jammernde Kätzchen, die ihre Mutter verloren hatten. Barbara und Caro waren bei ihnen, ebenso wie die anderen Ehrenjungfern der Königin. Sie sah Sir William Coventry und Sir William Penn und Samuel Pepys, all jene, die in den Verwaltung der Marine arbeiteten, aber York war ja auch Admiral der königlichen Marine. Natürlich waren sie hier. Wo ist Richard?, dachte sie. Er muss sein Beileid bekunden.

Jetzt kamen sie in einen anderen Raum, und sie beobachtete, wie Prinz Rupert eine der Schubladen einer reich verzierten chinesischen Kommode öffnete. Das hier waren die Räume des Herzogs von York, aber Prinz Rupert wusste genau, wo der Tabak aufbewahrt wurde. Einen Augenblick später hatte er ihr eine Pfeife gefüllt, schlug einen Feuerstein über Zunder, hielt dann einen dünnen brennenden Halm vor die Öffnung der Pfeife, und sie sog daran, um den Tabak zum Brennen zu bringen. Oh, sie liebte das volle Aroma, den blassen Rauch, der wie ein guter Geist aufstieg. Er stopfte sich seine eigene Pfeife, und bald inhalierten sie beide und bliesen herrliche, beruhigende Tabakwolken in die Luft. Irgendwann seufzten sie beide gleichzeitig.

Alice lächelte. Prinz Rupert saß neben ihr und tätschelte ihre Hand.

»Das sind traurige Zeiten, ja, so ist es. Wir sind alle ganz durcheinander. Vor zwei Tagen saß sie noch an meinem Tisch und aß wie ein Scheunendrescher, jawohl, da fehlte ihr noch nichts. Es gab keinerlei Anzeichen. Jemmy ist außer sich. Er saß die ganze Nacht bei ihrem Leichnam, hielt ihre Hand und weinte, hat sich an die Zeiten erinnert, als sie jung war und schlank und weniger aufbrausend.«

»Armer York.«

»In sechs Wochen ist er darüber weg. Sie war ein Drache, nicht wie die Königin, Gott segne sie. Ihr seht müde aus, Verney. Was macht Euch Kummer?«

»Sehe ich aus, als hätte ich Kummer?«

»Eure strahlenden Augen wirken ein bisschen matt. Ist es Euer Vater, über den Ihr Euch ärgert? Er hat das Unterhaus gegen das Oberhaus aufgewiegelt, weil die Steuern auf Importe erhöht wurden. Wir waren gerade froh darüber, die Steuer durchgesetzt zu haben, und im nächsten Moment sind beide Seiten sich plötzlich nicht mehr darüber einig, ob solche Änderungen überhaupt zulässig sind, was Vorrang hat, solche Sachen eben. Das Komitee für Auslandsangelegenheiten ist zusammengerufen worden, um eine Regelung zu finden. Ich hoffe, sie einigen sich. Wir brauchen diese Steuer. Es muss Geld in die Staatskasse kommen. Seine Majestät ist ungeduldig. Ich für meinen Teil bin das ewige Streiten leid. Im Parlament wird über jedes Gesetz gestritten, und ich sage Euch, mit dem Unterhaus will ich nichts mehr zu tun haben. Wenn ich Seine Majestät wäre, dann würde ich sie alle hängen, jedes einzelne Mitglied des Unterhauses, selbst Euren Vater. Und im Unterhaus kann Arlington sich nicht mit Buckingham einigen, und Buckingham misstraut Balmoral. Ich höre mir an, wie sie aus dem Hinterhalt aufeinander schießen, und es erinnert mich an den Krieg, als sich unsere Generäle nicht darauf einigen konnten, wo Süden ist, sodass Cromwell uns in Stücke reißen konnte. Manchmal hätte ich nicht übel Lust, wieder Freibeuter zu sein, einfach Kapitän auf einem der Schiffe des Königs zu werden, davonzusegeln und mir alles zu holen, was ich erbeuten kann. Ich glaube, ich würde in die Kolonien gehen, an einen Ort, den man Hudson Bay nennt, und würde mich dort als Händler niederlassen. Ich würde Fallensteller werden und mit Pelzen handeln. Übrigens, Alice, Ihr solltet etwas von Eurer Mitgift in meine kleine Handelsgesellschaft investieren.«

»Habt Ihr Seine Hoheit Balmoral heute schon gesehen?«

»Er war gestern Nacht bei Jemmy, hat mit ihm bei dem Leichnam gesessen. Sie haben sich lange unterhalten. Was ist da eigentlich zwischen Euch und Balmoral? Ihr führt ihn herum wie einen zahmen Löwen. Er ist zu alt für Euch – und nur, falls ihr es vergessen habt, selbst alte Löwen haben Klauen. Aber Ihr würdet eine feine Herzogin abgeben, falls er nicht stirbt, bevor Ihr ihm einen Heiratsantrag abgeschwatzt habt.«

»Worüber lacht Ihr?«

»Monmouth' Herzogin würde es nicht gefallen, wenn Ihr ihr ebenbürtig wärt. Hinter ihrem Rücken nenne ich sie Prinzessin Monmouth.«

»Ich bin ihr jetzt schon ebenbürtig.«

»Ha!« Damit brachte sie ihn wieder zum Lachen. Der Tabakrauch umgab sie wie ein feiner Nebel, aber das war ihnen beiden egal. Sie pafften ihre Pfeifen wie zwei alte Matrosen.

»Eure Hoheit, würdet Ihr etwas für mich tun?«

»Alles.«

»Würdet Ihr etwas für Hauptmann Saylor tun?«

»Das habe ich schon. Wirklich schade, dass er Seiner Majestät in die Quere gekommen ist.«

»Er hätte für die Festnahme von Henri Ange ausgezeichnet werden müssen.«

»Wer ist dieser Henri Ange? Ich habe die absurdesten Gerüchte über ihn gehört, aber es wird nicht öffentlich über ihn gesprochen. Buckingham und Balmoral sprechen mit Seiner Majestät nur hinter verschlossenen Türen über ihn, und Seine Majestät beantwortet meine Fragen dazu nicht. Das darf diesen Raum nicht verlassen, und damit meine ich, dass Euer Vater nicht ein Wort von dem hören darf, was ich Euch jetzt sage, aber ich habe gehört, dass Buckingham und Balmoral sich nicht einig darüber sind, wie mit ihm zu verfahren ist.«

»Sie sollten ihn hängen.«

»Ha!«

Kapitel 36

Caro und Barbara saßen zusammen in den Gemächern des Herzogs von York, in der Versammlung von Höflingen, die gekommen waren, um ihr Beileid auszusprechen.

»Sie hat nicht mal in unsere R-Richtung gesehen«, meinte Caro.

»Vielleicht hat sie uns nicht gesehen.«

»Ich habe es aufgegeben, sie d-dazu zu bewegen, wieder nett zu sein. Sie wird mir n-niemals vergeben, und weißt du was, Ra, ich glaube, es ist mir inzwischen auch egal. Man kann nicht ewig betteln. Und wenn sie auf Knien angerutscht k-käme, ich glaube, ich würde nicht mal mit den Wimpern zucken. Ich glaube, ich würde mich einfach u-umdrehen.«

»Bitte sag das nicht.«

»Denkst du n-nicht manchmal genauso?«

Barbara antwortete nicht.

»Aber Colefax ist völlig aufgelöst wegen ihr, das muss ich ihr lassen.«

»Wegen Balmoral?«

»Er ist davon überzeugt, dass sie Seine Hoheit h-heiraten wird.«

»Was, wenn sie es tut? Colefax ist dann doch immer noch der Erbe.«

»Er ist davon überzeugt, dass sie irgendwie ein Baby bekommen wird und er dann den Titel verliert.«

»Oh, Caro, ich glaube nicht, dass Alice untreu wäre, und man kann ein Baby nicht einfach herzaubern ...«

Caro erschauderte. »Ich beneide sie nicht um die Hochzeitsnacht oder um irgendeine ihrer Nächte.«

Barbara seufzte.

Caro ergriff ihre Hand. »Fühlst du dich gut? Du siehst wunderschön aus.«

»Ich fühle mich wie ein kleines Bierfass.«

»M Mütter unter sich. Wenn man ein Mädchen ist, scheint d-das so weit weg zu sein. Erinnerst du dich daran, wie wir am Muttertag zu meiner Mama gegangen sind? Ich musste heute Morgen daran denken. Du und ich und Alice in unseren besten Kleidern, wie wir marzipanüberzogenen Früchtekuchen essen. Du hast ihr immer irgendetwas mitgebracht. Das mochte sie sehr.«

Barbara sah sich und ihre Freundinnen auf einmal wieder vor sich, wie sie mit dreizehn, mit vierzehn und jedes Jahr danach zu Caros Mutter gegangen waren. Alice war so aufgeregt gewesen, weil sie nie eine Mutter gehabt hatte, und Barbara war meistens traurig, weil sie sich an ihre eigene noch so gut erinnern konnte. »Es war nett von dir, sie mit uns zu teilen.«

»Sie hat das geliebt. Sie hätte lieber euch als Töchter gehabt als mich. Ich konnte es ihr nie recht machen. Wie viele Monate noch?«

»Zwei.« Ein Schatten huschte über Barbaras Gesicht, aber Caro bemerkte es nicht. Barbara blickte sich in dem Gemach um, ließ den Blick über jeden Gegenstand schweifen, über die Farbe an den Wänden, bemerkte, wie die Sonne hereinschien, wie die Staubkörner in ihrem Lichtkegel tanzten. Sie sah sich die Gesichtsausdrücke der Leute an, hörte ihren Unterhaltungen zu, sah ihr Lächeln, ihr Stirnrunzeln, alles, was dazwischen lag, genoss die vertraute Entspanntheit zwischen ihr und Caro, die Art, wie John zu ihr herübersah und sie liebevoll anlächelte. Es kann jetzt jeden Tag so weit sein, dachte sie, dass ich all das zum letzten Mal sehe, spüre, schmecke. Das Wissen darum war ein so tiefer Schmerz, dass es jeden ihrer Sinne schärfte. Selbst Hässlichkeit hatte sich verwandelt. Es gab nichts Hässliches mehr. Sie war sich der kleinsten Dinge bewusst, sah die außergewöhnliche Schönheit darin und wie wunderbar alles war. Sie durfte das nicht verschwenden, sich nicht darüber beklagen. Wie sehr sie sich wünschte, es John sagen zu können, aber ihre gemeinsamen Tage und Nächte durften auf keinen Fall von Trauer überschattet sein. Er würde bald genug trauern müssen. Und wie sehr sie sich wünschte, es Alice sagen zu können, wie sehr sie wünschte, ihr Gesicht an Alice' Schulter vergraben und all ihre Ängste herausweinen zu können, all ihren Schmerz. Und dann Alice' Protest zu hören, Alice' Lösungen, wie man den Tod austricksen konnte. Sie würde sie haben. Tatsächlich war das Leben niemals so schön gewesen wie jetzt. Das hätte sie Alice auch gern gesagt.

Alice verließ Prinz Rupert und ging durch die königlichen Privatgärten zu Balmorals Gemächern. Poll folgte ein paar Schritte hinter ihr. Es war kalt, und noch waren die langen Sommerabende nicht zu erahnen, die vor ihnen lagen, diese magische Zeit voller Unterhaltung und Tanz und Gelächter mit Freunden im Frühlingsgarten oder im Maulbeergarten oder hier in den königlichen Privatgärten, die Zeit, in der sie in den langen Stunden des Zwielichts nach Windsor rudern würden oder nach Hampton Court, nach Richmond oder Chelsea. In Frankreich hatte Madame immer die Musiker in den Garten geholt, damit sie dort zum Tanz aufspielten. Man konnte auf den Brunnen sitzen und eine Hand voll kaltes Wasser zu denen bringen, deren Gesichter vom Tanzen erhitzt waren. Überall lag der Duft von Rosen, Jasmin und Orangen, die Diener versammelten sich, um zuzusehen, tanzten mit, wenn die Dämmerung zur Dunkelheit wurde und die Nacht vor Möglichkeiten vibrierte, aufregender als der Tag.

Als sie an Balmorals Gemächern ankam, machte niemand den Versuch, sie abzuwimmeln. Ein Diener eilte davon, um den Majordomus zu holen. Sie wartete im Salon, und dann war Riggs da und verbeugte sich.

»Ist Seine Hoheit da?«

»Nein, ist er nicht.«

Sie kam direkt auf den Punkt. »Ist er hier, aber will niemanden sehen?«

Er wusste genau, was sie meinte. »Nein, ich schwöre es.«

Sie öffnete die Hand und hielt ihm eine Münze hin, die er nahm.

»Ich muss Euch warnen, Riggs, dass ich überaus ernste Absichten habe, was Euren Herrn angeht.«

»Ja.« Er lächelte, und die eine Seite seines Gesichtes wurde von der Narbe hochgezogen, sodass es beinahe wie eine Grimasse aussah.

»Ist Hauptmann Saylor hier?«

»Wenn Ihr erlaubt, führe ich Euch zu ihm.«

Sie folgte ihm die Treppe hinauf und einen Korridor entlang zu dem Zimmer, das man Richard zugewiesen hatte. Die Tür stand offen. Richard saß am Tisch und schrieb, die Wange ein wenig tintenverschmiert. Poll setzte sich auf einen Stuhl neben der geöffneten Tür. Alice ging hinein und trat sofort zu der Tür, die in Balmorals Privatgemach führte, legte ein Ohr dagegen.

Richard beobachtete sie, amüsiert darüber, dass sie das tat, noch bevor sie ihn begrüßte – sie war wirklich äußerst zielstrebig. »Er ist nicht da. Ich habe den ganzen Tag kein einziges Geräusch gehört.«

»Alle sind beim Herzog von York. Du musst auch hingehen und dein Beileid bekunden.«

»Muss ich das?«

»Auf jeden Fall. Versteck dich nicht. Geh hin, und erweise deinen Respekt, und lass die Welt sehen, dass du nicht besiegt bist.«

»Ich bin nicht besiegt, Alice, ich habe nur Liebeskummer. Ich bin nicht in der Stimmung, mich den Blicken der Öffentlichkeit auszusetzen.«

»Du musst sie sowieso aushalten. Du musst zu York gehen. Alle Offiziere der Marine sind da. Wie soll die Armee jemals ihren Platz verteidigen, wenn du und Balmoral die einfachsten Höflichkeitsformen missachtet? Wie geht es Walter und den Daniells?«

»Meine Mutter will, dass sie nach Tamworth kommen und bei ihr arbeiten, nachdem das Baby geboren ist. Ich denke, das werden sie vielleicht tun.«

»Ich wusste nicht, dass deine Mutter sie kennengelernt hat.«

»Sie war neugierig auf Walter.«

»Er war unglaublich treu, Richard, hat auf dem Boden am Fuße deines Bettes geschlafen wie ein Hund.« Sie trat näher zu ihm, gab vor zu lesen, was er geschrieben hatte. »Du hast da Tinte auf deinem Gesicht.«

Er rieb an der falschen Wange. Sie streckte die Hand aus und berührte die Stelle mit der Fingerspitze, zart, wie ein Schmetterling. Er überraschte sich selbst und Alice damit, dass er ihre Hand ergriff und die Innenfläche küsste. Sie konnte das Innere seiner Lippen fühlen, die Feuchte seines Mundes, die Andeutung seiner Zunge. Ihre Knie wurden weich. Sie zog ihre Hand zurück, lief zur Tür und rief über die Schulter zurück: »Geh zu York. Heute noch.«

Sie lief mit schnellen Schritten, als wäre jemand hinter ihr her, zurück in die königlichen Privatgärten, gefolgt von der aufgeregten Poll. Erst dort hatte sie sich wieder etwas mehr unter Kontrolle. Einer der Gärtner des Königs befestigte die langen, zarten Arme einer Kletterrose an einer Wand. Sie ging zu ihm hinüber.

»Mistress Verney. Was kann ich heute für Euch tun?«

»Bald ist Muttertag, und ich brauche ein Gebinde aus Veilchen für meine Tante.«

»Das ist schnell gemacht. Ich werde ein bisschen Wacholder und Moos dazu binden. Und wie wäre es mit einer Narzisse aus den Kolonien für Eure Tante? Gerade sind ein paar mit einem Schiff aus Amerika gekommen. Seine Majestät ist ganz hingerissen davon.«

»Das wäre wunderbar. Danke.«

»Ist mir wie immer ein Vergnügen.«

Zurück in Yorks Gemächern warf sie ihren Umhang ab, ging zur Königin und knickste vor ihr, dann mischte sie sich unter die anderen Ehrenjungfern und Hofdamen. Mit einem Ohr lauschte sie ihren Unterhaltungen, aber ihre Gedanken waren bei dem, was eben passiert war, Richards plötzlicher Geste, die Art, wie sein Mund sich auf ihrer Hand angefühlt hatte, die Art, wie ihr Herz auch jetzt noch schlug ... Sie hätte sich nicht wehren können, wenn er sie in seine Arme gezogen hätte. Und sie wusste nicht, was geschehen wäre, wenn er sie geküsst hätte.

Er hatte sie gehört.

Sie hatte gebetet, dass es nicht so war. Sie hatte es gehofft. Sie war überzeugt gewesen, dass er sie nicht gehört hatte. Aber er hatte sie gehört. Als der Abend näherrückte, beobachtete sie die königlichen Brüder, die Königin, Rupert und die Monmouths bei ihrem öffentlichen Essen. Sie spürte immer noch den Druck von Richards Mund auf ihrer Hand. Trauer um Ihre Hoheit. Kein Tanz. Keine öffentlichen Aufführungen für Wochen. Was sollten sie nur alle mit sich anfangen?

Der nächste Tag kam, und ein Page brachte die Spaniels Seiner Majestät, weil König Charles einen Abendspaziergang machen wollte. Renée ging an seiner Seite, Alice und die anderen folgten, bis auf die Königin, die nicht mitkommen wollte. Lord Rochester machte dumme, schlüpfrige, geschmacklose Bemerkungen, als wären die Ehrenjungfern Schauspielerinnen, denen es gleich war, was man zu ihnen sagte. Mulgrave, der an ihrer Seite ging, schien ein ernsthaftes Gespräch führen zu wollen, deshalb hakte sich Alice bei Renée unter. Der König und Renée sprachen über La Grande Mademoiselle, der wichtigsten Prinzessin am französischen Hof. Charles machte sich über die hochnäsige Art der französischen Prinzessin lustig, erzählte Renée, wie er ihr in seiner Vagantenzeit den Hof gemacht hatte und wie wenig sie mit ihm zu tun haben wollte. »Und so hat sie die Chance verpasst, die Krone von England zu tragen«, meinte er.

Wo war Balmoral? Es war schon der zweite Tag; ihr Magen zog sich zusammen, ihr Kopf schmerzte. Barbaras Schwangerschaft war schon weit fortgeschritten. Ihr Anblick gestern in Yorks Gemächern hatte sie schockiert. Barbara und Caro hatten zusammengesessen und sich unterhalten. War sie Thema der Unterhaltung gewesen? Hatten sie gemeine Dinge über sie gesagt? John Sidney war nähergetreten und hatte mit ihr sprechen wollen. Sie durfte ihn nicht mögen. Sie würde ihn nicht mögen. Er konnte von Glück sagen, dass sie ihrem Vater nichts von seiner Konvertierung zum Papismus erzählte. Alice hatte Caro beobachtet und gedacht: Warum gehe ich nicht einfach zu ihr rüber und rede mit ihr? Wir könnten uns wieder versöhnen. Aber sie hatte es nicht getan. Richard hatte so schmal ausgesehen, nicht wirklich gesund, als er in Yorks Salon getreten war. Alle Ehrenjungfern hatten Renée beobachtet, die rot geworden war.

Aber Richard war nicht zu ihr gegangen, um mit ihr zu sprechen.

Er hatte König Charles Respekt gezollt, dessen Gesicht ausdruckslos war, aber dessen Augen auch nichts entging. Richard hatte lange mit der Königin gesprochen, als würde sie nicht gerade von allen gemieden. Er schien die Stimmung um ihn herum nicht zu bemerken und setzte sich schließlich zwischen John und Barbara. Nicht einmal blickte er zu Renée hinüber, so weit Alice sehen konnte. Ein Muskel zuckte hin und wieder auf seiner Wange. Alice konnte nur ahnen, wie viel dieser Besuch ihn gekostet hatte. Er blieb nicht, um der königlichen Familie beim Essen zuzusehen. Und Monmouth und Lousia Saylor. Was ging da vor? Monmouth musste nur in ihre Richtung sehen, und sie lächelte. Ihr Lächeln war genauso umwerfend wie das ihres Bruders, und Alice plagte ein schlechtes Gewissen, als sie es sah.

Sie blickte zu den Sternen auf. Ich wünsch es mir, wünsch's mir so sehr, hab Acht, hab Acht, mein Wunsch erfüllt sich heute Nacht. Sie war froh darüber, zügig gehen zu können, die einzige Art, auf die Seine Majestät sich fortbewegte. Sie wollte ins Bett. Sie wollte sich die Decke über den Kopf ziehen, und sie wollte, dass dieser Tag vorbei war. Aber sie durfte nicht früh ins Bett. Als sie wieder im Salon der Königin waren, amüsierte sie Rochester eine Stunde lang mit Kartentricks. Dryden verteilte Abschriften seines neuen Stücks, und sie lasen es mit verteilten Rollen. Die Einschränkungen der Trauerzeit wurden offensichtlich liberal interpretiert.

Alice ging hinüber zu Dorothy.

»Habt Ihr schon Nachricht von Lord Knollys?«, fragte sie.

Aber Dorothy antwortete nicht, deshalb ließ Alice die Frage auf sich beruhen.

Sie stellte sich in die Nähe des Königs, der über Drydens Dialoge lachte, die von Rochester und Luce gesprochen wurden. Dryden rezitierte ein Gedicht, dann Rochester. Der König bat Renée, sie möge doch auch ein Gedicht lesen und allen zeigen, wie gut ihr Englisch schon sei. Alice gähnte, setzte sich in einen französischen Sessel, zog die Beine an, und ehe sie sich's versah, döste sie schon.

Als sie aufwachte, erklang Musik. Renée spielte für Seine Majestät auf der Laute, sonst befand sich niemand mehr im Zimmer. Das Gesicht des Königs sah traurig aus, müde, aber seine Augen strahlten, während er Renée betrachtete.

»Noch eins«, meinte er, als sie geendet hatte.

»Wär die Zeit nicht so flüchtig, die Welt nicht so grimm, Euer Zögern, oh Schöne, wär gar nicht schlimm«, sang Renée.

Die schläfrigen Augen des Königs ruhten plötzlich auf Alice. »Unsere Anstandsdame ist erwacht.«

»Hallo, Alice«, meinte Renée und spielte selbstbewusst die Laute. Die Aufmerksamkeit des Königs brachte sie nicht mehr in Verlegenheit. »Seht nur, wie müde sie ist. Ich glaube, wir können sie ins Bett schicken.«

Als Alice gegangen war, fragte er: »Wie steht es mit deinem Ruf?« Er sprach Französisch.

»Ich bin es leid, eine Anstandsdame zu haben. Ich bin kein Kind mehr.«

»Ich bin es leid, die zu verlieren, die ich liebe.« Er seufzte, und Renée legte die Laute beiseite, stellte sich hinter seinen Sessel und legte die Arme um ihn. Er zog seinen Hut vom Kopf und dann die schwere Perücke, und sie küsste seinen Kopf, das kurzgeschorene Haar. Er legte seine Hände auf ihre Arme und schloss die Augen.

»Die Erinnerung lässt mich heute nicht in Ruhe, Renée. Ich muss ständig an meine Schwägerin denken, wie sie war, als Jemmy sie heiratete. Sie war eine Ehrenjungfer am Hof meiner Schwester in Den Haag. Ich erinnere mich daran, dass Jemmy sich eher hätte schlagen lassen, als ihr entgegenzutreten, wenn sie wütend auf ihn war, und wie wir ihn dafür ausgelacht haben. Ich erinnere mich an ihren Vater, der in jenen Jahren mein Retter war, als ich keinen Platz hatte, an dem ich bleiben konnte. Er hat mich nie im Stich gelassen. Er war standhaft, wo ich es nicht war. Ich habe einen Brief von ihm erhalten, in dem er mich bittet, für die Beerdigung zurückkehren zu dürfen. Eine verständliche Bitte.«

Renée, die ihm zuhörte, rieb ihr Kinn gegen seinen Kopf und sagte nichts. Es war aufregend, dass dieser Mann, diese Majestät, seine Gedanken mit ihr teilte.

»Nein ist meine Antwort, obwohl ich das meinem Kronrat noch nicht sagen werde. Sollen Buck und die anderen, die auf sein Exil gedrängt haben, ruhig noch ein bisschen länger schmoren. So viele, die ich geliebt habe, sind nicht mehr da, einer nach dem anderen sind sie gegangen. Komm her, und setz dich auf meinen Schoß. Meine Schönheit, mein kleiner Schatz. Wenn ich dich nicht hätte ...« Er schloss für einen Moment die Augen, und die Melancholie, die er so fürchtete, senkte sich auf ihn herab, dieser schwarze Umhang, der alle Hoffnung erstickte.

Renée spürte es und küsste seine Stirn, seine geschlossenen Augen und schließlich seinen Mund.

Er erwiderte ihren Kuss hungrig, wie ein Ertrinkender, dem man ein Seil hingeworfen hatte. Seine Hände strichen durch ihr Haar, lösten Bänder, streichelten ihre nackten weißen Schultern, ihre bedeckten Brüste, ihre schmale Taille. Sie küssten sich, bis sie ganz benommen davon waren, bis sie aneinandergepresst auf dem Boden lagen. Er löste sich von ihr und starrte auf sie hinab. »Du bringst den König von England dazu, sich auf dem Boden herumzurollen wie ein Junge auf dem Jahrmarkt.«

Sie fuhr mit einem Finger über seine vollen Lippen. »Ich mag es nicht, wenn Ihr traurig seid.«

Er legte den Kopf zwischen ihre Brüste, nicht wie ein Liebhaber, sondern wie ein Kind, und sie schlang die Arme um ihn. Ihr Beschützerinstinkt erwachte. Er zeigte ihr eine Seite, die niemand sonst sah – er brauchte sie. Das war so berauschend wie guter Wein. Es stieg ihr zu Kopf wie Champagner. Niemand sonst sah ihn so. Für eine lange Zeit lagen sie so da, sie umarmte ihn, und er berührte sie nicht, witzelte nicht, sondern lag einfach in ihren Armen. Nach einer Weile lief ein Schauer durch seinen Körper, und er setzte sich auf. »Du besitzt mein Herz. Wann wirst du mir erlauben, mit dir zu schlafen?«

Seine Stimme klang nicht vorwurfsvoll oder bittend. Sie hätten genauso gut über das Wetter diskutieren oder um Brot feilschen können. Das liebte Renée so an ihm, seine Nüchternheit. Das war sehr französisch. Sie lachte, und er kniff ihr in den Arm. »Ich denke, ich brauche mein eigenes Gemach«, erklärte sie.

»Oh?«

Jetzt klang seine Stimme neckend und mehr. Sie setzte sich ebenfalls auf und ließ ihn sich wieder hinlegen, sodass sie seine Stirn streicheln konnte. Er seufzte wieder. Sie küsste diese Stirn, hinter der sich so viel Esprit verbarg, so viel Neugier, so viel Wissen. Sie küsste diesen Mann, der ein König war. Der sie mehr liebte als alle anderen. »Das wäre besser.«

»Für mich, so viel steht fest.«

»Für Ihre Majestät.«

Es entstand ein Schweigen, während er über ihre Worte nachdachte, über diese Zurechtweisung. »Ich bin nicht sehr freundlich, nicht wahr? Nicht, wenn ich etwas will. Ja, du wirst deine eigenen Gemächer bekommen und Diener, die dir jeden Wunsch von den Augen ablesen. Schenk mir deinen Körper, Liebling, und ich schenke dir halb Whitehall.«

»Glaubt Ihr, Ihr könntet mich kaufen?«

»Bei Gott, wenn ich um dich feilschen muss, dann hoffe ich, der Preis ist niedrig. Mein verdammtes Unterhaus ist wie eine verknöcherte alte Witwe, die man umwirbt, weil sie Geld unter ihrer Matratze hortet und Angst hat, sich auch nur von einer Münze zu trennen. Ich trage dem Unterhaus vor, was ich brauche, was meine Marine braucht, mein Gefolge. Sie prüfen die Bücher, berufen Komitees ein, die meine Diener befragen, und immer noch zögern sie, mir zu bewilligen, was notwendig ist. Cousin Louis sagt zu seinem treuen Hund Colbert ›Ich will dies bauen, oder ich will das haben‹, und Colbert sagt ›Ja, Sire‹ und erhebt eine Steuer, und damit ist die Sache vom Tisch. Und ich muss um jeden Penny streiten und lügen wie ein Kaufmann! Und dann beschweren sie sich, dass die Holländer uns im Handel übertrumpfen, aber sie geben mir kein Geld für das Holz, aus denen ich Schiffe bauen lassen könnte, die unsere Handelsbarkassen beschützen.«

Sie lächelte, erfreut darüber, dass ihre Worte ihn offensichtlich aus seiner Melancholie gerissen hatten.

Er setzte sich auf. »Du hast es geschafft, die Dunkelheit zu vertreiben. Ich bin wieder bereit, es mit dem Unterhaus aufzunehmen.« Er gab ihr einen schallenden Kuss, dann biss er ihr sanft in die Schulter. »Saylor hat heute Abend nicht mit dir gesprochen. Was hast du ihm getan?«

Jetzt war es an ihr zu seufzen und das Gesicht abzuwenden, damit er es nicht sah.

»Erzähl mir nicht, dass er dich nicht mehr liebt. Jeder Narr kann sehen, dass er es tut.«

»Es gefällt ihm nicht, was ich tue.«

»Ihr wollt mich nicht aufgeben, und Saylor ist wütend darüber?«

Sie sah ihn immer noch nicht an.

Es berührte ihn, ihre Gefühle für Richard, die sie nicht verbarg. Wenn sie sich ihm hingab, dann würde das etwas bedeuten. Dann stand echtes Gefühl dahinter, nicht nur der Körper, sondern auch das Herz. Er war bereit zu warten. Das Vorspiel zu einer Verführung war stets so betörend süß. Sie betupfte ihre Augen. Tränen. Ihm war nicht danach, lange genug zu bleiben, um sie zu trocknen, wenn er ehrlich war. Nell fiel ihm ein. Nell, die ihn nicht hinhalten würde, die seine Küsse heiß erwidern würde, die ihn genauso berühren würde wie er sie, und das war erst der Anfang. Wohlgeformte Brüste, muskulöse Beine, schlanke Hüften. Wie hatte Rochester neulich erst gesagt – eine Hure in der Hand war besser als eine Jungfrau auf dem Dach.

»Es ist dein Herz, das ich will. Vergiss das nicht.« Das Lächeln, das sie ihm schenkte, war strahlend. »Wenn du deine Jungfräulichkeit auch nur noch eine Sekunde länger behalten willst, dann gib mir jetzt besser einen Gutenachtkuss, und geh ins Bett.«

Draußen pfiff er, während er durch die Dunkelheit schritt, gefolgt von seiner Garde, die ihm keine Fragen stellte. Andrew Marvell war genauso aufsässig und schwierig im Unterhaus wie Thomas Verney, aber er war trotzdem ein guter Dichter. Er pfiff ein Lied von Marvell, das Renée vorhin gespielt hatte, und sang den Text in Gedanken: »So lange deiner Jugend Antlitz noch ich schau, so unberührt und frisch wie Morgentau, so lange deine lieblich' Seele mich erkennt, so lange dies Feuer lodernd in uns brennt, lass die Zeit uns nutzen, die uns gewährt.«

Genau das beabsichtigte er.

Alice war nicht ins Bett gegangen, sondern zu Dorothy.

»Es kommt kein Brief.« Dorothy schenkte sich Wein nach und füllte auch Alice' Kelch. »Zuerst habe ich mir nichts dabei gedacht. Aber als die Tage vergingen, habe ich noch mal nachgerechnet. Seit er das letzte Mal geschrieben hat, sind über drei Wochen vergangen.«

»Das Ende war sicher so furchtbar, dass er sich nicht dazu bringen konnte, davon zu berichten.«

»Wir haben uns immer geschrieben, wenn wir voneinander getrennt waren. Der Gedanke bedrückt mich so sehr, Alice. Vielleicht liebt er mich nicht mehr. Was soll ich dann tun?«

Ihre Stimme klang so verzweifelt, dass Alice den Kelch nervös in ihrer Hand drehte. »Vor allem müsst Ihr jetzt vernünftig sein. Ihr wisst ja noch nichts. Bis jetzt existiert das alles nur in Eurer Einbildung …«

»Das ist es nicht. Ich bin hier mit ihm verbunden.« Dorothy berührte ihr Herz. »Etwas hat sich verändert. Ich fühle es.«

»Wir werden Gracen schreiben. Wir schreiben ihr und bitten Sie, sich umzusehen, ob da irgendeine Frau um ihn herumschleicht. Und wenn es so sein sollte, dann sagen wir Gracen, sie soll sie aufhalten, während wir Euch mit einem der Hunde Seiner Majestät in eine Kutsche setzen, um diese Dirne in den Wald zu scheuchen!«

Ihre scherzhafte Bemerkung fiel auf taube Ohren. »Ich kann ohne ihn nicht leben. Er ist mein Leben, er ist mein Herz. Ich brauche ihn.« Dorothy brach zusammen, stand kurz vor einem hysterischen Anfall. Alice nahm ihr den Kelch weg, und Dorothy griff nach ihren Händen und hielt sich daran fest, in Tränen aufgelöst.

Voller Entsetzen und auch voller Angst versuchte Alice sie zu beruhigen. »Es ist nichts. Das bildet Ihr Euch ein. Oh, Brownie, weint doch nicht. Solange Ihr nicht genau wisst, was passiert ist, existiert das alles nur in Eurer Einbildung.«

»Ich kann es nicht ändern. Ich will, dass er jetzt hier ist. Ich will, dass er bei mir im Bett liegt. Ich will seine Frau sein. Ich verdiene es, seine Frau zu sein. Ich habe so lange gewartet. Warum schreibt er mir nicht? Will er mich in den Wahnsinn treiben?«

Sie schlang die Arme um Alice und weinte in ihrem Schoß. Alice machte sich los. »Brownie, Ihr müsst aufhören. Ihr müsst Euch wieder zusammenreißen.«

»Ich kann nicht. Oh, verlass mich nicht, Alice, geh nicht. Ich kann nicht allein sein. Bitte. Ich werde mich auch benehmen.« Sie wischte sich das Gesicht ab, holte tief und zitternd Atem. »Siehst du, ich habe aufgehört. Siehst du. Ich gehe jetzt ins Bett, und du stellst den Wein weg, und dann bleibst du bei mir, bis ich eingeschlafen bin, und dann bläst du die Kerze aus.«

»Ich schlafe bei Euch, Brownie.« Alice konnte den dankbaren Aufschrei beinahe nicht ertragen, der ihren Worten folgte. »Ich bin zu müde, um in mein eigenes Bett zu gehen. Wartet, ich helfe Euch beim Ausziehen.«

Sie blies die Kerze aus. Das Letzte, was sie sah, war Brownies geschwollenes, ausdrucksloses Gesicht. Im Bett lag sie steif auf ihrer Seite, weil sie Brownie nicht berühren wollte, und schämte sich dafür. Sie lauschte, während Brownie versuchte, möglichst leise zu weinen, um Alice nicht zu stören. Nach einer langen Zeit meinte Alice: »Die Trauerzeit muss auf jeden Fall eingehalten werden, wisst Ihr.«

Auf ihre Bemerkung folgte nur Schweigen. Sie muss eingeschlafen sein, dachte Alice. Gott sei Dank.

Sie warf die Decke zurück, machte sich mit Feuerstein und Zunder zu schaffen, und es gelang ihr, eine Kerze anzuzünden. Sie stellte die Kerze in den Kamin, setzte sich in Brownies Schaukelstuhl und schaukelte hin und her. Ihre Nerven waren zum Zerreißen gespannt. War das die wahre Liebe? Diese Not? Dieser Schmerz? Es jagte ihr schreckliche Angst ein.

Richard. Richard. Richard.

Der dritte Tag, und noch kein Wort von Balmoral. Alice betrachtete sich im Spiegel, befühlte die Ränder unter ihren Augen. Heute Abend würde sie eine Nachricht an ihren Vater senden, dass er Mulgraves Antrag akzeptieren sollte. Sie starrte sich selbst an, richtete sich auf, dann ging sie in den Salon der Königin, um den Tag zu beginnen, und überließ es Dorothy, Kit und Luce wachzurütteln. Renée und Frances sortierten bereits Laken und Decken, aber Lady Arlington nippte langsam an ihrem Morgenbier und seufzte. Sie war nur hier, weil es zu ihren Pflichten gehörte. Einen anderen Grund gab es dafür nicht. Sie würde keinen Finger rühren. Die Königin überprüfte zusammen mit mehreren ihrer Hofdamen all ihre Kleider. Die Nadeln lagen bereit, sie würden alles nähen und ausbessern, was sie für nötig hielt. Alice nahm eine Tasse mit heißem Tee von einer Dienerin entgegen.

»Wie viele Kinder?«, fragte Königin Katharina. Die Königin war entschlossen, den Daniells zu helfen, von denen Jerusalem Saylor gesprochen hatte.

»Ich glaube, es sind vier Jungen und acht Mädchen.«

»Und das Baby, wir dürfen das Baby nicht vergessen, das demnächst kommt.«

»Ist es wirklich nötig, noch mehr vaterlose Kinder in die Welt zu setzen?«, fragte Lady Arlington. Die Frage war rhetorisch, eine Bemerkung, um sich die Zeit zu vertreiben, aber die Königin fuhr wütend zu ihr herum.

»Alle Gottes Kinder sind wir! Zieht zurück Euch, Lady Arlington. Ich nicht brauche Eure Dienste heute!«

Alle schwiegen. Die Königin erhob niemals die Stimme gegenüber ihren Hofdamen, und diese hier war die Frau des engsten Vertrauten des Königs.

Verletzter Stolz lag in jeder ihrer Bewegungen, als Lady Arlington knickste und wie ein großes Schiff mit königlicher Würde aus dem Zimmer segelte.

»Und Ihr auch!« Königin Katharina wandte sich direkt an Renée. »Ich nicht brauche Eure Dienste auch!«

Renée stand wie erstarrt da, ein Laken in der Hand.

»Sagt nichts. Geht sofort«, flüsterte Frances, die am nächsten bei ihr stand.

Renée knickste. Als sie gegangen war, hing all das Ungesagte schwer im Raum, aber niemand wagte zu sprechen.

»So«, erklärte Königin Katharina mit aufgesetzter Fröhlichkeit. »Unsere Arbeit wir tun in Frieden nun.«

Dorothy schob Kit und Luce ins Zimmer, beide verschlafen und schmollend, während die Königin Kleider, die ausgebessert werden mussten, auf einen Haufen legte, und alle machten sich an die Arbeit. Sie hätten so gern über das gesprochen, was soeben passiert war, aber sie wagten es nicht. Frances und Alice saßen am Fenster, und ihre Nadeln bewegten sich flink.

Frances sprach leise, weil sie nicht wollte, dass die Königin auf sie aufmerksam wurde. »Ich bin traurig, Alice. Fünf Jahre lang habe *ich* der Königin diesen Kummer bereitet. Es war so verführerisch, diejenige zu sein, die der König liebt. Ich konnte an nichts anderes denken. Er muss Renée ihre eigenen Gemächer geben, genauso wie er es bei mir getan hat. Es ist sonst zu schwer für alle – Oh, mein Gott, da kommt Seine Majestät. Seht Euch sein Gesicht an. Renée hat sich an seiner Schulter ausgeweint.«

»Ich wünsche Euch zu sprechen, Madame Ehefrau.« König Charles' Gesicht war ernst.

»Sprecht«, erklärte Katharina schnippisch.

»Vor all Euren Damen?« Er blickte grimmig.

»Warum nicht? Wer am Hof weiß nicht ...«

»Eure Damen verlassen augenblicklich dieses Zimmer!«

Die Frauen stachen ihre Nadeln in den Stoff, um die Stelle zu markieren, an der sie sich befanden, und verließen in einer raschelnden Kaskade den Raum. Alice und Frances ließen die Tür einen Spalt breit offen, als sie hinausgingen, und stellten sich davor auf.

»Du warst grob zu Mademoiselle de Keroualle!«, hörten Alice und Frances den König sagen.

»Ist das, was sie sagt? Geschwätz, Geschwätz.«

»Sie hat mir nichts gesagt, nur dass du ihr gesagt hast, sie soll dir aus den Augen gehen! Sie hat schrecklich geweint, als würde ihr das Herz brechen.«

»Ihr Herz? Kein Herz habe ich?«

»Ich bin dir niemals treu gewesen, Katharina! Warum zum Teufel, glaubst du, sollte ich jetzt damit anfangen?«

Alice erschauderte.

»Hier ist mein Vorschlag. Du akzeptierst meine Affären großzügig, wie du es bisher auf so angenehme Weise getan hast, und ich akzeptiere deine Anwesenheit in meinem Leben! Wenn du dich allerdings weiter so aufführst, dann werde ich den Bischof öffentlich darum bitten zu prüfen, ob genügend Gründe für eine Scheidung vorliegen. Und dann schicke ich dich nach Portugal zurück, wo du den Rest deiner Tage betend in einem Kloster verbringen kannst! Das wäre nicht sehr amüsant, nicht wahr, Katharina? Dann wärst du nicht mehr die Königin von England; dann wärst du einfach eine Frau, die eine scheinheilige Frömmigkeit einer sehr bedeutenden und hohen Stellung vorgezogen hat, einer Stellung, die du bis jetzt immer mit so viel Anmut ausgefüllt hast! Ich habe angeordnet, eigene Gemächer für Mademoiselle de Keroualle herzurichten. Sie wird nicht mehr in deinen Diensten stehen, da du das ja offenbar so wünschst, aber sie bleibt eine Ehrenjungfer, bis ich etwas anderes befehle! Sind wir uns in dieser Sache einig, meine Liebe?«

Hinter dem Spalt in der Tür weinten Alice und Frances.

»Ich mag keine Zwietracht um mich herum«, erklärte Charles. Seine Stimme klang jetzt wieder sanfter. Seine Wut war verraucht, aber nicht seine Entschlossenheit. »Du weißt das, Katharina. Du bist meine Königin. Niemand kann dir das nehmen. Ich habe jedenfalls nicht den Wunsch, es zu ändern.« Unausgesprochen sollte das heißen, dass es ihr natürlich genommen werden konnte. »Wenn Mademoiselle de Keroualle ihren ersten Empfang gibt, dann erwarte ich, dass du an meinem Arm daran teilnimmst. Denkst du, dass du das kannst, meine Liebe?«

Sie hörten keine Antwort von der Königin.

»Du brauchst für eine Weile bei den öffentlichen Banketten nicht anwesend zu sein, und ich werde dir meine Anwesenheit an den Abenden eine Zeitlang nicht aufdrängen. Ich werde dir Zeit geben, dich wieder zu fassen, dich an deine Stellung zu erinnern und an die Höflichkeit und die Anmut, die von dir erwartet wird. Ähnlich wie die Höflichkeit, die ich dir erwiesen habe, als ich, wie ich dir versichern kann, gedrängt wurde, anders zu handeln. Guten Tag, Katharina.«

Frances schloss den Spalt in der Tür sehr, sehr leise, aber sie lehnte sich dagegen und weinte, als hätte der König mit ihr gesprochen. Es hätte vielleicht so sein können, dachte Alice, während sie ein Taschentuch herausholte, um sich die Tränen zu trocknen. Wenn Frances seine Geliebte geworden wäre, dann hätte sie es sein können. Wird Mulgrave mir untreu sein?, fragte sich Alice. Und wird es mir etwas ausmachen? Auf der anderen Seite der Tür weinte die Königin jetzt bestimmt. Weinte sie aus Stolz oder aus Liebe? Was war der Unterschied zwischen beidem? Seit ihr eigenes Herz von so heftigen Gefühlen heimgesucht wurde, erschien es ihr, als habe ihre Tante recht: Eine weise Frau ließ die Liebe bei der Wahl ihres Ehemannes außen vor.

Sie spazierte mit Dorothy und Kit und Luce durch die königlichen Privatgärten, als Edward zu ihr trat und ihr sagte, dass Perryman in der Steingalerie auf sie wartete. Alice fühlte sich einen Moment wie benommen, und ihr Magen zog sich schmerzhaft zusammen. Es war so weit.

In der Steingalerie verbeugte sich Perryman. »Ein Boot wartet auf Euch an der Treppe. Euer Vater bittet Euch, zu ihm zu kommen.«

»Ich komme gleich.« Edward brachte ihren Umhang, und sie begab sich auf eine Suche, von der sie sich nicht abhalten konnte. Richard war nicht im Wachraum der Königin.

Er drillt seine Leute, berichtete ein Palastpage Edward, der sie fand und es ihr erzählte. Sie ging nach draußen über das Kopfsteinpflaster des Innenhofes, durch das Gedränge auf der Straße vor der Banketthalle, zwischen den Sänften und Kutschen hindurch, die dort standen, bis zum Exerzierplatz auf der anderen Seite. Aber dort war er nicht. Sie nahm den Weg zwischen den Gebäuden hindurch, der zum St. James's Park führte. Dort fand sie ihn. Sie seufzte, lehnte sich gegen einen Zaun und beobachtete ihn. Er sah sie nicht; er war auf seine Männer konzentriert, rief Befehle, schickte sie hierhin und dorthin, bläute ihnen die Disziplin ein, an die er so fest glaubte. Walter führte Pharao in der Ferne auf und ab. So, so. Dann würde es später noch einen Ausritt geben. Sie beobachtete ihn eine lange Zeit und versuchte, sich all das einzuprägen, was sie an ihm liebte. Seine Ernsthaftigkeit, die Art, wie die Sonne in seinem Haar glänzte, die schlanke, makellose Stärke seines Körpers. Tief in ihrem Innern verabschiedete sie sich von ihm.

Kapitel 37

Perryman half ihr ins Boot. Der Fährmann ruderte von den Stufen weg und in die Strömung des Flusses. Die Ruder glitten geschickt ins Wasser und wieder hinaus. Sie wandte sich an den Diener ihres Vaters. »Nun, Perryman, irgendwelche Streiche in letzter Zeit?«

»Ich weiß nicht, was Ihr meint, Ma'am.«

»Oh, man hört von einem Brunnen in Clevelands Gärten, der plötzlich verrückt gespielt hat, ein metallener Fisch, der sie in dem Moment bespritzte, als sie vorbeiging.«

»Ein schlecht gearbeitetes Stück, würde ich sagen. Es gibt heutzutage einfach keine guten Handwerker mehr.«

»Wie geht es meinem Vater?«

»Sehr gut, Ma'am. Er sagte erst neulich, dass er Euch viel zu selten zu Gesicht bekommt.«

»Ich habe etwas ausgeheckt, Perryman.«

»Das hat er auch gesagt.«

»Hat er das, ja? Kennt Ihr all unsere Geheimnisse?«

»Ich hoffe nein, Ma'am.«

»Habt Ihr immer auf alles eine Antwort?«

»Ja, Ma'am.«

»Hat Louisa Saylor meinen Vater noch einmal besucht, ich meine, seit Lady Saylor hier war?« Jerusalem Saylor und ihre Töchter hatten ihren Vater mehrmals besucht, während Richards Mutter in London war und sich um ihn kümmerte.

»Das weiß ich leider nicht, Ma'am.«

Alice spielte an dem Posamentknebel an ihrem Umhang. Es wäre wirklich schade, wenn Monmouth Louisas Ruf ruinierte. Vielleicht würde sie sich darum bemühen, einen Mann für Louisa zu finden.

Sie ging durch den zum Fluss hin gelegenen Garten ihres Vaters und trat auf die Terrasse. Lächelnd erwartete er sie an der geöffneten Tür zum Haus. Sie lief in seine Arme, und er drückte sie fest, hob sie hoch und schwang sie immer wieder herum. »Du hast es geschafft, mein Gott!«, sagte er. »Mein cleveres, cleveres Mädchen, du hast es geschafft!«

Sie gingen Arm in Arm in den großen Salon des Hauses. Ein Diener nahm Alice' Umhang entgegen, während ihr Vater vor Stolz und Erstaunen übersprudelte. »Ich bin ganz außer mir, ich weiß nicht mehr, wo oben und unten ist – ausgerechnet Balmoral! Ich muss dir ehrlich sagen, Alice, ich hätte nicht gedacht, dass dir das gelingt ...«

»Dann war er hier? Erzähl mir davon, Vater.«

»Er kam gestern Nachmittag – Perryman, bring uns Champagner! Sehr förmlich, sehr steif. Ich habe ihm Wein angeboten, aber er wollte keinen. Ich bin hier, um Euch um die Hand Eurer Tochter zu bitten, sagte er mir. Er kam direkt auf den Punkt, kein langes Geplänkel. Das hat mich fast umgehauen, ich schwöre es dir, Alice. Ich hätte niemals gedacht, dass du ihn tatsächlich so weit bringst. Wir sind direkt zum geschäftlichen Teil gekommen, haben alles geregelt, ohne ein einziges hartes Wort, es war ein Kinderspiel. Und ehe ich mich's versah, verbeugte er sich vor mir – er hat sich vor mir verbeugt, Alice! – und meinte, er hoffe, dass wir einander nicht länger fremd sein würden, dass seine Tür mir immer offen stünde. Du hast mir das Leben gerettet, das hast du wirklich. Ich habe es dir nicht erzählt, aber ich bin mit Buckingham in einer Sackgasse gelandet. Ich habe mir den Kopf darüber zerbrochen, und jetzt, nun, wer weiß, was jetzt passieren wird ...«

»Die Einzelheiten?«

»Sehr großzügig. Du bekommst dein eigenes Geld, sowohl von mir als auch von ihm. Eines seiner Anwesen wird dir überschrieben und wird nicht mehr zum Erbe seines augenblicklichen Nachfolgers gezählt. Bentwoodes, der Besitz deiner Mutter, wird Teil deiner Mitgift, aber kann nur an deine leiblichen Kinder fallen, nicht an

Balmorals Erben, falls ihr beide keine Kinder bekommt. Die Dokumente über dieses Haus und diverse andere werden auf deinen Namen überschrieben. Sie gehören mir bis zu meinem Tod, aber du erbst alles, und auch hier können sie nur deinen leiblichen Kindern zufallen, sodass du erneut heiraten kannst und deine Kinder gut versorgt sein werden, auch nach Balmorals Tod.«

»Das ist mehr als großzügig, von euch beiden.«

Er rieb sich die Hände und rief triumphierend: »Meine Tochter wird eine Herzogin! Ich kann es mir leisten, großzügig zu sein! Und ich sage dir, wir haben sogar darüber gesprochen, was passieren soll, falls er noch vor der Hochzeit stirbt. Er hat es angesprochen, nicht ich. Du sollst auch in diesem Fall das Anwesen bekommen, das er dir als Herzogin überschreiben wird. Sehr gut gemacht, muss ich sagen. Sehr gut. Er mag dich, Alice, er mag dich sehr.«

Sie sank plötzlich in sich zusammen, aber er bemerkte es nicht. Er nahm den Champagner entgegen, den Perryman brachte. Die Flüssigkeit glitzerte in den wertvollen venezianischen Gläsern. »Auf die Herzogin von Balmoral. Möge sie lange herrschen.«

Alice stieß mit ihm an. »Möge sie lange herrschen.«

Kapitel 38

Eine Wache öffnete die Ketten um Henri Anges Beine und Handgelenke. Davon befreit trat Ange direkt an ein Fenster, durch das die Sonne schien. Wuchtige Steinmauern bildeten die Türme und Zellen des Towers von London. Ange hielt sein Gesicht ins Licht. Seine Haare und seine Augenbrauen wuchsen langsam nach. Der Mann, der ihn in dieser Zelle erwartete, hatte gerade arrangiert, dass man ihn rasieren würde. Wenn es dagegen nach Balmoral ginge, dann würde ihm der Bart bis zu den Knien wachsen, dann würde er aussehen wie ein Tier. Seid Ihr kein Tier?, hatte Balmoral gefragt.

Der Herzog von Buckingham, der eine Maske trug, beobachtete Ange vorsichtig, wie er es immer tat, wenn er ihn besuchte.

»Ich will eine Zelle wie diese«, forderte Ange. So fingen ihre Gespräche immer an.

»Das ist unmöglich.«

»Ich will mehrmals am Tag frei an den Mauern entlanggehen können.«

»Das lässt sich vielleicht arrangieren. Einmal am Tag.«

»Dann arrangiert es.«

»Die Fesseln an Euren Füßen bleiben.«

Ange bleckte die Zähne. »Arrangiert es! Ich werde hier noch verrückt, eine Kreatur der Dunkelheit. Ich weiß nicht, wie lange ich das noch aushalte. Welchen Monat haben wir?«

»Es ist März. Ich tue alles, was in meiner Macht steht, um Euch zu befreien. Es ist äußerst unglücklich, dass Alice Verney in ihrer Aussage den Verdacht geäußert hat, ihr hättet Madame vergiftet.«

»Mutmaßungen. Ich habe mich nur mit einem Gardesoldaten der Königin duelliert. Wie lange muss ich dafür noch im Tower sitzen? Der Preis für mein Schweigen steigt mit jeder Woche, die ich hier bin. Könnt Ihr Euch das leisten, Eure Hoheit?«

»Mir bleibt nichts anderes übrig, oder?«

»Ich will hier raus.«

»Ich habe alles getan, was ich konnte. Der französische Botschafter verlangt Eure Freilassung jedes Mal, wenn er den König sieht. König Louis will, dass ihr nach Frankreich ausgeliefert werdet.«

»Nach Frankreich zurückkehren. Warum sollte ich das hier gegen die Kerker der Bastille eintauschen wollen? Auf keinen Fall. Wo sind meine Briefe?«

Buckingham griff in eine Tasche, legte ihm die Briefe hin. Ange riss sie an sich, riss die wertlosen Siegel auf. Er wusste, dass die Briefe gelesen und dann neu versiegelt worden waren. Buckingham wäre ein Narr, wenn er es nicht täte. Und ein Narr war er nicht.

»Gute Neuigkeiten?«

»Das Geld, das ihr versprochen habt, ist in Miguels Händen. Ausgezeichnet. Wir verstehen uns, Eure Hoheit.« Als sei ihm der Gedanke gerade erst gekommen, was allerdings nicht der Fall war, fügte Ange hinzu: »Sollte ich übrigens im Gefängnis sterben, werden Balmoral, Lord Arlington und Seiner Majestät Briefe ausgehändigt, die den Plan für den Mord an der Königin beschreiben. Miguel hat genaue Anweisungen. Sie wurden geschrieben, bevor ich hierherkam. Ich plane gern voraus, wenn ich kann.«

»Ihr beleidigt mich, Sir. Ein solcher Gedanke ist mir noch nicht gekommen. Obwohl zwischen Seiner Majestät und Balmoral darüber diskutiert wurde, Euch zu hängen.«

»Und Ihr tut natürlich alles, um das zu verhindern.«

»Ich bemühe mich, ja.«

Eine Drohung als Antwort auf Anges Drohung.

»Erzählt mir, was außerhalb dieser Mauern passiert.«

»Es hat einen Todesfall in der königlichen Familie gegeben.«

»Für den man mich zum Glück nicht verantwortlich machen kann.«

»Unser Parlament streitet. Seine Majestät spielt mit dem Gedanken einer Vertagung …«

»Was bedeutet das?«

»Es ist sein Vorrecht, eine Sitzung zu beenden. Sie ist dann so lange ausgesetzt, bis er sie wieder einberuft. Er macht Eurer Landsmännin La Kerouалle den Hof, aber bis jetzt hat sie ihn noch nicht erhört. Sie ist jedoch in ihre eigenen Gemächer gezogen.«

»Wo ist Seine Hoheit Balmoral? Ich habe seine knurrenden Drohungen diese Woche vermisst.«

»Er arrangiert seine Hochzeit.«

»Ihr scherzt.«

»Er heiratet Eure kleine Freundin Mistress Alice Verney. Der ganze Hof spricht darüber, ich schwöre es.«

»Meine kleine Anklägerin heiratet. Ich werde auf ihrer Hochzeit tanzen. Und Saylor? Wie geht es ihm?«

Buckingham hob die Hände und machte mit einer Geste deutlich, dass er es nicht wusste und es ihn auch nicht interessierte.

»Seine Mutter?«

»Oh, schon lange in ihre Höhle zurückgekehrt.«

»Sie ist eine Hexe.«

»Das glaubte man, als sie noch jünger war.«

»Nein, ich sage Euch, sie ist eine. Ich weiß das.«

»Hat sie so das Leben ihres Sohnes gerettet? Hat sie Euch verhext und Euch gezwungen, Ihr das Gegengift zu geben?«

Ange antwortete nicht. Buckingham ließ das Schweigen zu, während sein Verstand auf die ihm eigene fiebrige und sprunghafte Weise arbeitete. Wie sollte er diesen Mann umbringen, ohne dass der Verdacht auf ihn fiel?

»Ich will eine bessere Zelle.«

»Ja, wir kümmern uns darum.«

Vom Tower aus ging Buckingham auf direktem Wege zurück zum Whitehall Palast, zum Herzog von Balmoral.

»Seine Hoheit empfängt heute keine Besucher.« Balmorals Majordomus erklärte es bedauernd, aber mit fester Stimme.

Der Anfang eines Saufgelages, dachte Buckingham. Es war ihm egal. »Ihr werdet ihm ausrichten, dass ich da bin.«

Riggs wagte nicht zu widersprechen.

Als er kurze Zeit später zurückkehrte, verbeugte er sich und führte Buckingham hinauf in das Schlafgemach bis zur Tür zu Balmorals Privatgemach. Balmoral war niemand, der seinen Reichtum zur Schau stellte, aber diesem Raum mit seinem Porzellan und den Figurinen, mit der reich verzierten Vitrine, der fremdartigen Rüstung, den Stoßzähnen und Hörnern von fremden Tieren war anzumerken, wie viel Geld für seine Einrichtung ausgegeben wurde. Balmoral saß an einem Tisch. Vor ihm stand eine geöffnete Kristallkaraffe, und er hielt einen Kelch in der Hand. Er bedeutete Buckingham einzutreten. »Sherry. Es ist portugiesischer, einer der seltenen. Ich mag ihn sehr.«

Wie uns allen wohl bekannt ist, dachte Buckingham. »Da sage ich nicht nein.«

»Was verschafft mir die Ehre Eures Besuches?« Balmoral konnte sich noch klar artikulieren.

Die Götter sind auf meiner Seite, dachte Buckingham, der wirklich davon überzeugt war, dass es so war – die Tatsache, dass er Balmoral noch antraf, bevor er zu schimpfen und Sherry zu verschütten begann, war der Beweis. »Ich komme gerade von einem Besuch bei Henri Ange.«

»Den man hängen sollte.«

»Ich fange langsam an Euch zuzustimmen. Ich könnte es arrangieren, dass ihn jemand stranguliert. Der Mann nervt mich. Es sollte besser tot sein.«

»Da stimme ich Euch zu.«

»Wollt Ihr das übernehmen, oder soll ich?«

»Oh, ich kümmere mich darum.«

Buckingham lächelte. »Der Tod der Herzogin von York hat meine Laune erheblich verbessert. Lassen wir die Königin in Ruhe. Lassen wir die Vergangenheit ruhen. Wir werden unseren Prinzen über den Herzog von York bekommen. Ich habe eine Liste mit protestantischen Prinzessinnen zusammenstellen lassen, die ich ihm präsentieren werde, wenn der Augenblick gekommen ist.«

»Tut das, Georgie. Und jetzt geht.«

»Bally, alter Junge, wir haben unsere Intrige doch gerade erst begonnen ...«

»Riggs«, rief Balmoral, und als sein Majordomus erschien: »Riggs, begleite Seine Hoheit nach draußen.«

Balmoral hob die Hand zum Abschied und dachte: Dumm von Ange, Buckingham zu schikanieren. Man bedrohte Seine Hoheit den Herzog von Buckingham nicht. Das war fatal. Protestantische Prinzessinnen, ja? Er hatte lange darüber nachgedacht, und er war sich jetzt fast sicher, dass er wusste, was in diesem schwer zu fassenden War-da-was-oder-war-da-nichts-Vertrag stand. Ein Zugeständnis – ein Versprechen, das den Glauben betraf –, dem weder George noch er zugestimmt hätten, sonst hätte man sie an den Verhandlungen teilnehmen lassen. Es konnte nichts anderes sein. Ein Flirt mit der katholischen Kirche! Es hatte schon einmal Krieg gegeben deswegen – konnte Seine Majestät sich daran nicht erinnern? Was für ein Spiel spielte König Charles?

Ein gefährliches Spiel.

Eines, bei dem Balmoral auf jeden Fall mitmischen würde.

Dieses Königreich war protestantisch, und es würde protestantisch bleiben. Nur ein verdammter dickschädeliger Idiot würde versuchen, das zu ändern! George konnte so viele protestantische Prinzessinnen präsentieren, wie er wollte, denn wenn York katholisch war, dann waren alle Bemühungen vergeblich. Hatte der König der Konvertierung von York zugestimmt? Warum? Er brauchte jetzt all seine Gerissenheit, und das schärfte seine Sinne, belebte ihn in seinem Warten auf den Tod. Ein Mann, der gerade eine Braut gefreit hatte, sollte sich nicht so fühlen. Die Heirat war für Alice, nicht für ihn. Er würde ihr die Ehre seines Namens geben und all den Schutz und den Besitz, der damit verbunden war. Es war eine letzte, seltene, freigiebige Geste eines Herzens, das schon beinahe gefühllos war. Ich sollte nichts mehr trinken, dachte er. Aber der Sherry wärmte ihn auf eine Weise, wie es sonst kaum etwas vermochte, und bot ihm bereits die vertraute Zuflucht. Es war zu spät.

Es war Muttertag. Die Küchen füllten sich mit Düften: Zucker, Eier und Butter wurden mit getrockneten Orangen, Orangensaft und -schale verrührt, mit Marzipan überzogen und im Ofen zu Früchtekuchen gebacken, zu Muttertagskuchen. Barbara und John Sidney schlenderten an den Ständen am New Exchange entlang, einem steinernen Gebäude, in dem Geschäftsleute im Erdgeschoss Stand an Stand errichtet hatten. In der darüber verlaufenden Galerie befanden sich sogar noch mehr Geschäfte. Man konnte Hüte bekommen, Zahnbürsten mit Griffen aus Ebenholz oder Silber, Kleider, Bücher. John wollte Handschuhe und Fächer und Kämme für ihr Haar kaufen, aber Barbara wehrte ab. John rezitierte einen alten Muttertagsvers und sagte: »Nächstes Jahr werden wir dich dazu bringen, all diese Dinge zu akzeptieren.«

»Wer ist ›wir‹?«, neckte sie ihn.

»Mein Sohn und ich.«

»Was wenn es eine Tochter ist?«

»Meine Tochter und ich.« Vor den Passanten küsste er ihren schwellenden Bauch. »Möge sie genauso so ein wundervoller Engel sein wie ihre Mutter.«

»Kauf mir jetzt einen Kuchen, John.«

Die Bäckerei war auf der anderen Straßenseite. Sie gingen hinein in den Laden, wo es so köstlich duftete, und John wählte einen Kuchen in Herzform, dann gingen sie wieder hinaus und aßen ihn gemeinsam.

»Du besitzt mein ganzes Herz«, sagte er zu ihr. Die Sonne schien. Blumenhändler boten Sträuße mit Veilchen und Fenchel, Krokussen und Stachelbeere an. »Ich bin verrückt nach dir. Wenn ich dich jemals verlieren sollte ...«

Sie legte ihm die Hand über den Mund. »Dann würde dein Leben weitergehen, so wäre das. Geh und kauf ein paar Krokusse, mein Schatz. Wir stellen sie ins Schlafzimmer. Dann liegt heute Nacht ihr Duft in der Luft, wenn wir einschlafen.«

»›Wie schön du bist, Geliebte, unser Lager ist grün‹«, rezitierte er aus dem Hohelied der Liebe. »›Deine Liebe ist süßer als Wein.‹«

»Hör auf, John.«

»Das werde ich nicht. Ich kann nicht. Ich bin trunken vor Liebe.«

An diesem Abend sprang Alice' Stallbursche Poppy auf die nassen Stufen und hielt ihr seine Hand hin. Sie stieg aus dem Boot auf die Treppen von Whitehall. Sie hatte den Tag bei ihrer Tante verbracht, ihr einen Muttertagskuchen und weiche Lederhandschuhe geschenkt und ihre Glückwünsche entgegengenommen. Ihre Tante hatte ihr alte Bücher gezeigt, in denen Kochrezepte standen und Rezepte gegen Krankheiten, von Müttern und Großmüttern und Urgroßmüttern. Sie würden ihr Hochzeitsgeschenk sein. Sie hatte Bettvorhänge gesehen, verziert mit Stickereien ihrer Großmutter. Vorhänge, die sie bekommen würde, die ihr Ehebett zieren würden.

Eine Gruppe von Soldaten näherte sich. Einer von ihnen rief das Boot zurück, das sie gerade verlassen hatte, und sie hielt inne, als sie sah, dass Richard unter ihnen war. Er kam zu ihr. »Ich habe es schon gehört. Man kann ihm nur gratulieren, Alice.«

»Danke.«

Er beugte sich vor und küsste sie auf die Wange, aber dann umarmten sie sich und sie stellte sich auf Zehenspitzen und vergrub ihr Gesicht im Stoff seines Soldatenumhangs. Sehnsucht stieg in ihr auf.

»Richard!« Seine Freunde, die bereits im Boot saßen, riefen ihn. Doch er hielt sie immer noch fest.

»Ich wünsche dir alles Glück der Welt.«

Sie konnte sich nicht dazu bringen, ihre Arme von seinem Nacken zu lösen. Aber er konnte es und tat es sanft. Vom Boot aus lächelte er ihr zu. Sein Gesichtsausdruck war angespannt, aber freundlich.

Ich liebe ihn von ganzem Herzen, dachte sie, und sie wäre auf ihrem Weg zum öffentlich zugänglichen Innenhof gestolpert, wenn Poppy sie nicht untergehakt und gestützt hätte. Er sagte kein Wort, als sie sich schnell die Tränen aus dem Gesicht wischte. Kit rannte ihr in einem Korridor entgegen, als sie gerade ihren Umhang und ihre Handschuhe ablegte.

»Ihre Majestät fragt nach dir.« Kit war aufgeregt, wieder beeindruckt von ihr. »Wir haben es schon gehört, Alice! Alle reden davon. Ich werde vor dir knicksen und dich ›Eure Hoheit‹ nennen müssen, sagt Brownie.«

»Das wirst du in der Tat.«

Sie wusch sich das Gesicht mit kaltem Wasser, das Poll in eine Schüssel goss, trocknete sich die Hände ab und starrte auf das Gesicht der zukünftigen Herzogin im Spiegel, während Poll, die hinter ihr stand, an ihren Locken herumzupfte. Alice konnte sehen, dass sie sich vor Aufregung kaum zurückhalten konnte, und tatsächlich platzte es aus ihr heraus.

»Alle wissen es ...« Poll wickelte sich ein oder zwei Locken von Alice' Haar dicht um den Finger, dann ließ sie sie mit einem zufriedenen Gesicht wieder los. Alice' Aufstieg war auch ihr Aufstieg. »Ich bin heute bei Seiner Hoheit gewesen, um das alles mal in Augenschein zu nehmen, sozusagen.«

»Ich dachte, du hättest heute deine Mutter besucht.«

»Das habe ich. Sie ist mitgekommen. Er hat ein paar sehr schöne Gemächer, wirklich.«

»Ja, und das ist noch nicht alles. Er besitzt ein Anwesen in der Nähe von Newmarket, und auch noch andere.«

»Seine Diener sind alle ziemlich verschieden, einige sind nett, andere nicht; alte Soldaten, die unter ihm gedient haben, und ihre Geliebten, habe ich jedenfalls gehört. Die brauchen eine starke Hand. Da hat man vieles schleifen lassen in den letzten Jahren, weil er doch so krank war und alles. Sie werden glauben, sie könnten Eure Jugend ausnutzen.« Poll legte schon allein bei dem Gedanken die Stirn in Falten.

»Freuen sie sich?«

»Ich würde sagen, sie sind eher schockiert. Neugierig. Natürlich habe ich mit niemandem gesprochen außer mit der Gehilfin der Haushälterin und mit dem Stallknecht Seiner Hoheit. Ich hoffe, ich darf Euch das fragen, aber habt Ihr und Seine Hoheit – oh, Ma'am, dann werde ich Euch ›Eure Hoheit‹ nennen müssen, nicht wahr?« Poll lachte mit einer Mischung aus Freude und Stolz. »Steht das Datum für die Hochzeit schon fest?«

»Wir heiraten im Mai.«

»Meine Güte. Dann werden wir viel zu tun haben, nicht wahr?«

»Ja, das werden wir. Deine Mutter und deine Schwestern müssen uns vielleicht helfen.«

»Das kann ich arrangieren, Eure Hoheit.«

»Du darfst nicht lachen, wenn du ›Eure Hoheit‹ sagst.«

»Nein, das weiß ich. Deshalb übe ich ja jetzt schon mal.«

Königin Katharina war in ihrem Privatgemach, und ihr Beichtvater, Vater Huddleston, war bei ihr. Sein Anblick und das unbewegte Gesicht der Königin ließen Alice für einen Augenblick erschrocken innehalten. Sie knickste und verharrte einen langen Moment in dieser Haltung.

»Es ist ein Brief von Lord Knollys gekommen«, meinte Vater Huddleston. »Darin war ein Brief an Mrs. Brownwell. Er bittet die Königin, ihn ihr zu geben, und dass sie nicht allein ist, wenn sie ihn liest.«

Eine böse Vorahnung stieg in Alice auf. »Darf ich fragen warum?«

»Er hat geheiratet.«

»Gracen Howard«, erklärte Königin Katharina. »Mrs. Brownwell ist bei Herzog von Monmouth. Bringt sie. Sagt nichts.«

Alice ging durch die königlichen Privatgärten zu Monmouth' Gemächern. Der Klang einer Gitarre scholl ihr entgegen, als sie hinter seinem Majordomus die Treppe hinaufstieg. Höflinge spielten Karten, Prinz Rupert die Gitarre.

»Eure Hoheit«, begrüßte Monmouth sie und verbeugte sich übertrieben vor ihr, küsste ihre Wange. Als sie über seine Schulter sah, entdeckte sie Louisa Saylor. »Ich freue mich für dich, Alice. Alle tun das.«

Dort drüben war Dorothy. Was soll ich ihr nur sagen?, dachte Alice.

Prinz Rupert winkte sie zu sich. »Was höre ich da?« Er spielte und redete gleichzeitig. »Ihr habt Euch Balmoral geangelt. Gut gemacht, Mädchen.« Plötzlich waren sie von Leuten umringt. Alice war zu bekannt, als dass man die Neuigkeit unbeachtet hätte durchgehen lassen können. Und Balmoral war zu wichtig.

»Eure Hoheit«, meinte Louisa Saylor und knickste mit einem koketten Lächeln vor ihr.

»Kit und ich wollen Brautjungfern sein«, meinte Luce.

»Die Hochzeit soll in kleinem Rahmen gefeiert werden«, antwortete Alice.

»Ja, er ist sehr alt, nicht wahr?«

»Sehr.« König Charles trat vor. »Ihr werdet Balmoral ganz schön in Atem halten.«

Renée schob sich an den anderen vorbei und küsste Alice auf die Wange. »Meine Herzogin«, sagte sie auf Englisch und rollte die Worte aus wie eine Flagge.

»Wo ist der Herzog?«, fragte König Charles.

»Er ruht sich aus, Sir.«

»Das sollte er auch besser. Er sollte bis zur Hochzeitsnacht Bettruhe halten. Vielleicht sollte ich das anordnen. Ich möchte doch nicht, dass Ihr enttäuscht werdet, Alice.«

In dem allgemeinen Gelächter meinte Alice zu Dorothy: »Könnt Ihr mich zu Ihrer Majestät begleiten?«

»Natürlich.«

»Lasst uns gehen, ohne dass wir viel Aufsehen erregen. Sie hat gesagt, wir sollen so diskret wie möglich sein.«

»Ich habe deinen Rat befolgt«, erklärte Dorothy, während sie durch die königlichen Privatgärten gingen. Der Kies knirschte unter ihren Schuhen. »Ich gestatte mir nicht mehr, das Schlimmste anzunehmen. Und ich esse keinen Kuchen mehr. Und ich habe zu viel für ein neues Kleid ausgegeben, aber der Stoff ist in seiner Lieblingsfarbe.«

»Das freut mich, Dorothy.«

Dorothy sog die Nachtluft tief ein. »Ich kann es gar nicht erwarten, dass sich endlich die erste Rose öffnet. Die Königin könnte genauso gut in Portugal sein, so viel hat sie schon verpasst. Sie muss endlich ihren Frieden mit Seiner Majestät machen.«

»Ja, das ist immer eine weise Entscheidung, nicht wahr, sich mit der Situation abzufinden, in der man sich befindet.«

Dorothy hakte sich bei ihr ein und summte die Melodie, die Prinz Rupert eben gespielt hatte. Sie summte immer noch, als Edward ihr die Tür zum Privatgemach der Königin öffnete. Alice wartete draußen, stand bei einem verhängten Vogelkäfig. Nach einer Weile hörte sie ein verzweifeltes Weinen. Edward, der Würfel gegen die Wand warf, hob den Kopf und suchte Alice' Blick. Die Tür zum Privatgemach blieb geschlossen. Wie tapfer Königin Katharina ist, dachte Alice.

Als die Tür sich schließlich öffnete, führte Vater Huddleston Dorothy heraus, die sich an seinen Arm lehnte und schluchzte. »Die Königin wünscht Euch zu sprechen«, teilte er Alice mit.

Die Königin stand am Fenster und blickte in die Nacht hinaus. »Nicht allein sie darf sein. Ihr mit ihr bleibt.«

»Natürlich.«

»Gebrochen das Herz. Ich schicke Schlafmittel.«

»Ich sorge dafür, dass sie es nimmt.«

»Geld er schickt. Für ihre Schulden, er schreibt. Geld für schlechtes Gewissen. Nehmt es. Er fragt, dass ich erlaube seine Gracen ist Hofdame bei mir. Dummer Mann.« Alice nahm den Brief und den Beutel mit dem Geld und knickste vor der Königin, die sich immer noch nicht zu ihr umgedreht hatte. »Ich vergaß. Gottes Segen für Euer Glück, Verney.«

Dorothy lag auf dem Bett, und ihre Dienerin versuchte sie dazu zu überreden, sich das Nachthemd anzuziehen. Irgendwie gelang es Alice und der Dienerin gemeinsam, Dorothy aufzurichten und ihr das Kleid und die Röcke und Strümpfe auszuziehen. Die ganze Zeit über weinte Dorothy. Es war ein hohes, schrilles Wehklagen, bei dem Alice' Hand zitterte. Wie konnten so viele Tränen in jemandem sein?, dachte sie. Sind so viele auch in mir? Werde ich eines Tages über etwas so sehr weinen? Sie hatte geweint, weil Cole sie betrogen hatte, aber nicht so. Sie konnte es sich jetzt vorstellen, wegen Richard. Sie machte ihr Angst, diese Tiefe und Weite des Schmerzes, die der Preis dafür sein konnte, jemanden zu lieben.

Dorothy schluchzte immer noch, als der Arzt mit dem Schlafmittel erschien.

Es wurde erst ruhig, als sie einschlief.

Alice atmete auf. Es war ihr gar nicht bewusst gewesen, dass sie den Atem angehalten hatte. Die Dienerin rollte ihre eigene Matratze für Alice aus, und dann kam Poll. Besorgt half sie Alice aus ihrem Kleid, brachte eine Schüssel mit sauberem Wasser, in dem sie ihr Gesicht waschen konnte, und Poll bürstete ihr das Haar, vertraut und beruhigend, und Alice fühlte, wie etwas in ihr sich entspannte, losließ. Ein kleiner Seufzer stieg ihr die Kehle hoch, und Poll, die ihr Kleid zusammenlegte, ließ es sinken und streckte die Hand aus, um ihr kurz über den Arm zu streichen. »Ihr seid so müde, Mistress Alice. Ins Bett mit Euch.«

»Lass die Kerze brennen, Poll.«

»Aber schlaft ja nicht ein, solange sie noch an ist. Das Letzte, was wir jetzt gebrauchen können, ist ein Feuer in Whitehall.»

»Das werde ich nicht.«

Als Poll und die Dienerin gegangen waren, trat sie an den Tisch und faltete Knollys Brief auf. Doch sie musste feststellen, dass sie – die neugierige, verschlagene Alice – sich nicht dazu bringen konnte, ihn zu lesen. Also faltete sie ihn wieder zusammen und blies die Kerze aus. Sie stieg ins Bett und betete, diesmal mit Inbrunst, bat Gott um seinen Segen in diesem ganzen Durcheinander.

Als sie am nächsten Morgen aufwachte, war Dorothy schon aufgestanden und saß am Tisch, den aufgefalteten Brief vor sich, das Geld auf dem Tisch verteilt. »Du hättet nicht bei mir schlafen müssen, Alice.« Ihre Stimme klang heiser, ihr Gesicht war geschwollen.

»Wir haben uns Sorgen um Euch gemacht.«

»Mir geht es gut.«

Ihre Dienerin kam mit einem Tablett herein.

»Geh jetzt, Alice. Ich brauche heute ein bisschen Zeit für mich allein.«

Alice küsste sie auf die Wange, griff nach einem Schultertuch, um ihr Nachthemd zu bedecken, und im nächsten Augenblick war sie durch die Tür und lief zum Schlafgemach der Ehrenjungfern.

»Ein Bad, Poll.« Sie würde baden und dann einen langen Ausritt machen, mit Poppy, bis hinaus zum Weiler von Chelsea. Sie würde dem Gesang der Vögel lauschen und am Ufer der Themse entlanggehen, und die kalte Luft würde ihr die Wangen kühlen, die traurigen Gedanken vertreiben. Sie würde ihren kleinen Triumph feiern, der vor den größeren Intrigen des Hofes verblasste.

Eine Stunde später war sie warm angezogen und trug ihre Stiefel. Sie überredete den Koch, ihr Brot und Käse und zwei Flaschen Bier zu überlassen. Dann lief sie über den Innenhof, blieb immer wieder stehen, um von diesem oder jenem noch weitere Glückwünsche entgegenzunehmen. Schließlich rannte sie die Treppen zu Balmorals Gemächern hinauf. Er saß auf einem Sessel in seinem Privatgemach, die Beine unter einer Decke. Sie hielt im Türrahmen inne. Er hatte noch nie so blass ausgesehen, so gebrechlich. Ein Teil ihrer Euphorie verflog. Das hier gehörte dazu. Nicht nur die Ehre und die Sicherheit, sondern auch das hier. Sie stellte das Paket mit dem Essen ab und ging zu ihm, kniete sich vor ihn, wie sie es im St. James's Park getan hatte, als sie so glücklich war. »Dann hat die Aussicht, mich heiraten zu müssen, Euch also in einen Eurer Anfälle getrieben?«

Er zog eine Grimasse. »Ich gaukle mir selbst vor, Alice, dass ich nur ein Glas trinke, und dann führt ein Glas zum nächsten. Ich schwöre Euch, dass ich nicht mehr trinken werde.«

Seine Hände zitterten in seinem Schoß, aber ob das an seinem Versprechen lag oder an seinem letzten Trinkgelage, wusste Alice nicht, und sie wollte es auch gar nicht wissen. Sie gab sich damit zufrieden, ihm einfach zu glauben. Sie legte ihre Wange auf seine bedeckten Knie. »Das würde mich so freuen.«

»Wo wollt Ihr hin mit Eurem hübschen Federhut und dem Reitkostüm?«

»Ich dachte, ich reite nach Chelsea. Ich könnte aber auch warten, und wir fahren zusammen in der Kutsche.«

»Nein. Ich kann mich heute nicht aus diesem Stuhl erheben, und morgen auch noch nicht. Bei dem Geschaukel der Kutsche würde mir der Kopf, der nicht sehr fest sitzt im Moment, abfallen.«

Sie erzählte ihm von Dorothy, von Lord Knollys und Gracen.

»Das tut mir leid für Mrs. Brownwell. Und jetzt ab mit Euch. Seid vorsichtig.«

Er beugte sich vor und küsste sie, und ein Schaudern stieg in Alice auf, als sie seine Lippen auf ihrer Wange fühlte. Aber das gehörte ebenfalls dazu. »Soll ich Euch heute Abend besuchen?«

»Nein. Dann wird es mir noch schlechter gehen.«

Poppy hatte ihr ein Pferd aus den Stallungen der Königin besorgt, es war ausgeruht, frech und schwer zu reiten. Als sie im Sattel saß, lächelte sie über das Tier, das im Kreis lief und leicht stieg. Eine Hand griff nach ihren Zügeln. Alice starrte in das Gesicht von Colefax, der fast ihr Bräutigam geworden wäre und der stets Balmorals Erbe gewesen war. So, dachte sie, da ist er endlich, der Moment, von dem ich geträumt habe. »Lass meine Zügel los.«

»Ich will mit dir sprechen.«

»Später.«

»Jetzt.«

»Dann sprich.«

»Was hast du vor?«

»Ich will ausreiten.«

»Das meine ich nicht. Was glaubst du eigentlich, was du da tust? Was bezweckst du damit, meinen Onkel zu heiraten?«

»Welchen Teil verstehst du daran nicht, Cole?«

»Du tust das aus Rache, Alice.«

Sie lachte und ihr Pferd versuchte zu steigen. Colefax wurde durch die tänzelnden Bewegungen des Pferdes mitgerissen, aber er hielt die Zügel immer noch fest umklammert. »Ich werde das nicht erlauben.«

»Du glaubst, du könntest es verhindern? Wie amüsant. Versuch es doch. Es wird sicher lustig, dir dabei zuzusehen.«

Sie entriss ihm die Zügel, woraufhin das Pferd tatsächlich stieg. Colefax musste zurücktreten, um den Hufen auszuweichen. Es tanzte auf den Hinterbeinen, und Alice ließ es zu, beruhigte das Tier mit leisem Schnalzen und blieb im Sattel. Poppy half ihr, das Pferd wieder zum Stehen zu bringen, und schwang sich in den Sattel des Pferdes, das er reiten würde.

»Seid Ihr fertig?«, fragte Poppy. Er meinte ihre Unterhaltung mit Cole.

»Mit dem bin ich schon lange fertig«, antwortete sie und galoppierte davon, gefolgt von ihrem Stallburschen.

Sie hatte geglaubt, dass dieser Moment mit Cole befriedigender sein würde. Es war einer ihrer Tagträume gewesen. Aber so war es nicht. Sie heiratete Balmoral nicht mehr, um Cole wehzutun, und sie wusste nicht, wann sich das geändert hatte.

Es war Edward, der Richard von Dorothy Brownwell erzählte, von ihrem untröstlichen Weinen. Später im Wachraum sah Richard ihre Dienerin. »Wie geht es Eurer Herrin?«

»Heult sich die Augen aus. Wenn du mir je so das Herz brechen solltest« – sie drohte einem Soldaten der Garde, mit dem sie zusammen war, mit dem Finger – »dann ersteche ich dich mit einem Messer.« Der Soldat gab vor, sich zu fürchten, und sie schlug nach ihm – diese Zankereien waren in Wirklichkeit verliebte Neckereien zwischen ihnen. »Sie wollte ihr schönstes Kleid anziehen. Wir haben ihr Haar aufgedreht und ihr Rouge aufgelegt. Sie wird in vierzehn Tagen darüber weg sein.«

An diesem Nachmittag brachte Richard einen Korb mit kleinen Katzen, die vor ein paar Wochen im Stall geboren worden waren, um der Königin und ihren Damen eine Freude zu machen. Karten wurden abgelegt und Stickrahmen fallengelassen, während die Frauen sich um den Korb scharten.

»Ich dachte, ich zeige sie Mrs. Brownwell, Eure Majestät.« Mit dem Einverständnis der Königin ging Richard die Treppe hinunter zu den Gemächern der Ehrenjungfern, wo er auf Alice traf, die an Dorothys Tür klopfte. Ihre Wangen waren von der Kälte gerötet, und sie trug einen hübschen Federhut, der ihr sehr gut stand.

»Richard«, rief sie, als sie ihn sah, »sie antwortet nicht. Das gefällt mir nicht.«

»Vielleicht ist sie spazieren gegangen.«

»Wache«, rief Alice einem Soldaten zu, der Dienst tat und am Ende des Flurs Wache hielt, »hat Mrs. Brownwell heute ihr Zimmer verlassen?«

»Ich habe sie nicht gesehen, Ma'am.«

Richard rüttelte an der Tür und klopfte laut, dann schlug er mit der flachen Hand dagegen. »Mrs. Brownwell, öffnet die Tür!« Er konnte auf der anderen Seite etwas hören. Es klang, als würde ein Stuhl über den Boden gezogen.

»Das gefällt mir nicht«, meinte Alice. Ihm gefiel es auch nicht.

»Mrs. Brownwell, ich bin's, Hauptmann Saylor, öffnet die Tür!« Er hämmerte mit der Faust gegen die Tür. »Wir müssen sie aufbrechen«, erklärte er dem Soldaten, der durch den Flur zu ihnen gekommen war, um zu sehen, was da vor sich ging. Sie rammten ihre Schultern gegen die Tür und prallten beide zurück.

»Ich glaube, ich habe mir das Schlüsselbein gebrochen«, jammerte der Soldat.

Alice rannte in das Schlafgemach der Ehrenjungfern, zog einen der Schlüssel aus der Innenseite einer Tür, lief zurück. »Die Schlüssel sind wahrscheinlich alle gleich.«

Richard schob den Schlüssel ins Schloss; er ließ sich leicht umdrehen, und die Tür schwang auf.

»Mein Gott!«, schrie Alice.

Dorothy hing an einem zusammengedrehten Laken wie ein geschlachtetes Stück Vieh.

Richard hörte, wie ein merkwürdiges Geräusch aus seiner Kehle kam; hinter ihm hörte er, wie Alice anfing zu weinen und den Soldaten um Hilfe schreien. Er lief durch das Zimmer, kletterte auf den Tisch, schlang die Arme um Dorothys Beine und versuchte sie hochzuhalten, um den Druck der Lakenschlinge um ihren Hals zu lockern.

»Wir müssen sie runterschneiden. Mein Gott, Mann, schneidet sie runter! Greift Euch mein Schwert. Jetzt! Jemand muss den Tisch festhalten; wenn wir runterfallen ... Nehmt Euch den Stuhl. Stellt Euch drauf ... Sägt, na los, sägt weiter! Heilige Mutter Gottes!«

Fluchend fiel er mit Dorothy im Arm vom Tisch, als die Klinge durch den letzten Rest Stoff schnitt. Er fiel so hart zu Boden, dass er für einen Moment keine Luft mehr bekam. Jemand schrie, eine der Ehrenjungfern, die im Türrahmen stand.

»Hol den Arzt der Königin! Sofort!«, hörte er Alice befehlen.

Er drückte sich hoch auf die Knie, kroch hinüber zu Dorothy und zog an der Schlinge um ihren Hals. Es gelang ihm, sie zu lösen. Er drehte sie um, zog ein Messer aus seinem Gürtel und schnitt zuerst die Rückseite ihres Kleides auf, dann die Schnürung ihres Korsetts. Es kam ihm vor, als höre er sie seufzen. Er schlug ihr hart ins Gesicht. »Atme!«, rief er. »Atme, verdammt!«

Er umfasste ihre Taille, als wäre sie eine riesige Puppe, und stellte sie auf die Füße, drückte ihre Taille zusammen. Er betete immer wieder das Wort *Atme*. Sie keuchte, und dann spürte er, wie sich ihre Rippen unter seinen Armen ausdehnten, hörte, wie sie einatmete und krächzend ausatmete. Er ließ sie wieder zu Boden gleiten.

»Gebt mir das Schultertuch da«, wies er den Soldaten an. Ihre Brüste waren entblößt. Er hatte ihr das Kleid fast ganz zerschnitten. »Hör auf zu schreien«, herrschte er Luce an.

Er trat zurück, stieß gegen einen Stuhl und ließ sich darauf sinken. Sein Herz klopfte so heftig, dass er nicht klar denken konnte. Dorothy lag da und hatte die Hände an ihre Kehle gelegt. Luce blieb hysterisch; die Königin kam, kniete neben Dorothy und versuchte, mit ihr zu reden. Er beobachtete Alice, die Luce so heftig schüttelte, dass die junge Frau vor lauter Überraschung still wurde; dann ging Alice hinaus in den Korridor.

Für eine kurze Zeit herrschte ein großes Durcheinander, aber schließlich kam der Arzt, und Richard trug Dorothy zum Bett hinüber und legte sie wie geheißen darauf, froh darüber, dass jetzt jemand anders übernahm.

»Ich will sterben«, flüsterte Dorothy. Das Weiße in ihren Augen war rot angelaufen und sah merkwürdig aus, weil viele kleine Blutgefäße darin geplatzt waren. »Ihr hättet mich sterben lassen sollen.«

Richard verließ das Zimmer. Draußen im Flur sah er Alice. Sie saß neben Kit, den Rücken an die Wand gelehnt, und das erinnerte ihn an ihre Totenwache für Prinzessin Henriette. Damals hatte er sie nicht richtig gekannt. Er hatte sie für arrogant und unverschämt gehalten. Er hielt sie immer noch für arrogant. Er kniete vor ihr nieder, drehte ihr Gesicht mit einer schnellen Bewegung zu sich und küsste sie. In seinem Kuss lag alles, was ihn aufwühlte und schmerzte, und als er schließlich die Lippen von ihren löste, keuchte sie. »Ich werde dich später um Verzeihung bitten«, erklärte er.

Alice sah ihm nach, wie er mit großen Schritten davonging.

»Halt den Mund«, zischte sie, als sie Kits überraschten Gesichtsausdruck sah, und Kit wandte sich hastig ab. Alice legte den Kopf auf die Knie. Der Anblick von Brownie, wie sie dort gehangen hatte – von dem einen auf den Tisch gefallenen Schuh –, war schrecklich gewesen. Und in ihr Entsetzen mischten sich Balmorals zitternde Hände, sein Alte-Männer-Atem, als er sie geküsst hatte.

Sie wollte das nicht tun, auf das sie so hart hingearbeitet hatte.

Richard lief durch die Gänge und Korridore, nicht sicher, wohin er eigentlich ging. Er wusste nur, dass er aus diesem unsinnigen, verfluchten Palast raus musste. Bäume würden ihn beruhigen. Der Anblick des Himmels. Seine Gebete brachten ihn immer wieder an denselben Punkt zurück, und dieser Vorfall gerade bestätigte nur, was er bereits wusste. Er würde den Dienst am Hof quittieren. Er würde den Kanal überqueren und in die französische Armee eintreten, ein Söldner werden. Seine Hoheit der Herzog von Balmoral kannte Turenne, den großen französischen General. Alice würde ihn vielleicht davon überzeugen können, ein Empfehlungsschreiben für ihn aufzusetzen, wenn er sie darum bat. Alice …

Er ging schneller. Er wusste nicht, wann er angefangen hatte, Alice zu lieben. Er wusste nicht, wo Renée aufhörte und sie begann. Alles, was er wusste, war, dass zwei Wachen des Königs einem Mitglied des Unterhauses die Nase aufgeschlitzt hatten, weil er in einer Rede Seine Majestät beleidigt hatte. Gedungene Schläger, genauso wie Buckinghams Garde. War es das, was aus ihnen geworden war? Ein gebrochenes Versprechen brachte Dorothy Brownwell dazu, sich selbst an einem Balken in ihrem Zimmer aufzuhängen, und der Tod wäre sicher den gehässigen Bemerkungen vorzuziehen gewesen, die man jetzt über sie machen würde. Es würde die Höflinge amüsieren, dass sie sich einen Betrug in der Liebe so zu Herzen nahm. Sie würde als Szene in irgendeinem Stück enden. Er wäre fast an dem Gift gestorben, das Ange auf seine Klinge geschüttet hatte. Während er sich aus der milchigen Umarmung des Todes zurück ins Leben kämpfte, hatte er sich gefragt, was am Ende dieses Kampfes eigentlich auf ihn wartete. Ohne Renée fühlte er sich verlassen. Und jetzt diese Verwirrung wegen Alice ... Die Fastenzeit nahte, bereitete die Seele auf die heiligen Ostertage vor, auf den Tod und das Versprechen der Wiederauferstehung. Er hatte das Gefühl, in sein Herz sei ein Aschekreuz eingebrannt.

Es wurde Zeit weiterzuziehen, Zeit, woanders sein Glück zu suchen.

Er konnte an diesem sich ständig verändernden Ort mit all seinen Lügen hinter den Lügen, an dem es keine Loyalität gab, an dem die Starken die Schwachen zerstörten, nicht länger leben. Er zog das Soldatenleben vor, wo man wusste, wer der Feind war, bevor die Schlacht begann.

Ein paar Tage später saß Alice bei Dorothy und versuchte sie dazu zu bringen, ein bisschen Toast zu essen.

»Was erzählt man sich über mich?«

»Nichts«, beruhigte Alice sie.

Buckingham hatte gestern Abend beim Essen bei Renée eine Gabel aufgehängt – der Teller sei mit dem Löffel durchgebrannt, hatte er erklärt. Er machte jetzt Renée den Hof, eifrig, schmeichlerisch, hilfsbereit, so wie er es bei Frances Stewart getan hatte, als sie in der Gunst des Königs ganz oben stand. Sei vorsichtig, wollte

Alice ihr sagen, aber sie behielt es für sich, nicht länger sicher, ob sie wusste, wer Renée war. Dorothy hatte die Münzen von Lord Knollys in den Saum des Kleides eingenäht, das sie trug, als sie sich zu erhängen versuchte. Am Hof nannte man sie Knollys' dreißig Silberlinge. Seine Knauserigkeit, witzelte man, hätte ihr das Leben gerettet. Wenn es mehr Münzen gewesen wären, hätte es ihr das Genick gebrochen.

Ein Page klopfte, öffnete die Tür und kündigte die Königin an, die mit Frances, Barbara, Caro und dem kleinen Fuchs hereingesegelt kam. Barbara hielt ein großes Blumengebinde auf dem Arm; Caro lief zu Dorothy, um sie zu umarmen; der Fuchs der Königin sprang auf das Bett, lief im Kreis und legte sich dann hin, als wäre er hier zuhause. Frances trat ans Fenster und zog die Vorhänge zurück. Dorothy begann wieder zu weinen.

Alice schlich aus dem Raum, ging in die Kapelle der Königin und verharrte dort in der dunklen, heiligen Stille. Zuerst betete sie inbrünstig für Dorothy – bei Hof war sie ruiniert, sie würde gehen müssen. Angst stieg in ihr auf. Sie saß auf ihrer Schulter, wenn sie schlafen ging, lag schwer auf ihrer Brust, wenn sie aufwachte. Nur ein Fehltritt, ein einziger, und eine Frau fiel in den Abgrund. Wie sollte man sein Leben ohne Fehltritte leben? Sie wünschte sich ihre Mutter herbei, die Mutter, die sie niemals gehabt hatte außer in ihrer Fantasie. Sie sollte ihr einen Rat geben, ihr sagen, was sie tun sollte. Sie wollte in den Schoß dieser Mutter kriechen und sich eine Weile ausruhen, alles für eine Weile anhalten, so lange, bis sie wieder wusste, in welche Richtung sie sich wenden sollte.

Caro und Barbara saßen an dem großen Fenster der Galerie. Alice musste an ihnen vorbei, wenn sie zurück in die Gemächer der Königin wollte. Sie holte tief Luft und ging auf sie zu. »Da k-kommt sie«, meinte Caro. »Bist du sicher, dass du das riskieren willst?«

»Ja.« Barbara trat Alice entgegen; Caro blieb am Fenster sitzen.

»Alice, ich wollte dir noch sagen, wie sehr ich mich über deine guten Neuigkeiten freue.«

»Danke.«

»Caro und ich haben uns unterhalten. Wir dachten, dass wir drei uns zusammensetzen und über Brownie sprechen sollten.«

»Was ist mit Brownie?«

»Nun, wir dachten, dass eine von uns sie vielleicht aufnehmen könnte, wenn sie den Hof verlassen muss.«

»Sie wird bei mir bleiben. Seine Hoheit wird sich darum kümmern.« Alice war hochmütiger, als sie eigentlich wollte. Barbara streckte die Hand aus und berührte ihren Arm, und Alice trat zurück. Aus den Augenwinkeln sah sie den Ausdruck auf Caros Gesicht. Wut lag darin. Verachtung. Sie hasst mich jetzt, dachte Alice.

»Alice, hör damit auf.«

»Ich muss zu Ihrer Majestät.«

Sie versuchte nicht zu rennen, doch als sie weit genug den Korridor hinuntergegangen war, schlüpfte sie durch eine offene Tür und ließ sich in einen Sessel im Empfangszimmer sinken. Hasste Caro sie dafür, dass sie Balmoral heiratete? Der Ausdruck auf ihrem Gesicht hatte Alice schockiert. Sie presste die Hand auf ihr Herz. Es tat so schrecklich weh, viel mehr, als sie erwartet hätte. Als Caro noch bei ihr um Vergebung gebettelt hatte, war es ein so schönes Gefühl gewesen, sie nicht zu gewähren. Jetzt, wo sie nicht mehr darum bat, erschreckte sie die Tiefe des Grabens, der zwischen ihnen lag. Warum gab sie ihren Stolz nicht auf? Warum konnte sie das nicht? Würde sie warten, bis Barbara sie ebenfalls hasste? Der Gedanke schmerzte so sehr, dass ihr die Tränen in die Augen schossen. Vor gar nicht allzu langer Zeit war ihr niemand näher gewesen als diese beiden. Was war passiert? Ihr Herz tat weh, der Schmerz bohrte sich buchstäblich in ihre Brust. Sie schlief schlecht. Sie verlor schnell die Geduld. Und das, wo sie doch hätte glücklich sein müssen. Warum war sie so stur? Warum konnte sie nicht nachgeben? Hochmut kommt vor dem Fall. Ein Fetzen aus einer Predigt fiel ihr ein. Der

Stolz wog schwer, war wie in einen Rock eingenähte Steine, wie Dorothys Münzen, die sie nach unten zogen.

Im Korridor suchte Caro nach einem Taschentuch und gab es Barbara. »Ich habe dir gesagt, dass es keinen Sinn hat. Weine nicht, Barbara. Das ist nicht g-gut für das Kind.«

Kapitel 39

Frühling, Tag-und-Nacht-Gleiche

Oh komm, lieblicher Frühling…

Die Tür zu der Zelle schwang auf. Vier Männer mit Laternen in der Hand traten ein.

Erschrocken erhob sich Ange von seinem Stuhl und machte einen Schritt zurück, aber bevor er etwas sagen konnte, warfen ihn zwei Wachen zu Boden und fesselten ihm die Hände. Dann durchsuchten sie die Zelle, fanden hinter einem losen Stein in der Wand das Messer, das Ange dort versteckt hatte, fanden Papier, Feder und Tinte und die Briefe, die Buckingham ihm gebracht hatte. Balmoral entließ die Wachen. Nur der große, stämmige Mann, der mit ihm eingetreten war, blieb.

»Wachskerzen. Portugiesische Orangen. Nicht gerade das, was mir für Euch vorschwebte.« Balmoral deutete auf den Tisch der Zelle. »Töte ihn.« Balmoral setzte sich auf den Stuhl, von dem Ange gerade aufgestanden war. Der andere Mann entrollte ein Seil.

Ange rannte zur Tür und rief durch das schmale Gitter: »Hilfe! Man will mich ermorden!«

»Ich habe die Wachen ausgetauscht, wie Ihr bemerkt haben solltet«, meinte Balmoral. »Sie werden keine Notiz von Euch nehmen. Würg ihn, aber tötet ihn noch nicht. Leg ihm den Strick um den Hals. Ich will sehen, wie ihm die Augen dabei aus dem Kopf fallen.« Er lächelte Ange an, zeigte ihm seine vergilbten Zähne.

»Das ist ein alter Trick der Inquisition, den ich sehr liebe. Euer Miguel ist Spanier, nicht wahr? Ich tue es für ihn.«

Ange fiel vor ihm auf die Knie. »Was wollt Ihr?«

»Einige der Münzen, die Euch der Herzog von Buckingham gezahlt hat, würden reichen.«

»Ich habe sie nicht.«

Balmoral zog Briefe aus seinem Ärmel und genoss den erschrockenen Ausdruck auf Anges Gesicht. Was immer jemand zahlte, Seine Hoheit, der Herzog von Balmoral zahlte mehr – das war bekannt in der Unterwelt im Tower. Alle Wachen wussten das. Gib keinen Brief weiter, ohne eine Kopie davon zu machen, denn Balmoral bestraft einen für Verrat, aber er bestraft einen noch viel härter, wenn man dumm ist. Schick den Brief erst ab, wenn du eine Kopie angefertigt hast. Wie viele Fliegen hatte er schon auf diese Weise gefangen? »Ich weiß. Sie gehen direkt an Miguel, nicht wahr?« Er tippte mit dem Finger auf die Briefe. »Töte ihn.«

»Nein …«

Ein Seil legte sich um Anges Hals und wurde erbarmungslos zugezogen. Ange wand sich, noch immer kniend, trat um sich, aber der andere Mann war stark, und seine Gegenwehr machte es schlimmer. Ange röchelte und trat weiter um sich, aber es war zu spät. In dem Moment, in dem er aufgab, meinte Balmoral: »Genug.«

Ange fiel zu Boden wie ein Stein. Balmoral machte ein Zeichen, und der stämmige Mann ging zu einem Eimer, nahm einen Schöpflöffel mit Wasser und schüttete es Ange ins Gesicht. Nach einer Weile öffnete Ange die Augen und fing an, nach Luft zu schnappen wie ein Fisch. Der Mann zog ihn hoch und setzte ihn hin, das Seil immer noch um seinen Hals gelegt.

»Gab es einen geheimen Vertrag?«

»Ja.«

»Vor dem, den Buckingham ausgehandelt hat?«

»Ja.«

»Könnt Ihr das beweisen?«

Ange schwieg. Balmoral respektierte das. Schließlich antwortete Ange: »Monsieur sprach davon, war wütend darüber, dass man ihm nicht erlaubte, an den Verhandlungen teilzunehmen. Ich könnte nach Frankreich gehen und Beweise für Euch sammeln.«

»Nach Frankreich gehen und Beweise sammeln. Das gefällt mir.

Nur frage ich mich, warum solltet Ihr wohl zurückkommen? Wenn ich Euch den verdammten Kopf abschlagen oder Euer Herz herausschneiden und beides am Leben erhalten könnte, dann würdet ihr dafür vielleicht zurückkehren.

Ange schwieg.

»Ich habe es«, meinte Balmoral. »Ich werde das ganze Geld und Euer kleines Turteltäubchen an mich nehmen. Das Geld werde ich in meiner Tasche aufbewahren, und Euer Liebchen im Tower, und wenn Ihr zurückkommt, könnt Ihr beides zurückhaben. Wenn nicht ...« Er zuckte die Schultern.

»Ich brauche Zeit zum Nachdenken.«

»Nein.«

»Dann ja.«

Balmoral ging zur Tür, die sich auf ein leichtes Klopfen von ihm öffnete. Ange machte eine winzige Bewegung, und das Seil um seinen Hals zog sich so schnell zusammen, dass er umfiel. »Papier und Feder«, befahl Balmoral der Wache. Er kam zurück und setzte sich wieder, betrachtete den Mann zu seinen Füßen. »Niemand kann so mit dem Seil umgeben wie Joshua. Man könnte sagen, er ist ein Künstler.«

Als man Papier und Tinte brachte, sagte Balmoral: »Ihr werdet Eurem kleinen Schatz noch einen Brief schreiben. Sagt ihm, er soll herkommen und das ganze Geld mitbringen. An dem Tag, an dem ich ihn habe, lasse ich Euch nach Frankreich gehen.«

Ange kritzelte die Nachricht.

»Schreibt noch dazu: ›Komm um Gottes willen her, mein Liebster‹.«

Ange tat es. Seine Hand zitterte leicht.

»Miguel besitzt Briefe, die Buckingham belasten.«

Ange blickte Balmoral an und spürte zum ersten Mal in seinem Leben Angst.

»Dann schreibt unserem kleinen Miguel, dass er die auch mitbringen soll.«

Ange schrieb es.

»Gib ihm noch einen kleinen Vorgeschmack«, meinte Balmoral, und Ange verlor das Bewusstsein, als das Seil um seinen Hals noch einmal zugezogen wurde. Balmoral blies auf die Nachricht, und als die Tinte getrocknet war, faltete er sie zusammen. Er nahm die Kopien der Briefe wieder an sich, stand auf, und die Zellentür wurde laut aufgeschlossen. Zwei Wachen kamen mit Ketten herein und fingen an, sie um Anges Arme und Beine zu legen.

»Ich will, dass man ihn in den White Tower bringt, in eine fensterlose Zelle wie diese. Er wird mit Armen und Beinen an die Wand gekettet. Essen gibt es nur einmal am Tag, und Joshua hier wird es ihm geben. Wenn eine Wachskerze oder eine portugiesische Orange zu ihm in die Zelle gelangt, lasse ich den Mann töten, der sie ihm bringt. Sorgt dafür, dass sich das herumspricht. Er wird erst wieder losgekettet, wenn ich persönlich das Schloss aufschließe. Einen schönen Tag noch, mein Engel. Schlaf gut. Oh, er schläft ja schon, nicht wahr?«

Kapitel 40

April

Schlaf mein Kind, in einer Wiege mit feinstem Futter
dein Vater ist ein Edelmann, die Königin deine Mutter

Die Arme vor der Brust verschränkt saß Alice in ihrem Bett. Sie schlief jetzt allein, keine Gracen, keine Barbara und keine Renée war mehr da, um das Lager mit ihr zu teilen. Sie konnte nicht schlafen. Es wurde langsam zur Gewohnheit für sie, nachts wach zu liegen und sich Sorgen zu machen. Den heutigen Tag, den ersten April, den Tag des Schabernacks, hatte sie bei ihrer Tante verbracht und mit ihr eine Truhe durchgesehen, in der sich die Kleider ihrer Mutter befanden. Es waren Kleider mit aufwendigen Stickereien, mit Spitzenbesatz an Krägen und Ärmeln, zurückgelassen, als ihre Mutter mit ihrem Vater durchgebrannt war, aufgehoben und mit Lavendel besprenkelt. Wir können ein neues Kleid für die Hochzeit daraus nähen lassen, hatte ihre Tante gesagt. Dann ist es, als wäre deine Mutter bei der Hochzeit dabei.

In einem Monat würde sie die Herzogin von Balmoral werden.

Nein, sagte Balmoral, ich will nicht, dass meine Gemächer renoviert werden. Ja, sagte er, für Euer Schlafgemach und Euer Privatgemach und Euren Empfangssalon könnt Ihr ausgeben, was immer Ihr wollt. Nein, sagte er, ich will nicht das ganze Jahr über in Whitehall wohnen. Das werdet auch Ihr nicht. Ja, Ihr dürft so viele Besucher empfangen, wie ihr wünscht. Nein, ich habe nicht gern ständig Gesellschaft. Ja, ich fühle mich heute gut. Nein, heute habe ich Schmerzen. Tanzt bis zum Morgen, drängte er sie. Ihr brennt Eure Kerze an beiden Enden ab, beschwerte er sich.

Jemand klopfte an die Tür. Eine der Dienerinnen zündete eine

Kerze an, und Alice sah in dem schummrigen Licht, wie Poll öffnete und eine Weile mit jemandem flüsterte.

»Hauptmann Saylor steht im Salon. Er sagt, Ihr sollt Euch anziehen und sofort kommen.«

Ein letzter Aprilscherz? Und das ihr, der Königin der Aprilscherze? »Das werde ich auf gar keinen Fall tun. Sagt ihm, er soll verschwinden.«

Im nächsten Moment stand Richard vor ihr und funkelte sie wütend an. »Zieh dich an.«

»Auf wessen Befehl?«

»Barbara bekommt ihr Kind. Es dauert jetzt schon zwei Tage. Sie fragt nach dir.

»Ich kann nicht.«

»Und wenn ich dich zusammenschnüren und im Nachtgewand über den Sattel werfen muss, du kommst mit.« Er sah ernst und entschlossen aus und wartete im Korridor, während sie sich ankleidete. Draußen hielt ihr Stallbursche die Pferde fest. Richard verschränkte die Hände ineinander, damit sie ihren Fuß hineinsetzen konnte. Im letzten Moment zögerte sie, weil ihr Stolz seinen schweren Kopf hob.

»Sei jetzt nicht dumm«, meinte Richard.

»Tut, was er sagt, Mistress«, bat Poppy.

Alice schwang sich in den Sattel. Sie ritten an den königlichen Stallungen vorbei zu einer Häuserreihe in einer ruhigen Straße am Stadtrand. Felder und Gehöfte und Wiesen würden zu sehen sein, wenn die Sonne aufging. Das große Leicester House würde zu sehen sein, beinahe das einzige Gebäude im Nordosten, das allein inmitten von grünen Feldern stand. Nordwestlich davon gab es eine Windmühle, in der Mehl gemahlen wurde.

Als Alice abstieg, ergriff Richard ihren Arm. »Es ist sehr ernst, Alice.«

»Was meinst du damit?«

»Ich meine, dass ich fürchte, dass selbst der Arzt der Königin, der heute Nachmittag hier war, nichts tun kann. Ich reite jetzt nach

Tamworth und hole meine Mutter.« Er saß schon wieder im Sattel und war fort, bevor sie antworten konnte.

Sie stand einen Augenblick in dem schmalen Flur. Zu ihrer Linken befand sich ein Zimmer, das als Esszimmer, Salon und für alle anderen Zwecke benutzt wurde. Direkt vor ihr führte eine schmale Treppe in den ersten Stock. Im Flur oben war eine Tür zu sehen, die in ein Schlafgemach führen musste, das genau über dem Raum zu ihrer Linken lag. Sie ließ ihren Umhang direkt neben eine junge Dienerin fallen, nicht älter als zehn, die sich vor dem Kamin zusammengerollt hatte, in dem die Reste von verbranntem Holz glühten. Sie stellte einen Fuß auf die Treppe, die unter ihrem Gewicht knarrte, und oben, im Flur, erschien John Sidney, eine Kerze in der Hand.

»Alice, seid Ihr das? Oh, Gott sei Dank, Ihr seid gekommen. Gott sei Dank.« Er kam ihr auf der Hälfte der Treppe entgegen, und die Worte schienen schneller aus seinem Mund zu kommen, als er sie aussprechen konnte. »Ich bin Euch so dankbar dafür. Das bin ich. Oh, Alice, es dauert so lange. Ich kann nichts tun. Nichts ...« Sein Gesicht verzerrte sich, aber er holte tief Luft und es gelang ihm, die Fassung wiederzugewinnen. »Ich will nicht, dass sie mich hört.« Er wischte sich mit dem Ärmel seines Hemdes über das Gesicht. »Warum dauert es so lange? Ich habe Angst um das Kind. Ich habe Angst um sie.«

»John.« Alice' Stimme war klar, kalt, ruhig. »Geht draußen spazieren. Macht schon. Ihr helft ihr nicht, wenn Ihr so aufgelöst seid.«

»Nein, natürlich nicht. Ich denke nur an mich, daran, was ich machen soll, wenn sie ... Aber das wird sie nicht. Wir schaffen das. Der Arzt hat mir heute Nachmittag gesagt, dass es ein paar Tage dauern kann. Sie ist nur so schrecklich müde. Ich weiß nicht, wie ...«

»Geht.«

Oben im Flur gab es nur eine Tür. Alice konnte Stöhnen und Keuchen dahinter hören. Barbara. Barbara war hinter dieser Tür und bekam ihr Kind, und es war nicht einfach. All ihr Stolz, all ihre Selbstgerechtigkeit verschwand, und sie spürte Scham, schmerzhaft und klar. Kann ich ertragen, was mich auf der anderen Seite erwartet?, fragte sie sich. Und dann: Ich kann, ich werde, ich muss.

Sie öffnete die Tür und sah Caro auf allen vieren auf dem Boden knien und etwas vom Boden aufwischen, sah eine ältere Frau, von der sie annahm, dass es Johns Mutter war, sah Barbaras treue Dienerin, die während der ganzen Zeit in Whitehall an ihrer Seite gewesen war, auf dem Bett hinter Barbara sitzen und sie stützen, sah Barbara, das Gesicht verzerrt, während sie kniete, sich wand, stöhnte, die Hände in ein Laken verkrallt, das von einem Dachbalken hing und das sie benutzen konnte, um sich daran hochzuziehen. Sie hörte die Hebamme sagen: »Genau so, pressen, atmen, pressen, Lady, lange ausatmen.«

Caro stand auf. »Gott sei D-Dank, du bist gek-kommen.«

»Was kann ich tun?«

»Reib ihr die Füße und die Beine, wenn sie aufhört zu pressen. Ich habe Rosenwasser, und es scheint sie zu beruhigen.«

Aber Alice blieb einen Moment wie erstarrt stehen, unfähig, den Blick von der schwer atmenden, stöhnenden, sich windenden Barbara abzuwenden, die immer wieder versuchte, das kleine Leben, das in ihr war, aus sich herauszupressen. Staub zu Staub ... Gebären sollst du unter Schmerzen ... Da wird sein Heulen und Zähneklappern ... Entsündige mich mit Ysop ... Die Gebeine, die du zermalmt hast ... Lasset die Kindlein, und wehret ihnen nicht. Verschiedene Bibelstellen aus endlosen Sonntagspredigten schossen ihr durch den Kopf, und keine von ihnen gab all das wieder, was in diesem Moment lag. Barbara ließ das gedrehte Laken los und sank keuchend in die Arme ihrer Dienerin. »Ich kann nicht!« Es war ein Aufheulen.

»Ihr könnt und Ihr werdet«, erklärte die Hebamme. »Ruht Euch ein bisschen aus. Es wird Zeit, ein bisschen zu schlafen.

»Alice ...« Barbara entdeckte sie. Ein Lächeln erhellte ihr Gesicht. Was ist das in mir?, dachte Alice und trat ans Bett. »Danke, dass du gekommen bist. Danke. Danke«, flüsterte Barbara.

Caro beugte sich über das Bett und wischte Barbara das Gesicht ab. Sie blickte Alice in die Augen, doch man konnte ihr nicht ansehen, was sie dachte.

Es ist mein Stolz, dachte Alice, der in tausend närrische, dumme, böse Teile zerbricht. »Was kann ich tun?«

»Hilf mir. Ich muss dieses Baby bekommen. Er hat versprochen, dass sie leben wird, aber ich muss sie bekommen, damit das möglich ist. Es ist so schwer, Alice. Oh, ich bin so durstig.«

Caro half ihr, aus einem Kelch zu trinken. Die Krämpfe begannen erneut. Barbara stöhnte, und eine Wehe erfasste ihren Körper wie eine Welle. Wir sind nichts, dachte Alice, und die Gewalt des Sturms, der in Barbaras Körper tobte, erfüllte sie mit Ehrfurcht und mit Angst. Barbara kämpfte sich zurück in eine kniende Position. Alice und Caro halfen ihr, und ihre Dienerin stützte ihr wieder den Rücken. »Das Laken«, meinte Caro. »Häng dich an das Laken.«

»Einen Gebärhocker«, meinte Alice zur Hebamme.

»Dort drüben. Wir haben es schon versucht.«

Ein langes Stöhnen von Barbara.

»Noch einmal«, befahl die Hebamme.

»Johnnn?« Es war beinahe ein Schrei. Und John war da. Seine Augen waren gerötet, aber seine Stimme klang ruhig.

»Mein Liebling, ich bin hier.« Er kletterte zu ihr ins Bett, setzte sich neben die Dienerin, legte die Hände auf ihren Rücken. »Gott, steh uns bei. Und die Heilige Mutter. Gott, steh uns bei, und die Heilige Mutter ...«

Zwei Stunden später öffnete Alice die Tür zum Schlafgemach, stolperte auf den Flur, fand eine Ecke und kauerte sich völlig überwältigt hinein. Wie konnte das weiter andauern? Wie konnte Barbara das überleben? Wie konnte das Kind dieser Tortur standhalten? Sie sah John nicht länger als einen Feind; er war wunderbar, ruhig und stark, flüsterte seiner Frau aufmunternde Worte zu, küsste sie, hielt ihre Hände und machte ihr stets Mut. Er vergoss keine einzige Träne, war stark für Barbara, die sich an ihn klammerte, die seine Stärke brauchte, weil sie so schwach war. Und dennoch musste er übervoll mit Tränen sein, so wie Alice es war. Hochmut kommt vor dem Fall. Wie sie Barbara verurteilt hatte ... Wenn sie überlebte, würde sie auf Knien zu ihr kriechen und sie um Verzeihung bitten. Sie würde jede Buße tun, die man ihr auferlegte. Sie leiden zu sehen war so schwer. Es tat so schrecklich weh, tatenlos daneben stehen zu müssen. Dies war die unangenehme Wahrheit, die wie ein Splitter in ihrem Fleisch steckte – dass sie ihre Freundin liebte, sie immer geliebt hatte, sie immer lieben würde. Ihr Stolz hatte diese Wahrheit überdeckt, aber jetzt war sie enthüllt und ihre scharfe Schneide glänzte. Alice konnte dem nicht entkommen: Ihr Stolz war ihr wichtiger gewesen als die Liebe.

Sie ging die Treppe hinunter, weckte die Dienerin, nahm Geld aus der Tasche in ihrem Kleid. Man sollte immer etwas Geld bei sich haben. Sie hatte immer etwas dabei. »In einer Stunde öffnet das Lebensmittelgeschäft. Geh hin und kauf Brot, Schinken, Bier, Wein. Mein Stallbursche wartet draußen. Er soll dich begleiten.« John musste essen, genau wie seine Mutter, Caro, die Hebamme, sie selbst.

»Sie ruft nach dir.« Caro stand oben an der Treppe.

»Ich komme sofort.«

Alice öffnete die Haustür und trat hinaus, blickte auf den Sternenhimmel. So oft waren Barbara und Caro und sie die ganze Nacht über zusammen aufgeblieben, hatten sich ihre Träume erzählt, Hoffnungen und Zorn geteilt, über Männer gekichert. Gestern. Vor hundert Jahren. All diese verschwendeten Monate. Ihr Stallbursche trat zu ihr. »Begleite das Mädchen zum Lebensmittelladen, wenn es dämmert, Poppy. Gebt jeden Penny aus.«

»Mistress Barbara?«

Alice versuchte zu antworten, aber es ging nicht.

Am Vormittag stellte John einen Gebetsstuhl auf den Flur, und er, Caro, Alice und Johns Mutter wechselten sich darauf ab. Besucher kamen, Edward im Auftrag der Königin, Fletcher, Johns Mister Pepys, der Kammerherr Seiner Majestät, Richards Schwestern, die Herzogin von Monmouth, Mulgrave, Hofdamen, Diener des Königs, die Wachen der Königin, andere, deren Scherze verstummten, als sie begriffen, was hier geschah. Sedley, Buckhurst, Rochester, Killigrew, die Freunde, die Barbara während all ihrer Jahre am Hof gewonnen hatte.

»Mein Baby, mein kleines Mädchen, sie muss geboren werden, sie muss geboren werden ...«

Barbara sagte das immer und immer wieder, aber jetzt konnte sie nicht mehr auf dem Bett knien. Sie hatten sie zum Gebärhocker getragen. Der Arzt kam. Alice wurde übel, als sie sah, wie er Barbara untersuchte, die schrie, während er seine Finger in sie schob. Die Hebamme runzelte die Stirn.

»Man muss ganz sanft sein«, sagte sie zu Alice.

Der Arzt machte John und seiner Mutter ein Zeichen, ihm auf den Flur hinaus zu folgen. Alice ging mit. »Ich kann das Kind holen. Es könnte sie retten, aber das Kind wird dabei sterben.«

John sank gegen die Wand, schwankend vor Entsetzen über die Entscheidung, die er fällen sollte.

»Noch nicht«, sagte er schließlich.

Alice rannte die Treppe hinunter. Dorothy saß in dem Zimmer im Erdgeschoss. Sie hatte dunkle Ränder unter den Augen, und ihr Gesicht war verhärmt. Schon jetzt war sie viele Pfunde leichter; ein Gärtner des Königs war bei ihr. Während sich Dorothy und Alice umarmten, deutete der Gärtner auf mehrere Blumensträuße, die in wertvollen Porzellanvasen standen. »Von Ihren Majestäten«, erklärte der Gärtner, »und von Prinz Rupert und den Herzögen von York und Monmouth.«

»Ich glaube, sie stirbt«, flüsterte Alice Dorothy ins Ohr. Die Worte auszusprechen schmerzte sie mehr als alles andere, seit sie ein kleines mutterloses Mädchen gewesen war. »Betet für sie«, sagte sie zu

Dorothy und dem Gärtner, »so inbrünstig wie Ihr könnt.« Sie sanken auf die Knie.

Draußen trat Walter auf sie zu. Poppy schlief im Schatten eines Baumes neben den festgebundenen Pferden.

»Es steht schlimm«, sagte sie Walter. »Bete.«

Alice ging ins Haus zurück und stieg die Treppe wieder hinauf. Ihre Gedanken waren noch nie so klar und nüchtern gewesen. In diesem Moment war sie sich ganz sicher, was zu tun war. Ich mache mich selbst zum Gebet, sagte sie Gott. Ich mache mich selbst zu einem Gebet für meine geliebte Freundin, meine geliebte Schwester, der ich Unrecht getan habe. Mit jedem Atemzug bete ich zu Dir, jeden Augenblick, mit jedem Wimpernschlag. Segne uns. Behüte uns, oh Herr. Ich werde immer gut sein, wenn Du sie verschonst. Ich werde den Armen geben. Ich werde niemals mehr streiten. Ich werde Deine ergebenste Dienerin sein.

Sie ging in das Schlafgemach. Der Arzt hatte die Geburtszange aus seiner Tasche genommen. Alice blinzelte bei ihrem Anblick, dann kniete sie am Fußende des Bettes, sodass Barbara ihr Gesicht sehen konnte.

»Du kannst das«, sagte sie ihr mit einer Kraft, einer Sicherheit, einem Befehlston, einer Entschlossenheit in der Stimme, deren Ursprung sie nicht kannte. »Ich mache es mit dir zusammen. Pressen, mein Schatz, pressen. Ich werde mit dir pressen.« Barbara holte Luft, kniete sich hin, während John hinter ihr stand und sie festhielt. Sie krallte sich in das Laken, stöhnte laut, und Alice stöhnte mit ihr, genauso laut wie sie, presste in ihrem Innern ebenfalls ein unsichtbares Kind heraus.

»Ohhh ...«

»Ahhh ...«

Immer wieder stöhnten sie zusammen.

»Es kommt«, rief die Hebamme.

Barbara lächelte. Ihr Gesicht war in diesem Augenblick schöner, als Alice es jemals gesehen hatte.

»Pressen! Unser Kind kommt!«, rief John. Und Barbara stieß ein animalisches Stöhnen aus, warf sich in einer langen Bewegung nach hinten, und am Ende des Stöhnens sah Alice etwas zwischen ihre Beine fallen. Barbara kippte nach vorn. Die Hebamme fing das Kind auf und schlang es in eine Decke.

Warum hört man keinen Schrei?, dachte Alice. Müsste es nicht schreien?

Sie und Caro folgten der Hebamme hinaus in den Flur. Die Frau saß auf der obersten Treppenstufe, hatte die Decke zurückgeschlagen, und ihre Hände bewegten sich über den winzigen Körper. Immer wieder legte sie ihren Mund über den des Kindes, blies; sie legte es über ihren Arm und strich ihm über den Rücken; sie strich über die schmale Brust, den Kopf, die Beine. Dann seufzte sie und wickelte das Kind wieder in die Decke.

»Ich will es sehen«, befahl Alice. Die Hebamme zog die Decke wieder zurück. Kleines süßes Mädchen, dachte Alice. Kleiner Schatz, den meine Barbara von ganzem Herzen wollte. Gott segne dich und behüte dich. Es brach ihr das Herz. Arme Barbara.

»Ich wasche es und wickele es in Windeln«, erklärte die Hebamme.

»Ich habe ein kleines Kleid mitgebracht ...« Caro weinte.

Alice ging zurück in das Schlafgemach. Barbara lag auf dem Rücken in Johns Armen. Johns Mutter strich ihr die Haare zurück und murmelte etwas, nannte sie »geliebte Tochter«, »gutes Mädchen«. Der Arzt packte die Geburtszange und die Säge weg.

»Das Baby ...« Barbara war sehr schwach, konnte die Worte nur hauchen.

»Wird gerade gewaschen«, erklärte Alice fröhlich, klar, entschlossen. »Sie sieht genauso aus wie du.«

»Ich höre sie nicht.« Alice musste das Ohr an Barbaras Mund legen und sie die Worte wiederholen lassen.

»Sie miaut wie ein kleines Kätzchen«, antwortete Alice.

Barbara schloss die Augen.

Alice folgte dem Arzt hinaus auf den Flur. »Wird sie überleben?«

»Es hat sie sehr viel Kraft gekostet. Ich sehe morgen noch mal nach ihr.«

Alice ging hinunter zu Dorothy, die ihre Arme öffnete und sie an sich drückte. Und Alice genoss es für einen Moment, einfach gehalten zu werden. Ihr Körper schmerzte. Ihr Hals war wund vom Stöhnen. Warmes Wasser, dachte sie. Barbara musste baden, und ihr Bettzeug musste komplett gewechselt werden. »Hol ein frisches Nachtgewand für deine Herrin«, sagte sie der kleinen Dienerin. »Wo sind frische Laken für das Bett?«

»Sie sind alle oben im Schrank, Lady.«

»Gut. Hol sie. Und hol Wasser. Wir werden jetzt einiges saubermachen müssen.« Sie wollte, dass Barbara in sauberen Laken lag, in einem sauberen Gewand. Lass meine Hände etwas tun, sonst verliere ich den Verstand. Das Zitat schoss ihr durch den Kopf, dann verdrängte sie es genauso wie die Verzweiflung, die kurz aufblitzte, die irgendwo in ihr lauerte, so tief wie ein Fluss.

Um Mitternacht zeigte sich ein roter Ausschlag auf Barbaras Beinen und auf ihrem Unterleib, und sie fieberte. Sie fragte immer wieder nach ihrem Kind, genauso wie sie es den ganzen Abend über getan hatte. »Ich kann es ihr nicht sagen«, erklärte John. Sie waren alle übereingekommen, es ihr noch nicht zu sagen.

»Sie wird gestillt«, erzählte Alice ihr. »Sie liegt an der Brust einer Amme.«

»Sie schläft«, sagte Alice beim nächsten Mal. »Ich möchte sie nicht wecken.«

Als der Arzt am nächsten Morgen kam, schüttelte er den Kopf, während er die Decke wieder über Barbaras Beine zog. Draußen im Flur sagte er zu John jenes Wort, dass alle Männer fürchteten, die jemals eine Frau geliebt hatten: »Kindbettfieber.«

John schloss die Augen.

»Was bedeutet das?«, wollte Alice wissen, aber keiner der Männer antwortete ihr, deshalb folgte sie dem Arzt die Treppe hinunter. Balmoral saß im Salon, aber Alice hätte sich auch nicht darum geschert, wenn es König Charles persönlich gewesen wäre; ihre Aufmerksamkeit war allein auf den Arzt gerichtet, auf das, was sie unbedingt wissen musste. »Wird sie sterben?«, fragte Alice ihn.

»Ja.«

Sie legte ihre Hand auf seinen Arm. »Wie lange noch?«

»Es kann eine Woche dauern.«

Alice setzte sich zitternd auf die unterste Stufe. Eine Woche? Wie war das möglich? Vor vierzehn Tagen hatte sie Barbaras Freundschaft noch zurückgewiesen. Was war zwischen damals und heute geschehen? Wie konnte die Zeit nur so schnell vergehen? Wieso hatte sie nur auf ihren Stolz gehört? Wie sollte sie nur damit leben, dass sie eine solche Närrin war?

Balmoral kam aus dem Zimmer und stand jetzt neben ihr. »Es wird Zeit für Euch, nach Hause zu gehen.«

Alice schüttelte den Kopf.

»Ihr braucht Schlaf, ein frisches Kleid, etwas zu essen.«

»Wenn Ihr mir Poll schicken könntet ...«

Er schwieg.

»Wenn sie stirbt«, sagte Alice mit brechender Stimme, aber ohne eine Träne zu vergießen, ins Leere, »dann sollen ihre letzten Tage wunderbar sein. Sagt Poll, sie soll mir Bettzeug bringen, auf dem ich schlafen kann. Ich werde am Feuer schlafen wie die Dienerin. Oder noch besser, lasst Poll so viele frische Laken und Decken bringen, wie die Haushälterin der Königin erlaubt. Sagt ihr, sie sind für Barbara. Und die Königin muss kommen. Sie würde es sich niemals verzeihen, sich nicht verabschiedet zu haben.«

Ein Muskel zuckte auf Balmorals Wange. »Ich glaube, Ihr solltet für eine Weile nach Hause gehen.«

Alice drehte sich zu ihm um, fauchte ihn an wie eine Katze. »Das hier ist im Moment mein Zuhause! Werdet Ihr mir helfen oder nicht? Wenn nicht, dann geht! Dann kann ich Euch nicht gebrauchen.«

Er sagte nichts. Alice ging in das Zimmer im Erdgeschoss, betrachtete die Blumen und überlegte, welche sie mit nach oben nehmen sollte. Kissen, dachte sie, gefüllt mit Lavendelblüten, auf die sie ihren Kopf betten kann. Und auch Rosenblätter.

»Was braucht Ihr noch?« Es war Balmoral.

»Kissen. Lavendel. Rosen. Wachskerzen.«

»Kissen. Lavendel. Rosen. Ich schicke Euch Riggs. Er wird Euch bei allem behilflich sein, was Ihr braucht.«

Er verbeugte sich und ging. Alice hörte eine Kutsche vorfahren. Ein Diener half Caro heraus, die kurz nach Mitternacht weggefahren war. Sie stürmte herein, und der Diener folgte ihr mit einem großen Korb. Alice lächelte. Was wohl alles in diesem Korb sein würde? Caro war immer wunderbar praktisch. Wenn das hier vorbei war, dann würde sie auch ihren Frieden mit Caro machen, sie um Verzeihung bitten.

»Wie g-geht es ihr?«, fragte Caro.

»Der Arzt war da. Er sagt, es ist Kindbettfieber.«

»Gütiger Himmel.« Mit diesen Worten, ohne ein Stottern ausgesprochen, rannte Caro die Treppe hinauf.

Der Tag war hart. Besucher kamen, aber Barbara wollte niemanden sehen, rief immer wieder nach ihrem Baby, fiel in einen fiebrigen Schlaf, nur um daraus zu erwachen und wieder nach ihrem Kind zu fragen. Auf der anderen Straßenseite stellten Soldaten auf einem Feld ein großes Militärzelt auf. Balmorals Standarte wehte auf der Spitze des Zeltes. Ein Basislager, hatte Riggs ihr erklärt. Das wird sich als nützlich erweisen, Ihr werdet sehen.

Am Nachmittag besprachen sich Alice, John, Caro und Johns Mutter auf dem Flur. »Sollen wir Ihr die Wahrheit sagen?«, fragte John sie.

Caro deutete auf den Gebetsstuhl. »F-Frag Ihn, was er m-meint. Mein Herz sagt n-nein.«

Alice' Vater kam, und sie rannte die Treppe hinunter in seine Arme. Er führte sie in den Salon und hielt ihre Hand, während die Worte aus ihr heraussprudelten, über das tote Kind, darüber, dass sie es Barbara noch nicht gesagt hatten, über das Fieber, darüber, wie dumm sie gewesen war, sich mit Barbara zu streiten, darüber, was für eine stolze, dickköpfige Närrin sie war und dass sie Barbara das sagen und sie um Verzeihung bitten würde; doch ihr wurde klar, noch während sie diese Worte aussprach, dass sie es nicht vor den anderen tun würde, dass sie auf einen Moment warten würde, wenn sie allein waren. Also war ihr Stolz noch nicht ganz gebrochen.

»Was kann ich tun?«, fragte er.

»Mach, dass sie weiterlebt.«

Er drückte ihre Hand. »Darf ich sie sehen? Frag, ob sie mich empfängt.«

Danach weinte er auf dem Flur. »Deine Mutter sah genauso engelsgleich aus. Ich wünschte, Barbaras Baby hätte überlebt. Wenn ich an das Gesicht deiner Mutter denke, als wir dich ihr in die Arme legten ...«

Als sie vor dem Haus standen und sich verabschiedeten, sagte er ihr: »Du musst dich ausruhen und dir etwas anderes anziehen. Du lebst nur von Luft und unvergossenen Tränen. Das hältst du nicht durch, Alice.«

»Poll kommt her.«

»Ich komme heute Abend wieder. Und ich schicke dir Perryman. Er soll sich um dich kümmern.«

»Ich habe Riggs.«

»Nun, dann hast du eben auch noch Perryman.«

Königin Katharina kam und ließ ihr Gefolge unten auf sie warten. Luce und Kit waren still, weinerlich und ängstlich, die Hofdamen schwiegen aus Respekt vor diesem Tod, dem sie alle ins Auge sahen, um Kinder zu bekommen. Die Königin saß an Barbaras Bett.

»Meine gute und treue Dienerin, niemand besser, nicht einmal Verney hier.«

»Mein Kind ...«, flüsterte Barbara.

»Wunderschön. Ich mache sie Ehrenjungfer einmal.«

»Mir ist so heiß.«

»Gott schützt dich und behütet dich immer.«

Wieder unten stieg Königin Katharina wie eine kleine, würdevolle Puppe in ihre Kutsche. Ein Blick auf ihr Gesicht genügte, und diejenigen, die sie begleiteten, wagten nicht, sie jetzt anzusprechen. Alice ging in den kleinen dunklen Raum neben dem unteren Zimmer und wusch sich. Poll half ihr in ein frisches Kleid. Auf dem Tisch stand ein kleiner Sarg, den der Stallbursche zusammen mit Walter angefertigt hatte. Caro hatte Blumen aus den Sträußen genommen, die für Barbara gekommen waren, und den Sargdeckel damit bedeckt. John hatte am Nachmittag eine lange Zeit daneben gesessen, eine Hand auf dem Holz. Und dann kam Alice eine Idee. Sie ging nach draußen. Riggs erhob sich von einem Stuhl unter einem Baum. Walter, Poppy und Perryman traten zu ihm. »Ich brauche eine Kutsche.«

Er zuckte nicht einmal mit der Wimper. »Sonst noch irgendetwas?«

»Walter, du musst mich begleiten.«

»Ja, Ma'am.«

»Was habt Ihr Euch jetzt wieder in den Kopf gesetzt?«, fragte Poppy.

Sie legte ihren Arm um Walter und ging mit ihm ein Stück die Straße hinunter und erklärte ihm ihre Idee. Dann ging sie wieder ins Haus, um John und Caro zu erklären, was sie tun wollte.

»Ich weiß nicht ...« John zögerte. Caro sagte gar nichts.

Unten betrat gerade Alice' Vater das Haus. Alice eilte die Treppe hinunter und zog ihn hinauf in den Flur. »Erzähl John, wie meine Mutter gestorben ist. Erzähl ihm, was du mir heute Morgen gesagt hast, wie sie ausgesehen hat, als ich in ihrem Arm lag.«

Sie ging in das Schlafgemach und setzte sich auf das Bett. Caro saß auf der anderen Seite und hielt Barbaras Hand.

»Da bist du ja.« Barbara sprach langsam.

Alice küsste ihre Hand. »Ich liebe dich. Ich bin dir keine gute Freundin gewesen.«

Aber es war, als hätte Barbara sie nicht gehört. »Ist das Baby tot? Bitte sag es mir.«

Die kleine Dienerin kam ins Zimmer. »Unten wartet eine Kutsche auf Euch, Ma'am«, sagte sie zu Alice.

»Warte auf mich, Ra«, meinte Alice. »Ich werde nicht lange fort sein.«

Caro folgte ihr in den Flur. »Du gehst dieses Baby holen?«

»Ja. Wenn sie schon sterben muss, dann soll sie ein Kind im Arm halten.«

»Alice, i-ich glaube, es g-geht ihr sehr viel schlechter. Du solltest nicht wegg-gehen.«

»Ich muss das für sie tun, wenn ich kann.« Am Fuß der Treppe sah sie John und ihren Vater zusammen im Salon sitzen. Johns Gesicht war verhärmt.

»Habe ich Eure Erlaubnis?«, fragte sie John.

»Alice, ich weiß nicht, was ich sagen soll«, meinte er. »Ich kann nicht mehr klar denken.«

»Gib mir jeden Penny, den du bei dir hast«, verlangte sie von ihrem Vater. Er gab ihr einen Beutel mit Münzen, dann war sie aus der Tür. Walter und Poppy saßen beim Kutscher, aber was sie nicht erwartete, war Balmoral, der in der Kutsche saß. »Eure H-Hoheit«, stammelte sie.

»Ich dachte, ich habe besser ein Auge auf Euch.«

Sie schwieg, als sie in der Kutsche saß.

»Wohin fahren wir?«, fragte er schließlich, während sie an den königlichen Stallungen vorbei nach Charing Cross fuhren.

Balmoral folgte ihr in das Haus der Daniells. Er hielt sich im Hintergrund und mischte sich nicht ein, während Alice versuchte, Mrs.

Daniell und Nan zu überreden. »Es wäre nur für eine Weile, ein paar Tage. Ich werde Euch gut dafür bezahlen.«

»Wie gut?«, fragte Mrs. Daniell.

»Fünfundzwanzig Schilling.« Das war mehr, als Mr. Daniell in einem Jahr verdiente.

»Ich will mein Baby aber nicht weggeben!«, rief Nan.

»Sei still«, zischte ihre Mutter.

»Bitte«, sagte Walter.

»Und zwei Goldguineen, wenn es vorbei ist«, meinte Balmoral. »Begleitet das Baby. Es braucht doch ohnehin eine Amme, nicht wahr?« Er blickte Alice an.

»Ja, ja, natürlich.«

»Dann sind wir uns einig«, sagte Mrs. Daniell und nahm Alice das Taschentuch aus der Hand, knotete es auf und stieß ein tiefes Seufzen aus, als sie sah, dass es tatsächlich fünfundzwanzig Schilling enthielt. »Hol deine Sachen, und geh mit«, sagte sie zu ihrer Tochter.

Nan saß so still sie konnte in der schwankenden Kutsche, überwältigt allein davon, dass sie in einer fuhr. Nur die Anwesenheit von Walter, der ihre Hand hielt, ließ sie schweigen. Nun, da es geschafft war, ließ Alice sich gegen den ledernen Sitz sinken. Ich bin verrückt geworden, dachte sie. Das wird niemals funktionieren. Barbara wird es merken. Was ist los mit mir? Ich bin nur noch ein Nervenbündel, wie eine Rasselpuppe, die nicht still stehen kann, weil sie sonst auseinanderfällt. Wenn es sie nur eine Sekunde lang glücklich macht, dann war es das wert. Barbara stirbt, und ich habe so viel Zeit verschwendet, ich war so dumm wegen so vieler Dinge, die überhaupt keine Rolle spielen. Egal, wer noch im Zimmer ist, ich werde sie um Verzeihung bitten.

»Wie alt ist dein Baby?«, fragte Balmoral Nan Daniell.

»Fünf Tage«, antwortete Nan.

»Bis jetzt ist das Glück auf unserer Seite«, meinte er zu Alice. »Sie glaubt vielleicht, dass es ihrs ist. Nach so etwas hält man vor einer

Schlacht Ausschau, nach allem, was für einen spricht. Wenn zu viel dagegen spricht, dann verschiebt man die Schlacht am besten auf einen anderen Tag. Wenn der Feind dumm genug ist, so etwas zu gestatten.«

Eine weitere Kutsche stand vor dem Haus, als sie ankamen, und Alice sah Richard in der Ferne beim Zelt neben seinem Pferd stehen, das keinen Sattel trug und friedlich graste. Dann war also Richards Mutter jetzt da.

Das Haus war erfüllt von einem scharfen, reinigenden Geruch, der in der Nase brannte. Rauch stieg aus einer Pfanne auf, die im Kamin stand, und dieser Rauch war es, der so intensiv duftete. Johns Mutter kniete im Gebet und hob nicht einmal den Kopf, als Alice eintrat. »Warte hier«, befahl Alice Nan.

Als sie oben die Tür zum Schlafgemach öffnete, sah sie, dass Barbara schlief. John saß auf einem Stuhl am Bett. Seine Arme lagen auf der Decke, und er hatte seinen Kopf darin vergraben. Caro stand am Fenster und blickte hinaus. Jerusalem Saylor, Richards Mutter, hielt Barbaras Hand. Eine weitere Pfanne stand auf dem Tisch. Leichter Rauch stieg daraus auf und verbreitete den gleichen scharfen, reinen Geruch, nur noch intensiver. Bienenwachskerzen brannten.

»Wenn sie aufwacht, ist alles bereit«, flüsterte Alice. Sie war aufgeregt wie ein Kind, das weiß, dass sein Geschenk das Beste ist.

Caro wandte sich vom Fenster ab. »Oh Alice, sie w-wird nicht m-mehr aufwachen. Sie ist tot.«

Die Worte waren ein Schock, als hätte man sie in einen eisigen Fluss geworfen. Alice' Gedanken überschlugen sich. Sie hatte ihr nicht immer und immer wieder beteuert, wie sehr sie sie liebte. Sie hatte sie nicht um Verzeihung gebeten. Sie hatte ihr nicht gesagt, wie dumm sie gewesen war und wie sehr sie sich schämte. Sie hatte gedacht, sie würden mehr Zeit haben. Sie trat zum Bett und blickte darauf hinunter. Ihre erste Freundin. Ihre Jugend lag dort, ihre Geheimnisse, ihre Streiche, ihre Dummheit, ihr Herz. Wie konnte das alles enden? Der Schmerz war unerträglich. Sie fiel auf die Knie, von heftigem, verzweifeltem Schluchzen geschüttelt.

John hob den Kopf. »Ich will mit meiner Frau allein sein.«

Alice konnte kaum aufstehen, aber sie schaffte es irgendwie, das Zimmer zu verlassen. »Caro«, flüsterte sie. Dort, auf dem Flur, schlang sie die Arme um Caro und klammerte sich an sie. Zumindest habe ich noch das, dachte Alice. Ich habe nicht alles verloren.

Aber Caro löste Alice' Arme von ihrem Hals und sprach unter Tränen auf ihre langsame Art, wie sie es immer tat, wenn sie über etwas lange nachgedacht hatte. »Sie h-hat dir i-immer vergeben. Aber i-ich werde das n-nicht tun. Es war ein W-Waffenstillstand um Ras willen. Jetzt ist sie t-tot, genau wie unsere Freundschaft.«

Alice fühlte, wie etwas in ihr zusammenbrach. Ich verdiene das, dachte sie. Ich verdiene es, bestraft zu werden. Ich sollte dort liegen anstatt Barbara. Sie schob sich an Caro vorbei und rannte die Treppe hinunter, hinaus auf die Straße, in die Dämmerung hinein. Sie wollte schreien, bis der Himmel über ihr zusammenbrach, wollte diese Schuld auslöschen, die sie empfand, wollte sich lieber umbringen, als diesen Schmerz zu ertragen, der sie innerlich in Stücke riss. Sie fing an zu rennen.

»Wo wollt Ihr hin?«, rief Poppy. Er lief auf die Straße. In der Ferne konnte er sie immer noch rennen sehen. Richard stand plötzlich neben ihm. Jerusalem Saylor trat aus dem Haus. »Lauf ihr hinterher, Richard«, rief sie mit drängender Stimme.

Ohne ein Wort zu sagen, fingen beide Männer an zu rennen.

Alice rannte und rannte, die Cockspur Street hinunter, auf die Kreuzung von Charing Cross und Strand, die Whitehall Street hinunter, durch das erste Tor, das sich zum Palast hin öffnete, in den Hof von Scotland Yard. Ihre Absätze klapperten auf dem Kopfsteinpflaster und den Steinen, ihr Herz hämmerte in ihrer Brust und in ihrem Kopf. Entsündige mich mit Ysop, dass ich rein werde. Wasche mich, dass ich weißer werde als Schnee. Dort war der Fluss, der wunderbare, tiefe Fluss. Sie rannte zum Kai, wo die Boote und

Jollen festgemacht waren, wo Waren für den Palast entladen wurden, rannte an erschrockenen Bootsführern vorbei ans Ende des Kais und sprang ins Wasser. Und dann ging sie einfach weiter. Das Wasser reichte ihr bis zu den Brüsten, durchnässte ihre Röcke. Ihre Schuhe blieben im Schlamm stecken und wurden ihr entrissen. Jetzt reichte es ihr bis an den Hals, gut, wasch diese Sünde von mir ab, diese Torheit, diesen Stolz, und ich werde weißer als Schnee sein, dachte sie. Untergehen, sie wollte nur untergehen, ihren Gedanken und ihrem Schmerz und ihren Missetaten entkommen, ihren ehrgeizigen Plänen und Intrigen, ihren falschen Entscheidungen. Jetzt reichte es ihr bis ans Kinn, und der Boden schwand unter ihren Füßen, die Röcke ihres Kleides waren schwer, und das war gut so. Sie konnte das, sie hatte keine Angst zu sterben, es würde gut sein, es hinter sich zu haben, dieses elende Leben. Sättige mich mit Freude und Wonne, dass die Gebeine frohlocken, die du zermalmt hast. Vielleicht würde sie sogar Barbara sehen. Mit offenen Augen holte sie tief Luft und ließ sich von ihren Röcken in die Tiefe ziehen.

Als Richard auf den Kai rannte, sah er mehrere Ruderboote in der Mitte des Flusses, und Bootsmänner, die ins Wasser sprangen. Sekunden später hatte er seine Stiefel ausgezogen, sich das Hemd und seine Jacke vom Leib gerissen und schwamm auf sie zu. Einer von ihnen hatte Alice, hatte sie um den Hals gefasst. Ihre Augen waren geschlossen. Sie zogen sie mühsam in ein Boot, weil ihre nassen Röcke sie so schwer machten wie zwei Männer. Ein Bootsmann drückte auf ihre Brust. Lieber, guter, gnädiger Gott im Himmel, dachte Richard. Er kniete neben ihr. Sie hustete, würgte, spuckte Wasser und dann begann sie sich zu wehren. Richard musste sie auf dem Boden des Bootes niederdrücken, um sie daran zu hindern, wieder über Bord zu springen. Sie schrie und schlug nach ihm, kratzte ihn.

Am Kai konnte er sie nicht dazu bewegen, das Boot zu verlassen.

Die Bootsmänner hatten Angst, sie anzufassen. Er zog ihre Arme auf ihren Rücken, zwang sie auf den Boden zurück und setzte sich auf sie. Sie wehrte sich immer noch. Er band ihr die Arme mit seinem Hemd zusammen. Ein Bootsmann gab ihm ein Seil, mit dem er schließlich ihre Beine fesseln konnte, mit denen sie wild um sich trat. Sie wand sich und schrie ihn an. Sie müsse gewaschen werden, sagte sie. Sie müsse gereinigt werden. Eine Menschentraube stand auf dem Kai. Sie versuchte, ihr Gesicht vor ihnen zu verstecken.

Er nahm einen Umhang von einem Mann entgegen, der in der Nähe stand, und zog ihr die Kapuze über den Kopf, sodass ihr Gesicht im Schatten lag. Gefesselt wie sie war, hob er sie auf.

»Ich kann mit dieser Schuld nicht leben«, sagte sie an seiner Brust. Und dann fing sie an zu weinen.

Sie boten einen recht seltsamen Anblick, wie sie über die Wege und durch die Höfe des Palastes gingen. Einige Pagen folgten ihnen. Edward rannte voraus und öffnete die Türen. Hofdamen und Höflinge gesellten sich dazu und folgten ihnen, während sie sich den Gemächern der Königin näherten und Richard sie schließlich in das Schlafgemach der Ehrenjungfern trug. Sie weinte jetzt so heftig, dass es ihm Angst machte. Er staunte über ihren eisernen Willen, aber auch über ihre Qual. Er ließ keinen in den Raum außer Poll und schloss die Tür. Dann zog er die Kapuze zurück und betrachtete ihr Gesicht. Sie war zu weit weg, als dass er sie hätte erreichen können, und Müdigkeit überfiel ihn. Sein Körper war müde und ebenso sein Herz, deshalb überließ er sie ihrer Dienerin. Im Wachraum ignorierte er die neugierigen Blicke wegen seines halb entkleideten Zustands und ging in sein Zimmer, legte sich aufs Bett, zog die Decke um sich und schloss die Augen. Er erzitterte angesichts all der Dinge, die dieser Tag gebracht hatte. Zeit für ein Gebet. So viele brauchten es, John, das Baby, Barbara und jetzt auch Alice.

Kapitel 41

Sie wollten Barbara zusammen mit ihrem Baby begraben. Alice schleppte sich aus dem Bett, um zur Beerdigung zu gehen, aber Hitze geißelte ihren Körper, so wie Reue und Schuld ihre Seele geißelten. Das Fieber zeigte sich in ihren geröteten Wangen, in ihren glasigen Augen, in dem Schmerz, der ihr den Kopf bei jedem kleinen Atemzug zu spalten schien. Sie wohnte bei ihrem Vater. Sie war vor ein paar Tagen auf einer Trage aus Whitehall hierher gebracht worden.

»Euer Vater wartet.« Poll hatte ihr ins Gesicht gesehen und dann den Kopf abgewandt. »Kommt«, sagte sie, als Alice sich nicht rührte, »stützt Euch auf mich.« Sie wusste, dass es keinen Sinn hatte zu sagen, dass sie nicht hingehen sollte. Draußen vor der Tür des Schlafgemachs übergab Poll sie an ihren Vater und Perryman. Als Sir Thomas sah, wie wacklig sie noch immer auf den Beinen war, wie sie zitterte und dass ihr Kopf so schwer zu sein schien, dass sie ihn kaum auf den Schultern halten konnte, sagte er: »Schatz, du musst zuhause bleiben.«

Sie antwortete nicht. Sie konnte nicht. Aber als Perryman sie wieder in ihr Bett legte, weinte sie leise. »Bitte, lass mich hingehen.«

Ihr schwaches Flehen beunruhigte Sir Thomas noch mehr, als er es ohnehin schon war. »Nein. Das Letzte, was ich jetzt gebrauchen kann, ist, dass du mir unter der Hand wegstirbst. Ich werde zwei Hand voll Erde auf den Sarg werfen, eine für dich und eine für mich.« Er nahm ihre Hand und küsste sie zum Abschied. Doch es machte ihm Angst, wie heiß und trocken sie war.

Die Messe zu Barbaras Beerdigung war sehr gut besucht. Beide Majestäten waren anwesend, obwohl König Charles die Königin keines Blickes würdigte, die in hochmütiger Winzigkeit in der Mitte ihrer Damen saß. Ganz am Rand hatte Renée de Keroualle Platz genommen. Wie jeder andere in der Kapelle beugte sich auch Sir Thomas vor, um sie besser sehen zu können. Hübsch. Schöner Schmuck. Balmoral hatte ihm gesagt, dass sie noch nicht die Geliebte des Königs war, aber dass sie schon die Belohnung dafür einstrich, es bald zu werden. Ein Freund kam und setzte sich in die Bank hinter ihm. Er beugte sich vor und flüsterte ihm zu, dass vorher schon eine katholische Messe gelesen worden war, an der Ihre Majestäten auch teilgenommen hatten.

»War York dabei?«, flüsterte Sir Thomas.

»Ja.«

Sir Thomas trommelte verärgert mit den Fingern auf das Holz neben ihm. Dass der Thronerbe zur katholischen Kirche übergetreten sein könnte, war Balmorals größte Sorge; und deshalb war es auch seine größte Sorge. Viele Augen würden beim Ostergottesdienst auf dem Herzog von York ruhen, um zu sehen, ob er die heilige Kommunion in der Kirche von England entgegennahm oder nicht. Haltet Euch weiterhin für Buckingham bereit, hatte Balmoral gesagt und dabei dünn gelächelt. Aber lasst mich wissen, was er von Euch will. Balmorals klare Sicht auf die Dinge war erfrischend.

Der Gottesdienst begann. Sir Thomas blickte sich um, um zu sehen, wer noch gekommen war. Alle waren da, angefangen von der ehemaligen Geliebten des Königs, dem Drachen Cleveland, über die königlichen Gärtner und Musiker und die Lieblingswitzbolde des Königs, Rochester und Sedley, bis hin zu Herzögen, königlichen und anderen. Balmoral nickte ihm zu, und Sir Thomas schwoll vor Stolz die Brust. Meine Güte, der Verbündete dieses Mannes zu sein! Er war auf dem Höhepunkt. Die Geschichte seines Aufstiegs war in dieser Kapelle anwesend: Männer und Frauen waren hier, die mit ihm im Exil gewesen waren, andere, die Cromwell den Fahneneid geleistet hatten und sich dann vor Charles verneigt hatten, als das Schicksal den Wind in diese Richtung drehte. Vor zehn Jahren hatten die Rundkopf-Generäle beschlossen, dass es nach dem Tod Cromwells im Protektorat über kurz oder lang zu einem Bürgerkrieg kommen würde und dass das Land dafür keine Kraft mehr hatte. Deshalb hatten sie sich vor dem König verneigt, der aus dem Exil zurückgekehrt war. Jetzt war nur noch Balmoral von diesen mächtigen Männern übrig. Vor zehn Jahren war Sir Thomas so arm gewesen, dass er Alice' Tante hatte anflehen müssen, ihm Geld zu leihen, um sich und Alice für den triumphalen Einzug in London einkleiden zu können.

Die kleine Barbara Bragge war tot. Alice' erste Freundin am Hof abgesehen von Monmouth. Er konnte nicht glauben, dass er tatsächlich auf ihrer Beerdigung war. Er neigte den Kopf, als die Gebete begannen, und betrachtete aus den Augenwinkeln Lady Saylor, die bei ihren schönen Töchtern und ihrem Schwiegersohn saß. Ihr Kopf war nicht gebeugt, aber ihre Augen waren geschlossen. Diese Frau mit ihrer Ruhe und dem merkwürdig distanzierten Blick verstörte ihn. Als habe sie gespürt, dass er sie anstarrte, sah sie ihn plötzlich an. Für einen Moment hatte er das Gefühl, in einem klaren Fluss zu treiben, dann blickte sie wieder weg. Er war zutiefst schockiert darüber, was ein einziger Blick von ihr in ihm auslösen konnte. Hinter ihr saß sein holländischer Freund Wilhelm Lowestroft. Lasst uns die Holländer ein bisschen umwerben, hatte Balmoral gesagt. Nichts Verräterisches, nur ein kleiner Flirt. Offenbar gab es einen jungen protestantischen Prinzen, einen Wilhelm von Oranien, dessen Mutter die Schwester von König Charles und York gewesen war und der den französischen König Louis hasste. Ich würde ihn gern näher kennenlernen, hatte Balmoral mit einem Lächeln gesagt. Richtet Eurem Freund Lowestroft aus, dass ich mich über seinen Besuch freuen würde.

»Nackt sind wir auf diese Welt gekommen«, sagte der Erzbischof, »und es ist sicher, dass wir nackt auch wieder dahingehen. Der Herr hat's gegeben, der Herr hat's genommen; der Name des Herrn sei gelobt.« Draußen im Kirchhof wurde der Sarg in das Grab hinabgelassen. »Wir befehlen dem Herrn, unserem Gott, die Seelen unserer verstorbenen Schwester und ihres Kindes«, begann der Erzbischof, und als ein Lied angestimmt wurde, stellte sich Sir Thomas in eines der Seitenportale und freute sich, als er sah, dass Balmoral die Menge verließ und zu ihm herüberkam.

Die Gebete waren beendet. Jetzt würden alle Erde auf den Sarg werfen. Die Leute gingen zwischen den Grabsteinen und Grabplatten, zwischen grünenden Bäumen und Büscheln von Schneeglöckchen hindurch zu dem Seitenportal, um Balmoral zu grüßen und sich nach Alice zu erkundigen.

Die neue Lady Knollys trat auf ihn zu. Die kleine Gracen sah jetzt wie eine Frau aus mit Rouge auf den Wangen und mehreren schwarzen Schönheitsflecken im Gesicht. Sir Thomas nickte ihr zu. Sie war ein hübsches kleines Biest, und sie wusste es.

»Wie geht es Alice?«, fragte sie.

Die Verzweiflung in ihren Augen schockierte ihn. Keine Braut sollte so traurig aussehen. »Nicht gut.«

»Richtet ihr doch bitte aus, dass ich nach ihr gefragt habe. Wisst Ihr, ob Barbara einen letzten Gruß für mich hatte?«

»Das weiß ich nicht, Lady Knollys.«

Er beobachtete, wie sie sich abwandte und mit jemand anderem in der Menge sprach. Dann trat Lady Saylor auf ihn zu. »Wie geht es Eurer Tochter?«, fragte sie ohne jegliche Koketterie.

Der Schmuck, den sie trug, sah wild und seltsam aus, als stamme er aus einer anderen Zeit. Die Steine und die Art, wie das Gold gearbeitet war, hatten etwas Barbarisches und Unwiderstehliches. Ihr Haar mochte einmal so golden wie das ihrer Kinder gewesen sein, doch jetzt war es silbern und lag in langen Zöpfen um ihren Kopf. Blumen und Schmuck zierten die Flechten, sie wirkte wie eine

Dame vom Hofe König Artus'. Die Jahre hatten Spuren in ihrem Gesicht hinterlassen. Sie versuchte nicht, es zu verbergen. Sir Thomas hatte ein bisschen Angst vor ihr. »Sie hat immer noch Fieber.«

»Die Leute sagen, dass ich mich ein wenig auf die Heilkunst verstehe. Darf ich sie besuchen?«

»Der königliche Leibarzt war bereits zweimal da.«

»Oh, dann geht es ihr besser?«

»Nein«, antwortete Balmoral. »Man hat sie zweimal zur Ader gelassen, und jedes Mal ist sie in Ohnmacht gefallen. Das gefällt mir nicht. Ich habe das Gleiche auf dem Schlachtfeld gesehen, und es hat gar nichts gebracht.«

»Ich habe ein paar Mittel gegen das Fieber, von meiner Mutter und ihrer Mutter davor. Ich brachte sie für Mrs. Sidney mit. Darf ich heute Nachmittag vorbeischauen?«

»Bitte«, meinte Balmoral, und Sir Thomas schürzte die Lippen, weil Balmoral sprach, als gehöre Alice bereits ihm.

»Sir«, sagte Richard zu Balmoral, »darf ich kurz mit Euch sprechen?« Er erzählte ihm flüsternd von der Idee, die ihm wegen des Kästchens mit den Briefen gekommen war.

Balmorals Mund verzog sich zu einem Lächeln, während er lauschte. »Wenn Euch das gelingt, dann tut Ihr mir einen größeren Gefallen, als Ihr Euch vorstellen könnt. Euch gehört, was immer Ihr verlangt, wenn Ihr mir das Kästchen bringt.«

»Danke, Sir.« Richard entdeckte seine Mutter, die unter einem Baum mit Prinz Rupert zusammenstand, der gerade ihre Hand küsste. Flirten sie miteinander?, fragte sich Richard, aber dann wurde er von diesem Gedanken abgelenkt, als ihm wieder einfiel, dass Prinz Rupert in seiner bewegten Vergangenheit einmal ein Adjutant des französischen Generals Turenne gewesen war.

»Elizabeth wartet in der Kutsche auf dich«, sagte Richard zu seiner Mutter. Er beobachtete, wie sie mit Prinz Rupert verabredete, wann sie heute Abend bei ihm zum Essen kommen würde. Prinz Rupert erschien ihm wie ein riesiger Hund, der mit dem Schwanz wedelte, und es hätte augenscheinlich nicht viel gefehlt, und er hätte Jerusalem Saylor freudig angebellt. »Dürfte ich wohl kurz mit Euch sprechen, bevor Ihr geht?«, fragte Richard ihn, als seine Mutter in der Kutsche saß.

»Oh, auch länger, mein Junge. Ich stehe Euch immer zur Verfügung, wenn Ihr mich braucht. Und Ihr braucht mich gar nicht so böse anzusehen. Eure Mutter wird heute Abend mit mir und Mrs. Hughes essen, völlig unverfänglich, und Ihr könnt einem Mann nicht übel nehmen, dass er eine schöne Frau bewundert, oder? Das wäre doch wirklich nicht normal.«

»Ich quittiere meinen Dienst am Hof. Ich gehe nach Frankreich. Es würde mir sehr helfen, wenn ich dem Prinzen de Condé und General Turenne ein Empfehlungsschreiben von Euch vorlegen könnte, wenn Ihr so freundlich wärt. Ich wäre Euch außerdem sehr verbunden, wenn Ihr mit niemandem darüber sprechen würdet. Ich werde meine Absichten zu gegebener Zeit bekannt geben.«

»Ihr scherzt. Wir brauchen Euch.«

»Ich muss gehen.«

Prinz Rupert betrachtete Richards Gesicht einen Augenblick, bevor er antwortete. »Ihr seid ein guter Soldat, auf dem Weg dazu, ein hervorragender zu werden. Wenn ich es recht bedenke, dann kann es für uns letztlich nur von Vorteil sein, wenn Ihr eine Weile Turenne dient. Es könnte gut sein, dass ich noch erlebe, wie man Euch zum General ernennt. Kein Grund rot zu werden, Sir. Der Gedanke kam mir schon in dem Moment, in dem ich sah, wie Ihr dieser lahmen Entschuldigung für eine Truppe Disziplin eingebläut habt, die sich Leibgarde der Königin nennt. Ich werde Euch diese Briefe schreiben. Guten Tag.« Er ging weg, kam aber zurück, als ihm noch etwas einfiel. »Ich habe da ein kleines Vorhaben«, sagte er, »in das Euer Schwager viel investiert hat. Ich würde Euch gerne davon erzählen.«

»Ich habe keine nennenswerten Beträge für so etwas zur Verfügung.«

»Ihr habt einen Besitz, den Ihr beleihen könnt.«

»Für so etwas habe ich heute den Kopf nicht frei.«

»Natürlich habt Ihr das nicht. Vergebt mir mein schlechtes Benehmen. Guten Tag, Hauptmann.«

John stand regungslos am Grab. Die Totengräber hatten damit begonnen, Erde in das Grab zu schaufeln, nachdem nun alle auf dem Weg zu den Kutschen und Sänften waren. Der Friedhof war plötzlich leer. Richard stellte sich neben seinen Freund. Das Geräusch von Erde, die auf den Sarg eines geliebten Menschen fällt, war kein schönes. Das Mindeste, was er tun konnte, war, es mit John zusammen zu ertragen.

Sir Thomas stand nervös im Türrahmen, während sich Lady Saylor über Alice beugte, die etwas murmelte und sich unruhig hin- und herwarf. Sie legte ihre Hand auf Alice' Stirn, dann auf ihre Brust, und richtete sich abrupt auf. »Das Fieber ist zu hoch. Sie muss ein Bad nehmen, damit es runtergeht. Sofort.« Etwas in ihrer Stimme stellte Sir Thomas die Nackenhaare auf, und er rief laut nach den Dienern. Balmoral, der hinter ihm stand, ging in das Schlafgemach und blickte auf die junge Frau auf dem Bett, die im Delirium lag.

Jerusalem Saylor nahm ihre Ringe und Armbänder ab, schickte alle hinaus außer den Dienerinnen und badete Alice selbst. Als Alice, die mit den Zähnen klapperte, in Wolldecken und ihren Pelzumhang gewickelt war, nahm Jerusalem ein Pulver aus einem Kästchen, das sie mitgebracht hatte, löste etwas davon in einem Schluck Wein auf, fügte Wasser hinzu und zwang sie dazu, es zu trinken. Sie ließ ein Feuer im Kamin entzünden, lehnte sich gegen eine Truhe und saß mit der frierenden, in Decken gewickelten Alice im Arm davor, die stöhnte und zitterte, als stünde sie nackt im Schnee. Balmoral kehrte zurück und zog sich einen Sessel heran. Er ließ Alice keinen Augenblick aus den Augen. Sie schlief und zitterte und wachte auf, um wieder zu zittern und dann weiterzuschlafen.

Der Nachmittag ging in die Dämmerung über und die Dämmerung in den Abend. Perryman kam, um Balmoral abzuholen. Sir Thomas, dem mitgeteilt worden war, dass Lady Saylor sich weigerte, Alice allein schlafen zu lassen, trat in das Schlafgemach.

»Sie braucht die Berührung, die Wärme eines anderen Körpers«, erwiderte Jerusalem auf seinen Protest, die Berührung von jemandem, der heilende Kräfte hat, aber das sagte sie nicht. »Würdet Ihr Prinz Rupert eine Nachricht schicken und ihm ausrichten, dass ich heute Abend nicht zum Essen kommen kann?«

»Natürlich, meine Liebe.« Und Sir Thomas zog sich zurück, weil der Anblick seiner frierenden, stöhnenden Tochter, deren Augen halb geöffnet ins Leere blickten, zu viel für ihn war.

Perryman brachte Jerusalem Wein und Käse. Im Türrahmen hielt er inne, sog mit bebenden Nasenflügeln den Duft von einer der Kerzen ein. Der Duft biss in seinen Lungen, aber er war beruhigend. »Entschuldigt bitte ... es ist nur, wenn Ihr sie mir anvertrauen würdet, dann würde ich Mistress Alice eine Zeitlang halten, sodass Ihr Euch ausruhen könnt«, meinte er.

Jerusalem hob die Augenbrauen. »Gebt mir Eure Hand.« Ihr Ton duldete keine Widerrede. Sie hielt seine Hand in ihrer, schien mit dem zufrieden, was sie fühlte. »Zieht sie eng an Euch, und haltet sie im Arm, als wäre sie ein Kind.«

»Ja, ich mache es genauso, wie Ihr es getan habt.«

»Entfacht das Feuer noch einmal. Es muss lichterloh brennen.«

Als das getan war, legte sie sich ans Fußende von Alice' Bett, rollte sich zusammen wie eine Katze und schlief mehrere Stunden lang. Um Mitternacht erwachte sie. Sie wusch sich das Gesicht und die Hände, dann trat sie ans Fenster und blickte in den Nachthimmel.

»Perryman, kommt her.«

Er legte Alice vorsichtig ab und stellte sich zu ihr ans Fenster. »Steht dort jemand, an dem Baum?« Unter einem Baum im Garten konnte man eine Gestalt lehnen sehen.

»Ja, Madam.«

»Wer ist das?«

»Er, äh, ist mit mir zusammen aus Whitehall zurückgekommen, nachdem ich dort die Nachricht an Prinz Rupert überbracht hatte. Er hat mich gebeten, niemanden mit seiner Ankunft zu belasten. Er ist ein, äh, Freund, der sich um Mistress Alice' Wohlergehen sorgt.«

»Warum bitten wir ihn nicht herauf?«

»Das habe ich getan, Madam. Er hat sich geweigert und mich gebeten, dass ich, äh, niemanden mit der Nachricht von seiner Anwesenheit belästige. Wie geht es ihr?«

»Sie ist immer noch sehr unruhig.«

Zusammen gaben sie Alice noch mehr Fieberpulver. Jerusalem setzte sich wieder zu Alice und hielt sie im Arm, während Perryman das Feuer erneut anfachte. Gegen Morgen begann Alice zu schwitzen. Sie versuchte, die Decken abzuwerfen, aber Jerusalem hielt sie davon ab, wickelte sie ein, als wäre sie ein Baby in Windeln. Als die Morgensonne durch die Fenster fiel und das Zimmer mit Licht erwärmte, fiel Alice in einen ruhigeren Schlaf. Auf ihrer Stirn und um ihren Mund erschienen Schweißperlen. Jerusalem berührte sie und roch daran, dann nickte sie zufrieden.

»Ist das Fieber gesunken?« Es war Balmoral.

»Ja. Würdet Ihr wohl die Diener rufen, damit man sie ins Bett legt? Perryman, wir müssen das Bett zunächst anwärmen, und wir brauchen einen heißen Backstein. Umwickelt ihn mit einem Tuch, und legt ihn an ihre Füße. Wenn er kalt wird, muss er durch einen anderen warmen ersetzt werden.«

Sir Thomas erschien im Türrahmen, farbenfroh in einer blaugelben Robe, einer roten Seidenkappe und bestickten Hausschuhen. »Geht es ihr besser? Man hat mir gesagt, es geht ihr besser.«

»Ein wenig«, erwiderte Jerusalem. »Ich werde Euch mein Fieberpulver hier lassen. Ihr müsst es ihr dreimal täglich geben. Außerdem ist in meiner Tasche noch eine weitere Kerze, die einen besonderen Duft hat. Ich bitte Euch, sie anzuzünden und ganz herunterbrennen zu lassen.«

Sir Thomas drehte sich auf dem Absatz um und ging mit tränenverschleierten Augen die Treppe hinunter in den großen Salon. Er keuchte hin und wieder, weil er die Tränen nicht zurückhalten konnte. Alice war niemals krank gewesen. Ihr Anblick im Fieberwahn, noch dazu so kurz nach Barbaras Tod, hatte ihn so emotional werden lassen wie eine Frau. Erst jetzt konnte er sich eingestehen, wie viel Angst er gehabt hatte, dass Alice diese Nacht nicht überleben könnte. Als er Jerusalem die Treppe herunterkommen hörte, wischte er sich hastig das Gesicht ab und ging in die Halle. Balmoral war bei ihr. Perryman hielt ihn am Arm fest, um ihn zu stützen.

»Darf ich Euch noch zum Frühstück einladen, meine Liebe?«, fragte Sir Thomas.

»Nein, danke.«

Balmoral sagte: »Meine Kutsche steht draußen. Ich habe die Ehre, sie zurück nach Whitehall zu begleiten.« Sir Thomas fand, dass nun er es war, der krank und fiebrig, zu dünn und wächsern aussah. »Ich wünsche sofort informiert zu werden, falls ihr Zustand sich verschlechtert; ansonsten werde ich mich heute den ganzen Tag über ausruhen.«

»Wenn dieser junge Mann«, Jerusalem richtete den Blick auf Perryman, »sich so gut um sie kümmert wie letzte Nacht, dann wird sich ihr Zustand nicht verschlechtern. Ihr habt einen ganz ausgezeichneten Diener, Sir Thomas.«

Als sich die Haustür hinter seinen Gästen schloss, wandte sich Sir Thomas zu seinem Lakaien um. »Sie hat Euch doch keine Stellung bei sich angeboten, oder?«

»Das hat sie nicht, Sir.«

»Nun, falls sie es tut, werdet Ihr mir das sofort berichten.«

»Ja, Sir.«

In der Kutsche lehnte sich Balmoral zurück und schloss die Augen. Er gab ein Geräusch von sich, etwas zwischen einem schmerzhaften

Grunzen und einem Stöhnen. »Ich will nicht, dass dieses Mädchen stirbt.«

»Das wird sie nicht, jetzt nicht mehr.«

Balmoral öffnete die Augen. »War sie dem Tode nahe?«

»Ja. Der Arzt, der bei ihr war, beherrscht sein Handwerk in keinster Weise.«

»Das fand ich auch.«

»Sie muss London verlassen.«

Balmoral antwortete nicht, aber seine Augen ruhten auf ihrem Gesicht.

»Ich würde sie gern mit nach Tamworth nehmen. Würdet Ihr das erlauben?«

»Warum sollte ich?«

»Ich möchte dafür sorgen, dass das Fieber nicht zurückkehrt, und sie im Sonnenlicht schlafen lassen, unter einem Fenster, wo Rosen und Fenchel blühen. Ich glaube, sie braucht im Moment sehr viel Ruhe, sie muss weg von all dem hier ...«, sie machte eine Geste, die ganz London und den Hof einschloss, »... von den Erinnerungen, die noch zu schmerzhaft sind, um sie zu ertragen. Sie wollte sterben. Das dürft Ihr nicht vergessen. Sie wollte nicht überleben.«

»Warum macht Ihr Euch so viel Mühe mit ihr?« Er war aufsässig, streitlustig.

»Mein Sohn hat immer mit großem Respekt von ihr gesprochen. Ich glaube, sie hat ihm irgendwie geholfen, wie Ihr es in der Tat auch getan habt.« Mein Sohn hat ihretwegen die ganze Nacht über im Garten gestanden und Wache gehalten. Aber das sagte sie ihm nicht; deshalb würde sie alles für sie tun. »Und ich füge gern Dinge zusammen, die zerbrochen sind.«

»Zerbrochen?«

»Sie ist hier zerbrochen«, sie berührte ihre Brust über dem Herzen. »Ich möchte gern verhindern, dass es sich bis hierher ausbreitet ...« Sie berührte ihren Kopf.

»Die Entscheidung liegt bei ihrem Vater.«

Jerusalem machte sich nicht die Mühe, darauf zu antworten.

»Ich möchte, dass sie bis Mai wiederhergestellt ist.«

»Für die Hochzeit?«

»Für unsere Hochzeit.«

Sie schwiegen. Als die Kutsche vor dem Holbein Gate anhielt und die Tür geöffnet wurde, beugte sich Jerusalem vor und berührte Balmorals Hand. Er zuckte zusammen. Niemand berührte einen Herzog, genauso wenig wie niemand den König berührte. »Ihr dürft keinen Tropfen Wein mehr trinken, keinen Tropfen. Ich habe das zweite Gesicht. Ich sehe Dinge.«

»Muss ich sterben?«

»Wir müssen alle sterben.« Sie stieg aus der Kutsche und verschwand in der Menge.

In seinem Privatgemach öffnete Balmoral die Vitrine, in der sich sein süßer Sherry aus Portugal in der schönen venezianischen Kristallkaraffe befand. Er hatte es gern, wenn sein erstes Glas Sherry war. Danach war es ihm egal. Die Sirenen lockten ihn. Er schloss die Vitrine, setzte sich auf einen Sessel und dachte daran weiterzuleben, damit er diese junge Frau heiraten konnte, die er inzwischen mehr als nur schätzte, die sich ihm widersetzte, die Babys holte, die zu sehr trauerte, die ins Wasser ging, die Fieberkrämpfe bekam. Er dachte über Geheimverträge nach, über Buckinghams Intrigen und darüber, dass Buckingham, der Meister der Dissidenten, der merkwürdige Sekten anzog wie eine Kerze die Motten, von Nutzen war, falls König Charles sich auf irgendeinen Handel mit der katholischen Kirche eingelassen hatte – falls York tatsächlich katholisch geworden war. Er dachte über Richards Idee nach, das Kästchen mit den Briefen zu stehlen, die König Charles an Madame geschrieben hatte. Wenn er das in den Händen hielt, dann hatte er auch den König in der Hand. Er dachte über den jungen Prinzen des holländischen Hauses Oranien nach, William, der merkwürdig war, wie er gehört hatte, asthmatisch, brillant. Er dachte über den dunklen Engel Ange nach. Was für einen Plan heckte sein kranker Verstand gerade aus? Er wird versuchen, mich umzubringen, dachte er. Daran bestand kein Zweifel. Wie? Wenn Richard ihm die Briefe brachte, dann würde er Ange nicht mehr brauchen. Ich werde ihn zuerst umbringen, dachte er und lächelte. Merkwürdig, dass sein Leben jetzt, am Ende, interessanter war als jemals zuvor.

Am Abend trat Richard in einen Raum voller Gelächter. Die Gesichter wirkten weich im Kerzenlicht, und die Leute amüsierten sich mit Unterhaltungen und gutem Essen. Prinz Rupert stand von seinem Stuhl auf, eine Hähnchenkeule in der Hand. »Ihr wollt sie uns doch wohl noch nicht entführen?«

»Ich bedauere, Sir, aber das werde ich.«

Prinz Rupert verbeugte sich weinselig vor Jerusalem. »Schöne Lady, wir lassen Euch noch nicht gehen. Werdet Ihr morgen mit mir ausreiten?« Er legte die Hand auf die Schulter seiner Geliebten. »Vielleicht gehen wir zu Peg zum Essen. Sie hat eine hübsche kleine Villa in Chelsea. Saylor, ich versuche Eure Mutter dazu zu überreden, näher an London zu ziehen, ein Haus vor den Toren der Stadt zu mieten, in Marylebone oder Chelsea. Wir müssen sie öfter hier haben. Ich will, dass sie für einen Kupferstich Modell steht, aber sie hat mir einen Korb gegeben.«

Der Gedanke, dass seine Mutter irgendwo in der Nähe des Hofes leben sollte, ließ Richard lächeln. Das wäre so, als würde man versuchen, eine Kreatur des Waldes zu zähmen. Er dachte an den kleinen Fuchs der Königin, wie scheu er immer noch war, wie schnell und wild er sich bewegte. Träumte der Fuchs nachts von Bäumen und mitternächtlichen Wanderungen? Seine Mutter war nicht für den Hof geschaffen. Sie würde von Tamworth und seinen Hügeln träumen, seinen Bienen, seinen Kleewiesen.

Er begleitete sie zu den Gemächern der Königin, in denen sich kaum jemand aufhielt. Selbst während der Scheidungsgerüchte war es hier nicht so ruhig und so leer gewesen. Alle, die die Pflicht nicht zwang, bei der Königin zu sein, hielten sich im Westflügel des Palastes auf, wo der König war, wo Renée war.

Er klopfte an das Schlafgemach der Königin, und ihre alte Kinderfrau öffnete die Tür, führte seine Mutter hinein. Er wartete eine Zeitlang, bis die Tür sich wieder öffnete und seine Mutter wieder erschien. Sie seufzte tief, dann verließen sie den Palast und gingen in die Dunkelheit der Gärten. Sie stand einen Moment lang da und blickte zu den Sternen auf. Richard betrachtete ihr Profil.

»Ich möchte Pharao sehen.«

In den Stallungen stand sie im Dunkeln auf der Stallgasse und lauschte. Sie konnte sehr gut mit Tieren umgehen. Richard öffnete Pharaos Box. Er konnte den dunklen Umriss des Pferdes sehen, das auf dem Boden lag. Walter schlief an seinem Bauch. Pharao hob den Kopf und schnaubte, und Jerusalem kniete neben ihm nieder, küsste seinen glänzenden Hals.

»Mein schöner Junge, mein Pferdeprinz, wie geht es dir?«, fragte sie und erwies ihm die Ehre, die ihm zukam. Sie schlang die Arme um seinen Hals und drückte ihn. Das Pferd knabberte an ihrer Schulter, blies sanft durch die Nüstern. Als Richard noch ein Kind war, hatte er immer geglaubt, seine Mutter könne mit Tieren sprechen. Das tat er immer noch.

»Ich werde heute Nacht hier schlafen.«

»Mutter …«

»Hol mich ab, wenn es dämmert.« Sie legte sich neben Walter, als wäre sie ein Stallbursche, streifte ihre Schuhe ab, legte ihre Kette ab, nahm ihre Ohrringe ab und ließ alles in das Stroh fallen, als wäre es nichts.

»Was soll ich Elizabeth sagen?«

»Die Wahrheit, wenn du dich traust.«

Richard lächelte bei dem Gedanken an die Reaktion seiner Schwester auf die Neuigkeit, dass ihre Mutter ein Zimmer in ihrem eleganten neuen Stadthaus am neuen St. James's Square in der Nähe des Palastes verschmähte und stattdessen in den königlichen Stallungen bei Richards Pferd schlief.

»Ich werde Alice nach Tamworth mitnehmen«, sagte seine Mutter.

Richard spürte, wie sich etwas in seinem Herzen bewegte. Er ging zurück nach draußen unter den Sternenhimmel und blickte nach oben, wie seine Mutter es getan hatte. Danke, sagte er stumm zu den Sternen und zu dem, was dahinter lag. Alice würde wieder gesund werden in Tamworth. Dort heilte alles.

Kapitel 42

Königin Katharina saß still, während ihre Ankleidedame ihr die Haare kämmte. Was wünscht ihr Euch, hatte Lady Saylor gefragt. Dass meine Stellung geachtet wird. Kinder. Liebe. Zuneigung, Sicherheit. Loyalität. Bewunderung. Alles. Auf was davon könnt ihr wirklich hoffen? Zuneigung. Sicherheit. Dass meine Stellung geachtet wird. Das wird er mir geben; das tut er immer, wenn ich ihn tun lasse, was er will. »Geht zu der Kerouallc«, sagte sie zu Lord Knollys, »und sagt, die Königin, sie kommt besuchen sie. Heute Nachmittag.«

Sie ging in ihren Salon, in den die Morgensonne schien. Edward nahm die Abdeckungen von den Kanarienkäfigen. Die Vögel begannen zu trällern und zu zwitschern. Sie legte eine Hand an das Metall eines Käfigs. Einige von ihnen flatterten herbei, flirteten mit ihr. Sie schnalzte, machte gurrende Geräusche. Sie war zu ihm gekommen, dazu erzogen, zu lieben und zu gehorchen, und sie hatte beides getan. Er mochte sie, manchmal sogar richtig gern. Sie hatten im Bett zusammen gelacht und sich leidenschaftlich geliebt. Doch sie hatte begeisterte Pflichterfüllung mit Liebe verwechselt. Aber er konnte sie nicht lieben. Sie war nicht schön genug, nicht englisch genug, nicht französisch genug, nicht genug genug. Wie gern hätte sie ein Kind von ihm bekommen, einen starken, langbeinigen, schwarzhaarigen Jungen, wie er einer gewesen sein musste, lebenslustig, frech. Whitehall war ihr Käfig, und es würde immer wieder eine Renée geben.

Warum singen die Kanarienvögel?, hatte Lady Saylor gefragt. Sie wissen es nicht besser, war ihre Antwort gewesen. Ich glaube, sie wissen es, hatte Lady Saylor gemeint.

An diesem Nachmittag ging sie umgeben von ihrem Gefolge durch die Korridore und Hallen in den Teil des Palastes, in dem Renée jetzt residierte. Absätze klapperten auf dem Holzboden. Röcke raschelten. Ihre Ehrenjungfern – so wenige nur noch, so traurig ohne Alice und Barbara und Gracen – lachten und unterhielten sich aufgeregt wie Kinder, denen man ein besonderes Erlebnis versprochen hatte. Ihr ganzes Gebaren war anders, fröhlicher, aufgeregter, hoffnungsvoller. Ihre Isolation war auch für sie schwer gewesen. Sie trat in die Gemächer, flink wie ein Vogel. Renée sank in einen Hofknicks, ebenso wie Lady Arlington, die bei ihr war. Die Königin blickte Lady Arlingston an; sie war dorthin gewechselt, wo jetzt die Macht war. Es lag in der Natur eines Höflings, der Macht zu folgen, genauso wie es in der Natur eines Vogels lag zu singen.

»Ich fühle mich so geehrt, dass Ihr mich besucht.« Renée war aufrichtig. In ihrer Stimme lag keine Ironie, ihr Englisch hatte einen leichten Akzent, war aber völlig korrekt. Sie meinte ihre Worte ehrlich. Die andere Geliebte, das Monster Cleveland, war niemals demütig gewesen oder freundlich oder aufgeregt darüber, von ihr besucht zu werden. Von der Königin akzeptiert zu werden bedeutete dieser hier etwas. Das würde sich als nützlich erweisen.

»Ich habe Neugier zu sehen, wo Ihr wohnt jetzt.« Das Geräusch von Handwerkern, die hämmerten und sich unterhielten, erscholl durch eine geschlossene Tür. »Und ich bringe ein kleine Geschenk, zur – wie sagt man?«

»Einweihung«, meinte Frances.

Die Königin hob ein kleines Kätzchen aus dem Korb, den Frances trug, und Renée nahm es entgegen, hielt es in die Höhe. »Ich liebe Katzen. Vielen Dank, Eure Majestät.«

Charles hasste Katzen. »Mir ist ein Vergnügen.«

»Darf ich Euch meine Gemächer zeigen?«

»Bitte.«

Und sie gingen durch mehrere angrenzende Räume, in denen Arbeiter mit Holzhämmern und Holzstiften vorsichtig Schnitzereien für ovale Deckenumsäumungen und Zierleisten an den Türen anbrachten. Die Möbel waren mit Laken bedeckt. Die Königin hob eines davon an. Ein Sessel, mit glänzendem, hübsch und reich besticktem Stoff bezogen.

»Gelb ist meine Lieblingsfarbe«, meinte Renée.

Wut wallte in Königin Katharina auf. Blauäugige Hure. Wie kann er es wagen, dir diese Gemächer zu geben! Warum lässt er dich das alles so großzügig einrichten! Wie konnte er es wagen, er zu sein! Aber das war ein Abgrund, in den sie besser nicht blicken sollte, zumindest nicht jetzt.

»Wie geht es der lieben Mrs. Brownwell?«, fragte Renée. Sie saßen jetzt wieder in ihrem Empfangssalon, und eine Dienerin bot kleine Kuchen an, reichte allen einen Kelch mit Wein.

»Bei ihrem Bruder. Das besser so.« Katharina blickte Lord Knollys an, der den Blick senkte. Dorothy hatte den Hof am Tag nach der Beerdigung verlassen, nachdem sie Lord Knollys mit seiner jungen Frau in die Kirche hatte kommen sehen.

»Es war alles so schrecklich«, meinte Lady Arlington mit ruhiger Stimme, so wie Leute es taten, die von schrecklichen Ereignissen nicht persönlich betroffen waren.

»Und Mistress Verney?«

»Besser.«

Die Königin sah sich um. »Hübsch. Viele Fenster. Viel Licht. Ihr habt einen guten Blick auf Garten.« Sie hatte diese Seite des Palastes immer gemocht.

»Werdet Ihr – würdet Ihr mich heute Abend mit Eurer Anwesenheit beehren?«

Das würde sie ganz sicher. Sie würde nicht einen Abend länger allein und verlassen in ihren Gemächern sitzen. Sie konnten sie kreuzigen, wie sie es mit Christus getan hatten; sie konnten sie mit ihrer Kritik geißeln; sie konnten sie in jedem Straßenlied verspotten – aber sie war die Königin. »Ja.«

Nachdem ihre Mission erfüllt war, erhob sich die Königin, und alle knicksten, Luce und Kit küssten Renées Wangen, lachten und redeten aufgeregt, während sie hinter der Königin zurück in ihren Teil des Palastes gingen, der in einem der unteren Stockwerke zur Flussseite hin lag, der dunkler war und kleinere Fenster hatte, weil er älter war. Die Einrichtung der Zimmer war nicht strahlend und neu, nicht der letzte Schrei aus Frankreich.

»Purpurrot und Diamanten für heute Abend«, erklärte die Königin später ihrer Ankleidedame.

Frances nahm ein Buch auf, dass sie Ihrer Majestät vorgelesen hatte, und fuhr fort. Katharina schloss die Augen. Nach einer Weile, als sie glaubte, die Königin sei eingeschlafen, hörte Frances auf zu lesen und sah sie mit einem unglücklichen Gesichtsausdruck an. Die Königin beobachtete sie durch halb geschlossene Augenlider hindurch. Sie hätte Frances Hand ergreifen und sie tätscheln und in ihrem verstümmelten Englisch, das nie wirklich ausdrückte, was sie dachte, sagen können: Ihr wünschtet, ich wäre weiterhin stolz geblieben. Glaubt Ihr wirklich, ich könnte den Rest meiner Tage hier verbringen, niemanden sehen, von niemandem besucht werden und in meinem verhängten Käfig niemals die Sonne sehen? Das kann ich nicht.

An diesem Abend vibrierte die Luft vor lauter Aufregung in den Gemächern der Königin, während die Frauen Katharina dabei halfen, sich anzukleiden. Sie lachten und unterhielten sich, flüsterten sich etwas zu, zupften sich die Ärmel zurecht oder probierten gegenseitig ihre Armreifen, so froh darüber, dass sie dorthingingen, wo der König war, wo die Höflinge sein würden, wo das Leben, wo der Pulsschlag des Hofes war. Perlen für die Ehrenjungfern, Diamanten und Rubine für die Königin, Diamanten für ihre Hofdamen. Frances, die Herzogin von Richmond, sah heute besonders gut aus. Die Königin lächelte, als sie es sah. So, so, dachte sie, bereit für den Kampf. Sie wollte ihn an das erinnern, was er niemals besessen hatte. Er würde mit ihr flirten. Die kleine Keroualle würde eifersüchtig sein. Und ich werde mich gut amüsieren. Edward und die anderen Pagen schubsten sich gegenseitig, weil sie es kaum noch abwarten konnten, endlich loszugehen. Hauptmann Saylor stand mit sechs Wachen bereit, um sie zu begleiten.

Königin Katharina holte tief Luft. Wenn sie erst durch diese Tür gegangen war, gab es kein Zurück mehr. Noch einmal, dachte sie. Ich habe die Herzogin von Cleveland überlebt; ich habe all die Jahre überlebt, in der er mit unserer hübschen Frances hier geflirtet hat, die jetzt neben mir steht, einen gequälten Ausdruck in den Augen trotz ihrer Diamanten und der goldenen Locken, die so lange gebürstet worden waren, bis sie glänzten. Es ist ihr erstes Mal. Eine gewisse grimmige Schadenfreude wallte in ihr auf. Die Königin nickte Richard zu, und er öffnete die großen Türen, die auf die andere Seite des Palastes führten.

Sie liefen die Korridore entlang, durch die langen Hallen. Es dämmerte. Diener und Pagen entzündeten Fackeln im Hof und Kerzen in den Zimmern und Fluren. Whitehall war immer wunderschön im Kerzenschein, sein Alter gemildert, seine zusammengewürfelte Weitläufigkeit charmant, solange die Dunkelheit sie verdeckte. Die Gemächer, an denen sie vorbeikamen, lagen im Halbdunkel des frühen Abends. Goldene und silberne Kerzenleuchter glänzten auf Tischen. Höflinge, zum Essen umgezogen, für den Abend, der vor ihnen lag, kamen an die Türen, um zu knicksen oder sich zu verbeugen. Die Nachricht hatte sich bereits herumgesprochen. Es würde einen Waffenstillstand zwischen dem König und der Königin und jener Frau geben, die die nächste einflussreiche Mätresse sein würde.

Musik erklang aus Renées Gemächern, war schon zu hören, als sie die Halle erreichten. Edward kündigte stolz die Königin an, und es wurde still. Fast alle waren gekommen, Seine Majestät, einige seiner Minister – darunter Balmoral –, aber vor allem seine Lieblinge, seine Kumpane, mit denen er die Nächte durchfeierte, die mit ihm den Mond anheulten, Sedley und Rochester, die anderen, die ihn amüsierten. Und auch Damen, schlaue Ehefrauen, die sich bereits um Renée bemühten, weil sie die nächste offizielle Geliebte sein würde, eine, die sie in ihren Häusern empfangen konnten, anders als die Schauspielerinnen und Huren. Die Königin blickte sich um. Die Herzogin von Cleveland war nicht da. Sie empfand eine gewisse Befriedigung. Was wenn sie, seine kleine hässliche Königin, sie alle überlebte?

Die Gemächer waren hübsch. Kerzen und Blumen waren überall zwischen den wunderschönen Dingen platziert, den goldenen Uhren, den emaillierten Vasen, den Porzellanfiguren auf den Tischen, den Kaminsimsen. Diese Zimmer hatten nichts Strenges, nichts Nüchternes mit ihren sonnengelben Wänden und den cremefarben gestrichenen Leisten an Türen und Decken, mit den vielen Dingen, die überall standen. Diener boten den Gästen Wein an. Auf einem langen Tisch an einer Wand waren Früchte aufgestapelt, außerdem Torten und kleine Kuchen zwischen Figuren aus Marzipan und Zuckerwerk. Ein großer Schwan aus Zucker stand in der Mitte, mit Rosen im Mund. Das war es, was ihr Gemahl so brauchte – Kultiviertheit, Eleganz, Stil und vor allem neues Vergnügen.

Geschmückt mit Saphiren an den Ohren und um den Hals war Renée in einen Hofknicks gesunken, als die Königin angekündigt wurde. Alle Frauen taten es ihr nach. Die Männer verbeugten sich. Der König kam auf sie zu und küsste Katharina auf beide Wangen, erfreut darüber, dass sie seinem Wunsch entsprochen und zu diesem Fest gekommen war. »Ich freue mich so, dich zu sehen.«

»Ja«, antwortete sie.

»Ich habe dich vermisst.«

»Lügner.«

Er mochte ihre Bissigkeit, bot ihr seinen Arm und ging mit ihr zum Büffet. »Cousin Louis bietet so etwas in Frankreich bei seinen Abendveranstaltungen an, habe ich gehört.«

Katharina bemerkte das königliche Silber, mit dem der Tisch gedeckt war, und nickte zu dem Wandteppich hinüber, der hoch über dem langen Tisch hing. »Der Gobelin?«

»Er war eingelagert und diente nur als Staubfänger«, meinte er abwehrend. Er tätschelte ihre Hand, und sie hielt den Mund und beschwerte sich nicht. Seine Großzügigkeit gegenüber Renée würde auf sie abfärben; wenn sie schwieg, dann würde sich bald sein schlechtes Gewissen regen. Sie würde ebenfalls neue Möbel bekommen. Und sie hatte vor, eine schöne Stange Geld dafür auszugeben.

Als sie sahen, wie zufrieden der König mit ihr war, drängten Höflinge auf die Königin zu, um mit ihr zu sprechen, solange sie noch am Arm des Königs ging. Frances, die zu Balmoral gegangen war, um sich nach Alice zu erkundigen, seufzte, als sie das sah.

Balmoral bemerkte es, aber er sagte nur: »Muss Hauptmann Saylor so mürrisch dreinblicken?«

»Es tut ihm weh, Renée zu sehen.«

»Er sollte endlich darüber hinwegkommen.«

»Kommen wir jemals darüber hinweg, wenn wir jemanden aufrichtig geliebt haben?«

»Ja, das tun wir.«

»Wie geht es Mrs. Brownwell?«, erkundigte sich Charles bei der Königin. Jetzt, wo sie nachgegeben hatte, wo sie die Situation akzeptierte, wollte er alle Neuigkeiten über ihr Gefolge wissen.

Die Königin blickte ihn aus ihren dunklen Augen an. »Nicht gut.«

»Knollys ist ein Schweinehund.«

Man musste selbst einer sein, um einen zu erkennen. »Sie geht jetzt zu leben bei dem Bruder. Ich habe Gedanken gehabt, eine finanzielle Unterstützung, ja ...« Sie ließ den Satz in der Luft hängen.

»Zehn Guineen?«

Sie öffnete ihren Fächer. »Fünfundsiebzig.«

»Zwanzig.«

»Fünfundsechzig.«

»Fünfzig.«

»Einverstanden.«

»Dein Englisch ist immer erstaunlich gut, wenn es um Zahlen geht, Katharina.«

Sie küsste ihn auf den Mund, eine Geste, die niemandem entging. »Mein Herr und Meister, so gut du kennst mich.«

»Ich hatte gehofft, dass wir vielleicht Freunde werden«, sagte Renée zu Richard. Sie war nervös, knetete ihre Hände.

Richard verbeugte sich, und diese Geste war so steif wie sein Gesichtsausdruck. »Ich werde stets in allen Dingen dein ergebener Diener sein.« Er blickte sich im Zimmer um, betrachtete die Fülle von Gegenständen, die Gemälde, die schweren Stoffe, die vielen Leute, die sie bewunderten, neidisch, bereit, ihr zu dienen. Das hätte er ihr niemals bieten können. Stirnrunzelnd sah er, dass seine Schwester mit Monmouth flirtete. Was sollte das? Glaubte die königliche Familie, sie könnte alle Saylors ruinieren? Einer war genug. König Charles kam durch das Zimmer auf sie zu und stellte sich hinter Renée, während Richard sich tief verbeugte.

»Die Königin möchte gern Karten spielen«, sagte der König zu Renée. Seine Augen folgten ihr, als sie zu den Dienern ging und sie anwies, Tische zusammenzustellen. Er hat sie gern, dachte Richard, während er den König mit misstrauischem, müden Zorn betrachtete. Und obwohl er es nicht wollte, folgte sein Blick dann ebenfalls Renée. Sie sah prachtvoll aus. Die Tiefe seines Kummers, die er kannte, weil er sie jede Nacht vor dem Schlafengehen erkundete, ob er nun wollte oder nicht, überwältigte ihn erneut. Ist sie schon seine Geliebte?, fragte er sich. Nein. Es wäre ein offenes Geheimnis, wenn sie es wäre. Vielleicht würde er in Frankreich sein, wenn die Neuigkeit die Runde machte. Das wäre eine gute Sache. Als er sich wieder dem König zuwandte, sah er, dass Charles' Blick jetzt auf ihm ruhte.

»Kann ich schon wieder ruhig schlafen, ohne um mein Leben fürchten zu müssen, Saylor?« Das Lächeln des Königs erreichte seine Augen nicht.

»Ihr seid mein Lehnsherr. Ich würde mein Leben für Euch geben.«

Die Art, wie Richard das sagte, ernsthaft, entschlossen, war nicht in Mode am Hof. König Charles blinzelte. Er konnte sich daran erinnern, selbst einmal so ernst gewesen zu sein, wenn er seinem Vater vor einer Schlacht die Treue schwor, bereit, für seinen Lehnsherrn zu sterben, der auch sein Vater war. Er war reinen Herzens gewesen damals, so wie Richard es jetzt war. Er erinnerte sich gern daran. »Ich habe Euch niemals für die Inhaftierung von Henri Ange belohnt.«

Richard lachte. Das ließ König Charles lächeln. »Alice Verney hat ihn erledigt. Sie sollte die Belohnung bekommen – vielleicht ernennt Ihr sie zum Hauptmann Eurer Garde?«

»Sie sollte Hauptmann von irgendetwas sein. Ganz unter uns, Balmoral tut mir leid. Sie wird ihn ganz sicher ins Grab bringen.«

Alice als Witwe, dachte Richard. Das war ein interessanter Gedanke.

Der König ging weiter, und Richard konnte Alice sagen hören: Idiot, er hat dir die Möglichkeit gegeben, um alles zu bitten, was du willst. Aber Richard wollte nichts vom König. Er wollte kein königliches Siegel auf seinem Hintern für geleistete Dienste. Er würde es allein bis zu General Turenne schaffen.

Kapitel 43

Alice' Gesicht war so weiß wie der Spitzenbesatz an dem Kissen, das unter ihrem Kopf lag.

»Ihr dürft sie nicht zu sehr durchschütteln!« Sir Thomas lief aufgeregt herum und sorgte sich. Das tat er schon den ganzen Morgen, und die Nerven aller Diener waren zum Zerreißen gespannt. Doch es war Perryman und einem Lakaien gelungen, Alice auf das Brett zu legen, das man über die Sitze in Balmorals bester und neuester Kutsche gelegt hatte. Eine mit Gänsefedern gefütterte Matte war darauf gelegt worden, und Decken und Kissen polsterten es weiter ab. Poll kroch hinein und schüttelte die Kissen auf, während Alice ihre Augen schloss.

»Und dass Ihr ja vorsichtig fahrt! Es gibt auf dem Weg dorthin keine einzige vernünftige Straße.« Sir Thomas blickte Balmoral an. »Habt Ihr daran gedacht? Sie wird bestimmt zu Tode geschüttelt.«

»Ich habe ihr ein Mittel gegeben, dass sie die Reise über schlafen lässt«, antwortete Jerusalem.

»Zieht die Lederblenden herunter«, befahl Sir Thomas, »sonst friert sie in der Zugluft. Hat sie genug Decken?« Während Sir Thomas um die Kutsche lief, um noch etwas zu finden, das falsch war oder noch fehlte, half Richard Jerusalem in den Sattel und schwang sich dann auf sein eigenes Pferd. Eine Karawane war auf dem Weg nach Tamworth – er befehligte eine Truppe von sechs Mann, die Balmoral zum Schutz mitsandte, und war für die beiden Kutschen verantwortlich, die eine von Balmoral, die andere von seiner Mutter. In der zweiten Kutsche saß die junge Nan Daniell, die Jerusalem überredet hatte, als Dienerin mit nach Tamworth zu kommen. Sie hatte ihr Kind bei sich.

Balmoral öffnete die Kutschentür, nahm Alice' Hand und küsste sie. »Werdet gesund. Ihr sorgt dafür, dass sie wieder gesund wird«, befahl er Jerusalem.

»Aber natürlich werde ich das. Ihr werdet sie in einem Monat auf Eurer Hochzeit tanzen sehen.«

»Das will ich auch hoffen.«

»Wir sollten fahren«, meinte Richard, »bevor die Sonne noch viel höher steigt.« Er salutierte vor Balmoral und ritt zu seinen Männern, um sie in zwei Gruppen aufzuteilen – eine sollte vor den Kutschen reiten und eine dahinter.

Als die Dämmerung anbrach, schlugen sie ihr Lager auf einer Wiese direkt neben der Straße auf. Die Soldaten entfachten ein Feuer, während Richard einen weiten Bogen um ihr Lager ritt, die Gegend erkundete und eine Farm fand. Bei seiner Rückkehr hingen mehrere Hühner an seinem Sattelknauf, und in seinen Satteltaschen waren Krüge mit Bier und Met.

In dieser Nacht stieg er über einige schlafende Männer, um zu Balmorals Kutsche zu gelangen. Seine Mutter hatte Poll angewiesen, alle Blenden zu öffnen, um die Nachtluft hereinzulassen. Poll lag unter der Kutsche, wo seine Mutter sich ebenfalls hinlegen würde, wenn sie schlafen ging. Wo war sie? Dann entdeckte er sie auf der Wiese, eine einsame Gestalt die ganz still unter dem Vollmond stand, dessen silbernes Licht so hell leuchtete wie eine Laterne. Er blickte durch das Fenster der Kutsche auf Alice. Sie hatte die Augen aufgeschlagen.

»Siehst du die Sterne?«, fragte er sie.

»Ja.« Ihre Stimme war dünn.

»Hast du es warm genug?«

»Ja«, flüsterte sie. »Ich mache mir Sorgen um deine Schwester. Monmouth …«

»Es ist alles in Ordnung. Ich kümmere mich um meine Schwester.«

»Warte nicht zu lange.« Es kostete sie all ihre Kraft zu sprechen. Es gab noch so viel, was sie gern sagen wollte. »Wo bin ich, Richard? Ich verstehe das nicht.«

»Wir bringen dich nach Tamworth.« In Gedanken sah er es vor sich, das Haus, seine Backsteine, die hohen Schornsteine, die Giebel, den Garten mit dem Labyrinth nach einem Muster der alten Königin. Den Fluss, die Wälder, die Straße ins Dorf, den Fischteich, den Küchengarten seiner Mutter, wo im Sommer Kräuter Tag und Nacht ihren Duft verströmten. Tamworth, wo er beinahe seine ganze Jugend verbracht hatte, wo sein Vater in der Familiengruft in der Dorfkirche begraben lag, und auch sein Großvater. Zimmer mit dunklen Panelen und Schnitzereien nach der Art der Tudors, verwinkelte Korridore, krumme Treppen, eine große Halle. Tamworth, das er im Herzen trug, das seiner Seele Frieden gab. Tamworth, hinterwäldlerisch, altmodisch, von der Zeit vergessen, Hafen und Heimat. Wohin er Renée als seine Braut hatte bringen wollen. Merkwürdig, wie wenig ihn das schmerzte, wenn er hier neben Alice stand.

Sie kamen am nächsten Tag an.

»Nein«, sagte Richard, »ich trage sie.«

Er hob sie aus der Kutsche, erschrocken darüber, wie leicht sie war. Alice lehnte den Kopf gegen seine Schulter. Er trug sie durch das Eingangsportal in die große Halle, die sich hoch und weit öffnete und in der seine Schritte hallten.

»Ich will, dass sie hier liegt«, meinte seine Mutter und ging zu einer Tür, die in einen Salon im Erdgeschoss führte. Das Sonnenlicht fiel in breiten Bahnen durch die lange Fensterfront an der Wand auf den dunklen Boden. Jerusalem fing an, die unteren Fenster eines nach dem anderen aufzustoßen.

Richard setzte sich in einen hohen Lehnsessel in der Nähe der Fenster und hielt Alice immer noch im Arm. Der Duft von Rainfarn und Thymian erfüllte die Luft, und er atmete ihn ein wie Balsam.

Alice zitterte, und er zog sie enger an sich, schlang die Arme noch fester um sie, wollte am liebsten seine Stärke auf sie übertragen. Er legte sein Gesicht an ihr Haar, hielt sie und spürte, wie groß das Bedürfnis in ihm war, sie zu beschützen.

Poll kam und deckte einen Umhang über Alice. Die Diener und einige der Soldaten trugen mühsam Teile eines großen Bettes aus dem Obergeschoss durch die Tür, die Pfosten, den Rahmen, das massive Kopfteil.

»In die Sonne, direkt vor das Fenster«, wies seine Mutter sie an. Der Raum war fast leer, denn die Möbel waren während des Bürgerkrieges als Feuerholz verbrannt worden. Eine Matratze wurde hereingetragen, und sobald das Bett aufgestellt war, zogen Dienerinnen Laken darüber, die man in der Sonne getrocknet hatte, die nach grünem Gras und Klee dufteten. Jerusalem verteilte Katzenminze und Kamille auf den Laken und Kissen, damit Alice gut schlafen würde.

Einen Augenblick später legte Richard Alice unter die Decke, und in dem Moment, in dem ihr Kopf das Kissen berührte, schloss sie die Augen und glitt in einen tiefen Schlaf. Sie öffnete die Augen einmal am nächsten Tag und sah Poll in der Nähe sitzen und Richard am Bett stehen und auf sie herunterblicken. Ich liebe dich, wollte sie sagen, aber der Schlaf übermannte sie erneut, und wahrscheinlich war es auch besser, es nicht zu sagen. Bei jedem Gedanken drohte der furchtbare Schmerz in ihrem Kopf wieder zurückzukehren; es gab etwas, für dass sie sich schämen musste, etwas, dass sie empfinden musste, aber sie schloss die Augen und zog sich wieder in die kühle Dunkelheit zurück.

Auf dem Vorhof kniete Richard nieder, um den Segen seiner Mutter zu empfangen. Diese altmodische Geste überraschte einige der Soldaten, und einer nach dem anderen zog seinen Hut und beugte ebenfalls den Kopf. Sie dachten an zuhause, an ihre Mütter, die so weit weg waren. Etwas in dieser Handlung gehörte in die Zeit vor dem Krieg, und das berührte die Soldaten, auch wenn sie sich dagegen wehren wollten.

»Möge Gott dir gnädig sein und dich beschützen und erhalten. Möge sein Wille geschehen, mögest du ihm gehorchen, möge deine Reise sicher sein. Gott schütze den König und alle, die ihm dienen. Geheiligt sei der Name des Herrn, Amen«, sagte Jerusalem.

Richard stand auf, beugte sich herunter, küsste sie, saß im Sattel und wendete sein Pferd, um zurückzureiten, bevor sie noch etwas sagen konnte. Die kleine Annie kam aus ihrem Versteck und stellte sich neben Jerusalem. Sie sahen ihnen nach, bis die Pferde am Horizont verschwunden waren. Jerusalem ging in den kleinen Raum neben der Speisekammer und blätterte mehrere Bücher durch, in denen all die Rezepte und das Wissen über die Heilkunst stand, das Mütter, Großmütter und Urgroßmütter besessen und weitergegeben hatten. Eine kleine weiße Eule mit einem bestickten Häubchen auf dem Kopf schlief auf einer Stange. Poll hatte geschrien, als das Tier letzte Nacht davongeflogen war, um auf die Jagd zu gehen, die Flügel in einem weiten Bogen ausgebreitet.

Annie lief zwischen den trocknenden Kräutern und den Töpfen mit eingemachten Früchten umher. »Wie heißt sie, die schlafende Frau?«, fragte sie Jerusalem.

»Alice Verney. Sie ist eine Freundin von Baron Saylor.«

Alice erwachte, als der Abend dämmerte. Ein dünnes Kind mit langen Beinen und dunklen Augen sah es und rannte aus dem Zimmer. Nach einer Weile erschien Nan Daniell. Sie balancierte vorsichtig einen Zinnbecher auf einem Tablett. In dem Becher war ein Getränk aus Eiern und Zucker gemischt mit warmem Wein. Poll half Alice, sich aufzusetzen, und Alice trank es. Als sie fertig war, sagte sie: »Noch einen, bitte.« Nachdem Susannah, Jerusalems treue alte Dienerin, ihr einen zweiten Becher gebracht hatte, fühlte sich Alice erneut schläfrig. »Höre ich da Musik?«, fragte sie.

»Lady Saylor spielt auf ihrer Flöte«, erklärte Susannah.

»Was für ein Tag ist heute?«

»Das weiß ich nicht«, antwortete Poll. »Aber wir haben schon April.«

»›Der April, er wird mit Regen wüten, entlockt der Erde schöne Blüten. Wasch dich darin, dem Körper es hilft und reinigt dein Blut‹«, zitierte Susannah. Es war ein Reim aus Tussers *Almanach*, der Bibel der Landbevölkerung. Poll und Alice, die immer in der Stadt gelebt hatten, starrten sie verständnislos an.

April bedeutet Gründonnerstag, dachte Alice, der Tag, an dem der König die Füße von Bettlern waschen würde in Erinnerung an das Letzte Abendmahl, als Christus seinen Jüngern sagte, liebet euch untereinander, wie ich euch geliebt habe. Es bedeutet Palmsonntag, den letzten Sonntag in der Fastenzeit, den Anfang der Osterwoche, Karfreitag und dann Ostern selbst, Tod und Wiederauferstehung. Ich möchte sterben, dachte Alice und schloss die Augen.

Ein Pariser Schneider ließ von Walter ab, trat einen Schritt zurück und betrachtete zufrieden sein Werk.

»Da habt Ihr es, Monsieur«, sagt er. »Jetzt sieht Euer Bruder aus wie der junge Lord, der er ist.«

Walter stand da in seinem neuen Satinumhang, neuen Strümpfen, einem neuen Hemd und neuen Schuhen mit Silberschnallen. Sein Haar war frisch geschnitten und zu einem Zopf zusammengefasst wie bei Richard, der keine Uniform trug, sondern ebenfalls neue Sachen mit einem Satinumhang und Spitzenbesatz an den Ärmeln. An der Spitze an seinem Hals steckte eine Kamee. Die Umhänge, die sie trugen, waren hellblau und passten zu ihren Augen. Ihre Hosen waren aus feiner schwarzer Wolle. Sie hätten zu jeder adligen Familie in Frankreich oder England gehören können, hätten sogar tatsächlich Brüder sein können, beide dünn, beide blond, beide blauäugig.

»Oh bitte, Monsieur«, meinte der Schneider. »Noch ein Schönheitsfleck auf die Wange des jungen Lords, und es ist perfekt.«

»Was sagt er?«, fragte Walter.

»Er will dir einen Schönheitsfleck auf die Wange kleben«, antwortete Richard.

»Erlaubt es ihm, bitte.«

Richard bedeutete dem Schneider, es zu tun. Der Mann kramte in einer kleinen Kiste und fand einen Kreis, den er auf der einen Seite mit Mastix bestrich. Er klebte den Fleck hoch auf Walters Wangenknochen, in die Nähe des Auges. »Perfekt«, rief der Schneider. »Und Ihr, Monsieur, müsst auch einen tragen, nur einen, in der Nähe dieser eiskalten Augen. Die Damen werden Euch zu Füßen sinken.«

Draußen schlugen die Glocken in den Kirchtürmen von Paris. Es war üblich, dass sie zu jeder vollen Stunde erklangen, etwas, dass diese Stadt so schön machte. Walter erkannte sich selbst nicht mehr in diesem großartigen Aufzug, aber er wusste, dass er gut aussah. Hauptmann Saylor sah wunderschön aus. Es gab kein anderes Wort für ihn. Madame Neddie hatte dieses Wort gemocht, es für die Jungen und Männer benutzt, deren Gesichtszüge stark und wie gemeißelt waren, so wie die des Hauptmanns. Auf einer Wange klebte jetzt ein schwarzer Schönheitsfleck. Es war kein Kreis wie bei Walter, sondern ein Stern. Mit dem schwarzen Fleck neben Richards tiefblauen Augen, dem blauen Satinumhang und der schwarzen Hose sah er in Walters Augen schöner aus als jemals zuvor.

»Wer nicht wagt, der nicht gewinnt«, meinte Richard, während sie über eine der Steinbrücken gingen, die über die Seine führten. Walter versuchte, nicht auf die vielen Priester und auf die Nonnen in ihren schwarzen Ornaten mit den schwarzen Schleiern zu starren, die durch die Straßen gingen wie jeder andere. Man sah in England niemals eine Nonne und sehr wenige katholische Priester. »Und denk dran«, sagte Richard. »Du brauchst ihn nur abzulenken. Mehr nicht. Hast du das verstanden?«

Er meinte, dass Walter ihn nicht zu küssen oder zu berühren

brauchte und dass er sich auch nicht anfassen lassen musste. Ich brauche deine Hilfe nur, um ihn für eine Weile zu beschäftigen. Du sollst mit ihm reden so wie mit den Kunden bei Madame Neddie, mehr nicht, hatte Hauptmann Saylor erklärt. Du musst das nicht für mich tun, Walter. Du kannst jederzeit nein sagen. Er verstand nicht, dass Walter alles für ihn getan hätte. Spring von dieser Brücke, hätte er sagen können, und Walter wäre gesprungen.

»Vielleicht treffen wir ihn in einer der Spielhöllen an«, meinte Richard. »Wenn nicht, dann gehen wir morgen ins Palais Royal und sehen, ob er noch dort ist. Ich werde ihm sagen, dass du Stephen Saylor heißt und mein Cousin bist.«

Aber Beuvron war in der dritten Spielhölle, in der sie nach ihm suchten. »Das ist er, er würfelt da drüben auf der anderen Seite«, sagte Richard zu Walter. »Er soll uns von sich aus bemerken. Versuch nicht, seine Aufmerksamkeit zu erregen. Du hast in deinem ganzen Leben noch nie von diesem Mann gehört. Er ist einfach ein Freund von mir, dem du zum ersten Mal begegnest. Ich werde Karten spielen. Du stellst dich hinter meinen Stuhl.«

»Spricht er Englisch?«

»Ja.«

Richard fand einen Tisch, an dem gerade ein Spiel zu Ende war, setzte sich und legte Münzen auf den Tisch. Walter stellte sich hinter seinen Stuhl, nahm den Wein, den ein Lakai brachte, und stellte ihn vor Richard, als wäre er sein Kammerdiener. Sie erregten Aufmerksamkeit, die beiden Fremden mit ihrem blonden, zurückgekämmten Haar, wo doch außer den Lakaien jeder andere Mann an diesem Ort schwere, lockige Perücken trug. Ihre Schönheitsflecken und ihre hübschen Satinumhänge zeigten jedoch, dass sie keine Angst davor hatten, aufzufallen, und jemand, der keine Angst hatte, aufzufallen, fiel den Parisern immer auf.

»Hauptmann Saylor, dachte ich doch, dass Ihr es seid.« Beuvron kam durch das Zimmer auf sie zu. »Ihr tragt keine Uniform mehr. Wird man Euch hängen, oder habt Ihr die Armee verlassen?«

»Wahrscheinlich wird man mich hängen. Wie geht es Euch?«

»Gut.«

Beuvron blickte Walter an. »Mein Cousin«, meinte Richard. »Stephen Saylor.«

»Wie geht es Euch?«, fragte Beuvron.

»Er spricht kein Französisch.«

»Ein hübscher Junge, Euer Cousin.« Beuvron wechselte ins Englische. »Wie geht es Euch?«

Walter streckte seine Hand aus. »Stephen Saylor.«

»Bleibt Ihr lange in Paris?«

»Ein paar Tage«, antwortete Richard.

Beuvron blickte erneut Walter an, sagte auf Französisch: »Dann seid Ihr also nicht hier, um mit mir zu sprechen?«

»Diesmal nicht.«

»Ich weiß nicht, ob ich erleichtert oder betrübt sein soll. Darf ich Euch morgen Abend zum Essen einladen?«

»Vielleicht. Ich bin hier, um zu spielen.«

»Ich bin dabei.«

Sie spielten mehrere Stunden lang Karten. Münzen wurden hin- und hergeschoben, andere kamen dazu oder verließen das Spiel. Beuvron erzählte vom Hof, war guter Laune, gesprächig und zugänglich, sodass Richard erfuhr, was er wissen wollte – Monsieur hielt sich im Moment nicht im Palais Royal auf, und Beuvron lebte auch nicht mehr dort. Richard legte die Karten nieder, schob sein Geld zusammen. »Es ist schon spät. Dieser junge Mann muss ins Bett. Es war schön, Euch zu sehen, Beuvron. Lebt wohl.«

»Saylor, wartet. Ich bestehe darauf. Kommt morgen Abend zum Essen zu mir.«

»Ihr meint heute.« Draußen würde die Dämmerung in wenigen Stunden die Dunkelheit vertreiben.

»Ein Nein akzeptiere ich nicht.«

»Wenn Ihr darauf besteht. Wo?«

Beuvron nannte einen Straßennamen, dann gingen Richard und

Walter hinaus in den frühen Morgen, hinüber zu dem Kloster, in dem Richard übernachtete, wenn er in Frankreich war. Er stand in der Tür der kleinen Kammer, in der Walter schlafen würde. »Ich werde es morgen versuchen. Ich werde dich doch nicht brauchen, um Beuvron abzulenken. Er wohnt ja nicht mehr im Palast. Stattdessen kannst du mir helfen. Zuerst müssen wir alles auskundschaften. Wenn die Luft rein ist, gehe ich rein.«

»Auskundschaften. Was bedeutet das?«

»Es bedeutet, wir sehen uns jedes Tor und jede Tür an, jede Wache und jeden Soldaten. Es bedeutet, dass man versucht, den Ort, den man aufsuchen will, genau kennenzulernen, damit einen nichts zu sehr überraschen kann.«

»Er hat ein nettes Gesicht.«

»Wer?«

»Euer Freund.«

»Ich schätze, das hat er. Schlaf gut, Walter. Ich wecke dich schon in ein paar Stunden wieder.«

Sie gingen zum Palais Royal, Monsieurs Palast in Paris. Walter und er trugen jetzt nicht mehr die Satinumhänge, sondern sahen mit ihren nüchternen braunen Mänteln aus wie Kaufleute oder Händler. Sie waren Franzosen, die den Aufenthalt in den Gärten des Palastes genossen. Als Richard sich davon überzeugt hatte, dass die Luft rein war, ging er in eine leere Box in den Stallungen und zog sich die Livree der Diener im Palais Royal an, die er schon vor Monaten gestohlen hatte, während Walter Schmiere stand. Wieder draußen nickte er Walter zu, der ihm das Paket gab, das er bei sich trug, und die Kleider entgegennahm, die Richard ausgezogen hatte. Richard führte ihn zu einer nahegelegenen Bank. »Setz dich hier hin, und warte. Wenn es Nacht wird und ich noch nicht zurück bin, dann gehst du zum Kloster, holst das Geld und fährst zurück nach England.«

»Nein ...«

»Doch. Balmoral muss wissen, was passiert ist, und ich muss wissen, dass du gehorchen wirst.«

»Dann werde ich es tun.«

Mit offenem Haar, das ihm ins Gesicht fiel, betrat Richard mit dem dicken Paket unter dem Arm den Palast durch den Dienstboteneingang. Pfeifend stieg er die Treppe hinauf und nickte anderen Dienern zu, warf ihnen jedoch stets nur flüchtige Blicke zu. Er fand Beuvrons altes Zimmer, und von dort konnte er seinen Weg in das Zimmer des Übersetzers zurückverfolgen, der damals an Königs Charles' Briefen an seine Schwester gearbeitet hatte. Er öffnete die Tür, eine Entschuldigung auf der Zunge – dass er neu sei, dass er noch nicht alle Gemächer im Palast kannte, entschuldigt bitte die Störung, Sir –, aber es hielt sich niemand darin auf. Er ging zum Tisch.

Federkiele lagen dort sorgfältig aufgereiht, und ihre Spitzen erwiesen sich, als Richard daran tippte, als trocken.

Keine Briefe warteten darauf, gelesen und übersetzt zu werden. Nirgends war eine kleine braune Ledertasche zu sehen, um sie darin aufzubewahren.

Er durchsuchte das Zimmer. Durchsuchte es erneut. Dann setzte er sich auf einen Sessel und dachte nach. Sie waren nicht hier. Konnte er es wagen, die angrenzenden Zimmer ebenfalls zu durchsuchen? Eine identische Ledertasche, die man in England nach seinen Angaben angefertigt hatte, lag zu einem Paket verschnürt zu seinen Füßen. Sie enthielt sogar Briefe, deren Siegel aufgebrochen waren, Briefe, in denen nichts stand. Er hatte »Grüße von Seiner Hoheit, dem Herzog von Balmoral« auf jede der Seiten schreiben wollen. Obwohl ich Eure Begeisterung teile, hatte Balmoral trocken kommentiert, bin ich doch entsetzt über Eure Dummheit. Er ging durch den Korridor, öffnete Türen. Die Räume waren leer, also durchsuchte er sie. Er fühlte, wie die Zeit verstrich. Schließlich öffnete er eine Tür, und ein Mann blickte mit hochgezogenen Brauen zu ihm auf.

»Ich bitte tausendmal um Entschuldigung, Monsieur.« Er schloss die Tür. Sein Instinkt sagte ihm, dass es Zeit wurde zu gehen, Zeit, seine unbenutzte Tasche wieder mit nach Hause zu nehmen. Die Mission war fehlgeschlagen. Balmoral würde nicht glücklich darüber sein. Mit dem Paket unter dem Arm verließ er den Palast. Walter, der vor der Bank auf- und ablief, rannte ihm entgegen.

»Hauptmann ...«

»Sei still.«

Walter folgte ihm schweigend in den Stall, wartete, während Richard sich umzog. Richard stand in der dunklen Box und blickte auf das Paket. Es war vorbei. Er hatte versagt. Er kehrte mit leeren Händen zurück. Kein letzter Triumph, den er dem großen alten Mann präsentieren konnte. Er hob die zusammengefaltete Livree auf, die er behalten würde. Man wusste ja nie.

Er und Walter gingen zur Pont Neuf, der ältesten Brücke in Paris. Sie setzten sich auf eine Bank und blickten auf die Pariser, die an ihnen vorbeiströmten. Adlige in ihren feinen Kutschen, Männer zu Pferd, Bauern auf Maultieren, Beamte des Gerichts in ihren langen Roben, ein Kuhhirte, der seine Kühe zum Schlachthof trieb, eine Gruppe Studenten mit Tintenflecken an den Fingern. An einem Stand wurden Kaninchen verkauft, tot und lebendig. Die toten waren an den Hinterläufen aufgehängt. Eine Gruppe von Schauspielern von der Comedia dell'arte stellte sich neben einer Statue auf. Die Schauspieler trugen aufwendig gearbeitete Masken und stilisierte Kostüme. Walter lachte laut über ihre Vorführung, vor allem über den Zanni, dessen weite Hose ihm in jedem wichtigen Moment herunterrutschte. Mit einer endgültigen Geste übergab Richard die verpackte Tasche an den Zanni, und der Schauspieler improvisierte damit. Als er schließlich aufblickte, um das Paket zurückzugeben, waren Richard und Walter verschwunden.

An diesem Abend gingen sie zu Beuvron zum Essen. So, so, dachte Richard, als er in den ersten Stock eines kleinen Stadthauses in der Nähe der Kathedrale Notre Dame hinaufstieg, dann hat Balmorals Geld Beuvron also seine finanziellen Sorgen genommen.

Da sie sich immer noch in der Fastenzeit befanden, in der Osterzeit, bot Beuvron ihnen Fisch an, alle möglichen Sorten, geräucherten, eingelegten, in Butter geschwenkten, Austern, dazu frisch gebackenes Brot, eine Schale mit frischer Butter. Er hatte Wein und Champagner und Portwein. Er plauderte fröhlich, aber Richard sagte wenig, und Walter noch weniger, obwohl er Beuvrons Augen oft auf sich ruhen fühlte.

»Ihr müsst Euch Versailles ansehen«, meinte Beuvron am Ende des Abends, nachdem sie den Champagner und den Wein getrunken hatten und Richard eine weitere Flasche ablehnte.

»Wir fahren morgen zurück.«

»Wie schade. Ihr solltet bis Palmsonntag bleiben, damit Euer Cousin sich die Feierlichkeiten ansehen kann. Es wird eine Prozession geben, die Palmwedel werden gesegnet. Das ist ein außergewöhnlicher Anblick, überall Blumen, und das Evangelium wird gesungen. Ihr könnt ihm zeigen, wie wir bösen Katholiken die Wiederauferstehung unseres Herrn feiern.«

»Ein andermal.« Richard erhob sich, ging zum Fenster und steckte den Kopf hinaus, um frische Luft zu schnappen. Er hatte das alles mit einem Triumph beenden wollen. Jetzt kehrte er als Versager zurück, zusammen mit der Nachricht, dass er die Armee verlassen würde. Balmoral würde das gar nicht gefallen.

Beuvron warf einen schnellen Blick auf Richard, der immer noch mit dem Rücken zu ihnen am Fenster stand, dann streckte er die Hand aus und berührte leicht Walters Knie, aber nicht respektlos oder drängend. Sein Gesichtsausdruck war jetzt nicht mehr freundlich und sorglos, sondern er blickte sehr ernst. »Ihr seid sehr schön, junger Stephen. Ihr gehört hierher. Nicht dorthin. Ihr würdet hier glücklich sein. Hier könnt Ihr so sein, wie es Eurer Natur entspricht. Versteht Ihr, was ich damit sagen will?«

Walter antwortete nicht, er erhob sich, und Richard drehte sich um. Der Moment war vorbei.

Er verstand es, besser als Beuvron ahnte, aber er würde Richard niemals verlassen.

Alice saß in einem Sessel in der Sonne. Morgen, wenn sie sich stark genug fühlte, würde Lady Saylor ihr erlauben, in die Kirche zu gehen. Die Leute würden mit Palmenblättern wedeln und darauf warten, dass man ihre Stirn mit Asche berührte. Vielleicht würde sie sich heute Nachmittag auf den Hügel setzen, auf jene sanfte Erhebung, die sie in der Ferne sehen konnte, auf der riesige Eichen standen. Der Hügel rief sie. Sie sehnte sich danach, unter seinen Bäumen zu liegen. Ein Vogel flog heran, landete auf dem Fenstersims. Es war eine Schwalbe. Alle im Haus sprachen davon, dass sie noch keine gesehen hatten, und fragten sich, wer wohl das Glück haben würde, die erste Schwalbe des Frühlings zu sehen. Alice fing an zu weinen. Dann weinte sie um Barbara. Vielleicht werdet Ihr jahrelang um sie trauern, hatte Lady Saylor gesagt, und vielleicht werdet Ihr noch länger brauchen, um Euch selbst zu vergeben.

Kapitel 44

Balmoral stand mit einem Dutzend Männer an dem Teil des Flussufers, den man die Hundeinsel nannte, näher am Meer als an London, aber keine wirkliche Insel und kein Hund weit und breit. Nur ein schmaler Bach im Osten trennte einen hier vom Festland. Am anderen Ufer drehten sich Windmühlen, um das Marschland trockenzulegen, auf dem sie standen. Henri Ange war ebenfalls anwesend. Er wirkte beinahe blutleer, so blass sah er aus. Eine graue Strähne durchzog sein Haar, die vorher nicht da gewesen war, und er war mit den Füßen und einem Handgelenk an den stämmigsten Mann gekettet. Eine schlanke holländische Jacht war soeben vor Anker gegangen.

Ange trat so gut es ging vor, den Soldaten immer noch an seiner Seite. Zwei Männer sprangen vom Deck der Jacht ins Wasser und wateten durch den Schlamm auf ihn zu, wobei der eine Mann etwas hinter dem anderen zurückblieb. »Miguel«, sagte Ange und legte seine freie Hand einem der beiden auf die Schultern. Er legte seine Wange an die des Mannes und sagte sehr schnell und sehr leise: »Sag nichts. Vertrau mir. Du wirst reich belohnt werden.«

Balmoral trat vor und deutete mit dem Kinn auf den zweiten Mann. »Und wer ist das?«

»Sein Diener, Pedro«, antwortete Ange. Der Diener kauerte sich zusammen und trat zurück, als die Soldaten Miguel umringten. Bevor Miguel etwas sagen konnte, wurden ihm die Arme auf den Rücken gedreht, und er wurde weggeführt.

»Stellt ihn ruhig!«, rief Balmoral, als der Gefangene Ange auf Spanisch um Hilfe anflehte. Man hörte einen Schlag, einen Aufschrei, dann herrschte Stille, während die Soldaten an Bord der Jacht gingen und mit einer kleinen Geldkassette zurückkehrten, die sie vor Balmorals Füßen abstellten. Balmoral öffnete den Deckel und sah Münzen glänzen. »Wo sind die Briefe, die Buckingham belasten?«

»Ich habe Briefe. Ich weiß nicht, was drin steht«, flüsterte der Diener Ange auf Spanisch zu, der die Hand ausstreckte, sie entgegennahm und Balmoral reichte.

»Durchsucht jeden Winkel der Jacht«, befahl Balmoral. Er stellte sich in den Schatten eines Baumes und las die Briefe. Ange blieb, wo er war, an den Soldaten gekettet. Der Diener kauerte zu seinen Füßen, reglos wie ein Stein und wimmerte hin und wieder, aber Ange trat ihn jedes Mal, wenn er das tat. Als die Jacht durchsucht war und man nichts gefunden hatte, ging Balmoral zu ihm hinüber und nickte mit dem Kopf, woraufhin der Soldat die Ketten von Anges Füßen löste. Mit dem Handgelenk blieb er jedoch an den Soldaten gekettet. Balmoral betrachtete Ange. Er wollte ihn nicht freilassen, aber Richard hatte die Tasche mit den Briefen nicht gefunden. »Eine verdammt schlechte Art, seinen Palmsonntag zu verbringen«, fuhr er ihn an. »Ihr habt einen Monat, um mir Beweise für den Vertrag zu bringen. Wenn ich nicht in spätestens dreißig Tagen von Euch gehört habe, wird Euer Schatz sterben. Langsam.«

»Ihr bekommt Euren Beweis.«

»Was ist mit dem hier, Eure Hoheit?« Ein Soldat trat mit seinem Stiefel gegen den Diener, der immer noch zu Anges Füßen kauerte. Der Diener fing an zu weinen.

»Herrgott, könnt Ihr mir nicht wenigstens den Diener lassen, damit ich die Jacht segeln kann. Sonst schaffe ich es niemals bis nach Frankreich. Und ich könnte auch ein bisschen Geld gebrauchen, wo Ihr gerade dabei seid.«

Balmoral warf Ange zwei Münzen hin, drehte sich auf dem Absatz um und ging zu seiner Kutsche. Der Kutscher knallte mit der Peitsche, und die Kutsche rollte davon, gefolgt von Soldaten zu Pferde. Miguels Körper lag quer über einem der Sättel. Der letzte Soldat, der noch übrig war, schloss die Fessel um Anges Handgelenk auf und betrachtete Ange und den kauernden Diener einen langen Augenblick, als überlege er, ob er sie nicht doch einfach töten sollte. Dann ging er zu seinem Pferd, warf ihnen den Schlüssel zu und ritt davon.

»Der Schlüssel«, rief Ange. Der Diener wischte sich mit seinem Hemd über die Augen und rannte los, um den Schlüssel zu holen. Er kniete vor Ange und löste die Kette um seine Beine. Ange kniete ebenfalls, streckte die Hände aus und nahm die Hände des anderen Mannes in seine. »Ich dachte, er würde mich umbringen«, sagte Ange. »Du warst so tapfer, mein Liebster.«

»Unser armer Pedrito. Was wird mit ihm passieren?«

»Er wird im Tower von London sterben, aber du und ich werden das nicht.«

»All dein Geld. Es hat mich fast umgebracht, das ganze Geld mitzubringen.«

»Hast du?«

»Nein.«

»Und deshalb liebe ich dich so.« Als sie auf der Jacht waren, hisste Ange das Segel und drehte das Ruder, sodass das Segel vom Wind gebläht wurde.

»Frankreich liegt in diese Richtung«, meinte Miguel.

»Ich weiß«, erwiderte Ange. »Ich bin noch nicht fertig.«

Kapitel 45

Es war Gründonnerstag. Alle waren im Bankettsaal und sahen zu, wie der König und die Königin und ihre Bediensteten die Füße der Armen wuschen. Ange, der die schwere, gelockte Perücke eines Adligen trug und mit einem feinen Umhang und einer ordentlichen Hose gekleidet war, betrat Balmorals Empfangshalle. Er war schon längst die Treppe hinaufgelaufen, ehe ein Diener in der Halle erschien, um nachzusehen, wer die Glocke geläutet hatte, die erklang, sobald man die Tür öffnete. Balmorals Schlafgemach war leicht zu finden. Ange ging direkt hindurch in das Privatgemach dahinter und schloss die Tür leise hinter sich. Er arbeitete konzentriert, öffnete Fächer und Schubladen, die Ohren die ganze Zeit über gespitzt, um zu hören, ob sich jemand näherte. Als er den Sherry in der Kristallkaraffe sah, lächelte er. Es war genauso, wie Buckingham es ihm beschrieben hatte, vor langer Zeit, weit weg von hier. Er streifte sich Handschuhe über, nahm ein gefaltetes Papier aus einer seiner Taschen, dann schüttete er ein körniges Pulver in die Karaffe und schüttelte sie vorsichtig.

»Für dich, Alice«, sagte er laut.

Schnell wie der Blitz waren Türen und Schubladen wieder geschlossen, und er lief durch das Schlafgemach, ging die Treppe hinunter und war aus der Tür. Nur wenige Augenblicke später hatte er sich des Umhangs und der Perücke entledigt, sein Haar gelöst, die Ärmel aufgerollt. Er hätte jetzt irgendein Lakai des Palastes sein können. Er ging zu den Stallungen und erkundigte sich bei einem Stallburschen, wo Hauptmann Saylors Pferd stand. Der große dunkle Kopf erschien über der Boxtür, als er pfiff.

»Ich habe etwas für dich«, sagte Ange. Er öffnete seinen Handschuh und ließ das Pferd daran schnuppern. Es schnaubte, als es den

Zucker witterte, und leckte ihn auf, leckte sogar den Handschuh, während Ange ihm zuflüsterte, wie hübsch es sei. Er gab ihm den Handschuh und ließ es darauf kauen. Für dich, Richard, dachte er. Er hörte Schritte und zog sich in den Schatten zurück. Ein halbwüchsiger Junge kam, streckte die Hand aus und nahm den Handschuh aus dem Maul des Pferdes.

»Was frisst du da, Pharao?« Walter ließ den Handschuh fallen, küsste die breite Nase des Pferdes.

Ange erkannte ihn. Er war bei Madame Neddie gewesen. Er hatte ihn in der Küche von Whitehall angestarrt. Er war unter den Zuschauern bei seinem Duell gegen Richard gewesen. Diesen würde er für Henri Ange töten. Er trat vor, ohne dass ein Laut zu hören war. Aber Pharao wieherte und zog seinen Kopf aus den Armen des Jungen, und in diesem Moment sah der Junge ihn, drehte sich blitzartig um, als Anges Hände schon nach ihm greifen wollten, und rannte aus der Dunkelheit der Stallungen hinaus in das Licht auf der Straße, als wüsste er, dass er jetzt um sein Leben laufen musste.

Alice saß auf dem Hügel. Sie blickte auf Narzissen, auf ein ganzes Feld davon. Ihre Trompetenblüten dufteten. Im Sommer, erzählte Lady Saylor, war der Hügel mit Glockenblumen übersät, ein Teppich aus dem schönsten Blau, das Ihr Euch vorstellen könnt. Briefe von ihrem Vater und von Balmoral lagen ungeöffnet auf ihrem Schoß. Ein Paket war aus London gekommen. Darin war das Kleid, in dem sie Balmoral heiraten würde, das Kleid, das sie und ihre Tante entworfen hatten. Die Näherin würde aus London kommen, um es fertigzustellen. Poll hatte es ehrfürchtig aus dem Papier gehoben, aber Alice wollte nicht einmal einen Blick darauf werfen. Sie war hierher gegangen, auf den Hügel. Wenn sie versuchte nachzudenken, tat ihr der Kopf weh, also tat sie es nicht. Aber sehr bald würde sie es müssen.

Es war Karfreitag. Alice hielt ein Kätzchen auf dem Schoß – es gehört Euch, wenn Ihr möchtet, hatte Richards Mutter gesagt. Sie war erschöpft, weil sie den ganzen Nachmittag beim Schmücken der Kirche mit Blumen zugesehen hatte, erschöpft von der Messe und den Gebeten dieses Abends, erschöpft von ihren Gedanken, die sich endlos im Kreis zu drehen schienen. Richard erschien am anderen Ende der Laube, unter der Alice mit seiner Mutter saß.

»Mein lieber Junge«, rief Jerusalem, die Nans Baby auf dem Schoß hielt.

Richard blieb am Rande der Laube stehen, und die Schatten der Weinranken an der Laube spielten über sein Gesicht. Er schlug seine Reithandschuhe in eine Hand. Jerusalems Augen wurden schmal. Sie stand auf, das Baby auf dem Arm. »Ist etwas passiert? Louisa oder Elizabeth?«

Alice setzte das Kätzchen zu Boden. Wie Jerusalem wusste sie plötzlich, dass er schlechte Nachrichten brachte. Unsicher stand sie auf. Sie hatte noch nicht viel Kraft.

»Louisa«, erklärte Richard. »Ich habe sie nach Hause gebracht. Du musst dich um sie kümmern. Sie ist böse auf mich.« Er trat vor, und beide Frauen konnten sehen, dass sein Kiefer so angespannt war, dass die Knochen sich unter der Haut abzeichneten. Jetzt ist es passiert, dachte Alice. Jetzt habe ich Louisa auch noch wehgetan.

»Ist sie krank?«, fragte Jerusalem.

»Nein. Mein Pferd ...« Er hielt inne, unfähig weiterzusprechen.

»Pharao? Nicht Pharao?«, fragte Jerusalem.

»Tot.«

Alice fing an zu weinen. Sie setzte sich wieder hin, schlug die Hände vors Gesicht.

»Sie weint um mehr als um Pharao«, sagte Jerusalem. »Oh, Richard, es tut mir so leid. Ich sehe nach deiner Schwester.« Sie legte ihm die Hand auf die Schulter, aber dann verließ sie die Laube und ging zurück in die Küche, um das Baby seiner Mutter zurückzugeben. Interessant, dachte sie, dass er den ganzen Weg geritten kommt, nur um mir das zu sagen. Aber er ist gar nicht gekommen, um es *mir* zu sagen. Und warum hat er Louisa nach Hause gebracht? Ihr fiel wieder ein, wie ihre Tochter bei ihrem letzten Besuch in London ausgesehen hatte, wenn der Herzog von Monmouth in ihrer Nähe war, und plötzlich wusste sie es.

»Annie«, sagte sie zu Susannahs Enkelin, die auf einem Stuhl saß und finster vor sich hin starrte, weil sie offenbar ungehorsam gewesen war, »rate mal, wer zu Besuch ist!«

In der Laube kniete Richard vor Alice. »Nicht weinen«, sagte er. Seine Kehle war wie zugeschnürt. Beim Anblick von Pharao hatte er geweint wie ein kleiner Junge. Er nahm ihr eine Hand vom Gesicht und fing an sie zu küssen, unfähig, wieder aufzuhören.

»Du darfst mich nicht anfassen«, sagte Alice.

Er ging weg.

Das Abendessen verlief schweigsam, angespannt. Louisa weigerte sich, mit ihnen zusammen zu essen. Eine winzige Motte spielte um die Flamme der Kerze, und Jerusalem scheuchte sie immer wieder weg, während ihr Blick zwischen Richard und Alice hin und her wanderte. Alice sah müde aus und trank mehr Wein, als Jerusalem sie seit ihrer Ankunft auf Tamworth jemals hatte trinken sehen. Richard schob das Essen auf seinem Teller hin und her und antwortete einsilbig auf alle Fragen, die Jerusalem ihm stellte.

»Wie ist er gestorben?«

»Er hat einfach aufgehört zu atmen.«

»Hast du dein Empfehlungsschreiben für Turenne?«

»Ja.«

»Dann hast du die Armee verlassen?«

»Ja.«

»Hat man etwas dazu gesagt?«

»Ja.«

»Was zum Beispiel?«

»Ich will nicht darüber reden.«

»Nan Daniell möchte wissen, wie es Walter geht. Wirst du dir die Zeit nehmen, mit ihr zu sprechen?«

»Walter ist verschwunden.«

»Verschwunden? Wohin?«

»Wir wissen es nicht. Effriam glaubt, er ist weggelaufen.«

»Aber warum sollte er weglaufen?«

»Ich weiß es nicht, Mutter.«

Jerusalem warf ihre Serviette auf den Tisch. »Warum geht ihr beide nicht raus und seht euch die Sterne an? Alice, legt Euch ein Schultertuch um.« Sie ging hinüber zu ihrer Flöte und begann darauf zu spielen.

Auf der Terrasse schwiegen Alice und Richard. Der Himmel war von funkelnden Sternen übersät. Das Atmen fällt mir schwer, dachte Alice. Das lag an ihm.

»Ich werde die Armee verlassen, Alice. Ich gehe nach Frankreich.«

»Ich glaube, das ist wahrscheinlich eine gute Sache, Richard.«

»Was, wenn ich dich auch liebe?«, fragte er.

Sie konnte nicht antworten. Nach allem, was sie wusste, wurden Träume nicht wahr. Sie spürte Verzweiflung in sich aufsteigen. Schwäche. »Wenn du mich berührst, Richard, dann bin ich verloren. Bitte tu es nicht.«

Er antwortete, indem er seine Hand in ihren Nacken legte. Seine Finger griffen in ihr Haar, und wie die Motte vorhin, die der Kerze nicht widerstehen konnte, kam sie in seine Arme, und sein Mund lag auf ihrem, nicht freundschaftlich, sondern bedächtig und voller Leidenschaft und noch etwas anderem, und sie war verloren. Alles, was sie jemals gefühlt, was sie gesehen, um was sie getrauert und was sie geliebt hatte, wallte in ihr auf. Sie konnte nicht genug von ihm bekommen, von seinen Lippen, seinem Geschmack, seiner Zunge, seinem Körper an ihrem. Sie fuhr mit den Händen über die glatten Züge seines Gesichts, über die starken Muskeln in seinem Nacken.

Sie würde ihr Leben für ihn geben. Sie gehörte ihm, er konnte tun mit ihr, was er wollte. Von Kopf bis Fuß war sie Feuer und Liebe und Licht. Als er seinen Mund von ihrem löste, musste sie sich mit den Händen in seinen Umhang festkrallen und sich an ihn lehnen, weil sie sonst umgefallen wäre. Er legte ihren Kopf an sein Herz, und sie konnte es wild schlagen hören. Ich würde ihm überallhin folgen, dachte sie, und dann kamen ihr lieblichere Verse in den Sinn, veränderten die Leidenschaft, verwandelten sie in etwas Heiliges, das auch Teil ihrer Liebe war. Wo du hingehst, da will auch ich hingehen. Jerusalem las abends aus der Bibel vor, und die Verse hallten in Alice wider, wenn sie die Augen schloss, um zu schlafen.

»Ich könnte jetzt und hier bei dir liegen, auch wenn deine Mutter im Zimmer nebenan ist«, flüsterte sie.

»Und morgen früh?«

»Würde ich aufstehen und es Balmoral sagen.«

Er trat einen Schritt zurück, und die Entfernung zwischen ihnen schien unüberwindlich. »Warum?«

»Ich schulde ihm die Wahrheit. Und ich muss dir auch noch etwas gestehen. Ich habe Monmouth gebeten, mit deiner Schwester zu flirten. Was immer passiert ist, ich bin daran beteiligt gewesen.«

Er trat noch weiter von ihr weg. »Eine Närrin bist du, die sich immer in alles einmischen muss, Alice.«

»Ja.«

Der Klang der Flöte verstummte.

»Kinder«, rief Jerusalem, »Zeit, ins Haus zu kommen.«

Alice stand am Fenster und starrte zu den Sterne hinauf, während Poll schon lange leise schnarchte. Was, wenn ich dich auch liebe, hatte er gesagt. In ihr war nicht ein einziges bisschen Stolz, das sie von ihm hätte trennen können. Stolz. Eine Närrin bist du, die sich immer in alles einmischen muss, Alice. Wenn eure Sünden sind wie Scharlach, können sie dann weiß werden wie Schnee? Wenn sie rot sind wie Pur-

pur, können sie dann werden wie Wolle?, las Richards Mutter. Sie vergötterte ihn; sie war völlig vernarrt in ihn. Aber sie hatte seiner Schwester wehgetan. Sie schuldete Balmoral ihre Unschuld. Oh, Barbara, du hast gesagt, es sei so verführerisch. Deshalb hatte Caro sie betrogen – genauso leicht, wie sie Balmoral betrügen würde. Richard musste nur durch diese Tür kommen, und sie würde sich hinlegen, wo immer er wollte, und sie würde sich ihm öffnen, jeden seiner Küsse erwidern, jede seiner Berührungen, wild, wollüstig, fieberhaft, ohne an die Konsequenzen zu denken, sie würde eine Sklavin des Verlangens sein, das sie für ihm empfand. Eine solche Sehnsucht erfüllte ihr Herz, eine solche Traurigkeit. Was konnte sie tun? Sich von Balmoral zurückziehen? Zu diesem späten Zeitpunkt? Wie konnte sie das tun? Wie konnte sie das nicht tun? Die clevere Alice war auf einmal gar nicht mehr clever. Würdest du die Frau eines Soldaten werden, seinetwegen den Trommeln folgen? Ja, ja, ja. Würdest du wie ein Niemand leben, versteckt auf einer Farm? Nein und nochmals nein. Würde Balmoral Richard ruinieren, falls sie ihn heiraten sollte? Ja, wahrscheinlich. Würde Richard ihr vergeben, was sie Louisa angetan hatte? Wer wusste das? Sie konnte es sich selbst kaum vergeben. Das Kätzchen miaute, sprang von ihrem Bett und kam zu ihr, um sich mit einem Zipfel ihres Nachthemdes zu balgen. Der Kopfschmerz begann wieder, wuchs auf beiden Seiten ihres Kopfes. »Hör auf, Dulcinea.« Alice legte sich auf den Boden und presste ihre Stirn auf den kalten Boden, während das Kätzchen hochsprang und versuchte, ihre dunklen und wilden Locken zu erlegen.

Um Mitternacht flog die kleine Eule einmal über die Ställe und dann zurück in den Wald. Richard führte ein gesatteltes Pferd aus dem Stall.

»Wolltest du gehen, ohne dich zu verabschieden?« Seine Mutter stand in der Stalltür, eine Laterne in der Hand.

Richard führte das Pferd auf seine Mutter zu und an ihr vorbei in die Nacht hinaus, die einen neuen Morgen versprach.

Seine Mutter berührte die Nase des Pferdes, das er ausgewählt hatte. »Es gibt einen Jährling von Pharao, der bei Winston Ashford steht. Ich könnte ihn für dich zurückkaufen. Du hast mir nicht erzählt, wie er gestorben ist.«

»Ich weiß es nicht. Effriam kam, um mich zu holen, doch als ich im Stall ankam, lag er schon am Boden, tot.« Er legte den Arm um sie und blickte in das blasse Oval ihres Gesichtes. »Ich komme nicht zurück, Mutter.«

»Du gehst nach Frankreich?« Morgen war Ostern. Sie biss sich auf die Lippen, um sich davon abzuhalten zu sagen: Bleib über Ostern.

»Ja. Ich bin in Schwierigkeiten. Seine Hoheit der Herzog von Balmoral ist nicht glücklich über eine meiner Missionen, die fehlschlug. Er ist wütend darüber, dass ich die Armee verlassen habe. Er hat mich einen Narren genannt, und ...« Er hielt inne. Er würde Renées Tränen nicht erwähnen, wie sie ihn angefleht hatte, nicht zu gehen. Ich habe dich ruiniert, hatte sie geweint, und natürlich bedeutete ihr Unglück, dass König Charles im Moment kein glücklicher Mann war. Er würde die Hypothek nicht erwähnen, die er auf Tamworth aufgenommen hatte, um sich in Prinz Ruperts Hudson Bay Company einzukaufen. Zumindest hatte er Louisa heimgebracht, auch wenn er ihr jeden Meter des Weges mühsam abringen musste.

»Liebst du sie?«

»Wen?«

»Die Französin.«

»Ja, ich liebe sie.«

»Und diese hier?«

»Sie auch.«

»Hast du genug zu essen?« Das war auch ein Grund, warum sie gewusst hatte, dass er aufbrechen wollte. Weil die Köchin noch spät bei ihr gewesen war, um ihr zu sagen, dass sie Essen für den jungen Baron einpacken würde. Und der Stallbursche hatte ihr berichtet, dass Richard ein Pferd gesattelt haben wollte. Annie hatte von dem

Miniaturporträt seines Vaters erzählt, das sich jetzt in Richards Satteltasche befand.

»Ja.«

»Ich hole dir noch schnell etwas Geld aus der Kassette.«

»Ich möchte einfach aufbrechen, auf der Straße sein, weg von hier. Ich habe keinen Brief für Alice. Ich habe die halbe Nacht versucht, einen zu schreiben, aber ich wusste einfach nicht, was ich schreiben sollte.« Er sprach abgehackt, versuchte, seine Gefühle im Zaum zu halten. »Würdest du ihr auf Wiedersehen sagen von mir, und ihr sagen, dass ich ... sag ihr, dass sie immer etwas ganz Besonderes für mich sein wird, sag ihr, dass ich ihr alles vergebe. Sag es ihr genauso – alles. Das ist wichtig. Gibst du mir deinen Segen?«

Er kniete in der Dunkelheit vor ihr nieder. Das Pferd wartete mit hängenden Zügeln ein paar Schritte entfernt. Jerusalem legte ihre Hand auf Richards Kopf, schloss die Augen und empfand all die Dinge, die sie zu diesem Mann nicht sagen würde, in dessen Körper der Jungen steckte, den sie geliebt hatte, der Junge, der sie immer noch oft ansah, wenn sie ihm in die Augen blickte, aber dessen Herz jetzt jemand anderem gehörte, so wie es richtig und gut war, obwohl der Gedanke ihr nicht wirklich gefiel. Genauso hatte sein Vater es vor langer Zeit gemacht, als er ihr sein Herz schenkte. In Gedanken drückte sie den Jungen an sich, sah all seine Neugier auf das Leben, all seine süße Unschuld, für immer gefangen im Körper eines Mannes, in den Bedürfnissen eines Mannes, in dem Ehrgeiz eines Mannes. Sie sprach ein Gebet für ihn und befahl ihn in Gottes Hand. Nichts gehört uns für immer. So war es immer gewesen. So würde es immer sein.

Nachdem er weggeritten war, ging sie an der Seite des Hauses entlang bis in die Küche. Die Köchin war wach und zu ihrer Freude auch das Baby. Sie nahm es der müden, weinenden Nan ab, die weinte, weil Walter verschwunden war und sich nicht von ihr verabschiedet hatte.

»Oh, Ma'am, Ihr müsst Euch nicht mit uns belasten«, sagte Nan.

»Ich möchte es aber.« Diese Kindsmutter hatte keine Ahnung,

wie wunderbar es war, wieder ein Baby in diesem Haus zu haben. Sie setzte sich in einen Schaukelstuhl am Fenster, klatschte in die Hände und fing an, mit dem Kind zu spielen. »Annie«, gurrte sie, »mein süßes kleines Mädchen.« All dieses Herzeleid, dachte Jerusalem. Louisa wehrte sich oben verzweifelt gegen ihr gebrochenes Herz, Alice und Richard versuchten, ihres mit Pflichterfüllung zu betäuben, und Nan weinte einfach.

»Bah«, sagte eine Stimme aus der Ecke. Es war Tamworth' andere Annie, die wach war, weil Richard weggeritten war. Zweifellos hatte sie seinen Abschied beobachtet, irgendwo versteckt, wie es ihre Art war. »Ich mag es nicht, dass sie meinen Namen trägt.«

»Wie sollen wir sie denn nennen?«

»Dummes Ding.«

Später kam Poll, um ihr zu sagen, dass Alice wieder Kopfschmerzen hatte. Jerusalem ging in ihre Kräuterkammer und mischte Johanniskraut mit Färberdistel, während Poll das Baby für sie hielt. Die Köchin brachte warmen Wein, und Jerusalem mischte die Kräuter hinein. Dabei dachte sie die ganze Zeit über die Liebe und ihre vielen verschlungenen Wege nach.

Am Morgen starrte Alice Poll wütend an. »Ich glaube dir nicht.«

»Es stimmt aber. Er ist heute Nacht weggeritten, sagt Nan Daniell. Gott sei Dank, wenn Ihr mich fragt. Weil Eure Augen immer leuchten wie Kerzen, wenn Ihr ihn anseht. Ich will Euch ›Eure Hoheit‹ nennen, nicht Mrs. Niemand.«

»Raus.« Alice warf ein Kissen nach ihr. »Raus!« Sie weinte nicht. Manche Dinge taten zu weh für Tränen. Sie ging an diesem Tag nicht zum Ostergottesdienst. Jerusalem und Louisa kamen nicht zum Abendessen, nur Alice. Sie saß an den geöffneten Fenstern in einem der Erker des Hauses und blickte in das Zwielicht hinaus. Er hatte keinen Brief für sie hinterlassen. Das war auch besser so. Er tat, was er tun musste, und das würde sie auch tun. Es wäre so schön gewesen, einen Brief zu haben, aber sie hätte sich lächerlich gemacht deswegen, weil sie ihn gehütet hätte wie einen Schatz. Jerusalem fand sie später am Abend in der Laube, wo sie auf einer Weidenbank saß. Sie hielt die Laterne hoch. »Poll macht sich Sorgen, wo Ihr seid.«

»Soll sie sich doch sorgen.«

»Richard ist heute Morgen nach Frankreich aufgebrochen. Er hat mich gebeten, Euch auf Wiedersehen zu sagen und Euch auszurichten, dass Ihr immer etwas ganz Besonders für ihn sein werdet. Er sagte, er vergibt Euch alles. Es tut mir leid, dass es mich den ganzen Tag gekostet hat, Euch das zu sagen.«

Alice verschränkte die Finger in ihrem Schoß, dankbar für die Dunkelheit, weil ihre Gedanken wild umherschwirrten und erst wieder in die Laube zurückkehrten, als Jerusalem sagte: »Wie es scheint, ist Euer Herzog nicht erfreut darüber, dass Richard nach Frankreich geht.«

Nicht erfreut? Wie konnte Balmoral es wagen, nicht erfreut zu sein? Das würde sie nicht zulassen. Sie würde dafür sorgen, dass Richard jede Ehre bekam, die ihm zustand. Ja, dafür konnte sie jetzt sorgen, nicht wahr?

»Ihr habt die Briefe von Eurem Vater und von Seiner Hoheit noch nicht beantwortet. Wenn Ihr es nicht tut, werden Sie bald vor der Tür stehen und von mir wissen wollen, was ich mit Euch gemacht habe. Es sind nur noch ein paar Wochen bis zu Eurer Hochzeit.«

»Geht es mir schon gut genug dafür?«

»Geht es Euch gut genug?«

»Ich hatte heute Fieber.«

»Tatsächlich?«

Sie schwiegen und lauschten dem Chor der Frösche, die ihre nächtliche Serenade quakten. Jerusalem sprach. »Im Juni kann man genauso gut heiraten wie im Mai.«

Juni, dachte Alice, und ihr Brustkorb schien weiter zu werden.

»Wir könnten einen Brief schreiben und um mehr Zeit bitten, erklären, dass es Euch noch nicht gut genug geht.«

»Poll sollte ihn überbringen, dann kann sie meine Sachen packen und in London schon mal alles ordnen.«

Noch einen Monat in Tamworth. Sie würde sich ausruhen und auf dem Hügel in der Sonne liegen und mit ihrem Kätzchen spielen und um Barbara trauern können. Sie würde über den Tod und die Wiederauferstehung nachdenken können, um die es heute gegangen war, und sich fragen können, ob ein Teil ihres alten Ichs wiederauferstehen würde, ob irgendetwas davon es wert war, weiterzuleben. Sie würde an Richard denken und ihn sich aus dem Kopf schlagen können. Sie hatte sowieso niemals geglaubt, dass er ihr gehören könnte. Es lag nur an den Umständen, dass er zu ihr gekommen war. Oh, sie würde wieder freier atmen können. Einen Monat noch, dann konnte sie sich dem Schicksal stellen, auf das sie so hart hingearbeitet hatte. »Da ist noch eine Sache.«

Jerusalem wartete.

»Ich habe den Herzog von Monmouth gebeten, mit Louisa zu flirten. Mein Vater mochte sie gern, und ich wollte keine Stiefmutter. Und deshalb habe ich ihn gebeten, mit ihr zu flirten. Ich dachte, das würde sie ablenken. Es ist meine Schuld, dass es ihr jetzt so schlecht geht.«

Nach einer Weile sagte Jerusalem mit einer Strenge, die mit eisernen Noten in ihrer Stimme klang: »Ein Teil davon ist vielleicht Eure Schuld, nicht alles, aber ein Teil.«

»Ich muss es ihr sagen. Ich muss es ihr unbedingt sagen. Würdet Ihr sie zu mir schicken? Ich fühle mich nicht stark genug, zum Haus zurückzugehen. Und wenn Ihr nicht wollt, dass ich noch länger hier bleibe, dann verstehe ich das.«

»Das lassen wir Louisa entscheiden, ja?«

Alice lauschte dem Klang von Jerusalems Schuhen auf dem Kiesweg, den Fröschen, die klagend nach Liebe riefen, hier bin ich, hier bin ich, hier bin ich. Sie lauschte dem nächtlichen Rascheln. Entsündige mich mit Ysop, dass ich rein werde, wasche mich, dass ich weißer werde als Schnee. Würde das jemals passieren? Würde ihre

Seele jemals frei sein von all dem, was sie belastete? Sie konnte den Lavendel aus Jerusalems Garten riechen.

Sie war niemals in ihrem Leben trauriger gewesen als jetzt.

Und sie hatte sich nie so lebendig gefühlt.

Riggs klopfte an der Tür zu Balmorals Privatgemach. »Es ist Sir Thomas«, rief er und sah Sir Thomas mit erhobenen Augenbrauen an. Seine Hoheit war sehr schlechter Laune, empfing keine Besucher. Er hatte versucht, ihm das zu sagen, aber der Mann wollte nichts davon hören. Zu Riggs Überraschung öffnete Balmoral die Tür.

»Ich habe einen Brief von Alice für Euch.« Sir Thomas sprach hastig. Er hatte plötzlich das Gefühl, als habe sich die Tür zu einem Löwenkäfig geöffnet und er stünde jetzt direkt vor dem Löwen.

Balmoral machte einen Schritt zur Seite, sodass Sir Thomas eintreten konnte. Er schlug die Tür hinter sich zu, nahm den Brief, riss das Siegel auf und las ihn. Dann knüllte er ihn mit der Hand zusammen und schmiss ihn zu Boden. »Ich hätte nicht übel Lust, nach Tamworth zu fahren und allen den Hals umzudrehen.«

Sir Thomas hob den Brief auf und las, was Alice schrieb.

»Versucht sie, mich abzuspeisen?«, wollte Balmoral wissen.

»Hier steht, dass es ihr noch nicht gut genug geht. Sie ist auf dem Weg nach London, steht hier ...«

»Dieser Aufschub gefällt mir nicht.«

»Nun, Eure Hoheit, dann werden wir die Hochzeit eben nicht verschieben. Sobald sie den Fuß auf Londoner Boden setzt, findet sie statt. Sie kann als Eure Frau genauso gut genesen wie als alte Jungfer.«

»Raus.«

»Eure Hoheit, ich werde sofort nach Tamworth fahren und sie persönlich abholen!«

»Raus!« Balmoral rief nach seinem Diener. »Riggs, zeigt Sir Thomas, wo es hinausgeht.«

»Ich komme morgen wieder ...«, setzte Sir Thomas an, aber die Tür wurde ihm vor der Nase zugeschlagen. Mit einem entsetzten Ausdruck auf dem Gesicht blieb er stehen.

»Es ist eine Laune«, versuchte Riggs zu erklären, aber dafür gab es keine Entschuldigung. »Eher wie ein Anfall. Es geht vorüber.«

»Ich bete zu Gott, dass das der Fall ist.« Sir Thomas stieg beleidigt die Treppe hinunter, aber mit seinem großen Gehabe verdeckte er nur die Angst, die er empfand. War alles ruiniert, weil Alice die Hochzeit verschieben wollte? Er würde sie mit bloßen Händen erwürgen! Er würde tatsächlich nach Tamworth reiten, wenn er Seine Hoheit morgen noch einmal aufgesucht hatte, und Alice irgendwo auf dem Weg entgegenkommen. Er würde sie töten und Balmoral ihre Leiche bringen, mit der er dann tun konnte, was er wollte.

Riggs richtete dies und das im Schlafgemach und lauschte auf Geräusche aus dem Privatgemach, aber alles blieb still. Er kämpft mit seinen Dämonen, dachte Riggs, ist unglücklich über den Weggang des jungen Saylor. Er hatte Pläne mit Saylor gehabt, aber so war das mit ausgeklügelten Plänen ... Wenn er nicht fürchten würde, dass es ihn noch vor der Hochzeit umbrachte, dann wäre Riggs jetzt hineingegangen und hätte ihm das erste Glas selbst eingegossen.

Balmoral saß in seinem Sessel. Die Vitrine stand direkt vor ihm, und auf der anderen Seite lag das, was er wollte, wonach er sich sehnte, wonach jeder Teil seines Körpers schrie. Er hatte es sich geschworen. Er hatte es Alice geschworen. Aber jedes verfluchte Haar auf seinem verfluchten Kopf krümmte sich, weil er es so nötig brauchte. Dieser Mann, von dem Ange behauptet hatte, es sei Miguel, stammelte im Tower wie ein Schwachsinniger. Er schwor unter der Folter, dass er ein Diener war, nicht der Herr. Der König tobte, weil Henri Ange verschwunden war – er hatte sich irgendein Lügenmärchen über eine Flucht ausdenken müssen, hatte die Wachen im Tower bis zum letzten Mann bestechen müssen. Buckingham war milde zu ihm wie ein Stück weiches Brot. Äußerte sich nicht dazu, unterstützte ihn aber auch nicht. Eigentlich hatte er

Anges Briefe, die Buckingham belasteten, in der Hinterhand behalten wollen, als Trumpfkarte in diesem Glücksspiel, aber jetzt würde er sie offenbar gleich auf den Tisch legen müssen, um Buckingham dazu zu zwingen, ihn zu retten ... Er brauchte nur noch einen Monat. Konnte er einen Monat überleben? Wenn Ange die Beweise für den Geheimvertrag mit Madame brachte, würde Balmoral wieder die Zügel in der Hand halten, und Buckinghams Verrat würde sich dann als wirklich nützlich erweisen.

Nur einen Monat Aufschub, schrieb sie. Aber ich halte es keinen Monat mehr aus, nicht, wenn jeder Abend wie dieser sein würde. Und so würde es sein. Er würde nur ein Glas trinken. Nur wird es nicht dabei bleiben, nicht wahr? Würde es ihn diesmal umbringen? Dann würde sie keine Herzogin werden. Er würde es ihr gönnen. Wo war sie überhaupt? Er konnte das alles durchhalten, solange sie da war und mit ihm spazierenging, mit ihm redete. Aber sie war krank geworden, hatte ihn zurückgelassen, auf sich allein gestellt. Er öffnete die Vitrine und stellte die wunderschöne Kristallkaraffe vor sich auf den Tisch. Die wunderschöne rote Flüssigkeit, deren Anblick allein ausreichte, um sein Herz zu trösten, um seinen Verstand zu besänftigen. Die ihm herrliche Wege voller Möglichkeiten aufzeigte. Er würde Ange finden und ihn langsam umbringen. Er würde in den Besitz der Ledertasche gelangen und würde wissen, was der König vorhatte. Er würde Buckingham benutzen und ihn dann ruinieren.

Er hielt die Karaffe hoch und ließ die Flüssigkeit darin kreisen, den besten Sherry Portugals, süßer als Nektar. Ein Teil von ihm trauerte, als er ihn in ein Weinglas goss. Als er ihn trank, schien er auf eine neue Art zu brennen, auf eine läuternde Weise, und bevor die Explosion in ihm alles verstummen ließ, kamen ihm Verse aus einer längst vergessenen Zeit in den Sinn, als sein Gott noch jenseits der fermentierten Trauben existierte, geistliche Verse, geweihte Verse, heilige Verse – schaffe mir, oh Gott, ein reines Herz.

Kapitel 46

Ihr Kopf schmerzte. Mit jeder Drehung des Kutschrades war der Schmerz stärker geworden. Teile von Louisas wütenden Vorhaltungen tanzten zwischen dem Schmerz. Wie kannst du es wagen, Alice. Er hat nicht mit mir geflirtet, weil du ihn darum gebeten hast. Er liebt mich. Und Jerusalems kühle Erwiderung: Was für ein Unsinn, Louisa. Wenn sie nicht mit Aufrichtigkeit und Pflichtgefühl verbunden ist, vergeht selbst die größte Liebe sehr schnell.

Alice lag in einem Bett, und der Luftzug aus dem geöffneten Fenster kühlte das, was sich wie Fieber in ihr anfühlte. Sie konnte hören, wie sich der Gastwirt draußen mit seinen Stalljungen unterhielt, während sie die Pferde von der Kutsche abschirrten, mit der sie gekommen war. Poll war irgendwo unten und besorgte Suppe und etwas zu trinken. Und sie, nun, sie lag im Bett und fühlte sich schon wieder krank. Sie hasste es, dass sie Tamworth im Unfrieden hatte verlassen müssen. Liebe, Aufrichtigkeit, Pflichtgefühl. Sie konnte Balmoral nur zwei von diesen drei Dingen bieten.

Der Gastwirt begrüßte jemanden, und als sie die Antwort hörte, richtete sie sich auf. Konnte das ihr Vater sein? Trotz ihrer Kopfschmerzen trat sie ans Fenster. Dort im Hof stand Sir Thomas. Bei ihm war Perryman. Alice machte einen Schritt zurück, bevor er sie sehen konnte. War ihr Vater gekommen, um sie zu holen? Als wäre sie ein verlorenes Schaf, das man zur Herde zurückbringen musste? Sie hob das Kinn trotz der Stiche, die sie bis hinunter in ihren Rücken spürte. Niemand musste sie holen. Man hatte sie aus Tamworth hinausgeworfen, vielen Dank auch, und jetzt war sie auf dem Weg nach Hause, um ihre Pflicht zu erfüllen. Wenn er glaubte, dass sie sich auch nur ein Wort seiner Strafpredigt anhören würde, dann irrte er gewaltig. Sie hatte Louisas bittere Worte heruntergeschluckt, weil sie sie verdient hatte. Seine würde sie nicht widerspruchslos hinnehmen.

Sie legte sich wieder ins Bett und lauschte auf die Schritte auf der Treppe. Sie klangen herrisch, ungeduldig, und tatsächlich flog ihre Tür auf, und Sir Thomas stand im Türrahmen.

»Machst es dir schön bequem, ja? Lässt dir Zeit mit deiner Rückkehr?«

»Ich habe Kopfschmerzen. Geh weg, Vater.«

»Du wirst mehr als nur Kopfschmerzen haben, wenn ich mit dir fertig bin.« Er trat ins Zimmer. »Alice ...« Er fuhr sich mit der Hand über das Gesicht. »Es ist aus«, sagte er, »vorbei. Und mit mir ist es auch aus.«

»Balmoral hat die Hochzeit abgesagt? Unwahrscheinlich.«

»Er ist tot, Alice.«

Sie sprang aus dem Bett, um ihn zu schlagen, um ihn endgültig für alles zu bestrafen, dafür, dass er sie aufzog, dafür, dass er sie auf die Probe stellte, dafür, dass er sie unter Druck setzte, wie er es immer tat. »Warum sagst du so etwas? Sieh mich an! Ich bin auf dem Rückweg. Ich werde meine Pflicht erfüllen, wie ich es immer getan habe, immer! Ob ich wollte oder nicht!« Sie sollte nicht so schreien. Dadurch wurden die Kopfschmerzen unerträglich, und Übelkeit stieg in ihr auf und machte ihr die Kehle eng.

»Schatz, er ist vor drei Tagen gestorben.«

Zu ihrer beider Überraschung wurde sie ohnmächtig.

Als sie die Augen wieder öffnete, lag sie im Bett, und er saß an ihrer Seite. Sie zog ein nasses Tuch von ihrer Stirn, kämpfte sich hoch.

»Ich bin gekommen, um dich zu verprügeln, Alice, den ganzen Weg bis zurück nach London.« Trotz seiner Worte schien ihn all sein Bombast, all seine Energie verlassen zu haben. »Er ist vor drei Tagen gestorben, und ganz London trauert. Er war der letzte der

Alten, der letzte Grundstein, auf dem wir dieses Königreich wiederaufgebaut haben. Wir sind wie Kinder, die ihren Vater verloren haben.«

Böse, starrsinnige Kinder, dachte Alice.

»Er liegt in Whitehall aufgebahrt und wird auch noch mindestens eine Woche dort liegen. Dann wird der Sarg mit großer Eskorte durch London getragen und dann auf sein Anwesen bei Newmarket gebracht.«

»Aber wer hat das alles arrangiert?«

»Seine Hoheit, der zweite Herzog von Balmoral.«

Alice hielt den Atem an. Colefax. »Hat er es gewagt, das Testament in meiner Abwesenheit verlesen zu lassen?«

»Nein, aber nur, weil ich ihn aufgesucht und ihn daran erinnert habe, dass er dich schon einmal betrogen hat und dass ich das ein zweites Mal nicht zulassen würde. Ich habe ihm gedroht, dass ich ihn zu einem Duell fordern und mir sehr viel Mühe geben würde, ihn umzubringen.«

»Ich bin nur offiziell noch nicht Herzogin. Sie dürfen das Testament nicht ohne mich verlesen, die Beerdigung darf nicht ohne mich stattfinden.« Sie griff nach jedem Strohhalm. Der Schock über die Nachricht von Balmorals Tod war noch nicht ganz in ihrem Bewusstsein angekommen.

»Das habe ich ihnen auch gesagt. Ich habe eine Nachricht an Seine Majestät und an Buckingham geschickt.« Er zog eine Grimasse bei diesem Namen. »Ich bin wie ein getretener Hund zu Buckingham gekrochen, das bin ich. Er hat mir den Kopf getätschelt und gesagt, dass er sicher sei, der neue Herzog würde alles so machen, wie es sich gehört.« Sir Thomas ging zum Fenster, wandte ihr den Rücken zu und starrte auf den Innenhof hinunter.

Er starrt auf seine zerbrochenen Träume, dachte Alice, Ambitionen, die wieder einmal zerstört wurden. Ich werde keine Herzogin sein. Es ist vorbei. Ich kann es nicht glauben. Ich habe Richard ganz umsonst aufgegeben.

»Deshalb bin ich gekommen, um dich zu holen«, fuhr er fort, immer noch mit dem Rücken zu ihr, »um dich nach London zurückzuholen, damit du deinen Platz als seine Verlobte einnehmen kannst, als die Frau, die er geheiratet hätte, wenn du nicht ...« Er brach den Satz ab.

»Es wird alles gut, Vater.« Sie sprach, als wäre sie die Mutter und er das Kind. »Du wirst sehen. Wir stehen morgen ganz früh auf und sind am Nachmittag in London.« Wo ich die Beinahe-Herzogin sein werde, der man einen Tag oder zwei Ehre erweisen und die man dann vergessen wird. Alles änderte sich, und doch blieb alles immer gleich. Sie erschauderte und legte die Hände über ihre Augen. Wie war es möglich, dass sie nun doch keine Herzogin sein würde? Warum hatte er nicht auf sie gewartet? Sie hatte Richard seinetwegen zurückgehalten, ihre Unschuld für ihn bewahrt. Zur Hölle mit ihm. Sie sollte um ihren Herzog weinen. Wieso hatte sie keine Tränen?

Der Geruch und die Hektik in London erschöpften sie: bellende Hunde, schlammige Straßen, Rufe von Straßenhändlern, Sänften, die sich neben Kutschen drängten. Poll fand die schwarzen Kleider, die für Prinzessin Henriettes Tod angefertigt worden waren. In einem davon und geschmückt mit den Diamanten ihrer Mutter brach Alice an der Seite ihres Vaters sofort nach Whitehall auf. Sie gingen auf direktem Weg zu dem Leichnam, der im Bankettsaal aufgebahrt war. Balmorals Garde, die Coldstreams, hielten darin und davor Wache. Die Halle war voller Höflinge, die in Gruppen zusammenstanden und sich flüsternd unterhielten. Aber die Unterhaltung, das Flüstern erstarb, als Alice majestätisch auf den Sarg zuschritt, der auf einem mit Satin behängten Podest stand.

Der purpurrote, pelzbesetzte Umhang des Herzogs war um das Wachsbildnis auf dem Sarg geschlungen; es trug eine lange, gelockte Perücke; das Gesicht war zu einer Grimasse verzogen. Alice krallte sich am Arm ihres Vaters fest, die Augen auf das Gesicht gerichtet – das Wachsbildnis war, wie es der Tradition entsprach, als Balmorals Totenmaske angefertigt worden. Dann war er also mit verzerrtem Gesichtsausdruck gestorben, dieser Krieger, dieser Held, diese letzte Bastion der alten Zeit, der sie gerettet hatte, der gewillt gewesen war, ihr Titel und Ehre zu geben. Tränen – da sind sie, dachte sie – liefen ihr langsam über das Gesicht. Ich hätte Euch gern noch einmal gesehen vor Eurem Tod, dachte sie und berührte den Samt des Umhangs.

»Mistress Verney.«

Colefax kam auf sie zu, schwarz gekleidet und angemessen ernst, aber seine Augen leuchteten triumphierend. Und warum auch nicht? Er war der neue Herzog von Balmoral. Sie sank in einen Hofknicks, doch die Bewegung machte sie schwindelig. Die Wände der Halle fingen an sich zu drehen. Sie wurde ohnmächtig. Als sie wieder zu sich kam, hatte man sie in ein kleines Zimmer neben der Halle getragen, und ihr Vater beugte sich über sie.

»Schatz, es geht dir schlechter ...«

Sie legte einen Finger auf seine Lippen, um ihn zum Schweigen zu bringen, während Colefax sich über die Schulter seines Vaters beugte. »Ich möchte gern einen Moment mit ihm allein sein, bitte, Vater.«

Zögernd zog er sich zurück. Mit zusammengezogenen Brauen warnte er Colefax: »Ich bin da vorn«, und deutete auf eine Ecke.

Colefax kniete sich mit besorgtem Gesicht neben sie. »Dann bist du immer noch krank?«

»Ich weiß es nicht.«

»Ich kann es noch nicht glauben, Alice, nichts davon. Brauchst du irgendetwas?« Er ergriff ihre Hand, und weil sie so schwach war, ließ sie es zu. »Dann lass es mich wissen.«

Würde er noch so großzügig sein, wenn er erfuhr, dass Balmoral ihr eines seiner Anwesen vermacht hatte? »Du hast mir dein Beileid noch nicht ausgesprochen, Cole.«

»Mein aufrichtiges Beileid, Alice.«

»Ich habe ihn geliebt.« Gehörten Freundschaft und Achtung nicht zur Liebe?

Er verzog das Gesicht. »Alice, ausgerechnet mir brauchst du doch nicht die Märtyrerin vorzuspielen ...«

Aber ausgerechnet bei dir macht es mir am meisten Spaß, die Märtyrerin zu spielen, dachte sie, und ihr alter Kampfgeist regte sich für einen Augenblick. »Ich werde in seine Gemächer gehen und mich danach erkundigen, wie es seinen Dienern geht.«

»Wenn du dich dazu verpflichtet fühlst. Meine Frau kümmert sich um alles.«

»Ich brauche deine Erlaubnis nicht, Cole. Ich bin immer noch seine Verlobte.«

»Ja, dein kleiner Ohnmachtsanfall hat uns alle daran erinnert. Gut gemacht, Alice.« Jetzt hielt er ihre Hand nicht mehr.

»Du glaubst, ich hätte das nur gespielt?«

Er zuckte die Achseln und blickte auf sie hinunter. »Du wirst mich jetzt ›Eure Hoheit‹ nennen müssen, Alice. Oder wirst du an diesen Worten ersticken?«

»Ganz sicher.«

In den Gemächern des Herzogs fragte sie nach Riggs und wartete in einem kleinen Salon. Sie ließ die Augen über Bilder, Vasen und silberne Kerzenleuchter gleiten, nahm sie aber gar nicht wirklich wahr. Stattdessen sah sie alte Zeiten, hörte Bruchstücke eines Liedes in ihrem Kopf: Die Zeit, vorbei sie fliegt, und diese Blume dort, die heute lächelt noch so sanft, hat morgen schon der Tod besiegt.

Caro, die neue Herzogin von Balmoral, betrat den Raum. Sir Thomas erhob sich hastig aus dem Sessel, in dem er Platz genommen hatte. »Eure Hoheit.«

»W-würdet Ihr uns f-für einen Augenblick entschuldigen, Sir Thomas?«

Als sie allein waren, starrte Caro Alice an, bis Alice errötete und in einen Hofknicks sank, obwohl ihr wieder schwindlig wurde. »Eure Hoheit«, sagte Alice und stellte fest, dass es sie nicht ärgerte, dass Caro jetzt Herzogin war.

»H-Hast du dir d-dabei die Zunge abgebissen?«

Alice richtete sich auf. »Nein, Eure Hoheit.«

»Oh, n-nenn mich nicht s-so! Was k-kann ich für d-dich tun?«

»Ich bin nur gekommen, um mich nach dem Diener Seiner Hoheit zu erkundigen, nach Will Riggs. Darf ich mich setzen? Ich fühle mich sehr schwach. Wenn Ihr mir nicht erlauben wollt, Riggs zu sehen, würdet Ihr ihm dann vielleicht ausrichten, dass Mistress Verney hier war, um sich zu erkundigen, wie es ihm geht? Ich bin nicht gekommen, um Euer Haus zu plündern, Eure Hoheit.«

»H-Hasst du mich so sehr, dass du meinen N-Namen nicht mehr aussprechen k-kannst?«

»Du bist es, die jetzt hasst, Caro.«

»Du h-hast mich zuerst gehasst. Ich erweise dir nur die gleiche Höflichkeit.«

Ja, das habe ich getan, dachte Alice. Sie stand auf, obwohl ihre Beine sich nicht stark genug anfühlten, um ihr Gewicht zu tragen. Die Worte »Caro, vergib mir, ich hatte Unrecht« lagen ihr auf der Zunge, aber sie konnte es nicht sagen. Draußen vor den Gemächern spürte sie plötzlich, wie krank sie war, wie viel ihr Stolz sie wieder einmal kostete.

»Vater«, flüsterte sie, bevor sie zu Boden sank.

Als sie aufwachte, lag sie auf einer Trage und wurde nach Hause gebracht. Will Riggs ging an ihrer Seite. Sie sagte seinen Namen.

»Oh, Ma'am«, sagte er. »Es tut mir so leid, dass er tot ist.«

»Geht es Euch gut, Riggs? Habt Ihr alles, was Ihr braucht?«

»Es geht mir gut genug. Der neue Herzog hat seinen eigenen Kammerdiener. Das war zu erwarten. Aber mir wurde eine Stellung im Haushalt zugesichert.«

»Kommt zu mir, wenn Ihr irgendetwas braucht. Kommt zu mir, wenn Ihr Euch nicht mit ihm versteht.«

»Wir sind da, Ma'am.« Riggs neigte den Kopf und wurde von Perryman verdeckt, der sie aufhob. Ihr Vater befahl, sie sofort ins Bett zu bringen, und als sie darin lag, belagerte die kräftige Gestalt von Sir Thomas besorgt das Fußende. »Wenn du sterben solltest …«

»Schick jemanden nach Tamworth, und bitte Lady Saylor um etwas Fieberpulver. Es hat mich schon einmal geheilt. Es wird mir wieder helfen.« Sie hatte eine Rolle zu spielen in den nächsten Tagen, bis der Sarg auf dem Weg nach Newmarket war. Und sie würde sie spielen, auch wenn es sie umbrachte.

»Die Königin hat sich nach deinem Befinden erkundigt. Sie sagt, du kannst jederzeit in ihre Dienste zurückkehren.«

Als Ehrenjungfer? Um weiter mit Kit und Luce und all den anderen hirnlosen Vierzehnjährigen zusammenzuleben, die man inzwischen dazugeholt hatte? Nein. Ihre Zeit als Ehrenjungfer war vorbei.

»Geh zu ihr, und bedank dich bei ihr, Vater, aber ich kann keine Ehrenjungfer mehr sein. Sag ihr, sobald es mir besser geht, werde ich ihr meine Aufwartung machen.«

Er setzte sich auf das Bett. »Du bedeutest mir alles. Stirb nicht, Alice.«

Glaubte er tatsächlich, sie könnte ihren Tod verhindern? Armer Narr. Oh, ihr Kopf schmerzte, und ihr Körper auch. Sie fürchtete sich nicht davor zu sterben. Sie hatte keine Angst gehabt, als sie in den Fluss gegangen war. Wenn der Tod sie holen wollte, dann konnte er sie haben. Aber bis dahin gab es noch Dinge zu erledigen. »Bitte John Sidney, mich zu besuchen, Vater.«

»Sidney? Warum?«

Sie musste schlafen, musste die Augen schließen, weil da diese Flamme war, die sie tief in ihrem Innern verzehrte. Der kommende Monat war ihr Geburtsmonat. Pflücke die Rosenknospen, solange du noch kannst. Ein Mädchen musste sein Gesicht im Mai mit dem Tau des Weißdorns waschen, damit sie schön war für ihren Geliebten. Der Hofstaat würde um den Maibaum tanzen, und sie war die beste Tänzerin. Ihre Gedanken wanderten zu Richard. Es gab etwas, für das es sich zu leben lohnte, nicht wahr?

»Es ist John Sidney, Mistress Verney«, kündigte Poll an.

Alice setzte sich im Bett auf. Um ihre Schultern lag ein portugiesisches Schultertuch. Sie betrachtete Sidney, während er näher kam. Sein Gesicht war verhärmt, viel zu schmal. Er war jetzt so dünn wie sie. Er trauerte um Barbara. Man brauchte lange, um über den Verlust eines so besonderen, außergewöhnlichen Menschen hinwegzukommen.

»Wie freundlich von Euch, meiner Bitte zu entsprechen. Ich hatte schon befürchtet, Ihr würdet nicht kommen.«

»Ihr wart Ihre engste Freundin, und am Ende habt Ihr es gezeigt. Sie hätte gewollt, dass ich zu Euch komme.«

»Ich möchte Euch um einen Gefallen bitten. Würdet Ihr an Hauptmann Saylor schreiben und ihn über den Tod des Herzogs unterrichten?«

Er war überrascht. »Ja. Natürlich.«

»Ich habe Euch Unrecht getan. Sie hat Euch so geliebt. Ich hätte Euch auch lieben müssen. Ich wäre unendlich glücklich, wenn Ihr mir – eines Tages – vielleicht verzeihen könntet.« Sie sah an seinem Gesicht, dass er das nicht konnte, aber die Worte, vor denen sie sich so fürchtete, »Vergib mir«, waren ausgesprochen, und ihr Herz fühlte sich leichter an. Vielleicht würde sie jetzt in der Lage sein, es auch an anderer Stelle zu sagen, zu anderen Leuten. Sidney verbeugte sich steif und verließ das Zimmer.

»Wer wartet noch?«

»Einige der Ehrenjungfern«, antwortete Poll.

»Dann geh und hol sie.«

Aber es war ihr Vater, der erschien. »Das reicht für heute. Du musst dich ausruhen, Alice.«

»Ich gehe morgen in den Bankettsaal. Es ist mir egal, ob du mich dahin tragen musst, Vater. Bring mich hin, auch wenn ich wirres Zeug rede, und sorge dafür, dass ich Mutters Diamanten trage.«

»Du willst Colefax bis zuletzt das Leben schwer machen, oder?«

»Ja.«

Er küsste ihre Stirn. »Ich habe mir immer gewünscht, du wärst mehr wie deine Mutter.«

»Aber das bin ich nicht.«

»Nein.«

Es machte ihnen jetzt beiden nichts mehr aus.

Die Todesnachricht erreichte Richard in Paris noch vor Johns Brief. Der englische Herzog war zu bekannt gewesen. Richard ging in die Kathedrale von Notre Dame, setzte sich auf eine Bank, umgeben von dem großen dunklen Gewölbe des Hauptschiffs. Hunderte von Kerzen brannten für die Seelen der Verstorbenen; Steinstatuen warteten auf Betende, die um Gnade flehten; die Bögen über seinem Kopf spannten sich bis weit hinauf an die hohe Decke; Priester und Nonnen glitten in dunklen Roben über den kalten Steinfußboden. Er dachte an Walter. Und an Henri Ange. Richard hätte sich nicht gewundert, wenn er ihm auf den Straßen von Paris begegnet wäre. Er verfasste in Gedanken einen Brief an Alice, aber später, als er ihn zu Papier bringen wollte, schrieb er schließlich nur drei Worte, faltete das Pergament und ließ heißes Wachs darauf tropfen, rot wie Herzblut, um es zu versiegeln. Es gab auch Neuigkeiten von Renée. Ihr Aufstieg dauerte an, und die Franzosen jubelten; sie stellte eine unschätzbar wertvolle Verbindung zum König von England dar, war ein Ersatz für Prinzessin Henriette. Richards Rückzug kam ihnen sehr gelegen. König Louis' Minister Colbert suchte Richard persönlich auf, um ihm im Namen des Königs zu danken und ihm zu versichern, dass sein Verzicht belohnt würde und dass ihm eine Stelle als Oberst in der französischen Armee sicher war. Es widerspricht meinem Ehrgefühl, eine solche Belohnung zu akzeptieren, hatte Richard erwidert. Auf Colberts Gesicht war das kalte Lächeln erschienen, für das er bekannt war. Eine Zurückweisung würde meinen König beleidigen. Man soll mir nicht nachsagen, ich sei unhöflich, hatte Richard erwidert.

Die Zeremonie für Balmoral war spektakulär. Jeder, der im Königreich irgendetwas darstellte, war anwesend, genau wie die Londoner Bevölkerung, die sich in stillem Respekt vor der Kathedrale drängte. Alice musste auf einer Trage in die Kirche gebracht werden, die Lord Mulgrave, der Herzog von Monmouth, Prinz Rupert und ihr Vater trugen. Der Anblick war beeindruckend und ließ ein Raunen durch die Höflinge gehen. Chorknaben mit engelsgleichen Stimmen sangen Lieder. Der Erzbischof von Canterbury hielt eine Predigt. Mehrere andere Bischöfe lasen Gebete. Danach kamen genauso viele Höflinge zu ihr, um ihr Beileid zu bekunden, wie zu dem neuen Herzog. Sie hätte laut gelacht, wenn ihr das Lachen nicht solche Schmerzen bereiten würde. Aber das Fieberpulver aus Tamworth war angekommen, und etwas davon wirkte in ihr bereits seine Wunder. Obwohl sie Balmoral nicht auf seine letzte Reise begleiten würde, hatte sie getan, was sie konnte, und öffentlich um ihn getrauert, als wäre er ihr geliebter Mann gewesen. Jetzt würde sie nach Hause gehen, um sich auszuruhen. Um auf eine Antwort von Richard zu warten. Er musste antworten, sonst würde sie sterben.

Aber als die Antwort kam, wurde sie wütend. Sie riss das herzrote Siegel auf, und die Aufregung ließ ihre Hand ebenso zittern wie ihre Krankheit. »Warte auf mich«, las sie und konnte die Kürze der Nachricht nicht fassen. War das alles? Er beteuerte ihr nicht seine Liebe? Bat sie nicht, seine Frau zu werden? Sie knüllte den Brief zusammen und warf ihn weg, und ihr Kätzchen hechtete vom Bett, um sich auf das Knäuel zu stürzen.

Der erste Mai kam. Der Hofstaat tanzte um den Maibaum, den man in den königlichen Privatgärten aufgestellt hatte, bis man Laternen holen musste, um die Dunkelheit zu erhellen, und dann wurde noch lange weitergetanzt. Aber Alice nahm Fieberpulver und weigerte sich, Besuch zu empfangen, was so untypisch für sie war, dass Gerüchte aufkamen, sie sei ernsthaft erkrankt und dem Tode nahe. Sie trauere um Balmoral, hieß es; wie schade, dass sie nicht mehr Herzogin werden konnte. Colefax war außer sich vor Wut, aber das war er schon, seit das Testament verlesen worden war. Alice blieb in ihrem Zimmer oder ließ sich in den Garten ihres Vaters tragen, um in der Sonne zu sitzen. Sie nahm Jerusalems Pulver, hatte Fieberträume und fragte sich, was sie als Nächstes tun sollte.

Die Tage vergingen langsam. Sie war in ihrem Schlafgemach mit Poll und Fletcher, der sich an den Dienern vorbeigeschwatzt und eine Geige und Neuigkeiten vom Hof mitgebracht hatte. Man schloss jetzt Wetten über Renées Jungfräulichkeit ab, aber man wettete nicht, ob sie bereits schwach geworden war, sondern in welcher Position sie sie verlieren würde. York war an Ostern nicht an den Altar getreten, um die Kommunion zu empfangen. Am Hof erzählte man sich jetzt aufgeregt, dass der Thronerbe katholisch geworden war. Die Schauspielerin Nellie Gwynn war wieder schwanger. Der frisch verheiratete Knollys und seine Frau stritten sich. Während Fletcher redete, beobachtete er die ganze Zeit Alice' Gesicht.

»Man erzählt sich, du seist dem Tode nahe, weil du so um den Herzog trauerst. Die Königin ist ganz außer sich.«

»Dann werde ich sie demnächst besuchen und mich mit Kit und Luce streiten und ihr zeigen, dass ich noch ganz die Alte bin.«

»Bist du das?«

»Nein.«

»John Sidney sieht furchtbar aus.«

»Ja. Er trauert mit jedem Atemzug.«

»Und du?«

»Ich werde mir das niemals verzeihen, Fletcher.«

»Niemals ist eine lange Zeit.«

»Nimm das nicht so auf die leichte Schulter.«

»Oh, ich glaube an die alte Weisheit: ›Je kürzer das Leben, desto weniger kann man sündigen.‹ Warum kommst du nicht wieder an den Hof?«

»Als Beinahe-Witwe des Herzogs? Als älteste Ehrenjungfer?«

»Als eine begehrte junge Frau, die jeder Mann mit Verstand sich sofort schnappen wird. Ich habe gehört, Mulgrave kommt jeden Tag, um zu sehen, wie es dir geht. Steckt da irgendwas dahinter?«

»Da steckt überhaupt nichts dahinter. Ich werde ihn mit Louisa Saylor verkuppeln.«

»Warum?«

»Weil mich der Gedanke amüsiert.«

»Verehrer zu vergraulen? Das wären dann schon drei.«

»Ich habe Colefax nicht vergrault, und Balmorals Tod kann man mir ja wohl kaum anlasten.«

»Ist es wahr, dass Seine Hoheit dir ein Anwesen und das gesamte Mobiliar aus seinen Gemächern in Whitehall hinterlassen hat? Man erzählt sich, der neue Herzog habe Nasenbluten bekommen, als er es erfuhr.«

»Wenn er Nasenbluten hatte, dann weil er seine Nase zu hoch gehalten hat. Ich bekomme Kopfschmerzen von diesem ganzen Gerede. Mach ein bisschen Musik.«

»Weißt du noch, wie man tanzt?«

»Spiel etwas, dann werden wir ja sehen.«

Bald bewegten sich ihre Füße im Takt der Musik, und dann stand sie auf, drehte sich und stellte sich zuerst vorsichtig auf Zehenspitzen, aber dann verlor sie sich ganz in dem, was sie liebte. Sie zog Poll in die Mitte des Zimmers und tanzte um sie herum. Sie sah Perryman in der Tür stehen, und bedeutete ihm, hereinzukommen und ihr Partner zu sein. Als er einen Schritt zur Seite machte, stand Richard hinter ihm.

Sie blieb regungslos stehen.

Richard trat ins Zimmer. »Du bist so dünn. Man hat mir erzählt, du liegst im Sterben.« Seine Stimme klang nicht zärtlich, und auf seinem Gesicht lag kein Lächeln. Er sah müde und angespannt aus, überhaupt nicht wie ein Liebender.

»Hast du dich deshalb zu einem Besuch herabgelassen? Weil du dachtest, ich liege im Sterben?«

Fletcher und Poll und Perryman schwiegen. Waren sie Zeugen, wie zwei Liebende zusammenfanden, oder kam es jetzt zum endgültigen Bruch?

»Verdammt, ich habe mich ohne Erlaubnis von General Turennes Truppe entfernt! Geht es dir gut oder nicht?«

»Es geht mir nicht gut! Daran ist deine Nachricht schuld!«

Plötzlich lächelte er.

Sie weigerte sich, es überwältigend zu finden. »Es würde dir recht geschehen, wenn ich schon dreimal verheiratet wäre! Das könnte ich sein, weißt du. Was, wenn ich tatsächlich im Sterben läge?«

»Dann würde ich es John gleichtun. Ich würde jede einzelne Sekunde auskosten und zu deinen Füßen schlafen, bis sich deine Augen für immer schließen. Und dann würde ich dein Bild bis zu meinem Tode im Herzen tragen.« Er war näher gekommen, während er sprach, hatte seine Hand auf ihren Arm gelegt. »Was ist das da in deinem Ärmel?«

»Ein Brief. Ein sehr kurzer.«

»Wirst du dich noch auf meinem Totenbett mit mir streiten?«

»Ja!«

Richard starrte auf sie hinunter. Fletcher legte eine Hand auf sein Herz. Die aufgeladene Atmosphäre zwischen den beiden war so fühlbar, dass es ihn nicht gewundert hätte, wenn er Blitze gesehen oder ein Donnern vernommen hätte.

»Der Einzige, den du heiraten wirst, bin ich. Ich liebe dich.« Richard legte die Hand in ihren Nacken und zog sie an sich.

Alice erschauderte. »Ja, ich werde mich noch auf deinem Totenbett mit dir streiten und es dir ausreden, weil ich es nicht ertragen könnte, wenn du stirbst und mich zurücklässt.«

»Meine Liebste.« Richard legte seine Lippen auf ihre, und sie umarmten sich so leidenschaftlich, so weißglühend vor Liebe, vor Sehnsucht, dass Fletcher später schwor, er habe Rauch gerochen und ein fernes Grollen gehört. Richard küsste Alice' Augen, ihre Nase, ihre Lippen, immer und immer wieder, hart, nicht auf die Art, wie man eine Kranke küssen sollte. Alice erwiderte seine Küsse mit all der wilden Freude, die ihre Brust erfüllte.

»Ja, ich warte«, flüsterte sie ihm zu. »Ja«, sagte sie und biss in seine vollen Lippen. Ja, ja, ja. Zuhause. Ich bin endlich zuhause, dachte sie. Er war ihr Geliebter.

»Ich hatte solche Angst, als ich hörte, dass du immer noch krank bist.«

»Ich werde wieder gesund.«

»Das solltest du besser, weil ich sofort nach Frankreich zurückmuss, damit ich nicht in Ungnade falle. Es wird Krieg geben, Alice ...«

»Was ist denn hier los?« Sir Thomas stand im Türrahmen und betrachtete die Szene, die sich ihm bot, mit Augen, in denen keine Wärme lag. »Nehmt sofort Eure Hände von meiner Tochter, Sir!«

Richard hielt den Blick auf Alice gerichtet. Sein Lächeln war so weit wie das Zimmer um sie herum, und in seinen Augen lag ein heißes Versprechen.

»Unser Lager«, sagte er zu ihr, »wird grün sein.«

Und später, als er in ihrer Hochzeitsnacht das Hohelied der Liebe rezitierte, verstand sie. Wenn Liebe und Aufrichtigkeit und Pflichtgefühl zusammenkamen, waren die Möglichkeiten unbegrenzt. Mein Geliebter liegt bei mir an meiner Brust, er duftet wie würziges Myrrhenharz, so kräftig wie Blüten vom Hennastrauch; im Weinberg von Engedi wachsen sie. Schön bist du, zauberhaft schön, meine Freundin!

»Brillanter Historienroman mit einer ergreifenden Liebesgeschichte.«

BOOKLIST

R. Garcia y Robertson
DER EISERNE THRON
Roman
512 Seiten
ISBN 978-3-404-15759-4

Die mit großer Spannung erwartete Fortsetzung von DER WEISSE RITTER. Die junge Amerikanerin Robyn Stafford hat eine unfreiwillige Zeitreise in das Jahr 1460 verschlagen, das Zeitalter der Rosenkriege. Dort hat sie sich unsterblich in den jungen Ritter Edward verliebt, einen Sohn des Duke of York. Nun muss Lady Robyn beweisen, wie ernst es ihr mit der Liebe zu Edward ist, als dessen Vater Richard nach dem Thron strebt. Sollte er tatsächlich König werden, wäre Edward der rechtmäßige Thronfolger, Robyn eines Tages Königin, und ihre Kinder wären die Erben dieser Macht.

Bastei Lübbe Taschenbuch